प्रेमचन्द

हिन्दू-मुस्लिम एकता सम्बन्धी कहानियाँ एवं विचार

प्रेमचन्द

हिन्दू-मुस्लिम एकता सम्बन्धी कहानियाँ एवं विचार

सम्पादक

जितेन्द्र श्रीवास्तव

प्रधान सम्पादक

रवीन्द्र कालिया

भारतीय ज्ञानपीठ

लोकोदय ग्रन्थमाला : ग्रन्थांक 1146
ग्रन्थमाला सम्पादक
रवीन्द्र कालिया
सह-सम्पादक
गुलाबचन्द्र जैन

प्रेमचन्द : हिन्दू-मुस्लिम एकता सम्बन्धी कहानियाँ एवं विचार
(कहानी एवं आलेख)
सम्पादक : रवीन्द्र कालिया, जितेन्द्र श्रीवास्तव

प्रथम संस्करण : 2012
मूल्य : 320 रुपये

ISBN 978-93-263-5037-2

प्रकाशक : **भारतीय ज्ञानपीठ**
18, इन्स्टीट्यूशनल एरिया, लोदी रोड, नयी दिल्ली-110 003

मुद्रक : चार दिशाएँ, नोएडा-201301 (उ.प्र.)

साज-सज्जा : ज्ञानपीठ कला प्रभाग

Premchand :
Hindu Muslim Ekta Sambandhi Kahaniyan Evam Vichar
(Hindi Short-stories and Essays)
Edited by Ravindra Kalia, Jitendra Shrivastav

Published by : **Bharatiya Jnanpith**
18, Institutional Area, Lodi Road, New Delhi-110 003

e-mail : jnanpith@satyam.net.in, sales@jnanpith.net
website : www.jnanpith.net

First Edition : 2012
Price : Rs.320

भूमिका

रहिमन धागा प्रेम का मत तोड़ो चटकाय

हिन्दू-मुस्लिम समस्या लम्बे समय से भारत की एक महत्त्वपूर्ण सामाजिक-राजनीतिक समस्या है। प्रेमचन्द ने उस दौर में इस समस्या पर गम्भीरता से विचार किया था, जब देश परतन्त्र था और इस समस्या के महत्त्वपूर्ण सामाजिक-राजनीतिक आशय तत्कालीन परिस्थितियों में विद्यमान थे। यद्यपि यह समस्या आज भी कम भयावह नहीं है, बल्कि आज तो इसका सर्वाधिक दुःखद पहलू यह है कि हम एक साथ लड़कर हासिल की हुई आजादी में प्रेम से नहीं रह पा रहे हैं। आज भी हमें अपने-अपने धर्मों के वर्चस्व की चिन्ता मनुष्यता की चिन्ता से ज्यादा महत्त्वपूर्ण जान पड़ती है। हम अपना-अपना वर्चस्व स्थापित करने के लिए किसी भी हद तक जा सकते हैं, ऐसा हमने विगत वर्षों से संकेतित किया है। यह कौन नहीं जानता कि "हिन्दू-मुसलमान न कभी दूध और चीनी थे, न होंगे और न होने चाहिए। दोनों की अलग-अलग सूरतें बनी रहनी चाहिए और बनी रहेंगी। जरूरत सिर्फ इस बात की है कि उसके नेताओं में परस्पर सहिष्णुता और उत्सर्ग की भावना हो। आमतौर पर हमारे नेता वह सज्जन होते हैं जो अपने सम्प्रदाय की मुसीबतों और शिकायतों का हमेशा बहुत सरगर्मी से रोना रोया करते हैं। वह अपने सम्प्रदाय के लोगों की दृष्टि में लोकप्रिय बनने के लिए उनकी भावनाओं को उकसाते रहते हैं और समझौते के मुकाबिले में, जो उनके इस विलाप को बन्द कर देगा, झगड़े को कायम रखना ज्यादा जरूरी समझते हैं।"[1] प्रेमचन्द का यह कथन बिना किसी आदर्श और लाग-लपेट के एक सामाजिक सच्चाई को सामने रखता है। यह एक बड़ी सच्चाई है कि धर्म अपनी ढेर सारी कमजोरियों और पाखंड के बावजूद समाप्त नहीं होता। सोवियत संघ के बिखरने के बाद उससे जुड़े राष्ट्रों में धार्मिक भावनाएँ फिर प्रबल हो उठी हैं। ऐसे में प्रगतिशील दृष्टिकोण के बावजूद यही अनुमान किया जा सकता है कि समय के प्रवाह में धार्मिक भावनाएँ दब जाती हैं, समाप्त नहीं होतीं। प्रेमचन्द को इसका ज्ञान था, इसीलिए वे धर्मों को समाप्त करने के बदले इनमें सामंजस्य के बिन्दु ढूँढ़ते हैं ताकि व्यक्ति सम्प्रदायवादी

भावनाओं से ऊपर उठकर राष्ट्र के प्रति भी अपनी जिम्मेदारी का निर्वहन कर सके। किसी भी युग में सिर्फ धर्म के प्रति निष्ठा न तो वक़्त का तक़ाजा था और न ही होना चाहिए। मनुष्य का अस्तित्व किसी भी धर्म से ज्यादा महत्त्व का होता है, यह बात किसी भी धर्मावलम्बी को अच्छी तरह जान लेना चाहिए।

प्रेमचन्द के समक्ष यह बात बिल्कुल साफ थी कि आपसी कलह कभी भी उत्थान का कारण नहीं बन सकती। इस कलह का कारण बताते हुए फरवरी 1924 में उन्होंने अपने एक लेख 'मनुष्यता का अकाल' में लिखा—''हमको यह मानने में कोई संकोच नहीं है कि इन दोनों सम्प्रदायों में कशमकश और सन्देह की जड़ें इतिहास में हैं। मुसलमान विजेता थे, हिन्दू विजित। मुसलमानों की तरफ से हिन्दुओं पर अक्सर ज्यादतियाँ हुईं और यद्यपि हिन्दुओं ने मौका आ जाने पर उनका जवाब देने में कोई कसर नहीं रखी, लेकिन कुल मिलाकर यह कहना ही होगा कि मुसलमान बादशाहों ने सख़्त से सख़्त ज़ुल्म किए। हम यह भी मानते हैं कि मौजूदा हालात में अज़ान और कुर्बानी के मौकों पर मुसलमानों की तरफ से ज्यादतियाँ होती हैं और दंगों में भी मुसलमानों ही का पलड़ा भारी रहता है। ज्यादातर मुसलमान अब भी 'मेरे दादा सुल्तान थे' नारे लगाता है और हिन्दुओं पर हावी रहने की कोशिश करता रहता है।...हम यह कहना चाहते हैं कि हिन्दुओं को इससे कहीं ज्यादा राजनीतिक सहिष्णुता से काम लेने की जरूरत है। इतिहास से उत्तराधिकार में मिली हुई अदावतें मुश्किल से मरती हैं, लेकिन मरती हैं, अमर नहीं होतीं।''[2] यहाँ आश्चर्य की कोई बात नहीं कि प्रेमचन्द बिना किसी मिर्च-मसाले के तार्किक ढंग से अपनी दो-टूक बात रखते हैं। मनुष्य मात्र में विश्वास रखने वाला कोई भी रचनाकार या मनुष्य यही करता है। उसके लिए आदमी की जान सबसे महत्त्वपूर्ण चीज होती है, न कि धर्म। उन्होंने बहुत खेद के साथ लिखा था—''दुर्भाग्य से वर्तमान समय में धर्म विश्वासों के संस्कार का साधन नहीं, राजनीतिक स्वार्थ-सिद्धि का साधन बना लिया गया है। उसकी हैसियत पागलपन की-सी हो गयी है, जिसका उसूल है कि सब कुछ अपने लिए और दूसरों के लिए कुछ नहीं। जिस दिन यह आपस की होड़ और दूसरे से आगे बढ़ जाने का खयाल धर्म से दूर हो जाएगा, उस दिन धर्म परिवर्तन पर किसी के कान न खड़े होंगे।''[3] बात बहुत साफ है कि जब धर्म स्वार्थ-सिद्धि का साधन न रहेगा तो इसे अतिरिक्त महत्त्व मिलना अपने आप बन्द हो जाएगा। प्रेमचन्द अच्छी तरह जानते थे कि पंथगत द्वेष को मिटाकर हम राजनीतिक रूप से शक्तिशाली हो सकते हैं। किसी भी युग में एकता की शक्ति सबसे बड़ी शक्ति होती है।

प्रेमचन्द के समक्ष यह समस्या थी कि अज्ञानवश लोग साम्प्रदायिक भावनाओं के वशीभूत होकर अपनी ही शान्त-सरल जिन्दगी में रोज-ब-रोज खलल डाल

रहे हैं। ऐसे में धर्म का फायदा हो न हो, मनुष्यों का नुकसान अवश्य होता है। उन्होंने इसी सन्दर्भ को व्याख्यायित करते हुए लिखा था—"तो भी हम यह कह देना उचित समझते हैं कि जब उपासना एक ही परमात्मा की है और केवल उसके बाह्य रूप में भेद है तो हिन्दू लोग क्यों इसकी राह देखें कि जब मुसलमान हमारे धर्म का आदर करेंगे तो हम भी उनके धर्म का आदर करेंगे। अगर धर्म का आदर करना अच्छा है तो हर हालत में अच्छा है। इसके लिए किसी शर्त की जरूरत नहीं। अच्छा काम करने वाले को सब अच्छा कहते हैं।"[4] इस कथन को पढ़ते हुए महात्मा गाँधी के प्रिय भजन की स्मृति हो आती है—

"ईश्वर-अल्लाह तेरे नाम, सबको सन्मति दे भगवान।"

किसी आस्तिक के लिए धर्म के क्षेत्र में यह एक प्रगतिशील दृष्टिकोण है। खासकर हिन्दुस्तान जैसे देश में धर्म और ईश्वर के प्रति ऐसे विचार प्रगतिशील ही कहे जाएँगे क्योंकि प्रगतिशीलता देश और युग के सापेक्ष ही होती है। इसे इसी दृष्टि से देखा भी जाना चाहिए।

गाय और सूअर की समस्या भी हिन्दू-मुस्लिम समस्या का एक महत्त्वपूर्ण अंग है। प्रेमचन्द ने बहुत तार्किक ढंग से अपनी बात को रखते हुए लिखा है—"गौ-कशी के मामले में हिन्दुओं ने शुरू से अब तक एक अन्यायपूर्ण ढंग अख़्तियार किया है। हमको अधिकार है कि जिस जानवर को चाहें पवित्र समझें, लेकिन यह उम्मीद रखना कि दूसरे धर्म को मानने वाले भी उसे वैसा ही पवित्र समझें, ख़ामख्वाह दूसरों से सर टकराना है। गाय सारी दुनिया में खाई जाती है, इसलिए क्या आप सारी दुनिया को गर्दन काट देने के काबिल समझेंगे? यह किसी खूंखार मजहब के लिए भी शान की बात नहीं हो सकती कि वह सारी दुनिया से दुश्मनी करना सिखाए, न कि हिन्दू जैसे दार्शनिक, व्यापक और सुसंस्कृत धर्म के लिए, जिसका सबसे पवित्र सिद्धान्त हो 'अहिंसा परमो धर्मः'।...हिन्दुस्तान जैसे कृषि प्रधान देश के लिए गाय का होना एक वरदान है, मगर आर्थिक दृष्टि के अलावा उसका कोई महत्त्व नहीं है।"[5] प्रेमचन्द साफ-साफ लिखते हैं कि झगड़ा बढ़ाने से कोई फायदा न होगा। वे हिन्दू धर्म की जो प्रशंसा करते हैं, वह बहुत व्यावहारिक नहीं लगता। ऐसा प्रतीत होता है कि प्रेमचन्द हिन्दुओं को धर्म का दार्शनिक पक्ष दिखलाकर उनका विवेक जागृत करने का प्रयास कर रहे थे। हमें याद रखना चाहिए कि इस धर्म के घृणित आचार-व्यवहार पर सर्वाधिक तीखी टिप्पणियाँ जिस एक लेखक ने की थीं, वे प्रेमचन्द ही हैं। इसलिए धार्मिक दृष्टि में उनकी मंशा पर सन्देह करना उचित नहीं होगा। गौ माँस के निबन्ध में प्रेमचन्द ने एक अन्य सम्बन्ध में लिखा है—"लेकिन आज का कोल-कसम लिया जाय

तो शायद ऐसे बहुत कम राजे-महाराजे या विदेश में शिक्षा प्राप्त करने वाले हिन्दू निकलेंगे जो गौ माँस न खा चुके हों और उनमें से कितने ही आज हमारे नेता हैं, और हम उनके नामों का जयघोष करते हैं।...हमें अख्तियार है, हम गऊ की पूजा करें, लेकिन हमें यह अख़्तियार नहीं है कि हम दूसरों को गऊ पूजा के लिए बाध्य कर सकें।...इसलिए यदि हम चाहते हैं कि मुसलमान भी गौ-भक्त हों, तो उसका उपाय यही है कि हमारे और उनके बीच में घनिष्ठता हो, परस्पर ऐक्य हो। तभी वे हमारे धार्मिक मनोभावों का आदर करेंगे। बहरहाल इस जाति द्वेष का कारण गौ हत्या नहीं है।'' उन्होंने अपनी 'मुक्ति धर्म' कहानी में दिखलाया है कि हिन्दू और मुसलमान एक-दूसरे के धर्म को आदर की दृष्टि से देखते हैं। इसी कहानी का एक पात्र रहमान निर्धन होने के बावजूद अपनी गाय कसाई के हाथ न बेचकर घाटा सहते हुए दाऊ दयाल के हाथ बेचता है ताकि गाय की देखभाल हो सके। प्रेमचन्द मानते हैं कि मुसलमानों में भी गाय का माँस वही लोग खाते हैं जो गरीब हैं और गरीब अधिकतर वही लोग हैं जो सवर्ण हिन्दुओं से तंग आकर कभी हिन्दू से मुसलमान हुए थे। इसलिए आज भी वे चिढ़ाने-जलाने की इच्छा से गौ माँस खाते हैं। एक सीमा तक यह तर्क उचित भी प्रतीत होता है। वैसे भी जब दो संस्कृतियाँ मिलें तो समता के बिन्दु ढूँढ़ना विषमता के बिन्दू ढूँढ़ने से ज्यादा महत्त्वपूर्ण होता है, क्योंकि मिलन समान बिन्दुओं के नाते ही सम्भव होगा।

हिन्दू मुस्लिम समस्या का सबसे वीभत्स रूप दंगों में देखने को मिलता है। आजादी के पहले से लेकर आज तक यह रुक-रुक कर हो ही जाता है। यह कहना बेमानी है कि इन दो धर्मों के अनुयायियों के बीच प्रेम की गंगा-यमुना बह रही है। कभी नहीं बही और आगे भी गालिब के सहारे कहें तो 'कोई उम्मीदवार नज़र नहीं आता, कोई सूरत नजर नहीं आती।' आज भी भागलपुर और मेरठ के साम्प्रदायिक दंगों की स्मृति संवेदनशील मनों पर भारी बोझ की तरह विद्यमान है। कहते हैं कि समय में बहुत शक्ति है। वह घाव देता है और फिर भर भी देता है। लेकिन समय क्या माताओं-पिताओं को उनके पुत्रों, पत्नियों को उनके पति, भाइयों-बहनों को उनके भाई, जिसका जो भी बिछड़ गया, उसे वही वापस कर सकता है। सम्भवतः नहीं। हाँ, समय उनके बिना भी जीने की आदत डलवा देता है। फिर भी क्या हम भूल जाएँ कि ये दंगे हमसे हमारी सबसे प्रिय चीज छीन लेते हैं और हम धर्म के नाम पर कुकर्म होने देते हैं? यहाँ अलग से याद दिलाने की आवश्यकता नहीं कि कश्मीर में उग्रवादियों ने हिन्दू स्त्रियों की देह और उनके मन तथा बाबरी मस्जिद के ध्वंस के बाद भड़के दंगों में गुजरात में मुस्लिम स्त्रियों की देह और मन पर जो घृणित हमले हुए, वे धर्म के नाम

पर ही हो रहे थे। कितनी बड़ी विडम्बना है कि दंगों में भी शोषण की सर्वाधिक शिकार महिलाएँ ही होती हैं और आक्रमणकारियों का एक मात्र अहं होता है कि हमने दुश्मन की इज्जत मिट्टी में मिला दी। ध्यान से देखें, यह कितना बड़ा प्रपंच है कि पहले स्त्री को इज्जत का प्रतीक बनाइए और फिर लूट लीजिए। यद्यपि आज हमारे समय में यह बहुत सुखद है कि महिलाएँ किसी भी तरह लुटने को तैयार नहीं हैं वे लड़ना सीख रही हैं। धर्म और पुरुषों, दोनों को सचेत हो जाना चाहिए कि स्त्रियाँ किसी भी शर्त पर अब उनके जुल्म-ओ-सितम को सहने के लिए तैयार नहीं हैं।

प्रेमचन्द इन दंगों के समाजशास्त्र से पूर्णतः भिज्ञ थे। उन्होंने सन् 1931 के दंगों पर टिप्पणी करते हुए रेखांकित किया था कि इन हत्याकाण्डों से राष्ट्र की जो क्षति होती है, उस पर हमारी दृष्टि क्यों नहीं जाती है? वे बार-बार सचेत कर रहे थे कि हमारी लड़ाई अँग्रेजों से है, आपस में नहीं। आज भी प्रेमचन्द की यह चिन्ता सौ प्रतिशत प्रासंगिक है। फर्क इतना है कि आज हमारी लड़ाई अपने राष्ट्र के दुश्मनों से है, जो हमारे विकास के लिए बाधक बने हुए हैं। राष्ट्रीयता की मजबूती के लिए आवश्यक है कि हम आपसी वैमनस्य को भुलाकर राष्ट्र के विकास में अपना योगदान दें। प्रेमचन्द ने सन् 1932 में लिखा था—"...हम मुँह से चाहे राष्ट्रीयता की दुहाई दें, दिल से हम सभी सम्प्रदायवादी हैं और हर एक बात को सम्प्रदाय की आँखों से देखते हैं। क्या यह सत्य नहीं है कि जब कोई साम्प्रदायिक दंगा हो जाता है, तो हम तुरन्त यह जानने के लिए उत्सुक हो जाते हैं कि उस दंगे में कितने हिन्दू हताहत हुए और कितने मुसलमान। अगर हिन्दुओं की संख्या अधिक होती है तो हम कितने उत्तेजित हो जाते हैं। इसके विपरीत अगर मुसलमानों की संख्या अधिक होती है, तो हम आराम की साँस लेते हैं। यह मनोवृत्ति राष्ट्रीयता का गला घोंटने वाली है। हमें इस मनोवृत्ति का मूलोच्छेद करना पड़ेगा, अन्यथा हमारा राष्ट्र मधुर स्वप्न ही रहेगा।" सच-सच कहा जाय तो आजादी के बाद भी 'हमारा राष्ट्र' जैसा सम्बोधन मधुर स्वप्न ही है। आजादी की इतनी बड़ी कीमत चुकाने के बाद भी क्या हम सचमुच आजाद हो गये? क्या इस देश के सबसे निर्बल व्यक्ति को हम पिछले पचास वर्षों में मुख्य धारा में शामिल कर पाए? सच पूछा जाए तो हम सिर्फ 'अपनी सरकारें' बनाते रहे, जो घुमा-फिरा कर वही करती रही हैं जो कोई भी सरकार कर सकती है। इन सरकारों ने आम जनता के लिए ढोंग तो बहुत किया, लेकिन ठोस काम बहुत ही कम। और यह साम्प्रदायिक समस्या क्या शिक्षा के प्रचार-प्रसार के बाद कम हुई? क्या 'अपनी सरकार' जैसे किसी सम्बोधन ने 'इस मनुष्य विरोधी प्रवृत्ति' को कुछ भी कम किया? बड़े दुःख का विषय है कि हम इन सारे मोर्चों पर

असफल रहे हैं। आजादी के पहले के सुशिक्षितों पर प्रेमचन्द की यह टिप्पणी गौरतलब है—"भारत का एक सुशिक्षित व्यक्ति आज जरूरतों का ऐसा गुलाम हो गया है कि उसे जीवित रखने के लिए कम-से-कम पचास मजूरों और किसानों को मरना चाहिए। इसी आडम्बरमय जीवन के निर्वाह के लिए तरह-तरह के ढोंग रचे जाते हैं, धर्म की आड़ ली जाती है, संस्कृति का रोना रोया जाता है, विशेष अधिकार का भूत खड़ा किया जाता है, भाषा और लिपि अनेक कल्पित विभिन्नताओं की दुहाई दी जाती है, केवल इसलिए कि शिक्षितों का खटमली-जीवन आनन्द से व्यतीत हो। वह बँगलों में रहें, मोटरों पर सैर करें, अंग्रेजों से हाथ मिलावें और यूरोप की सैर करें। हाँ, समय दूर नहीं है, जब भारत इस नकली आदर्श से विद्रोह करेगा और पृथकता के मकड़ी के जाल को छिन्न-भिन्न कर देगा।" प्रेमचन्द का यह कथन आजादी के बाद के भी तथाकथित शिक्षितों पर लागू होता है। बस फर्क इतना है कि आजकल के अधिकांश 'केरियारिस्ट युवा' किसी भी मकड़ी के जाल को तोड़ने में असमर्थ दीखते हैं। शिक्षा का प्रचार-प्रसार न तो युवाओं के एक बड़े वर्ग में राष्ट्रीयता की भावना पैदा कर सका और न ही साम्प्रदायिक भावनाओं का अन्त। क्या यह एक ठोस सबूत नहीं है कि आजादी की पचासवीं वर्षगाँठ कई प्रान्तों में साम्प्रदायिक सरकारों ने मनाई। आखिर हमने इस आजादी से क्या पाया?

प्रेमचन्द ने अपने लेखों में बार-बार हिन्दुओं को सचेत किया है कि तुम अपनी साम्प्रदायिक भावनाओं का शमन कर लो, इसकी प्रतीक्षा मत करो कि मुसलमान भी ऐसा करेंगे। वे जोर देकर कहते हैं कि सहिष्णुता, विश्वास, धर्म और सेवा के अस्त्र से एक दूसरे को जीतो। फिर देखो, दुनिया कितनी खुशहाल हो जाती है। प्रेमचन्द धर्म और राजनीति को बहुत बारीकी से देखते हैं। वे काँग्रेस में होते हुए भी काँग्रेस की वहाँ-वहाँ आलोचना करते हैं, जहाँ-जहाँ वह इस भेद को कम कर पाने में असमर्थ रहती है या कोशिशें कम करती है। सन् 1931 में कानपुर और काशी के दंगों के बाद असहयोग के सन्दर्भ में काँग्रेस की आलोचना करते हुए उन्होंने साफ-साफ लिखा था—"काँग्रेस ने मुसलमानों को अपना सहायक बनाने की ओर उतनी कोशिश नहीं कि, जितनी करनी चाहिए थी। वह हिन्दू सहायता प्राप्त करके ही सन्तुष्ट रह गयी।"[10]

प्रेमचन्द काँग्रेस को एक आदर्श राजनीतिक दल की तरह देखते थे, बावजूद इसके उन्होंने उसकी कमियों को कभी नहीं छिपाया। वे काँग्रेस के बहाने किसी भी राष्ट्रीय दल के चरित्र को कैसा होना चाहिए, यह रेखांकित करने का प्रयास करते हैं..."साम्प्रदायिकता के रूप में जो राजनीतिक पाखण्ड फैलाया जाता है, उससे काँग्रेस वाले कोई सरोकार न रखें।...जहाँ तक शुद्ध धर्म का सम्बन्ध है,

काँग्रेस वाले भी अन्य प्राणियों की भाँति स्वाधीन हैं, लेकिन ज्यों ही धर्म राजनीति के क्षेत्र में कदम रखे, काँग्रेस वालों को उससे नाता तोड़ लेना चाहिए।''[11] कहने की आवश्यकता नहीं कि ज्यों ही धर्म राजनीति के क्षेत्र में कदम रखे, किसी भी दल को उससे रिश्ता तोड़ लेना चाहिए। प्रेमचन्द के समक्ष स्वार्थी और साम्प्रदायिक नेताओं का चरित्र कोई रहस्य न था। उन्होंने इनके विषय में सौ फीसदी सच लिखा है कि—''...उन्हें तो लीडरी चाहिए, चाहे काँग्रेस में मिले या हिन्दू सभा में, या मुस्लिम लीग में। हिन्दू सभा की लीडरी ज्यादा मूल्यवान है, क्योंकि रुचि भी तो उधर ही है। जब तक इस दूषित मनोवृत्ति का हम अन्त न कर देंगे, जब तक अपना हिन्दू या मुसलमान होना न भूल जाएँगे, जब तक हम अन्य धर्मावलम्बियों के साथ उतना ही प्रेम न करेंगे, जितना निज धर्म वालों के साथ करते हैं। सारांश यह है कि जब तक हम पंथजनित संकीर्णता से मुक्त न हो जाएँगे, इस बेड़ी को तोड़कर फेंक न देंगे, देश का उद्धार होना असम्भव है।...पाँचों वक्त नमाज पढ़िए, तीसों रोजे रखिए, देवताओं की जितनी पूजा चाहे कीजिए, जितनी सन्ध्या चाहे कीजिए, हवन की सुगन्ध से देश को सुगन्धित कर दीजिए; मगर धर्म को राजनीति से गड़बड़ न कीजिए।''[12] लगभग 60-65 वर्ष पूर्व लिखे गये एक महान लेखक के इस निवेदन के प्रति हमने जो कृतघ्नता दिखलाई है, वह मन्दिर-मस्जिद समस्या के रूप में इस देश को लील रहा है। प्रेमचन्द इन नेताओं के प्रति किसी भ्रम में न थे। तब भी और आज भी ये वही हैं जो पहले दंगे का माहौल बनाते हैं, दंगा होने देते हैं और फिर आँसू पोंछने पहुँच जाते हैं। उन्हें हर हाल में अपनी रोटी सेंकनी है। यह नहीं देखना है कि ईंधन के रूप में लकड़ी जल रही है या मनुष्यता। सभ्यता की खोल में ये बर्बरता के अवशेष हैं। प्रेमचन्द ने अपने समय के नेताओं के विषय में सन्देह प्रकट किया था कि ऐसे नेता बहुत कम हैं, जो सचमुच राष्ट्र की सेवा की भावना से राजनीति करते हैं। आजकल तो ढूँढ़ने से भी कोई ऐसा नेता मिल जाय जो सेवा की भावना से राजनीति करता हो, तो समझिए की दुश्मन को परास्त करने के लिए आपने सबसे बड़ा हथियार तैयार कर लिया।

प्रेमचन्द ने भारतीय समाज का गहरा व्यावहारिक अध्ययन किया था। वे जानते थे कि कुछ लोग निहित स्वार्थों के वशीभूत होकर आपसी चाल चलकर साम्प्रदायिक दंगे भड़का देते हैं। ऐसा अक्सर होता है कि सम्प्रदायवाद के सहारे अपनी रोटी सेंकने वाले मुल्ला और पण्डित किसी मुसलमान से मस्जिद में सूअर का माँस और हिन्दू से मन्दिर में गाय का माँस फिंकवा कर दंगों का बिगुल बजा देते हैं। फिर तो मन्दिरों-मठों से 'हिन्दुत्व खतरे में है' अथवा 'हिन्दी-हिन्दू-हिन्दोस्तान' जैसे नारे और मस्जिदों में 'इस्लाम खतरे में है' के स्वर बहुत तेजी

से उभरते हैं और पूरी मनुष्यता पर कालिमा की तरह छा जाते हैं। इसके उदाहरण भारतीय समाज ने सन् 1990 से अब तक कई बार प्रस्तुत किए हैं। प्रेमचन्द के समय में भी दंगा भड़काने का यह एक प्रमुख तरीक़ा था। अपनी एक टिप्पणी 'स्वार्थान्धता की पराकाष्ठा' में उन्होंने इस नीचता को रेखांकित किया है।[13] मौलवियों और पंडितों के विषय में उनकी जो धारणा थी, वह आज भी प्रासंगिक है। उन्होंने लिखा है—"मौलवी और पंडित साम्प्रदायिक वातावरण में रहने के कारण कुछ तंग खयाल हो जाते हैं और धर्म के बाह्य लक्षणों और गौण बातों को तात्विक प्रश्नों से बढ़ा देते हैं। एक कट्टर पंडित की दृष्टि में ठाकुर जी को प्रात:काल जल चढ़ाना या गंगा स्नान करना किसी बीमार को अस्पताल पहुँचा देने से कहीं अधिक महत्त्व की बात है। इसी तरह मौलवियों की निगाह में भी रोज़ा और नमाज़ आदमियों की खिदमत से कहीं बढ़कर है। इसका नतीजा यह है कि आज सम्प्रदायों में आपस में घोर संग्राम छिड़ा हुआ है जो अक्सर दंगों के रूप में प्रकट हो जाता है।"[14] हमारे आज के भारतीय समाज में मन्दिर-मस्जिद के झगड़े पंडितों-मुल्लाओं की ऐसी ही कूपमंडूकता और राजनीतिज्ञों की स्वार्थान्धता के कारण हो रहे हैं। वरना रोजी-रोटी के चक्कर में पिस रहे किसी भी आम भारतीय नागरिक को ऐसी मूर्खताओं के विषय में सोचने-समझने की फुर्सत ही कहाँ है।

साम्प्रदायिकता के विषय में प्रेमचन्द ने जो विचार व्यक्त किए हैं, वे एक रचनाकार के भावुक उद्गार भर नहीं है, बल्कि समय से सचेत हुए एक मनुष्यधर्मी चिन्तक की वैज्ञानिक सोच का नतीजा हैं। साम्प्रदायिकता पर विचार करते हुए अपने एक लेख—'समझौता या हार' में उन्होंने लिखा है—"...क्या साम्प्रदायिकता उसी को कहते हैं जो धर्म और आचार पर आधारित हो। वह भी तो साम्प्रदायिकता है जो राजनीतिक सिद्धान्तों पर आधारित होती है। अगर हिन्दू-मुसलमान एक-दूसरे से लड़ते हैं तो क्या सोशलिस्ट और डेमोक्रेट एक दूसरे की पूजा करते हैं? उनकी आपसी लड़ाइयाँ भी उतनी ही भयंकर, उतनी ही रक्तमय होती हैं, बल्कि उससे कुछ ज्यादा। यह विभिन्नता तो किसी न किसी रूप में उस समय तक रहेगी जब तक एक नये युग का उदय न होगा, जब सब एक दूसरे को भाई समझेंगे, स्वार्थ और भेद का अन्त हो जाएगा। वह समय निकट भविष्य में आता नजर नहीं आता।"[15] यह एक कालजयी रचनाकार का अनुमान था। काश! कि वह समय आ गया होता किन्तु आजादी के इतने समय बाद भी वह समय आता नजर नहीं आता। प्रेमचन्द को पूरा अनुमान था कि—"वर्तमान साम्प्रदायिकता के बाद उस साम्प्रदायिकता का युग आने वाला है, जो राजनीति प्रधान होगी, श्रम और पूजा का भीषण संग्राम छिड़ेगा। इस साम्प्रदायिकता में तो कुछ सहिष्णुता है। वह साम्प्रदायिकता तो सामूहिक स्वार्थ की उपज होगी और यह मानना पड़ेगा

कि स्वार्थ धर्म से कम घातक नहीं है।''[16] आज की साम्प्रदायिकता प्रेमचन्द की अनुमानित साम्प्रदायिकता ही है। आज सत्ता की नोच-खसोट में इंसानियत मूल्यहीन हो चुकी है। प्रेमचन्द इस ज़हर के प्रभाव से पूरी तरह वाकिफ थे। अपने समय में उन्होंने हर सम्भव कोशिश की कि साम्प्रदायिकता की दीवार पर चढ़कर ऊँचे उठने वालों को रोका जा सके। उनका असली चेहरा जनता के समक्ष रखा जा सके। अपने इसी प्रयास को फलीभूत करने के लिए उन्होंने इस्लाम धर्म के विषय में फैली भ्रामक धारणाओं का खंडन करने वाले लेख लिखे। भारत में इस्लाम के फैलने के सामाजिक कारणों को उद्‌घाटित करते हुए उन्होंने लिखा था—''यह बिल्कुल ग़लत है कि इस्लाम तलवार के बल से फैला। तलवार के बल से कोई धर्म नहीं फैलता, और कुछ दिनों के लिए फैल भी जाय, तो चिरंजीवी नहीं हो सकता। भारत में इस्लाम के फैलने का कारण, ऊँची जाति वाले हिन्दुओं का नीची जातियों पर अत्याचार था। बौद्धों ने ऊँच-नीच का भेद मिटाकर नीचों के उद्धार का प्रयास किया, और उसमें उन्हें अच्छी सफलता मिली, लेकिन जब हिन्दू धर्म ने जोर पकड़ा, तो नीची जातियों पर फिर वही पुराना अत्याचार शुरू हुआ, बल्कि और ज़ोरों के साथ। ऊँचों ने नीचों से उनके विद्रोह का बदला लेने की ठानी। नीचों ने बौद्ध काल में अपना आत्म-सम्मान पा लिया था। वह उच्चवर्गीय हिन्दुओं से बराबरी का दावा करने लगे थे। उस बराबरी का मज़ा चखने के बाद, अब उन्हें अपने को नीच समझना दुस्सह हो गया। यह खींच-तान हो ही रही थी कि इस्लाम ने नये सिद्धान्तों के साथ पदार्पण किया। वहाँ ऊँच-नीच का भेद न था। छोटे-बड़े, ऊँच-नीच की कैद न थी। इस्लाम की दीक्षा लेते ही मनुष्य की सारी अशुद्धियाँ, सारी अयोग्यताएँ, मानो धुल जाती थीं।...यहाँ त क कि उच्चवर्गीय हिन्दुओं की दृष्टि में भी उसका सम्मान बढ़ जाता था। हिन्दू अछूत से हाथ नहीं मिला सकता, पर मुसलमानों के साथ मिलने-जुलने में उसे कोई बाधा नहीं होती।...इसलिए नीचों ने इस धर्म का बड़े हर्ष से स्वागत किया और गाँव के गाँव मुसलमान हो गये।...यह है इस्लाम के फैलने का इतिहास और आज भी वर्गीय हिन्दू अपने पुराने संस्कारों को नहीं बदल सके हैं।''[17] 'मन्त्र' शीर्षक कहानी में एक बूढ़ा अछूत कहता है—''हिन्दू समाज में रहकर हमारे माथे का कलंक न मिटेगा। हम कितने ही विद्वान्, कितने ही आचारवान हो जाएँ, आप हमें यों ही नीच समझते रहेंगे। हिन्दुओं की आत्मा मर गयी है, और उसका स्थान अहंकार ने ले लिया है। हम अब उस देवता की शरण जा रहे हैं, जिनके मानने वाले हम से गले मिलने को आज भी तैयार हैं। वे यह नहीं कहते कि तुम अपने संस्कार बदल कर आओ। हम अच्छे हैं, या बुरे, उसी दशा में हमें अपने पास बुला रहे हैं।''[18] इस प्रकार अपनी कहानियों में भी प्रेमचन्द ने इस्लाम के विस्तार का सही

कारण रेखांकित किया। अपने एक अन्य लेख 'हज़रत मुहम्मद की पुण्य-स्मृति' में उन्होंने मुहम्मद साहब के विषय में फैलाई गयी ऊल-जुलूल बातों का खंडन करते हुए उन्हें महान् बताया। उन्होंने लिखा—''यह भी ध्यान रखने की बात है कि हज़रत मुहम्मद ने कहीं भी नये धर्म के प्रवर्तन का दावा नहीं किया। उन्होंने बार-बार कहा है कि मैं प्राचीन नबियों के धर्म को ही पुनर्जीवित करने आया हूँ। उन्होंने बार-बार कहा है कि हरेक धर्म का सम्मान करो, क्योंकि सब धर्मों की तह में केवल एक सच्चाई है। किसी धर्म की उन्होंने निन्दा नहीं की। जब हज़रत एक राज्य के अधिकारी हो गये और वह तलवार के जोर से जनता को मुसलमान बना सकते थे, तब भी उन्होंने हरेक धर्म को अपने मतानुसार उपासना करने की स्वाधीनता दे दी थी। यहाँ तक कि मूर्ति-पूजकों पर भी कोई बन्धन न था और हरेक धर्म के पवित्र स्थानों की रक्षा करना मुस्लिम सरकार अपना कर्त्तव्य समझती थी।'' प्रेमचन्द ने अपने नाटक 'कर्बला' में इतिहास के सहारे यह अभिव्यक्त किया है कि 'कर्बला' के युद्ध में हुसैन के साथ आर्यों ने मिलकर लड़ाई लड़ी थी। यह इस्लाम के उदय काल में आर्यों और इस्लाम मतानुयायियों के बीच का प्रेम ही था। उन्होंने 'कुरान' पर किए आक्षेपों को निराधार बताते हुए लिखा है—''कहा जाता है, उसमें गैरमुस्लिमों को क़त्ल करने की तालीम दी गयी है। इसके प्रमाण भी पेश किये जाते हैं। मगर जब कोई विद्वान्, शुद्ध भाव से साम्प्रदायिकता से ऊँचा उठ कर उन्हीं आयतों का विवेचन करता है तो हमें मालूम होता है कि हम कितनी गलती पर थे।''[21] उन्होंने बाबू राजेन्द्र प्रसाद की निगरानी में हुए 'कुरान' के एक अंश के अनुवाद को उद्धरित करते हुए उसे धार्मिक ऐक्य का महान ग्रन्थ बताया है। वे उस अनुवाद के एक परिच्छेद का अंश प्रस्तुत करते हैं—''यह महान तत्त्व (धार्मिक ऐक्य) कुरान के सन्देश की सबसे पहली बुनियाद है। कुरान जो कुछ बतलाना और सिखलाना चाहता है, सब इसी पर अवलम्बित हैं। अगर इस तत्त्व से नज़र फेर ली जाय तो कुरान के सन्देश का सारा ढाँचा छिन्न-भिन्न हो जाता है, परन्तु संसार के इतिहास की आश्चर्यजनक प्रगति में यह भी एक विचित्र घटना है कि कुरान ने तत्त्व पर जितना अधिक जोर दिया, उतनी ही संसार की दृष्टि इससे फिरी रही है। यहाँ तक कि आज कुरान की कोई भी बात संसार की दृष्टि से इस दर्जे छिपी हुई नहीं है जितना यह महान तत्त्व। यदि कोई व्यक्ति हर प्रकार के बाहरी प्रभाव से अलग होकर कुरान को पढ़े और उसके पृष्ठों में स्थान-स्थान पर इस महान तत्त्व के अकाट्य और स्पष्ट ऐलान देखे और फिर संसार की ओर दृष्टि डाले, जिसने यह समझ रखा है कि कुरान भी अन्य धार्मिक सम्प्रदायों की तरह एक सम्प्रदाय मात्र है, तो वह हैरान होकर पुकार उठेगा कि या तो मेरी निगाह मुझको धोखा दे रही है या संसार

सदा बिना आँखें खोले ही अपने फैसले दे दिया करता है।''[22] कहने की आवश्यकता नहीं कि इतने तार्किक और मजबूत ढंग से एकता के सूत्र ढूँढ़ने वाला लेखक किसी भी हाल में प्रगतिशील ही कहा जाएगा। वैसे भी प्रेमचन्द की प्रगतिशीलता पर सन्देह नहीं किया जा सकता। इतिहास गवाह है कि उन्होंने अपनी प्रगतिशीलता का मूल्य भी चुकाया था। यह उनकी प्रखर सामाजिक चिन्ता ही थी कि उन्होंने आचार्य चतुरसेन की कृति 'इस्लाम का विष-वृक्ष' पर अत्यन्त तीखी टिप्पणी की। ध्यातव्य है कि 1932-33 में आ. चतुरसेन की यह पुस्तक प्रकाशित हुई थी, जिसने पढ़े-लिखे लोगों में भी भ्रम फैलाने का काम किया था। प्रेमचन्द ने इस पर टिप्पणी करते हुए लिखा था—"दोष सभी धर्मों में निकाले जा सकते हैं। क्या हिन्दू धर्म दोषों से खाली है? अपने अपने समय में प्रभुता पाकर अत्याचार भी सभी जातियों ने किए हैं, लेकिन उन गयी बीती बातों को कोने की तरह पालना और उनका प्रचार करके जनता में द्वेष फैलाना, राष्ट्र को सर्वनाश की ओर ले जाना है।''[23] आचार्य चतुरसेन की इस पुस्तक के पृष्ठ तैंतालीस पर लिखी बातों को प्रेमचन्द ने उद्धृत करते हुए लिखा था—"हम नहीं समझते कि इस तरह की लचर, बेबुनियाद, धोखे में डालने वाली बातों के प्रचार का इसके सिवा और क्या उद्देश्य है कि हिन्दुओं में इस्लाम और मुसलमानों के प्रति घृणा और द्वेष पैदा किया जाय। ऐसी मनोवृत्ति वालों से ईश्वर इस देश की रक्षा करे।''[24] तथ्य के लिए आचार्य चतुरसेन की लिखी बातें भी गौरतलब हैं। उन्होंने लिखा है कि—

"1. खुदा आदमी को बहकाता है।
2. खुदा सबसे बड़ा कपटी है।
3. खुदा ने प्रत्येक शहर में पापियों के सरदार छोड़ रखे हैं ताकि वे लोगों को बहकाते और धोखा देते रहें।
4. खुदा घात में लगा रहता है।
5. विहिरत में शराब पीने को, माँस खाने को, तथा सत्तर हूरें और लौंडे मौज करने को मिलेंगे।''[25]

आश्चर्य होता है कि आचार्य चतुरसेन शास्त्री जैसे महत्त्वपूर्ण लेखक ऐसी प्रतिक्रियावादी विचारधारा से ग्रस्त थे और उससे भी अधिक आश्चर्य इस बात से होता है कि आजादी की लड़ाई के उस दौर में भी प्रेमचन्द के अतिरिक्त हिन्दी के किसी दूसरे लेखक के पास इस घृणित व्यवहार के प्रति कोई व्यवस्थित और समतामूलक दृष्टिकोण न था। प्रेमचन्द ने स्वयं तो लिखा, साथ ही अपने समय के प्रखर युवा लेखक (बाद के बड़े कथाकार) श्री जैनेन्द्र को 17 जुलाई, 1933 को इस सन्दर्भ में एक पत्र भी लिखा था कि वे चतुरसेन की पुस्तक 'इस्लाम का विष वृक्ष' पर आलोचना लिख कर उनके पास भेज दें।''[26] ये घटनाएँ और

उनका लेखन इस बात के स्पष्ट गवाह हैं कि वे भारतीय समाज में समता के दर्शन को जन-जन तक पहुँचाने के लिए कितने प्रत्यनशील थे। उनके आगे-पीछे देखने पर एक कबीर हैं, जिन्होंने अत्यन्त प्रखर ढंग से जाति-पाँति और हिन्दू-मुस्लिम समस्या पर लिखा है। यद्यपि स्त्री के प्रश्न पर कबीर भी मध्यकालीन सोच से उबर न सके थे।

प्रेमचन्द के समक्ष एकता और समता का सामाजिक आदर्श था। वे इसी आदर्श को भारतीय समाज में फलीभूत देखना चाहते थे। यही कारण है कि एक ओर वे हिन्दू समाज की कमजोरियों को रेखांकित करते हैं, तो दूसरी ओर उसका आदर्श भी रखते हैं। उन्होंने लिखा है—"क्या हिन्दू आदर्श यही है कि अन्यायी हिन्दू राजाओं की प्रशंसा की जाय और उन्हें अपनी मुस्लिम प्रजा को कुचलने में सहायता दी जाय?"[27] हिन्दू धर्म के आदर्श को लेकर उठाया गया प्रश्न आज भी प्रासंगिक है। 'मन्दिर-मस्जिद' जैसे अयोध्याकांडों में हमारी पक्षधरता क्या होनी चाहिए, यह प्रश्न उस ओर संकेत करता है।

हिन्दू-मुस्लिम समस्या का एक अंग भाषा-विवाद भी है—हिन्दी-उर्दू विवाद। यह एक ऐतिहासिक तथ्य है कि विवाद सन् 1800 में फोर्ट विलियम कॉलेज की स्थापना के साथ जन्मा और परवान चढ़ा। उसके पूर्व इन दोनों भाषाओं में कोई साम्प्रदायिक विवाद न था अन्यथा मीर और ग़ालिब जैसे महाकवि अपने को हिन्दी और रेखे का कवि नहीं कहते। यहाँ अलग से इंगित करने की आवश्यकता नहीं है कि अंग्रेजों ने अपने 'बाँटो और राज करो' के सिद्धान्त के तहत ही हिन्दी को हिन्दुओं और उर्दू को मुसलमानों से जोड़कर देखा तथा इसे प्रचारित करके हिन्दू-मुस्लिम समस्या को और गम्भीर बना दिया। अंग्रेजों की भाषा-नीति का ही परिणाम था कि डॉ. इकबाल और जिन्ना जैसे लोगों ने उर्दू बोलने वालों का अलग देश बनाने की पेशकश की। डॉ. इकबाल तो एक मुस्लिम राष्ट्र चाहते थे, लेकिन उर्दू के आधार पर देश की माँग जिन्ना और उनके सहयोगियों ने रखी और लिया भी। आजादी के बाद के हिन्दी-उर्दू विवाद की जड़ में उर्दू के आधार पर बना पाकिस्तान है। उर्दू के आधार पर बने एक अलग मुस्लिम राष्ट्र ने आम हिन्दुओं में यह बात गहरे तक भर दी कि उर्दू मुसलमानों की भाषा है। आज का पढ़ा-लिखा तबका यह जानता है कि भाषा किसी धर्म या जाति की नहीं होती। अगर उर्दू मुसलमानों की भाषा होती तो पाकिस्तान से लड़कर बंगाली मुसलमान अलग न होते। अरब-ईरान-ईराक-अफगानिस्तान आदि देशों के मुस्लिम भी उर्दू ही बोलते या सारी दुनिया के हिन्दू हिन्दी बोलते। पूरी दुनिया की बात छोड़ें, हिन्दुस्तान में ही दक्षिण के हिन्दू तमिल-तेलुगु, मलयालम आदि बोलते हैं। कोई भी बच्चा पैदा होते ही कोई भाषा नहीं बोलने लगता। उसे जिस भी

भाषा की शिक्षा-दीक्षा दी जाती है, वह उसी में पारंगत हो जाता है। कौन नहीं जानता कि मध्यकाल में फारसी में जिस एक जाति ने सिद्धहस्तता प्राप्त की थी, यह कायस्थ हिन्दू थे। फिर भी आज यह एक सामाजिक सच्चाई है कि उर्दू की पहचान एक धर्म विशेष की भाषा के रूप में हो गई है जो कि कतई सुखद नहीं है। मुंशी प्रेमचन्द की जो ऊँचाई हिन्दी में है, वही उर्दू में भी है। उन्होंने हिन्दी कथा साहित्य को ही नयी जमीन और नया आकाश नहीं दिया, वरन् उर्दू को भी दिया। वे यह मानते थे कि उनकी उम्र उर्दू की सेवकाई करते गुजरी है और उर्दू उन्हें प्राणों की तरह प्यारी है। वे भाषा के प्रति तंग दृष्टि रखने वालों की जमकर ख़बर लेते थे। नियाज फतेहपुरी के एक लेख का जवाब देते हुए उन्होंने लिखा था—''आपके ख़याल में कोई हिन्दू उर्दू लिख ही नहीं सकता, चाहे वह सारी उम्र इसकी साधना करता रहे, और मुसलमान जन्म से ही उर्दू लिखना जानता है, यानी उर्दू लिखने की योग्यता वह माँ के पेट से लेकर आता है। यह दावा इतना ग़लत, पोच, लचर और बेवकूफी से भरा हुआ है कि इसके जवाब की जरूरत नहीं। मैं तो उतना ही कह सकता हूँ कि जिस ज़बान के साहित्यकार इतने तंग-नज़र, अपने घमंड में फूले हुए हों, उसका खुदा ही मालिक है।''[28] इस भाषा पर गौर करें तो प्रेमचन्द की एकता की पवित्र भावना और ज्यादा पुष्ट होती है। उन्होंने अपने इसी लेख में साफ-साफ लिखा—''उर्दू न मुसलमानों की बपौती है न हिन्दुओं की। उसके लिखने और पढ़ने का हक़ दोनों को हासिल है। हिन्दुओं का उस पर हक़ पहला है क्योंकि वह हिन्दी की एक शाखा है, हिन्दी पानी और मिट्टी से उसकी रचना हुई है और सिर्फ कुछ थोड़े से अरबी और फारसी शब्दों को दाखिल कर देने से उसकी असलियत नहीं बदल सकती, उसी तरह जैसे पहनावा बदलने से राष्ट्रीयता या जाति नहीं बदल सकती।''[29] अपने इस कथन में प्रेमचन्द एक ओर जहाँ भाषा के प्रति वैज्ञानिक दृष्टि अपनाते हैं, वहीं जाने-अनजाने इस भावना के शिकार होते दिखते हैं कि हिन्दी हिन्दुओं की भाषा है। यद्यपि उनके सम्पूर्ण भाषा चिन्तन का सार यही है कि भाषा बोलने वाले की होती है, किसी धर्म या जाति की नहीं। उन्होंने नियाज़ फ़तेहपुरी पर गुस्सा उतारते हुए स्पष्ट किया है कि भाषा के प्रति साम्प्रदायिक दृष्टि ही हमें श्रेष्ठ साहित्य का निर्णय करने नहीं देती। उन्होंने नियाज़ जैसे लोगों को इंगित करते हुए लिखा—''यहाँ तो हिन्दू लेखकों के साथ वह कद्रदानी दिखाई जाती है। उधर हिन्दुओं को हिन्दी के मुसलमान कवियों से कितना सच्चा प्रेम है। रहीम और जायसी आदि की कविता के नये-नये संस्करण प्रकाशित होते रहते हैं। उन्हें उतने ही शौक से पढ़ा जाता है, जैसे सूर या तुलसी को, पाठ्यक्रम में उन्हें हिन्दू कवियों के साथ ही जगह दी जाती है, हिन्दू या मुसलमान होने का किसी को

ख़याल ही नहीं आता। उर्दू के किसी हिन्दू शायर का कलाम किसी मुसलमान ने संग्रह किया हो, इसकी मुझे कोई मिसाल नहीं मिलती। हाल ही में हज़रत असगर ने 'यादगारे नसीम' का संकलन किया है जिसका उन्हें भुगतान करना पड़ रहा है। इस साहित्यिक संकीर्णता और द्वेष की भी कोई सीमा है?''[30] यह कथन इस बात को बहुत हद तक साफ कर देता है कि प्रेमचन्द के समय तक आते-आते यह विवाद बहुत बढ़ गया था, नहीं तो जीवन भर उर्दू की सेवा करने वाले एक महान लेखक को एक सीमा तक प्रतिक्रियावादी होकर जवाब नहीं देना पड़ता। भाषा और धार्मिक कूपमंडूकता की मित्रता पर टिप्पणी करते हुए उन्होंने लिखा था—''अभी बहुत दिन नहीं गुज़रे कि हिन्दू बड़े शौक से उर्दू-फारसी पढ़ते थे। बड़े-बड़े संस्कृत के विद्वान ब्राह्मण भी अपने लड़कों को फारसी-उर्दू पढ़ाया करते थे, पर गत पच्चीस तीस वर्षों से परिस्थिति बहुत कुछ बदल गयी है। अब हिन्दू उर्दू-फारसी का नाम नहीं लेता और मुसलमानों में तो रहीम और रसखान अब कल्पनातीत हो गये। ज्यों-ज्यों पृथकता बढ़ती जाती है, हमारी कूपमंडूकता भी बढ़ती जाती है।''[31] प्रेमचन्द के समय में यह विवाद जितना गहरा था, आज उससे तीखा ही हुआ है। हम जितने शिक्षित हुए हैं, हमारी धार्मिक कूपमंडूकता उतनी ही बढ़ी है अन्यथा जिस देश में रोजगार न हो, उस देश में मुख्य मुद्दा मन्दिर-मस्जिद बन जाएँ, यह क्या है! फिर भी समय से सचेत हुए लोगों का फर्ज होता है कि वे राष्ट्रीय हित के मुद्दों को बहस में लाएँ। प्रेमचन्द अपने समय में यह काम बखूबी कर रहे थे। वे अच्छी तरह जानते थे कि भारत में राष्ट्रीय एकता के लिए हिन्दी-उर्दू विवाद का जड़ से समाप्त होना ही श्रेयस्कर है।

प्रेमचन्द के समक्ष हिन्दू-मुस्लिम एकता को लेकर एक बात बिल्कुल साफ थी कि यह एकता तथाकथित राष्ट्रवादी नेताओं अर्थात् स्वभावत: अवसरवादी रहनुमाओं के द्वारा सम्भव नहीं हो सकती। उनके समय में भी आज की ही तरह अधिकांश नेता सिर्फ अपनी रोटी सेंकने के लिए एकता की बातें कर रहे थे। प्रेमचन्द जानते थे कि उनके हृदयों में मैल बैठी हुई है और वे चाहते हैं कि हिन्दू-मुस्लिम के बीच धार्मिक-सामाजिक राजनीतिक झगड़ा बरकरार रहे ताकि उनकी सत्ता बनी रहे। लेडी अब्दुल कादिर के भाषण पर लिखते हुए उन्होंने रेखांकित किया था कि आम हिन्दू-मुसलमान को इन सियासी झगड़ों से कुछ खास लेना-देना नहीं होता है।[32] ये नेता ही उनकी भावनाओं को उकसाकर उनसे ऐसे काम करा लेते हैं, जो न सिर्फ धर्म-विरोधी होता है, बल्कि मनुष्य विरोधी भी होता है। प्रेमचन्द ने एकता के सम्बन्ध में अपनी धारणा को पुष्ट करने के लिए अपने समय के प्रख्यात इतिहासकारों और समाजशास्त्रियों के विचारों को भी उद्धृत किया है। ऐसा ही एक उद्धरण है सुप्रसिद्ध इतिहासकार प्रो. मुहम्मद हबीब के एक लेख 'मध्यकाल

में हिन्दू-मुस्लिम सम्बन्ध' से। प्रो. मुहम्मद हबीब ने लिखा है—"कहा जाता है कि हिन्दुओं को घोड़े पर सवार होने, तीर चलाने और जुलूस निकालने तथा स्नान और पूजा-पाठ का निषेध था, पर यह किंवदन्तियाँ मौलिक प्रमाणों के गलत मुताला (अध्ययन) से पैदा हुई हैं। इस जमाने का हिन्दू मजहब संगठित और शक्तिशाली था। उसके साथ मुसलमान बादशाह इसलिए खादारी बरतते थे कि इसके सिवा दूसरी राह न थी।...उनके लिए सांप्रदायिक संघर्ष का फल तबाही के सिवा और कुछ न होता। यह विचित्र बात है कि मध्यकालीन इतिहास के राजनैतिक या ऐतिहासिक साहित्य में हिन्दू-मुस्लिम द्वन्द्व का कोई छोटे से छोटा प्रमाण नहीं मिलता। लेकिन इसका कारण यह नहीं है कि हिन्दू इसके लिए तैयार न थे। नहीं! वह तो अपनी रण-प्रियता के लिए बदनाम थे। लेकिन उस काल की किसी लड़ाई में भी हम सेनाओं को साम्प्रदायिक आधार पर लड़ते नहीं पाते। अफगानी सिपाहियों का एक दस्ता तराइन की लड़ाई में राय पिथौरा के नीचे लड़ा था। मुसलमानों की एक पैदल सेना ने पानीपत की लड़ाई में मराठों की मदद की थी। असली हिन्दू-मुस्लिम लड़ाई तो वास्तव में कभी हुई ही नहीं।"[33] ऐतिहासिक दृष्टिकोण से यह बात बिल्कुल ठीक है, किन्तु प्रेमचन्द के समय तक आते-आते सियासी कारणों से ही दोनों समुदायों के प्रेम सम्बन्धों में पर्याप्त फर्क आ चुका था। प्रेमचन्द जैसे मनुष्यधर्मी लोग जीवन के अन्यान्य क्षेत्रों से एकता की मिसालें दे-देकर यही चाहते थे कि लोग यह जान सकें कि मनुष्य दुनिया की किसी भी चीज से ज्यादा महत्त्वपूर्ण है, और साथ ही यह भी कि राष्ट्र कौम और जाति से ऊपर होता है। उन्होंने एकता के लिए ईश्वर से प्रार्थना करते हुए लिखा था—"ईश्वर से हमारी यही कामना है कि हिन्दू-मुस्लिम समझौता सफल हो और भारत एक राष्ट्र और एकात्मा होकर अपने अभ्युदय के पथ पर अग्रसर हो।"[34] कहने की आवश्यकता नहीं कि प्रेमचन्द घनघोर राष्ट्रवादी थे। किन्तु आज के तथाकथित राष्ट्रवादियों के राष्ट्रवाद और उनके राष्ट्रवाद में कोई तुलनात्मक अध्ययन ही सम्भव नहीं लगता। प्रेमचन्द के लिए 'राष्ट्रवाद' का आशय बहुत व्यापक था। इस व्यापकता में दलितों की मुक्ति, स्त्री की स्वाधीनता, हिन्दू-मुस्लिम एकता, अंग्रेजों से स्वतन्त्रता आदि सब थे जबकि आज के तथाकथित राष्ट्रवादियों का राष्ट्रवाद मन्दिरों-मस्जिदों-हिन्दुओं-मुसलमानों और संसद के गलियारे एक सीमित है। कहने की आवश्यकता नहीं कि यह राष्ट्रवाद नहीं, फासीवाद का ही एक रूप है।

किसी भी विवेकशील और संवेदनशील मनुष्य की तरह प्रेमचन्द के लिए यह बड़े दु:ख का विषय था कि कुछ लोग इन दोनों समुदायों में प्रेम के सूत्र तलाशने की जगह घृणा के सूत्र ही ढूँढते रहते हैं। उन्हें इनकी एकता से अधिक

अपनी सत्ता की चिन्ता सताती रहती है। ऐसे लोगों को फटकारते हुए प्रेमचन्द ने लिखा था—"दो भाई यदि आपस में लड़ने-भिड़ने और मुकदमेबाजी करने के बाद चेत जाएँ और आपस में समझौता करने का इरादा कर लें, तो क्या गुड़े मुर्दे उखाड़ कर उनमें मेल न होने देना किसी ऊँची मनोवृत्ति का पता देता है? समझौता करते समय हमें पिछली बातों को भुला देना पड़ता है, गुस्से में हमारे मुँह से क्या-क्या अनाप-शनाप बातें निकल गईं, हमने किसी तरह एक दूसरे को नीचा दिखाने की चेष्टा की, यह सारी कटुताएँ विस्मृत कर देनी पड़ती हैं। हम सदिच्छा के साथ, ईश्वर पर भरोसा करके प्रेम का हाथ फैलाते हैं। समझौते की यही एक सूरत है। यदि हम अविश्वास करते रहेंगे, तो दूसरा पक्ष भी हमारे ऊपर अविश्वास करता रहेगा। ऐसी दशा में मेल कहाँ से आएगा।"[35] यही प्रेमचन्द की पीड़ा थी। यही हमारे समय के प्रत्येक संवेदनशील व्यक्ति की पीड़ा है।

प्रेमचन्द अच्छी तरह जानते थे कि राष्ट्र की समस्याएँ किसी एक कौम या जाति की समस्याएँ नहीं हैं। किसी भी युग में राष्ट्र की समस्या उस राष्ट्र के प्रत्येक व्यक्ति की समस्या होती है। उन्होंने बड़ी तार्किकता के साथ यथार्थ बोध कराते हुए लिखा था—"वास्तव में जो कुछ मतभेद हैं, वह केवल शिक्षित समुदाय के अधिकार और स्वार्थ का है। राष्ट्र के सामने जो समस्या है, उसका सम्बन्ध हिन्दू, मुसलमान, सिक्ख, ईसाई सभी से है। बेकारी से सभी दुःखी हैं। दरिद्रता सभी का गला दबाए हुए है। नित नयी-नयी बीमारियाँ पैदा होती जा रही हैं। उनका वार सभी सम्प्रदायों पर समान रूप से होता है। कर्ज की इल्लत में सभी गिरफ्तार हैं। ऐसी कोई सामाजिक, आर्थिक या राजनैतिक दुरव्यवस्था नहीं है, जिससे राष्ट्र के प्रत्येक अंग पीड़ित न हों। दरिद्रता, बीमारी, अशिक्षा, बेकारी, हिन्दू और मुसलमान का विचार नहीं करती।"[36] प्रेमचन्द का यह कथन आज की परिस्थिति में भी सौ प्रतिशत महत्त्वपूर्ण हैं। उन्होंने रेखांकित किया कि अगर आपसी झगड़ों की जगह हिन्दू-मुसलमान एक होकर रचनात्मक कार्य कर सकें तो राष्ट्र का उत्थान होगा। अन्यथा राष्ट्र ही नहीं बचेगा। उन्होंने समय से सचेत हुए लोगों को उनके फर्ज की याद दिलाते हुए लिखा था—"हमें अधिकार की इसलिए जरूरत नहीं है कि थोड़े से शिक्षित आदमियों को मोटी-मोटी असामियाँ मिलें और वह शान से जीवन व्यतीत करें, बल्कि इसलिए और केवल इसलिए कि हम राष्ट्र को सुखी और सन्तुष्ट कर सकें, शिक्षा का प्रचार कर सकें, कृषकों की हालत सुधार सकें, बेकारी की बला दूर कर सकें। देश में ऐसा वातावरण पैदा कर सकें कि छोटे-से-छोटे आदमी को भी रहने को झोंपड़े और भोजन के लिए रोटी की कमी न रहे, बड़े-से-बड़े आदमी छोटे-से-छोटे आदमी पर भी अत्याचार करके बेदाग न बच सकें, सूद के नाम से गरीबों को लूटा न जा सके, अदालतों

में न्याय अधिक महँगा और संदिग्ध न हो, पूँजीपति मजूरों का रक्त चूस कर मोटे न हो सकें, जमींदार अपने असामियों पर मनमानी न कर सकें, राजकर्मचारी रिश्वत का बाजार न गर्म कर सकें, तरह-तरह के नये व्यवसाय खोले जाएँ। हम अधिकार चाहते हैं राष्ट्र सेवा के लिए। अगर हमारे सामने यह आदर्श है, तो आपस में समझौता होने में कोई रुकावट नहीं हो सकती है।''[37] यह थी प्रेमचन्द की दृष्टि और भारतीय समाज के लिए उनका स्वप्न।

अपने कथा-साहित्य में प्रेमचन्द ने अपनी इसी दृष्टि और स्वप्न को महत्त्व दिया है। 'जिहाद' शीर्षक कहानी में प्रेमचन्द ने चित्रित किया है कि अपने-अपने धर्म की वास्तविकताओं से अपरिचित होने के कारण ही हिन्दू-मुस्लिम आपस में लड़ते रहते हैं। 'हिंसा परमो धर्मः' में भी उन्होंने 'शुद्धिकरण' और 'तबलीग' का वर्णन करते हुए इन दोनों सम्प्रदायों की मूर्खताओं को ही उजागर किया है।

'पंच परमेश्वर' शीर्षक कहानी में जुम्मन और अलगू की गाढ़ी मित्रता हिन्दू-मुस्लिम एकता को ही प्रदर्शित करती है। 'कर्मभूमि' में सलीम और अमरकान्त की मित्रता इसी एकता की भावना को मजबूत करती है। कहने का आशय यह कि प्रेमचन्द राष्ट्र के हितों को ध्यान में रखते हुए जरूरी समझते थे कि हिन्दू-मुस्लिम एक होकर रहें। यद्यपि यह दुःखद है कि ऐसा न तो उनके समय में हो सका और न ही कोई सम्भावना दीख रही है। उन्हीं के शब्दों में कहें तो—''साम्प्रदायिक विद्यालय जिस युग के स्मारक हैं, क्या वह युग समाप्त हो गया है?''[38]

—जितेन्द्र श्रीवास्तव

सन्दर्भ

1. प्रेमचन्द-विविध प्रसंग, भाग-2, पृ. 355—'मनुष्यता का अकाल'
2. वही, पृ. 352-353
3. वही, पृ. 355
4. वही, पृ. 352
5. वही, पृ. 354
6. वही, पृ. 337—'हिन्दू-मुस्लिम एकता'
7. मुक्तिधन-मानसरोवर, भाग-3, पृ. 173
8. विविध प्रसंग, भाग 2, पृ. 381—'अब हमें क्या करना है।'
9. वही, पृ. 374—गोलमेज परिषद् में गोल-माल'
10. वही, पृ. 364—'नवयुग'।
11. वही, पृ. 365—'मिर्जापुर कॉन्फ्रेंस में एक महत्त्वपूर्ण प्रस्ताव'
12. वही, पृ. 365—'मिर्जापुर कॉन्फ्रेंस में एक महत्त्वपूर्ण प्रस्ताव'
13. वही, पृ. 370—'स्वार्थान्धता की पराकाष्ठा'

14. वही, पृ. 418—'कुरान में धार्मेक ऐक्य का तत्व'
15. वही, पृ. 403
16. वही, पृ. 404
17. वही, पृ. 375—'हिन्दू-मुस्लिम एकता'
18. मन्त्र-इक्यावन श्रेष्ठ कहानिया:—प्रेमचन्द, पृ. 450
19. वही, पृ. 413—'हजरत मुहम्मद की पुण्य-स्मृति'
20. कर्बला के आधार पर।
21. वही, पृ. 418—'कुरान में धार्मिक ऐक्य का तत्व'
22. वही, पृ. 419
23. वही, पृ. 414—'इस्लाम का विष-वृक्ष'
24. वही, पृ. 415
25. स्रोत—वही, पृ. 414
26. डॉ. इन्द्र मोहन कुमार सिन्हा-प्रेमचन्दयुगीन भारतीय समाज, पृ. 301
27. वही, पृ. 421—'हिन्दू सभा की नाराजगी'
28. वही, पृ. 360—'उर्दू में फिर औनियत'
29. वही, पृ. 361
30. वही, पृ. 362
31. वही, पृ. 366—'मिर्जापुर कॉन्फ्रेंस में एक महत्त्वपूर्ण प्रस्ताव'
32. वही, पृ. 396—'कराची में महिला सम्मेलन।'
33. प्रो. मुहम्मद हबीब—स्रोत—प्रेमचन्द्र—विविध प्रसंग, भाग-2, पृ. 378
34. वही, पृ. 389
35. वही, पृ. 372—'एकता-सम्मेलन'
36. वही, पृ. 393—'आशा का केन्द्र'
37. वही, पृ. 393-394
38. वही, पृ. 367—'मिर्जापुर कॉन्फ्रेंस में एक महत्त्वपूर्ण प्रस्ताव।

अनुक्रम

साम्प्रदायिकता विरोधी कहानियाँ

फातिहा

सरकारी अनाथालय से निकलकर मैं सीधा फौज में भरती किया गया। मेरा शरीर हृष्ट-पुष्ट और बलिष्ठ था। साधारण मनुष्यों की अपेक्षा मेरे हाथ पैर कहीं लम्बे और स्नायु-युक्त थे। मेरी लम्बाई पूरी छह फुट नौ इंच थी। पलटन में 'देव' के नाम से विख्यात था। जब से मैं फौज में भरती हुआ, तब से मेरी किस्मत ने भी पलटा खाना शुरू किया और मेरे हाथ से कई ऐसे काम हुए, जिनसे प्रतिष्ठा के साथ-साथ मेरी आय भी बढ़ती गयी। पलटन का हर एक जवान मुझे जानता था। मेजर सरदार हिम्मत सिंह की कृपा मेरे ऊपर बहुत थी; क्योंकि मैंने एक बार उनकी प्राण-रक्षा की थी। इसके अतिरिक्त न जाने क्यों उनको देखकर मेरे हृदय में भक्ति और श्रद्धा का संचार होता। मैं यही समझता कि यह मेरे पूज्य हैं और सरदार साहब का भी व्यवहार मेरे साथ-स्नेह युक्त और मित्रता-पूर्ण था।

मुझे अपना माता-पिता का पता नहीं है, और न उनकी कोई स्मृति ही है। कभी-कभी जब मैं इस प्रश्न पर विचार करने बैठता हूँ, तो कुछ धुँधले-से दृश्य दिखाई देते हैं—बड़े-बड़े पहाड़ों के बीच में रहता हुआ एक परिवार, और एक स्त्री का मुख, जो शायद मेरी माँ का होगा। पहाड़ी के बीच में तो मेरा पालन-पोषण ही हुआ है। पेशावर से अस्सी मील दूर पूर्व एक ग्राम है, जिसका नाम 'कुलाहा' है, वहीं पर एक सरकारी अनाथालय है। इसी में मैं पाला गया। यहाँ से निकल कर सीधा फौज में चला गया। हिमालय की जलवायु से मेरा शरीर बना है, और मैं वैसा ही दीर्घाकृति आदि बर्बर हूँ, जैसे कि सीमाप्रान्त के रहने वाले अफ्रीदी, गिलजई महसूदी आदि पहाड़ी कबीलों के लोग होते हैं। यदि उनके और मेरे जीवन में कुछ अन्तर है तो वह सभ्यता का। मैं थोड़ा बहुत पढ़-लिख लेता हूँ, बातचीत कर लेता हूँ, अदब कायदा जानता हूँ। छोटे-बड़े का लिहाज कर सकता हूँ, बातचीत कर लेता हूँ, किन्तु मेरी आकृति वैसी ही है, जैसी कि किसी भी सरहदी पुरुष की हो सकती है।

कभी-कभी मेरे मन में यह इच्छा बलवती होती कि स्वच्छन्द होकर पहाड़ों

की सैर करूँ; लेकिन जीविका का प्रश्न मेरी इच्छा को दबा देती। उस सूखे देश में खाने का कुछ भी ठिकाना नहीं था। वहाँ के लोग एक रोटी के लिए मनुष्य की हत्या कर डालते, एक कपड़े के लिए मुरदे की लाश चीर-फाड़ कर फेंक देते और एक बन्दूक के लिए सरकारी फौज पर छापा मारते हैं। इसके अतिरिक्त उन जंगली जातियों का एक-एक मनुष्य मुझे जानता था और मेरे खून का प्यासा था। यदि मैं उन्हें मिल जाता, तो जरूर मेरा नाम-निशान दुनिया से मिट जाता। न जाने कितने अफ़्रीदियों और ग़िलज़इयों को मैंने मारा था, कितनों को पकड़-पकड़ कर सरकारी जेलखानों में भर दिया था और न मालूम उनके कितने गाँवों को जला कर खाक कर दिया था। मैं भी बहुत सतर्क रहता, और जहाँ तक होता, एक स्थान पर हफ्ते से अधिक कभी न रहता।

2

एक दिन मैं मेजर सरदार हिम्मतसिंह के घर की ओर जा रहा था। उस समय दो बजे थे। आजकल छुट्टी-सी थी; क्योंकि अभी हाल ही में कई गाँव भस्मीभूत कर दिए गये थे और जल्दी उनकी तरफ से कोई आशंका नहीं थी। हम लोग निश्चित होकर गप्प और हँसी-खेल में दिन गुजारते थे। बैठे-बैठे दिल घबरा गया था। सिर्फ मन बहलाने के लिए सरदार साहब के घर की ओर चला; किन्तु रास्ते में एक दुर्घटना हो गयी। एक बूढ़ा अफ़्रीदी, जो अब भी एक हिन्दुस्तानी जवान का सिर मरोड़ देने के लिए काफी था, एक फौजी जवान से भिड़ा हुआ था। मेरे देखते-देखते उसने अपनी कमर से एक तेज छुरा निकाला और उसकी छाती में घुसेड़ दिया। उस जवान के पास एक कारतूसी बन्दूक थी, बस उसी के लिए यह सब लड़ाई थी। पलक मारते-मारते, फौजी जवान का काम तमाम हो गया और बूढ़ा बन्दूक ले कर भागा। मैं उसके पीछे दौड़ा; लेकिन दौड़ने में वह इतना तेज था कि बात-की-बात में आँखों से ओझल हो गया। मैं भी बेतहाशा उसका पीछा कर रहा था। आखिर सरहद पर पहुँचते-पहुँचते उससे बीस हाथ की दूरी पर रह गया। उसने पीछे फिर कर देखा, मैं अकेला उसका पीछा कर रहा था। उसने बन्दूक का निशाना मेरी ओर साधा। मैं फौरन जमीन पर लेट गया और बूढ़े की बन्दूक की गोली मेरे सामने पत्थर पर लगी। उसने समझा कि मैं गोली का शिकार हो गया। वह धीरे-धीरे सतर्क पदों से मेरी ओर बढ़ा। मैं साँस खींच कर लेट गया। जब वह बिल्कुल मेरे पास आ गया, शेर की तरह उछल कर मैंने उसकी गरदन पकड़कर जमीन पर पटक दिया और छुरा निकाल कर उसकी छाती में घुसेड़ दिया। अफ़्रीदी की जीवन-लीला समाप्त हो गयी। इसी समय मेरी पलटन के कई लोग भी आ पहुँचे। चारों तरफ से लोग मेरी प्रशंसा करने

लगे। अभी तक मैं अपने आपे में न था; लेकिन अब मेरी सुध-बुध वापस आयी। न मालूम क्यों उस बुडढ्े को देखकर मेरा जी घबराने लगा। अभी तक न मालूम कितने ही अफ्रीदियों को मारा था; लेकिन कभी भी मेरा हृदय इतना घबराया न था। मैं जमीन पर बैठ गया और उस बुड्ढे की ओर देखने लगा। पलटन के जवान भी पहुँच गये और मुझे घायल जानकर अनेक प्रकार के प्रश्न करने लगे। धीरे-धीरे मैं उठा और चुपचाप शहर की ओर चला। सिपाही मेरे पीछे-पीछे उसी बुड्ढे की लाश घसीटते हुए चले। शहर के निवासियों ने मेरी जय-जयकार का ताँता बाँध दिया। मैं चुपचाप मेजर सरदार हिम्मतसिंह के घर में घुस गया।

सरदार साहब उस समय अपने खास कमरे में बैठे हुए कुछ लिख रहे थे। उन्होंने मुझे देखकर पूछा-क्यों, उस अफ्रीदी को मार आये?

मैंने बैठते हुए कहा—जी हाँ, लेकिन सरदार साहब, न जाने क्यों मैं कुछ बुजदिल हो गया हूँ।

सरदार साहब ने आश्चर्य से कहा—असदखाँ और बुजदिल! यह दोनों एक जगह होना नामुमकिन है।

मैंने उठते हुए कहा—सरदार साहब, यहाँ तबीयत नहीं लगती, उठकर बाहर बरामदे में बैठिए। न मालूम क्यों मेरा दिल घबड़ाता है।

सरदार साहब उठ कर मेरे पास आये और स्नेह से मेरी पीठ पर हाथ फेरते हुए कहा—असद, तुम दौड़ते-दौड़ते थक गये हो, और कोई बात नहीं है। अच्छा चलो बरामदे में बैठें। शाम की ठंडी हवा तुम्हें ताजा कर देगी।

सरदार साहब और मैं, दोनों बरामदे में जाकर कुर्सियों पर बैठ गये। शहर के चौमुहाने पर उसी वृद्ध की लाश रखी थी और उसके चारों ओर भीड़ लगी हुई थी। बरामदे में जब मुझे बैठे हुए देखा, तो लोग मेरी ओर इशारा करने लगे। सरदार साहब ने यह दृश्य देखकर कहा—असदखाँ, देखा, लोगों की निगाह में तुम कितने ऊँचे हो? तुम्हारी वीरता को यहाँ का बच्चा-बच्चा सराहता है। अब भी तुम कहते हो कि मैं बुजदिल हूँ।

मैंने मुस्करा कर कहा—जब से इस बुड्ढे को मारा है, तब से मेरा दिल मुझे धिक्कार रहा है।

सरदार साहब ने हँसकर कहा—क्योंकि तुमने अपने से निर्बल को मारा है।

मैंने अपनी दिलजमई करते हुए कहा—मुमकिन है, ऐसा ही हो।

इसी समय एक अफ्रीदी रमणी धीरे-धीरे आकर सरदार साहब के मकान के सामने खड़ी हो गयी। ज्यों ही सरदार साहब ने देखा, उनका मुँह सफेद पड़ गया। उनकी भयभीत दृष्टि उसकी ओर से फिर कर मेरी ओर हो गयी। मैं भी आश्चर्य से उनके मुँह की ओर निहारने लगा। उस रमणी का-सा सुगठित शरीर

मरदों का भी कम होता है। खाकी रंग के मोटे कपड़े का पायजामा और नीले रंग का मोटा कुरता पहने हुए थी। बलूची औरतों की तरह सिर पर रूमाल बाँध रखा था। रंग चम्पई था और यौवन की आभा फूट-फूट कर बाहर निकली पड़ती थी। इस समय उसकी आँखों में ऐसी भीषणता थी, जो किसी के दिल में भय का संचार करती। रमणी की आँखें सरदार साहब की ओर से फिर कर मेरी ओर आयीं और उसने यों घूरना शुरू किया कि मैं भयभीत हो गया। रमणी ने सरदार साहब की ओर देखा और फिर जमीन पर थूक दिया और फिर मेरी ओर देखती हुई धीरे-धीरे दूसरी ओर चली गयी।

रमणी को जाते देखकर सरदार साहब की जान में जान आयी। मेरे सिर पर से भी एक बोझ हट गया।

मैंने सरदार साहब से पूछा—क्यों, क्या आप जानते हैं? सरदार साहब ने एक गहरी ठंडी साँस लेकर कहा—हाँ, बखूबी। एक समय था, जब यह मुझ पर जान देती थी और वास्तव में अपनी जान पर खेलकर मेरी रक्षा भी की थी; लेकिन अब इसको मेरी सूरत से नफरत है। इसी ने मेरी स्त्री की हत्या की है। इसे जब कभी देखता हूँ। मेरे होश-हवास काफूर हो जाते हैं और वही दृश्य मेरी आँखों के सामने नाचने लगता है।

मैंने भय-विह्वल स्वर में पूछा—सरदार साहब, उसने मेरी ओर भी तो बड़ी भयानक दृष्टि से देखा था। न मालूम क्यों मेरे भी रोएँ खड़े हो गये थे।

सरदार साहब ने सिर हिलाते हुए बड़ी गम्भीरता से कहा—असदखाँ, तुम भी होशियार रहो। शायद इस बूढ़े अफ्रीदी से इसका सम्पर्क है। मुमकिन है, यह उसका भाई या बाप हो। तुम्हारी ओर उसका देखना कोई मानी रखता है। बड़ी भयानक स्त्री है।

सरदार साहब की बात सुनकर मेरी नस-नस काँप उठी। मैंने बातों का सिलसिला दूसरी ओर फेरते हुए कहा—सरदार साहब, आप इसको पुलिस के हवाले क्यों नहीं कर देते? इसको फाँसी हो जाएगी।

सरदार साहब ने कहा—भाई असदखाँ, इसने मेरे प्राण बचाए थे और शायद अब भी मुझे चाहती है। इसकी कथा बहुत लम्बी है। कभी अवकाश मिला तो कहूँगा।

सरदार की बातों से मुझे भी कुतूहल हो रहा था। मैंने उनसे वह वृत्तान्त सुनाने के लिए आग्रह करना शुरू किया। पहले तो उन्होंने टालना चाहा; पर जब मैंने बहुत जोर दिया तो विवश होकर बोले—असद, मैं तुम्हें अपना भाई समझता हूँ, इसलिए तुमसे कोई परदा न रखूँगा। लो, सुनो—

3

असदखाँ, पाँच साल पहले मैं इतना वृद्ध न था, जैसा कि अब दिखाई पड़ता हूँ। उस समय मेरी आयु चालीस वर्ष से अधिक न थी। एक भी बाल सफेद न हुआ था और उस समय मुझमें इतना बल था कि दो जवानों को मैं लड़ा देता। जर्मनों से मैंने मुठभेड़ की है और न मालूम कितनों को यमलोक का रास्ता बता दिया। जर्मन-युद्ध के बाद मुझे यहाँ सीमाप्रान्त पर काली पलटन का मेजर बना कर भेजा गया। जब पहले-पहल मैं यहाँ आया, तो यहाँ कठिनाइयाँ सामने आयीं; लेकिन मैंने उसकी जरा परवाह न की और धीरे-धीरे उन सब पर विजय पाई। सबसे पहले यहाँ आकर मैंने पश्तो सीखना शुरू किया। पश्तो के बाद और जबानें सीखीं; यहाँ तक कि मैं उनको बड़ी आसानी और मुहाविरों के साथ बोलने लगा; फिर इसके बाद कई आदमियों की टोलियाँ बना कर देश का अन्तर्भाग भी छान डाला। इस पड़ताल में कई बार मैं मरते-मरते बचा; किन्तु सब कठिनाइयाँ झेलते हुए मैं यहाँ पर सकुशल रहने लगा। इस जमाने में मेरे हाथ से ऐसे-ऐसे काम हो गये, जिससे सरकार में मेरी बड़ी नामवरी और प्रतिष्ठा भी हो गयी। एक बार कर्नल हैमिलटन की मेमसाहब को मैं अकेले छुड़ा लाया था और कितने ही देसी आदमियों और औरतों के प्राण मैंने बचाए हैं। यहाँ पर आने के तीन साल बाद से मेरी कहानी आरम्भ होती है।

एक रात को मैं अपने कमरे में लेटा हुआ था। अफ्रीदियों से लड़ाई हो रही थी। दिन के थके-माँदे सैनिक गाफिल पड़े हुए थे। कैम्प में सन्नाटा था। लेटे-लेटे मुझे भी नींद नींद आ गयी। जब मेरी नींद खुली तो देखा कि छाती पर एक अफ्रीदी—जिसकी आयु मेरी आयु से लगभग दूनी होगी—सवार है और मेरी छाती में छुरा घुसेड़ने ही वाला है। मैं पूरी तरह से उसके अधीन था, कोई भी बचने का उपाय न था, किन्तु उस समय मैंने बड़े ही धैर्य से काम लिया और पश्तो भाषा में कहा—मुझे मारो नहीं, मैं सरकारी फौज में अफसर हूँ, मुझे पकड़े ले चलो, सरकार तुमको रुपया देकर मुझे छुड़ाएगी।

ईश्वर की कृपा से मेरी बात उसके मन में बैठ गयी। कमर से रस्सी निकाल कर मेरे हाथ-पैर बाँधे और फिर कन्धे पर बोझ की तरह लादकर खेमे से बाहर आया। बाहर मार-काट का बाजार गर्म था। उसने एक विचित्र प्रकार से चिल्ला कर कुछ कहा और मुझे कन्धे पर लादे वह जंगल की ओर भागा। यह मैं कह सकता हूँ कि उसको मेरा बोझ कुछ भी न मालूम होता था और बड़ी तेजी से भागा जा रहा था। उसके पीछे-पीछे कई आदमी, जो उसी के गिरोह के थे, लूट का माल लिये हुए भागे चले आ रहे थे।

प्रातःकाल हम लोग एक तालाब के पास पहुँचे। तालाब बड़े-बड़े पहाड़ों से घिरा हुआ था। उसका पानी बड़ा निर्मल था और जंगली पेड़ इधर-उधर उग रहे थे। तालाब के पास पहुँच कर हम सब लोग ठहरे। बुड्ढे ने, जो वास्तव में उस गिरोह का सरदार था, मुझे पत्थर पर डाल दिया। मेरी कमर में बड़ी ज़ोर से चोट लगी, ऐसा मालूम हुआ कि कोई हड्डी टूट गयी है; लेकिन ईश्वर की कृपा से हड्डी टूटी न थी। सरदार ने मुझे पृथ्वी पर डालने के बाद कहा—क्यों, कितना रुपया दिलाएगा?

मैंने अपनी वेदना दबाते हुए कहा—पाँच सौ रुपये।

सरदार ने मुँह बिगाड़ कर कहा—नहीं, इतना कम नहीं लेगा। दो हजार से एक पैसा भी कम मिला, तो तुम्हारी जान की खैर नहीं।

मैंने कुछ सोचते हुए कहा—सरकार इतना रुपया काले आदमी के लिए नहीं खर्च करेगी।

सरदार ने छुरा बाहर निकाले हुए कहा—तब फिर क्यों कहा था कि सरकार इनाम देगी! ले तो फिर यहीं मर।

सरदार छुरा लिये मेरी तरफ बढ़ा।

मैं घबड़ा कर बोला—अच्छा, सरदार, मैं तुमको दो हजार दिलवा दूँगा।

सरदार रुक गया और बड़े जोर से हँसा। उसकी हँसी की प्रतिध्वनि ने निर्जीव पहाड़ों को भी कँपा दिया। मैंने मन ही मन कहा—बड़ा भयानक आदमी है।

गिरोह के दूसरे आदमी अपनी-अपनी लूट का माल सरदार के सामने रखने लगे। उसमें कई बन्दूकें, कारतूस, रोटियाँ और कपड़े थे। मेरी भी तलाशी ली गयी। मेरे पास एक छह फायर का तमंचा था। तमंचा पाकर सरदार उछल पड़ा, और उसे फिरा-फिरा कर देखने लगा। वहीं पर उसी समय हिस्सा-बाँट शुरू हो गया। बराबर का हिस्सा लगा; लेकिन मेरा रिवाल्वर उसमें नहीं शामिल किया गया। वह सरदार साहब की खास चीज थी।

थोड़ी देर विश्राम करने के बाद, फिर यात्रा शुरू हुई। इस बार मेरे पैर खोल दिए गये। और साथ-साथ चलने को कहा—मेरी आँखों पर पट्टी भी बाँधी दी गयी, ताकि मैं रास्ता न देख सकूँ। मेरे हाथ रस्सी से बँधे हुए थे, और उसका एक सिरा एक अफ्रीदी के हाथ में था।

चलते-चलते मेरे पैर दुखने लगे, लेकिन उनकी मंजिल पूरी न हुई। सिर पर जेठ का सूरज चमक रहा था, पैर जले जा रहे थे, प्यास से गला सूखा जा रहा था; लेकिन वे बराबर चले जा रहे थे। वे आपस में बातें करते जाते थे; लेकिन अब मैं उनकी एक बात भी न समझ पाता। कभी-कभी एक-आध शब्द तो समझ जाता; लेकिन बहुत अंशों में मैं कुछ भी न समझ पाता था। वे लोग इस समय

अपनी विजय पर प्रसन्न थे, और एक अफ़्रीदी ने अपनी भाषा में एक गीत गाना शुरू किया। गीत बड़ा ही अच्छा था।

असद खाँ ने पूछा—सरदार साहब, वह गीत क्या था?

सरदार साहब ने कहा—उस गीत का भाव याद है। भाव यह है कि एक अफ़्रीदी जा रहा है, उसकी स्त्री कहती है—कहाँ जाते हो?

युवक उत्तर देता है—जाते हैं तुम्हारे लिए रोटी और कपड़ा लाने।

स्त्री पूछती है—और कुछ अपने बच्चों के लिए नहीं लाओगे?

युवक उत्तर देता है—बच्चे के लिए बन्दूक लाऊँगा, ताकि वह जब बड़ा हो, तो वह भी लड़े और अपनी प्रेमिका के लिए रोटी और कपड़ा ला सके।

स्त्री कहती है—यह कहो, कब आओगे?

युवक उत्तर देता है—आऊँगा तभी, जब कुछ जीत लाऊँगा; नहीं तो वहीं मर जाऊँगा।

स्त्री कहती है—शाबाश, जाओ, तुम वीर हो, तुम जरूर सफल होंगे।

गीत सुनकर मैं मुग्ध हो गया। गीत समाप्त होते-होते हम लोग भी रुक गये। मेरी आँखें खोली गयीं। सामने बड़ा-सा मैदान था और चारों ओर गुफाएँ बनी हुई थीं, जो उन्हीं लोगों के रहने की जगह थी।

फिर मेरी तलाशी ली गयी और इस दफे सब कपड़े उतरवा लिए गये, केवल पायजामा रह गया। सामने एक बड़ा सा शिलाखंड रखा हुआ था। सब लोगों ने मिलकर उसे हटाया और मुझे उसी ओर ले चले। मेरी आत्मा काँप उठी। यह तो जिन्दा कब्र में डाल देंगे। मैंने बड़ी ही वेदनापूर्ण दृष्टि से सरदार की ओर देखकर कहा—सरदार, सरकार तुम्हें रुपया देगी। मुझे मारो नहीं।

सरदार ने हँसकर कहा—तुम्हें मारता कौन है, कैद किया जाता है। इस घर में बन्द रहोगे, जब रुपया आ जायगा, छोड़ दिए जाओगे।

सरदार की बात सुनकर मेरे प्राण में प्राण आये। सरदार ने मेरी पॉकेट बुक और पेंसिल सामने रखते हुए कहा—लो, इसमें लिख दो। अगर एक पैसा भी कम आया, तो तुम्हारी जान की खैर नहीं।

मैंने कमिश्नर साहब के नाम एक पत्र लिखकर दे दिया। उन लोगों ने मुझे उसी अन्ध कूप में लटका दिया और रस्सी खींच ली।

4

सरदार साहब ने एक लम्बी साँस ली और कहना शुरू किया—असद खाँ, जिस समय मैं उस कुएँ में लटकाया जा रहा था, मेरी अन्तरात्मा काँप रही थी। नीचे

घटाटोप अन्धकार की जगह हल्की चाँदनी छाई हुई थी। भीतर से गुफा न बहुत छोटी और न बहुत बड़ी थी। फर्श खुरदरा था, ऐसा मालूम होता था कि बरसों यहाँ पर पानी की धारा गिरी है और यह गढ़ा तब जा कर तैयार हुआ है। पत्थर की मोटी दीवार से वह कूप घिरा हुआ था और उसमें जहाँ-तहाँ छेद थे, जिनसे प्रकाश और वायु आती थी। नीचे पहुँच कर मैं अपनी दशा का हेर-फेर सोचने लगा। दिल बहुत घबराता था। कालकोठरी की यन्त्रणा भोगना भी भाग्य में विधाता ने लिख दिया था।

धीरे-धीरे सन्ध्या का आगमन हुआ। उन लोगों ने अभी तक मेरी कुछ खोज-खबर न ली थी! भूख से आत्मा व्याकुल हो रही थी। बार-बार विधाता और अपने को कोसता। जब मनुष्य निरुपाय हो जाता है, तो विधाता को कोसता है।

अन्त में एक छेद से चार बड़ी-बड़ी रोटियाँ किसी ने बाहर से फेंकी। जिस तरह कुत्ता एक रोटी के टुकड़े पर दौड़ता है, वैसे ही मैं दौड़ा और उठा कर उस छेद को ओर देखने लगा; लेकिन फिर किसी ने कुछ न फेंका, और न कुछ आदेश ही मिला। मैं बैठकर रोटियाँ खाने लगा। थोड़ी देर बाद उसी छेद पर एक लोहे का प्याला रख दिया गया, जिसमें पानी भरा हुआ था। मैंने परमात्मा को धन्यावाद देकर पानी उठाकर पिया। जब आत्मा कुछ तृप्त हुई, तो कहा—थोड़ा पानी और चाहिए।

इस पर दीवार की उस ओर एक भीषण हँसी की प्रतिध्वनि सुनाई दी और किसी ने खनखनाते हुए स्वर में कहा—पानी अब कल मिलेगा। प्याला दे दो, नहीं तो कल भी पानी नहीं मिलेगा।

क्या करता, हार कर प्याला वहीं पर रख दिया।

इसी प्रकार कई दिन बीत गये। नित्य दोनों समय चार रोटियों और एक प्याला पानी मिल जाता था। धीरे-धीरे मैं भी इस शुष्क जीवन का आदी हो गया। निर्जनता अब उतनी न खलती। कभी-कभी मैं अपनी भाषा में और कभी-कभी पश्तो में गाता। इससे तबीयत कुछ बहल जाती और हृदय भी शान्त हो जाता।

एक दिन रात्रि के समय मैं एक पश्तो गीत गा रहा था। मजनूं झुलसाने वाले बगुलों से कह रहा था—तुममें क्या वह हरारत नहीं है, जो काफिलों को जलाकर खाक कर देती है? आखिर वह गरमी मुझे क्यों नहीं जलाती? क्या इसलिए कि मेरे अन्दर खुद एक ज्वाला भरी हुई है?

देखो, जब लैला ढूँढती हुई यहाँ आवे, तो मेरा शरीर बालू से ढँक देना, नहीं तो शीशे की तरह लैला का दिल टूट जायगा।

मैंने गाना बन्द कर दिया। उसी समय छेद से किसी ने कहा—कैदी, फिर तो गाओ!

मैं चौंक पड़ा। कुछ खुशी भी हुई, कुछ आश्चर्य भी, पूछा—तुम कौन हो?

उसी छेद से उत्तर मिला—मैं हूँ तूरया, सरदार की लड़की।

मैंने पूछा—क्या तुमको यह गाना पसन्द है?

तूरया ने उत्तर दिया—हाँ, कैदी गाओ, मैं फिर सुनना चाहती हूँ।

मैं हर्ष से गाने लगा। गीत समाप्त होने पर तूरया ने कहा—तुम रोज यही गीत मुझे सुनाया करो। इसके बदले में मैं तुमको और रोटियाँ और पानी दूँगी।

तूरया चली गयी। इसके बाद मैं सदा रात के समय वही गीत गाता, और तूरया सदा दीवार के पास आकर सुनती।

मेरे मनोरंजन का एक मार्ग निकल आया।

धीरे-धीरे एक मास बीत गया, पर किसी ने अभी तक मेरे छुड़ाने के लिए रुपया न भेजा। ज्यों-ज्यों दिन बीतते जाते हैं अपने जीवन से निराश होता जाता।

ठीक एक महीने बाद सरदार ने आकर कहा—कैदी, अगर कल तक रुपया न आएगा, तो तुम मार डाले जाओगे। अब रोटियाँ नहीं खिला सकता। मुझे जीवन की कुछ आशा न रही। उस दिन न मुझसे खाया गया और न कुछ पिया ही गया। रात हुई, फिर रोटियाँ फेंक दी गयीं; लेकिन खाने की इच्छा नहीं हुई।

निश्चित समय पर तूरया ने आकर कहा—कैदी, गाना गाओ।

उस दिन मुझे कुछ अच्छा न लगता था। मैं चुप रहा।

तूरया ने फिर कहा—कैदी, क्या सो गया?

मैंने बड़े ही मलिन स्वर में कहा—नहीं, आज सो कर क्या करूँ, कल सोऊँगा कि फिर जागना न पड़ेगा।

तूरया ने प्रश्न किया—क्यों क्या सरकार रुपया न भेजेगी?

मैंने उत्तर दिया—भेजेगी तो; लेकिन कल तो मैं मार डाला जाऊँगा, मेरे मरने के बाद रुपया आया भी, तो मेरे किस काम का!

तूरया ने सांत्वनापूर्ण स्वर में कहा—अच्छा, तुम गाओ, मैं कल तुम्हें मरने न दूँगी।

मैंने गाना शुरू किया। जाते समय तूरया ने पूछा—कैदी, तुम कटघरे में रहना पसन्द करते हो।

मैंने सहर्ष उत्तर दिया—हाँ, किसी तरह इस नरक से तो छुटकारा मिले।

तूरया ने कहा—अच्छा, कल मैं अब्बा से कहूँगी।

दूसरे ही दिन मुझे अन्ध कूप से बाहर निकाला गया। मेरे दोनों पैर दो मोटी शहतीरों के छेदों में बन्द कर दिए गये। और वह काठ की ही कीलों से प्राकृतिक गड्ढों में कस दिए गये।

सरदार ने मेरे पास आकर कहा—कैदी, पन्द्रह दिन की अवधि और दी जाती

है, इसके बाद तुम्हारी गर्दन तन से अलग कर दी जाएगी। आज दूसरा खत अपने घर को लिखो। अगर ईद तक रुपया न आया, तो तुम्हीं को हलाल किया जाएगा।

मैंने दूसरा पत्र लिख कर दे दिया।

सरदार के जाने के बाद तूरया आयी। यह वही रमणी थी, जो अभी गयी है। यही उस सरदार की लड़की थी। यही मेरा गाना सुनती थी और इसी ने सिफारिश करके मेरी जान बचाई थी।

तूरया आकर मुझे देखने लगी। मैं भी उसकी ओर देखने लगा।

तूरया ने पूछा—कैदी घर में तुम्हारे कौन-कौन हैं?

मैंने बड़े ही कातर स्वर में कहा—दो छोटे-छोटे बालक; और कोई नहीं।

मुझे मालूम था कि अफ्रीदी बच्चों को बहुत प्यार करते हैं।

तूरया ने पूछा—उनकी माँ नहीं है?

मैंने केवल दया उपजाने के लिए कहा—नहीं, उनकी माँ मर गयी है। वे अकेले हैं। मालूम नहीं, जीते हैं मर गये, क्योंकि मेरे सिवाय उनकी देख-रेख करने वाला और कोई न था।

कहते-कहते मेरी आँखों में आँसू भर आये। तूरया की भी आँखें सूखी न रहीं। तूरया ने अपना आवेग सँभालते हुए कहा—तो तुम्हारे कोई नहीं है? बच्चे अकेले हैं? वे बहुत रोते होंगे!

मैंने मन ही मन प्रसन्न होते हुए कहा—हाँ, रोते जरूर होंगे। कौन जानता है, शायद मर भी गये हों?

तूरया ने बात काट कर कहा—नहीं, अभी मरे न होंगे। अच्छा, तुम रहते कहाँ हो? मैं जाकर पता लगा आऊँगी।

मैंने अपने घर का पता बता दिया। उसने कहा—उस जगह तो मैं कई बार हो आयी हूँ। बाजार से सौदा लेने मैं अक्सर जाती हूँ, अब जाऊँगी तो तुम्हारे बच्चों की भी खबर ले आऊँगी।

मैंने शंकित हृदय से पूछा—कब जाओगी?

उसने कुछ सोच कर कहा—उस जुमेरात को जाऊँगी। अच्छा तुम वही गीत गाओ।

मैंने आज बड़ी उमंग और उत्साह से गाना शुरू किया। मैंने आज देखा कि उसका असर तूरया पर कैसा पड़ता है। उसका शरीर काँपने लगा, आँखें डबडबा आयीं, गाल पीले पड़ गये और वह काँपती हुई बैठ गयी। उसकी दशा देखकर मैंने दूने उत्साह से गाना शुरू किया और अन्त में कहा—तूरया, अगर मैं मारा जाऊँ, तो मेरे बच्चों को मेरे मरने की खबर देना।

मेरी बात का पूरा असर पड़ा। तूरया ने भर्राए हुए स्वर में कहा—कैदी तुम मरोगे नहीं। मैं तुम्हारे बच्चों के लिए तुम्हें छोड़ दूँगी।

मैंने निराश होकर कहा—तूरया, तुम्हारे छोड़ देने से भी मैं बच नहीं सकता। इस जंगल में मैं भटक-भटक कर मर जाऊँगा, और फिर तुम पर भी मुसीबत आ सकती है। अपनी जान के लिए तुमको मुसीबत में न डालूँगा।

तूरया ने कहा—मेरे लिए तुम चिन्ता न करो। मेरे ऊपर कोई शक न करेगा। मैं सरदार की लड़की हूँ, जो कहूँगी वही सब मान लेंगे, लेकिन क्या तुम जाकर रुपया भेज दोगे।

मैंने प्रसन्न होकर कहा—हाँ तूरया, मैं रुपया भेज दूँगा।

तूरया ने जाते हुए कहा—तो मैं भी तुम्हें छुटकारा दिला दूँगी।

इस घटना के बाद तूरया सदैव मेरे बच्चों के सम्बन्ध में बातें करती। असद खाँ, सचमुच इन अफ्रीदियों को बच्चे बहुत प्यारे होते हैं। विधाता ने यदि उन्हें बर्बर हिंसक पशु बनाया है, तो मनुष्योचित प्रकृति से वंचित भी नहीं रखा है। आखिर जुमेरात आयी और अभी तक सरदार वापस न आया। न कोई उस गिरोह का आदमी ही वापस आया। उस दिन सन्ध्या समय तूरया ने आकर कहा—कैदी, अब मैं नहीं जा सकती; क्योंकि मेरा पिता अभी तक नहीं आया। यदि कल भी न आया, तो मैं तुम्हें रात को छोड़ दूँगी। तुम अपने बच्चों के पास जाना; लेकिन रुपया भेजना न भूलना। मैं तुम पर विश्वास करती हूँ।

मैंने उस दिन बड़े उत्साह से गाना गाया। आधी रात तक तूरया सुनती रही, फिर सोने चली गयी। मैं भी ईश्वर से मनाता रहा कि कल और सरदार न आये। काठ में बँधे-बँधे मेरा पैर बिल्कुल निकम्मा हो गया था। तमाम शरीर दुःख रहा था। इससे तो मैं कालकोठरी में ही अच्छा था, क्योंकि वहाँ हाथ-पैर तो हिला-डुला सकता था।

दूसरे दिन भी गिरोह वापस न आया। उस दिन तूरया बहुत चिन्तित थी। शाम को आकर तूरया ने मेरे पैर खोल कर कहा—कैदी, अब तुम जाओ। चलो, मैं तुम्हें थोड़ी दूर पहुँचा दूँ।

थोड़ी देर तक मैं अवश लेटा रहा। धीरे-धीरे मेरे पैरे ठीक हुए और ईश्वर को धन्यवाद देता हुआ मैं तूरया के साथ चल दिया।

तूरया को प्रसन्न करने के लिए मैं रास्ते-भर गीत गाता आया। तूरया बार-बार सुनती और बार-बार रोती। आधी रात के करीब मैं तालाब के पास पहुँचा। वहाँ पहुँच कर तूरया ने कहा—सीधे चले जाओ; तुम पेशावर पहुँच जाओगे। देखो होशियारी से जाना, नहीं तो कोई तुम्हें अपनी गोली का शिकार बना डालेगा। यह लो, तुम्हारे कपड़े हैं; लेकिन रुपया जरूर भेज देना। तुम्हारी जमानत मैं लूँगी। अगर रुपया न आया, तो मेरे भी प्राण जाएँगे, और तुम्हारे भी। अगर रुपया आ जाएगा, तो कोई भी अफ्रीदी तुम पर हाथ न उठाएगा, चाहे तुम किसी को मार भी डालो। जाओ, ईश्वर तुम्हारी रक्षा करे और तुमको अपने बच्चों से मिलाए।

तूरया फिर ठहरी नहीं गुनगुनाती हुई लौट पड़ी। रात दो-पहर बीत चुकी थी। चारों ओर भयानक निस्तब्धता छाई हुई थी, केवल वायु साँय-साँय करती हुई बह रही थी, आकाश के बीचों-बीच चन्द्रमा अपनी सोलहों कला से चमक रहा था। तालाब के तट पर रुकना सुरक्षित न था। मैं धीरे-धीरे दक्षिण की ओर बढ़ा। बार-बार चारों ओर देखता जाता था। ईश्वर की कृपा से प्रातः काल होते-होते मैं पेशावर की सरहद पर पहुँच गया।

सरहद पर सिपाहियों का पहरा था। मुझे देखते ही तमाम फौज भर में हलचल मच गयी। सभी लोग मरा समझे हुए थे। जीता-जागता लौटा हुआ देखकर सभी प्रसन्न हो गये।

कर्नल हैमिलटन साहब भी समाचार पाकर उसी समय मिलने आये और सब हाल पूछ कर कहा—मेजर साहब, मैं आपको मरा हुआ समझता था। मेरे पास तुम्हारे दो पत्र आये थे, लेकिन मुझे स्वप्न में भी विश्वास न हुआ था कि ये तुम्हारे लिखे हुए हैं। मैं तो उन्हें जाली समझता था। ईश्वर को धन्यवाद है कि तुम जीते बच कर आ गये।

मैंने कर्नल साहब को धन्यवाद दिया और मन ही मन कहा—काले आदमी का लिखा हुआ जाली था और कहीं अगर गोरा आदमी लिखता, तो दो की कौन कहे, चार हजार रुपया पहुँच जाता। कितने ही गाँव जला दिए जाते, और न जाने क्या-क्या होता।

मैं चुपचाप अपने घर आया। बाल-बच्चों को पाकर आत्मा सन्तुष्ट हुई। उसी दिन एक विश्वासी अनुचर के द्वारा दो हजार रुपये तूरया के पास भेज दिया।

5

सरदार ने एक ठंडी साँस लेकर कहा—असद खाँ, अभी मेरी कहानी समाप्त नहीं हुई। अभी तो दुःखान्त भाग अवशेष ही है। यहाँ आकर मैं धीरे-धीरे अपनी सब मुसीबतें भूल गया, लेकिन तूरया को न भूल सका। तूरया की कृपा से ही मैं अपनी स्त्री और बच्चों से मिल पाया था। यही नहीं, जीवन भी पाया था; फिर भला मैं उसे कैसे भूल जाता।

महीनों और सालों बीत गये। मैंने तूरया को और न उसके बाप को ही देखा। तूरया ने आने के लिए कहा भी लेकिन वह आयी नहीं, वहाँ से आकर मैंने अपनी स्त्री को उसके मायके भेज दिया था; क्योंकि खयाल था कि शायद तूरया आये, तो फिर मैं झूठा बनूँगा। लेकिन जब तीन साल बीत गये और तूरया न आयी, तो मैं निश्चिन्त हो गया और स्त्री को मायके से बुला लिया। हम लोग सुखपूर्वक दिन काट रहे थे कि अचानक फिर दुर्दशा की घड़ी आयी।

एक दिन सन्ध्या के समय इसी बरामदे में बैठा हुआ अपनी स्त्री से बातें कर रहा था कि किसी ने बाहर का दरवाजा खटखटाया। नौकर ने दरवाजा खोल दिया और बेधड़क जीना चढ़ती हुई एक काबुली औरत ऊपर चली आयी। उसने बरामदे में आकर विशुद्ध पश्तो भाषा में पूछा—सरदार साहब कहाँ हैं?

मैंने कमरे के भीतर आकर पूछा—तुम कौन हो, क्या चाहती हो?

उसी स्त्री ने कुछ मूँगे निकालते हुए कहा—यह मूँगे मैं बेचने के लिए आयी हूँ, खरीदिएगा?

यह कहकर उसने बड़े-बड़े मूँगे निकाल कर मेज पर रख दिए।

मेरी स्त्री भी मेरे साथ कमरे के भीतर आयी थी। वह मूँगे उठाकर देखने लगी। उसी काबुली स्त्री ने पूछा—सरदार साहब, यह कौन है आपकी?

मैंने उत्तर दिया—मेरी स्त्री है, और कौन है?

काबुली स्त्री ने कहा—आपकी स्त्री तो मर चुकी थी, क्या आपने दूसरा विवाह किया है?

मैंने रोषपूर्ण स्वर में कहा—चुप बेवकूफ कहीं की, तू मर गयी होगी।

मेरी स्त्री पश्तो नहीं जानती थी, वह तन्मय होकर मूँगे देख रही थी।

किन्तु मेरी बात सुनकर न मालूम क्यों काबुली औरत की आँखें चमकने लगीं। उसने बड़े ही तीव्र स्वर में कहा—हाँ, बेवकूफ न होती, तो तुम्हें छोड़ कैसे देती? दोजखी पिल्ले, मुझसे झूठ बोला! ले, अगर तेरी स्त्री न मरी थी, तो अब मर गयी!

कहते-कहते शेरनी की तरह लपक कर उसने एक तेज छुरा मेरी स्त्री की छाती में घुसेड़ दिया। मैं उसे रोकने के लिए आगे बढ़ा; लेकिन वह कूद कर आँगन में चली गयी और बोली—अब पहचान ले, मैं तूरया हूँ। मैं आज तेरे घर में रहने के लिए आयी थी। मैं तुझसे विवाह करती और तेरी होकर रहती। तेरे लिए मैंने बाप, घर, सब कुछ छोड़ दिया था, लेकिन तू झूठा है, मक्कार है। तू अब अपनी बीवी के नाम को रो, मैं आज से तेरे नाम को रोऊँगी। यह कहकर वह तेजी से नीचे चली गयी!

अब मैं अपनी स्त्री के पास पहुँचा। छुरा ठीक हृदय में लगा था। एक ही वार ने उसका काम तमाम कर दिया था। डाक्टर बुलवाया; लेकिन वह मर चुकी थी।

कहते-कहते सरदार साहब की आँखों में आँसू भर आये। उन्होंने अपनी भीगी हुई आँखों को पोंछ कर कहा—असद खाँ, मुझे स्वप्न में भी अनुमान न था कि तूरया इतनी पिशाच-हृदय हो सकेगी। अगर मैं पहले उसे पहचान लेता तो यह आफत न आने पाती; लेकिन कमरे में अन्धकार था; और इसके अतिरिक्त मैं उसकी ओर से निराश हो चुका था।

तब से फिर कभी तूरया नहीं आयी। अब जब कभी मुझे देखती है, तो मेरी ओर देखकर नागिन की भाँति फुफकारती हुई चली जाती है। इसे देखकर मेरा हृदय काँपने लगता है और मैं अवश हो जाता हूँ। कई बार कोशिश की, मैं इसे पकड़वा दूँ, लेकिन उसे देखकर मैं बिल्कुल निकम्मा हो जाता हूँ। हाथ-पैर बेकाबू हो जाते हैं, मेरी सारी वीरता हवा हो जाती है।

यही नहीं, तूरया का मोह अब भी मेरे ऊपर है। मेरे बच्चों को हमेशा वह कोई न कोई बहुमूल्य चीज दे जाती है। जिस दिन बच्चे उसे नहीं मिलते दरवाजे के भीतर फेंक जाती है। उनमें एक कागज का टुकड़ा बँधा होता है जिसमें लिखा रहता है—सरदार साहब के बच्चों के लिए।

मैं अभी तक इस स्त्री को नहीं समझ पाया। जितना ही समझने का यत्न करता हूँ, उतनी ही याद कठिन होती जाती है। नहीं समझ में आता कि यह मानवी है या राक्षसी!

इसी समय सरदार साहब के लड़के ने आकर कहा—देखिए, वही औरत यह सोने का ताबीज दे गयी है।

सरदार ने मेरी ओर देखकर कहा—देखा, असद खाँ, मैं तुमसे कहता न था। देखो, आज भी यह ताबीज दे गयी। न मालूम कितने ही ताबीज और कितनी ही दूसरी चीजें अर्जुन और निहाल को दे गयी होगी। कहता हूँ कि तूरया बड़ी ही विचित्र स्त्री है?

6

सरदार साहब से विदा होकर मैं घर चला। चौरास्ते से बुड्ढे की लाश हटा दी गयी थी; पर वहाँ पहुँच कर मेरे रोएँ खड़े हो गये। मैं आप ही आप एक मिनट वहाँ खड़ा हो गया। सहसा पीछे देखा। छाया की भाँति एक स्त्री मेरे पीछे-पीछे चली आ रही थी। मुझे खड़ा देख कर वह स्त्री रुक गयी और एक दुकान में कुछ खरीदने लगी।

मैंने अपने हृदय से प्रश्न किया—क्या वह तूरया है।

हृदय ने उत्तर दिया—हाँ, शायद वही है।

तूरया मेरा पीछा क्यों कर रही है? यह सोचता हुआ मैं घर पहुँचा और खाना खाकर लेटा; पर आज की घटनाओं का मुझ पर ऐसा असर पड़ा था कि किसी तरह भी नींद न आती थी। जितना ही मैं सोने का यत्न करता उतनी ही नींद मुझसे दूर भागती।

फौजी घड़ियाल ने बारह बजाए, एक बजाए, दो बजाए; लेकिन मुझे नींद

न थी। मैं करवटें बदलता हुआ सोने का उपक्रम कर रहा था। इसी उधेड़बुन में कब नींद ने मुझे धर दबाया; मुझे जरा भी याद नहीं।

यद्यपि मैं सो रहा था; लेकिन मेरा ज्ञान जाग रहा था। मुझे ऐसा मालूम हुआ कि कोई स्त्री, जिसकी आकृति तूरया से बहुत कुछ मिलती थी, लेकिन उससे कहीं अधिक भयावनी थी, दीवार फोड़कर भीतर घुस आयी है। उसने हाथ में एक तेज छुरा है, जो लालटेन के प्रकाश में चमक रहा है। वह दबे पाँव सतर्क नेत्रों से ताकती हुई धीरे-धीरे मेरी ओर बढ़ रही है। मैं उसे देखकर उठना चाहता हूँ, लेकिन हाथ-पैर मेरे काबू में नहीं हैं। मानों उनमें जान है ही नहीं। वह स्त्री मेरे पास पहुँच गयी। थोड़ी देर तक मेरी ओर देखा, और फिर उसने छुरेवाली हाथ को ऊपर उठाया। मैं चिल्लाने का उपक्रम करने लगा; लेकिन मेरी घिग्गी बँध गयी। शब्द कंठ से फूटा ही नहीं। उसने मेरे दोनों हाथों को अपने घुटने के नीचे दबाया और मेरी छाती पर सवार हो गयी। मैं छटपटाने लगा और मेरी आँखें खुल गयीं! सचमुच एक काबुली औरत मेरी छाती पर सवार थी। उसके हाथ में छुरा था। और वह छुरा मारना ही चाहती थी।

मैंने कहा—कौन, तूरया?

यह वास्तव में तूरया ही थी। उसने मुझे बलपूर्वक दबाते हुए कहा—हाँ, मैं तूरया ही हूँ। आज तूने मेरे बाप का खून किया है, उसके बदले में तेरी जान जाएगी।

यह कहकर उसने अपना छुरा ऊपर उठाया। इस समय मेरे सामने जीवन और मरण का प्रश्न था। जीवन की लालसा ने मुझमें साहस का संचार किया। मैं मरने के लिए तैयार न था। मेरे अरमान और उमंगें अब भी बाकी थीं। मैंने बलपूर्वक अपना दाहिना हाथ छुड़ाने का प्रयत्न किया और एक ही झटके में मेरा हाथ छूट गया। मैंने अपनी पूरी ताकत से तूरया का छुरावाला हाथ पकड़ लिया। न मालूम क्यों तूरया ने कुछ भी विरोध न किया। वह मेरे हाथ को देखती हुई मेरी छाती से उतर आयी। उसकी आँखें पथराई हुई थीं और वह एकटक मेरे हाथ की ओर देख रही थी।

मैंने हँस कर कहा—तूरया, अब तो पासा पलट गया। अब तेरे मरने की पारी है। तेरे बाप को मारा और अब तुझे भी मारता हूँ।

तूरया अब भी एकटक मेरे हाथ की ओर देख रही थी। उसने कुछ भी उत्तर न दिया।

मैंने उसे झँझोड़ते हुए कहा—बोलती क्यों नहीं? अब तो तेरी जान मेरी मुट्ठी में है।

तूरया का मोह टूटा। उसने बड़े गम्भीर और दृढ़ कंठ से कहा—तू मेरा भाई है। तूने अपने बाप को मारा है आज!

तूरया की बात सुनकर मुझे उस अवसर पर भी हँसी आ गयी।

मैंने हँसते हुए कहा—अफ्रीदी मक्कार भी होते हैं, यह आज ही मुझे मालूम हुआ।

तूरया ने शान्त स्वर में कहा—तू मेरा खोया हुआ बड़ा भाई नाज़िर है। वह जो तेरे हाथ में निशान है, वही बतला रहा है कि तू मेरा खोया हुआ भाई है।

बचपन से ही मेरे हाथ में एक साँप गुदा हुआ था। और यही मेरी पहचान फौजी रजिस्टर में भी लिखी हुई थी।

मैंने हँस कर कहा—तूरया, तू मुझे भुलवा नहीं दे सकती। मैं अब तुझे किसी तरह न छोड़ूँगा।

तूरया ने अपने हाथ से छुरा फेंक कर कहा—सचमुच तू मेरा भाई है। अगर तुझे विश्वास नहीं होता, तो देख, मेरे दाहिने हाथ में भी ऐसा ही साँप गुदा हुआ है।

मैंने तूरया के हाथ पर दृष्टि डाली, तो वहाँ भी बिल्कुल मेरे ही जैसा साँप गुदा हुआ है।

मैंने कुछ सोचते हुए कहा—तूरया, मैं तेरा विश्वास नहीं कर सकता, यह इत्तफाक की बात है।

तूरया ने कहा—मेरा हाथ छोड़ दे। मैं तुझ पर वार न करूँगी! अफ्रीदी झूठ नहीं बोलते।

मैंने उसका हाथ छोड़ दिया, वह पृथ्वी पर बैठी गयी और मेरी ओर देखने लगी। थोड़ी देर बाद उसने कहा—अच्छा, तुझे अपने माँ-बाप का पता है?

मैंने सिर हिलाकर उत्तर दिया—नहीं, मैं सरकारी अनाथालय में पाला गया हूँ।

मेरी बात सुनकर तूरया उठ खड़ी हुई और बोली—तब तू मेरा खोया हुआ बड़ा भाई नाजिर ही है। मेरे पैदा होने के एक साल पहले तू खोया था! मेरे माँ-बाप तब सरकारी फौज पर छापा डालने के लिए आये थे और तू भी साथ था। मेरी माँ लड़ने में बड़ी होशियार थी। तू उनकी पीठ से बँधा हुआ था और वे लड़ रही थीं। इसी समय एक गोली उनके पैर में लगी और वे गिर कर बेहोश हो गयी बस, कोई तुझे खोल ले गया। मेरी माँ को मेरा बाप अपने कन्धे पर उठा लाया; लेकिन तुझे खोज न सका। बहुत तलाश की; लेकिन कहीं भी तेरा पता न लगा। अम्मा अक्सर तेरी चर्चा किया करती थीं। उनके हाथ में भी निशान था।

यह कह कर उसने फिर वही हाथ मुझे दिखलाया। मैं उसका और अपना

साँप मिलाने लगा। वास्तव में दोनों साँप हूबहू एक-से थे, बाल भर भी अन्तर न था। मैं हताश-सा होकर चारपाई पर गिर पड़ा।

तूरया मेरे पास बैठकर स्नेह से मेरे माथे का पसीना पोंछने लगी। उसने कहा—नाजिर, माँ कहती थीं कि तू मरा नहीं, जिन्दा है। एक दिन जरूर तू हम लोगों से मिलेगा।

तूरया की बात पर अब मुझे विश्वास हो चला था। जाने कौन मेरे हृदय में बैठा हुआ कह रहा था कि तूरया जो कहती है, ठीक है। मैंने एक लम्बी साँस लेकर कहा—क्यों तूरया, मैंने जिसे आज मारा है, वह हम लोगों का बाप था?

तूरया के मुँह पर शोक का एक छोटा-सा बादल घिर आया। उसने बड़े ही दु:ख पूर्ण स्वर में कहा—हाँ, नाजिर, वह अभागा हमारा बाप ही था। कौन जानता था कि वह अपने प्यारे लड़के के हाथों हलाल होगा।

फिर सान्त्वनापूर्ण स्वर में बोली—लेकिन नाजिर, तूने तो अनजाने में यह काम किया है। बाप के मरे से मैं बिल्कुल अकेली हो गयी थी; लेकिन अब तुझे पाकर बाप के रंज को भूल जाऊँगी। नाजिर, तू रंज न कर। तुझे क्या मालूम था कि कौन तेरा बाप है और कौन तेरी माँ है। देख, मैं ही मुझे मारने के लिए आयी थी। तुझे मार डालती; लेकिन खुदा की मेहरबानी से मैंने अपना खानदानी निशान देख लिया। खुदा की ऐसी ही मरजी थी।

तूरया से मालूम हुआ कि मेरे बाप का नाम हैदर खाँ था, जो अफ्रीदियों के एक गिरोह का सरदार था। मैंने सरदार हिम्मतसिंह के सम्बन्ध में भी तूरया से बातें कीं तो मालूम हुआ कि तूरया सरदार साहब को प्यार करने लगी थी। वह हमारे बाप से लड़-भिड़ कर सरदार साहब से निकाह करने आयी थी; लेकिन वहाँ इनकी स्त्री को पाकर वह ईर्ष्या और क्रोध से पगाल हो गयी, और उसने उनकी स्त्री की हत्या कर डाली। काबुली औरत के भेष में जा कर वह कुछ मजाक करना चाहती थी; लेकिन घटना-चक्र उसे दूसरी ओर ले गया।

मैंने सरदार साहब की दशा का वर्णन किया। सुनकर वह कुछ सोचती रही और फिर कहा—नहीं वह आदमी झूठा और दगाबाज है। मैं उससे निकाह नहीं करूँगी। लेकिन तेरी खातिर अब सब भूल जाऊँगी। कल उनके बच्चों को ले आना, मैं प्यार करूँगी।

प्रात:काल तूरया को देख कर मेरा नौकर आश्चर्य करने लगा। मैंने उससे कहा—यह मेरी बहन है।

नौकर को मेरी बात पर विश्वास न हुआ। तब मैंने विस्तारपृर्वक सब हाल कहा और उसी समय अपने बाप की लाश की खबर लेने के लिए भेजा। नौकर ने आकर कहा—लाश अभी तक थाने पर रखी हुई है।

मैने बड़े साहब के नाम एक पत्र लिख कर सब हाल बता दिया और लाश पाने के लिए दरख्वास्त की। उसी समय साहब के यहाँ से स्वीकृति आ गयी।

एक पत्र लिख कर मेजर साहब को भी बुलवाया।

मेजर साहब ने आकर कहा—क्या बात है असद? इतनी जल्दी आने के लिए क्यों लिखा?

मैंने हँसते हुए कहा—मेजर साहब, मेरा नाम अब असद नहीं रहा, मेरा असली नाम है नाजिर।

मेजर साहब ने साश्चर्य मेरी ओर देखते हुए कहा—रात भर में तुम पागल तो नहीं हो गये।

मैंने हँसते हुए कहा—नहीं सरदार साहब, अभी और सुनिए। तूरया मेरी सगी बहन है, और जिसे कल मैंने मारा वह मेरा बाप था।

सरदार साहब मेरी बात सुन कर मानों आकाश से गिर पड़े। उनकी आँखें कपाल पर चढ़ गयीं। उन्होंने कहा—क्यों असद, तुम मुझे पागल कर डालोगे?

मैंने सरदार साहब का हाथ पकड़ कर कहा—आइए, तूरया के मुँह से ही सब हाल सुन लीजिए। तूरया मेरे यहाँ बैठी हुई आपकी प्रतीक्षा कर रही है।

सरदार साहब सकते की हालत में मेरे पीछे-पीछे चले। तूरया उन्हें आते देख कर उठ खड़ी हुई और हँसती हुई बोली—कैदी, तुम वही गीत फिर गाओ। तूरया की बात सुनकर मैं और सरदार साहब भी हँसने लगे।

सरदार साहब को बिठा कर मैंने विस्तारपूर्वक सब हाल कहा। कहानी सुनकर सरदार साहब ने मुझसे कहा—नाजिर, अब तुम्हें नाजिर ही कहूँगा। तूरया को मैं तुमसे माँगता हूँ! मैं इसके साथ विवाह करूँगा।

मैंने हँस कर कहा—लेकिन आप हिन्दू हैं, और हम लोग मुसलमान।

सरदार साहब ने हँसकर कहा—पलटनियों की कोई जाति-पाँति नहीं है।

तूरया ने उसी समय कहा—लेकिन सरदार साहब, मैं तुमसे विवाह नहीं करूँगी। हाँ, अगर तुम अपने दोनों बच्चों को मेरे पास भेज दो तो मैं उनकी माँ बन जाऊँगी।

सरदार साहब हँसते हुए विदा हुए।

उसी दिन शाम को हमने सरदार साहब, तूरया और दूसरे पलटननियों के साथ जा कर अपने बाप की लाश दफनाई।

सूरज डूब रहा था। धीरे-धीरे अँधेरा हो रहा था; और हम दोनों, तूरया और मैं, अपने बाप की कब्र पर फातिहा पढ़ रहे थे।

जिहाद

बहुत पुरानी बात है। हिन्दुओं का एक क़ाफ़िला अपने धर्म की रक्षा के लिए पश्चिमोत्तर के पर्वत-प्रदेश से भागा चला आ रहा था। मुद्दतों से उस प्रान्त में हिन्दू और मुसलमान साथ-साथ रहते चले आये थे। धार्मिक द्वेष का नाम न था। पठानों के जिरगे हमेशा लड़ते रहते थे। उनकी तलवारों पर कभी जंग न लगने पाता था। बात-बात पर उनके दल संगठित हो जाते थे। शासन की कोई व्यवस्था न थी। हर एक जिरगे और कबीले की व्यवस्था अलग थी। आपस के झगड़ों को निपटाने का भी तलवार के सिवा और कोई साधन न था। जान का बदला जान था, खून का बदला खून; इस नियम में कोई अपवाद न था। यही उनका धर्म था, यही ईमान; मगर उस भीषण रक्तपात में भी हिन्दू परिवार शान्ति से जीवन व्यतीत करते थे। पर एक महीने से देश की हालत बदल गयी है। एक मुल्ला ने न जाने कहाँ से आ कर अनपढ़ धर्मशून्य पठानों में धर्म का भाव जागृत कर दिया है। उसकी वाणी में कोई ऐसी मोहिनी है कि बूढ़े, जवान, स्त्री-पुरुष खिंचे चले आते हैं। वह शेरों की तरह गरज कर कहता है—खुदा ने तुम्हें इसलिए पैदा किया है कि दुनिया को इस्लाम की रोशनी से रोशन कर दो, दुनिया से कुफ्र का निशान मिटा दो। एक काफ़िर के दिल को इस्लाम के उजाले से रोशनी कर देने का सवाब सारी उम्र के रोजे, नमाज और जकात से कहीं ज्यादा है। जन्नत की हूरें तुम्हारी बलाएँ लेंगी और फरिश्ते तुम्हारे कदमों की खाक माथे पर मलेंगे, खुदा तुम्हारी पेशानी पर बोसे देगा। और सारी जनता यह आवाज सुन कर मजहब के नारों से मतवाली हो जाती है। उसी धार्मिक उत्तेजना ने कुफ्र और इस्लाम का भेद उत्पन्न कर दिया है। प्रत्येक पठान जन्नत का सुख भोगने के लिए अधीर हो उठा है। उन्हीं हिन्दुओं पर जो सदियों से शान्ति के साथ रहते थे, हमले होने लगे हैं। कहीं उनके मन्दिर ढाए जाते हैं, कहीं उनके देवताओं को गालियाँ दी जाती हैं। कहीं उन्हें जबरदस्ती इस्लाम की दीक्षा दी जाती है। हिन्दू संख्या में कम हैं, असंगठित हैं; बिखरे हुए हैं, इस नयी परिस्थिति के लिए बिलकुल तैयार नहीं। उनके हाथ-पाँव फूले हुए

हैं, कितने ही तो अपनी जमा-जथा छोड़ कर भाग खड़े हुए हैं, कुछ इस आँधी के शान्त हो जाने का अवसर देख रहे हैं। यह काफ़िला भी उन्हीं भागने वालों में था। दोपहर का समय था। आसमान से आग बरस रही थी। पहाड़ों से ज्वाला-सी निकल रही थी। वृक्ष का कहीं नाम न था। ये लोग राज-पथ से हटे हुए, पेचीदा औघट रास्तों से चले आ रहे थे। पग-पग पर पकड़ लिये जाने का खटका लगा हुआ था। यहाँ तक कि भूख,. प्यास और ताप से विकल होकर अन्त को लोग एक उभरी हुई शिला की छाँह में विश्राम करने लगे। सहसा कुछ दूर पर एक कुआँ नज़र आया। वहीं डेरे डाल दिए। भय लगा हुआ था कि जिहादियों का कोई दल पीछे से न आ रहा हो। दो युवकों ने बन्दूक भर कर कंधे पर रखीं और चारों तरफ गश्त करने लगे। बूढ़े कम्बल बिछा कर कमर सीधी करने लगे। स्त्रियाँ बालकों को गोद से उतार कर माथे का पसीना पोंछने और बिखरे हुए केशों को सँभालने लगीं। सभी के चेहरे मुरझाए हुए थे। सभी चिन्ता और भय से त्रस्त हो रहे थे, यहाँ तक कि बच्चे जोर से न रोते थे।

दोनों युवकों में एक लम्बा, गठीला रूपवान है। उसकी आँखों से अभिमान की रेखाएँ-सी निकल रही हैं, मानो वह अपने सामने किसी की हकीकत नहीं समझता, मानो उसकी एक-एक गत पर आकाश के देवता जयघोष कर रहे हैं। दूसरा कद का दुबला-पतला, रूपहीन-सा आदमी है, जिसके चेहरे से दीनता झलक रही है, मानो उसके लिए संसार में कोई आशा नहीं, मानो वह दीपक की भाँति रो-रो कर जीवन व्यतीत करने ही के लिए बनाया गया है। उसका नाम धर्मदास है; इसका ख़ज़ाँचन्द।

धर्मदास ने बन्दूक को जमीन पर टिका कर एक चट्टान पर बैठते हुए कहा—तुमने अपने लिए क्या सोचा? कोई लाख-सवा लाख की सम्पत्ति रही होगी तुम्हारी?

ख़ज़ाँचंद ने उदासीन भाव से उत्तर दिया—लाख-सवा लाख की तो नहीं, हाँ, पचास-साठ हजार तो नकद ही थे।

'तो अब क्या करोगे?'

'जो कुछ सिर पर आएगा, झेलूँगा! रावलपिंडी में दो-चार सम्बन्धी हैं, शायद कुछ मदद करें। तुमने क्या सोचा है?'

'मुझे क्या गम! अपने दोनों हाथ अपने साथ हैं। वहाँ इन्हीं का सहारा था, आगे भी इन्हीं का सहारा है।'

'आज और कुशल से बीत जाय तो फिर कोई भय नहीं।'

'मैं तो मना रहा हूँ कि एकाध शिकार मिल जाय। एक दर्जन भी आ जाएँ तो भून कर रख दूँ।'

इतने में चट्टानों के नीचे से एक युवती हाथ में लोटा-डोर लिये निकली और सामने कुएँ की ओर चली। प्रभात की सुनहरी, मधुर, अरुणिमा मूर्तिमान हो गयी थी।

दोनों युवक उसकी ओर बढ़े लेकिन ख़ज़ाँचंद तो दो-चार कदम चल कर रुक गया, धर्मदास ने युवती के हाथ से लोटा-डोर ले लिया और ख़ज़ाँचंद की ओर सगर्व नेत्रों से ताकता हुआ कुएँ की ओर चला। ख़ज़ाँचंद ने फिर बन्दूक सँभाली और अपनी झेंप मिटाने के लिए आकाश की ओर ताकने लगा। इसी तरह कितनी ही बार धर्मदास के हाथों पराजित हो चुका था। शायद उसे इसका अभ्यास हो गया था। अब इसमें लेशमात्र भी सन्देह न था कि श्यामा का प्रेमपात्र धर्मदास है। ख़ज़ाँचंद की सारी सम्पत्ति धर्मदास के रूपवैभव के आगे तुच्छ थी। परोक्ष ही नहीं, प्रत्यक्ष रूप से भी श्यामा कई बार ख़ज़ाँचंद को हताश कर चुकी थी; पर वह अभागा निराश हो कर भी न जाने क्यों उस पर प्राण देता था। तीनों एक ही बस्ती के रहनेवाले थे। श्यामा के माता-पिता पहले ही मर चुके थे। उसकी बुआ ने उसका पालन-पोषण किया था। अब भी वह बुआ ही के साथ रहती थी। उसकी अभिलाषा थी कि ख़ज़ाँचंद उसका दामाद हो, श्यामा सुख से रहे और उसे भी जीवन के अन्तिम दिनों के लिए कुछ सहारा हो जाय; लेकिन श्यामा धर्मदास पर रीझी हुई थी। उसे क्या खबर थी कि जिस व्यक्ति को वह पैरों से ठुकरा रही है, वही उसका एकमात्र अवलम्ब है। ख़ज़ाँचंद ही वृद्धा का मुनीम, खजांची, कारिंदा सब कुछ था और यह जानते हुए भी कि श्यामा उसे जीवन में नहीं मिल सकती। उसके धन का यह उपयोग न होता, तो वह शायद अब तक उसे लुटा कर फकीर हो जाता।

धर्मदास पानी लेकर लौट ही रहा था कि उसे पश्चिम की ओर से कई आदमी घोड़ों पर सवार आते दिखाई दिए। जरा और समीप आने पर मालूम हुआ कि कुल पाँच आदमी हैं। उनकी बन्दूक की नलियाँ धूप में साफ चमक रही थीं। धर्मदास पानी लिये हुए दौड़ा कि कहीं रास्ते ही में सवार उसे न पकड़ लें, लेकिन कन्धे पर बन्दूक और एक हाथ में लोटा-डोर लिये वह बहुत तेज न दौड़ सकता था। फासला दो सौ गज से कम न था। रास्ते में पत्थरों के ढेर टूटे-फूटे पड़े हुए थे। भय होता था कि कहीं ठोकर न लग जाय, कहीं पैर न फिसल जाएँ। इधर सवार प्रतिक्षण समीप होते जाते थे। अरबी घोड़ों से उसका मुकाबला ही क्या, उस पर मंजिलों का धावा हुआ। मुश्किल से पचास कदम गया होगा कि सवार उसके सिर पर आ पहुँचे और तुरन्त उसे घेर लिया। धर्मदास बड़ा साहसी था;

पर मृत्यु को सामने खड़ी देख कर उसकी आँखों में अँधेरा छा गया, उसके हाथ से बन्दूक छूट कर गिर पड़ी। पाँचों उसी के गाँव के महसूदी पठान थे। एक पठान ने कहा—उड़ा दो सिर मरदूद का। दग़ाबाज़ काफ़िर।

दूसरा—नहीं नहीं, ठहरो, अगर यह इस वक्त भी इस्लाम कबूल कर ले, तो हम इसे मुआफ कर सकते हैं। क्यों धर्मदास, तुम्हें इस दग़ा की क्या सजा दी जाय? हमने तुम्हें रात-भर का वक्त फैसला करने के लिए दिया था। मगर तुम इसी वक्त जहन्नुम पहुँचा दिए जाओ; लेकिन हम तुम्हें फिर मौका देते हैं। यह आख़िरी मौका है। अगर तुमने अब भी इस्लाम न कबूल किया, तो तुम्हें दिन की रोशनी देखनी नसीब न होगी।

धर्मदास ने हिचकिचाते हुए कहा—जिस बात को अक्ल नहीं मानती, उसे कैसे ...

पहले सवार ने आवेश में आकर कहा—मजहब को अक्ल से कोई वास्ता नहीं।

तीसरा—कुफ्र है! कुफ्र है!

पहला— उड़ा दो सिर मरदूद का, धुआँ इस पार।

दूसरा—ठहरो-ठहरो, मार डालना मुश्किल नहीं, जिला लेना मुश्किल है। तुम्हारे और साथी कहाँ है धर्मदास?

धर्मदास—सब मेरे साथ ही हैं।

दूसरा—कलामे शरीफ़ की कसम; अगर तुम सब खुदा और उनके रसूल पर ईमान लाओ, तो कोई तुम्हें तेज निगाहों से देख भी न सकेगा।

धर्मदास—आप लोग सोचने के लिए और कुछ मौका न देंगे।

इस पर चारों सवार चिल्ला उठे—नहीं, नहीं, हम तुम्हें न जाने देंगे, यह आख़िरी मौका है।

इतना कहते ही पहले सवार ने बन्दूक हथिया ली और नली धर्मदास की छाती की ओर करके बोला—बस बोलो, क्या मंजूर है?

धर्मदास सिर से पैर तक काँप कर बोला—अगर मैं इस्लाम कबूल कर लूँ तो मेरे साथियों को तो कोई तकलीफ न दी जाएगी?

दूसरा—हाँ, अगर तुम जमानत करो कि वे भी इस्लाम कबूल कर लेंगे।

पहला—हम इस शर्त को नहीं मानते। तुम्हारे साथियों से हम खुद निपट लेंगे। तुम अपनी कहो। क्या चाहते हो? हाँ या नहीं?

धर्मदास ने जहर का घूँट पी कर कहा—मैं खुदा पर ईमान लाता हूँ।

पाँचों ने एक स्वर से कहा—अलहमद व लिल्लाह! और बारी-बारी से धर्मदास को गले लगाया।

श्यामा हृदय को दोनों हाथों से थामे यह दृश्य देख रही थी। वह मन में पछता रही थी कि मैंने क्यों इन्हें पानी लाने भेजा? अगर मालूम होता कि विधि यों धोखा देगा, तो मैं प्यासों मर जाती, पर इन्हें न जाने देती। श्यामा से कुछ दूर ख़ज़ाँचंद भी खड़ा था। श्यामा ने उसकी ओर क्षुब्ध नेत्रों से देख कर कहा— अब इनकी जान बचती नहीं मालूम होती।

ख़ज़ाँचंद—बन्दूक भी हाथ से छूट पड़ी है।

श्यामा—न जाने क्या बातें हो रही हैं। अरे गजब! दुष्ट ने उनकी ओर बन्दूक तानी है!

ख़ज़ाँ.—जरा और समीप आ जाएँ, तो मैं बन्दूक चलाऊँ। इतनी दूर की मार इसमें नहीं है।

श्यामा—अरे! देखो, वे सब धर्मदास को गले लगा रहे हैं। यह माज़रा क्या है?

ख़ज़ाँ.—कुछ समझ में नहीं आता।

श्यामा—कहीं इसने कलमा तो नहीं पढ़ लिया?

ख़ज़ाँ.—नहीं, ऐसा क्या होगा, धर्मदास से मुझे ऐसी आशा नहीं है।

श्यामा—मैं समझ गयी। ठीक यही बात है। बन्दूक चलाओ।

ख़ज़ाँ.—धर्मदास बीच में हैं। कहीं उन्हें न लग जाय।

श्यामा—कोई हर्ज नहीं। मैं चाहती हूँ, पहला निशाना धर्मदास ही पर पड़े। कायर! निर्लज्ज! प्राणों के लिए धर्म त्याग किया। ऐसी बेहयाई की जिन्दगी से मर जाना कहीं अच्छा है। क्या सोचते हो। क्या तुम्हारे भी हाथ-पाँव फूल गये। लाओ, बन्दूक मुझे दे दो। मैं इस कायर को अपने हाथों से मारूँगी।

ख़ज़ाँ.—मुझे तो विश्वास नहीं होता कि धर्मदास ...

श्यामा—तुम्हें कभी विश्वास न आएगा। लाओ, बन्दूक मुझे दो। खड़े क्या ताकते हो? क्या जब वे सिर पर आ जाएँगे, तब बन्दूक चलाओगे? क्या तुम्हें भी यह मंजूर है कि मुसलमान हो कर जान बचाओ? अच्छी बात है, जाओ। श्यामा अपनी रक्षा आप कर सकती है; मगर उसे अब मुँह न दिखाना।

ख़ज़ाँचंद ने बन्दूक चलाई। एक सवार की पगड़ी को उड़ाती हुई निकल गयी। जिहादियों ने 'अल्लाहो अकबर!' की हाँक लगाई। दूसरी गोली चली और घोड़े की छाती पर बैठी। घोड़ा वहीं गिर पड़ा। जिहादियों ने फिर 'अल्लाहो अकबर!' की सदा लगाई और आगे बढ़े। तीसरी गोली आयी। एक पठान लोट गया; पर इसके पहले कि चौथी गोली छूटे, पठान ख़ज़ाँचंद के सिर पर पहुँच गये और बन्दूक उसके हाथ से छीन ली।

एक सवार ने ख़ज़ाँचंद की ओर बन्दूक तान कर कहा—उड़ा दूँ सिर मरदूद का, इससे खून का बदला लेना है।

दूसरे सवार ने जो इनका सरदार मालूम होता था, कहा—नहीं-नहीं, यह दिलेर आदमी है। ख़ज़ाँचंद, तुम्हारे ऊपर दगा, खून और कुफ्र, ये तीन इल्ज़ाम हैं, और तुम्हें कत्ल कर देना ऐन सवाब है, लेकिन हम तुम्हें एक मौका और देते हैं। अगर तुम अब भी खुदा और रसूल पर ईमान लाओ, तो हम तुम्हें सीने से लगाने को तैयार हैं। इसके सिवा तुम्हारे गुनाहों का और कोई कफारा (प्रायश्चित्त) नहीं है। यह हमारा आखिरी फैसला है। बोलो, क्या मंजूर है?

चारों पठानों ने कमर से तलवारें निकाल लीं, और उन्हें ख़ज़ाँचंद के सिर पर तान दिया मानो 'नहीं' का शब्द मुँह से निकलते ही चारों तलवारें उसकी गर्दन पर चल जाएँगी!

ख़ज़ाँचंद का मुखमंडल विलक्षण तेज से आलोकित हो उठा। उसकी दोनों आँखें स्वर्गीय ज्योति से चमकने लगीं। दृढ़ता से बोला—तुम एक हिन्दू से यह प्रश्न कर रहे हो? क्या तुम समझते हो कि जान के खौफ से वह अपना ईमान बेच डालेगा? हिंदू को अपने ईश्वर तक पहुँचने के लिए किसी नबी, वली या पैगम्बर की ज़रूरत नहीं! चारों पठानों ने कहा—काफ़िर! काफ़िर!

ख़ज़ाँ.—अगर तुम मुझे काफिर समझते हो तो समझो। मैं अपने को तुमसे ज्यादा खुदापरस्त समझता हूँ। मैं उस धर्म को मानता हूँ, जिसकी बुनियाद अक्ल पर है। आदमी में अक्ल ही खुदा का नूर (प्रकाश) है और हमारा ईमान हमारी अक्ल...

चारों पठानों के मुँह से निकला 'काफिर! काफिर!' और चारों तलवारें एक साथ ख़ज़ाँचंद की गर्दन पर गिर पड़ीं। लाश जमीन पर फड़कने लगी। धर्मदास सिर झुकाए खड़ा रहा। वह दिल में खुश था कि अब ख़ज़ाँचंद की सारी सम्पत्ति उसके हाथ लगेगी और वह श्यामा के साथ सुख से रहेगा; पर विधाता को कुछ और ही मंजूर था। श्यामा अब तक मर्माहत-सी खड़ी यह दृश्य देख रही थी। ज्यों ही ख़ज़ाँचंद की लाश जमीन पर गिरी, वह झपट कर लाश के पास आयी और उसे गोद में लेकर आँचल से रक्त-प्रवाह को रोकने की चेष्टा करने लगी। उसके सारे कपड़े खून से तर हो गये। उसने बड़ी सुन्दर बेल-बूटोंवाली साड़ियाँ पहनी होंगी, पर इस रक्त-रंजित साड़ी की शोभा अतुलनीय थी। बेल-बूटोंवाली साड़ियाँ रूप की शोभा बढ़ाती थीं, यह रक्त-रंजित साड़ी आत्मा की छवि दिखा रही थी।

ऐसा जान पड़ा मानो ख़ज़ाँचंद की बुझती आँखें एक अलौकिक ज्योति से प्रकाशमान हो गयी हैं। उन नेत्रों में कितना सन्तोष, कितनी तृप्ति, कितनी उत्कंठा भरी हुई थी। जीवन में जिसने प्रेम की भिक्षा भी न पाई, वह मरने पर उत्सर्ग जैसे स्वर्गीय रत्न का स्वामी बना हुआ था।

धर्मदास ने श्यामा का हाथ पकड़ कर कहा—श्यामा, होश में आओ, तुम्हारे सारे कपड़े खून से तर हो गये हैं। अब रोने से क्या हासिल होगा? ये लोग हमारे मित्र हैं, हमें कोई कष्ट न देंगे। हम फिर अपने घर चलेंगे और जीवन के सुख भोगेंगे?

श्यामा ने तिरस्कारपूर्ण नेत्रों से देख कर कहा—तुम्हें अपना घर बहुत प्यारा है, तो जाओ। मेरी चिन्ता मत करो, मैं अब न जाऊँगी। हाँ, अगर अब भी मुझसे कुछ प्रेम हो तो इन लोगों से इन्हीं तलवारों से मेरा भी अन्त करा दो।

धर्मदास करुणा-कातर स्वर से बोला—श्यामा, यह तुम क्या कहती हो, तुम भूल गयीं कि हमसे-तुमसे क्या बातें हुई थीं? मुझे खुद ख़ज़ाँचंद के मारे जाने का शोक है; पर भावी को कौन टाल सकता है?

श्यामा—अगर यह भावी थी, तो यह भी भावी है कि मैं अपना अधम जीवन उस पवित्र आत्मा के शोक में काटूँ, जिसका मैंने सदैव निरादर किया। यह कहते-कहते श्यामा का शोकोद्‌गार, जो अब तक क्रोध और घृणा के नीचे दबा हुआ था, उबल पड़ा और वह ख़ज़ाँचंद के निस्पन्द हाथों को अपने गले में डाल कर रोने लगी।

चारों पठान यह अलौकिक अनुराग और आत्म-समर्पण देख कर करुणार्द्र हो गये। सरदार ने धर्मदास से कहा—तुम इस पाकीजा खातून से कहो, हमारे साथ चले। हमारी जाति से इसे कोई तकलीफ न होगी। हम इसकी दिल से इज्जत करेंगे।

धर्मदास के हृदय में ईर्ष्या की आग धधक रही थी। वह रमणी, जिसे वह अपनी समझे बैठा था, इस वक्त उसका मुँह भी नहीं देखना चाहती थी। बोला—श्यामा, तुम चाहो इस लाश पर आँसुओं की नदी बहा दो, पर यह जिन्दा न होगी। यहाँ से चलने की तैयारी करो। मैं साथ के और लोगों को भी जा कर समझाता हूँ। खान लोग हमारी रक्षा करने का जिम्मा ले रहे हैं। हमारी ज़ायदाद, जमीन, दौलत सब हमको मिल जाएगी। ख़ज़ाँचंद की दौलत के भी हमीं मालिक होंगे। अब देर न करो। रोने-धोने से अब कुछ हासिल नहीं।

श्यामा ने धर्मदास को आग्नेय नेत्रों से देख कर कहा—और इस वापसी की कीमत क्या देनी होगी? वही जो तुमने दी है?

धर्मदास यह व्यंग्य न समझ सका। बोला—मैंने तो कोई कीमत नहीं दी। मेरे पास था ही क्या?

श्यामा—ऐसा न कहो। तुम्हारे पास वह ख़जाना था, जो तुम्हें आज कई लाख वर्ष हुए ऋषियों ने प्रदान किया था। जिसकी रक्षा रघु और मनु, राम और कृष्ण, बुद्ध और शंकर, शिवाजी और गोविंदसिंह ने की थी। उस अमूल्य भंडार को

आज तुमने तुच्छ प्राणों के लिए खो दिया। इन पाँवों पर लोटना तुम्हें मुबारक हो! तुम शौक से जाओ। जिन तलवारों ने वीर ख़ज़ाँचंद के जीवन का अन्त किया, उन्होंने मेरे प्रेम का भी फैसला कर दिया। जीवन में इस वीरात्मा का मैंने जो निरादर और अपमान किया, इसके साथ जो उदासीनता दिखाई उसका अब मरने के बाद प्रायश्चित करूँगी। यह धर्म पर मरने वाला वीर था, धर्म को बेचनेवाला कायर नहीं! अगर तुममें अब भी कुछ शर्म और हया है, तो इसका क्रिया-कर्म करने में मेरी मदद करो और यदि तुम्हारे स्वामियों को यह भी पसन्द न हो, तो रहने दो, मैं सब कुछ कर लूँगी।

पठानों के हृदय दर्द से तड़प उठे। धर्मान्धता का प्रकोप शान्त हो गया। देखते-देखते वहाँ लकड़ियों का ढेर लग गया। धर्मदास ग्लानि से सिर झुकाए बैठा था और चारों पठान लकड़ियाँ काट रहे थे। चिता तैयार हुई और जिन निर्दय हाथों ने ख़ज़ाँचंद की जान ली थी उन्हीं ने उसके शव को चिता पर रखा। ज्वाला प्रचंड हुई। अग्निदेव अपने अग्निमुख से उस धर्मवीर का यश गा रहे थे। पठानों ने ख़ज़ाँचंद की सारी जंगम सम्पत्ति ला कर श्यामा को दे दी। श्यामा ने वहीं पर एक छोटा-सा मकान बनवाया और वीर ख़ज़ाँचंद की उपासना में जीवन के दिन काटने लगी। उसकी वृद्धा बुआ तो उसके साथ रह गयी, और सब लोग पठानों के साथ लौट गये, क्योंकि अब मुसलमान होने की शर्त न थी। ख़ज़ाँचंद के बलिदान ने धर्म के भूत को परास्त कर दिया। मगर धर्मदास को पठानों ने इस्लाम की दीक्षा लेने पर मजबूर किया। एक दिन नियत किया गया। मस्जिद में मुल्लाओं का मेला लगा और लोग धर्मदास को उसके घर से बुलाने आये; पर उसका वहाँ पता न था। चारों तरफ तलाश हुई। कहीं निशान न मिला।

साल-भर गुज़र गया। सन्ध्या का समय था। श्यामा अपने झोंपड़े के सामने बैठी भविष्य की मधुर कल्पनाओं में मग्न थी। अतीत उसके लिए दुःख से भरा हुआ था। वर्तमान केवल एक निराशामय स्वप्न था। सारी अभिलाषाएँ भविष्य पर अवलम्बित थीं। और भविष्य भी वह, जिसका इस जीवन से कोई सम्बन्ध न था! आकाश पर लालिमा छायी हुई थी। सामने की पर्वतमाला स्वर्णमयी शान्ति के आवरण से ढँकी हुई थी। वृक्षों की काँपती हुई पत्तियों से सरसराहट की आवाज निकल रही थी, मानो कोई वियोगी आत्मा पत्तियों पर बैठी हुई सिसकियाँ भर रही हो।

उसी वक्त एक भिखारी फटे हुए कपड़े पहने झोंपड़ी के सामने खड़ा हो गया। कुत्ता जोर से भूँक उठा। श्यामा ने चौंक कर देखा और चिल्ला उठी—धर्मदास!

धर्मदास ने वहीं जमीन पर बैठते हुए कहा—हाँ श्यामा, मैं अभागा धर्मदास

ही हूँ। साल-भर से मारा-मारा फिर रहा हूँ। मुझे खोज निकालने के लिए ईनाम रख दिया गया है। सारा प्रान्त मेरे पीछे पड़ा हुआ है। इस जीवन से अब ऊब उठा हूँ; पर मौत भी नहीं आती।

धर्मदास एक क्षण के लिए चुप हो गया। फिर बोला—क्यों श्यामा, क्या अभी तुम्हारा हृदय मेरी तरफ से साफ नहीं हुआ! तुमने मेरा अपराध क्षमा नहीं किया!

श्यामा ने उदासीन भाव से कहा—मैं तुम्हारा मतलब नहीं समझी।

'मैं अब भी हिंदू हूँ। मैंने इस्लाम नहीं कबूल किया है।'

'जानती हूँ!'

'यह जान कर भी तुम्हें मुझ पर दया नहीं आती!'

श्यामा ने कठोर नेत्रों से देखा और उत्तेजित होकर बोली—तुम्हें अपने मुँह से ऐसी बातें निकालते शर्म नहीं आती! मैं उस धर्मवीर की ब्याहता हूँ, जिसने हिन्दू-जाति का मुख उज्ज्वल किया है। तुम समझते हो कि वह मर गया! यह तुम्हारा भ्रम है। वह अमर है। मैं इस समय भी उसे स्वर्ग में बैठा देख रही हूँ। तुमने हिन्दू-जाति को कलंकित किया है। मेरे सामने से दूर हो जाओ।

धर्मदास ने कुछ जवाब न दिया! चुपके से उठा, एक लम्बी साँस ली और एक तरफ चल दिया।

प्रातःकाल श्यामा पानी भरने जा रही थी, तब उसने रास्ते में एक लाश पड़ी हुई देखी। दो-चार गिद्ध उस पर मँडरा रहे थे। उसका हृदय धड़कने लगा। समीप जा कर देखा और पहचान गयी। यह धर्मदास की लाश थी।

हिंसा परमो धर्मः

दुनिया में कुछ ऐसे लोग भी होते हैं, जो किसी के नौकर न होते हुए सबके नौकर होते हैं, जिन्हें कुछ अपना खास काम न होने पर भी सिर उठाने की फुरसत नहीं होती। जामिद इसी श्रेणी के मनुष्यों में था। बिल्कुल बेफिक्र, न किसी से दोस्ती, न किसी से दुश्मनी। जो जरा हँस कर बोला, उसका बेदाम का गुलाम हो गया। बे-काम का काम करने में उसे मजा आता था। गाँव में कोई बीमार पड़े, वह रोगी की सेवा-सुश्रूषा के लिए हाजिर है। कहिए, तो आधी रात को हकीम के घर चला जाय; किसी जड़ी-बूटी की तलाश में मंजिलों की खाक छान आये। मुमकिन न था कि किसी गरीब पर अत्याचार होते देखे और चुप रह जाय। फिर चाहे कोई उसे मार ही डाले, वह हिमायत करने से बाज न आता था। ऐसे सैकड़ों ही मौके उसके सामने आ चुके थे। कॉन्स्टेबल से आये दिन उसकी छेड़छाड़ होती ही रहती थी। इसलिए लोग उसे बौड़म समझते थे। और बात भी यही थी। जो आदमी किसी का बोझ भारी देखकर, उससे छीन कर, अपने सिर पर ले ले, किसी का छप्पर उठाने या आग बुझाने के लिए कोसों दौड़ा चला जाय, उसे समझदार कौन कहेगा। सारांश यह कि उसकी जात से दूसरों को चाहे कितना ही फायदा पहुँचे, अपना कोई उपकार न होता था; यहाँ तक कि वह रोटियों के लिए भी दूसरों का मुहताज था। दीवाना तो वह था, और उसका गम दूसरे खाते थे।

आखिर जब लोगों ने बहुत धिक्कारा—क्यों अपना जीवन नष्ट कर रहे हो, तुम दूसरों के लिए मरते हो, कोई तुम्हारा भी पूछनेवाला है? अगर एक दिन बीमार पड़ जाओ; तो कोई चुल्लू भर पानी न दे; जब तक दूसरों की सेवा करते हो, लोग खैरात समझ कर खाने को दे देते हैं; जिस दिन आ पड़ेगी, कोई सीधे मुँह बात भी न करेगा; तब जामिद की आँखें खुलीं। बरतन-भाड़ा कुछ था ही नहीं।

एक दिन उठा, और एक तरफ की राह ली। दो दिन के बाद एक शहर में पहुँचा। शहर बहुत बड़ा था। महल आसमान में बातें करने वाले। सड़कें चौड़ी और साफ। बाज़ार गुलजार, मसज़िदों और मन्दिरों की संख्या अगर मकानों से अधिक न थी, तो कम भी नहीं। देहात में न तो कोई मसजिद थी, न कोई मन्दिर। मुसलमान लोग एक चबूतरे पर नमाज़ पढ़ लेते थे। हिन्दू एक वृक्ष के नीचे पानी चढ़ा दिया करते थे। नगर में धर्म का यह माहात्म्य देख कर जामिद को बड़ा कुतूहल और आनन्द हुआ। उसकी दृष्टि में मजहब का जितना सम्मान था उतना और किसी सांसारिक वस्तु का नहीं। वह सोचने लगा—ये लोग कितने ईमान के पक्के, कितने सत्यवादी हैं। इनमें कितनी दया, कितना विवेक, कितनी सहानुभूति होगी, तभी तो खुदा ने इन्हें इतना माना है। वह हर आने-जानेवाले को श्रद्धा की दृष्टि से देखता और उसके सामने विनय से सिर झुकाता था। यहाँ के सभी प्राणी उसे देवता-तुल्य मालूम होते थे।

घूमते-घूमते साँझ हो गयी। वह थककर एक मन्दिर के चबूतरे पर जा बैठा। मन्दिर बहुत बड़ा था, ऊपर सुनहला कलश चमक रहा था। जगमोहन पर संगमरमर के चौके जड़े हुए थे; मगर आँगन में जगह-जगह गोबर और कूड़ा पड़ा था। जामिद को गन्दगी से चिढ़ थी; देवालय की यह दशा देखकर उससे न रहा गया; इधर-उधर निगाह दौड़ाई कि कहीं झाड़ू मिल जाय, तो साफ कर दे, पर झाड़ू कहीं नजर न आयी। विवश हो कर उसने दामन से चबूतरे को साफ करना शुरू कर दिया।

जरा देर में भक्तों का जमाव होने लगा। उन्होंने जामिद को चबूतरा साफ करते देखा, तो आपस में बातें करने लगे—

'है तो मुसलमान!'

'मेहतर होगा।'

'नहीं, मेहतर अपने दामन से सफाई नहीं करता। कोई पागल मालूम होता है।'

'उधर का भेदिया न हो।'

'नहीं, चेहरे से बड़ा गरीब मालूम होता है।'

'हसन निज़ामी का कोई मुरीद होगा।'

'अजी गोबर के लालच से सफाई कर रहा है। कोई भठियारा होगा। (जामिद से) गोबर न ले जाना बे, समझा? कहाँ रहता है?'

'परदेसी मुसाफिर हूँ, साहब, मुझे गोबर ले कर क्या करना है? ठाकुर जी का मन्दिर देखा, तो आ कर बैठ गया। कूड़ा पड़ा हुआ था। मैंने सोचा—धर्मात्मा लोग आते होंगे; सफाई करने लगा।'

'तुम तो मुसलमान हो न?'

'ठाकुर जी तो सबके ठाकुर जी हैं—क्या हिन्दू, क्या मुसलमान!'

'तुम ठाकुर जी को मानते हो?'

'ठाकुर जी को कौन न मानेगा, साहब? जिसने पैदा किया, उसे न मानूँगा तो किसे मानूँगा?'

भक्तों में यह सलाह होने लगी—

'देहाती है।'

'फाँस लेना चाहिए, जाने न पाए!'

जामिद फाँस लिया गया। उसका आदर-सत्कार होने लगा। एक हवादार मकान रहने को मिला। दोनों वक्त उत्तम पदार्थ खाने को मिलने लगे। दो-चार आदमी हरदम उसे घेरे रहते। जामिद को भजन खूब याद थे। गला भी अच्छा था। वह रोज मन्दिर में जा कर कीर्तन करता। भक्ति के साथ स्वर-लालित्य भी हो, तो फिर क्या पूछना। लोगों पर उसके कीर्तन का बड़ा असर पड़ता। कितने ही लोग संगीत के लोभ से ही मन्दिर में आने लगे। सबको विश्वास हो गया कि भगवान् ने यह शिकार चुन कर भेजा है।

एक दिन मन्दिर में बहुत-से आदमी जमा हुए। आँगन में फर्श बिछाया गया। जामिद का सिर मुड़ा दिया गया। नये कपड़े पहनाए। हवन हुआ। जामिद के हाथों से मिठाई बाँटी गयी। वह अपने आश्रयदाताओं की उदारता और धर्मनिष्ठा का और भी कायल हो गया। ये लोग कितने सज्जन हैं, मुझ जैसे फटेहाल परदेसी की इतनी खातिर। इसी को सच्चा धर्म कहते हैं। जामिद को जीवन में कभी इतना सम्मान न मिला था। यहाँ वही सैलानी युवक जिसे लोग बौड़म कहते थे, भक्तों का सिरमौर बना हुआ था। सैकड़ों ही आदमी केवल उसके दर्शनों को आते थे। उसकी प्रकांड विद्वत्ता की कितनी ही कथाएँ प्रचलित हो गयीं। पत्रों में यह समाचार निकला कि एक बड़े आलिम मौलवी साहब की शुद्धि हुई है। सीधा-सादा जामिद इस सम्मान का रहस्य कुछ न समझता था। ऐसे धर्मपरायण सहृदय प्राणियों के लिए वह क्या कुछ न करता? वह नित्य पूजा करता, भजन गाता था। उसके लिए यह कोई नयी बात न थी। अपने गाँव में भी वह बराबर सत्यनारायण की कथा में बैठा करता था। भजन-कीर्तन किया करता था। अन्तर यही था कि देहात में उसकी कदर न थी। यहाँ सब उसके भक्त थे।

एक दिन जामिद कई भक्तों के साथ बैठा हुआ कोई पुराण पढ़ रहा था, तो क्या देखता है कि सामने सड़क पर एक बलिष्ठ युवक, माथे पर तिलक लगाए, जनेऊ पहने, एक बूढ़े दुर्बल मनुष्य को मार रहा है। बुड्ढा रोता है, गिड़गिड़ाता है और पैरों पड़-पड़ के कहता है कि महाराज, मेरा कसूर माफ करो; किन्तु तिलकधारी युवक को उस पर जरा भी दया नहीं आती। जामिद का रक्त खौल

उठा। ऐसे दृश्य देख कर वह शान्त न बैठ सकता था। तुरन्त कूद कर बाहर निकला, और युवक के सामने आ कर बोला—बुड्ढे को क्यों मारते हो, भाई? तुम्हें इस पर जरा भी दया नहीं आती?

युवक—मैं मारते-मारते इसकी हड्डियाँ तोड़ दूँगा।

जामिद—आखिर इसने क्या कुसूर किया है? कुछ मालूम भी तो हो।

युवक—इसकी मुर्गी हमारे घर में घुस गयी थी, और सारा घर गन्दा कर आयी।

जामिद—तो क्या इसने मुर्गी को सिखा दिया था कि तुम्हारा घर गन्दा कर आये?

बुड्ढा—खुदावन्द, मैं तो उसे बराबर खाँचे में ढाँके रहता हूँ। आज गफलत हो गयी। कहता हूँ, महाराज, कुसूर माफ करो; मगर नहीं मानते।
हुजूर, मारते-मारते अधमरा कर दिया।

युवक—अभी नहीं मारा है, अब मारूँगा—खोद कर गाड़ दूँगा।

जामिद—खोद कर गाड़ दोगे भाई साहब तो तुम भी यों न खड़े रहोगे। समझ गये? अगर फिर हाथ उठाया, तो अच्छा न होगा।

जवान को अपनी ताकत का नशा था। उसने फिर बुड्ढे को चाँटा लगाया; पर चाँटा पड़ने के पहले ही जामिद ने उसकी गर्दन पकड़ ली। दोनों में मल्ल-युद्ध होने लगा। जामिद करारा जवान था। युवक को पटकनी दी, तो चारों खाने चित गिर गया। उसका गिरना था कि भक्तों का समुदाय, जो अब तक मन्दिर में बैठा तमाशा देख रहा था, लपक पड़ा और जामिद पर चारों तरफ से चोटें पड़ने लगीं। जामिद की समझ में न आता था कि लोग मुझे क्यों मार रहे हैं। कोई कुछ नहीं पूछता। तिलकधारी जवान को कोई कुछ नहीं कहता। बस, जो आता है, मुझी पर हाथ साफ करता है। आखिर वह बेदम हो कर गिर पड़ा। तब लोगों में बातें होने लगीं।

'दगा दे गया!'

'धत् तेरी जात की! कभी म्लेच्छों से भलाई की आशा न रखनी चाहिए! कौआ कौओं ही के साथ मिलेगा। कमीना जब करेगा, कमीनापन। इसे कोई पूछता न था, मन्दिर में झाड़ू लगा रहा था। देह पर कपड़े का तार भी न था, हमने इसका सम्मान किया, पशु से आदमी बना दिया, फिर भी अपना न हुआ!

'इनके धर्म का तो मूल ही यही है!'

जामिद रात भर सड़क के किनारे पड़ा दर्द से कराहता रहा, उसे मार खाने का दु:ख न था। ऐसी यातनाएँ वह कितनी बार भोग चुका था। उसे दु:ख और आश्चर्य केवल इस बात का था कि इन लोगों ने क्यों एक दिन मेरा इतना सम्मान किया, और क्यों आज अकारण ही मेरी इतनी दुर्गति की? इनकी वह सज्जनता

आज कहाँ गयी? मैं तो वही हूँ। मैंने कोई कसूर भी नहीं किया। मैंने तो वही किया, जो ऐसी दशा में सभी को करना चाहिए। फिर इन लोगों ने मुझ पर क्यों इतना अत्याचार किया? देवता क्यों राक्षस बन गये?

वह रात भर इसी उलझन में पड़ा रहा। प्रातःकाल उठ कर एक तरफ की राह ली।

जामिद अभी थोड़ी ही दूर गया था कि वही बुड्ढा उसे मिला। उसे देखते ही वह बोला—कसम ख़ुदा की, तुमने कल मेरी जान बचा दी। सुना, जालिमों ने तुम्हें बुरी तरह पीटा। मैं तो मौका पाते ही निकल भागा। अब तक कहाँ थे? यहाँ लोग रात ही से तुमसे मिलने के लिए बेकरार हो रहे हैं। काजी साहब रात ही से तुम्हारी तलाश में निकले थे, मगर तुम न मिले। कल हम दोनों अकेले पड़ गये थे। दुश्मनों ने हमें पीट लिया। नमाज़ का वक्त था, जहाँ सब लोग मस्जिद में थे; अगर जरा भी ख़बर हो जाती, तो एक हजार लठैत पहुँच जाते। तब आटे-दाल का भाव मालूम होता। क़सम खुदा की; आज से मैंने तीन कोड़ी मुर्गियाँ पाली हैं! देखूँ, पंडित जी महाराज अब क्या करते हैं। क़सम खुदा की, काजी साहब ने कहा है, अगर वह लौंडा जरा भी आँखें दिखाए, तो तुम आ कर मुझसे कहना। या तो बच्चा घर छोड़ कर भागेंगे, या हड्डी-पसली तोड़ कर रख दी जाएगी।

जामिद को लिये वह बुड्ढा काजी जोरावरहुसैन के दरवाजे पर पहुँचा। काजी साहब वजू कर रहे थे। जामिद को देखते ही दौड़ कर गले लगा लिया और बोले—वल्लाह! तुम्हें आँखें ढूँढ़ रही थीं। तुमने अकेले इतने काफिरों के दाँत खट्टे कर दिए! क्यों न हो, मोमिन का खून है! काफिरों की हकीकत क्या? सुना सब के सब तुम्हारी शुद्धि करने जा रहे थे; मगर तुमने उनके सारे मनसूबे पलट दिए। इस्लाम को ऐसे ही ख़ादिमों की जरूरत है। तुम-जैसे दीनदारों से इस्लाम का नाम रोशन है। गलती यही हुई कि तुमने एक महीने भर तक सब्र नहीं किया। शादी हो जाने देते, तब मजा आता। एक नाज़नीन साथ लाते, और दौलत मुफ्त। वल्लाह! तुमने उज़लत कर दी।

दिन भर भक्तों का ताँता लगा रहा। जामिद को एक नज़र देखने का सबको शौक था। सभी उसकी हिम्मत, जोर और मजहबी जोश की प्रशंसा करते थे। पहर रात बीत चुकी थी। मुसाफिरों की आमदरफ्त कम हो चली थी। जामिद ने काजी साहब से धर्म-ग्रन्थ पढ़ना शुरू किया था। उन्होंने उसके लिए अपने बगल का कमरा खाली कर दिया था। वह काजी साहब से सबक ले कर आया, और सोने जा रहा था कि सहसा उसे दरवाजे पर एक ताँगे के रुकने की आवाज सुनाई दी। काजी साहब के मुरीद अक्सर आया करते थे। जामिद ने सोचा, कोई

मुरीद आया होगा। नीचे आया तो देखा—एक स्त्री ताँगे से उतर कर बरामदे में खड़ी है, और ताँगेवाला उसका असबाब उतार रहा है।

महिला ने मकान को इधर-उधर देख कर कहा—नहीं जी, मुझे अच्छी तरह खयाल है; यह उनका मकान नहीं है। शायद तुम भूल गये हो।

ताँगेवाला—हुजूर तो मानतीं ही नहीं। कह दिया कि बाबू साहब ने मकान तबदील कर दिया है। ऊपर चलिए।

स्त्री ने कुछ झिझकते हुए कहा—बुलाते क्यों नहीं? आवाज़ दो!

ताँगेवाला—ओ साहब, आवाज क्या दूँ, जब जानता हूँ कि साहब का मकान यही है, तो नाहक चिल्लाने से क्या फायदा? बेचारे आराम कर रहे होंगे। आराम में खलल पड़ेगा! आप निसाखातिर रहिए, चलिए ऊपर चलिए।

औरत ऊपर चली। पीछे-पीछे ताँगेवाला असबाब लिये हुए चला। जामिद गुम-सुम नीचे खड़ा रहा। यह रहस्य उसकी समझ में न आया।

ताँगेवाले की आवाज सुनते ही काजी साहब छत पर निकल आये, और एक औरत को आते देख कमरे की खिड़कियाँ चारों तरफ से बन्द करके खूँटी पर लटकती तलवार उतार ली, और दरवाजे पर आ कर खड़े हो गये।

औरत ने जीना तय करके ज्यों ही छत पर पैर रखा कि काजी साहब को देख कर झिझकी। वह तुरन्त पीछे की तरफ मुड़ना चाहती थी कि काजी साहब ने लपक कर उसका हाथ पकड़ लिया और अपने कमरे में घसीट लाए। इसी बीच में जामिद और ताँगेवाला, ये दोनों भी ऊपर आ गये थे। जामिद यह दृश्य देख कर विस्मित हो गया था। यह रहस्य और भी रहस्यमय हो गया था। यह विद्या का सागर, यह न्याय का भंडार, यह नीति, धर्म और दर्शन का आगार इस समय एक अपरिचित महिला के ऊपर यह घोर अत्याचार कर रहा है। ताँगेवाले के साथ यह भी काजी साहब के कमरे में चला गया। काजी साहब तो स्त्री के दोनों हाथ पकड़े हुए थे। ताँगेवाले ने दरवाजा बन्द कर दिया।

महिला ने ताँगेवाले की ओर खून भरी आँखों से देख कर कहा—तू मुझे यहाँ क्यों लाया?

काजी साहब ने तलवार चमका कर कहा—पहले आराम से बैठ जाओ, सब कुछ मालूम हो जायगा।

औरत—तुम तो मुझे कोई मौलवी मालूम होते हो? क्या तुम्हें खुदा ने यही सिखाया है कि पराई बहू-बेटियों को ज़बरदस्ती घर में बन्द करके उनकी आबरू बिगाड़ो?

काजी—हाँ, खुदा का यही हुक्म है कि काफिरों को जिस तरह मुमकिन हो, इस्लाम के रास्ते पर लाया जाय। अगर खुशी से न आयें, तो जब्र से।

औरत—इसी तरह अगर कोई तुम्हारी बहू-बेटी पकड़ कर बे-आबरू करे, तो?

काजी—हो रहा है। जैसा तुम हमारे साथ करोगे वैसा ही हम तुम्हारे साथ करेंगे। फिर हम तो बे-आबरू नहीं करते, सिर्फ अपने मज़हब में शामिल करते हैं। इस्लाम कबूल करने से आबरू बढ़ती है, घटती नहीं। हिन्दू कौम ने तो हमें मिटा देने का बीड़ा उठाया है। वह इस मुल्क से हमारा निशान मिटा देना चाहती है। धोखे से, लालच से, जब्र से मुसलमानों को बे-दीन बनाया जा रहा है, तो मुसलमान बैठे मुँह ताकेंगे?

औरत—हिन्दू कभी ऐसा अत्याचार नहीं कर सकता। सम्भव है, तुम लोगों की शरारतों से तंग आ कर नीचे दर्जे के लोग इस तरह बदला लेने लगे हों; मगर अब भी कोई सच्चा हिन्दू इसे पसन्द नहीं करता।

काजी साहब ने कुछ सोच कर कहा—बेशक, पहले इस तरह की शरारत मुसलमान शोहदे किया करते थे। मगर शरीफ लोग इन हरकतों को बुरा समझते थे, और अपने इमकान भर रोकने की कोशिश करते थे। तालीम और तहजीब की तरक्की के साथ कुछ दिनों में यह गुंडापन जरूर गायब हो जाता; मगर अब तो सारी हिन्दू कौम हमें निगलने के लिए तैयार बैठी हुई है। फिर हमारे लिए और रास्ता ही कौन-सा है। हम कमजोर हैं, इसलिए हमें मजबूर हो कर अपने को कायम रखने के लिए दगा से काम लेना पड़ता है; मगर तुम इतना घबराती क्यों हो? तुम्हें यहाँ किसी बात की तकलीफ न होगी। इस्लाम औरतों के हक का जितना लिहाज करता है, उतना और कोई मजहब नहीं करता। और मुसलमान मर्द तो अपनी औरतों पर जान देता है। मेरे यह नौजवान दोस्त (जामिद) तुम्हारे सामने खड़े हैं, इन्हीं के साथ तुम्हारा निकाह कर दिया जायगा। बस, आराम से ज़िन्दगी के दिन बसर करना।

औरत—मैं तुम्हें और तुम्हारे धर्म को घृणित समझती हूँ। तुम कुत्ते हो। इसके सिवा तुम्हारे लिए कोई दूसरा काम नहीं। खैरियत इसी में है कि मुझे जाने दो; नहीं तो मैं अभी शोर मचा दूँगी, और तुम्हारा सारा मौलवीपन निकल जाएगा।

काजी—अगर तुमने जबान खोली, तो तुम्हें जान से हाथ धोना पड़ेगा। बस, इतना समझ लो।

औरत—आबरू के सामने जान की कोई हकीकत नहीं। तुम मेरी जान ले सकते हो; मगर आबरू नहीं ले सकते।

काजी—क्यों नाहक जिद करती हो?

औरत ने दरवाजे के पास जा कर कहा—मैं कहती हूँ, दरवाजा खोल दो।

जामिद जब तक चुपचाप खड़ा था। ज्यों ही स्त्री दरवाजे की तरफ चली,

और काजी साहब ने उसका हाथ पकड़ कर खींचा, जामिद ने तुरन्त दरवाजा खोल दिया और काजी साहब से बोला—इन्हें छोड़ दीजिए।

काजी—क्या बकता है?

जामिद—कुछ नहीं। खैरियत इसी में है कि इन्हें छोड़ दीजिए।

लेकिन अब काजी साहब ने उस महिला का हाथ न छोड़ा, और ताँगेवाला भी उसे पकड़ने के लिए बढ़ा, तो जामिद ने एक धक्का दे कर काजी साहब को धकेल दिया, और उस स्त्री का हाथ पकड़े हुए कमरे से बाहर निकल गया। ताँगेवाला पीछे लपका, मगर जामिद ने उसे इतने जोर से धक्का दिया कि वह औंधे मुँह जा गिरा। एक क्षण में जामिद और स्त्री, दोनों सड़क पर थे।

जामिद—आपका घर किस मुहल्ले में है?

औरत—अहियागंज में।

जामिद—चलिए, मैं आपको पहुँचा आऊँ।

औरत—इससे बड़ी और क्या मेहरबानी होगी। मैं आपकी इस नेकी को कभी न भूलूँगी। आपने आज मेरी आबरू बचा ली, नहीं तो मैं कहीं की न रहती। मुझे अब मालूम हुआ कि अच्छे और बुरे सब जगह होते हैं। मेरे शौहर का नाम पंडित राजकुमार है।

उसी वक्त एक ताँगा सड़क पर आता दिखाई दिया। जामिद ने स्त्री को उस पर बिठा दिया, और खुद बैठना ही चाहता था कि ऊपर से काजी साहब ने जामिद पर लट्ठ चलाया और डंडा ताँगे से टकराया। जामिद ताँगे में आ बैठा और ताँगा चल दिया।

अहियागंज में पंडित राजकुमार का पता लगाने में कठिनाई न पड़ी। जामिद ने ज्यों ही आवाज दी, वह घबराए हुए बाहर निकल आये और स्त्री को देख कर बोले—तुम कहाँ रह गयी थीं, इंदिरा? मैंने तो तुम्हें स्टेशन पर कहीं न देखा। मुझे पहुँचने में जरा देर हो गयी थी। तुम्हें इतनी देर कहाँ लगी?

इंदिरा ने घर के अन्दर कदम रखते ही कहा—बड़ी लम्बी कथा है; जरा दम लेने दो, तो बता दूँगी। बस, इतना ही समझ लो कि आज अगर इस मुसलमान ने मेरी मदद न की होती तो आबरू चली गयी थी।

पंडित जी पूरी कथा सुनने के लिए और भी व्याकुल हो उठे। इंदिरा के साथ वह भी घर में चले गये; पर एक ही मिनट के बाद बाहर आ कर जामिद से बोले—भाई साहब, शायद आप बनावट समझें; पर मुझे आपके रूप में इस समय अपने इष्टदेव के दर्शन हो रहे हैं। मेरी जबान में इतनी ताकत नहीं कि आपका शुक्रिया अदा कर सकूँ। आइए, बैठ जाइए।

जामिद—जी नहीं, अब मुझे इज़ाजत दीजिए।

पंडित—मैं आपकी इस नेकी का क्या बदला दे सकता हूँ?

जामिद—इसका बदला यही है कि इस शरारत का बदला किसी गरीब मुसलमान से न लीजिएगा, मेरी आप से यही दरख़्वास्त है।

यह कह कर जामिद चल खड़ा हुआ, और उस अँधेरी रात के सन्नाटे में शहर के बाहर निकल गया। उस शहर की विषाक्त वायु में साँस लेते हुए उसका दम घुटता था! वह जल्द से जल्द शहर से भाग कर अपने गाँव में पहुँचना चाहता था, जहाँ मजहब का नाम सहानुभूति, प्रेम और सौहार्द था। धर्म और धार्मिक लोगों से उसे घृणा हो गयी थी।

शुद्धि

आख़िर जो होना था, वही हुआ। लाला प्रेमनाथ को अपना सब कुछ खो चुकने के बाद आख़िरकार मालूम हुआ कि बाज़ारे-हुस्न (वेश्यालय) में वफ़ा की जिन्स अन्क़ा (दुष्प्राप्य) है। अभी बहुत दिन नहीं गुज़रे वह अहबाब (मित्रों) में ज़ाहिदे-खुश्क (उदारताहीन संयमी) मशहूर थे। मगर एक दिन दोस्तों के इसरार (आग्रह) से एक महफिल में शरीक हुए और बी हुस्ना के हुस्ने-जाहिद-फरेब (संयमी व्यक्ति को मायाजाल में फँसाने वाला सौन्दर्य) ने वहीं मन्मए आम (जनसमूह) में उनका दिल लूट लिया। रंगीन मिजाजों के लिए हुस्न और अदा मश्ग़ल-ए-तफरीह (दिल-बहलाव का काम) है। ज़ाहिदों (विषय-विरक्त) के लिए पैगामें शहादत (शहीद होने का सन्देश)। इन पाँच बरसों में प्रेमनाथ ने दौलत, इज्जत, दीन ईमान सब कुछ बी हुस्ना की नज़र कर दिया। अगर वह छुपे-छुपे हुस्ना की परस्तिश (आराधना) उम्र भर किया करते तो कोई बाज़पुर्स (पूछताछ) न होती। लेकिन अलानिया खुले बन्दों डंके की चोट रंगरलियाँ मनाना समाज को कब बरदाश्त हो सकता था। लोगों की आदमो-दफ्त बन्द हो गयी। अइज्ज़ा (नातेदार) बेगाने हो गये। उन्हें देखकर कतरा जाते। माँ ने रो-रोकर समझाया। बीवी ने मिन्नतें कीं। दाना-पानी छोड़ा। मगर प्रेमनाथ के दिल में हुस्ना के सिवा और किसी के लिए अब जगह न थी। यहाँ तक आख़िर माँ मजबूर होकर तीर्थ-यात्रा करने चली गयी। और गोमती ने मैके की राह ली। प्रेमनाथ का रास्ता और भी साफ हो गया। अताईयों और मीरासियों की सुहबत रहने लगी। महजबी पाबन्दियाँ पहले ही शाख़ पर जा बैठी थीं। अब उनके पर निकल आये। उड़ गईं। हमनिवाला व हमप्याला हुए। बग़ैर लुत्फ सुहबत कहाँ? खुलूस में इम्तियाज़ (विवेक) कहाँ? उल्फत (प्रेम) में मुयारत (बेगानापन) कैसी? छूतछात के मिटते ही उनका हिन्दूपन भी मिट गया। जब हिन्दू न रहे, तो मुसलमान, ईसाई, जो चाहे हो, जो चाहे समझो। माँ और बीवी की किनाराकशी ने बग़ावत की। और फिर भी तहरीक (उत्तेजना) की एक दिन जामे मस्जिद में कल्मा पढ़ लिया।

उन्हें इस्लाम से कोई ख़ास अक़ीदत (आस्था) न थीं, जज्बात हिन्दू थे, ख़यालात हिन्दू थे, ताल्लुकात हिन्दू थे। हमदर्दियाँ हिन्दू थीं, लेकिन आदाब (नियम, शिष्टाचार) हिन्दू न थे। इसलिए वह मुसलमान थे। मुसलमानों के साथ उठना, बैठना, खाना, पीना क्या उनके मुसलमान होने की दलील क़ातेअ (काटने वाली) न थी? पर उससे फ़ायदा ही क्या कि न इधर में, न उधर? कल्मा पढ़ते ही प्रेमनाथ उल्फत हुसैन बन गये।

लेकिन इस कूचे में कौन साहबे-ज़र आया जो चन्द दिनों में दानों का मुहताज न हो गया हो? दुनिया के बाजार में नक्द जिन्स की सूरत इख्तियार करती है। निशात (आनन्द) के बाग़ में रिंदी (लम्पटता) और फाक़मस्ती के सिवा और क्या है? शमा बुझते ही परवाने मुन्तशिर (तितर-बितर) हो गये। नखले बेसमर (फलहीन वृक्ष) पर तुयूर (परिन्दे) क्यों चहकें? बाबा आदम के ज़माने से जो होता है वही फिर हुआ। हुस्ना ने नये आशिक ढूँढ़ निकाले और मियाँ उल्फत हुसैन बेयारो मददगार, बेरफीक़ व गुमगुसार (साथी हीन) एक पुराने मस्जिद में पनाहुगुज़ीं (शरणागत) हुए। सारी दौलत खर्च करके रुसवाई, नदामत (पश्चात्ताप), जिल्लत उसरत (निर्धनता) जैसी बेबहा चीजें खरीद लाए। बीमारी धाते में मिली।

2

अब प्रेमनाथ की आँखें खुलीं। तीन हफ्ते से मस्जिद के गोशे में पड़ा कराह रहा था। पर कोई पुरसाने-हाल न था। पुराने दोस्त उसकी आशुफ्तासरी (विक्षिप्ता) से मायूस (निराश) होकर उसके नाम से रो बैठे थे। नये दोस्तों में हँसने वालों की तादाद ज्यादा थी। इस हैअतेकज़ाई (हास्यास्पद) में प्रेमनाथ को प्यारी माँ और मेहरबान बीवी की याद आयी। आह! कितनी क़ाबिले-रश्क ज़िन्दगी थी! क्या बेफ़्रिकी के दिन थे! वह अस्मत की देवी मुझे कितना समझाती रही। पर मैं हवस के नशे में बेखुद (अचेत) हो रहा था। काश! एक बार फिर उस देवी से मिल जाता तो ज़िन्दगी भर उसके कदमों से जुदा न होता। मगर अब ऐसे नसीब कहाँ? अब मुझे कौन पूछेगा? गोमती को तो मेरी सूरत से नफ़रत हो गयी है।

मस्जिद में एक मौलवी साहब रहते थे। ताहिरअली नाम था। बेलौस (निस्वार्थ) आदमी थे। उन्हें प्रेमनाथ की हालत पर रहम आता था। अपने खाने में उन्हें शरीक कर लेते। एक दिन उनसे कहा—''क्यों अपने घर नहीं चले जाते? यहाँ कब तक पड़े रहोगे? आख़िर घर तो नहीं गिर गया! मैं देखता हूँ, यही तुम्हारी हालत रोज़-बेरोज़ अबतर (दुदर्शाग्रास्त) होती जा रही है।''

प्रेमनाथ ने आहे-सर्द खींचकर कहा—''क्यों जले पर नमक छिड़कते हो? मौलवी साहब, मेरा अब घर-बार कहाँ? घर तो कब का बिक चुका है। अब तो कब्र में ही आफ़ियत (शान्ति) नसीब होगी।''

''ताहम (फिर भी) भला एक बार अपने घर वालों को बुलाओ, देखो तो क्या जवाब आता है? बीवी को नहीं कहता, लेकिन माँ बच्चे की यह हालत देखकर उसके सारे कुसूर मुआफ कर देगी और छाती से लगा लेगी।''

प्रेमनाथ ने मायूसाना अन्दाज़ से कहा—''इतना जानता हूँ मौलवी साहब, अम्मां को ख़बर मिल जाय तो वह चाहे कहीं हों, दौड़ी चली आएँगी। बीवी की जानबि (ओर) से भी मुझे इसका कामिल (पूर्ण) यकीन है। वह वफ़ा की देवी है मौलवी साहब। ऐसी शर्म व हया तो मैंने कभी देखी नहीं। मुझे यक़ीन है कि वह जरूर आएगी। मगर कहूँ किस मुँह से, जाऊँ कैसे। अब उन्हें यह रू-स्याह (कलुषित आत्मा) नहीं दिखा सकता। यहीं पड़े-पड़े मर जाना कुबूल है। उनके ग़म को ताजा नहीं कर सकता। आह! मैं नंगे-खानदान (कुलकुलंकनी) हूँ। मौलवी साहब! मैंने बुजुर्गों का नाम डुबो दिया। मेरे पास इतना असासा (धन-दौलत) था कि कई पीढ़ियों तक फराग़त (निश्चिन्वता) से गुज़रान होती। लेकिन अब कल्लांच (कंगाल) हूँ। यहाँ तक कि हिम्मत की लकड़ी भी हाथ में नहीं है। अब तो ईश्वर से यही दुआ है कि जितनी जल्द हो सके मेरी मुसीबतों का ख़ात्मा कर दे।''

मौलवी साहब ने तुर्श (कठोर) होकर कहा—''ईश्वर क्यों, ख़ुदा कहो साहब?''

प्रेमनाथ हक़ारत-आमेज (तिरस्कार पूर्ण) लहजे में बोले—''आपके लिए खुदा और ईश्वर दो होंगे, जनाब! मेरे लिए एक हैं। दुनिया साझे की ख़ेती नहीं, जिसे ईश्वर, खुदा, ब्रह्म, लॉर्ड और जिह्वा ने मिलकर लगाई हो।''

मौलवी साहब नादिम (लज्जित) होकर बोले—''बात तो यही है, बिरादर। हाँ, एक माबूद (ईश्वर) का जो नाम हमेशा सुनते आये हैं उसकी बजाए कोई दूसरा नाम सुनते हैं तो वह ज़रा कानों को ग़ैर-मानूस (अपरिचित) मालूम होता है। खैर, कहो तो तुम्हारे ससुराल एक खत लिख दूँ।''

प्रेमनाथ ने हाथ हिलाकर मना करते हुए कहा—''हरगिज़ नहीं! मुझे यहीं मरने दीजिए। मेरे आमाल (कर्मों) की यही सजा है। मरने के बाद गोर व कफन (अन्त्येष्टि क्रिया) की फिक्र कोई कर ही देगा। उस वक्त अलबत्ता एक ख़त डाल दीजिएगा कि बदनसीब प्रेमनाथ एड़ियाँ रगड़-रगड़ कर मर गया। और अब जहन्नुम की अजीयतें (यातना) झेल रहा है। मरने में अब बहुत देर नहीं। ताहिरअली! ज्यादा से ज्यादा दो दिन। मेरी ससुराल लखनऊ में है। मुहल्ला नौबस्ता। मेरे ससुर का नाम बाबू निहालचन्द है। मगर भाईजान, खुदा के लिए मरने से पहले ख़त न लिखिएगा। आपको खुदा की क़सम है। इस रू-स्याह की अब कफन में ही पर्दापोशी (दोष व अपराध पर पर्दा डालना) होगी।''

3

तीसरे दिन कोई पहर रात गये दो औरतें मस्जिद के सामने आकर खड़ी हुईं। एक मजदूरनी थी, दूसरी गोमती। दोनों मस्जिद की तरफ ताक रही थीं। कुछ पूछने की हिम्मत न पड़ती थी। गोमती आहिस्ता से बोली—''यहाँ कोई है नहीं? पूछ! यही रहीमखाँ की मस्जिद है?''

मजदूरनी ने कहा—''किससे पूछूँ? कोई दिखाई भी तो दे? (मौलवी को देखकर) अरे मियाँ साहब! यही रहीमखाँ की मस्जिद है ना?''

ताहिरअली उन दोनों को देखते ही लपककर अन्दर आये और प्रेमनाथ से बोले—''उल्फत हुसैन, उल्फत हुसैन! सो गये क्या? तुम्हारे घर के लोग आ गये।''

प्रेमनाथ उठकर बैठा ही नहीं, खड़ा हो गया और इजितराब (घबराहट) के आलम में दो क़दम आगे फिर रुक गया और ताज्जुब से बोला—''मेरे घर के लोग! ख्वाब देखा है क्या?''

ताहिर—''ख्वाब नहीं है। जनाब, हक़ीक़त है। जरूर तुम्हारे घर वाले हैं। बुला लाऊँ? एक बुढ़िया ने मुझसे पूछा, यही रहीमखाँ की मस्जिद है। मैंने कुछ जवाब न दिया। सोचा, पहले तुम्हें ख़बर कर दूँ।''

प्रेम ने अन्दाजे-मुलायमत (कोमलता) से देखकर पूछा—''तुमने ख़त तो नहीं लिख दिया था?''

ताहिरअली ने माज़िरात-आमेज़ (विवशतापूर्ण) लहजे में कहा—''हाँ भई, लिख तो दिया। मुझसे तुम्हारी हालत देखकर न रहा गया।''

प्रेम—''मैंने तो तुम्हें कसम दिला दी थी, फिर भी तुमने न माना। मुझे तुमसे इस क़मीनेपन की उम्मीद न थी। मैं इसे सरीह (खुल्लमखुल्ला) कमीनापन और दग़ा समझता हूँ।''

''गालियाँ फिर दे लेना, भई। इस वक्त क्या कहते हो? बुला लाऊँ न! जरा भले आदमी की तरह बैठ जाओ। ऐसा न हो कि उन लोगों को उल-जलूल बकने लगो।''

प्रेम—''नहीं किसी को बुलाने की ज़रूरत नहीं है। कह दो, यहाँ कोई नहीं है।''

ताहिर—''ज़रा सोच लो।''

प्रेम—''कौन! अगर तुम किसी को यहाँ लाए तो मैं इसी कुएँ में कूद पड़ूँगा। बड़े ज़लील आदमी हो। बनते हो बड़े पार्स (सदाचारी), मगर छुपे हुए मुर्गे।''

बुढ़िया मजदूरनी ने मस्ज़िद के दरवाज़े पर आकर पूछा—''अरे मियाँ साहब, रहीमखाँ की मजिस्द यही है? कब से खड़ी भौंक रही हूँ! कोई बोलता ही नहीं।''

ताहिर—(प्रेम से) ''भई, इस वक्त मुझ पर रहम करो। अगर मैं जानता कि तुम अपने जामे से बाहर हो जाओगे तो भूलकर भी न लिखता। (बुढ़िया से) हाँ, यही है रहीमखाँ की मस्जिद। तुम कौन हो और कहाँ से आयी हो?''

बुढ़िया—''लखनऊ से आयी हूँ। बाबू प्रेमनाथ की ससुराल से। बहूजी आयी हैं। बाबू साहब कहाँ हैं?''

प्रेम—(ताहिर से) ''ताहिरअली, तुमने मेरे साथ बड़ी दग़ा की। सच कहता हूँ, इस वक्त मेरे हाथ में ताक़त होती तो तुम्हारी गर्दन जरूर तोड़ देता। ज़ालिम! ज़रा तो सोचना था कि उस देवी के रू-ब-रू कैसे जाएगा? कैसे क्या होगा?''

ताहिर—''भाईजान, माफ करो। सख्त ग़लती हुई। हक़ तो यह है कि मुझे उनके आने की उम्मीद न थी।''

प्रेम—''मैंने तो तुमसे पहले ही कह दिया कि गोमती मेरी हालत की खबर पाकर जरूर चली आएगी। खैर, अब तो इम्तिहान ले चुके। मालूम हो गया कि हिन्दू औरत कितनी वफ़ादार होती है!''

''अब आप जाकर खुदा के लिए कह दीजिए कि प्रेमनाथ यहाँ नहीं हैं। और कुछ पूछें तों कह देना कि दोपहर तक यहाँ थे, मगर न जाने कहाँ चले गये। मुझसे कुछ नहीं कहा।''

ताहिरअली ने बेकसाना (दुखित) अन्दाज़ से कहा—''भाईजान, मुझ पर रहम करो और एक अफीके (पतिव्रता के साथ दगा करने के लिए मुझे मजबूर न करो।) जो तुम कहते हो, वह मेरे मुँह से नहीं निकल सकता।''

प्रेमनाथ की आँखें डबडबा आयीं। इस मुल्ला के दिल में कितना दर्द, कितना खुलूस (निश्छलता) कितनी हमदर्दी है। मौलवी साहब की तरफ एहसानमन्दाना निगाहों से देखकर बोले—''जाइए, बुला लाइए! कह दीजिए, बदनसीब प्रेमनाथ यहीं है। तय तो कर चुका कि घरवालों को सूरत न दिखाऊँ। ऐसी जगह मरना चाहता था, जहाँ कोई आँसू बहाने वाला भी न हो। लेकिन ईश्वर को मेरी ऐसी पुरसुकून (शान्तिपूर्ण) मौत भी मन्जूर न थी।''

4

कितना दर्दनाक मन्जर (दृश्य) था! गोमती खड़ी थी। प्रेमनाथ उसके पैरों पर सिर झुकाए हुए था। और बावजूद गोमती की पुरज़ोर मुदाफिअत (बचाव) के सिर न उठता था। दोनों की आँखों का सैलाब जारी था। जबान दोनों की बन्द। जज्बात के तूफान में अल्फाज़ डगमगाए हुए चलते थे, पर नातिका (वाणी) तक पहुँचते-पहुँचते ग़र्काव (डूब) ही जाते थे।

आख़िर गोमती ने सिसकते हुए कहा—"तुम्हारी तबीयत अब कैसी है? मौलवी साहब ख़त न लिखते तो मुझे ख़बर भी न होती। हम ऐसे ग़ैर हो गये।"

प्रेमनाथ ने सिर उठाया और रिक़्क़त-अंगेज (नम्रतापूर्वक) लहजे में कहा—"माफ करो, गोमती मेरी ख़ता माफ करो। अपनी नादानी का खूब मज़ा चख चुका। इरादा तो यही था कि तुम्हें ख़बर न हो और दुनिया से रुख़सत हो जाऊँ। मगर तक़दीर में यह ज़िल्लत और शर्मिंदगी बदी थी।"

गोमती बैठ गयी और शौहर की आँखों में आँसू पोंछती हुई बोली—"ज़िल्लत और शर्मिन्दगी कैसी? क्या तुम मुझे ग़ैर समझते हो? मेरा ईश्वर जानता है कि मैं तुम्हें पहले जो समझती थी वही अब समझती हूँ, बल्कि उससे भी ज्यादा। दौलत का क्या ग़म? तक़दीर में होगी, फिर मिल रहेगी। मेरे लिए तुम्हारी ख़िदमत ही सबसे बड़ी दौलत है। सुहाग औरत के लिए सबसे बड़ी न्यामत है। तुमने मुझे छोड़ दिया था, लेकिन मैं तुम्हें क्योंकर छोड़ देती? मैं तो हमेशा के लिए तुम्हारी हूँ।"

प्रेमनाथ ने मुश्तबह (शंकित) अन्दाज से कहा—"पर यह कैसे होगा, गोमती? हमारे दरमियान तो एक आहिनी (लोहे) दीवार खड़ी है। दुनिया मुझे मुसलमान कहती है, और मुसलमान समझती है। हालाँकि मैं सच्चे दिल से कहता हूँ, मुझे इस्लाम से कभी अक़दीत न थी। मुझे पर जाना क़बूल हैं, पर तुम्हें रुसवा (बदनाम) नहीं कर सकता।"

इस ख़याल से प्रेमनाथ के दिल पर ठेस लगी और आँखों से आँसू जारी हो गये। एक लमहे के बाद जब्त करके पूछा—"एक बात पूछूँ बतलाओगी? गोमती, सच कहना।"

गोमती—"क्या बात है, कहो! मैं तुमसे झूठ नहीं बोलती।"

प्रेमनाथ ने शर्म से सिर झुका लिया। यह सवाल बेमौका था, यह बात उससे छिपी न थी। उसकी जवाब गोमती के लिए कितनी रूहानी कोफ्त (आत्मिक पीड़ा) का बायस होगा, यह भी वह जानता था। ताहम वह गोमती के चेहरे की तरफ़ जवाब के लिए मुतजिर निगाहों से देखने लगा।

गोमती ने सिर झुकाए हुए, मगर दिलेराना (वीरोचित) लहजे में कहा—"बेहतर होता कि तुम मुझसे यह सवाल न करते। प्यारे! अगर मैं कई साल ग़ायब रहने के बाद तुम्हारे पास आती तो तुम्हारे दिल में मेरी जानिब से जो कुछ ख़याल होते उनसे मेरे दिल का अन्दाज कर सकते हो। दिल तुम्हारी तरफ दौड़ता है, मगर जिस्म पीछे हटता है। मैं तुम्हारे लिए इस वक्त भी जान कुरबान कर सकती हूँ, लेकिन..."

गोमती खामोश हो गयी। अपने इज़हारे-हाल (दशा वर्णन) के लिए उसे

मुनासिब अल्फाज़ न मिले। प्रेमनाथ इस झिझक का मतलब समझकर जोश से बोला—"मैं तुम्हारा मतलब समझ रहा हूँ, गोमती! और खुश हूँ कि तुमने उसे ज़ाहिर कर दिया। आपस में किसी तरह का पर्दा न चाहिए। मेरी शुद्धि तो हो सकती है। क्या तब भी तुम्हें मुझसे ऐतराज होगा? मैं शुद्धि का हामी नहीं हूँ। गोमती, हिन्दू समाज में अब भी ऐसे बेशुमार आदमी पड़े हुए हैं जिनके हाथ का पानी पीना मुझे गवारा न होगा। हमारा समाज ऐसे ही आदमियों से भरा हुआ है। लेकिन उनके साथ मिलने के लिए मैं अपनी शुद्धि करानी शर्मनाक समझता हूँ। लेकिन तुम्हारी ख़ातिर मुझे यह आज़माइश भी क़बूल है।"

गोमती ने एहसानमंदाना नज़रो से देखकर कहा—"तो कब?"

प्रेमनाथ बोले—"जब तुम्हारा जी चाहे।"

[प्रथम प्रकाशन उर्दू में। प्रकाशन तिथि अज्ञात। उर्दू कहानी-संग्रह 'ख्वाबोख्याल' (प्रथम संस्करण : 1928) में संकलित। हिन्दी रूप 'शुद्धि' शीर्षक से 'सोलह अप्राप्य कहानियाँ' और 'प्रेमचन्द का अप्राप्य साहित्य' खंड-1 में संकलित।]

न्याय

हजरत मुहम्मद को इलहाम हुए थोड़े ही दिन हुए थे। दस-पाँच पड़ोसियों तथा निकट सम्बन्धियों के सिवा और कोई उनके दीन पर ईमान न लाया था, यहाँ तक कि उनकी लड़की जैनब और दामाद अबुलआस भी जिनका विवाह इलहाम से पहले ही हो चुका था, अभी तक दीक्षित न हुए थे। जैनब कई बार अपने मैके गयी थी और अपने पूज्य पिता की ज्ञानमय वाणी सुन चुकी थी। वह दिल से इस्लाम पर ईमान ला चुकी थी; लेकिन अबुलआस धार्मिक मनोवृत्ति का आदमी न थ। वह कुशल व्यापारी था। मक्के के खजूर, मेवे आदि जिन्सें लेकर बन्दरगाहों को चालान किया करता था। बहुत ही ईमानदार, लेन-देन का खरा, मेहनती आदमी था, जिसे इहलोक से इतनी फुरसत न थी कि परलोक की फिक्र करे।

जैनब के सामने कठिन समस्या थी। आत्मा धर्म की ओर थी, हृदय पति की ओर। न धर्म को छोड़ सकती थी; न पति को। उसके घर के सभी आदमी मूर्तिपूजक थे। इस नये सम्प्रदाय से सारे नगर में हलचल मची हुई थी। जैनब सबसे अपनी लगन को छिपाती, यहाँ तक कि पति से भी न कह सकती थी। वे धार्मिक सहिष्णुता के दिन न थे; बात-बात पर खून की नदी बह जाती थी, खानदान-के-खानदान मिट जाते थे। उन दिनों अरब की वीरता पारस्परिक कलहों में प्रकट होती थी। राजनैतिक संगठन का जमाना न था। खून का बदला खून, धन-हानि का बदला खून, अपमान का बदला खून—मानव-रक्त ही से सभी झगड़ों का निबटारा होता था। ऐसी अवस्था में अपने धर्मानुराग को प्रकट करना अबुलआस के शक्तिशाली परिवार और मुहम्मद तथा इनके इने-गिने अनुयायियों में देवासुरों का संग्राम छेड़ना था। उधर प्रेम का बन्धन पैरों को जकड़े हुए था। नये धर्म में दीक्षित होना अपने प्राणप्रिय पति से सदा के लिए बिछुड़ जाना था। कुरैश-जाति के ऐसे लोग मिश्रित विवाहों को परिवार के लिए कलंक समझते थे। माया और धर्म के दुविधा में पड़ी हुई जैनब कुढ़ती रहती थी।

2

धर्म का अनुराग एक दुर्बल वस्तु किन्तु जब उसका वेग होता है; तो हृदय के रोके नहीं रुकता। दोपहर का समय था, धूप इतनी तेज थी कि उसकी ओर ताकते आँखों से चिनगारियाँ निकलती थीं। हजरत मुहम्मद चिन्ता में डूबे हुए बैठे थे। निराशा चारों ओर अन्धकार के रूप में दिखाई देती थी। खुदैजा भी सिर झुकाए पास ही बैठी हुई एक फटा कुरता सी रही थी। धन-सम्पत्ति सब कुछ इस लगन की भेंट हो चुकी थी। शत्रुओं का दुराग्रह दिनोंदिन बढ़ता जाता था। उसके मतानुयायियों को भाँति-भाँति की यन्त्रणाएँ दी जा रही थीं। स्वयं हजरत को घर से निकलना मुश्किल था। यह ख़ौफ होता था कि कहीं लोग उन पर ईंट-पत्थर न फेंकने लगें। खबर आती थी, आज फलाँ 'मुस्लिम' का घर लुट गया, आज फलाँ को लोगों ने आहत किया। हजरत ये ख़बरें सुन-सुनकर विकल हो जाते थे और बार-बार खुदा से धैर्य क्षमा की याचना करते थे।

हजरत ने फरमाया—मुझे ये लोग अब यहाँ न रहने देंगे। मैं खुद सब कुछ झेल सकता हूँ, लेकिन अपने दोस्तों की तकलीफें नहीं देखी जातीं।

खुदैजा—हमारे चले जाने से इन बेचारों की और भी शरण न रहेगी। अभी कम-से-कम तुम्हारे पास आकार रो तो लेते हैं। मुसीबत में रोने का सहारा ही बहुत होता है।

हजरत—तो मैं अकेले थोड़े ही जाना चाहता हूँ। मैं सब दोस्तों को साथ लेकर जाने का इरादा रखता हूँ। अभी हम लोग यहाँ बिखरे हुए हैं; कोई किसी की मदद को नहीं पहुँच सकता। हम सब एक ही जगह एक कुटुम्ब की तरह रहेंगे, तो किसी को हमारे ऊपर हमला करने का साहस न होगा। हम अपनी मिली हुई शक्ति से बालू का ढेर तो हो ही सकते हैं, जिस पर चढ़ने की किसी को हिम्मत न होगी।

सहसा जैनब घर में दाखिल हुई। उसके साथ न कोई आदमी था, न आदमजात। मालूम होता था, कहीं से भागी चली आ रही है। खुदैजा ने उसे गले लगाकर पूछा—क्या हुआ जैनब, खैरियत तो है?

जैनब ने अपने अन्तर-संग्राम की कथा यह सुनाई और पिता से दीक्षा की याचना की।

हजरत मुहम्मद आँखों में आँसू भरकर बोले—बेटी, मेरे लिए इससे ज्यादा खुशी की और कोई बात नहीं हो सकती; लेकिन जानता हूँ—तुम्हारा क्या हाल होगा।

जैनब—या हजरत! खुदा की राह में सब कुछ त्याग देने का निश्चय कर लिया है! दुनिया के लिए अपनी नजात को नहीं खोना चाहती।

हजरत—जैनब, खुदा की राहों में काँटे हैं।

जैनब—अब्बाजान, लगन को काँटों की परवा नहीं होती!

हजरत—ससुराल से नाता टूट जाएगा।

जैनब—खुदा से तो नाता जुड़ जाएगा।

हजरत—और अबुलआस?

जैनब की आँखों में आँसू डबडबा आये। क्षीण स्वर में बोली—अब्बाजान, उन्होंने इतने दिनों मुझे बाँध रखा था, नहीं तो मैं कब की आपकी शरण आ चुकी होती। मैं जानती हूँ उनसे जुदा होकर मैं जिन्दा न रहूँगी और शायद उनसे भी मेरा वियोग न सहा जाय; पर मुझे विश्वास है कि वह किसी-न-किसी दिन जरूर खुदा पर ईमान लाएँगे और फिर मुझे उनकी सेवा का अवसर मिलेगा।

हजरत—बेटी, अबुलआस ईमानदार है, दयाशील है, सद्वक्ता है, किन्तु उसका अहंकार शायद अन्त तक उसे ईश्वर से विमुख रखे। वह तकदीर को नहीं मानता। रूह को नहीं मानता, स्वर्ग और नरक को नहीं मानता। कहता है, खुदा की ज़रूरत ही क्या है? हम उससे क्यों डरें? विवेक और बुद्धि की हिदायत हमारे लिए काफी है। ऐसा आदमी खुदा पर ईमान नहीं ला सकता। कुफ्र को तोड़ना आसान है; लेकिन जब वह दर्शन की सूरत पकड़ लेता है, तो उस पर किसी का ज़ोर नहीं चलता।

जैनब ने दृढ़ होकर कहा—या हजरत, आत्मा का उपकार जिसमें हो, मुझे वही चाहिए। मैं किसी इन्सान को अपने और खुदा के बीच में न आने दूँगी।

हजरत ने कहा—खुदा तुझ पर दया करे बेटी! तेरी बातों ने दिल खुश कर दिया। यह कहकर उन्होंने जैनब को गले लगा लिया।

3

दूसरे दिन जैनब को यथाविधि आम मस्जिद में कलमा पढ़ाया।

कुरेशियों ने जब यह खबर पाई, तो जल उठे। गजब ख़ुदा का। इस्लाम ने तो बड़े-बड़े घरों पर भी हाथ साफ करना शुरू किया! अगर यही हाल रहा, तो धीरे-धीरे उसकी शक्ति इतनी बढ़ जाएगी कि हमारे लिए उसका सामना करना कठिन हो जाएगा। अबुलआस के घर पर एक बड़ी मजलिस हुई।

अबूसिफियान ने जो इस्लाम के दुश्मनों में सबसे प्रतिष्ठित मनुष्य था, अबुलआस से कहा—तुम्हें अपनी बीवी को तलाक देना पड़ेगा।

अबुलआस ने कहा—हरगिज नहीं।

अबूसिफियान—तो क्या तुम भी मुसलमान हो जाओगे।

अ. आ.—हरगिज नहीं।

अ. सि.—तो उसे मुहम्मद ही के घर रहना पड़ेगा।

अ. आ.—हरगिज नहीं। आप लोग मुझे आज्ञा दीजिए कि उसे अपने घर लाऊँ।

अ. सि.—हरगिज नहीं।

अ. आ.—क्या यह नहीं हो सकता कि वह मेरे घर में रहकर अपने इच्छानुसार खुदा की बन्दगी करे?

अ. सि.—हरगिज नहीं।

अ. आ.—मेरी कौम मेरे साथ इतनी सहानुभूति भी न करेगी?

अ. सि.—हरगिज नहीं।

अ. आ.—तो फिर आप लोग मुझे समाज से पतित कर दीजिए। मुझे पतित होना मंजूर है। आप लोग और जो सजा चाहें दें, वह सब मंजूर है। मगर मैं अपनी बीवी को नहीं छोड़ सकता। मैं किसी की धार्मिक स्वाधीनता का अपहरण नहीं करना चाहता और वह भी अपनी बीवी की।

अ. सि.—कुरैश में क्या और लड़कियाँ नहीं हैं?

अ. आ.—जैनब की-सी कोई नहीं है।

अ. सि.—हम ऐसी लड़कियाँ बता सकते हैं, जो चाँद को लज्जित कर दें।

अ. आ.—मैं सौन्दर्य का उपासक नहीं।

अ. सि.—ऐसी लड़कियाँ दे सकता हूँ, जो गृह-प्रबन्ध में निगुण हों, बातें ऐसी करें कि मुँह से फूल झड़ें, खाना ऐसा पकाएँ कि बीमार को भी रुचिकर हो, सीने-पिरोने में इतनी कुशल कि पुराने कपड़े को नया कर दें।

अ. आ.—मैं इन गुणों में से किसी का भी उपासक नहीं। मैं प्रेम-और केवल प्रेम-का उपासक हूँ। और मुझे विश्वास है कि जैनब का-सा प्रेम मुझे सारी दुनिया में कहीं नहीं मिल सकता।

अ. सि.—प्रेम होता, तो तुम्हें छोड़कर बेवफाई करती?

अ. आ.—मैं नहीं चाहता कि मेरे लिए वह अपने आत्म-स्वातन्त्र्य का त्याग करे।

अ. सि.—इसका आशय यह है कि तुम समाज में समाज के विरोधी बनकर रहना चाहते हो। आँखों की कसम। समाज तुम्हें अपने ऊपर यह अत्याचार न करने देगा। मैं कह देता हूँ इसके लिए तुम रोओगे।

4

अबूसिफियान और उनकी टोली के लोग तो धमकियाँ देकर उधर गये, इधर अबुलआस ने लकड़ी सँभाली और हजरत मुहम्मद के घर जा पहुँचे। शाम हो गयी थी। हजरत दरवाते पर अपने मुरीदों के साथ मगरिब की नमाज पढ़ रहे थे।

अबुलआस ने उन्हें सलाम किया और जब तक नमाज होती रही, गौर से देखते रहे। जमाअत का एक साथ उठना-बैठना और झुकना देखकर उनके मन में श्रद्धा की तरंगें उठने लगीं। उन्हें मालूम न होता था कि मैं क्या कर रहा हूँ पर अज्ञात भाव से वह जमाअत के साथ बैठते, झुकते और खड़े हो जाते थे। वहाँ एक-एक परमाणु इस समय ईश्वरमय हो रहा था। एक क्षण के लिए अबुलआस भी उसी अन्तर-प्रवाह में बह गये।

जब नमाज खत्म हुई और लोग सिधारे, तो अबुलआस ने हजरत के पास जाकर सलाम किया और कहा—मैं जैनब को विदा कराने आया हूँ।

हजरत से विस्मित होकर पूछा—तुम्हें मालूम नहीं कि वह ख़ुदा और उसके रसूल पर ईमान ला चुकी है।

अ. आ.—जी हाँ, मालूम है।

हजरत—इस्लाम ऐसे सम्बन्धों का निषेध करता है, यह भी तुम्हें मालूम है?

अ. आ.—क्या इसका मतलब यह है कि जैनब ने मुझे तलाक दे दिया?

हजरत—अगर यही मतलब हो, तो!

अ. आ.—तो कुछ नहीं। जैनब को अपने ख़ुदा और रसूल की बन्दगी मुबारक हो। मैं एक बार उससे मिलकर घर चला जाऊँगा और फिर कभी आपको अपनी सूरत न दिखाऊँगा; लेकिन उस दशा में अगर कुरैश-जाति आपसे लड़ने को तैयार हो जाय, तो उसका इलजाम मुझ पर न होगा।

हजरत—मैं कुरैश से इस वक़्त नहीं लड़ना चाहता।

अ. आ.—तो जैनब को मेरे साथ जाने दीजिए। उस हालत में कुरैश के क्रोध का भाजन मैं होऊँगा। आप और आपके मुरादों पर कोई आफत नहीं होगी।

हजरत—तुम दबाव में आकर जैनब को ख़ुदा की तरफ से फेरने का यत्न तो न करोगे?

अ. आ.—मैं किसी के धर्म में बाधा डालना सर्वथा अमानुषीय समझता हूँ।

हजरत—तुम्हें लोग जैनब को तलाक देने पर तो मजबूर न करेंगे?

अ.आ.—मैं जैनब को तलाक देने के पहले जिन्दी को तलाक दे दूँगा।

हजरत को अबुलआस की बातों से इतमीनान हो गया। वह आस की इज्जत करते थे। आस को हरम में जैनब से मिलने का मौका दिया।

आस ने पूछा—जैनब, मैं तुम्हें अपने साथ ले चलने आया हूँ; धर्म के बदलने से कहीं मन तो नहीं बदल गया?

जैनब रोती हुई उनके पैरों पर गिर पड़ी और बोली—या मेरे आका! धर्म बार-बार मिलता है, हृदय केवल एक बार। मैं आपकी हूँ, चाहे जहाँ रहूँ, लेकिन समाज मुझे आपकी सेवा में रहने देगा?

आस—यदि समाज न रहने देगा, तो मैं समाज से ही निकल जाऊँगा। दुनिया में आराम से जीवन व्यतीत करने के लिए बहुत से स्थान हैं। रहा मैं, तुम जानती हो, मैं धार्मिक स्वाधीनता का पक्षपाती हूँ। मैं तुम्हारे धार्मिक विषयों में कभी हस्तक्षेप न करूँगा।

जैनब चली, तो खुदैजा ने रोते हुए उसे यमन के लालों का एक बहुमूल्य हार विदाई में दिया।

5

इस्लाम पर विधर्मियों के अत्याचार दिनोंदिन बढ़ने लगे। अवहेलना की दशा से निकलकर उसने भय के क्षेत्र में प्रवेश किया। शत्रुओं ने उसे समूल नाश करने की आयोजना करनी शुरू की। दूर-दूर के कबीलों से मदद माँगी जाने लगी। इस्लाम में इतनी शक्ति न थी कि शस्त्र-बल से विरोधियों को दबा सके। हजरत मुहम्मद ने मक्का छोड़कर कहीं और चले जाने का निश्चय किया। मक्के में मुस्लिमों के घर सारे शहर में बिखरे हुए थे। एक की मदद को दूसरे मुसलमान न पहुँच सकते थे! हजरत मुहम्मद किसी ऐसी जगह आबाद होना चाहते थे, जहाँ सब मिले हुए रहें और शत्रुओं की संगठित शक्ति का प्रतिकार कर सकें। अन्त में उन्होंने मदीने को पसन्द किया और अपने समस्त अनुयायियों को सूचना दे दी। भक्तजन उनके साथ हुए और एक दिन मुस्लिमों ने मक्के से मदीने को प्रस्थान किया। यही हिजरत थी।

मदीने पहुँचकर मुसलमानों में एक नयी शक्ति, नयी स्फूर्ति का उदय हुआ। वे निश्शंक होकर अपने धर्म का पालन करने लगे। अब पड़ोसियों से दबने और छिपने की जरूरत न थी।

आत्मविश्वास बढ़ा। इधर भी विधर्मियों का स्वागत करने की तैयारियाँ होने लगीं। दोनों पक्ष सेना इकट्ठी करने लगे। विधर्मियों ने संकल्प किया कि संसार से इस्लाम का नाम ही मिटा देंगे। इस्लाम ने भी उनके दाँत खट्टे करने का निश्चय किया।

एक दिन अबुलआस ने आकर पत्नी से कहा—जैनब, हमारे नेताओं ने इस्लाम पर जिहाद करने की घोषणा कर दी है।

जैनब ने घबड़ाकर कहा—अब तो वे लोग यहाँ से चले गये! फिर इस जिहाद की क्या जरूरत?

अबुलआस—मक्के से चले गये, अरब से तो नहीं चले गये! उन लोगों की ज्यादतियाँ बढ़ती जा रही हैं। जिहाद के सिवा और कोई उपाय नहीं है! जिहाद में मेरा शरीक होना जरूरी है।

जैनब—अगर तुम्हारा दिल तुम्हें मजबूर करता है, तो शौक से जाओ। मैं भी तुम्हारे साथ चलूँगी।

आस—मेरे साथ?

जैनब—हाँ, वहाँ आहत मुसलमानों की सेवा-सुश्रूषा करूँगी।

आस—शौक से चलो।

6

घोर संग्राम हुआ। दोनों दलवालों ने खूब दिल के अरमान निकाले। भाई-भाई से बाप बेटे से लड़ा। सिद्ध हो गया कि मजहब का बन्धन रक्त और वीर्य के बन्धन से सुदृढ़ है।

दोनों दलवाले वीर थे। अन्तर यह था कि मुसलमानों में नया धर्मानुराग था, मृत्यु के पश्चात् स्वर्ग की आशा थी। दिलों में वह अटल विश्वास था, जो नवजात सम्प्रदायों का लक्षण है। विधर्मियों में 'बलिदान' का यह भाव लुप्त था।

कई दिन तक लड़ाई होती रही। मुसलमानों की संख्या बहुत कम थी, पर अन्त में उनके धर्मोत्साह ने मैदान मार लिया। विधर्मियों में कितने ही मारे गये, कितने ही घायल हुए और कितने ही कैद कर लिए गये। अबुलआस भी इन्हीं कैदियों में थे।

जैनब ने ज्योंही सुना कि अबुलआस पकड़ लिए गये, उसने तुरन्त हजरत मोहम्मद की सेवा में मुक्ति-धन भेजा। यह वही बहुमूल्य हार था, जो खुदैजा ने उसे दिया था। जैनब अपने पूज्य पिता को उस धर्म-संकट में एक क्षण के लिए भी न डालना चाहती थी, जो मुक्ति-धन के अभाव की दशा में उन पर पड़ता, किन्तु अबुलआस को इच्छा होते हुए भी पक्षपात भय से न छोड़ सके।

सब कैदी हजरत के सामने पेश किए गये। कितने ही तो ईमान लाए, कितनों के घरों से मुक्ति-धन आ चुका था, वे मुक्त कर दिए गये। हजरत ने अबुलआस को देखा, सबसे अलग सिर झुकाए खड़े हैं। मुख पर लज्जा का भाव झलक रहा है।

हजरत ने कहा—अबुलआस, ख़ुदा ने इस्लाम की हिमायत की, वरना उसे यह विजय न प्राप्त होती।

अबुलआस—अगर आपके कथनानुसार संसार में एक ख़ुदा है, तो वह अपने एक बन्दे को दूसरे का गला काटने में मदद नहीं दे सकता। मुसलमानों की विजय उनके रणोत्साह से हुई।

एक सहाबी ने पूछा—तुम्हारा फिदिया (मुक्ति धन) कहाँ है?

हजरत ने फरमाया—अबुलआस का हार निहायत बेशकीमती है, इनके बारे में आप क्या फैसला करते हैं? आपको मालूम है, यह मेरे दामाद हैं?

अबूबकर—आज तुम्हारे घर में जैनब हैं, जिन पर ऐसे सैंकड़ों हार कुर्बान किए जा सकते हैं।

अबुलआस—तो आपका मतलब यह है कि जैनब मेरी फिदिया हो?

जैद—बेशक हमारा मतलब है।

अबुलआस—उससे तो कहीं बेहतर था कि आप मुझे कत्ल कर देते।

अबूबकर—हम रसूल के दामाद को कत्ल नहीं करेंगे, चाहे वह विधर्मी ही क्यों न हो। तुम्हारी यहाँ उतनी खातिर होगी, जितनी हम कर सकते हैं।

अबुलआस के सामने विषम समस्या थी। इधर यहाँ की मेहमानी में अपमान था, उधर जैनब के वियोग की दारुण वेदना थी। उन्होंने निश्चय किया कि यह वेदना सहूँगा, किन्तु अपमान न सहूँगा। प्रेम, आत्मा को गौरव पर बलिदान कर दूँगा। बोले—मुझे आपका फैसला मन्जूर है। जैनब मेरी फिदिया होगी।

7

मदीने में रसूल की बेटी की जितनी इज्जत होनी चाहिए, उतनी होती थी। सुख था, ऐश्वर्य था, धर्म था; पर प्रेम न था। अबुलआस के वियोग में रोया करती थी।

तीन वर्ष तीन युगों की भाँति बीते। अबुलआस के दर्शन न हुए।

उधर अबुलआस पर उसकी बिरादरी का दबाव पड़ रहा था कि विवाह कर लो; पर जैनब की मधुर स्मृतियाँ ही उसके प्रणय वंचित हृदय को तसकीन देने को काफी थीं, वह उत्तरोत्तर उत्साह के साथ अपने व्यवसाय में तल्लीन हो गया। महीनों घर न आता। धनोपार्जन ही अब उसके जीवन का मुख्य आधार था! लोगों को आश्चर्य होता था कि अब यह धन के पीछे क्यों प्राण दे रहा है। निराशा और चिन्ता बहुधा शराब के नशे से शान्त होती है; प्रेम उन्माद से। अबुलआस को धनोन्माद हो गया था। धन के आवरण में ढँका हुआ यह प्रेम-नैराश्य था; माया के परदे में छिपा हुआ प्रेम-वैराग्य।

एक बार वह मक्के से माल लादकर ईराक की तरफ चला। काफिले में और भी कितने ही सौदागर थे। रक्षकों का एक दल भी साथ था। मुसलमानों के कई काफिले विधर्मियों के हाथों लुट चुके थे। उन्हें ज्योंही इस काफिले की खबर मिली, जैद ने कुछ चुने हुए आदमियों के साथ उन पर धावा कर दिया। काफिले के रक्षक लड़े और मारे गये। काफिले वाले भाग निकले। अतुल धन मुसलमानों के हाथ लगा। अबुलआस फिर कैद हो गये।

दूसरे दिन हजरत मुहम्मद के सामने अबुलआस की पेशी हुई। हजरत ने एक बार उसकी तरफ करुण-दृष्टि डाली और सिर झुका लिया। साहिबियों ने कहा—या हजरत, अबुलआस के बारे में आप क्या फैसला करते हैं?

मुहम्मद—इसके बारे में फैसला करना तुम्हारा काम है। यह मेरा दामाद है। सम्भव है, मैं पक्षपात का दोषी हो जाऊँ।

यह कहकर वह मकान में चले गये। जैनब रोकर पैरों पर गिर पड़ी और बोली— अब्बाजान, आपने औरों को तो आजाद कर दिया। अबुलआस क्या उन सबसे गया बीता है?

हजरत—नहीं जैनब, न्याय के पद पर बैठने वाले आदमी को पक्षपात और द्वेष से मुक्त होना चाहिए। यद्यपि यह नीति मैंने ही बनाई है। तो भी अब उसका स्वामी नहीं, दास हूँ। मुझे अबुलआस से प्रेम है। मैं न्याय को प्रेमकलंकित नहीं कर सकता।

अबुलआस हजरत की इस नीति-परायणता का गहरा असर पड़ा। मक्के आकर उन्होंने अपना हिसाब-किताब साफ किया, लोगों का माल लौटाया, कर्ज अदा किया और घर-बार त्याग कर हजरत मुहम्मद की सेवा में पहुँच गये। जैनब की मुराद पूरी हुई।

[हिन्दी कहानी। प्रथम प्रकाशन हिन्दी। 'माधुरी', मार्च 1929 में प्रकाशित। 'मानसरोवर' भाग-2 में संकलित। इस कहानी के पाठ और 'गुप्तधन' भाग-2 में संकलित 'नबी की नीति निर्वाह' शीर्षक कहानी के पाठ में काफी साम्य है।]

शतरंज के खिलाड़ी

वाजिदअली शाह का समय था। लखनऊ विलासिता के रंग में डूबा हुआ था। छोटे-बड़े, गरीब-अमीर सभी विलासिता में डूबे हुए थे। कोई नृत्य और गान की मजलिस सजाता था, तो कोई अफीम की पीनक ही में मजे लेता था। जीवन के प्रत्येक विभाग में आमोद-प्रमोद का प्राधान्य था। शासन-विभाग में, साहित्य-क्षेत्र में, सामाजिक अवस्था में, कला-कौशल में, उद्योग-धन्धों में, आहार-व्यवहार में सर्वत्र विलासिता व्याप्त हो रही थी। राजकर्मचारी विषय-वासना में, कविगण प्रेम और विरह के वर्णन में, कारीगर कलाबत्तू और चिकन बनाने में, व्यवसायी सुरमे, इत्र, मिस्सी और उबटन का रोजगार करने में लिप्त थे। सभी की आँखों में विलासिता का मद छाया हुआ था। संसार में क्या हो रहा है, इसकी किसी को खबर न थी। बटेर लड़ रहे हैं। तीतरों की लड़ाई के लिए पाली बदी जा रही है। कहीं चौसर बिछी हुई है; पौ-बारह का शोर मचा हुआ है। कही शतरंज का घोर संग्राम छिड़ा हुआ है। राजा से लेकर रंक तक इसी धुन में मस्त थे। यहाँ तक कि फकीरों को पैसे मिलते तो वे रोटियाँ न लेकर अफीम खाते या मदक पीते। शतरंज, ताश, गंजीफ़ा खेलने से बुद्धि तीव्र होती है, विचार-शक्ति का विकास होता है, पेचीदा मसलों को सुलझाने की आदत पड़ती है। ये दलीलें जोरों के साथ पेश की जाती थीं (इस सम्प्रदाय के लोगों से दुनिया अब भी खाली नहीं है)। इसलिए अगर मिरज़ा सज्जादअली और मीर रौशनअली अपना अधिकांश समय बुद्धि तीव्र करने में व्यतीत करते थे, तो किसी विचारशील पुरुष को क्या आपत्ति हो सकती थी? दोनों के पास मौरूसी जागीरें थीं; जीविका की कोई चिन्ता न थी; कि घर में बैठे चखौतियाँ करते थे। आखिर और करते ही क्या? प्रातःकाल दोनों मित्र नाश्ता करके बिसात बिछा कर बैठ जाते, मुहरे सज जाते, और लड़ाई के दाव-पेंच होने लगते। फिर खबर न होती थी कि कब दोपहर हुई, कब तीसरा पहर, कब शाम! घर के भीतर से बार-बार बुलावा आता कि खाना तैयार है। यहाँ से जवाब मिलता—चलो, आते हैं, दस्तरख्वान बिछाओ। यहाँ तक कि बावरची

विवश हो कि कमरे ही में खाना रख जाता था, और दोनों मित्र दोनों काम साथ-साथ करते थे। मिरज़ा सज्जाद अली के घर में कोई बड़ा-बूढ़ा न था, इसलिए उन्हीं के दीवानखाने में बाज़ियाँ होती थीं। मगर यह बात न थी मिरज़ा के घर के और लोग उनके इस व्यवहार से खुश हों। घरवालों का तो कहना ही क्या, मुहल्लेवाले, घर के नौकर-चाकर तक नित्य द्वेषपूर्ण टिप्पणियाँ किया करते थे—बड़ा मनहूस खेल है। घर को तबाह कर देता है। खुदा न करे, किसी को इसकी चाट पड़े, आदमी दीन-दुनिया किसी के काम का नहीं रहता, न घर का, न घाट का। बुरा रोग है। यहाँ तक कि मिरज़ा की बेगम साहबा को इससे इतना द्वेष था कि अवसर खोज-खोजकर पति को लताड़ती थीं। पर उन्हें इसका अवसर मुश्किल से मिलता था। वह सोती रहती थीं, तब तक बाज़ी बिछ जाती थी। और रात को जब सो जाती थीं, तब कही मिरज़ाजी घर में आते थे। हाँ, नौकरों पर वह अपना गुस्सा उतारती रहती थीं—क्या पान माँगे हैं? कह दो, आकर ले जाएँ। खाने की फुरसत नहीं है? ले जाकर खाना सिर पर पटक दो, खायँ चाहे कुत्ते को खिलाएँ। पर रूबरू वह भी कुछ न कह सकती थीं। उनको अपने पति से उतना मलाल न था, जितना मीर साहब से। उन्होंने उनका, नाम मीर बिगाड़ू रख छोड़ा था। शायद मिरज़ाजी अपनी सफाई देने के लिए सारा इलजाम मीर साहब ही के सर थोप देते थे।

एक दिन बेगम साहबा के सिर में दर्द होने लगा। उन्होंने लौंडी से कहा—जाकर मिरज़ा साहब को बुला लो। किसी हकीम के यहाँ से दवा लाएँ। दौड़, जल्दी कर। लौंडी गयी तो मिरज़ाजी ने कहा—चल, अभी आते हैं। बेगम साहबा का मिजाज गरम था। इतनी ताब कहाँ कि उनके सिर में दर्द हो और पति शतरंज खेलता रहे। चेहरा सुर्ख हो गया। लौंडी से कहा—जाकर कह, अभी चलिए, नहीं तो वह आप ही हकीम के यहाँ चली जाएँगी। मिरज़ाजी बड़ी दिलचस्प बाजी खेल रहे थे, दो ही किस्तों में मीर साहब की मात हुई जाती थी। झुंझलाकर बोले—क्या ऐसा दम लबों पर है? ज़रा सब्र नहीं होता?

मीर—अरे, तो जाकर सुन ही आइए न। औरतें नाजुक-मिजाज होती ही हैं।

मिरज़ा—जी हाँ, चला क्यों न जाऊँ! दो किस्तों में आपकी मात होती है।

मीर—जनाब, इस भरोसे न रहिएगा। वह चाल सोची है कि आपके मुहरे धरे रहें और मात हो जाय। पर जाइए, सुन आइए। क्यों खामख्वाह उनका दिल दुखाइएगा?

मिरज़ा—इसी बात पर मात ही करके जाऊँगा।

मीर—मैं खेलूँगा ही नहीं। आप जाकर सुन आइए।

मिरज़ा—अरे यार, जाना पड़ेगा हकीम के यहाँ। सिर-दर्द खाक नहीं है, मुझे परेशान करने का बहाना है।

मीर—कुछ भी हो, उनकी खातिर तो करनी ही पड़ेगी।

मिरज़ा—अच्छा, एक चाल और चल लूँ।

मीर—हरगिज़ नहीं, जब तक आप सुन न आएँगे, मैं मुहरे में हाथ ही न लगाऊँगा।

मिरज़ा साहब मजबूर होकर अन्दर गये तो बेगम साहबा ने त्योरियाँ बदलकर, लेकिन कराहते हुए कहा—तुम्हें निगोड़ी शतरंज इतनी प्यारी है! चाहे कोई मर ही जाय, पर उठने का नाम नहीं लेते! नौज, कोई तुम-जैसा आदमी हो!

मिरज़ा—क्या कहूँ, मीर साहब मानते ही न थे। बड़ी मुश्किल से पीछा छुड़ाकर आया हूँ।

बेगम—क्या जैसे वह खुद निखट्टू हैं, वैसे ही सबको समझते हैं। उनके भी तो बाल-बच्चे हैं; या सबका सफाया कर डाला?

मिरज़ा—बड़ा लती आदमी है। जब आ जाता है, तब मजबूर होकर मुझे भी खेलना पड़ता है।

बेगम—दुत्कार क्यों नहीं देते?

मिरज़ा—बराबर के आदमी हैं; उम्र में, दर्जे में मुझसे दो अंगुल ऊँचे। मुलाहिज़ा करना ही पड़ता है।

बेगम—तो मैं ही दुत्कारे देती हूँ। नाराज़ हो जाएँगे, हो जाएँ। कौन किसी की रोटियाँ चला देता है। रानी रूठेंगी, अपना सुहाग लेंगी। हरिया; जा बाहर से शतरंज उठा ला। मीर साहब से कहना, मियाँ अब न खेलेंगे; आप तशरीफ ले जाइए।

मिरज़ा—हाँ-हाँ, कहीं ऐसा गजब भी न करना! जलील करना चाहती हो क्या? ठहर हरिया, कहाँ जाती है।

बेगम—जाने क्यों नहीं देते? मेरा ही खून पिए, जो उसे रोके। अच्छा, उसे रोका, मुझे रोको, तो जानूँ?

यह कहकर बेगम साहबा झल्लाई हुई दीवानखाने की तरफ चलीं। मिरज़ा बेचारे का रंग उड़ गया। बीवी की मिन्नतें करने लगे—खुदा के लिए, तुम्हें हजरत हुसैन की कसम है। मेरी ही मैयत देखे, जो उधर जाय। लेकिन बेगम ने एक न मानी। दीवानखाने के द्वार तक गयीं, पर एकाएक पर-पुरुष के सामने जाते हुए पाँव बँध-से गये। भीतर झाँका, संयोग से कमरा खाली था। मीर साहब ने दो-एक मुहरे इधर-उधर कर दिए थे, और अपनी सफाई जताने के लिए बाहर टहल रहे थे। फिर क्या था, बेगम ने अन्दर पहुँचकर बाजी उलट दी, मुहरे कुछ तख्त के नीचे फेंक दिए, कुछ बाहर और किवाड़ अन्दर से बन्द करके कुंडी लगा दी। मीर साहब दरवाजे पर तो थे ही, मुहरे बाहर फेंके जाते देखे, चूड़ियों की झनक

भी कान में पड़ी। फिर दरवाज़ा बन्द हुआ, तो समझ गये, बेगम साहबा बिगड़ गयीं। चुपके से घर की राह ली।

मिरज़ा ने कहा—तुमने गजब किया।

बेगम—अब मीर साहब इधर आये, तो खड़े-खड़े निकलवा दूँगी। इतनी लौ खुदा से लगाते, तो वली हो जाते! आप तो शतरंज खेलें, और मैं यहाँ चूल्हे-चक्की की फिक्र में सिर खपाऊँ! जाते हो हकीम साहब के यहाँ कि अब भी ताम्मुल है।

मिरज़ा घर से निकले, तो हकीम के घर जाने के बदले मीर साहब के घर पहुँचे और सारा वृत्तांत कहा। मीर साहब बोले—मैंने तो जब मुहरे बाहर आते देखे, तभी ताड़ गया। फौरन भागा। बड़ी गुस्सेवर मालूम होती हैं। मगर आपने उन्हें यों सिर चढ़ा रखा है, यह मुनासिब नहीं। उन्हें इससे क्या मतलब कि आप बाहर क्या करते हैं। घर का इंतज़ाम करना उनका काम है; दूसरी बातों से उन्हें क्या सरोकार?

मिरज़ा—खैर, यह तो बताइए, अब कहाँ जमाव होगा?

मीर—इसका क्या ग़म है। इतना बड़ा घर पड़ा हुआ है। बस यहीं जमें।

मिरज़ा—लेकिन बेगम साहबा को कैसे मनाऊँगा? घर पर बैठा रहता था, तब तो वह इतना बिगड़ती थीं; यहाँ बैठक होगी, तो शायद ज़िन्दा न छोड़ेंगी।

मीर—अजी बकने भी दीजिए, दो-चार रोज़ में आप ही ठीक हो जाएँगी। हाँ, आप इतना कीजिए कि आज से जरा तन जाइए।

मीर साहब की बेगम किसी अज्ञात कारण से मीर साहब का घर से दूर रहना ही उपयुक्त समझती थीं। इसलिए वह उनके शतरंज-प्रेम की कभी आलोचना न करती थीं; बल्कि कभी-कभी मीर साहब को देर हो जाती, तो याद दिला देती थीं। इन कारणों से मीर साहब को भ्रम हो गया था कि मेरी स्त्री अत्यन्त विनयशील और गम्भीर है। लेकिन जब दीवानखाने में बिसात बिछने लगी, और मीर साहब दिन-भर घर में रहने लगे, तो बेगम साहबा को बड़ा कष्ट होने लगा। उनकी स्वाधीनता में बाधा पड़ गयी। दिन-भर दरवाज़े पर झाँकने को तरस जातीं।

उधर नौकरों में भी कानाफूसी होने लगी। अब तक दिन-भर पड़े-पड़े मक्खियाँ मारा करते थे। घर में कोई आये, कोई जाये, उनसे कुछ मतलब न था। अब आठों पहर की धौंस हो गयी। पान लाने का हुक्म होता, कभी मिठाई का। और हुक्का तो किसी प्रेमी के हृदय की भाँति नित्य जलता ही रहता था। वे बेगम साहबा से जा-जाकर कहते—हुजूर, मियाँ की शतरंज तो हमारे जी का जंजाल हो

गयी। दिन-भर दौड़ते-दौड़ते पैरों में छाले पड़ गये। यह भी कोई खेल कि सुबह को बैठे तो शाम कर दी। घड़ी आध घड़ी दिल-बहलाव के लिए खेल खेलना बहुत है। खैर, हमें तो कोई शिकायत नहीं; हुजूर के गुलाम हैं, जो हुक्म होगा, बजा ही लाएँगे; मगर यह खेल मनहूस है। इसका खेलनेवाला कभी पनपता नहीं; घर पर कोई न कोई आफ़त ज़रूर आती है। यहाँ तक कि एक के पीछे मुहल्ले-के-मुहल्ले तबाह होते देखे गये हैं। सारे मुहल्ले में यही चर्चा रहती है। हुजूर का नमक खाते हैं, अपने आक़ा की बुराई सुन-सुनकर रंज होता है। मगर क्या करें? इस पर बेगम साहबा कहती हैं—मैं तो खुद इसको पसन्द नहीं करती। पर वह किसी की सुनते ही नहीं, क्या किया जाय।

मुहल्ले में भी जो दो-चार पुराने जमाने के लोग थे, आपस में भाँति-भाँति की अमंगल कल्पनाएँ करने लगे—अब ख़ैरियत नहीं। जब हमारे रईसों का यह हाल है, तो मुल्क का खुदा ही हाफ़िज है। यह बादशाहत शतरंज के हाथों तबाह होगी। आसार बुरे हैं।

राज्य में हाहाकार मचा हुआ था। प्रजा दिन-दहाड़े लूटी जाती थी। कोई फरियाद सुननेवाला न था। देहातों की सारी दौलत लखनऊ में खिंची आती थी और वह वेश्याओं में, भाँडों में और विलासिता के अन्य अंगों की पूर्ति में उड़ जाती थी। अंग्रेज कम्पनी का ऋण दिन-दिन बढ़ता जाता था। कमली दिन-दिन भीगकर भारी होती जाती थी। देश में सुव्यवस्था न होने के कारण वार्षिक कर भी वसूल न होता था। रेजीडेंट बार-बार चेतावनी देता था, पर यहाँ तो लोग विलासिता के नशे में चूर थे, किसी के कानों पर जूँ न रेंगती थी।

खैर, मीर साहब के दीवानख़ाने में शतरंज होते कई महीने गुज़र गये। नये-नये नक्शे हल किए जाते; नये-नये किले बनाए जाते; नित्य नयी व्यूह-रचना होती; कभी-कभी खेलते-खेलते झौड़ हो जाती; तू-तू मैं-मैं तक की नौबत आ जाती; पर शीघ्र ही दोनों मित्रों में मेल हो जाता। कभी-कभी ऐसा भी होता कि बाज़ी उठा दी जाती; मिरज़ाजी रूठकर अपने घर चले जाते। मीर साहब अपने घर में जा बैठते। पर रात भर की निद्रा के साथ सारा मनोमालिन्य शान्त हो जाता था। प्रात:काल दोनों मित्र दीवानखाने में आ पहुँचते थे।

एक दिन दोनों मित्र बैठे हुए शतरंज की दलदल में गोते खा रहे थे कि इतने में घोड़े पर सवार एक बादशाही फ़ौज का अफसर मीर साहब का नाम पूछता हुआ आ पहुँचा। मीर साहब के होश उड़ गये। यह क्या बला सिर पर आयी! यह तलबी किस लिए हुई है? अब खैरियत नहीं नजर आती। घर के दरवाजे बन्द कर लिए। नौकरों से बोले—कह दो, घर में नहीं हैं।

सवार—घर में नहीं, तो कहाँ हैं?

नौकर—यह मैं नहीं जानता। क्या काम है?

सवार—काम तुझे क्या बताऊँगा? हुज़ूर में तलबी है। शायद फौज के लिए कुछ सिपाही माँगे गये हैं। जागीरदार हैं कि दिल्लगी! मोरचे पर जाना पड़ेगा, तो आटे-दाल का भाव मालूम हो जाएगा!

नौकर—अच्छा, तो जाइए, कह दिया जाएगा?

सवार—कहने की बात नहीं है। मैं कल खुद आऊँगा, साथ ले जाने का हुक्म हुआ है।

सवार चला गया। मीर साहब की आत्मा काँप उठी। मिरज़ाजी से बोले—कहिए जनाब, अब क्या होगा?

मिरज़ा—बड़ी मुसीबत है। कहीं मेरी तलबी भी न हो।

मीर—कम्बख़्त कल फिर आने को कह गया है।

मिरज़ा—आफत है, और क्या। कहीं मोरचे पर जाना पड़ा, तो बेमौत मरे।

मीर—बस, यही एक तदबीर है कि घर पर मिलो ही नहीं। कल से गोमती पर कहीं वीराने में नख़्शा जमे। वहाँ किसे ख़बर होगी। हजरत आकर आप लौट जाएँगे।

मिरज़ा—वल्लाह, आपको खूब सूझी! इसके सिवाय और कोई तदबीर ही नहीं है।

इधर मीर साहब की बेगम उस सवार से कह रही थीं, तुमने खूब धता बताया।

उसने जवाब दिया—ऐसे गावदियों को तो चुटकियों पर नचाता हूँ। इनकी सारी अक्ल और हिम्मत तो शतरंज ने चर ली। अब भूल कर भी घर पर न रहेंगे।

दूसरे दिन से दोनों मित्र मुँह अँधेरे घर से निकल खड़े होते। बगल में एक छोटी-सी दरी दबाए, डिब्बे में गिलौरियाँ भरे, गोमती पार की एक पुरानी वीरान मसज़िद में चले जाते, जिसे शायद नवाब आसफ़उद्दौला ने बनवाया था। रास्ते में तम्बाकू, चिलम और मदरिया ले लेते, और मसज़िद में पहुँच, दरी बिछा, हुक्का भरकर शतरंज खेलने बैठ जाते थे। फिर उन्हें दीन-दुनिया की फिक्र न रहती थी। किश्त, शह आदि दो-एक शब्दों के सिवा उनके मुँह से और कोई वाक्य नहीं निकलता था। कोई योगी भी समाधि में इतना एकाग्र न होता होगा। दोपहर को जब भूख मालूम होती तो दोनों मित्र किसी नानबाई की दूकान पर जाकर खाना खाते, और एक चिलम हुक्का पीकर फिर संग्राम-क्षेत्र में डट जाते। कभी-कभी तो उन्हें भोजन का भी खयाल न रहता था।

इधर देश की राजनीतिक दशा भयंकर होती जा रही थी। कम्पनी की फ़ौजें लखनऊ की तरफ बढ़ी चली आती थीं। शहर में हलचल मची हुई थी। लोग बाल-बच्चों को लेकर देहातों में भाग रहे थे। पर हमारे दोनों खिलाड़ियों को इनकी ज़रा भी फ़िक्र न थी। वे घर से आते तो गलियों में होकर। डर था कि कहीं किसी बादशाही मुलाज़िम की निगाह न पड़ जाय, जो बेकार में पकड़ जाएँ। हजारों रुपये सालाना की जागीर मुफ्त ही हजम करना चाहते थे।

एक दिन दोनों मित्र मसज़िद के खंडहर में बैठे हुए शतरंज खेल रहे थे। मिरज़ा की बाजी कुछ कमजोर थी। मीर साहब उन्हें किश्त-पर-किश्त दे रहे थे। इतने में कम्पनी के सैनिक आते हुए दिखाई दिए। वह गोरों की फौज थी, जो लखनऊ पर अधिकार जमाने के लिए आ रही थी।

मीर साहब बोले—अंग्रेजी फौज आ रही है; खुदा खैर करे।

मिरज़ा—आने दीजिए, किश्त बचाइए। यह किश्त।

मीर—जरा देखना चाहिए, यहीं आड़ में खड़े हो जाएँ!

मिरज़ा—देख लीजिएगा, जल्दी क्या है, फिर किश्त!

मीर—तोपखाना भी है। कोई पाँच हजार आदमी होंगे कैसे-कैसे जवान हैं। लाल बन्दरों के-से मुँह। सूरत देखकर खौफ मालूम होता है।

मिरज़ा—जनाब, हीले न कीजिए। ये चकमे किसी और को दीजिएगा। यह किश्त!

मीर—आप भी अजीब आदमी हैं। यहाँ तो शहर पर आफत आयी हुई है और आपको किश्त की सूझी है! कुछ इसकी भी ख़बर है कि शहर घिर गया, तो घर कैसे चलेंगे?

मिरज़ा—जब घर चलने का वक्त आएगा, तो देखा जाएगा—यह किश्त! बस, अबकी शह में मात है।

फौज निकल गयी। दस बजे का समय था। फिर बाज़ी बिछ गयी।

मिरज़ा—आज खाने की कैसे ठहरेगी?

मीर—अजी, आज तो रोज़ा है। क्या आपको ज्यादा भूख मालूम होती है?

मिरज़ा—जी नहीं। शहर में न जाने क्या हो रहा है!

मीर—शहर में कुछ न हो रहा होगा। लोग खाना खा-खाकर आराम से सो रहे होंगे। हुजूर नवाब साहब भी ऐशगाह में होंगे।

दोनों सज्जन फिर जो खेलने बैठे, तो तीन बज गये। अबकी मिरज़ा जी की बाजी कमजोर थी। चार का गजर बज ही रहा था कि फौज की वापसी की आहट मिली। नवाब वाज़िदअली पकड़ लिये गये थे, और सेना उन्हें किसी अज्ञात स्थान को लिए जा रही थी। शहर में न कोई हलचल थी, न मार-काट। एक

बूँद भी खून नहीं गिरा था। आज तक किसी स्वाधीन देश के राजा की पराजय इतनी शान्ति से, इस तरह खून बहे बिना न हुई होगी। यह वह अहिंसा न थी, जिस पर देवगण प्रसन्न होते हैं। यह वह कायरपन था, जिस पर बड़े-बड़े कायर भी आँसू बहाते हैं। अवध के विशाल देश का नवाब बन्दी चला जाता था, और लखनऊ ऐश की नींद में मस्त था। यह राजनीतिक अध:पतन की चरम सीमा थी।

मिरज़ा ने कहा—हुज़ूर नवाब साहब को ज़ालिमों ने कैद कर लिया है।

मीर—होगा, यह लीजिए शह।

मिरज़ा—जनाब ज़रा ठहरिए। इस वक्त इधर तबीयत नहीं लगती। बेचारे नवाब साहब इस वक्त खून के आँसू रो रहे होंगे।

मीर—रोया ही चाहें। यह ऐश वहाँ कहाँ नसीब होगा। यह किश्त!

मिरज़ा—किसी के दिन बराबर नहीं जाते। कितनी दर्दनाक हालत है।

मीर—हाँ, सो तो है ही—यह लो, फिर किश्त! बस, अबकी किश्त में मात है, बच नहीं सकते।

मिरज़ा—खुदा की कसम, आप बड़े बेदर्द हैं। इतना बड़ा हादसा देखकर भी आपको दुःख नहीं होता। हाय, गरीब वाज़िदअली शाह!

मीर—पहले अपने बादशाह को तो बचाइए फिर नवाब साहब का मातम कीजिएगा। यह किश्त और यह मात! लाना हाथ!

बादशाह को लिये हुए सेना सामने से निकल गयी। उनके जाते ही मिरज़ा ने फिर बाजी बिछा दी। हार की चोट बुरी होती है। मीर ने कहा—आइए, नवाब साहब के मातम में एक मरसिया कह डालें। लेकिन मिरज़ा की राजभक्ति अपनी हार के साथ लुप्त हो चुकी थी। वह हार का बदला चुकाने के लिए अधीर हो रहे थे।

शाम हो गयी। खंडहर में चमगादड़ों ने चीखना शुरू किया। अबाबीलें आ-आकर अपने-अपने घोसलों में चिमटीं। पर दोनों खिलाड़ी डटे हुए थे, मानो दो ख़ून के प्यासे सूरमा आपस में लड़ रहे हों। मिरज़ाजी तीन बाजियाँ लगातार हार चुके थे; इस चौथी बाज़ी का रंग भी अच्छा न था। वह बार-बार जीतने का दृढ़ निश्चय करके सँभलकर खेलते थे, लेकिन एक-न-एक चाल ऐसी बेढब आ पड़ती थी, जिससे बाज़ी खराब हो जाती थी। हर बार हार के साथ प्रतिकार की भावना और भी उग्र होती थी। उधर मीर साहब मारे उमंग के गजलें गाते थे, चुटकियाँ लेते थे, मानो कोई गुप्त धन पा गये हों। मिरज़ाजी सुन-सुनकर झुंझलाते और हार की झेंप को मिटाने के लिए उनकी दाद देते थे। पर ज्यों-ज्यों बाज़ी कमजोर

पड़ती थी, धैर्य हाथ से निकला जाता था। यहाँ तक कि वह बात-बात पर झुँझलाने लगे—जनाब, आप चाल बदला न कीजिए। यह क्या कि एक चाल चले, और फिर उसे बदल दिया। जो कुछ चलना हो एक बार चल दीजिए; यह आप मुहरे पर हाथ क्यों रखते हैं? मुहरे को छोड़ दीजिए। जब तक आपको चाल न सूझे, मुहरा छुइए ही नहीं। आप एक-एक चाल आध घंटे में चलते हैं। इसकी सनद नहीं। जिसे एक चाल चलने में पाँच मिनट से ज़्यादा लगे, उसकी मात समझी जाय। फिर आपने चाल बदली! चुपके से मुहरा वहीं रख दीजिए।

मीर साहब का फरजी पिटता था। बोले—मैंने चाल चली ही कब थी?

मिरज़ा—आप चाल चल चुके हैं। मुहरा वहीं रख दीजिए—उसी घर में!

मीर—उस घर में क्यों रखूँ? मैंने हाथ से मुहरा छोड़ा ही कब था?

मिरज़ा—मुहरा आप कयामत तक न छोड़ें, तो क्या चाल ही न होगी? फरजी पिटते देखा तो धाँधली करने लगे।

मीर—धाँधली आप करते हैं। हार-जीत तकदीर से होती है, धाँधली करने से कोई नहीं जीतता?

मिरज़ा—तो इस बाज़ी में तो आपकी मात हो गयी।

मीर—मुझे क्यों मात होने लगी?

मिरज़ा—तो आप मुहरा उसी घर में रख दीजिए, जहाँ पहले रखा था।

मीर—वहाँ क्यों रखूँ? नहीं रखता।

मिरज़ा—क्यों न रखिएगा? आपको रखना होगा।

तकरार बढ़ने लगी। दोनों अपनी-अपनी टेक पर अड़े थे। न यह दबता था न वह। अप्रासंगिक बातें होने लगीं, मिरज़ा बोले—किसी ने खानदान में शतरंज खेली होती, तब तो इसके क़ायदे जानते। वे तो हमेशा, घास छीला करते, आप शतरंज क्या खेलिएगा। रियासत और ही चीज है। जागीर मिल जाने से ही कोई रईस नहीं हो जाता।

मीर—क्या? घास आपके अब्बाजान छीलते होंगे। यहाँ तो पीढ़ियों से शतरंज खेलते चले आ रहे हैं।

मिरज़ा—अजी, जाइए भी, गाजीउद्दीन हैदर के यहाँ बावरची का काम करते-करते उम्र गुजर गयी, आज रईस बनने चले हैं। रईस बनना कुछ दिल्लगी नहीं है।

मीर—क्यों अपने बुजुर्गों के मुँह में कालिख लगाते हो—वे ही बावरची का काम करते होंगे। यहाँ तो हमेशा बादशाह के दस्तरख्वान पर खाना खाते चले आये हैं।

मिरज़ा—अरे चल चरकटे, बहुत बढ़-बढ़कर बातें न कर।

मीर—जबान सँभालिए, वरना बुरा होगा। मैं ऐसी बातें सुनने का आदी नहीं हूँ। यहाँ तो किसी ने आँखें दिखाईं कि उसकी आँखें निकालीं। है हौसला?

मिरज़ा—आप मेरा हौसला देखना चाहते हैं, तो फिर, आइए। आज दो-दो हाथ हो जाएँ, इधर या उधर।

मीर—तो यहाँ तुमसे दबनेवाला कौन?

दोनों दोस्तों ने कमर से तलवारें निकाल लीं। नवाबी जमाना था; सभी तलवार, पेशकब्ज, कटार वगैरह बाँधते थे। दोनों विलासी थे, पर कायर न थे। उनमें राजनीतिक भावों का अध:पतन हो गया था—बादशाह के लिए, बादशाहत के लिए क्यों मरें; पर व्यक्तिगत वीरता का अभाव न था। दोनों जख्म खाकर गिरे, और दोनों ने वहीं तड़प-तड़पकर जानें दे दीं। अपने बादशाह के लिए जिनकी आँखों से एक बूँद आँसू न निकला, उन्हीं दोनों प्राणियों ने शतरंज के वज़ीर की रक्षा में प्राण दे दिए।

अँधेरा हो चला था। बाज़ी बिछी हुई थी। दोनों बादशाह अपने-अपने सिंहासनों पर बैठे हुए मानो इन दोनों वीरों की मृत्यु पर रो रहे थे!

चारों तरफ सन्नटा छाया हुआ था। खंडहर की टूटी हुई मेहराबें, गिरी हुई दीवारें और धूल-धूसरित मीनारें इन लाशों को देखतीं और सिर धुनती थीं।

लैला

यह कोई न जानता था कि लैला कौन है, कहाँ से आयी है और क्या करती है। एक दिन लोगों ने एक अनुपम सुन्दरी को तेहरान के चौक में अपने डफ पर हाफ़िज की यह ग़ज़ल झूम-झूम कर गाते सुना—

रसीद मुज़रा कि ऐयामे ग़म न ख़्वाहद माँद,
चुनाँ न माँद, चुनीं नीज़ हम न ख़्वाहद माँद।

और सारा तेहरान उस पर फिदा हो गया। यही लैला थी।

लैला के रूप-लालित्य की कल्पना करनी हो तो ऊषा की प्रफुल्ल लालिमा की कल्पना कीजिए, जब नील गगन स्वर्ण-प्रकाश से रंजित हो जाता है; बहार की कल्पना कीजिए, जब बाग में रंग-रंग के फूल खिलते हैं और बुलबुलें गाती हैं।

लैला के स्वर-लालित्य की कल्पना करनी हो, तो उस घंटी की अनवरत ध्वनि की कल्पना कीजिए जो निशा की निस्तब्धता में ऊँटों की गरदनों में बजती हुई सुनाई देती है; या उस बाँसुरी की ध्वनि की जो मध्याह्न की आलस्यमयी शान्ति में किसी वृक्ष की छाया में लेटे हुए चरवाहे के मुख से निकलती है।

जिस वक्त लैला मस्त होकर गाती थी, उसके मुख पर एक स्वर्गीय आभा झलकने लगती थी। वह काव्य, संगीत, सौरभ और सुषमा की एक मनोहर प्रतिमा थी, जिसके सामने छोटे और बड़े, अमीर और गरीब सभी के सिर झुक जाते थे। सभी मन्त्रमुग्ध हो जाते थे, सभी सिर धुनते थे। वह उस आनेवाले समय का सन्देश सुनाती थी; जब देश में सन्तोष और प्रेम का साम्राज्य होगा, जब द्वन्द्व और संग्राम का अन्त हो जायगा। वह राजा को जगाती और कहती, यह विलासिता कब तक, यह ऐश्वर्य-भोग कब तक? वह प्रजा की सोई हुई अभिलाषाओं को जगाती, उनकी हृत्तंत्रियों को अपने स्वर से कम्पित कर देती। वह उन अमर वीरों की कीर्ति सुनाती जो दीनों की पुकार सुनकर विकल हो जाते थे; उन विदुषियों

की महिमा गाती जो कुल-मर्यादा पर मर मिटी थीं। उसकी अनुरक्त ध्वनि सुनकर लोग दिलों को थाम लेते थे, तड़प जाते थे।

सारा तेहरान लैला पर फ़िदा था। दलितों के लिए वह आशा का दीपक थी, रसिकों के लिए जन्नत की हूर, धनियों के लिए आत्मा की जागृति और सत्ताधारियों के लिए दया और धर्म का सन्देश। उसकी भौंहों के इशारे पर जनता आग में कूद सकती थी। जैसे चैतन्य जड़ को आकर्षित कर लेता है, उसी भाँति लैला ने जनता को आकर्षित कर लिया था।

और यह अनुपम सौन्दर्य सुधा की भाँति पवित्र, हिम के समान निष्कलंक और नव कुसुम की भाँति अनिंद्य था। उसके लिए प्रेम-कटाक्ष, एक भेदभरी मुस्कान, एक रसीली अदा पर क्या न हो जाता—कंचन के पर्वत खड़े हो जाते, ऐश्वर्य उपासना करता, रियासतें पैर की धूल चाटतीं, कवि कट जाते, विद्वान घुटने टेकते; लेकिन लैला किसी की ओर आँख उठाकर भी न देखती थी। वह एक वृक्ष की छाँह में रहती, भिक्षा माँगकर खाती और अपनी हृदयवीणा के राग अलापती थी। वह कवि की सूक्ति की भाँति केवल आनन्द और प्रकाश की वस्तु थी, भोग की नहीं। वह ऋषियों के आशीर्वाद की प्रतिमा थी, कल्याण में डूबी हुई, शान्ति में रँगी हुई, कोई उसे स्पर्श न कर सकता था, उसे मोल न ले सकता था।

एक दिन सन्ध्या समय तेहरान का शाहज़ादा नादिर घोड़े पर सवार उधर से निकला। लैला गा रही थी। नादिर ने घोड़े की बाग़ रोक ली और देर तक आत्म-विस्मृत की दशा में खड़ा सुनता रहा। ग़ज़ल का पहला शेर यह था—

मरा दर्देस्त अन्दर दिल, अगर गोयम जवाँ सोज़द;
बगैर दम दरकशम, तरसन कि मगज़ो उस्तख्वाँ सोज़द।

फिर वह घोड़े से उतरकर वहीं जमीन पर बैठ गया और सिर झुकाए रोता रहा। तब वह उठा और लैला के पास जाकर उसके कदमों पर सिर रख दिया। लोग अदब से इधर-उधर हट गये।

लैला ने पूछा—तुम कौन हो?

नादिर—तुम्हारा गुलाम।

लैला—मुझसे क्या चाहते हो?

नादिर—आपकी खिदमत करने का हुक्म। मेरे झोंपड़े को अपने कदमों से रोशन कीजिए।

लैला—यह मेरी आदत नहीं।

शाहज़ादा फिर वहीं बैठ गया और लैला फिर गाने लगी। लेकिन गला थर्राने लगा, मानो वीणा का कोई तार टूट गया हो। उसने नादिर की ओर करुण नेत्रों से देखकर कहा—तुम यहाँ मत बैठो।

कई आदमियों ने कहा—लैला, हमारे हुजूर शाहज़ादा नादिर हैं।

लैला बेपरवाही से बोली—बड़ी खुशी की बात है। लेकिन यहाँ शाहज़ादों का क्या काम? उनके लिए महल है, महफिलें हैं और शराब के दौर हैं। मैं उनके लिए गाती हूँ, जिनके दिल में दर्द है; उनके लिए नहीं जिनके दिल में शौक़ है।

शाहज़ादा ने उन्मत्त भाव से कहा—लैला, तुम्हारी एक तान पर अपना सबकुछ निसार कर सकता हूँ। मैं शौक़ का गुलाम था, लेकिन तुमने दर्द का मज़ा चखा दिया।

लैला फिर गाने लगी; लेकिन आवाज़ काबू में न थी, मानो वह उसका गला ही न था।

लैला ने डफ कन्धे पर रख लिया और अपने डेरे की ओर चली। श्रोता अपने-अपने घर चले। कुछ लोग उसके पीछे-पीछे उस वृक्ष तक आये, जहाँ वह विश्राम करती थी। जब वह अपनी झोंपड़ी के द्वार पर पहुँची, तब सभी आदमी विदा हो चुके थे। केवल एक आदमी झोंपड़ी से कई हाथ पर चुपचाप खड़ा था।

लैला ने पूछा—तुम कौन हो?

नादिर ने कहा—तुम्हारा गुलाम नादिर!

लैला—तुम्हें मालूम नहीं कि मैं अपने अमन के गोशे में किसी को नहीं आने देती?

नादिर—यह तो देख ही रहा हूँ।

लैला—फिर क्यों बैठे हो?

नादिर—उम्मीद दामन पकड़े हुए है।

लैला ने कुछ देर के बाद फिर पूछा—कुछ खाकर आये हो?

नादिर—अब तो न भूख है, न प्यास।

लैला—आओ, आज तुम्हें गरीबों का खाना खिलाऊँ। इसका मज़ा भी चख लो।

नादिर इनकार न कर सका। आज उसे बाजरे की रोटियों में अभूतपूर्व स्वाद मिला। वह सोच रहा था कि विश्व के इस विशाल भवन में कितना आनन्द है। उसे अपनी आत्मा में विकास का अनुभव हो रहा था।

जब वह खा चुका तब लैला ने कहा—अब जाओ। आधी रात से ज़्यादा गुज़र गयी।

नादिर ने आँखों में आँसूभर कर कहा—नहीं लैला, अब मेरा आसन भी यहीं जमेगा।

नादिर दिन-भर लैला के नग़मे सुनता; गलियों में, सड़कों पर जहाँ वह जाती उसके पीछे-पीछे घूमता रहता। रात को उसी पेड़ के नीचे जाकर पड़ रहता। बादशाह ने समझाया, मलका ने समझाया, उमरा ने मिन्नतें कीं, लेकिन नादिर के सिर से लैला का सौदा न गया। जिन हालों लैला रहती थी उन हालों वह भी रहता था। मलका उसके लिए अच्छे से अच्छे खाने बनाकर भेजती, लेकिन नादिर उनकी ओर देखता भी न था।

लेकिन लैला के संगीत में अब वह क्षुधा न थी। वह टूटे हुए तारों का राग था जिसमें न वह लोच था, न वह जादू, न वह असर। वह अब भी गाती थी, सुननेवाले अब भी आते थे; लेकिन अब वह अपना दिल खुश करने को नहीं, उनका दिल खुश करने को गाती थी और सुननेवाले विह्वल होकर नहीं, उसको खुश करने के लिए आते थे।

इस तरह छः महीने गुज़र गये।

एक दिन लैला गाने न गयी। नादिर ने कहा—क्यों लैला, आज गाने न चलोगी?

लैला ने कहा—अब कभी न जाऊँगी। सच कहना, तुम्हें अब भी मेरे गाने में पहले ही का-सा मज़ा आता है?

नादिर बोला—पहले से कहीं ज़्यादा।

लैला—लेकिन और लोग तो अब नहीं पसन्द करते।

नादिर—हाँ, मुझे इसका ताज्जुब है।

लैला—ताज्जुब की बात नहीं। पहले मेरा दिल खुला हुआ था, उसमें सबके लिए जगह थी, वह सबके दिलों में पहुँचती थी। अब तुमने उसका दरवाज़ा बन्द कर दिया। अब वहाँ सिर्फ़ तुम हो, इसीलिए उसकी आवाज तुम्हीं को पसन्द आती है। यह दिल अब तुम्हारे सिवा और किसी के काम का नहीं रहा। चलो, आज़ तक तुम मेरे गुलाम थे; आज से मैं तुम्हारी लौंडी होती हूँ। चलो, मैं तुम्हारे पीछे-पीछे चलूँगी। आज से तुम मेरे मालिक हो। थोड़ी-सी आग लेकर इस झोंपड़े में लगा दो। इस डफ को उसी में जला दूँगी।

तेहरान में घर-घर आनन्दोत्सव हो रहा था। आज शाहज़ादा नादिर लैला को ब्याह कर लाया था। बहुत दिनों के बाद उसके दिल की मुराद पूरी हुई थी। सारा तेहरान शाहज़ादे पर जान देता था और उसकी खुशी में शरीक था। बादशाह ने तो अपनी तरफ से मुनादी करवा दी थी कि इस शुभ अवसर पर धन और समय का अपव्यय न किया जाय, केवल लोग मसज़िदों में जमा होकर खुदा से

दुआ माँगें कि वर और वधू चिरंजीवी हों और सुख से रहें। लेकिन अपने प्यारे शाहज़ादे की शादी में धन और धन से अधिक मूल्यवान् समय का मुँह देखना किसी को गवारा न था। रईसों ने महफिलें सजाईं, चिराग जलाए, बाजे बजवाए, गरीबों ने अपनी डफलियाँ सँभालीं और सड़कों पर घूम-घूमकर उछलते-कूदते फिरे।

सन्ध्या के समय शहर के सारे अमीर और रईस शाहज़ादे को बधाई देने के लिए दीवाने-खास में जमा हुए। शाहज़ादा इत्रों से महकता, रत्नों से चमकता और मनोल्लास से खिलता हुआ आकर खड़ा हो गया।

काज़ी ने अर्ज की—हुज़ूर पर खुदा की बरकत हो।

हजारों आदमियों ने कहा—आमीन!

शहर की ललनाएँ भी लैला को मुबारकबाद देने आयीं। लैला बिल्कुल सादे कपड़े पहने थी। आभूषणों का कहीं नाम न था।

एक महिला ने कहा—आपका सोहाग सदा सलामत रहे।

हज़ारों कंठों से ध्वनि निकली—आमीन!

कई साल गुज़र गये। नादिर अब बादशाह था और लैला उसकी मलका। ईरान का शासन इतने सुचारु रूप से कभी न हुआ था। दोनों ही प्रजा के हितैषी थे, दोनों ही उसे सुखी और सम्पन्न देखना चाहते थे। प्रेम ने वे सभी कठिनाइयाँ दूर कर दीं जो लैला को पहले शंकित करती रहती थीं। नादिर राजसत्ता का वकील था, लैला प्रजा-सत्ता की; लेकिन व्यावहारिक रूप से उनमें कोई भेद न पड़ता था; कभी यह दब जाता, कभी वह हट जाती। उनका दाम्पत्य-जीवन आदर्श था। नादिर लैला का रुख देखता था, लैला नादिर का। काम से अवकाश मिलता तो दोनों बैठकर गाते-बज़ाते, कभी नदियों की सैर करते, कभी किसी वृक्ष की छाँह में बैठे हुए हाफ़िज की ग़जलें पढ़ते और झूमते। न लैला में अब उतनी सादगी थी, न नादिर में अब उतना तकल्लुफ था। नादिर का लैला पर एकाधिपत्य था जो साधारण बात थी। जहाँ बादशाहों की महलसरा में बेगमों के मुहल्ले बसते थे, दर्जनों और कौड़ियों से उनकी गणना होती थी, वहाँ लैला अकेली थी। उन महलों में अब शफाख़ाने, मदरसे और पुस्तकालय थे। जहाँ महलसरों का वार्षिक व्यय करोड़ों तक पहुँचता था, वहाँ अब हज़ारों से आगे न बढ़ता था। शेष रुपये प्रजा-हित के कामों में खर्च कर दिए जाते थे। यह सारी कतर-ब्योंत लैला ने की थी। बादशाह नादिर था, पर अख्तियार लैला के हाथों में था।

सबकुछ था, किन्तु प्रजा सन्तुष्ट न थी। उसका असन्तोष दिन-दिन बढ़ता

जाता था। राजसत्तावादियों को भय था कि अगर यही हाल रहा तो बादशाहत के मिट जाने में सन्देह नहीं। जमशेद का लगाया हुआ वृक्ष, जिसने हजारों सदियों से आँधी और तूफान का मुकाबिला किया, अब एक हसीना के नाज़ुक, पर कातिल हाथों जड़ से उखाड़ा जा रहा है। उधर प्रजा-सत्तावादियों को लैला से कितनी आशाएँ थीं, सभी दुराशाएँ सिद्ध हो रही थीं। वे कहते, अगर ईरान इस चाल से तरक्की के रास्ते पर चलेगा तो इससे पहले कि वह मंजिले-मकसूद पर पहुँचे, क़यामत आ जाएगी। दुनिया हवाई जहाज पर बैठी उड़ी जा रही है और हम अभी ठेलों पर बैठते भी डरते हैं कि कहीं इसकी हरकत से दुनिया में भूचाल न आ जाय। दोनों दलों में आये दिन लड़ाइयाँ होती रहती थीं। न नादिर के समझाने का असर अमीरों पर होता था, न लैला के समझाने का गरीबों पर। सामन्त नादिर के खून के प्यासे हो गये, प्रजा लैला की जानी दुश्मन।

राज्य में तो यह अशान्ति फैली हुई थी, विद्रोह की आग दिलों में सुलग रही थी और राजभवन में प्रेम का शान्तिमय राज्य था, बादशाह और मलका दोनों प्रजा-सन्तोष की कल्पना में मग्न थे।

रात का समय था। नादिर और लैला आरामगाह में बैठे हुए शतरंज की बाजी खेल रहे थे। कमरे में कोई सजावट न थी, केवल एक जाजिम बिछी हुई थी।

नादिर ने लैला का हाथ पकड़कर कहा—बस, अब यह ज़्यादती नहीं, तुम्हारी चाल हो चुकी। यह देखो, तुम्हारा एक प्यादा पिट गया।

लैला—अच्छा यह शह! आपके सारे पैदल रखे रह गये और बादशाह पर शह पड़ गयी। इसी पर दावा था।

नादिर—तुम्हारे साथ हारने में जो मजा है, वह जीतने में नहीं।

लैला—अच्छा, तो गोया आप दिल खुश कर रहे हैं! शह बचाइए, नहीं दूसरी चाल में मात होती है।

नादिर—(अर्दब देकर) अच्छा अब सँभलकर जाना, तुमने मेरे बादशाह की तौहीन की है। एक बार मेरा फ़र्जी उठा तो तुम्हारे प्यादों का सफाया कर देगा।

लैला—बसंत की भी खबर है! यह शह, लाइए। फर्जी अब कहिए। अबकी मैं न मानूँगी, कहे देती हूँ। आपको दो बार छोड़ दिया, अबकी हर्गिज न छोड़ूँगी।

नादिर—जब तक मेरा दिलराम (घोड़ा) है, बादशाह को कोई गम नहीं।

लैला—अच्छा यह शह? लाइए अपने दिलराम को! कहिए, अब तो मात हुई?

नादिर—हाँ जानेमन, अब मात हो गयी। जब मैं ही तुम्हारी अदाओं पर निसार हो गया, तब मेरा बादशाह कब बच सकता था।

लैला—बातें न बनाइए, चुपके से इस फ़रमान पर दस्तखत कर दीजिए। जैसा आपने वादा किया था।

यह कहकर लैला ने फ़रमान निकाला, जिसे उसने खुद अपने मोती के-से अक्षरों में लिखा था। इसमें अन्न का आयात-कर घटाकर आधा कर दिया गया था। लैला प्रजा को भूली न थी, वह अब भी उनकी हितकामना में संलग्न रहती थी। नादिर ने इस शर्त पर फ़रमान पर दस्तखत करने का वचन दिया था कि लैला उसे शतरंज में तीन बार मात करे। वह सिद्धहस्त खिलाड़ी था इसे लैला जानती थी; पर यह शतरंज की बाज़ी न थी, केवल विनोद था। नादिर ने मुस्कराते हुए फरमान पर हस्ताक्षर कर दिए। कलम के एक चिह्न से प्रजा की पाँच करोड़ वार्षिक कर से मुक्ति हो गयी। लैला का मुख गर्व से आरक्त हो गया। जो काम बरसों के आन्दोलन से न हो सकता था, वह प्रेम-कटाक्षों से कुछ ही दिनों में पूरा हो गया।

यह सोचकर वह फूली न समाती थी कि जिस वक्त यह फ़रमान सरकारी पत्रों में प्रकाशित हो जाएगा और व्यवस्थापिका के लोगों को इसके दर्शन होंगे, उस वक्त प्रजावादियों को कितना आनन्द होगा। लोग मेरा यश गाएँगे और मुझे आशीर्वाद देंगे।

नादिर प्रेममुग्ध होकर उसके चन्द्रमुख की ओर देख रहा था, और मानो उसका वश होता तो सौन्दर्य की इस प्रतिमा को हृदय में बिठा लेता।

सहसा राज-भवन के द्वार पर शोर मचने लगा। एक क्षण में मालूम हुआ कि जनता का टिड्डी दल, अस्त्र-शस्त्र से सुसज्जित, राजद्वार पर खड़ा दीवारों को तोड़ने की कोशिश कर रहा है। प्रतिक्षण शोर बढ़ता जाता था और ऐसी आशंका होती थी कि क्रोधोन्मत्त जनता द्वारों को तोड़कर भीतर घुस जाएगी। फिर ऐसा मालूम हुआ कि कुछ लोग सीढ़ियाँ लगाकर दीवार पर चढ़ रहे हैं। लैला लज्जा और ग्लानि से सिर झुकाए खड़ी थी। उसके मुख से एक शब्द भी न निकलता था। क्या यही वह जनता है, जिनके कष्टों की कथा कहते हुए उसकी वाणी उन्मत्त हो जाती थी? यही वह अशक्त, दलित, क्षुधा-पीड़ित, अत्याचार की वेदना से तड़पती हुई जनता है, जिस पर वह अपने को अर्पण कर चुकी थी।

नादिर भी मौन खड़ा था; लेकिन लज्जा से नहीं, क्रोध से उसका मुख तमतमा उठा था, आँखों से चिनगारियाँ निकल रही थीं, बार-बार ओंठ चबाता और तलवार के क़ब्जे पर हाथ रखकर रह जाता था। वह बार-बार लैला की ओर संतप्त नेत्रों से देखता था। जरा से इशारे की देर थी। उसका हुक्म पाते ही उसकी सेना इस

विद्रोही दल को यों भगा देगी जैसे आँधी पत्तों को उड़ा देती है; पर लैला से आँखें न मिलती थीं।

आखिर वह अधीर होकर बोला—लैला, मैं राज-सेना को बुलाना चाहता हूँ। क्या कहती हो?

लैला ने दीनतापूर्ण नेत्रों से देखकर कहा—जरा ठहर जाइए, पहले इन लोगों से पूछिए कि चाहते क्या हैं।

यह आदेश पाते ही नादिर छत पर चढ़ गया, लैला भी उसके पीछे-पीछे ऊपर आ पहुँची। दोनों अब जनता के सम्मुख आकर खड़े हो गये। मशालों के प्रकाश में लोगों ने इन दोनों को छत पर खड़े देखा, मानो आकाश से देवता उतर आये हों; सहस्रों कंठों से ध्वनि निकली—वह खड़ी है, वह खड़ी है, लैला वह खड़ी है! यह वह जनता थी जो लैला के मधुर संगीत पर मस्त हो जाया करती थी।

नादिर ने उच्च स्वर से विद्रोहियों को सम्बोधित किया—ऐ ईरान की बदनसीब रिआया। तुमने शाही महल को क्यों घेर रखा है? क्यों बगावत का झंडा खड़ा किया है? क्या तुमको मेरा और अपने खुदा का बिल्कुल खौफ नहीं? क्या तुम नहीं जानते कि मैं अपनी आँखों के एक इशारे से तुम्हारी हस्ती खाक में मिला सकता हूँ? मैं तुम्हें हुक्म देता हूँ कि एक लम्हे के अन्दर यहाँ से चले जाओ, वरना कलामे-पाक की कसम, मैं तुम्हारी खून की नदी बहा दूँगा।

एक आदमी ने, जो विद्रोहियों का नेता मालूम होता था, सामने आकर कहा—हम उस वक्त तक न जाएँगे, जब तक शाही महल लैला से खाली न हो जाएगा।

नादिर ने बिगड़कर कहा—ओ नाशुक्रों, खुदा से डरो! तुम्हें अपनी मलका की शान में ऐसी बेअदबी करते हुए शर्म नहीं आती! जब से लैला तुम्हारी मलका हुई है, उसने तुम्हारे साथ कितनी रिआयतें की हैं! क्या उन्हें तुम बिल्कुल भूल गये? जालिमों, वह मलका है; पर वही खाना खाती है, जो तुम कुत्तों को खिला देते हो; वही कपड़े पहनती है, जो तुम फ़क़ीरों को दे देते हो। आकर महलसरा में देखो, तुम इसे अपने झोंपड़ों ही की तरह तकल्लुफ और सजावट से खाली पाओगे। लैला तुम्हारी मलका होकर भी फकीरी की ज़िन्दगी बसर करती है, तुम्हारी खिदमत में हमेशा मस्त रहती है। तुम्हें उसके कदमों की ख़ाक माथे पर लगानी चाहिए, आँखों का सुरमा बनाना चाहिए। ईरान के तख्त पर कभी ऐसी गरीबों पर जान देनेवाली, उनके दर्द में शरीक होने वाली, गरीबों पर अपने को निसार करनेवाली मलका ने कदम नहीं रखे और उसकी शान में तुम ऐसी बेहूदा बातें करते हो! अफसोस! मुझे मालूम हो गया कि तुम जाहिल, इन्सानियत से खाली और कमीने हो! तुम इसी काबिल हो कि तुम्हारी गरदनें कुन्द छुरी से काटी जाएँ, तुम्हें पैरों तले रौंदा जाय ...

नादिर ने बात भी पूरी न कर पाई थी कि विद्रोहियों ने एक स्वर से चिल्लाकर कहा—लैला, लैला हमारी दुश्मन है, हम उसे अपनी मलका की सूरत में नहीं देख सकते।

नादिर ने जोर से चिल्लाकर कहा—ज़ालिमों, जरा खामोश हो जाओ; यह देखो वह फ़रमान है, जिस पर लैला ने अभी-अभी मुझसे ज़बरदस्ती दस्तख़त कराए हैं। आज से गल्ले का महसूल घटाकर आधा कर दिया गया है और तुम्हारे सिर से महसूल का बोझ पाँच करोड़ कम हो गया है।

हजारों आदमियों ने शोर मचाया—यह महसूल बहुत पहले बिल्कुल माफ हो जाना चाहिए था। हम एक कौड़ी नहीं दे सकते। लैला, लैला, हम उसे अपनी मलका की सूरत में नहीं देख सकते।

अब बादशाह क्रोध से काँपने लगा। लैला ने सजल नेत्र होकर कहा—अगर रिआया की यही मरजी है कि मैं फिर डफ बजा-बजाकर गाती फिरूँ तो मुझे कोई उज्र नहीं, मुझे यकीन है कि मैं अपने गाने से एक बार फिर इनके दिल पर हुकूमत कर सकती हूँ।

नादिर ने उत्तेजित होकर कहा—लैला, मैं रिआया की तुनुकमिज़ाजियों का गुलाम नहीं। इससे पहले कि मैं तुम्हें अपने पहलू से जुदा करूँ, तेहरान की गलियाँ खून से लाल हो जाएँगी। मैं इन बदमाशों को इनकी शरारत का मजा चखाता हूँ।

नादिर ने मीनार पर चढ़कर खतरे का घंटा बजाया। सारे तेहरान में उसकी आवाज गूँज उठी; पर शाही फ़ौज का एक आदमी भी न नजर आया।

नादिर ने दोबारा घंटा बजाया, आकाश मंडल उसकी झंकार से कम्पित हो गया, तारागण काँप उठे; पर एक भी सैनिक न निकला।

नादिर ने तब तीसरी बार घंटा बजाया, पर उसका भी उत्तर केवल एक क्षीण प्रतिध्वनि ने दिया, मानो किसी मरनेवाले की अन्तिम प्रार्थना के शब्द हों।

नादिर ने माथा पीट लिया। समझ गया कि बुरे दिन आ गये। अब भी लैला को जनता के दुराग्रह पर बलिदान करके वह अपनी राजसत्ता की रक्षा कर सकता था, पर लैला उसे प्राणों से प्रिय थी। उसने छत पर आकर लैला का हाथ पकड़ लिया और उसे लिये हुए सदर फाटक से निकला। विद्रोहियों ने एक विजय-ध्वनि के साथ उनका स्वागत किया; पर सब-के-सब किसी गुप्त प्रेरणा के वश रास्ते से हट गये।

दोनों चुपचाप तेहरान की गलियों में होते हुए चले जाते थे। चारों ओर अंधकार था। दुकानें बन्द थीं। बाज़ारों में सन्नाटा छाया हुआ था। कोई घर से बाहर न निकलता था। फ़क़ीरों ने भी मसज़िदों में पनाह ले ली थी। पर इन दोनों प्राणियों

के लिए कोई आश्रय न था। नादिर की कमर में तलवार थी, लैला के हाथ में डफ था। यही उनके विशाल ऐश्वर्य का विलुप्त चिह्न था।

पूरा साल गुज़र गया। लैला और नादिर देश-विदेश की ख़ाक छानते फिरते थे। समरकंद और बुखारा, बगदाद और हलब, काहिरा और अदन ये सारे देश उन्होंने छान डाले। लैला की डफ फिर जादू करने लगी, उसकी आवाज़ सुनते ही शहर में हलचल मच जाती, आदमियों का मेला लग जाता, आवभगत होने लगती; लेकिन ये दोनों यात्री कहीं एक दिन से अधिक न ठहरते थे। न किसी से कुछ माँगते, न किसी के द्वार पर जाते। केवल रूखा-सूखा भोजन कर लेते और कभी किसी वृक्ष के नीचे, कभी पर्वत की गुफा में और कभी सड़क के किनारे रात काट देते थे। संसार के कठोर व्यवहार ने उन्हें विरक्त कर दिया था, उसके प्रलोभन से कोसों दूर भागते थे। उन्हें अनुभव हो गया था कि यहाँ जिसके लिए प्राण अर्पण कर दो, वही अपना शत्रु हो जाता है; जिसके साथ भलाई करो, वही बुराई पर क़मर बाँधता है; यहाँ किसी से दिल न लगाना चाहिए। उनके पास बड़े-बड़े रईसों के निमन्त्रण आते, उन्हें एक दिन अपना मेहमान बनाने के लिए लोग हजारों मिन्नतें करते, पर लैला किसी की न सुनती। नादिर को अब तक कभी-कभी बादशाहत की सनक सवार हो जाती थी, वह चाहता था कि गुप्त रूप से शक्ति-संग्रह करके तेहरान पर चढ़ जाऊँ और बागियों को परास्त करके अखंड राज़ करूँ; पर लैला की उदासीनता देखकर उसे किसी से मिलने-जुलने का साहस न होता था। लैला उसकी प्राणेश्वरी थी, वह उसी के इशारों पर चलता था।

उधर ईरान में भी अराजकता फैली हुई थी। जनसत्ता से तंग आकर रईसों ने भी फ़ौजें जमा कर ली थीं और दोनों दलों में आये दिन संग्राम होता रहता था। पूरा साल गुज़र गया और खेत न जुते, देश में भीषण अकाल पड़ा हुआ था; व्यापार शिथिल था, ख़ज़ाना खाली। दिन-दिन जनता की शक्ति घटती जाती थी और रईसों का जोर बढ़ता जाता था। आखिर यहाँ तक नौबत पहुँची कि जनता ने हथियार डाल दिए और रईसों ने राजभवन पर अपना अधिकार जमा लिया। प्रजा के नेताओं को फाँसी दे दी गयी, कितने ही कैद कर लिए गये और जनसत्ता का अन्त हो गया। शक्तिवादियों को अब नादिर की याद आयी। यह बात अनुभव से सिद्ध हो गयी थी कि देश में प्रजातन्त्र स्थापित करने की क्षमता का अभाव है। प्रत्यक्ष के लिए प्रमाण की जरूरत न थी। इस अवसर पर राजसत्ता ही देश का उद्धार कर सकती थी। यह भी मानी हुई बात थी कि लैला और नादिर को जनमत से विशेष प्रेम न होगा। वे सिंहासन पर बैठकर भी रईसों ही के हाथ

में कठपुतली बने रहेंगे और रईसों को प्रजा पर मनमाने अत्याचार करने का अवसर मिलेगा। अतएव आपस में लोगों ने सलाह की और प्रतिनिधि नादिर को मना लाने के लिए रवाना हुए।

सन्ध्या का समय था। लैला और नादिर दमिश्क में एक वृक्ष के नीचे बैठे हुए थे। आकाश पर लालिमा छाई हुई थी और उससे मिली हुई पर्वतमालाओं की श्याम रेखा ऐसी मालूम हो रही थी मानो कमल-दल मुरझा गया हो। लैला उल्लसित नेत्रों से प्रकृति की यह शोभा देख रही थी। नादिर मलिन और चिन्तित भाव से लेटा हुआ सामने के सुदूर प्रान्त की ओर तृषित नेत्रों से देख रहा था, मानो इस जीवन से तंग आ गया है।

सहसा बहुत दूर गर्द उड़ती हुई दिखाई दी, और एक क्षण में ऐसा मालूम हुआ कि कुछ आदमी घोड़ों पर सवार चले आ रहे हैं। नादिर उठ बैठा और गौर से देखने लगा कि ये कौन आदमी हैं। अकस्मात् वह उठकर खड़ा हो गया। उसका मुख-मंडल दीपक की भाँति चमक उठा, जर्जर शरीर में एक विचित्र स्फूर्ति दौड़ गयी। वह उत्सुकता से बोला—लैला, ये तो ईरान के आदमी है, कलामे-पाक की कसम, ये ईरान के आदमी हैं। इनके लिबास से साफ ज़ाहिर हो रहा है।

लैला ने भी उन यात्रियों की ओर देखा और सचेत होकर बोली—अपनी तलवार सँभाल लो, शायद उसकी ज़रूरत पड़े।

नादिर—नहीं लैला, ईरान के लोग इतने कमीने नहीं हैं कि अपने बादशाह पर तलवार उठाएँ।

लैला—पहले मैं भी यही समझती थी।

सवारों ने समीप आकर घोड़े रोक लिए और उतरकर बड़े अदब से नादिर को सलाम किया। नादिर बहुत जब्त करने पर भी अपने मनोवेग को न रोक सका, दौड़कर उनके गले से लिपट गया। वह अब बादशाह न था, ईरान का एक मुसाफिर था। बादशाहत मिट गयी थी; यह ईरानियत रोम-रोम में भरी हुई थी। वे तीनों आदमी इस समय ईरान के विधाता थे। इन्हें वह खूब पहचानता था। उनकी स्वामिभक्ति की वह कई बार परीक्षा ले चुका था। उन्हें लाकर अपने बोरिए पर बैठाना चाहा, लेकिन वे जमीन ही पर बैठे। उनकी दृष्टि से वह बोरिया उस समय सिंहासन था, जिस पर अपने स्वामी के सम्मुख वे कदम न रख सकते थे। बातें होने लगीं। ईरान की दशा अत्यन्त शोचनीय थी। लूट-मार का बाज़ार गर्म था, न कोई व्यवस्था थी न व्यवस्थापक थे। अगर यही दशा रही तो शायद बहुत जल्द उसकी गरदन में पराधीनता का जुआ पड़ जाय। देश अब नादिर को ढूँढ़

रहा था। उसके सिवा कोई दूसरा उस डूबते हुए बेड़े को पार नहीं लगा सकता था। इसी आशा से ये लोग उसके पास आये थे।

नादिर ने विरक्त भाव से कहा—एक बार इज्जत ली, क्या अबकी जान लेने की सोची है? मैं बड़े आराम से हूँ! आप मुझे दिक न करें।

सरदारों ने आग्रह करना शुरू किया—हम हुजूर का दामन न छोड़ेंगे, यहाँ अपनी गरदनों पर छुरी फेरकर हुजूर के कदमों पर जान दे देंगे। जिन बदमाशों ने आपको परेशान किया था, अब उनका कहीं निशान भी न रहा, हम लोग उन्हें फिर कभी सिर न उठाने देंगे, सिर्फ हुजूर की आड़ चाहिए।

नादिर ने बात काटकर कहा—साहबों, अगर आप मुझे इस इरादे से ईरान का बादशाह बनाना चाहते हैं, तो माफ कीजिए। मैंने इस सफर में रिआया की हालत का गौर से मुलाहजा किया है और इस नतीजे पर पहुँचा हूँ कि सभी मुल्कों से उनकी हालत खराब है। वे रहम के काबिल हैं। ईरान में मुझे कभी ऐसे मौके न मिले थे। मैं रिआया को अपने दरबारियों की आँखों से देखता था। मुझसे आप लोग यह उम्मीद न रखें कि रिआया को लूटकर आपकी जेबें भरूँगा। यह अजाब अपनी गरदन पर नहीं ले सकता। मैं इन्साफ का मीजान बराबर रखूँगा और इसी शर्त पर ईरान चल सकता हूँ।

लैला ने मुस्कराकर कहा—तुम रिआया का कसूर माफ कर सकते हो, क्योंकि उसकी तुमसे कोई दुश्मनी न थी। उसके दाँत तो मुझ पर थे। मैं उसे कैसे माफ कर सकती हूँ।

नादिर ने गम्भीर भाव से कहा—लैला, मुझे यकीन नहीं आता कि तुम्हारे मुँह से ऐसी बातें सुन रहा हूँ।

लोगों ने समझा, अभी उन्हें भड़काने की ज़रूरत ही क्या है। ईरान में चलकर देखा जाएगा। दो-चार मुखबिरों से रिआया के नाम पर ऐसे उपद्रव खड़े करा देंगे कि इनके सारे खयाल पलट जाएँगे। एक सरदार ने अर्ज की—माज़ल्लाह! हुजूर यह क्या फरमाते हैं? क्या हम इतने नादान हैं कि हुजूर को इन्साफ के रास्ते से हटाना चाहेंगे? इन्साफ ही बादशाह का जौहर है और हमारी दिली आरज़ू है कि आपका इन्साफ नौशेरवाँ को भी शर्मिंदा कर दे। हमारी मंशा सिर्फ यह थी कि आइंदा से हम रिआया को कभी ऐसा मौका न देंगे कि वह हुजूर की शान में बेअदबी कर सके। हम अपनी जानें हुजूर पर निसार करने के लिए हाज़िर रहेंगे।

सहसा ऐसा मालूम हुआ कि सारी प्रकृति संगीतमय हो गयी है। पर्वत और वृक्ष, तारे और चाँद, वायु और जल सभी एक स्वर से गाने लगे। चाँदनी की निर्मल छटा में, वायु के नीरव प्रहार में, संगीत की तरंगें उठने लगीं। लैला अपना डफ बजा-बजाकर गा रही थी। आज मालूम हुआ, ध्वनि ही सृष्टि का मूल है।

पर्वतों पर देवियाँ निकल-निकलकर नाचने लगीं, आकाश पर देवता नृत्य करने लगे। संगीत ने एक नया संसार रच डाला।

उसी दिन से जबकि प्रजा ने राजभवन के द्वार पर उपद्रव मचाया था और लैला के निर्वासन पर आग्रह किया था, लैला के विचारों में क्रान्ति हो गयी थी। जन्म से ही उसने जनता के साथ सहानुभूति करना सीखा था। वह राजकर्मचारियों को प्रजा पर अत्याचार करते देखती थी और उसका कोमल हृदय तड़प उठता था। तब धन, ऐश्वर्य और विलास से उसे घृणा होने लगती थी। जिसके कारण प्रजा को इतने कष्ट भोगने पड़ते हैं। वह अपने में किसी ऐसी शक्ति का आह्वान करना चाहती थी जो आततायियों के हृदय में दया और प्रजा के हृदय में अभय का संचार करे। उसकी बाल कल्पना उसे एक सिंहासन पर बिठा देती, जहाँ वह अपनी न्याय-नीति से संसार में युगान्तर उपस्थित कर देती। कितनी रातें उसने यही स्वप्न देखने में काटी थीं। कितनी बार वह अन्याय-पीड़ितों के सिरहाने बैठकर रोई थी; लेकिन जब एक दिन ऐसा आया कि उसके स्वर्ण-स्वप्न आंशिक रीति से पूरे होने लगे, तब उसे एक नया और कठोर अनुभव हुआ। उसने देखा कि प्रजा इतनी सहनशील, इतनी दीन और दुर्बल नहीं है, जितना वह समझती थी। इसकी अपेक्षा उसमें ओछेपन, अविचार और अशिष्टता की मात्रा कहीं अधिक थी। वह सद्व्यवहार की कद्र करना नहीं जानती, शक्ति पाकर उसका सदुपयोग नहीं कर सकती। उसी दिन से उसका दिल जनता से फिर गया था।

जिस दिन नादिर और लैला ने फिर तेहरान में पदार्पण किया, सारा नगर उनका अभिवादन करने के लिए निकल पड़ा। शहर पर आतंक छाया हुआ था, चारों ओर करुण रुदन की ध्वनि सुनाई देती थी। अमीरों के मुहल्ले में श्री लोटती फिरती थी, गरीबों के मुहल्ले उजड़े हुए थे, उन्हें देखकर कलेजा फटा जाता था। नादिर रो पड़ा; लेकिन लैला के ओंठों पर निष्ठुर निर्दय हास्य अपनी छटा दिखा रहा था।

नादिर के सामने अब एक विकट समस्या थी। वह नित्य देखता कि मैं जो करना चाहता हूँ वह नहीं होता और जो नहीं करना चाहता, वह होता है, और इसका कारण लैला है; पर कुछ कह न सकता था। लैला उसके हर एक काम में हस्तक्षेप करती रहती थी। वह जनता के उपकार और उद्धार के लिए जो विधान करता लैला उसमें कोई न कोई विघ्न अवश्य डाल देती, और उसे चुप रह जाने के सिवा और कुछ न सूझता। लैला के लिए उसने एक बार राज्य का त्याग कर दिया था। तब आपत्ति-काल ने लैला की परीक्षा ली थी। इतने दिनों की विपत्ति में उसे लैला के चरित्र का जो अनुभव प्राप्त हुआ था, वह इतना मनोहर, इतना

सरस था कि वह लैला-मय हो गया था। लैला ही उसका स्वर्ग थी, उसके प्रेम में रत रहना ही उसकी परम अभिलाषा थी। इस लैला के लिए वह अब क्या कुछ न कर सकता था? प्रजा की और साम्राज्य की उसके सामने क्या हस्ती थी।

इस भाँति तीन साल बीत गये, प्रजा की दशा दिन-दिन बिगड़ती ही गयी।

एक दिन नादिर शिकार खेलने गया। और साथियों से अलग होकर जंगल में भटकता फिरा, यहाँ तक कि रात हो गयी और साथियों का पता न चला। घर लौटने का भी रास्ता न जानता था। आखिर खुदा का नाम लेकर एक तरफ चला कि कहीं तो कोई गाँव या बस्ती का नाम निशान मिलेगा! वहाँ रात-भर पड़ा रहूँगा। सवेरे लौट जाऊँगा। चलते-चलते जंगल के दूसरे सिरे पर उसे एक गाँव नज़र आया, जिसमें मुश्किल से तीन-चार घर होंगे। हाँ, एक मसज़िद अलबत्ता बनी हुई थी। मसज़िद में एक दीपक टिमटिमा रहा था; पर किसी आदमी या आदमजात का निशान न था। आधी रात से ज़्यादा बीत चुकी थी, इसलिए किसी को कष्ट देना भी उचित न था। नादिर ने घोड़े को एक पेड़ से बाँध दिया और उसी मसज़िद में रात काटने की ठानी। वहाँ एक फटी-सी चटाई पड़ी हुई थी। उसी पर लेट गया। दिन-भर का थका था, लेटते ही नींद आ गयी। मालूम नहीं, वह कितनी देर तक सोता रहा; पर किसी की आहट पाकर चौंका तो क्या देखता है कि एक बूढ़ा आदमी बैठा नमाज़ पढ़ रहा है। नादिर को आश्चर्य हुआ कि इतनी रात गये कौन नमाज़ पढ़ रहा है। उसे यह खबर न थी कि रात गुजर गयी और यह फजर की नमाज़ है। वह पड़ा-पड़ा देखता रहा। वृद्ध पुरुष ने नमाज़ अदा की, फिर वह छाती के सामने अंजलि फैलाकर दुआ माँगने लगा। दुआ के शब्द सुनकर नादिर का खून सर्द हो गया। वह दुआ उसके राज्यकाल की ऐसी तीव्र, ऐसी वास्तविक, ऐसी शिक्षाप्रद आलोचना थी, जो आज तक किसी ने न की थी। उसे अपने जीवन में अपना अपयश सुनने का अवसर प्राप्त हुआ। वह यह तो जानता था कि मेरा शासन आदर्श नहीं है; लेकिन उसने कभी यह कल्पना न की थी कि विपत्ति इतनी असह्य हो गयी है। दुआ यह थी—

'ऐ खुदा! तू ही गरीबों का मददगार और बेकसों का सहारा है। तू इस जालिम बादशाह के जुल्म देखता है और तेरा क़हर उस पर नहीं गिरता। यह बेदीन काफ़िर एक हसीन औरत की मुहब्बत में अपने को इतना भूल गया है कि न आँखों से देखता है, न कानों से सुनता है। अगर देखता है तो उसी औरत की आँखों से, सुनता है तो उसी औरत के कानों से। अब यह मुसीबत नहीं सही जाती। या तो तू उस जालिम को जहन्नुम पहुँचा दे; या हम बेकसों को दुनिया

से उठा ले। ईरान उसके ज़ुल्म से तंग आ गया है और तू ही उसके सिर से इस बला को टाल सकता है।'

बूढ़े ने तो अपनी छड़ी सँभाली और चलता हुआ; लेकिन नादिर मृतक की भाँति वहीं पड़ा रहा, मानो उस पर बिजली गिर पड़ी हो।

एक सप्ताह तक नादिर दरबार में न आया, न किसी कर्मचारी को अपने पास आने की आज्ञा दी। दिन-के-दिन अन्दर पड़ा सोचा करता कि क्या करूँ। नाममात्र को कुछ खा लेता। लैला बार-बार उसके पास जाती और कभी उसका सिर अपनी जाँघ पर रखकर, कभी उसके गले में बाँहें डालकर पूछती—तुम क्यों इतने उदास और मलिन हो! नादिर उसे देखकर रोने लगता; पर मुँह से कुछ न कहता। यश या लैला, यही उसके सामने कठिन समस्या थी। उसके हृदय में भीषण द्वन्द्व रहता और वह कुछ निश्चय न कर सकता था। यश प्यारा था; पर लैला उससे भी प्यारी थी। वह बदनाम होकर ज़िन्दा रह सकता था; पर लैला के बिना वह जीवन की कल्पना ही न कर सकता था। लैला उसके रोम-रोम में व्याप्त थी।

अन्त को उसने निश्चय कर लिया—लैला मेरी है, मैं लैला का हूँ। न मैं उससे अलग, न वह मुझसे जुदा। जो कुछ वह करती है मेरा है, जो कुछ मैं करता हूँ उसका है। यहाँ मेरा और तेरा का भेद ही कहाँ? बादशाहत नश्वर है, प्रेम अमर। हम अनन्त काल तक एक-दूसरे के पहलू में बैठे हुए स्वर्ग के सुख भोगेंगे। हमारा प्रेम अनन्त काल तक आकाश में तारे की भाँति चमकेगा।

नादिर प्रसन्न होकर उठा। उसका मुख-मंडल विजय की लालिमा से रंजित हो रहा था। आँखों में शौर्य टपका पड़ता था। वह लैला के प्रेम का प्याला पीने जा रहा था। जिसे एक सप्ताह से उसने मुँह नहीं लगाया था। उसका हृदय उसी उमंग से उछला पड़ता था, जो आज से पाँच साल पहले उठा करती थी। प्रेम का फूल कभी नहीं मुरझाता, प्रेम की नींद कभी नहीं उतरती।

लेकिन लैला की आरामगाह के द्वार बन्द थे और उसका डफ जो द्वार पर नित्य एक खूँटी से लटका रहता था, ग़ायब था। नादिर का कलेजा सन्न-सा हो गया। द्वार बन्द रहने का आशय तो यह हो सकता था कि लैला बाग में होगी; लेकिन डफ कहाँ गया? सम्भव है, वह डफ लेकर बाग में गयी हो; लेकिन यह उदासी क्यों छाई है? यह हसरत क्यों बरस रही है!

नादिर ने काँपते हुए हाथों से द्वार खोल दिया। लैला अन्दर न थी। पलंग बिछा हुआ था, शमा जल रही थी, वज़ू का पानी रखा हुआ था। नादिर के पाँव थर्राने लगे। क्या लैला रात को भी नहीं सोई? कमरे की एक-एक वस्तु में लैला

की याद थी, उसकी तसवीर थी, उसकी महक थी, लेकिन लैला न थी। मकान सूना मालूम होता था, ज्योति-हीन नेत्र।

नादिर का दिल भर आया। उसकी हिम्मत न पड़ी कि किसी से कुछ पूछे। हृदय इतना कातर हो गया कि हतबुद्धि की भाँति फर्श पर बैठकर बिलख-बिलखकर रोने लगा। जब जरा आँसू थमे तब उसने बिस्तर को सूँघा कि शायद लैला के स्पर्श की कुछ गन्ध आये; लेकिन खस और गुलाब की महक के सिवा और कोई सुगन्ध न थी।

सहसा उसे तकिए के नीचे से बाहर निकला हुआ एक कागज का पुर्जा दिखाई दिया। उसने एक हाथ से कलेजे को सँभालकर पुर्जा निकाल लिया और सहमी हुई आँखों से उसे देखा। एक निगाह में सबकुछ मालूम हो गया। वह नादिर की किस्मत का फैसला था। नादिर के मुँह से निकला, हाय लैला! और वह मूर्छित होकर जमीन पर गिर पड़ा। लैला ने पुर्जे में लिखा था—'मेरे प्यारे नादिर, तुम्हारी लैला तुमसे जुदा होती है—हमेशा के लिए। मेरी तलाश मत करना, तुम मेरा सुराग न पाओगे। मैं तुम्हारी मुहब्बत की लौंडी थी, तुम्हारी बादशाहत की भूखी नहीं। आज एक हफ्ते से देख रही हूँ, तुम्हारी निगाह फिरी हुई है। तुम मुझसे नहीं बोलते, मेरी तरफ आँख उठाकर नहीं देखते। मुझसे बेज़ार रहते हो। मैं किन-किन अरमानों से तुम्हारे पास जाती हूँ और कितनी मायूस होकर लौटती हूँ इसका तुम अन्दाज़ नहीं कर सकते। मैंने इस सज़ा के लायक कोई काम नहीं किया। मैंने जो कुछ किया है, तुम्हारी ही भलाई के ख़याल से। एक हफ्ता मुझे रोते गुजर गया। मुझे मालूम हो रहा है कि अब मैं तुम्हारी नज़रों से गिर गयी, तुम्हारे दिल से निकाल दी गयी। आह! ये पाँच साल हमेशा याद रहेंगे, हमेशा तड़पाते रहेंगे! यही डफ लेकर आयी थी, वही लेकर जाती हूँ। पाँच साल मुहब्बत के मजे उठाकर जिन्दगी-भर के लिए हसरत का दाग लिये जाती हूँ। लैला मुहब्बत की लौंडी थी; जब मुहब्बत न रही, तब लैला क्योंकर रहती? रुखसत!'

राज्य-भक्त

सन्ध्या का समय था। लखनऊ के बादशाह नासिरुद्दीन अपने मुसाहबों और दरबारियों के साथ बाग की सैर कर रहे थे। उनके सिर पर रत्नजटित मुकुट की जगह अंग्रेजी टोपी थी। वस्त्र भी अंग्रेजी ही थे। मुसाहबों में पाँच अंग्रेज थे। उनमें से एक के कन्धे पर सिर रख कर बादशाह चल रहे थे। तीन-चार हिन्दुस्तानी भी थे। उनमें से एक राजा बख्तावरसिंह थे। वह बादशाही सेना के अध्यक्ष थे। उन्हें सब लोग 'जेनरल' कहा करते थे। वह अधेड़ आदमी थे। शरीर खूब गठा हुआ था। लखनवी पहनावा उन पर बहुत सजता था। मुख से विचारशीलता झलक रही थी। दूसरे महाशय का नाम रोशनुद्दौला था। यह राज्य के प्रधानमन्त्री थे। बड़ी-बड़ी मूँछें और नाटा डील था, जिसे ऊँचा करने के लिए वह तन कर चलते थे। नेत्रों से गर्व टपक रहा था। शेष लोगों में एक कोतवाल था और दो बादशाह के रक्षक। यद्यपि अभी 19वीं शताब्दी का आरम्भ ही था, पर बादशाह ने अंग्रेजी रहन-सहन अख्तियार कर ली थी। भोजन भी प्राय: अंग्रेजी ही करते थे। अंग्रेजों पर उनका असीम विश्वास था। वह सदैव उनका पक्ष लिया करते थे। मजाल न थी कि कोई बड़े-से-बड़ा राजा या राजकर्मचारी किसी अंग्रेज से बराबरी करने का साहस कर सके।

अगर किसी में यह हिम्मत थी, तो वह राजा बख्तावरसिंह थे। उनसे कम्पनी का बढ़ता हुआ अधिकार न देखा जाता था; कम्पनी की उस सेना की संख्या जो उसने अवध के राज्य की रक्षा के लिए लखनऊ में नियुक्त की थी, दिन-दिन बढ़ती जाती थी। उसी परिणाम से सेना का व्यय भी बढ़ रहा था। राजदरबार उसे चुका न सकने के कारण कम्पनी का ऋणी होता जाता था। बादशाही सेना की दशा हीन से हीनतर होती जाती थी। उसमें न संगठन था, न बल। बरसों तक सिपाहियों का वेतन न मिलता था। शस्त्र सभी पुराने थे। वर्दी फटी हुई। कवायद का नाम नहीं। कोई उनका पूछनेवाला न था। अगर राजा बख्तावरसिंह वेतन-वृद्धि या नये शस्त्रों के सम्बन्ध में कोई प्रयत्न करते तो कम्पनी का रेजीडेंट

उसका घोर विरोध और राज्य पर विद्रोहात्मक शक्ति-संचार का दोषारोपण करता था। उधर से डाँट पड़ती तो बादशाह अपना गुस्सा राजा साहब पर उतारते। बादशाह के सभी अंग्रेज मुसाहब राजासाहब से शंकित रहते और उनकी जड़ खोदने का प्रयास किया करते थे। पर वह राज्य का सेवक एक ओर अवहेलना और दूसरी ओर से घोर विरोध सहते हुए भी अपने कर्त्तव्य का पालन करता जाता था। मजा यह कि सेना भी उनसे सन्तुष्ट न थी। सेना में अधिकांश लखनऊ के शोहदे और गुंडे भरे हुए थे। राजासाहब जब उन्हें हटा कर अच्छे-अच्छे जवानों की भरती करने की चेष्टा करते, तो सारी सेना में हाहाकार मच जाता। लोगों को शंका होती कि यह राजपूतों की सेना बना कर कहीं राज्य ही पर तो हाथ नहीं बढ़ाना चाहते? इसलिए मुसलमान भी उनसे बदगुमान रहते थे। राजा साहब के मन में बार-बार प्रेरणा होती कि इस पद को त्याग कर चले जाएँ; पर यह भय उन्हें रोकता था कि मेरे हटते ही अंग्रेजों की बन आएगी और बादशाह उनके हाथों में कठपुतली बन जाएँगे, रही-सही सेना के साथ अवध-राज्य का अस्तित्व भी मिट जाएगा। अतएव इतनी कठिनाइयों के होते हुए भी, चारों ओर से वैर-विरोध से घिरे होने पर भी, वह अपने पद से हटने का निश्चय न कर सकते थे। सबसे कठिन समस्या यह थी कि रोशनुद्दौला भी राजा साहब से खार खाता था। उसे सदैव शंका रहती कि यह मराठों से मैत्री करके अवध-राज्य को मिटाना चाहते हैं। इसलिए वह राजा साहब के प्रत्येक कार्य में बाधा डालता रहता था। उसे अब भी आशा थी कि अवध का मुसलमानी राज्य अगर जीवित रह सकता है, तो अंग्रेजों के संरक्षण में, अन्यथा वह अवश्य हिन्दुओं की बढ़ती हुई शक्ति का ग्रास बन जाएगा।

वास्तव में बख्तावरसिंह की दशा अत्यन्त करुण थी। वह अपनी चतुराई से जिह्वा की भाँति दाँतों के बीच में पड़े हुए अपना काम किए जाते थे। यों तो वह स्वभाव के अक्खड़ थे, अपना काम निकालने के लिए मधुरता और मृदुलता, शील और विनय का आवाहन करते रहते थे। इससे उनके व्यवहार में कृत्रिमता आ जाती थी और वह शत्रुओं को उनकी ओर से और भी सशंक बना देती थी।

बादशाह ने एक अंग्रेज मुसाहब से पूछा—तुमको मालूम है, मैं तुम्हारी कितनी खातिर करता हूँ? मेरी सल्तनत में किसी की मज़ाल नहीं कि वह किसी अंग्रेज को कड़ी निगाहों से देख सके।

अंग्रेज मुसाहब ने सिर झुका कर कहा—हम हुज़ूर की इस मेहरबानी को कभी नहीं भूल सकते।

बा.—इमामहुसैन की कसम, अगर यहाँ कोई आदमी तुम्हें तकलीफ दे, तो मैं उसे फौरन ज़िन्दा दीवार में चुनवा दूँ।

बादशाह की आदत थी कि वह बहुधा अपनी अंग्रेजी टोपी हाथ में ले कर

उसे उँगली पर नचाने लगते थे। रोज-रोज नचाते-नचाते टोपी में उँगली का घर हो गया था। इस समय जो उन्होंने टोपी उठा कर उँगली पर रखी तो टोपी में छेद हो गया। बादशाह का ध्यान अंग्रेजों की तरफ था। बख्तावरसिंह बादशाह के मुँह से ऐसी बात सुन कर कबाब हुए जाते थे। उक्त कथन में कितनी खुशामद, कितनी नीचता और अवध की प्रजा तथा राजों का कितना अपमान था! और लोग तो टोपी का छिद्र देख कर हँसने लगे, पर राजा बख्तावरसिंह के मुँह से अनायास निकल गया—हुजूर, ताज़ में सुराख हो गया।

राजा साहब के शत्रुओं ने तुरन्त कानों पर उँगलियाँ रख लीं। बादशाह को भी ऐसा मालूम हुआ कि राजा ने मुझ पर व्यंग्य किया। उनके तेवर बदल गये। अंग्रेजों और अन्य सभासदों ने इस प्रकार कानाफूसी शुरू की, जैसे कोई महान् अनर्थ हो गया। राजा साहब के मुँह से अनर्गल शब्द अवश्य निकले। इसमें कोई सन्देह नहीं था। सम्भव है, उन्होंने जान-बूझ कर व्यंग्य न किया हो, उनके दुःखी हृदय ने साधारण चेतावनी को यह तीव्र रूप दे दिया; पर बात बिगड़ जरूर गयी थी। अब उनके शत्रु उन्हें कुचलने के ऐसे सुन्दर अवसर को हाथ से क्यों जाने देते?

राजा साहब ने सभा का यह रंग देखा, तो खून सर्द हो गया। समझ गये, आज शत्रुओं के पंजे में फँस गया और ऐसा बुरा फँसा कि भगवान् ही निकालें, तो निकल सकता हूँ।

बादशाह ने कोतवाल से लाल आँखें करके कहा—इस नमकहराम को कैद कर लो और इसी वक्त इसका सिर उड़ा दो। इसे मालूम हो जाय कि बादशाहों से बेअदबी करने का क्या नतीज़ा होता है।

कोतवाल को सहसा 'जेनरल' पर हाथ बढ़ाने की हिम्मत न पड़ी। रोशनुद्दौला ने उससे इशारे से कहा—खड़े सोचते क्या हो, पकड़ लो, नहीं तो तुम भी इसी आग में जल जाओगे।

तब कोतवाल ने आगे बढ़ कर बख्तावरसिंह को गिरफ्तार कर लिया। एक क्षण में उनकी मुश्कें कस दी गयीं। लोग उन्हें चारों ओर से घेर कर कत्ल करने ले चले।

बादशाह ने मुसाहबों से कहा—मैं भी वहीं चलता हूँ। जरा देखूँगा कि नमकहरामों की लाश क्योंकर तड़पती है।

कितनी घोर पशुता थी! यही प्राण जरा देर पहले बादशाह का विश्वासपात्र था!

एकाएक बादशाह ने कहा—पहले इस नमकहराम की खिलअत उतार लो। मैं नहीं चाहता कि मेरी खिलअत की बेइज्जती हो।

किसकी मजाल थी, जो जरा भी जबान हिला सके। सिपाहियों ने राजा साहब के वस्त्र उतारने शुरू किए। दुर्भाग्यवश उनके एक जेब से पिस्तौल निकल आयी। उसकी दोनों नालियाँ भरी हुई थीं। पिस्तौल देखते ही बादशाह की आँखों से चिनगारियाँ निकलने लगीं। बोले—कसम है हजरत इमामहुसैन की, अब इसकी जाँबख्शी नहीं करूँगा। मेरे साथ भरी हुई पिस्तौल की क्या ज़रूरत! जरूर इसकी नीयत में फितूर था। अब मैं इसे कुत्तों से नुचवाऊँगा। (मुसाहबों की तरफ देख कर) देखा तुम लोगों ने इसकी नीयत! मैं अपनी आस्तीन में साँप पाले हुए था। आप लोगों के ख़याल में इसके पास भरी हुई पिस्तौल का निकलना क्या माने रखता है?

अंग्रेजों को केवल राजा साहब को नीचा दिखाना मंज़ूर था। वे उन्हें अपना मित्र बना कर जितना काम निकाल सकते थे उतना उनके मारे जाने से नहीं। इसी से एक अँग्रेज मुसाहब ने कहा—मुझे तो इसमें कोई गैरमुनासिब बात नहीं मालूम होती। जेनरल आपका बाडीगार्ड (रक्षक) है। उसे हमेशा हथियारबन्द रहना चाहिए। खासकर जब आपकी ख़िदमत में हो। नहीं मालूम, किस वक्त इसकी ज़रूरत आ पड़े।

दूसरे अंग्रेज मुसाहबों ने भी इस विचार की पुष्टि की। बादशाह के क्रोध की ज्वाला कुछ शान्त हुई। अगर ये ही बातें किसी हिन्दुस्तानी मुसाहब की जबान से निकली होतीं, तो उसकी जान की खैरियत न थी। कदाचित् अंग्रेजों को अपनी न्यायपरकता का नमूना दिखाने ही के लिए उन्होंने यह प्रश्न किया था। बोले—क़सम हजरत इमाम की, तुम सबके सब शेर के मुँह से उसका शिकार छीनना चाहते हो! पर मैं एक न मानूँगा, बुलाओ कप्तान साहब को। मैं उनसे यही सवाल करता हूँ। अगर उन्होंने भी तुम लोगों के खयाल की ताईद की, तो इसकी जान न लूँगा। और अगर उनकी राय इसके ख़िलाफ हुई, तो इस मक्कार को इसी वक्त जहन्नुम भेज दूँगा। मगर खबरदार, कोई उनकी तरफ किसी तरह का इशारा न करे। वरना मैं जरा भी रू-रिआयत न करूँगा। सबके सब सिर झुकाए बैठे रहें।

कप्तान साहब थे तो राजा साहब के आउरदे, पर इन दिनों बादशाहों की उन पर विशेष कृपा थी। वह उन सच्चे राजभक्तों में थे, जो अपने को राजा का नहीं, राज्य का सेवक समझते हैं। वह दरबार से अलग रहते थे। बादशाह उनके कामों से बहुत सन्तुष्ट थे। एक आदमी तुरन्त कप्तान साहब को बुला लाया। राजा साहब की जान उनकी मुट्ठी में थी। रोशनुद्दौला को छोड़ कर ऐसा शायद एक व्यक्ति भी न था, जिसका हृदय आशा और निराशा से न धड़क रहा हो। सब मन में भगवान् से यही प्रार्थना कर रहे थे कि कप्तान साहब किसी तरह से इस समस्या को समझ जाएँ। कप्तान साहब आये, और उड़ती हुई दृष्टि से सभा की

ओर देखा। सभी की आँखें नीचे झुकी हुई थीं। वह कुछ अनिश्चित भाव से सिर झुका कर खड़े हो गये।

बादशाह ने पूछा—मेरे मुसाहबों को अपनी जेब में भरी हुई पिस्तौल रखना मुनासिब है या नहीं?

दरबारियों की नीरवता, उनके आशंकित चेहरे और उनकी चिन्तायुक्त अधीरता देख कर कप्तान साहब को वर्तमान समस्या की कुछ टोह मिल गयी। वह निर्भीक भाव से बोले—हुजूर, मेरे ख़याल में तो यह उनका फ़र्ज है। बादशाह के दोस्त-दुश्मन सभी होते हैं। अगर मुसाहब लोग उनकी रक्षा का भार न लेंगे, तो कौन लेगा? उन्हें सिर्फ पिस्तौल ही नहीं, और भी छिपे हुए हथियारों से लैस रहना चाहिए। न जाने कब हथियारों की जरूरत आ पड़े, तो वह ऐन वक्त पर कहाँ दौड़ते फिरेंगे?

राजा साहब के जीवन के दिन बाकी थे। बादशाह ने निराश होकर कहा—रोशन, इसे कत्ल मत करना, काल कोठरी में कैद कर दो। मुझसे पूछे बगैर इसे दाना-पानी कुछ न दिया जाय। जा कर इसके घर का सारा माल-असबाब जब्त कर लो और सारे खानदान को जेल में बन्द कर दो। इसके मकान की दीवारें जमींदोज करा देना। घर में एक फूटी हाँड़ी भी न रहने पाए।

इससे तो यही कहीं अच्छा था कि राजा साहब ही की जान जाती। ख़ानदान की बेइज्जती तो न होती, महिलाओं का अपमान तो न होता, दरिद्रता की चोटें तो न सहनी पड़तीं! विकार को निकलने का मार्ग नहीं मिलता, तो वह सारे शरीर में फैल जाता है। राजा के प्राण तो बचे, पर सारे ख़ानदान को विपत्ति में डाल कर!

रोशनुद्दौला को मुँहमाँगी मुराद मिली। उसकी ईर्ष्या कभी इतनी सन्तुष्ट न हुई थी। वह मगन था कि आज वह काँटा निकल गया, जो बरसों से हृदय में चुभा हुआ था। आज हिन्दू-राज्य का अन्त हुआ। अब मेरा सिक्का चलेगा। अब मैं समस्त राज्य का विधाता हूँगा। सन्ध्या से पहले ही राजा साहब की सारी स्थावर और जंगम संपत्ति कुर्क हो गयी। वृद्ध माता-पिता, सुकोमल रमणियाँ, छोटे-छोटे बालक, सबके सब जेल में कैद कर दिए गये। कितनी करुण दशा थी। वे महिलाएँ, जिन पर कभी देवताओं की भी निगाह न पड़ी थी, खुले मुँह, नंगे पैर, पाँव घसीटती, शहर की भरी हुई सड़कों और गलियों से होती हुई, सिर झुकाए, शोक-चित्रों की भाँति, जेल की तरफ चली जाती थीं। सशस्त्र सिपाहियों का एक बड़ा दल साथ था। जिस पुरुष के एक इशारे पर कई घंटे पहले सारे शहर में हलचल मच जाती, उसी के ख़ानदान की यह दुर्दशा!

राजा बख्तावरसिंह को बन्दी-गृह में रहते हुए एक मास बीत गया। वहाँ उन्हें सभी प्रकार के कष्ट दिए जाते थे। यहाँ तक कि भोजन भी यथासमय न मिलता था। उनके परिवार को भी असह्य यातनाएँ दी जाती थीं। लेकिन राजा साहब को बन्दी-गृह में एक प्रकार की शान्ति का अनुभव होता था। वहाँ प्रति-क्षण यह खटका तो न रहता था कि बादशाह मेरी किसी बात से नाराज़ न हो जाएँ; मुसाहब लोग कहीं मेरी शिकायत तो नहीं कर रहे हैं। शारीरिक कष्टों का सहना उतना कठिन नहीं, जितना कि मानसिक कष्टों का। यहाँ सब तकलीफें थीं, पर सिर पर तलवार तो नहीं लटक रही थी। उन्होंने मन में निश्चय किया कि अब चाहे बादशाह मुझे मुक्त भी कर दें, मगर मैं राज़-काज से अलग ही रहूँगा। इस राज्य का सूर्य अस्त होनेवाला है; कोई मानवी शक्ति उसे विनाश-दिशा में लीन होने से नहीं रोक सकती। ये उसी पतन के लक्षण हैं। नहीं तो क्या मेरी राज-भक्ति का यही पुरस्कार मिलना चाहिए था? मैंने अब तक कितनी कठिनाइयों से राज्य की रक्षा की है, यह भगवान् ही जानते हैं। एक ओर तो बादशाह की निरंकुशता, दूसरी ओर बलवान् और युक्ति-सम्पन्न शत्रुओं की कूटनीति—इस शिला और भँवर के बीच में राज्य की नौका को चलाते रहना कितना कष्टसाध्य था! शायद ही ऐसा कोई दिन गुज़रा होगा, जिस दिन मेरा चित्त प्राण-शंका से आन्दोलित न हुआ हो। इस सेवा, भक्ति और तल्लीनता का यह पुरस्कार है! मेरे मुख से व्यंग्य-शब्द अवश्य निकले, लेकिन उनके लिए इतना कठोर दंड? इससे तो यह कहीं अच्छा था कि मैं कत्ल कर दिया गया होता, अपनी आँखों से अपने परिवार की यह दुर्गति तो न देखता? सुनता हूँ पिता जी को सोने के लिए चटाई नहीं दी गयी है! न जाने स्त्रियों पर कैसे-कैसे अत्याचार हो रहे होंगे। लेकिन इतना जानता हूँ कि प्यारी सुखदा अन्त तक अपने सतीत्व की रक्षा करेगी; अन्यथा प्राण त्याग देगी। मुझे बेड़ियों की परवाह नहीं। पर सुनता हूँ लड़कों के पैरों में भी बेड़ियाँ डाली गयी हैं। यह सब इसी कुटिल रोशनुद्दौला की शरारत है। जिसका जी चाहे, इस समय सता ले, कुचल ले, मुझे किसी से कोई शिकायत नहीं। भगवान् से यही प्रार्थना है कि अब संसार से उठा ले। मुझे अपने जीवन में जो कुछ करना था, कर चुका, और उसका खूब फल पा चुका। मेरे-जैसे आदमी के लिए संसार में स्थान नहीं है।

राजा इन्हीं विचारों में डूबे थे। सहसा उन्हें अपनी काल कोठरी की ओर किसी के आने की आहट मिली। रात बहुत जा चुकी थी। चारों ओर सन्नाटा छाया था, और उस अन्धकारमय सन्नाटे में किसी के पैरों की चाप स्पष्ट सुनाई देती थी। कोई बहुत पाँव दबा-दबा कर चला आ रहा था। राजा साहब का कलेजा धक्-धक् करने लगा। वह उठ कर खड़े हो गये। हम नि:शस्त्र और प्रतिकार

के लिए असमर्थ होने पर भी बैठे-बैठे वारों का निशाना नहीं बनना चाहते। खड़े हो जाना आत्मरक्षा का अन्तिम प्रयत्न है। कोठरी में ऐसी कोई वस्तु न थी, जिससे वह अपनी रक्षा कर सकते। समझ गये अन्तिम समय आ गया। शत्रुओं ने इस तरह मेरे प्राण लेने की ठानी है। अच्छा है, जीवन के साथ इस विपत्ति का भी अन्त हो जाएगा।

एक क्षण में उनके सम्मुख एक आदमी आ कर खड़ा हो गया। राजा साहब ने पूछा—कौन है?

उत्तर मिला—मैं हूँ, आपका सेवक।

राजा—ओ हो, तुम हो कप्तान! मैं शंका में पड़ा हुआ था कि कहीं शत्रुओं ने मेरा वध करने के लिए कोई दूत न भेजा हो!

कप्तान—शत्रुओं ने कुछ और ही ठानी है। आज बादशाह-सलामत की जान बचती नहीं नजर आती।

राजा—अरे! यह क्योंकर!

कप्तान—जब से आपको यहाँ नज़रबन्द किया गया है, सारे राज्य में हाहाकार मचा हुआ है। स्वार्थी कर्मचारियों ने लूट मचा रखी है। अंग्रेजों की खुदाई फिर रही है। जो जी में आता है, करते हैं; किसी की मजाल नहीं कि चूँ कर सके। इस एक महीने में शहर के सैकड़ों बड़े-बड़े रईस मिट गये। रोशनुद्दौला की बादशाही है। बाज़ारों का भाव चढ़ता जाता है। बाहर से व्यापारी लोग डर के मारे कोई चीज ही नहीं लाते। दुकानदारों से मनमानी रकमें महसूल के नाम पर वसूल की जा रही हैं। गल्ले का भाव इतना चढ़ गया है कि कितने ही घरों में चूल्हा जलने की नौबत नहीं आती। सिपाहियों को अभी तक तनख्वाह नहीं मिली। वे जा कर दुकानदारों को लूटते हैं। सारे राज्य में बदअमनी हो रही है। मैंने कई बार यह कैफियत बादशाह-सलामत के कानों तक पहुँचाने की कोशिश की; मगर वह यह तो कह देते हैं कि मैं इसकी तहकीकात करूँगा, और फिर बेख़बर हो जाते हैं। आज शहर के बहुत-से दुकानदार फरियाद ले कर आये थे कि हमारे हाल पर निगाह न की गयी, तो हम शहर छोड़ कर कहीं और चले जाएँगे। क्रिस्तानों ने उनको सख्त कहा, धमकाया, लेकिन उन्होंने जब तक अपनी सारी मुसीबत न बयान कर ली, वहाँ से न हटे। आखिर बादशाह सलामत ने उनको दिलासा दिया, तो चले गये।

राजा—बादशाह पर इतना असर हुआ, मुझे तो यही ताज्जुब है!

कप्तान—असर-वसर कुछ नहीं हुआ। यह भी उनकी एक दिल्लगी है। शाम को ख़ास मुसाहबों को बुला कर हुक्म दिया है कि आज मैं भेष बदल कर शहर का गश्त करूँगा; तुम लोग भी भेष बदले हुए मेरे साथ रहना। मैं देखना चाहता

हूँ कि रिआया क्यों इतनी घबराई हुई है। सब लोग मुझसे दूर रहें; किसी को न मालूम हो कि मैं कौन हूँ। रोशनुद्दौला और पाँचों अँग्रेज मुसाहिब साथ रहेंगे।

राजा—तुम्हें क्योंकर यह बात मालूम हो गयी?

कप्तान—मैंने उसी अँग्रेज हज्जाम को मिला रखा है। दरबार में जो कुछ होता है, उसका पता मुझे मिल जाता है। उसी की सिफारिश से आपकी खिदमत में हाज़िर होने का मौका मिला। (घड़ियाल में 10 बजते हैं) ग्यारह बजे चलने की तैयारी है। बारह बजते-बजते लखनऊ का तख्त खाली हो जाएगा।

राजा (घबरा कर)—क्या इन सबों ने उन्हें क़त्ल करने की साजिश कर रखी है?

कप्तान—जी नहीं; कत्ल करने से उनकी मंशा पूरी न होगी। बादशाह को बाज़ार की सैर कराते हुए गोमती की तरफ ले जाएँगे। वहाँ अँग्रेज सिपाहियों का एक दस्ता तैयार रहेगा। वह बादशाह को फौरन एक गाड़ी में बिठा कर रेजिडेंसी में ले जाएगा। वहाँ रेजिडेंट साहब बादशाह सलामत को सल्तनत से इस्तीफा देने पर मज़बूर करेंगे। उसी वक्त उनसे इस्तीफ़ा लिखा लिया जाएगा और इसके बाद रातों-रात उन्हें कलकत्ते भेज दिया जाएगा।

राजा—बड़ा ग़ज़ब हो गया। अब तो वक़्त बहुत कम है, बादशाह सलामत निकल पड़े होंगे?

कप्तान—ग़ज़ब क्या हो गया? इनकी जात से किसे आराम था। दूसरी हुकूमत चाहे कितनी ही ख़राब हो, इससे अच्छी ही होगी।

राजा—अंग्रेजों की हुकूमत होगी?

कप्तान—अंग्रेज इनसे कहीं बेहतर इन्तज़ाम करेंगे।

राजा—(करुण स्वर से)—कप्तान! ईश्वर के लिए ऐसी बातें न करो। तुमने मुझसे ज़रा देर पहले क्यों न यह कैफियत बयान की?

कप्तान (आश्चर्य से)—आपके साथ तो बादशाह ने कोई अच्छा सलूक नहीं किया!

राजा—मेरे साथ कितना ही बुरा सलूक किया हो, लेकिन एक राज्य की कीमत एक आदमी या एक ख़ानदान की जान से कहीं ज्यादा होती है। तुम मेरे पैरों की बेड़ियाँ खुलवा सकते हो?

कप्तान—सारे अवध राज्य में एक भी ऐसा आदमी न निकलेगा, जो बादशाह को सच्चे दिल से दुआ देता हो। दुनिया उनके ज़ुल्म से तंग आ गयी है।

राजा—मैं अपनों के जुल्म को ग़ैरों की बन्दगी से कहीं बेहतर ख़याल करता हूँ। बादशाह की यह हालत ग़ैरों ही के भरोसे पर हुई है। वह इसीलिए किसी की परवाह नहीं करते कि अंग्रेजों की मदद का यकीन है। मैं इन फिरंगियों की

चालों को गौर से देखता आया हूँ। बादशाह के मिजाज को उन्होंने बिगाड़ा है। उनका मंशा यही थी, जो हुआ। रिआया के दिल से बादशाह की इज्जत और मुहब्बत उठ गयी। आज सारा मुल्क बगावत करने पर आमादा है। ये लोग इसी मौके का इन्तज़ार कर रहे थे। वह जानते हैं कि बादशाह की माजूली (गद्दी से हटाए जाने) पर एक आदमी भी आँसू न बहावेगा। लेकिन मैं जताए देता हूँ कि अगर इस वक़्त तुमने बादशाह को दुश्मनों के हाथों से न बचाया, तो तुम हमेशा के लिए अपने ही वतन में गुलामी की जंजीरों में बँध जाओगे। किसी गैर कौम के चाकर बन कर अगर तुम्हें आफियत (शान्ति) भी मिली, तो वह आफियत न होगी, मौत होगी। ग़ैरों के बेरहम पैरों के नीचे पड़ कर तुम हाथ भी न हिला सकोगे, और यह उम्मीद कि कभी हमारे मुल्क में आयीनी सल्तनत (वैध शासन) कायम होगी, हसरत का दाग बन कर रह जाएगी। नहीं, मुझमें अभी मुल्क की मुहब्बत बाकी है। मैं अभी इतना बेजान नहीं हुआ हूँ। मैं इतनी आसानी से सल्तनत को हाथ से न जाने दूँगा, अपने को इतने सस्ते दामों गैर के हाथों न बेचूँगा, मुल्क की इज्जत को न मिटने दूँगा, चाहे इस कोशिश में मेरी जान ही क्यों न जाय। कुछ और नहीं कर सकता, तो अपनी जान तो दे ही सकता हूँ। मेरी बेड़ियाँ खोल दो।

कप्तान—मैं आपका ख़ादिम हूँ, मगर मुझे यह मजाज नहीं है।

राजा—(जोश में आ कर) ज़ालिम, यह इन बातों का वक्त नहीं है। एक-एक पल हमें तबाही की तरफ लिये जा रहा है। खोल दे ये बेड़ियाँ। जिस घर में आग लगी है, उसके आदमी खुदा को नहीं याद करते, कुएँ की तरफ दौड़ते हैं।

कप्तान—आप मेरे मुहसिन हैं। आपके हुक्म से मुँह नहीं मोड़ सकता। लेकिन...

राजा—जल्दी करो, जल्दी करो। अपनी तलवार मुझे दे दो। अब इन तकल्लुफ की बातों का मौका नहीं है।

कप्तान साहब निरुत्तर हो गये। सजीव उत्साह में बड़ी संक्रामक शक्ति होती है। यद्यपि राजा साहब के नीतिपूर्ण वार्तालाप ने उन्हें माकूल नहीं किया, तथापि वह अनिवार्य रूप से उनकी बेड़ियाँ खोलने पर तत्पर हो गये। उसी वक्त जेल के दारोगा को बुला कर कहा—साहब ने हुक्म दिया है कि राजा साहब को फौरन आजाद कर दिया जाय। इसमें एक पल की भी ताखीर (विलम्ब) हुई, तो तुम्हारे हक़ में अच्छा न होगा।

दारोगा को मालूम था कि कप्तान साहब और मि...में गाढ़ी मैत्री है। अगर साहब नाराज हो जाएँगे, तो रोशनुद्दौला की कोई सिफारिश मेरी रक्षा न कर सकेगी। उसने राजा साहब की बेड़ियाँ खोल दीं।

राजा साहब जब तलवार हाथ में ले कर जेल से निकले, तो उनका हृदय राज्य-भक्ति की तरंगों से आन्दोलित हो रहा था। उसी वक्त घड़ियाल ने 11 बजाए।

आधी रात का समय था। मगर लखनऊ की तंग गलियों में खूब चहल-पहल थी। ऐसा मालूम होता था कि अभी 9 बजे होंगे। सराफे में सबसे ज्यादा रौनक थी। मगर आश्चर्य यह था कि किसी दुकान पर जवाहरात या गहने नहीं दिखाई देते थे। केवल आदमियों के आने-जाने की भीड़ थी। जिसे देखो, पाँचों शस्त्रों से सुसज्जित, मूँछें खड़ी किए, ऐंठता हुआ चला जाता था। बाजार के मामूली दुकानदार भी निःशस्त्र न थे।

सहसा एक आदमी भारी साफा बाँधे, पैर की घुटनियों तक नीची कबा पहने, कमर में पटका बाँधे, आ कर एक सराफ की दुकान पर खड़ा हो गया। जान पड़ता था कोई ईरानी सौदागर है। उन दिनों ईरान के व्यापारी लखनऊ में बहुत आते-जाते थे। इस समय ऐसे आदमी का आ जाना असाधारण बात न थी।

सराफ का नाम माधोदास था। बोला—कहिए मीर साहब, कुछ दिखाऊँ?

सौदागर—सोने का क्या निर्ख है?

माधो—(सौदागर के कान के पास मुँह ले जाकर) निर्ख की कुछ न पूछिए। आज करीब एक महीना से बाजार का निर्ख बिगड़ा हुआ है। माल बाज़ार में आता ही नहीं। लोग दबाए हुए हैं। बाजार में खौफ के मारे नहीं लाते। अगर आपको ज्यादा माल की दरकार हो तो मेरे साथ ग़रीबख़ाने तक तकलीफ कीजिए। जैसा माल चाहिए, लीजिए। निर्ख मुनासिब ही होगा। इसका इत्मीनान रखिए।

सौदागर—आजकल बाज़ार का निर्ख क्यों बिगड़ा हुआ है?

माधो—क्या आप हाल ही में वारिद हुए हैं?

सौदागर—हाँ, मैं आज ही आया हूँ। कहीं पहले की-सी रौनक नहीं नजर आती। कपड़े का बाज़ार भी सुस्त था। ढाके का एक कीमती थान बहुत तलाश करने पर भी न मिला।

माधो—इसके बड़े किस्से हैं; कुछ ऐसा ही मुआमला है।

सौदागर—डाकुओं का जोर तो नहीं है? पहले तो यहाँ इस किस्म की वारदातें न होती थीं।

माधो—अब वह कैफ़ियत नहीं है। दिनदहाड़े डाके पड़ते हैं। उन्हें कोतवाल क्या, बादशाह-सलामत भी गिरफ्तार नहीं कर सकते। अब और क्या कहूँ। दीवार के भी कान होते हैं। कहीं कोई सुन ले तो लेने के देने पड़ जाएँ।

सौदागर—सेठ जी, आप तो पहेलियाँ बुझवाने लगे। मैं परदेसी आदमी हूँ, यहाँ किससे कहने जाऊँगा। आखिर बात क्या है? बाज़ार क्यों इतना बिगड़ा हुआ है? नाज की मंडी की तरफ गया था। सन्नाटा छाया हुआ है। मोटी जिन्स भी दूने दामों पर बिक रही थी।

माधो (इधर-उधर चौकन्नी आँखों से देख कर)—एक महीना हुआ; रोशनुद्दौला के हाथ में सियाह-सफेद का अख्तियार आ गया है। यह सब उन्हीं की बदइन्तजामी का फल है। उनके पहले राजा बख्तावरसिंह हमारे मालिक थे। उनके वक़्त में किसी की मजाल न थी कि व्यापारियों को टेढ़ी आँख से देख सके। उनका रोब सभी पर छाया हुआ था। फिरंगियों पर उनकी कड़ी निगाह रहती थी। हुक्म था कि कोई फिरंगी बाजार में आवे, तो थाने का सिपाही उसकी देखभाल करता रहे। इसी वजह से फिरंगी उनसे जला करते थे। आखिर सबों ने रोशनुद्दौला को मिला कर बख्तावरसिंह को बेकसूर कैद करा दिया। बस तब से बाजार में लूट मची हुई है। सरकारी अमले अलग लूटते हैं। फिरंगी अलग नोचते-खसोटते हैं। जो चीज चाहते हैं उठा ले जाते हैं। दाम माँगो तो धमकियाँ देते हैं। शाही दरबार में फ़रियाद करो, तो उलटे सजा होती है। अभी हाल ही में हम-सब मिल कर बादशाह सलामत की ख़िदमत में हाज़िर हुए थे। पहले तो वह बहुत नाराज़ हुए, पर आखिर रहम आ गया। बादशाहों का मिजाज ही तो है। हमारी सब शिकायतें सुनीं और तसकीन दी कि हम तहक़ीकात करेंगे। मगर अभी तक वही लूट-खसोट ज़ारी है।

इतने में तीन आदमी राजपूती ढंग की मिर्जई पहने आ कर दुकान के सामने खड़े हो गये। माधोदास उनका रंग-ढंग देख कर चौंका। शाही फौज़ के सिपाही बहुधा इसी सज-धज से निकलते थे। तीनों आदमी सौदागर को देख कर ठिठके; पर उसने उन्हें कुछ ऐसी निगाहों से देखा कि तीनों आगे चले गये। तब सौदागर ने माधोदास से पूछा—इन्हें देख कर तुम क्यों चौंके?

माधोदास ने कहा—ये फ़ौज के सिपाही हैं। जब से राजा बख्तावरसिंह नज़रबन्द हुए हैं, इन पर किसी की दाब ही नहीं रही। खुले साँड़ की तरह बाज़ारों में चक्कर लगाया करते हैं। सरकार से तलब मिलने का कुछ ठीक तो नहीं है। बस, नोच-खसोट करके गुज़र करते हैं।—हाँ तो फिर अगर मरजी हो, तो मेरे साथ घर तक चलिए, आपको माल दिखाऊँ।

सौदागर—नहीं भाई, इस वक़्त नहीं। सुबह आऊँगा। देर हो गयी है, और मुझे भी यहाँ की हालत देख कर खौफ़ मालूम होने लगा है।

यह कह कर सौदागर उसी तरफ चला गया, जिधर वे तीनों राजपूत गये थे। थोड़ी देर में तीन आदमी और सराफे में आये। एक तो पंडितों की तरह नीची

चपकन पहने हुए था, सिर पर गोल पगिया थी और कन्धे पर जरी के काम का शाल। उसके दोनों साथी खिदमतगारों के-से कपड़े पहने हुए थे। तीनों इस तरह इधर-उधर ताक रहे थे, मानो किसी को खोज़ रहे हों। यों ताकते हुए तीनों आगे चले गये। ईरानी सौदागर तीव्र नेत्रों से इधर-उधर देखता हुआ एक मील चला गया। वहाँ एक छोटा-सा बाग़ था। एक पुरानी मसज़िद भी थी। सौदागर वहाँ ठहर गया। एकाएक तीनों राजपूत मसज़िद से बाहर निकल आये और बोले—हुज़ूर तो बहुत देर तक सराफ की दुकान पर बैठे रहे। क्या बातें हुईं।

सौदागर ने अभी कुछ जवाब न दिया था कि पीछे से पंडित और उनके दोनों ख़िदमतगार भी आ पहुँचे। सौदागर ने पंडित को देखते ही भर्त्सनापूर्ण शब्दों में कहा—मियाँ रोशनुद्दौला, मुझे इस वक्त तुम्हारे ऊपर इतना गुस्सा आ रहा है कि तुम्हें कुत्तों से नुचवा दूँ। नमकहराम कहीं का! दगाबाज़! तूने मेरी सल्तनत को तबाह कर दिया! सारा शहर तेरे ज़ुल्म का रोना रो रहा है! मुझे आज़ मालूम हुआ कि तूने क्यों राजा बख्तावरसिंह को कैद कराया। मेरी अकल पर न जाने क्यों पत्थर पड़ गये थे कि मैं तेरी चिकनी-चुपड़ी बातों में आ गया। इस नमकहरामी की तुझे वह सज़ा दूँगा कि देखनेवालों को भी इबरत (शिक्षा) हो।

रोशनुद्दौला ने निर्भीकता से उत्तर दिया—आप मेरे बादशाह हैं; इसलिए आपका अदब करता हूँ, वरना इसी वक्त बदज़बानी का मजा चखा देता। ख़ुद आप तो महल में हसीनों के साथ ऐश किया करते हैं, दूसरों को क्या गरज पड़ी है कि सल्तनत की फिक्र से दुबले हों? खूब, हम अपना खून जलाएँ और आप जश्न मनाएँ! ऐसे अहमक कहीं और रहते होंगे।

बादशाह (क्रोध से काँपते हुए)—मि...मैं तुम्हें हुक्म देता हूँ कि इस नमकहराम को अभी गोली मार दो। मैं इसकी सूरत नहीं देखना चाहता। और, इसी वक्त जा कर इसकी सारी जायदाद जब्त कर लो। इसके ख़ानदान का एक बच्चा भी जिन्दा न रहने पाए।

रोशन—मि...मैं तुमको हुक्म देता हूँ कि इस मुल्क और कौम के दुश्मन, रैयत के कातिल और बदकार आदमी को फौरन गिरफ्तार कर लो। यह इस क़ाबिल नहीं कि ताज और तख्त का मालिक बने।

इतना सुनते ही पाँचों अँग्रेज मुसाहबों ने, जो भेष बदले हुए साथ थे, बादशाह के दोनों हाथ पकड़ लिये और खींचते हुए गोमती नदी की तरफ ले चले। तब बादशाह की आँखें खुलीं। समझ गये कि पहले ही से यह षड्यन्त्र रचा गया था। इधर-उधर देखा, कोई आदमी नहीं। शोर मचाना व्यर्थ था। बादशाही का नशा उतर गया। दुरवस्था ही वह परीक्षाग्नि है, जो मुलम्मे और रोगन को उतार कर मनुष्य का यथार्थ रूप दिखा देती है। ऐसे ही अवसरों पर विदित होता है कि

मानव-हृदय पर कृत्रिम भावों का कितना गहरा रंग चढ़ा होता है। एक क्षण में बादशाह की उद्दंडता और घमंड ने दीनता और विनयशीलता का आश्रय लिया। बोले—मैंने तो आप लोगों की मरजी के ख़िलाफ ऐसा कोई काम नहीं किया, जिसकी यह सज़ा मिले। मैंने आप लोगों को हमेशा अपना दोस्त समझा है।

रोशन—तो हम लोग जो कुछ कर रहे हैं, वह भी आपके फ़ायदे ही के लिए कर रहे हैं। हम आपके सिर से सल्तनत का बोझ उतार कर आपको आजाद कर देंगे। तब आपके ऐश में खलल न पड़ेगा। आप बेफिक्र हो कर हसीनों के साथ ज़िन्दगी की बहार लूटिएगा।

बादशाह—तो क्या आप लोग मुझे तख्त से उतारना चाहते हैं?

रोशन—नहीं, आपको बादशाही की जिम्मेदारियों से आजाद कर देना चाहते हैं।

बादशाह—हज़रत इमाम की कसम, मैं यह जिल्लत न बर्दाश्त करूँगा। मैं अपने बुजुर्गों का नाम न डुबाऊँगा।

रोशन—आपके बुजुर्गों के नाम की फिक्र हमें आपसे ज़्यादा है। आपकी ऐश परस्ती बुजुर्गों का नाम रोशन नहीं कर रही है।

बादशाह (दीनता से)—वादा करता हूँ कि आइन्दा से आप लोगों को शिकायत का कोई मौका न दूँगा।

रोशन—नशेबाजों के वादों पर कोई दीवाना ही यकीन कर सकता है।

बादशाह—तुम मुझे जबरदस्ती तख्त से नहीं उतार सकते।

रोशन—इन धमकियों की ज़रूरत नहीं। चुपचाप चले चलिए; आगे आपको सेजगाड़ी मिल जाएगी। हम आपको इज्जत के साथ रुखसत करेंगे।

बादशाह—आप जानते हैं, रिआया पर इसका क्या असर होगा?

रोशन—खूब जानता हूँ! आपकी हिमायत में एक उँगली भी न उठेगी। कल सारी सल्तनत में घी के चिराग जलेंगे।

इतनी देर में सब लोग उस स्थान पर आ पहुँचे, जहाँ बादशाह को ले जाने के लिए सवारी तैयार खड़ी थी। लगभग 25 सशस्त्र गोरे सिपाही भी खड़े थे। बादशाह सेजगाड़ी को देखकर मचल गये। उनके रुधिर की गति तीव्र हो गयी, भोग और विलास के नीचे दबी हुई मर्यादा सजग हो गयी। उन्होंने जोर से झटका दे कर अपना हाथ छुड़ा लिया और नैराश्यपूर्ण दुस्साहस के साथ, परिणाम-भय को त्याग कर, उच्च स्वर से बोले—ऐ लखनऊ के बसनेवालों! तुम्हारा बादशाह यहाँ दुश्मनों के हाथों कत्ल किया जा रहा है। उसे इनके हाथ से बचाओ, दौड़ो वरना पछताओगे!

यह आर्त्त पुकार आकाश की नीरवता को चीरती हुई गोमती की लहरों में विलीन नहीं हुई बल्कि लखनऊवालों के हृदयों में जा पहुँची। राजा बख्तावरसिंह

बन्दी-गृह से निकल कर नगर-निवासियों को उत्तेजित करते और प्रतिक्षण रक्षाकारियों के दल को बढ़ाते, बड़े वेग से दौड़े चले आ रहे थे। एक पल का विलम्ब भी षड्यन्त्रकारियों के घातक विरोध को सफल कर सकता था। देखते-देखते उनके साथ दो-तीन हजार सशस्त्र मनुष्यों का दल हो गया था। यह सामूहिक शक्ति बादशाह का और लखनऊ राज्य का उद्धार कर सकती थी। समय सब कुछ था। बादशाह गोरी सेना के पंजे में फँस गये, तो फिर समस्त लखनऊ भी उन्हें मुक्त न कर सकता था। राजा साहब ज्यों-ज्यों आगे बढ़ते जाते थे, नैराश्य से दिल बैठा जाता था। विफल मनोरथ होने की शंका से उत्साह भंग हुआ जाता था। अब तक कहीं उन लोगों का पता नहीं! अवश्य हम देर में पहुँचे। विद्रोहियों ने अपना काम पूरा कर लिया। लखनऊ राज्य की स्वाधीनता सदा के लिए विसर्जित हो गयी!

ये लोग निराश हो कर लौटना ही चाहते थे कि अचानक बादशाह का आर्त्तनाद सुनाई दिया। कई हजार कंठों से आकाश-भेदी ध्वनि निकली—हुजूर को ख़ुदा सलामत रखे। हम फिदा होने को आ पहुँचे!

समस्त दल एक ही प्रबल इच्छा से प्रेरित हो कर, वेगवती जलधारा की भाँति, घटनास्थल की ओर दौड़ा। अशक्त लोग भी सशक्त हो गये। पिछड़े हुए लोग आगे निकल जाना चाहते थे। आगे के लोग चाहते थे कि उड़ कर जा पहुँचें!

इन आदमियों की आहट पाते ही गोरों ने बन्दूकें भरीं और 25 बन्दूकों की बाढ़ सर हो गयी। रक्षाकारियों में कितने ही लोग गिर पड़े; मगर कदम पीछे न हटे। वीर मद ने और भी मतवाला कर दिया। एक क्षण में दूसरी बाढ़ आयी; कुछ लोग फिर वीर-गति को प्राप्त हुए, लेकिन कदम आगे बढ़ते ही गये। तीसरी बाढ़ छूटने ही वाली थी कि लोगों ने विद्रोहियों को पा लिया। गोरे भागे।

जब लोग बादशाह के पास पहुँचे, तो अद्‌भुत दृश्य देखा। बादशाह रोशनुद्दौला की छाती पर सवार थे। जब गोरे जान ले कर भागे, तो बादशाह ने इस नरपिशाच को पकड़ लिया और उसे बलपूर्वक भूमि पर गिरा कर उसकी छाती पर बैठ गये। अगर उनके हाथों में हथियार होता, तो इस वक्त रोशन की लाश तड़फती हुई दिखाई देती।

राजा बख्तावरसिंह आगे बढ़ कर बादशाह को आदाब बजा लाए। लोगों की जय-ध्वनि से आकाश हिल उठा। कोई बादशाह के पैरों को चूमता था। कोई उन्हें आशीर्वाद देता था, और रोशनुद्दौला का शरीर तो लातों और घूसों का लक्ष्य बना हुआ था। कुछ बिगड़े दिल ऐसे भी थे, जो उसके मुँह पर थूकने में भी संकोच न करते थे।

प्रातःकाल था। लखनऊ में आनन्दोत्सव मनाया जा रहा था। बादशाही महल के सामने लाखों आदमी जमा थे। सब लोग बादशाह को यथायोग्य नज़र देने आये थे। जगह-जगह गरीबों को भोजन कराया जा रहा था। शाही नौबतखाने में नौबत बज रही थी।

दरबार सजा। बादशाह हीरे और जवाहर से जगमगाते, रत्नजटित आभूषणों से सजे हुए, सिंहासन पर बिराजे। रईसों और अमीरों से नजरें गुजारीं। कविजनों ने कसीदे पढ़े। एकाएक बादशाह ने पूछा—राजा बख्तावरसिंह कहाँ हैं? कप्तान ने जवाब दिया—क़ैदखाने में।

बादशाह ने उसी वक्त कई कर्मचारियों को भेजा कि राजा साहब को जेलखाने से इज्जत के साथ लाएँ। जब थोड़ी देर के बाद राजा ने आ कर बादशाह को सलाम किया, तो वे तख्त से उतर कर उनसे गले मिले और उन्हें अपनी दाहिनी ओर सिंहासन पर बैठाया। फिर दरबार में खड़े होकर उनकी सुकीर्ति और राज-भक्ति की प्रशंसा करने के उपरान्त अपने ही हाथों से उन्हें खिलअत पहनाई। राजा साहब के कुटुम्ब के प्राणी आदर और सम्मान के साथ विदा किए गये।

अन्त को जब दोपहर के समय दरबार बर्खास्त होने लगा तो बादशाह ने राजा साहब से कहा—आपने मुझ पर और मेरी सल्तनत पर जो एहसान किया है, उसका सिला (पुरस्कार) देना मेरे इमकान से बाहर है। मेरी आपसे यही इल्तिजा (अनुरोध) है कि आप वजरत का कलमदान अपने हाथ में लीजिए और सल्तनत का, जिस तरह मुनासिब समझिए, इन्तज़ाम कीजिए। मैं आपके किसी काम में दखल न दूँगा। मुझे एक गोशे में पड़ा रहने दीजिए। नमकहराम रोशन को भी मैं आपके सुपुर्द किए देता हूँ। आप इसे जो सज़ा चाहें दें। मैं इसे कब का जहन्नुम भेज चुका होता; पर यह समझ कर कि यह आपका शिकार है, इसे छोड़े हुए हूँ।

लेकिन बख्तावरसिंह बादशाह के उच्छृंखल स्वभाव से भली-भाँति परिचित थे, वह जानते थे, बादशाह की ये सदिच्छाएँ थोड़े ही दिनों की मेहमान हैं! मानवचरित्र में आकस्मिक परिवर्तन बहुत कम हुआ करते हैं। दो-चार महीने में दरबार का फिर वही रंग हो जाएगा, इसलिए मेरा तटस्थ रहना ही अच्छा है। राज्य के प्रति मेरा जो कुछ कर्त्तव्य था, वह मैंने पूरा कर दिया। मैं दरबार में रह कर कदापि नहीं कर सकता। हितैषी मित्र का जितना सम्मान होता है, स्वामिभक्त सेवक का उतना नहीं हो सकता।

वह विनीत भाव से बोले—हुजूर, मुझे इस ओहदे से मुआफ रखें। मैं यों ही आपका ख़ादिम हूँ। इस मनसब पर किसी लायक आदमी को माशूर फ़रमाइए (नियुक्त कीजिए)। मैं अक्खड़ राजपूत हूँ। मुल्की इन्तजाम करना क्या जानूँ।

बादशाह—मुझे तो आपसे ज्यादा लायक और वफादार आदमी नजर नहीं आता।

मगर राजा साहब उनकी बातों में न आये। आखिर मजबूर होकर बादशाह ने उन्हें ज्यादा न दबाया। क्षण भर बाद जब रोशनुद्दौला को सजा देने का प्रश्न उठा, तब दोनों आदमियों में इतना मतभेद हुआ कि वाद-विवाद की नौबत आ गयी। बादशाह आग्रह करते थे कि इसे कुत्तों से नुचवा दिया जाय। राजा साहब इस बात पर अड़े हुए थे कि इसे जान से न मारा जाय, केवल नज़रबन्द कर दिया जाय। अन्त में बादशाह ने क्रुद्ध होकर कहा—यह एक दिन आपको जरूर दगा देगा!

राजा—इस खौफ़ से मैं इसकी जान न लूँगा।

बादशाह—तो जनाब, आप चाहें इसे मुआफ कर दें, मैं कभी मुआफ नहीं कर सकता।

राजा—आपने तो इसे मेरे सुपुर्द कर दिया था। दी हुई चीज को आप वापस कैसे लेंगे?

बादशाह ने कहा—तुमने मेरे निकलने का कहीं रास्ता ही नहीं रखा।

रोशनुद्दौला की जान बच गयी। वजारत का पद कप्तान साहब को मिला। मगर सबसे विचित्र बात यह थी कि रेजिडेंट ने इस षड्यन्त्र से पूर्ण अनभिज्ञता प्रकट की और साफ लिख दिया कि बादशाह-सलामत अपने अँग्रेज मुसाहबों को जो सजा चाहें दें; कोई आपत्ति न होगी। मैं उन्हें पाता, तो स्वयं बादशाह की ख़िदमत में भेज देता; लेकिन पाँचों महानुभावों में से एक का भी पता न चला। शायद वे सबके सब रातों-रात कलकत्ते भाग गये।

इतिहास में उक्त घटना का कहीं उल्लेख नहीं किया गया, लेकिन किंवदंतियाँ, जो इतिहास से अधिक विश्वसनीय हैं, उसकी सत्यता की साक्षी हैं।

दुनिया का सबसे अनमोल रतन

दिलफ़िगार एक कँटीले पेड़ के नीचे दामन चाक किए बैठा हुआ खून के आँसू बहा रहा था। वह सौन्दर्य की देवी यानी मलका दिलफ़रेब का सच्चा और जान देनेवाला प्रेमी था। उन प्रेमियों में नहीं, जो इत्र-फुलेल में बसकर और शानदार कपड़ों से सजकर आशिक़ के वेश में माशूक़ियत का दम भरते हैं। बल्कि उन सीधे-सादे भोले-भाले फ़िदाइयों में जो जंगल और पहाड़ों से सर टकराते हैं और फ़रियाद मचाते फिरते हैं। दिलफ़रेब ने उससे कहा था कि अगर तू मेरा सच्चा प्रेमी है, तो जा और दुनिया की सबसे अनमोल चीज़ लेकर मेरे दरबार में आ। तब मैं तुझे अपनी गुलामी में क़बूल करूँगी। अगर तुझे वह चीज़ न मिले तो खबरदार इधर रुख न करना, वर्ना सूली पर खिंचवा दूँगी। दिलफ़िगार को अपनी भावनाओं के प्रदर्शन का, शिकवे-शिकायत का, प्रेमिका के सौन्दर्य-दर्शन का तनिक भी अवसर न दिया गया। दिलफ़रेब ने ज्योंही यह फ़ैसला सुनाया उसके चोबदारों ने ग़रीब दिलफ़िगार को धक्के देकर बाहर निकाल दिया। और आज तीन दिन से यह आफ़त का मारा आदमी उसी कँटीले पेड़ के नीचे, उसी भयानक मैदान में बैठा हुआ सोच रहा है कि क्या करूँ। दुनिया की सब से अनमोल चीज़ मुझको मिलेगी? नामुमकिन! और वह है क्या? क़ारूँ का खज़ाना? आबे हयात? खुसरो का ताज? जामेजम? तख्ते ताऊस? परवेज़ की दौलत? नहीं, यह चीज़ें हरगिज़ नहीं। दुनिया में ज़रूर इनसे भी महँगी, इनसे भी अनमोल चीज़ें मौजूद हैं मगर वह क्या हैं? कैसे मिलेंगी? या खुदा, मेरी मुश्किल क्योंकर आसान होगी?

दिलफ़िगार इन्हीं खयालों में चक्कर खा रहा था और अक्ल कुछ काम नहीं करती थी। मुनीर शामी को हातिम-सा मददगार मिल गया। ऐ काश कोई मेरा भी मददगार हो जाता, ऐ काश मुझे भी उस चीज़ का, जो दुनिया की सबसे बेशक़ीमत चीज़ है, नाम बतला दिया जाता! बला से वह चीज़ हाथ न आती मगर मुझे इतना तो मालूम हो जाता कि वह किस किस्म की चीज़ है। मैं घड़े बराबर मोती की खोज में जा सकता हूँ। मैं समुन्दर का गीत, पत्थर का दिल,

मौत की आवाज़ और इनसे भी ज्यादा बेनिशान चीज़ों की तलाश में कमर कस सकता हूँ। मगर दुनिया को सबसे अनमोल चीज़! यह मेरी कल्पना की उड़ान से बहुत ऊपर है।

आसमान पर तारे निकल आये थे। दिलफिगार यकायक खुदा का नाम लेकर उठा और एक तरफ़ को चल खड़ा हुआ। भूखा-प्यासा, नंगे बदन, थकान से चूर, वह बरसों वीरानों और आबादियों की खाक छानता फिरा, तलवे काँटों से छलनी हो गये, शरीर में हड्डियाँ ही हड्डियाँ दिखाई देने लगीं, मगर वह चीज़, जो दुनिया की सबसे बेशक़ीमत चीज़ थी, न मिली और न उसका कुछ निशान मिला।

एक रोज़ वह भूलता-भटकता एक मैदान में जा निकला, जहाँ हज़ारों आदमी गोल बाँधे खड़े थे। बीच में कई अमामे और चोगेवाले दढ़ियल क़ाज़ी अफ़सरी शान से बैठे हुए आपस में कुछ सलाह-मशविरा कर रहे थे और इस जमात से ज़रा दूर पर एक सूली खड़ी थी। दिलफ़िगार कुछ तो कमज़ोरी की वजह से और कुछ यहाँ की कैफ़ियत देखने के इरादे से ठिठक गया। क्या देखता है, कि कई लोग नंगी तलवारें लिये, एक क़ैदी को, जिसके हाथ-पैर में जँजीरें थीं, पकड़े चले आ रहे हैं। सूली के पास पहुँचकर सब सिपाही रुक गये और क़ैदी की हथकड़ियाँ-बेड़ियाँ सब उतार ली गयीं। इस अभागे आदमी का दामन सैकड़ों बेगुनाहों के खून की छींटों से रंगीन था, और उसका दिल नेकी के ख़याल और रहम की आवाज़ से ज़रा भी परिचित न था। उसे काला चोर कहते थे। सिपाहियों ने उसे सूली के तख्ते पर खड़ा कर दिया, मौत की फाँसी उसकी गर्दन में डाल दी और जल्लादों ने तख्ता खींचने का इरादा किया कि वह अभागा मुजरिम चीख़कर बोला—खुदा के वास्ते मुझे एक पल के लिए फाँसी से उतार दो ताकि अपने दिल की आख़िरी आरज़ू निकाल लूँ। यह सुनते ही चारों तरफ सन्नाटा छा गया। लोग अचम्भे में आकर ताकने लगे। क़ाज़ियों ने एक मरनेवाले आदमी की अन्तिम याचना को रद्द करना उचित न समझा और बदनसीब पापी काला चोर ज़रा देर के लिए फाँसी से उतार लिया गया।

इसी भीड़ में एक खूबसूरत भोला-भाला लड़का एक छड़ी पर सवार होकर अपने पैरों पर उछल-उछल फ़र्जी घोड़ा दौड़ा रहा था, और अपनी सादगी की दुनिया में ऐसा मगन था कि जैसे वह इस वक्त सचमुच अरबी घोड़े का शहसवार है। उसका चेहरा उस सच्ची खुशी से कमल की तरह खिला हुआ था जो चन्द दिनों के लिए बचपन ही में हासिल होती है और जिसकी याद हमको मरते दम तक नहीं भूलती। उसका दिल अभी तक पाप की गर्द और धूल से अछूता था और मासूमियत उसे अपनी गोद में खिला रही थी।

बदनसीब काला चोर फाँसी से उतरा। हज़ारों आँखें उस पर गड़ी हुई थीं।

वह उस लड़के के पास आया और उसे गोद में उठाकर प्यार करने लगा। उसे इस वक्त वह ज़माना याद आया जब वह खुद ऐसा ही भोला-भाला, ऐसा ही खुश-व-खुर्रम और दुनिया की गन्दगियों से ऐसा ही पाक-साफ़ था। माँ गोदियों में खिलाती थी, बाप बलाएँ लेता था और सारा कुनबा जान न्योछावर करता था। आह, काले चोर के दिल पर इस वक्त बीते हुए दिनों की याद का इतना असर हुआ कि उसकी आँखों से, जिन्होंने दम तोड़ती हुई लाशों को तड़पते देखा और न झपकीं, आँसू का एक क़तरा टपक पड़ा। दिलफ़िगार ने लपककर उस अनमोल मोती को हाथ में ले लिया और उसके दिल ने कहा—बेशक यह दुनिया की सबसे अनमोल चीज़ है जिस पर तख्ते ताऊस और जामे जम और आबे हयात और ज़रे परवेज़ सब न्योछावर हैं।

इस खयाल से खुश होता, कामयाबी की उम्मीद में सरमस्त, दिलफ़िगार अपनी माशूका दिलफ़रेब के शहर मीनोसबाद को चला। मगर ज्यों-ज्यों मंज़िलें तय होती जाती थीं उसका दिल बैठा जाता था कि क़हीं उस चीज़ की, जिसे मैं दुनिया की सबसे बेशकीमती चीज़ समझता हूँ, दिलफ़रेब की आँखों में क़द्र न हुई तो मैं फाँसी पर चढ़ा दिया जाऊँगा और इस दुनिया से नामुराद जाऊँगा। लेकिन जो हो सो हो, अब तो क़िस्मत-आज़माई है। आख़िरकार पहाड़ और दरिया तय करते शहर मीनोसबाद में आ पहुँचा और दिलफ़रेब की ड्योढ़ी पर जाकर विनती की कि थकान से टूटा हुआ दिलफ़िगार खुदा के फ़ज़ल से हुक्म की तामील करके आया है, और आपके क़दम चूमना चाहता है। दिलफ़रेब ने फ़ौरन अपने सामने बुला भेजा और एक सुनहरे परदे की ओट से फ़रमाइश की कि वह अनमोल चीज़ पेश करो। दिलफ़िगार ने आशा और भय की एक विचित्र मन:स्थिति में वह बूँद पेश की और उसकी सारी कैफ़ियत बहुत पुरअसर लफ्ज़ों में बयान की। दिलफ़रेब ने पूरी कहानी बहुत ग़ौर से सुनी और वह भेंट हाथ में लेकर ज़रा देर तक ग़ौर करने के बाद बोली—दिलफ़िगार, बेशक तूने दुनिया की एक बेशक़ीमत चीज़ ढूँढ़ निकाली, तेरी हिम्मत और तेरी सूझ-बूझ की दाद देती हूँ! मगर यह दुनिया की सबसे बेशक़ीमत चीज़ नहीं, इसलिए तू यहाँ से जा और फिर कोशिश कर, शायद अब की तेरे हाथ वह मोती लगे और तेरी क़िस्मत में मेरी गुलामी लिखी हो। जैसा कि मैंने पहले ही बतला दिया था, मैं तुझे फाँसी पर चढ़वा सकती हूँ, मगर मैं तेरी जाँबख्शी करती हूँ इसलिए कि तुझमें वह गुण मौजूद हैं, जो मैं अपने प्रेमी में देखना चाहती हूँ और मुझे यक़ीन है कि तू जरूर कभी-न-कभी कामयाब होगा।

नाकाम और नामुराद दिलफ़िगार इस माशूक़ाना इनायत से ज़रा दिलेर होकर बोला—ऐ दिल की रानी, बड़ी मुद्दत के बाद तेरी ड्योढ़ी पर सजदा करना नसीब

होता है। फिर खुदा जाने ऐसे दिन कब आएँगे, क्या तू अपने जान देनेवाले आशिक़ के बुरे हाल पर तरस न खाएगी और क्या अपने रूप की एक झलक दिखाकर इस जलते हुए दिलफ़िगार को आनेवाली सख्तियों के झेलने की ताक़त न देगी? तेरी एक मस्त निगाह के नशे से चूर होकर मैं वह कर सकता हूँ जो आज तक किसी से न बन पड़ा हो।

दिलफ़रेब आशिक़ की यह चाव-भरी बातें सुनकर गुस्सा हो गयी और हुक्म दिया कि इस दीवाने को खड़े-खड़े दरबार से निकाल दो। चोबदार ने फौरन ग़रीब दिलफ़िगार को धक्का देकर यार के कूचे से बाहर निकाल दिया।

कुछ देर तक तो दिलफ़िगार अपनी निष्ठुर प्रेमिका की इस कठोरता पर आँसू बहाता रहा, और फिर सोचने लगा कि अब कहाँ जाऊँ। मुद्दतों रास्ते नापने और जंगलों में भटकने के बाद आँसू की यह बूँद मिली थी, अब ऐसी कौन-सी चीज़ है जिसकी क़ीमत इस आबदार मोती से ज्यादा हो। हज़रते ख़िज्र! तुमने सिकन्दर को आबे हयात के कुएँ का रास्ता दिखाया था, क्या मेरी बाँह न पकड़ोगे? सिकन्दर सारी दुनिया का मालिक था। मैं तो एक बेघरबार मुसाफ़िर हूँ। तुमने कितनी ही डूबती किश्तियाँ किनारे लगाई हैं, मुझ ग़रीब का बेड़ा भी पार करो। ऐ आलीमुक़ाम जिबरील! कुछ तुम्हीं इस नीमजान दुखी आशिक़ पर तरस खाओ। तुम खुदा के एक खास दरबारी हो, क्या मेरी मुश्किल आसान न करोगे? ग़रज़ यह कि दिलफ़िगार ने बहुत फ़रियाद मचाई मगर उसका हाथ पकड़ने के लिए कोई सामने न आया। आखिर निराश होकर वह पागलों की तरह दुबारा एक तरफ़ को चल खड़ा हुआ।

दिलफ़िगार ने पूरब से पश्चिम तक और उत्तर से दक्खिन तक कितने ही जंगलों और वीरानों की खाक छानी, कभी बर्फ़िस्तानी चोटियों पर सोया, कभी डरावनी घाटियों में भटकता फिरा, मगर जिस चीज़ की धुन थी वह न मिली, यहाँ तक कि उसका शरीर हड्डियों का एक ढाँचा रह गया।

एक रोज़ वह शाम के वक्त किसी नदी के किनारे ख़स्ताहाल पड़ा हुआ था। बेखुदी के नशे से चौंका तो क्या देखता है कि चन्दन की एक चिता बनी हुई है और उस पर एक युवती सुहाग के जोड़े पहने सोलहो सिंगार किए बैठी है। उसकी जाँघ पर उसके प्यारे पति का सर है। हज़ारों आदमी गोल बाँधे खड़े हैं और फूलों की बरखा कर रहे हैं। यकायक चिता में से खुद-ब-खुद एक लपक उठी। सती का चेहरा उस वक्त एक पवित्र भाव से आलोकित हो रहा था, चिता की पवित्र लपटें उसके गले से लिपट गयीं और दम-के-दम में वह फूल-सा शरीर राख का ढेर हो गया। प्रेमिका ने अपने को प्रेमी पर न्योछावर कर दिया और दो प्रेमियों के सच्चे, पवित्र, अमर प्रेम की अन्तिम लीला आँख से ओझल

हो गयी। जब सब लोग अपने घरों को लौटे तो दिलफ़िगार चुपके से उठा और अपने चाकदामन कुरते में यह राख का ढेर समेट लिया और इस मुट्ठी भर राख को दुनिया की सबसे अनमोल चीज़ समझता हुआ, सफलता के नशे में चूर, यार के कूचे की तरफ़ चला। अबकी ज्यों-ज्यों वह अपनी मंजिल के क़रीब आता था, उसकी हिम्मत बढ़ती जाती थी। कोई उसके दिल में बैठा हुआ कह रहा था—अबकी तेरी जीत है और इस खयाल ने उसके दिल को जो-जो सपने दिखाए उनकी चर्चा व्यर्थ है। आखिरकार वह शहर मीनोसबाद में दाखिल हुआ और दिलफ़रेब की ऊँची ड्योढ़ी पर जाकर खबर दी कि दिलफ़िगार सुर्ख-रू होकर लौटा है, और हुज़ूर के सामने आना चाहता है। दिलफ़रेब ने जाँबाज़ आशिक़ को फ़ौरन दरबार में बुलाया और उस चीज़ के लिए, जो दुनिया की सबसे बेशक़ीमत चीज़ थी, हाथ फैला दिया। दिलफ़िगार ने हिम्मत करके उसकी चाँदी जैसी कलाई को चूम लिया और मुट्ठी भर राख को उसकी हथेली में रखकर सारी कैफ़ियत दिल को पिघला देनेवाले लफ़्ज़ों में कह सुनाई और अपनी सुन्दर प्रेमिका के होंठों से अपनी क़िस्मत का मुबारक फ़ैसला सुनने के लिए इन्तज़ार करने लगा। दिलफ़रेब ने उस मुट्ठी भर राख को आँखों से लगा लिया और कुछ देर तक विचारों के सागर में डूबे रहने के बाद बोली—ऐ जान निछावर करनेवाले आशिक़ दिलफ़िगार! बेशक यह राख जो तू लाया है, जिसमें लोहे को सोना कर देने की सिफ़त है, दुनिया की बहुत बेशक़ीमत चीज़ है और मैं सच्चे दिल से तेरी एहसानमन्द हूँ कि तूने ऐसी अनमोल भेंट दी। मगर दुनिया में इससे भी ज्यादा अनमोल कोई चीज़ है, जा उसे तलाश कर और तब मेरे पास आ। मैं तहेदिल से दुआ करती हूँ कि खुदा तुझे कामयाब करे। यह कहकर वह सुनहरे परदे से बाहर आयी और माशूक़ाना अदा से अपने रूप का जलवा दिखाकर फिर नज़रों से ओझल हो गयी। एक बिजली थी कि कौंधी और फिर बादलों के परदे में छिप गयी। अभी दिलफ़िगार के होश-हवास ठिकाने पर न आने पाए थे कि चोबदार ने मुलायमियत से उसका हाथ पकड़कर यार के कूचे से उसको निकाल दिया और फिर तीसरी बार वह प्रेम का पुजारी निराशा के अथाह समुन्दर में ग़ोता खाने लगा।

दिलफ़िगार का हियाब छूट गया। उसे यक़ीन हो गया कि मैं दुनिया में इसी तरह नाशाद और नामुराद मर जाने के लिए पैदा किया गया था और अब इसके सिवा और कोई चारा नहीं कि किसी पहाड़ पर चढ़कर नीचे कूद पड़ूँ ताकि माशूक़ के जुल्मों की फ़रियाद करने के लिए एक हड्डी भी बाक़ी न रहे। वह दीवाने की तरह उठा और गिरता-पड़ता एक गगनचुम्बी पहाड़ की चोटी पर जा पहुँचा। किसी और समय वह ऐसे ऊँचे पहाड़ पर चढ़ने का साहस न कर सकता

था, मगर इस वक़्त जान देने के जोश में उसे वह पहाड़ एक मामूली टेकरी से ज्यादा ऊँचा न नज़र आया। क़रीब था कि वह नीचे कूद पड़े कि हरे-हरे कपड़े पहने हुए और हरा अमामा बाँधे एक बुज़ुर्ग एक हाथ में तसबीह और दूसरे हाथ में लाठी लिये बरामद हुए और हिम्मत बढ़ानेवाले स्वर में बोले—दिलफिगार, नादान दिलफ़िगार, यह क्या बुज़दिलों जैसी हरकत है! तू मुहब्बत का दावा करता है और तुझे इतनी भी ख़बर नहीं कि मज़बूत इरादा मुहब्बत के रास्ते की पहली मंज़िल है? मर्द बन और यों हिम्मत न हार। पूरब की तरफ़ एक देश है जिसका नाम हिन्दोस्तान है, वहाँ जा और तेरी आरज़ू पूरी होगी।

यह कहकर हज़रते ख़िज्र गायब हो गये। दिलफ़िगार ने शुक्रिए की नमाज़ अदा की और ताज़ा हौसले, ताज़ा जोश और अलौकिक सहायता का सहारा पाकर खुश-खुश पहाड़ से उतरा और हिन्दोस्तान की तरफ़ चल पड़ा।

मुद्दतों तक काँटे से भरे हुए जंगलों, आग बरसानेवाले रेगिस्तानों, कठिन घाटियों और अलंघ्य पर्वतों को तय करने के बाद दिलफ़िगार हिन्द की पाक सरज़मीन में दाखिल हुआ और एक ठंडे पानी के सोते में सफ़र की तकलीफें धोकर थकान के मारे नदी के किनारे लेट गया। शाम होते-होते वह एक चटियल मैदान में पहुँचा जहाँ बेशुमार अधमरी और बेजान लाशें बिना कफ़न के पड़ी हुई थीं। चील-कौए और वहशी दरिन्दे भरे पड़े थे और सारा मैदान खून से लाल हो रहा था। यह डरावना दृश्य देखते ही दिलफ़िगार का जी दहल गया। या खुदा, किस मुसीबत में जान फँसी, मरनेवालों का कराहना, सिसकना और एड़ियाँ रगड़कर जान देना, दरिन्दों का हड्डियों को नोचना और गोश्त के लोथड़ों को लेकर भागना, ऐसा हौलनाक सीन दिलफ़िगार ने कभी न देखा था। यकायक उसे खयाल आया, यह लड़ाई का मैदान है और यह लाशें सूरमा सिपाहियों की हैं। इतने में क़रीब से कराहने की आवाज़ आयी। दिलफ़िगार उस तरफ़ फिरा तो देखा कि एक लम्बा-तगड़ा आदमी, जिसका मर्दाना चेहरा जान निकलने की कमज़ोरी से पीला हो गया है, ज़मीन पर सर झुकाए पड़ा हुआ है। सीने से खून का फ़व्वारा जारी है, मगर आबदार तलवार की मूठ पंजे से अलग नहीं हुई। दिलफिग़ार ने एक चीथड़ा लेकर घाव के मुँह पर रख दिया ताकि खून रुक जाय और बोला—ऐ जवाँमर्द, तू कौन है? जवाँमर्द ने यह सुनकर आँखें खोलीं और वीरों की तरह बोला—क्या तू नहीं जानता मैं कौन हूँ, क्या तू ने आज इस तलवार की काट नहीं देखी? मैं अपनी माँ का बेटा और भारत का सपूत हूँ। यह कहते-कहते उसकी त्योरियों पर बल पड़ गये। पीला चेहरा गुस्से से लाल हो गया और आबदार शमशीर फिर अपना जौहर दिखाने के लिए चमक उठी। दिलफ़िगार समझ गया कि यह इस वक्त मुझे दुश्मन समझ रहा है, नरमी से बोला—ऐ जवाँमर्द, मैं तेरा दुश्मन नहीं

हूँ। अपने वतन से निकला हुआ एक ग़रीब मुसाफ़िर हूँ। इधर भूलता-भटकता आ निकला। बराय मेहरबानी मुझसे यहाँ की कुल कैफ़ियत बयान कर।

यह सुनते ही घायल सिपाही बहुत मीठे स्वर में बोला—अगर तू मुसाफ़िर है तो आ और मेरे खून से तर पहलू में बैठ जा क्योंकि यही दो अँगुल ज़मीन है जो मेरे पास बाक़ी रह गयी है और जो सिवाय मौत के कोई नहीं छीन सकता। अफ़सोस है कि तू यहाँ ऐसे वक़्त में आया जब हम तेरा आतिथ्य-सत्कार करने के योग्य नहीं। हमारे बाप-दादा का देश आज हमारे हाथ से निकल गया और इस वक्त हम बेवतन हैं। मगर (पहलू बदलकर) हमने हमलावर दुश्मन को बता दिया कि राजपूत अपने देश के लिए कैसी बहादुरी से जान देता है। यह आस-पास जो लाशें तू देख रहा है, यह उन लोगों की हैं, जो इस तलवार के घाट उतरे हैं। (मुस्कराकर) और गो कि मैं बेवतन हूँ, मगर ग़नीमत है कि दुश्मन की ज़मीन पर मर रहा हूँ। (सीने के घाव से चीथड़ा निकालकर) क्या तूने यह मरहम रख दिया? खून निकलने दे, इसे रोकने से क्या फ़ायदा? क्या मैं अपने ही देश में गुलामी करने के लिए ज़िन्दा रहूँ? नहीं, ऐसी जिन्दगी से मर जाना अच्छा। इससे अच्छी मौत मुमकिन नहीं।

जवाँमर्द की आवाज़ मद्धिम हो गयी, अंग ढीले पड़ गये, खून इतना ज़्यादा बहा कि खुद-ब-खुद बन्द हो गया, रह-रहकर एकाध बूँध टपक पड़ता था। आखिरकार सारा शरीर बेदम हो गया, दिल की हरकत बन्द हो गयी और आँखें मुँद गयीं। दिलफ़िगार ने समझा अब काम तमाम हो गया कि मरनेवाले ने धीमे से कहा—भारतमाता की जय। और उसके सीने से खून का आख़िरी क़तरा निकल पड़ा। एक सच्चे देशप्रेमी और देशभक्त ने देशभक्ति का हक़ अदा कर दिया। दिलफ़िगार पर इस दृश्य का बहुत गहरा असर पड़ा और उसके दिल ने कहा, बेशक दुनिया में खून के इस क़तरे से ज्यादा अनमोल चीज़ कोई नहीं हो सकती। उसने फ़ौरन उस खून की बूँद को, जिसके आगे यमन का लाल भी हेच है, हाथ में ले लिया और इस दिलेर राजपूत की बहादुरी पर हैरत करता हुआ अपने वतन की तरफ़ रवाना हुआ और सख्तियाँ झेलता आख़िरकार बहुत दिनों के बाद रूप की रानी मलका दिलफ़रेब की ड्योढ़ी पर जा पहुँचा और पैग़ाम दिया कि दिलफ़िगार सुर्ख़रू और कामयाब होकर लौटा है और दरबार में हाज़िर होना चाहता है। दिलफ़रेब ने उसे फ़ौरन हाज़िर होने का हुक्म दिया। खुद हस्बे मामूल सुनहरे परदे की ओट में बैठी और बोली—दिलफ़िगार, अबकी तू बहुत दिनों के बाद वापस आया है। ला, दुनिया की सबसे बेशक़ीमत चीज़ कहाँ है?

दिलफ़िगार ने मेंहदी-रची हथेलियों को चूमते हुए खून का वह क़तरा उस पर रख दिया और उसकी पूरी कैफ़ियत पुरजोश लहजे में कह सुनाई। वह ख़ामोश

भी न होने पाया था कि यकायक वह सुनहरा परदा हट गया और दिलफ़िगार के सामने हुस्न का एक दरबार सजा हुआ नज़र आया जिसकी एक-एक नाज़नीन जुलेखा से बढ़कर थी। दिलफ़रेब बड़ी शान के साथ सुनहरी मसनद पर सुशोभित हो रही थी। दिलफ़िगार हुस्न का यह तिलिस्म देखकर अचम्भे में पड़ गया और चित्रलिखित-सा खड़ा रहा कि दिलफ़रेब मसनद से उठी और कई क़दम आगे बढ़कर उससे लिपट गयी। गानेवालियों ने खुशी के गाने शुरू किए, दरबारियों ने दिलफ़िगार को नज़रें भेंट कीं और चाँद सूरज को बड़ी इज्जत के साथ मसनद पर बैठा दिया। जब वह लुभावना गीत बन्द हुआ तो दिलफ़रेब खड़ी हो गयी और हाथ जोड़कर दिलफ़िगार से बोली—ऐ जाँनिसार आशिक़ दिलफ़िगार! मेरी दुआएँ बर आयीं और खुदा ने मेरी सुन ली और तुझे कामयाब व सुर्ख़रू किया। आज से तू मेरा मालिक है और मैं तेरी लौंडी!

यह कहकर उसने एक रत्नजटित मंजूषा मँगाई और उसमें से एक तख्ती निकाली जिस पर सुनहरे अक्षरों में लिखा हुआ था—

"खून का वह आख़िरी क़तरा जो वतन की हिफ़ाज़त में गिरे दुनिया की सबसे अनमोल चीज़ है।"

शेख मखमूर

मुल्के जन्नतनिशाँ के इतिहास में वह बहुत अँधेरा वक़्त था जब शाह किशवर की फतहों की बाढ़ बड़े जोर-शोर के साथ उस पर आयी। सारा देश तबाह हो गया। आजादी की इमारतें ढह गयीं और जानोमाल के लाले पड़ गये। शाह बामुराद खूब जी तोड़कर लड़ा, खूब बहादुरी का सबूत दिया और अपने खानदान के तीन लाख सूरमाओं को अपने देश पर चढ़ा दिया, मगर विजेता की पत्थर काट देने वाली तलवार के मुकाबले में उसकी यह मर्दाना जाँबाजियाँ बेअसर साबित हुईं। मुल्क पर शाह किशवरकुशा की हुकूमत का सिक्का जम गया और शाह बामुराद अकेला और तनहा बेयारो मददगार अपना सब कुछ आजादी के नाम पर कुर्बान करके एक झोंपड़े में जिन्दगी बसर करने लगा।

यह झोंपड़ा पहाड़ी इलाके में था। आस-पास जंगली कौमें आबाद थीं और दूर-दूर तक पहाड़ों के सिलसिले नज़र आते थे। इस सुनसान जगह में शाह बामुराद मुसीबत के दिन काटने लगा। दुनिया में अब उसका कोई दोस्त न था। वह दिन भर आबादी से दूर एक चट्टान पर अपने ख़याल में मस्त बैठा रहता था। लोग समझते थे कि यह कोई ब्रह्म ज्ञान के नशे में चूर सूफी है। शाह बामुराद को यों बसर करते एक जमाना बीत गया और जवानी की विदाई और बुढ़ापे के स्वागत की तैयारियाँ होने लगीं।

तब एक रोज शाह बामुराद बस्ती के सरदार के पास गया और उससे कहा— मैं अपनी शादी करना चाहता हूँ। उसकी तरफ से पैगाम सुनकर वह अचम्भे में आ गया, मगर चूँकि दिल में शाह साहब के कमाल और फकीरी में गहरा विश्वास रखता था, पलटकर जवाब न दे सका और अपनी कुँआरी नौजवान बेटी उनको भेंट की। तीसरे साल इस युवती की कामनाओं की वाटिका में एक नौरस पौधा उगा। शाह साहब खुशी के मारे जामे में फूले न समाए। बच्चे को गोद में उठा लिया और हैरत में डूबी हुई माँ के सामने जोश भरे लहजे में बोले—'खुदा का शुक्र है कि मुल्के जन्नतनिशाँ का वारिस पैदा हुआ।'

बच्चा बढ़ने लगा। अक्ल और जहानत में, हिम्मत और ताकत में, वह अपनी दुगनी उमर के बच्चों से बढ़कर था। सुबह होते ही गरीब रिन्दा बच्चे का बनाव-सिंगार करके और उसे नाश्ता खिलाकर अपने काम-धन्धों में लग जाती थी और शाह साहब बच्चे की उँगली पकड़कर उसे आबादी से दूर चट्टान पर ले जाते। वहाँ कभी उसे पढ़ाते, कभी हथियार चलाने की मश्क कराते और कभी उसे शाही कायदे समझाते। बच्चा था तो कमसिन, मगर इन बातों में ऐसा जी लगाता और ऐसे चाव से लगा रहता गोया उसे अपने वंश का हाल मालूम है। मिजाज भी बादशाहों जैसा था। गाँव का एक-एक लड़का उसके हुक्म का फरमाबरदार था। माँ उस पर गर्व करती, बाप फूला न समाता और सारे गाँव के लोग समझते कि यह शाह साहब के जप-तप का असर है।

बच्चा मसऊद देखते-देखते एक सात साल का नौजवान शहजादा हो गया। देखकर देखने वाले के दिल को एक नशा-सा होता था। एक रोज शाम का वक्त था, शाह साहब अकेले सैर करने गये और जब लौटे तो उनके सर पर एक जड़ाऊ ताज शोभा दे रहा था। रिन्दा उनका यह हुलिया देखकर सहम गयी और मुँह से कुछ बोल न सकी। तब उन्होंने नौजवान मसऊद को गले से लगाया, उसी वक्त उसे नहलाया-धुलाया और एक चट्टान के तख्त पर बैठकर दर्द-भरे लहजे में बोले—मसऊद, मैं आज तुमसे रुखसत होता हूँ और तुम्हारी अमानत तुम्हें सौंपता हूँ। यह उसी मुल्के जन्नतनिशाँ का ताज है। कोई वह जमाना था, कि यह ताज तुम्हारे बदनसीब बाप के सर पर जेब देता था, अब वह तुम्हें मुबारक हो! रिन्दा! प्यारी बीवी! तेरा बदकिस्मत शौहर किसी जमाने में इस मुल्क का बादशाह था और अब तू उसकी मलिका है। मैंने यह राज़ तुमसे अब तक छिपाया था, मगर हमारे अलग होने का वक़्त बहुत पास है। अब छिपाकर क्या करूँ। मसऊद, तुम अभी बच्चे हो, मगर दिलेर और समझदार हो। मुझे यकीन है कि तुम अपने बूढ़े बाप की आखिरी वसीयत पर ध्यान दोगे और उस पर अमल करने की कोशिश करोगे। यह मुल्क तुम्हारा है, यह ताज तुम्हारा है और यह रिआया तुम्हारी है। तुम इन्हें अपने कब्जे में लाने की मरते दम तक कोशिश करते रहना और अगर तुम्हारी तमाम कोशिशें नाकाम हो जाएँ और तुम्हें भी यही बेसरोसामानी की मौत नसीब हो तो यही वसीयत तुम अपने बेटे से कर देना और यह ताज जो उसकी अमानत होगी उसके सुपुर्द करना। मुझे तुमसे और कुछ नहीं कहना है, खुदा तुम दोनों को खुशोखुर्रम रखे और तुम्हें मुराद को पहुँचाए।

यह कहते-कहते शाह साहब की आँखें बन्द हो गयीं। रिन्दा दौड़कर उनके पैरों से लिपट गयी और मसऊद रोने लगा। दूसरे दिन सुबह गाँव के लोग जमा हुए और एक पहाड़ी गुफा की गोद में लाश रख दी।

2

शाह किशवरकुशा ने आधी सदी तक खूब इंसाफ के साथ राज़ किया, मगर किशवरकुशा दोयम ने सिंहासन पर आते ही अपने अक्लमन्द बाप के मन्त्रियों को एक सिरे से बर्खास्त कर दिया और अपनी मर्जी के मुआफिक नये-नये वजीर और सलाहकार नियुक्त किये। सल्तनत का काम रोज-ब-रोज बिगड़ने लगा। सरदारों ने बेइंसाफी पर कमर बाँधी और हुक्काम रिआया पर जोर-जबर्दस्ती करने लगे। यहाँ तक कि खानदाने मुरादिया के एक पुराने नमकखोर ने मौका अच्छा देखकर बगावत का झंडा बुलन्द कर दिया। आसपास से लोग उसके झंडे के नीचे जमा होने लगे और कुछ ही हफ्तों में एक बड़ी फ़ौज कायम हो गयी और मसऊद भी नमकखोर सरदार की फौज में आकर मामूली सिपाहियों का काम करने लगा।

मसऊद का अभी यौवन का आरम्भ था। दिल में मर्दाना जोश और बाजुओं में शेरों की कूवत मौजूद थी। ऐसा लम्बा-तड़ंगा, सुन्दर नौजवान बहुत कम किसी ने देखा होगा। शेरों के शिकार का उसे इश्क था। दूर-दूर तक जंगल दरिन्दों से खाली हो गये। सवेरे से शाम तक उसे सैरो-शिकार के सिवा कोई धन्धा न था। लबोलहजा ऐसा दिलकश पाया था कि जिस वक़्त मस्ती में आकर कोई कौमी गीत छेड़ देता तो राह चलते मुसाफिरों और पहाड़ी औरतों का ठट लग जाता था। कितने ही भोले-भाले दिलों पर उसकी मोहिनी सूरत नक्श थी, कितनी ही आँखें उसे देखने को तरसतीं और कितनी ही जानें उसकी मुहब्बत की आग में घुलती थीं। मगर मसऊद पर अभी तक किसी का जादू न चला था। हाँ, अगर उसे मुहब्बत थी तो अपनी आबदार शमशीर से जो उसने बाप से विरसे में पाई थी। इस तेग को वह जान से ज़्यादा प्यार करता था। बेचारा खुद नंगे बदन रहता मगर उसके लिए तरह-तरह के म्यान बनवाए थे। उसे एक दम के लिए अपने पहलू से अलग न करता। सच है दिलेर सिपाही की तलवार उसकी निगाहों में दुनिया की तमाम चीजों से ज्यादा प्यारी होती है। खासकर वह आबदार खंजर जिसका जौहर बहुत से मौकों पर परखा जा चुका हो। इसी तेग से मसऊद ने कितने ही जंगली दरिन्दों को मारा था, कितने ही लुटेरों और डाकुओं को मौत का मजा चखाया था और उसे पूरा यकीन था कि यही तलवार किसी दिन किशवरकुशा दोयम के सर पर चमकेगी और उसकी शहरग के खून से अपनी जबान तय करेगी।

एक रोज वह एक शेर का पीछा करते-करते बहुत दूर निकल गया। धूप सख्त थी, भूख और प्यास से जी बेताब हुआ, मगर वहाँ न कोई मेवे का दरख्त नजर आया। न कोई बहता हुआ पानी का सोता जिसमें भूख और प्यास की आग बुझाता। हैरान और परेशान खड़ा था कि सामने से एक चाँद जैसी सुन्दर युवती

हाथ में बर्छी लिए और बिजली की तरह तेज घोड़े पर सवार आती हुई दिखाई दी। पसीने की मोती जैसी बूँदें उसके माथे पर झलक रही थीं और अम्बर की सुगन्ध में बसे हुए बाल दोनों कन्धों पर एक सुहानी बेतकल्लुफी से बिखरे हुए थे। दोनों की निगाहें चार हुई और मसऊद का दिल हाथ से जाता रहा। उस गरीब ने आज तक दुनिया को जला डालने वाला ऐसा हुस्न न देखा था। उसके ऊपर एक सकता-सा छा गया। यह जवान औरत उस जंगल में मलिका शेर अफगन के नाम से मशहूर थी।

मलिका ने मसऊद को देखकर घोड़े की बाग खींच ली और गर्म लहजे में बोली, क्या तू वही नौजवान है, जो मेरे इलाके के शेरों का शिकार किया करता है? बतला तेरी इस गुस्ताखी की क्या सजा दूँ?

यह सुनते ही मसऊद की आँखें लाल हो गयीं और बरबस हाथ तलवार की मूठ पर जा पहुँचा मगर जब्त करके बोला—इस सवाल का जवाब मैं खूब देता, अगर आपके बजाय यह किसी दिलेर मर्द की जबान से निकलता!

इन शब्दों ने मलिका के गुस्से की आग को और भी भड़का दिया। उसने घोड़े को चमकाया और बर्छी उछालती सर पर आ पहुँची और वार पर वार करने शुरू किए। मसऊद के हाथ-पाँव बेहद थकान से चूर हो रहे थे और मलिका शेर अफगन बर्छी चलाने की कला में बेजोड़ थी। उसने चरके पर चरके लगाए, यहाँ तक कि मसऊद घायल होकर घोड़े से गिर पड़ा। उसने अब तक मलिका के वारों को काटने के सिवाय खुद एक हाथ भी न चलाया था।

तब मलिका घोड़े से मूदी और अपना रूमाल फाड-फाड़कर मसऊद के जख्म बाँधने लगी। ऐसा दिलेर और गैरतमन्द जमाँमर्द उसकी नज़र से आज तक न गुजरा था। वह उसे बहुत आराम से उठवाकर अपने खेमे में लाई और पूरे दो हफ्ते तक उसकी परिचर्या में लगी रही। यहाँ तक कि घाव भर गया और मसऊद का चेहरा फिर पूरनमासी के चाँद की तरह चमकने लगा। मगर हसरत यह थी कि अब मलिका ने उसके पास आना-जाना छोड़ दिया।

एक रोज मलिका शेर अफगन ने मसऊद को दरबार में बुलाया और यह बोली, ऐ घमंडी नौजवान! खुदा का शुक्र है कि तू मेरी बर्छी की चोट से अच्छा हो गया, अब मेरे इलाज से जा, तेरी गुस्ताखी माफ करती हूँ। मगर आइन्दा मेरे इलाके में शिकार के लिए आने की हिम्मत न करना। फिलहाल ताकीद के तौर पर तेरी तलवार छीन ली जाएगी ताकि तू घमंड के नशे से चूर होकर फिर इधर कदम बढ़ाने की हिम्मत न करे।

मसऊद ने नंगी तलवार म्यान से खींच ली और कड़ककर बोला—जब तक मेरे दम में दम है, कोई यह तलवार मुझसे नहीं ले सकता। यह सुनते ही एक

देव-जैसा लम्बा-तड़ंगा हैकल पहलवान ललकारकर बढ़ा और मसऊद की कलाई पर तेगे का तुला हुआ हाथ चलाया। मसऊद ने वार खाली दिया और सँभलकर तेगे का वार किया तो पहलवान की गर्दन की पट्टी तक बाकी न रही। यह कैफियत देखते ही मलिका की आँखों से चिंगारियाँ उड़ने लगीं। भयानक गुस्से के स्वर में बोली—खबरदार, यह शख्स यहाँ से ज़िन्दा न जाने पावे। चारों तरफ से आजमाए हुए मजबूत सिपाही पिल पड़े और मसऊद पर तलवारों और बर्छियों की बौछार पड़ने लगी।

मसऊद का जिस्म जख्मों से छलनी हो गयी। खून के फव्वारे जारी थे और खून की प्यासी तलवारें जबान खोले बार-बार उसकी तरफ लपकती थीं और उसका खून चाटकर अपनी प्यास बुझा लेती थीं। कितनी ही तलवारें उसकी ढाल से टकराकर टूट गयीं, कितने ही बहादुर सिपाही जख्मी होकर तड़पने लगे और कितने ही उस दुनिया को सिधारे। मगर मसऊद के हाथ में वह आबदार शमशीर ज्यों-की-त्यों बिजली की तरह कौंधती और सुथराव करती रही। यहाँ तक कि इस फन के कमाल को समझने वाली मलिका ने खुद उसकी तारीफ का नारा बुलन्द किया और उसके तेगे को चूमकर बोली—मसऊद! तू बहादुरी के समुन्दर का मगर है। शेरों के शिकार में वक़्त बर्बाद मत कर। दुनिया में शिकार के अलावा और भी ऐसे मौके हैं जहाँ तू अपने आबदार तेगे का जौहर दिखा सकता है। जा और मुल्कोकौम की ख़िदमत कर। सैरो-शिकार हम जैसी औरतों के लिए छोड़ दे।

मसऊद के दिल ने गुदगुदाया, प्यार की बानी जबान तक आयी, मगर बाहर निकल न सकी और उसी वक़्त वह अपने दिल में किसी की पलकों की टीस लिए हुए तीन हफ्तों के बाद अपनी बेकरार माँ के कदमों पर जा गिरा।

3

नमकखोर सरदार की फौज रोज-ब-रोज बढ़ने लगी। पहले तो वह अँधेरे के पर्दे में शाही खजानों पर हाथ बढ़ाता रहा, धीरे-धीरे एक बाकायदा फ़ौज तैयार हो गयी, यहाँ तक कि सरदार को शाही फौजों के मुकाबले में अपनी तलवार आजमाने का हौसला हुआ, और पहली लड़ाई में चौबीस किले इस नयी फ़ौज के हाथ आ जाय। शाही फ़ौज ने लड़ने में जरा भी कसर न की, मगर वह ताकत, वह जोश, वह जज्बा जो सरदार नमकखोर और उसके दोस्तों के दिलों को हिम्मत के मैदान में आगे बढ़ाता रहता था, किशवरकुशा दोयम के सिपाहियों में गायब था। लड़ाई के कलाकौशल, हथियारों की खूबी और ऊपर दिखाई पड़ने वाली

शान-शौकत के लिहाज से दोनों फ़ौजों का कोई मुकाबला न था। बादशाह के सिपाही लहीम-शहीम, लम्बे-तड़ंगे और आजमाए हुए थे। उनके साज़-सामान और तौर-तरीके से देखने वालों के दिलों पर एक डर-सा छा जाता था और वहम भी यह गुमान न कर सकता था कि इस जबर्दस्त जमात के मुकाबले में निहत्थी-सी अधनंगी और बेकायदा सरदारी फौज एक पल के लिए भी पैर जमा सकेगी। मगर जिस वक्त 'मारो' की दिल बढ़ाने वाली पुकार हवा में गूँजी, एक अजीबो-गरीब नज़ारा सामने आया। सरदार के सिपाही तो नारे मारकर आगे धावा करते थे और बादशाह की फ़ौज भागने की राह पर दबी हुई निगाहें डालती थी। दम के दम में मोर्चे गुबार की तरह फट गये और जब मस्कात के मजबूत किले में सरदार नमकखोर शाही किलेदार की मनसद पर अमीराना ठाट-बाट से बैठा और अपनी फौज की कारगुजारियों और जाँबाजियों के इनाम देने के लिए एक तश्त में सोने के तमगे मँगवाकर रखे तो सबसे पहले जिस सिपाही का नाम पुकारा गया वह नौजवान मसऊद था।

मसऊद पर इस वक़्त उसकी फौज घमंड करती थी। लड़ाई के मैदान में सबसे पहले उसी की तलवार चमकती थी और धावे के वक़्त सबसे पहले उसी के कदम उठते थे। दुश्मन के मोर्चों में ऐसा बेधड़क घुसता था जैसे आसमान में चमकता हुआ लाल तारा। उसकी तलवार के वार कयामत थे और उसके तीर का निशाना मौत का सन्देश।

मगर टेढ़ी चाल की तकदीर से उसका यह प्रताप, यह प्रतिष्ठा न देखी गयी। कुछ थोड़े से आजमाए हुए अफसर जिनके तेगों की चमक मसऊद के तेग के सामने मन्द पड़ गयी थी, उससे खार खाने लगे और उसे मिटा देने की तदबीरें सोचने लगे। संयोग से उन्हें मौका भी जल्द हाथ आ गया।

किशवरकुशा दोयम ने बागियों को कुलचने के लिए अबकी एक जबर्दस्त फ़ौज रवाना की और मीर शुजा को उसका सिपहसालार बनाया जो लड़ाई के मैदान में अपने वक़्त का इसफंदियार था। सरदार नमकखोर ने यह खबर पाई तो हाथ-पाँव फूल गये। मीर शुजा के मुकाबले में आना अपनी हार को बुलाना था। आखिरकार यह राय तय पाई कि इस जगह से आबादी का निशान मिटाकर हम लोग किलेबन्द हो जाएँ। उस वक्त नौजवान मसऊद ने उठकर बड़े पुरजोश लहजे में कहा—

"नहीं, हम किलेबन्द न होंगे, हम मैदान में रहेंगे और हाथों हाथ दुश्मन का मुकाबला करेंगे। हमारे सीनों की हड्डियाँ ऐसी कमजोर नहीं हैं कि तीर-तुपुक के निशाने बर्दाश्त न कर सकें। किलेबन्द होना इस बात का ऐलान है कि हम आमने-सामने नहीं लड़ सकते। क्या आप लोग, जो शाह बामुराद के नामलेवा

हैं, भूल गये कि इसी मुल्क पर उसने अपने खानदान के तीन लाख सपूतों को फूल की तरह चढ़ा दिया? नहीं, हम हर्गिज किलेबन्द न होंगे। हम दुश्मन के मुकाबले में ताल ठोंककर आएँगे और अगर खुदा इन्साफ करने वाला है तो ज़रूर हमारी तलवारें दुश्मनों से गले मिलेंगी और हमारी बर्छिया उनके पहलू में जगह पाएँगी।"

सैकड़ों निगाहें मसऊद के पुरजोश चेहरे की तरफ उठ गयीं। सरदारों की त्योरियों पर बल पड़ गये और सिपाहियों के सीने जोश से धड़कने लगे। सरदार नमकख़ोर ने उसे गले से लगा लिया और बोले—मसऊद, तेरी हिम्मत और हौसले की दाद देता हूँ। तू हमारी फ़ौज की शान है। तेरी सलाह मर्दाना सलाह है। बेशक हम किलेबन्द न होंगे। हम दुश्मन के मुकाबले में ताल ठोंककर आएँगे और अपने न्याने जन्नतनिशाँ के लिए अपना खून पानी की तरह बहाएँगे। तू हमारे लिए आगे-आगे चलने वाली मशाल है और हम सब आज इसी रोशनी में कदम आगे बढ़ाएँगे।

मसऊद ने चुने हुए सिपाहियों का एक दस्ता तैयार किया और कुछ इस दमखम और कुछ इस जोशखरोश से मीर शुजा पर टूटा कि उसकी सारी फ़ौज में खलबली पड़ गयी। सरदार नमकखोर ने जब देखा कि शाही फौज के कदम डगमगा रहे हैं, तो अपनी पूरी ताकत से बादल और बिजली की तरह लपका और तेगों से तेगे और बर्छियों से बर्छियाँ खड़कने लगीं। तीन घंटे तक बला का शोर मचा रहा, यहाँ तक कि शाही फ़ौज के कदम उखड़ गये और वह सिपाही जिसकी तलवार मीर शुजा से गले मिली मसऊद था।

तब सरदारी फ़ौज और अफसर सब-के-सब लूट के माल पर टूटे और मसऊद जख्मों से चूर और खून में रंगा हुआ अपने कुछ जान पर खेलने वाले दस्तों के साथ मस्कात के किले की तरफ लौटा, मगर जब होश ने आँखें खोलीं और हवास ठिकाने हुए तो क्या देखता है कि मैं एक सजे हुए कमरे में मखमली गद्दे पर लेटा हुआ हूँ। फूलों की सुहानी महक और लम्बी छरहरी सुन्दरियों के जमघट से कमरा चमन बना हुआ था। ताज्जुब से इधर-उधर ताकने लगा कि इतने में एक अप्सरा-जैसी सुन्दर युवती तश्त में फूलों का हार लिए धीरे-धीरे आती हुई दिखाई दी कि जैसे बहार फूलों की डाली पेश करने आ रही है। उसे देखते ही उन लम्बी छरहरी सुन्दरियों ने आँखें बिछाईं और उसकी हिनाई हथेली को चूमा। मसऊद देखते ही पहचान गया। यह मलिका शेर अफगन थी।

मलिका ने फूलों का हार मसऊद के गले में डाला। हीरे-जवाहरात उस पर चढ़ाए और सोने के तारों से टकी हुई मसनद पर बड़ी आन-बान से बैठ गयी। साजिन्दों ने बीन ले-लेकर विजयी अतिथि के स्वागत में सुहाने राग अलापने शुरू किए।

यहाँ तो नाच-गाने की महफिल थी उधर आपसी डाह ने नये-नये शिगूफे

खिलाए। सरदार से शिकायत की कि मसऊद जरूर दुश्मन से जा मिला है और आज जान-बूझकर फ़ौज का एक दस्ता लेकर लड़ने को गया था ताकि उसे ख़ाक और खून में सुलाकर सरदारी फौज को बेचिराग कर दे। इसके सबूत में कुछ जाली खत भी दिखाए गये और इस कमीनी कोशिश में जबान की ऐसी चालाकी से काम लिया कि आखिर सरदार को इन बातों पर यकीन आ गया। पौ फटे जब मसऊद मलिका शेर अफगन के दरबार से विजय का हार गले में डाले सरदार को बधाई देने गया तो बजाय इसके कि कद्रदानी का सिरोपा और बहादुरी का तमगा पाए, उसको खरी-खोटी बातों के तीर का निशाना बनाया गया और हुक्म मिला कि तलवार कमर से खोलकर रख दे।

मसऊद स्तम्भित रह गया। यह तेगा मैंने अपने बाप से विरसे में पाया है और यह मेरे पिछले बड़प्पन की आख़िरी यादगार है। यह मेरी बाँहों की ताकत और मेरा सहयोगी और मददगार है। इसके साथ कैसी-कैसी स्मृतियाँ जुड़ी हुई हैं, क्या मैं जीते जी इसे अपने पहलू से अलग कर दूँ? अगर मुझ पर कोई आदमी लड़ाई के मैदान से कदम हटाने का इल्जाम लगा सकता, अगर कोई शख्स इस तेगे का इस्तेमाल मेरे मुकाबिले में ज्यादा कारगुजारी के साथ कर सकता, अगर मेरी बाँहों में तेगा पकड़ने की ताकत न होती तो खुदा की कसम, मैं ख़ुद ही तेगा कमर से खोलकर रख देता। मगर खुदा का शुक्र है कि मैं इन इल्जामों से बरी हूँ। फिर क्यों मैं इसे हाथ से जाने दूँ? क्या इसलिए कि मेरी बुराई चाहने वाले कुछ थोड़े से डाहियों ने सरदार नमकखोर का मन मेरी तरफ से फेर दिया है। ऐसा नहीं हो सकता।

मगर फिर उसे खयाल आया, मेरी सरकशी पर सरदार और भी गुस्सा हो जाएँगे और यकीनन मुझसे तलवार शमशीर के जोर से छीन ली जाएगी। ऐसी हालत में मेरे ऊपर जान छिड़कने वाले सिपाही कब अपने को काबू में रख सकेंगे। जरूर आपस में खून की नदियाँ बहेंगी और भाई-भाई का सिर कटेगा। खुदा न करे कि मेरे सबब से यह दर्दनाक मार-काट हो। यह सोचकर उसने चुपके से शमशीर सरदार नमकखोर के बगल में रख दी और ख़ुद सर नीचा किए जब्त की इन्तहाई कूवत से गुस्से को दबाता हुआ खेमे से बाहर निकल आया।

मसऊद पर सारी फ़ौज गर्व करती थी और उस पर जानें वारने के लिए हथेली में सर लिए रहती थी। जिस वक़्त उसने तलवार खोली है, दो हजार सूरमा सिपाही म्यान पर हाथ रखे और शोले बरसाती हुई आँखों से ताकते कनौतियाँ बदल रहे थे। मसऊद के एक जरा से इशारे की देर थी और दम के दम में लाशों के ढेर लग जाते। मगर मसऊद बहादुरी ही में बेजोड़ न था, जब्त और धीरज में भी उसका जवाब न था। उसने यह जिल्लत और बदनामी सब गवारा की,

तलवार देना गवारा किया, बगावत का इल्जाम लेना गवारा किया और अपने साथियों के सामने सर झुकाना गवारा किया, मगर यह गवारा न किया कि उसके कारण फ़ौज में बगावत और हुक्म न मानने का खयाल पैदा हो। और ऐसे नाजुक वक़्त में जबकि कितने ही दिलेर जिन्होंने लड़ाई की आजमाइश में अपनी बहादुरी का सबूत दिया था, जब्त हाथ से बैठते और गुस्से की हालत में एक-दूसरे के गले काटते, खामोश रहा और उसके पैर नहीं डगमगाए। उसकी पेशानी पर जरा भी बल न आया, उसके तेवर जरा भी न बदले। उसके खून बरसाती हुई आँखों से दोस्तों को अलविदा कहा और हसरत-भरा दिल लिये उठा और एक गुफा में छिप बैठा और जब सूरज डूबने पर वहाँ से उठा तो उसके दिल ने फैसला कर लिया था कि बदनामी का दाग माथे से मिटाऊँगा और डाहियों को शर्मिंदगी के गड्ढे में गिराऊँगा।

मसऊद ने फकीरों का भेस अख्तियार किया, सर पर लोहे की टोपी के बजाय लम्बी जटाएँ बनाईं, जिस्म पर जिरहबख्तर के बजाय गेरुए रंग का बाना सजा, हाथ में लवार के बजाय फकीरों का प्याला लिया। जंग के नारे के बजाय फकीरों की सदा बुलन्द की और अपना नाम शेख मखमूर रख दिया। मगर यह जोगी दूसरे जोगियों की तरह धूनी रमाकर न बैठा और न उस तरह का प्रचार शुरू किया। वह दुश्मन की फौज में जाता और सिपाहियों की बातें सुनता। कभी उनकी मोर्चेबन्दियों पर निगाह दौड़ाता, कभी उनके दमदमों और किलों की दीवारों का मुआयना करता। तीन बार सरदार नमकखोर दुश्मन के पंजे से ऐसे वक़्त निकले जबकि उन्हें जान बचाने की कोई आस न रही थी। और यह सब शेख मखमूर की करामात थी। मिनकाद का किला जीतना कोई आसान बात न थी। पाँच हजार बहादुर सिपाही उसकी हिफाजत के लिए कुर्बान होने को तैयार बैठे थे। तीस तोपें आग के गोले उगलने के लिए मुँह खोले हुए थीं और दो हजार सधे हुए तीरंदाज हाथों में मौत का पैगाम लिये हुक्म का इन्तज़ार कर रहे थे। मगर जिस वक़्त सरदार नमकखोर अपने दो हजार बहादुरों के साथ इस किले पर चढ़ा तो पाँचों हजार दुश्मन सिपाही काठ के पुतले बन गये। तोपों के मुँह बन्द हो गये और तीरंदाजों के तीर हवा में उड़ने लगे। और यह सब शेख मखमूर की करामात थी। शाह साहब वहीं मौजूद थे। सरदार दौड़कर उनके कदमों पर गिर पड़ा और उनके पैरों की धूल माथे पर लगाई।

4

किशवरकुशा दोयम का दरबार सजा हुआ है। अँगूरी शराब का दौर चल रहा है और दरबार के बड़े-बड़े अमीर और रईस अपने-अपने दर्जे के हिसाब से अदब

के साथ घुटना मोड़े बैठे हैं। यकायक भेदियों ने ख़बर दी कि मीर शुजा की हार हुई और वह जान से मारे गये। यह सुनकर किशवरकुशा के चेहरे पर चिन्ता के लक्षण दिखाई पड़े। सरदारों को सम्बोधित करके बोले—आप लोगों में ऐसा दिलेर कौन है जो इस बदमाश सरदार का सर कलम करके हमारे सामने पेश करे। इसकी गुस्तखियाँ अब हद से आगे बढ़ी जाती हैं। आप ही लोगों के बड़े-बूढ़ों ने यह मुल्क तलवार के जोर से मुरादिया ख़ानदान से छीना था। क्या आप उन्हीं पुरखों की औलाद नहीं हैं? यह सुनते ही सरदारों में एक सन्नाटा छा गया, सबके चेहरे पर हवाइयाँ उड़ने लगीं और किसी की हिम्मत न पड़ी कि बादशाह की दावत कबूल करे। आख़िरकार शाह किशवरकुशा के बुड्ढे चचा खुद उठे और बोले—ऐ शाह जवाँबख्त! मैं तेरी दावत कबूल करता हूँ। अगरचे मैं बुड्ढा हो गया हूँ और बाजुओं में तलवार पकड़ने की ताकत बाकी नहीं रही, मगर मेरे खून में वही गर्मी और दिल में वही जोश है जिनकी बदौलत हमने यह मुल्क शाह बामुराद से लिया था। या तो मैं इस नापाक कुत्ते की हस्ती खाक में मिला दूँगा या इस कोशिश में अपनी जान निसार कर दूँगा, ताकि अपनी आँखों से सल्तनत की बर्बादी न देखूँ। यह कहकर अमीर पुरतदबीर वहाँ से उठा और मुस्तैदी से जंगी तैयारियों में लग गया। उसे मालूम था कि यह आख़िरी मुकाबिला है और अगर इसमें नाकाम रहे तो मर जाने के सिवाय और कोई चारा नहीं है। उधर सरदार नमकखोर धीरे-धीरे राजधानी की तरफ बढ़ता आता था, यकायक उसे ख़बर मिली कि अमीर पुरतदबीर बीस हजार पैदल और सवारों के साथ मुकाबले के लिए आ रहा है।

यह सुनते ही सरदार नमकखोर की हिम्मतें छूट गयीं। अमीर पुरतदबीर बुढ़ापे के बावजूद अपने वक़्त का एक ही सिपहसालार था। उसका नाम सुनकर बड़े-बड़े बहादुर कानों पर हाथ रख लेते थे। सरदार नमकखोर का ख़याल था कि अमीर कहीं एक कोने में बैठे ख़ुदा की इबादत करते होंगे। मगर उनको अपने मुकाबले में देखकर उसके होश उड़ गये कि कहीं ऐसा न हो कि हार से हम अपनी सारी जीत खो बैठें और बरसों की मेहनत पर पानी किए जाय। सबकी यही सलाह हुई कि वापस चलना ही ठीक है। उस वक़्त शेख मखमूर ने कहा—ऐ सरदार नमकखोर! तूने मुल्के जन्नतनिशाँ को छुटकारा दिलाने का बीड़ा उठाया है। क्या इन्हीं हिम्मतों से तेरी आरजुएँ पूरी होंगी? तेरे सरदार और सिपाहियों ने कभी मैदान से कदम पीछे नहीं हटाया, कभी पीठ नहीं दिखाई, तीरों की बौछार को तुमने पानी की फुहार समझा और बन्दूकों की बाढ़ को फूलों की बहार। क्या इन चीजों से इतनी जल्दी तुम्हारा जी भर गया? तुमने यह लड़ाई सल्तनत को बढ़ाने के कमीन इरादे से नहीं छेड़ी है। तुम सच्चाई और इन्साफ की तवार की

प्यास इतनी जल्दी बुझ गयी? तुम खूब जानते हो कि इन्साफ और सच्चाई की जीत ज़रूर होगी, तुम्हारी इन बहादुरियों का इनाम खुदा के दरबार से जरूर मिलेगा। फिर अभी से क्यों हौसले छोड़े देते हो? क्या बात है, अगर अमीर पुरतदबीर बड़ा दिलेर और इरादे का पक्का सिपाही है। अगर वह शेर है तो तुम शेर मर्द हो; अगर उसकी तलवार लोहे की है तो तुम्हारा तेगा फौलाद का है; अगर उसके सिपाही जान पर खेलने वाले हैं तो तुम्हारे सिपाही भी सर कटाने के लिए तैयार हैं। हाथों में तेगा मजबूत पकड़ो और खुदा का नाम लेकर दुश्मन पर टूट पड़ो। तुम्हारे तेवर कहे देते हैं कि मैदान तुम्हारा है।

इस पुरजोश तकरीर ने सरदारों के हौसले उभार दिए। उनकी आँखें लाल हो गयीं, तलवारें पहलू बदलने लगीं और कदम बरबस लड़ाई के मैदान की तरफ बढ़े। शेख मखमूर ने तब फकीरी बाना उतारा फेंका, फकीरी प्याले को सलाम किया और हाथों में वही तलवार और ढाल लेकर जो किसी वक़्त मसऊद से छीने गये थे, सरदार नमकखोर के साथ-साथ सिपाहियों और अफसरों का दिल बढ़ाते शेरों की तरह बिफरता हुआ चला। आधी रात का वक़्त था, अमीर के सिपाही अभी मंजिलें मारे चले जाते थे। बेचारे दम भी न लेने पाए थे कि एकाएक सरदार नमकखोर के आ पहुँचने की ख़बर पाई। होश उड़ गये और हिम्मतें टूट गयीं। मगर अमीर शेर की तरह गरजकर खेमे से बाहर आया और दम के दम में अपनी सारी फ़ौज दुश्मन के मुकाबले में कतार बाँधकर खड़ी कर दी कि जैसे एक माली था कि आया और इधर-उधर बिखरे हुए फूलों को एक गुलदस्ते में सजा गया।

दोनों फ़ौजें काले-काले पहाड़ों की तरह आमने-सामने खड़ी हैं। और तोपों का आग बरसाना ज्वालामुखी का दृश्य प्रस्तुत कर रहा था। उनकी धनगरज आवाज़ से बला का शोर मच रहा था। यह पहाड़ धीरे-धीरे आगे बढ़ते गये। यकायक वह टकराए और कुछ इस जोर से टकराए कि जमीन काँप उठी और घमासान की लड़ाई शुरू हो गयी। मसऊद का तेगा इस वक़्त एक बला हो रहा था, जिधर पहुँचता लाशों के ढेर लग जाते और सैकड़ों सर उस पर भेंट चढ़ जाते।

पौ फटे तक तेगे यों ही खड़का किए और यों ही खून का दरिया बहता रहा। जब दिन निकला तो लड़ाई का मैदान मौत का बाज़ार हो रहा था। जिधर निगाह उठती थी, मरे हुओं के सर और हाथ-पैर लहू में तैरते दिखाई देते थे। यकायक शेख मखमूर की कमान से एक तीर बिजली बनकर निकला और अमीर पुरतदबीर की जान के घोंसले पर गिरा और उसके गिरते ही शाही फ़ौज भाग निकली और सरदारी फ़ौज फतहे का झंडा उठाए राजधानी की तरफ बढ़ी।

5

जब यह जीत की लहर-जैसी फ़ौज शहर की दीवार के अन्दर दाखिल हुई तो शहर के मर्द और औरत, जो बड़ी मुद्दत से गुलामी की सख्तियाँ झेल रहे थे, उसकी अगवानी के लिए निकल पड़े। सारा शहर उमड़ आया। लोग सिपाहियों को गले लगाते थे और उन पर फूलों की बरखा करते थे कि जैसे बुलबुलें थीं जो बहेलिए के पंजे से रिहाई पाने पर बाग में फूलों को चूम रही थीं। लोग शेख मखमूर के पैरों की धूल माथे से लगाते थे और सरदार नमकखोर के पैरों पर खुशी के आँसू बहाते थे।

अब मौका था कि मसऊद अपना जोगिया भेस उतार फेंके और ताजोतख्त का दावा पेश करे। मगर जब उसने देखा कि मलिका शेर अफगन का नाम हर आदमी की जबान पर है तो खामोश हो रहा। वह खूब जानता था कि अगर मैं अपने दावे को साबित कर दूँ तो मलिका का दावा खत्म हो जाएगा। मगर तब भी यह नामुमकिन था कि सख्त मारकाट के बिना यह फैसला हो सके। एक पुरजोश और आरजूमन्द दिल के लिए इस हद तक जब्त करना मामूली बात न थी। जब से उसने होश सँभाला, यह ख़याल कि मैं इस मुल्क का बादशाह हूँ, उसके रग रेशे में घुल गया था। शाह बामुराद की वसीयत उसे एकदम को भी न भूलती थी। दिन को वह बादशाहत के मनसूबे बाँधता और रात को बादशाहत के सपने देखता है। यह यकीन कि मैं बादशाह हूँ, उसे बादशाह बनाए हुए था। अफसोस, आज वह मन्सूबे टूट गये और वह सपना तितर-बितर हो गया। मगर मसऊद के चरित्र में मर्दाना जब्त अपनी हद पर पहुँच गया था। उसने उफ तक न की, एक ठंडी आह भी न भरी, बल्कि पहला आदमी जिसने मलिका के हाथों को चूमा और उसके सामने सर झुकाया, वह फकीर मखमूर था। हाँ, ठीक उस वक़्त जबकि वह मलिका के हाथ को चूम रहा था, उसकी जिन्दगी भर की लालसाएँ आँसू की एक बूँद बनकर मलिका की मेहंदी-रची हथेली पर गिर पड़ीं कि जैसे मसऊद ने अपनी लालसा का मोती मलिका को सौंप दिया। मलिका ने हाथ खींच लिया और फकीर मखमूर के चेहरे पर मुहब्बत से भरी हुई निगाह डाली। जब सल्तनत के सब दरबारी भेंट दे चुके, तब तोपों की सलामियाँ दगने लगीं, शहर में धूमधाम का बाज़ार गर्म हो गया और खुशियों के जलसे चारों तरफ नजर आने लगे।

राजगद्दी के तीसरे दिन मसऊद खुदा की इबादत में बैठा हुआ था कि मलिका शेर अफगन अकेले उसके पास आयी और बोली—मसऊद, मैं एक नाचीज तोहफा तुम्हारे लिए लाई हूँ और वह मेरा दिल है। क्या तुम उसे मेरे हाथ से कबूल

करोगे? मसऊद अचम्भे से ताकता रह गया, मगर जब मलिका की आँखें मुहब्बत के नशे में डूबी हुई पाईं तो चाव के मारे उठा और उसे सीने से लगाकर बोला—मैं तो मुद्दत से तुम्हारी बर्छी की नोक का घायल हूँ, मेरी किस्मत है कि आज तुम मरहम रखने आयी हो।

6

मुल्के जन्नतनिशाँ अब आजादी और खुशहाली का घर है। मलिका शेर अफगन को अभी गद्दी पर बैठे साल भर से ज्यादा नहीं गुजरा, मगर सल्तनत का कारबार बहुत अच्छी तरह और खूबी से चल रहा है और इस बड़े काम में उसका प्यारा शौहर मसऊद, जो अभी तक फकीर मखमूर के नाम से मशहूर है, उसका सलाहकार और मददगार है।

रात का वक़्त था, शाही दरबार सजा हुआ था, बड़े-बड़े वजीर अपने पद के अनुसार बैठे हुए थे और नौकर जर्क-बर्क वर्दियाँ पहने हाथ बाँधे खड़े थे कि एक खिदमतगार ने आकर अर्ज की—दोनों जहान की मलिका, एक गरीब औरत बाहर खड़ी है और आपके कदमों का बोसा लेने की गुजारिश करती है। दरबारी चौंके और मलिका ने ताज्जुब-भरे लहजे में कहा—अन्दर हाजिर करो। खिदमतगार बाहर चला गया और जरा देर में एक बुढ़िया लाठी टेकती हुई आयी और अपनी पिटारी से एक जड़ाऊ ताज निकालकर बोली—तुम लोग इसे ले लो, अब यह मेरे किसी काम का नहीं रहा। मियाँ ने मरते वक़्त इसे मसऊद को देकर कहा था कि तुम इसके मालिक हो, मगर अपने जिगर के टुकड़े मसऊद को कहाँ ढूँढूँ। रोते-रोते अन्धी हो गयी, सारी दुनिया की खाक छानी, मगर उसका कहीं पता न लगा। अब जिन्दगी से तंग आ गयी हूँ, जीकर क्या करूँगी। यह अमानत मेरे पास है, जिसका जी चाहे ले लो।

दरबार में सन्नाटा छा गया। लोग हैरत के मारे मूरत-से बन गये कि जैसे एक जादूगर था जो उँगली के इशारे से सबका दम बन्द किए हुए था। यकायक मसऊद अपनी जगह से उठा और रोता हुआ जाकर रिन्दा के पैरों पर गिर पड़ा। रिन्दा अपने जिगर के टुकड़े को देखते ही पहचान गयी, उसे छाती से लगा लिया और वह जड़ाऊ ताज उसके सर पर रखकर बोली—साहबों, यही मेरा प्यारा मसऊद और शाहे बामुराद का बेटा है, तुम लोग इसकी रिआया हो, यह ताज इसका है, यह मुल्क इसका है और सारी खिलकत इसकी है। आज़ से वह अपने मुल्क का बादशाह है, अपनी कौम का ख़ादिम।

दरबार में कयामत का शोर मचने लगा, दरबारी उठे और मसऊद को हाथों हाथ लेके जाकर तख्त पर मलिका शेर अफगन के बगल में बिठा दिया। भेंटें दी जाने लगीं, सलामियाँ दगने लगीं, नफीरियों ने खुशी की गीत गाया और बाजों ने जीत का शोर मचाया। मगर जब जोश की यह खुशी जरा कम हुई और लोगों ने रिन्दा को देखा तो वह मर गयी थी। आरजूओं के पूरे होते ही जान निकल गयी। गोया आरजूएँ रूह बनकर उसके मिट्टी के तन को ज़िन्दा रखे हुए थीं।

[प्रथम प्रकाशन उर्दू में। 'सोजे वतन' (उर्दू कहानी-संग्रह), जुलाई, 1908 में प्रथम बार संकलित-प्रकाशित। हिन्दी रूप इसी शीर्षक से 'गुप्तधन' भाग-1 में संकलित।]

मन्त्र–1

पंडित लीलाधर चौबे की जबान में जादू था। जिस वक्त वह मंच पर खड़े होकर अपनी वाणी की सुधावृष्टि करने लगते थे; श्रोताओं की आत्माएँ तृप्त हो जाती थीं, लोगों पर अनुराग का नशा छा जाता था। चौबेजी के व्याख्यानों में तत्त्व तो बहुत कम होता था, शब्द–योजना भी बहुत सुन्दर न होती थी; लेकिन बार–बार दुहराने पर भी उसका असर कम न होता, बल्कि घन की चोटों की भाँति और भी प्रभावोत्पादक हो जाता था। हमें तो विश्वास नहीं आता, किन्तु सुननेवाले कहते हैं, उन्होंने केवल एक व्याख्यान रट रखा है। और उसी को वह शब्दशः प्रत्येक सभा में एक नये अन्दाज़ से दुहराया करते हैं। जातीय गौरव–गान उनके व्याख्यानों का प्रधान गुण था; मंच पर आते ही भारत के प्राचीन गौरव और पूर्वजों की अमर–कीर्ति का राग छेड़कर सभा को मुग्ध कर देते थे। यथा—

'सज्जनों! हमारी अधोगति की कथा सुनकर किसकी आँखों से अश्रुधारा न निकल पड़ेगी? हमें प्राचीन गौरव को याद करके सन्देह होने लगता है कि हम वही हैं, या बदल गये। जिसने कल सिंह से पंजा लिया, वह आज चूहे को देखकर बिल खोज रहा है। इस पतन की भी सीमा है। दूर क्यों जाइए, महाराज चन्द्रगुप्त के समय को ही ले लीजिए। यूनान का सुविज्ञ इतिहासकार लिखता है कि उस जमाने में यहाँ द्वार पर ताले न डाले जाते थे, चोरी कहीं सुनने में न आती थी, व्यभिचार का नाम–निशान न था, दस्तावेजों का आविष्कार ही न हुआ था, पुर्जों पर लाखों का लेन–देन हो जाता था, न्याय पद पर बैठे हुए कर्मचारी मक्खियाँ मारा करते थे। सज्जनों! उन दिनों कोई आदमी जवान न मरता था। (तालियाँ) हाँ, उन दिनों कोई आदमी जवान न मरता था। बाप के सामने बेटे का अवसान हो जाना एक अभूतपूर्व—एक असम्भव—घटना थी। आज ऐसे कितने माता–पिता हैं, जिनके कलेजे पर जवान बेटे का दाग न हो? वह भारत नहीं रहा, भारत गारत हो गया!''

यह चौबे जी की शैली थी। वह वर्तमान की अधोगति और दुर्दशा तथा

भूत की समृद्धि और सुदशा का राग अलाप कर लोगों में जातीय स्वाभिमान जाग्रत कर देते थे। इसी सिद्धि की बदौलत उनकी नेताओं में गणना होती थी। विशेषत: हिन्दू-सभा के तो वह कर्णधार ही समझे जाते थे। हिन्दू-सभा के उपासकों में कोई ऐसा उत्साही, ऐसा दक्ष, ऐसा नीति-चतुर दूसरा न था। यों कहिए कि सभा के लिए उन्होंने अपना जीवन ही उत्सर्ग कर दिया था। धन तो उनके पास न था, कम-से-कम लोगों का विचार यही था; लेकिन साहस, धैर्य और बुद्धि जैसा अमूल्य रत्न उनके पास थे, और ये सभी सभा को अर्पण थे। 'शुद्धि' के तो मानो प्राण ही थे। हिन्दू-जाति का उत्थान और पतन, जीवन और मरण उनके विचार में इसी प्रश्न पर अवलम्बित था। शुद्धि के सिवा अब हिन्दू जाति के पुनर्जीवन का और कोई उपाय न था। जाति की समस्त नैतिक, शारीरिक, मानसिक, सामाजिक, आर्थिक और धार्मिक बीमारियों की दवा इसी आन्दोलन की सफलता में मर्यादित थी, और वह तन, मन से इसका उद्योग किया करते थे। चन्दे वसूल करने में चौबे जी सिद्धहस्त थे। ईश्वर ने उन्हें वह 'गुण' बता दिया था कि पत्थर से भी तेल निकाल सकते थे। कंजूसों को तो वह ऐसा उलटे छुरे से मूड़ते थे कि उन महाशयों को सदा के लिए शिक्षा मिल जाती थी! इस विषय में पंडित जी साम, दाम, दंड और भेद इन चारों नीतियों से काम लेते थे, यहाँ तक कि राष्ट्र-हित के लिए डाका और चोरी को भी क्षम्य समझते थे।

2

गरमी के दिन थे। लीलाधर जी किसी शीतल पार्वत्य-प्रदेश को जाने की तैयारियाँ कर रहे थे कि सैर की सैर हो जाएगी, और बन पड़ा तो कुछ चन्दा भी वसूल कर लाएँगे। उनको जब भ्रमण की इच्छा होती, तो मित्रों के साथ एक डेपुटेशन के रूप में निकल खड़े होते; अगर एक हजार रुपये वसूल करके वह इसका आधा सैर-सपाटे में खर्च भी कर दें, तो किसी की क्या हानि? हिन्दू सभा को तो कुछ-न-कुछ मिल ही जाता था। वह न उद्योग करते, तो इतना भी तो न मिलता! पंडित जी ने अब की सपरिवार जाने का निश्चय किया था? जब से 'शुद्धि' का आविर्भाव हुआ था, उनकी आर्थिक दशा, जो पहले बहुत शोचनीय रहती थी, बहुत कुछ सँभल गयी थी।

लेकिन जाति के उपासकों का ऐसा सौभाग्य कहाँ कि शान्ति-निवास का आनन्द उठा सकें। उनका तो जन्म ही मारे-मारे फिरने के लिए होता है। ख़बर-आयी कि मद्रास-प्रान्त में तबलीग वालों ने तूफान मचा रखा है। हिन्दुओं के गाँव के गाँव मुसलमान होते जाते हैं। मुल्लाओं ने बड़े जोश से तबलीग का काम

शुरू किया है; अगर हिन्दू-सभा ने इस प्रवाह को रोकने की आयोजना न की, तो सारा प्रान्त हिन्दुओं से शून्य हो जाएगा--किसी शिखाधारी की सूरत तक न नज़र आएगी।

हिन्दू-सभा में खलबली मच गयी। तुरन्त एक विशेष अधिवेशन हुआ और नेताओं के सामने यह समस्या उपस्थित की गयी। बहुत सोच-विचार के बाद निश्चय हुआ कि चौबे जी पर इस कार्य का भार रखा जाय। उनसे प्रार्थना की जाय कि वह तुरन्त मद्रास चले जाएँ, और धर्म-विमुख बन्धुओं का उद्धार करें। कहने ही की देर थी। चौबे जी तो हिन्दू-जाति की सेवा के लिए अपने को अर्पण ही कर चुके थे; पर्वत-यात्रा का विचार रोक दिया, और मद्रास जाने को तैयार हो गये। हिन्दू-सभा के मन्त्री ने आँखों में आँसू भर कर उनसे विनय की कि महाराज, यह बेड़ा आप ही उठा सकते हैं आप ही को परमात्मा ने इतनी सामर्थ्य दी है। आपके सिवा ऐसा कोई दूसरा मनुष्य भारतवर्ष में नहीं है, जो इस घोर विपत्ति में काम आये। जाति की दीन-हीन दशा पर दया कीजिए। चौबे जी इस प्रार्थना को अस्वीकार न कर सके। फौरन सेवकों की एक मंडली बनी और पंडित जी के नेतृत्व में रवाना हुई। हिन्दू-सभा ने उसे बड़ी धूम से विदाई का भोज दिया। एक उदार रईस ने चौबे जी को एक थैली भेंट की, और रेलवे-स्टेशन पर हजारों आदमी उन्हें विदा करने आये।

यात्रा का वृत्तान्त लिखने की ज़रूरत नहीं। हर एक बड़े स्टेशन पर सेवकों का सम्मानपूर्ण स्वागत हुआ। कई जगह थैलियाँ मिलीं। रतलाम की रियासत ने एक शामियाना भेंट किया। बड़ौदा ने एक मोटर दी कि सेवकों को पैदल चलने का कष्ट न उठाना पड़े, यहाँ तक कि मद्रास पहुँचते-पहुँचते सेवा-दल के पास एक माकूल रकम के अतिरिक्त ज़रूरत की कितनी चीजें जमा हो गयीं। वहाँ आबादी से दूर खुले हुए मैदान में हिन्दू-सभा का पड़ाव पड़ा। शामियाने पर राष्ट्रीय-झंडा लहराने लगा। सेवकों ने अपनी-अपनी वर्दियाँ निकालीं, स्थानीय धन-कुबेरों ने दावत के सामान भेजे, रावटियाँ पड़ गयीं। चारों ओर ऐसी चहल-पहल हो गयी, मानो किसी राजा का कैम्प है।

3

रात के आठ बजे थे। अछूतों की एक बस्ती के समीप, सेवक-दल का कैम्प गैस के प्रकाश से जगमगा रहा था। कई हजार आदमियों का जमाव था, जिनमें अधिकांश अछूत ही थे। उनके लिए अलग टाट बिछा दिए गये थे। ऊँचे वर्ण के हिन्दू कालीनों पर बैठे हुए थे। पंडित लीलाधर का धुआँधर व्याख्यान हो रहा था--तुम उन्हीं

ऋषियों की संतान हो, जो आकाश के नीचे एक नयी सृष्टि की रचना कर सकते थे! जिसके न्याय, बुद्धि और विचार-शक्ति के सामने आज सारा संसार सिर झुका रहा है।

सहसा एक बूढ़े अछूत ने उठकर पूछा—हम लोग भी उन्हीं ऋषियों की संतान हैं?

लीलाधर—निस्सन्देह! तुम्हारी धमनियों में भी उन्हीं ऋषियों का रक्त दौड़ रहा है और यद्यपि आज का निर्दयी, कठोर, विचार-हीन और संकुचित हिन्दू-समाज तुम्हें अवहेलना की दृष्टि से देख रहा है; तथापि तुम किसी हिन्दू से नीच नहीं हो, चाहे वह अपने को कितना ही ऊँचा समझता हो।

बूढ़ा—तुम्हारी सभा हम लोगों की सुधि क्यों नहीं लेती?

लीलाधर—हिन्दू-सभा का जन्म अभी थोड़े ही दिन हुए हुआ है, और इस अल्पकाल में उसने जितने काम किए हैं, उस पर उसे अभिमान हो सकता है। हिन्दू-जाति शताब्दियों के बाद गहरी नींद से चौंकी है, और अब वह समय निकट है, जब भारतवर्ष में कोई हिन्दू किसी हिन्दू को नीच न समझेगा, जब वह सब एक दूसरे को भाई समझेंगे। श्रीरामचन्द्र ने निषाद को छाती से लगाया था, शबरी को जूठे बेर खाए थे...

बूढ़ा—आप जब इन्हीं महात्माओं की संतान हैं, तो फिर ऊँच-नीच में क्यों इतना भेद मानते हैं?

लीलाधर—इसलिए कि हम पतित हो गये हैं, अज्ञान में पड़कर उन महात्माओं को भूल गये हैं।

बूढ़ा—अब तो आपकी निद्रा टूटी है, हमारे साथ भोजन करोगे?

लीलाधर—मुझे कोई आपत्ति नहीं है।

बूढ़ा—मेरे लड़के से अपनी कन्या का विवाह कीजिएगा?

लीलाधर—जब तक तुम्हारे जन्म-संस्कार न बदल जाएँ, जब तक तुम्हारे आहार-व्यवहार में परिवर्तन न हो जाय, हम तुमसे विवाह का सम्बन्ध नहीं कर सकते, मांस खाना छोड़ो, मदिरा पीना छोड़ो, शिक्षा ग्रहण करो, तभी तुम उच्च-वर्ण के हिन्दुओं में मिल सकते हो।

बूढ़ा—हम कितने ही ऐसे कुलीन ब्राह्मणों को जानते हैं, जो रात-दिन नशे में डूबे रहते हैं, मांस के बिना कौर नहीं उठाते; और कितने ही ऐसे हैं, जो एक अक्षर भी नहीं पढ़े हैं; पर आपको उनके साथ भोजन करते देखता हूँ। उनसे विवाह-सम्बन्ध करने में आपको कदाचित् इनकार न होगा। जब आप खुद अज्ञान में पड़े हुए हैं, तो हमारा उद्धार कैसे कर सकते हैं? आपका हृदय अभी तक अभिमान से भरा हुआ है। जाइए, अभी कुछ दिन और अपनी आत्मा का सुधार

कीजिए। हमारा उद्धार आपके किए न होगा। हिन्दू-समाज में रह कर हमारे माथे से नीचता का कलंक न मिटेगा। हम कितने ही विद्वान्, कितने ही आचारवान् हो जाएँ, आप हमें यों ही नीच समझते रहेंगे। हिन्दुओं की आत्मा मर गयी है, और उसका स्थान अहंकार ने ले लिया है! हम अब देवता की शरण जा रहे हैं, जिनके माननेवाले हमसे गले मिलने को आज़ तैयार हैं। वे यह नहीं कहते कि तुम अपने संस्कार बदलकर आओ। हम अच्छे हैं या बुरे, वे इस दशा में हमें अपने पास बुला रहे हैं। आप अगर ऊँचे हैं, तो ऊँचे बने रहिए। हमें उड़ना न पड़ेगा।

लीलाधर—एक ऋषि-संतान के मुँह से ऐसी बातें सुनकर मुझे आश्चर्य हो रहा है। वर्ण-भेद तो ऋषियों ही का किया हुआ है। उसे तुम कैसे मिटा सकते हो?

बूढ़ा—ऋषियों को मत बदनाम कीजिए। यह सब पाखंड आप लोगों का रचा हुआ है। आप कहते हैं—तुम मदिरा पीते हो; लेकिन आप मदिरा पीने वालों की जूतियाँ चाटते हैं। आप हमसे मांस खाने के कारण घिनाते हैं; लेकिन आप गो-मांस खानेवालों के सामने नाक रगड़ते हैं। इसलिए न कि वे आप से बलवान् हैं! हम भी आज राजा हो जाएँ, तो आप हमारे हाथ बाँध खड़े होंगे आपके धर्म में वही ऊँचा है, जो बलवान् है; वही नीच है, जो निर्बल है। यही आपका धर्म है?

यह कहकर बूढ़ा वहाँ से चला गया और उसके साथ ही और लोगों भी उठ खड़े हुए। केवल चौबे जी और उनके दलवाले मंच पर रह गये, मानो मंचगान समाप्त हो जाने के बाद उसकी प्रतिध्वनि वायु में गूँज रही हो।

4

तबलीगवालों ने जब से चौबे जी की आने की ख़बर सुनी थी, इस फिक्र में थे कि किसी उपाय से इन सबको यहाँ से दूर करना चाहिए। चौबे जी का नाम दूर-दूर तक प्रसिद्ध था। जानते थे, यह यहाँ जम गया, तो हमारी सारी की-कराई मेहनत व्यर्थ हो जाएगी। इसके कदम यहाँ जमने न पाएँ। मुल्लाओं ने उपाय सोचना शुरू किया। बहुत वाद-विवाद, हुज्जत और दलील के बाद निश्चय हुआ कि इस क़ाफ़िर को क़त्ल कर दिया जाय। ऐसा सवाब लूटने के लिए आदमियों की क्या कमी? उनके लिए तो जन्नत का दरवाजा खुल जाएगा, हूरें उसकी बलाएँ लेंगी, फरिश्ते उसके कदमों की खाक़ का सुरमा बनाएँगे, रसूल उसके सर पर बरकत का हाथ रखेंगे, खुदाबन्द-करीम उसे सीने से लगाएँगे और कहेंगे—तू मेरा प्यार दोस्त है। दो हट्टे-कट्टे जवानों ने तुरन्त बीड़ा उठ लिया।

रात के दस बज गये थे। हिन्दू-सभा के कैम्प में सन्नाटा था। केवल चौबे जी अपनी रावटी में बैठे हिन्दू-सभा के मन्त्री को पत्र लिख रहे थे—यहाँ सबसे बड़ी आवश्यकता धन की है। रुपया, रुपया, रुपया! जितना भेज सकें, भेजिए। डेपुटेशन भेजकर वसूल कीजिए, मोटे महाजनों की जेब टटोलिए, भिक्षा माँगिए। बिना धन के इन अभागों का उद्धार न होगा। जब तक कोई पाठशाला न खुले, कोई चिकित्सालय न स्थापित हो, कोई वाचनालय न हो, इन्हें कैसे विश्वास आएगा कि हिन्दू-सभा उनकी हितचिन्तक है। तबलीगवाले जितना खर्च कर रहे हैं, उसका आधा भी मुझे मिल जाय, तो हिन्दू-धर्म की पताका फहरने लगे। केवल व्याख्यानों से काम न चलेगा। आशीष कोई ज़िन्दा नहीं रहता।

सहसा किसी की आहट पाकर वह चौंक पड़े। आँखों ऊपर उठाईं तो देखा, दो आदमी सामने खड़े हैं। पंडित जी ने शंकित होकर पूछा—तुम कौन हो? क्या काम है?

उत्तर मिला—हम इजराईल के फरिश्ते हैं। तुम्हारी रूह कब्ज करने आये हैं। इजराईल ने तुम्हें याद किया है।

पंडित जी यों बहुत ही बलिष्ठ पुरुष थे, उन दोनों को एक धक्के में गिरा सकते थे। प्रातःकाल तीन पाव मोहनभोग और दो सेर दूध का नाश्ता करते थे। दोपहर के समय पाव भर घी दाल में खाते, तीसरे पहर दूधिया भंग छानते, जिसमें सेर भर मलाई और आधा सेर बादाम मिली रहती। रात को डटकर ब्यालू करते; क्योंकि प्रातःकाल तक फिर कुछ न खाते थे। इस पर तुर्रा यह कि पैदल पग भर भी न चलते थे! पालकी मिले, तो पूछना ही क्या, जैसे घर का पलंग उड़ा जा रहा हो। कुछ न हो, तो इक्का तो था ही; यद्यपि काशी में ही दो ही चार इक्केवाले ऐसे थे जो उन्हें देखकर कह न दें कि 'इक्का खाली नहीं है।' ऐसा मनुष्य नर्म अखाड़े में पट पड़कर ऊपरवाले पहलवान को थका सकता था, चुस्ती और फुर्ती के अवसर पर तो वह रेत पर निकला हुआ कछुआ था।

पंडित जी ने एक बार कनखियों से दरवाजे की तरफ देखा। भागने का कोई मौका न था। तब उनमें साहस का संचार हुआ। भय की पराकाष्ठा ही साहस है। अपने सोंटे की तरफ हाथ बढ़ाया और गरज कर बोले—निकल जाओ यहाँ से!

बात मुँह से पूरी न निकली थी कि लाठियों का वार पड़ा। पंडित जी मूर्च्छित होकर गिर पड़े। शत्रुओं ने समीप में आकर देखा, जीवन का कोई लक्षण न था। समझ गये, काम तमाम हो गया। लूटने का विचार न था; पर जब कोई पूछनेवाला न हो, तो हाथ बढ़ाने में क्या हर्ज? जो कुछ हाथ लगा, ले-देकर चलते बने।

5

प्रातःकाल बूढ़ा भी उधर से निकला, तो सन्नाटा छाया हुआ था, न आदमी, न आदमजाद। छौलदारियाँ भी गायब! चकराया, यह माजरा क्या है? रात ही भर में अलाउदीन के महल की तरह सब कुछ गायब हो गया। उन महात्माओं में से एक भी नज़र नहीं आता, जो प्रातःकाल मोहनभोग उड़ाते और सन्ध्या समय भंग घोटते दिखाई देते थे। जरा और समीप जाकर पंडित लीलाधर की रावटी में झाँका, तो कलेजा सन्न से हो गया! पंडित जी जमीन पर मुर्दे की तरह पड़े हुए थे। मुँह पर मक्खियाँ भिनक रही थीं। सिर के बालों में रक्त ऐसा जम गया था, जैसे किसी चित्रकार के ब्रश में रंग। सारे कपड़े लहुलूहान हो रहे थे। समझ गया, पंडित जी के साथियों ने उन्हें मारकर अपनी राह ली। सहसा पंडित जी के मुँह से कराहने की आवाज निकली। अभी जान बाकी थी। बूढ़ा तुरन्त दौड़ा हुआ गाँव में आ गया और कई आदमियों को लाकर पंडित जी को अपने घर उठवा ले गया।

मरहम-पट्टी होने लगी। बूढ़ा दिन के दिन और रात की रात पंडित जी के पास बैठा रहता। उसके घरवाले उनकी शुश्रूषा में लगे रहते। गाँव वाले भी यथाशक्ति सहायता करते। इस बेचारे का यहाँ कौन अपना बैठा हुआ है? अपने हैं तो हम, बेगाने हैं तो हम। हमारे ही उद्धार के लिए तो बेचारा यहाँ आया था, नहीं तो यहाँ उसे क्यों आना था? कई बार पंडित जी अपने घर पर बीमार पड़ चुके थे, पर उनके घरवालों ने इतनी तन्मयता से उनकी तीमारदारी न की थी। सारा घर, और घर ही नहीं; सारा गाँव उनका गुलाम बना हुआ था। अतिथि-सेवा उनके धर्म का एक अंग था। सभ्य-स्वार्थ ने अभी उस भाव का गला नहीं घोंटा था। साँप का मन्त्र जाननेवाला देहाती अब भी मास-पूस की अँधेरी मेघाच्छन रात्रि में मन्त्र झाड़ने के लिए दस-पाँच कोस पैदल दौड़ता हुआ चला जाता है। उसे डबल फीस और सवारी की ज़रूरत नहीं होती। बूढ़ा मल-मूत्र अपने हाथों उठाकर फेंकता, पंडित जी की घुड़कियाँ सुनता, सारे गाँव से दूध माँगकर उन्हें पिलाता। पर उसकी त्योरियाँ कभी मैली न होतीं। अगर उसके कहीं चले जाने पर घरवाले लापरवाही करते तो आकर सबको डाँटता।

महीने भर के बाद पंडित जी चलने-फिरने लगे और जब उन्हें ज्ञात हुआ कि इन लोगों ने मेरे साथ कितना उपकार किया है। इन्हीं लोगों का काम था कि मुझे मौत के मुँह से निकाला, नहीं तो मरने में क्या कसर रह गयी थी? उन्हें अनुभव हुआ कि मैं जिन लोगों को नीच समझता था, और जिनके उद्धार का बीड़ा उठाकर आया था वे मुझसे कहीं ऊँचे हैं। मैं इस परिस्थिति में कदाचित्

रोगी को किसी अस्पताल में भेजकर ही अपनी कर्त्तव्य-निष्ठा पर गर्व करता; समझता मैंने दधीचि और हरिश्चन्द्र का मुख उज्ज्वल कर दिया। उनके रोएँ-रोएँ से इन देव-तुल्य प्राणियों के प्रति आशीर्वाद निकलने लगा।

6

तीन महीने गुज़र गये। न तो हिन्दू-सभा ने पंडित जी की ख़बर ली और न घरवालों ने। सभा के मुख-पत्र में उनकी मृत्यु पर आँसू बहाए गये, उनके कामों की प्रशंसा की गयी, और उनका स्मारक बनाने के लिए चन्दा खोल दिया गया। घरवाले भी रो-पीट कर बैठ रहे।

उधर पंडित जी दूध और घी खाकर चौक-चौबन्द हो गये। चेहरे पर ख़ून की सुर्खी दौड़ गयी, देह भर आयी। देहात के जलवायु ने वह काम कर दिखाया जो कभी मलाई और मक्खन से न हुआ था। पहले की तरह तैयार तो वह न हुए; पर फुर्ती और चुस्ती दुगुनी हो गयी। मोटाई का आलस्य अब नाम को भी न था। उनमें एक नये जीवन का प्रचार हो गया।

जाड़ा शुरू हो गया था। पंडित जी घर लौटने की तैयारियाँ कर रहे थे। इतने में प्लेग का आक्रमण हुआ, और गाँव के तीन आदमी बीमार हो गये। बूढ़ा चौधरी भी उन्हीं में था। घरवाले इन रोगियों को छोड़कर भाग खड़े हुए। वहाँ का दस्तूर था कि जिन बीमारियों को वे लोग देवी का कोप समझते थे, उनके रोगियों को छोड़कर चले जाते थे। उन्हें बचाना देवताओं से वैर मोल लेना था, और देवताओं से वैर करके कहाँ जाते? जिस प्राणी को देवता ने चुन लिया, उसे भला वे उसके हाथों से छीनने का साहस कैसे करते? पंडित जी को भी लोगों ने साथ ले जाना चाहा; किन्तु पंडित जी न गये। उन्होंने गाँव में रहकर रोगियों की रक्षा करने का निश्चय किया। जिस प्राणी ने उन्हें मौत के पंजे से छुड़ाया था; उसे इस दशा में छोड़कर वह कैसे जाते? उपकार ने उनकी आत्मा को जगा दिया था। बूढ़े चौधरी ने तीसरे दिन होश आने पर जब उन्हें अपने पास खड़े देखा, तो बोला—महाराज, तुम यहाँ क्यों आ गये? मेरे लिए देवताओं का हुक्म आ गया है। अब मैं किसी तरह नहीं रुक सकता। तुम क्यों अपनी जान जोखिम में डालते हो? मुझ पर दया करो, चले जाओ।

लेकिन पंडित जी पर कोई असर न हुआ। वह बारी-बारी से तीनों रोगियों के पास जाते और कभी उनकी गिल्टियाँ सेंकते, कभी उन्हें पुराणों की कथाएँ सुनाते। घरों में नाज, बर्तन आदि सब ज्यों-के-त्यों रखे हुए थे। पंडित जी पथ्य बनाकर रोगियों को खिलाते। रात को जब रोगी सो जाते और सारा गाँव भाँय-भाँय करने लगता तो पंडित जी को भयंकर जन्तु दिखाई देते। उनके कलेजे में

धड़कन होने लगती; लेकिन वहाँ से टलने का नाम न लेते। उन्होंने निश्चय कर लिया था कि या तो इन लोगों को बचा ही लूँगा या इन पर अपने को बलिदान ही कर दूँगा।

जब तीन दिन सेंक-बाँध करने पर भी रोगियों ही हालत न सँभली, तो पंडित जी को बड़ी चिन्ता हुई। शहर वहाँ से बीस मील पर था। रेल का कहीं पता नहीं, रास्ता बीहड़ और सवारी कोई नहीं। इधर यह भय कि अकेले रोगियों की न जाने क्या दशा हो। बेचारे बड़े संकट में पड़े। अन्त को चौथे दिन, पहर रात रहे, वह अकेले शहर को चल दिए और दस बजते-बजते वहाँ जा पहुँचे। अस्पताल से दवा लेने में बड़ी कठिनाई का सामना करना पड़ा। गँवारों से अस्पतालवाले दवाओं का मनमाना दाम वसूल करते थे। पंडित जी को मुफ्त क्यों देने लगे? डॉक्टर ने मुंशी से कहा—दवा तैयार नहीं है।

पंडित जी ने गिड़गिड़ा कर कहा—सरकार, बड़ी दूर से आया हूँ। कई आदमी बीमार पड़े हैं। दवा न मिलेगी, तो सब मर जाएँगे।

मुंशी ने बिगड़ कर कहा—क्यों सिर खाए जाते हो? कह तो दिया, दवा तैयार नहीं है, न तो इतनी जल्दी हो ही सकती है।

पंडित जी अत्यन्त दीनभाव से बोले—सरकार, ब्राह्मण हूँ; आपके बाल-बच्चों को भगवान चिरंजीवी करें, दया कीजिए। आपका अकबाल चमकता रहे।

रिश्वती कर्मचारी में दया कहाँ? वे तो रुपये के गुलाम हैं। ज्यों-ज्यों पंडित जी उसकी खुशामद करते थे, वह और भी झल्लाता था। अपने जीवन में पंडित जी ने कभी इतनी दीनता न प्रकट की थी। उनके पास इस वक़्त एक धेला भी न था; अगर वह जानते कि दवा मिलने में इतनी दिक्कत होगी, तो गाँववालों से ही कुछ माँग-जाँच कर लाए होते। बेचारे हत्‌बुद्धि-से खड़े सोच रहे थे कि अब क्या करना चाहिए? सहसा डॉक्टर साहब स्वयं बँगले से निकल आये। पंडित जी लपक कर उनके पैरों पर गिर पड़े और करुण-स्वर में बोले—दीनबन्धु, मेरे घर के तीन आदमी ताऊन में पड़े हुए हैं। बड़ा गरीब हूँ, सरकार, कोई दवा मिले।

डॉक्टर साहब के पास ऐसे गरीब लोग नित्य आया करते थे। उनके चरण पर किसी का गिर पड़ना, उनके सामने पड़े हुए आर्त्तनाद करना, उनके लिए कुछ नयी बातें न थीं। अगर इस तरह वह दया करने लगते तो दवा ही भर को होते; यह ठाट-बाठ कहाँ से निभता? मगर दिल के चाहे कितने ही बुरे हों, बातें मीठी-मीठी करते थे। पैर हटाकर बोले—रोगी कहाँ है?

पंडित जी—सरकार, वे तो घर पर हैं। इतनी दूर कैसे लाता?

डॉक्टर—रोगी घर, और तुम दवा लेने आया हो? कितने मज़े की बात है! रोगी को देखे बिना कैसे दवा दे सकता हूँ?

पंडित जी को अपनी भूल मालूम हुई। वास्तव में बिना रोगी को देखे रोग की पहचान कैसे हो सकती है; लेकिन तीन-तीन रोगियों को इतनी दूर लाना आसान न था। अगर गाँववाले उनकी सहायता करते तो डोलियों का प्रबन्ध हो सकता था; पर वह तो सब कुछ अपने ही बूते पर करना था, गाँववालों से इससे सहायता मिलने की कोई आशा न थी। सहायता की कौन कहे, वे तो उनके शत्रु हो रहे थे। उन्हें भय होता था कि यह दुष्ट देवताओं से वैर बढ़ाकर हम लोगों पर न-जाने क्या विपत्ति लाएगा। अगर कोई दूसरा आदमी होता, तो वह उसे कब का मार चुके होते। पंडित जी से उन्हें प्रेम हो गया था, इसलिए छोड़ दिया था।

यह जवाब सुनकर पंडित जी को कुछ बोलने का साहस तो न था; पर कलेजा मजबूत करके बोले—सरकार, अब कुछ नहीं हो सकता?

डॉक्टर—अस्पताल से दवा नहीं मिल सकती। हम अपने पास से, दाम लेकर दवा दे सकते हैं।

पंडित जी—यह दवा कितने की होगी, सरकार।

डॉक्टर साहब ने दवा का काम 10 रु. बतलाया, और यह भी कहा कि इस दवा से जितना लाभ होगा, उतना अस्पताल की दवा से नहीं हो सकता। बोले—वहाँ पुरानी दवाई रखा रहता है। गरीब लोग आता है; दवाई ले जाता है; जिसको जीना होता है; जीता है, जिसे मरना होता है, मरता है; हमसे कुछ मतलब नहीं। हम तुमको जो दवा देगा, वह सच्चा दवा होगा।

दस रुपये! इस समय पंडित जी को दस रुपये दस लाख जान पड़े। इतने रुपये वह एक दिन में भंग बूटी में उड़ा दिया करते थे, पर इस समय तो धेले-धेले को मुहताज थे। किसी से उधार मिलने की आशा कहाँ। हाँ, सम्भव है, भिक्षा माँगने से कुछ मिल जाय; लेकिन इतनी जल्द दस रुपये किसी भी उपाय से न मिल सकते थे। आधे घंटे तक वह इसी उधेड़बुन में खड़े रहे। भिक्षा के सिवा दूसरा कोई उपाय न सूझता था, और भिक्षा उन्होंने कभी माँगी न थी। वह चंदे जमाकर चुके थे, एक-एक बार में हजारों वसूल कर लेते थे; पर वह दूसरी बात थी। धर्म के रक्षक, जाति के सेवक और दलितों के उद्धारक बनकर चन्दा लेने में एक गौरव था, चन्दा लेकर वह देनेवालों पर अहसान करते थे; पर यहाँ तो भिखारियों की तरह हाथ फैलाना, गिड़गिड़ाना और फटकारें सहनी पड़ेंगी। कोई कहेगा—इतने मोटे-ताजे तो हो, मिहनत क्यों नहीं करते, तुम्हें भीख माँगते शर्म भी नहीं आती? कोई कहेगा—घास खोद लाओ, मैं तुम्हें अच्छी मजदूरी दूँगा। किसी को उनके ब्राह्मण होने का विश्वास न आएगा। अगर यहाँ उनका रेशमी अचकन और रेशमी साफा होता, केसरिया रंगवाला दुपट्टा ही मिल जाता, तो वह कोई स्वांग भर लेते। ज्योतिषी बनकर वह किसी धनी सेठ को फाँस सकते थे,

और इस फन में वह उस्ताद भी थे; पर यहाँ वह सामान कहाँ—कपड़े-लत्ते तो सब कुछ लुट चुके थे। विपत्ति में कदाचित् बुद्धि भी भ्रष्ट हो जाती है। अगर वह मैदान में खड़े होकर कोई मनोहर व्याख्यान दे देते, तो शायद उनके दस-पाँच भक्त पैदा हो जाते, लेकिन इस तरफ उनका ध्यान ही न गया। वह सजे हुए पंडाल में, फूलों से सुसज्जित मेज के सामने, मंच पर खड़े होकर अपनी वाणी का चमत्कार दिखला सकते थे। इस दुरवस्था में कौन उनका व्याख्यान सुनेगा। लोग समझेंगे, कोई पागल बक रहा है।

मगर दोपहर ढली जा रही थी, अधिक सोच-विचार का अवकाश न था। यहीं सन्ध्या हो गयी, तो रात को लौटना असम्भव हो जाएगा। फिर रोगियों की न जाने क्या दशा हो। वह अब इस अनिश्चित दशा में खड़े न रह सके, चाहे जितना तिरस्कार हो, कितना ही अपमान सहना पड़े, भिक्षा के सिवा और कोई उपाय न था।

वह बाजार में जाकर एक दुकान के सामने खड़े हो गये; पर कुछ माँगने की हिम्मत न पड़ी!

दुकानदार ने पूछा—क्या लोगे?

पंडित जी बोले—चावल का क्या भाव है?

मगर दूसरी दुकान पर पहुँच कर वह ज़्यादा सावधान हो गये। सेठ जी गद्दी पर बैठे हुए थे। पंडित जी आकर उनके सामने खड़े हो गये और गीता का एक श्लोक पढ़ सुनाया। उनका शुद्ध उच्चारण और मधुर वाणी सुनकर सेठ जी चकित हो गये, पूछा—कहाँ स्थान है?

पंडित जी—काशी से आ रहा हूँ।

यह कहकर पंडित जी ने सेठ जी को धर्म के दसों लक्षण बतलाए और श्लोक की ऐसी अच्छी व्याख्या की कि वह मुग्ध हो गये। बोले—महाराज, आज चलकर मेरे स्थान को पवित्र कीजिए।

कोई स्वार्थी आदमी होता, तो इस प्रस्ताव को सहर्ष स्वीकार कर लेता; लेकिन पंडित जी को लौटने की पड़ी थी। बोले—नहीं सेठ जी, मुझे अवकाश नहीं है।

सेठ—महाराज, आपको हमारी। इतनी ख़ातिरी करनी पड़ेगी।

पंडित जी जब किसी तरह ठहरने पर राजी न हुए, तो सेठ जी ने उदास होकर कहा—फिर हम आपकी क्या सेवा करें? कुछ आज्ञा दीजिए। आपकी वाणी से तो तृप्ति नहीं हुई। फिर कभी इधर आना हो, तो अवश्य दर्शन दीजिएगा।

पंडित जी—आपकी इतनी श्रद्धा है तो अवश्य आऊँगा।

यह कहकर पंडित जी फिर उठ खड़े हुए। संकोच ने फिर उनकी जबान

बन्द कर दी। यह आदर-सत्कार इसीलिए तो है कि मैं अपना स्वार्थ-भाव छिपाए हुए हूँ। कोई इच्छा प्रकट की और इनकी आँखें बदली। सूखा जवाब चाहे न मिले; पर श्रद्धा न रहेगी। वह नीचे उतर गये और सड़क पर एक क्षण के लिए खड़े होकर सोचने लगे—अब कहाँ जाऊँ? उधर जाड़े का दिन किसी विलासी के धन की भाँति भागा चला जाता था। वह अपने ही ऊपर झुँझला रहे थे—जब किसी से माँगूँगा नहीं, तो कोई क्यों देने लगा? कोई क्या मेरे मन का हाल जानता है? वे दिन गये, जब धनी लोग ब्राह्मणों की पूजा किया करते थे। यह आशा छोड़ दो कि कोई महाशय आकर तुम्हारे हाथ में रुपये रख देंगे। वह धीरे-धीरे आगे बढ़े।

सहसा सेठ जी ने पीछे से पुकारा—पंडित जी, जरा ठहरिए।

पंडित जी ठहर गये। फिर घर चलने के लिए आग्रह करने आता होगा। यह तो न हुआ कि एक रुपये का नोट लाकर देता, मुझे घर ले जाकर न जाने क्या करेगा?

मगर जब सेठ जी ने सचमुच एक गिनी निकाल कर उनके पैरों पर रख दी; तो उनकी आँखों में अहसान के आँसू उछल आये हैं! अब भी सच्चे धर्मात्मा जीव संसार में हैं, नहीं तो यह पृथ्वी रसातल को न चली जाती? अगर इस वक़्त उन्हें सेठ जी के कल्याण के लिए अपनी देह का सेर-आध सेर रक्त भी देना पड़ता, तो भी शौक से दे देते। गद्‌गद्-कंठ से बोले—इसका तो कुछ काम न था, सेठ जी! मैं भिक्षुक नहीं हूँ, आपको सेवक हूँ।

सेठ जी श्रद्धा-विनयपूर्ण शब्दों में बोले—भगवान्, इसे स्वीकार कीजिए। यह दान नहीं, भेंट है। मैं भी आदमी पहचानता हूँ। बहुतेरे साधु-सन्त, योगी-यती देश और धर्म के सेवक आते रहते हैं; पर न जाने क्यों किसी के प्रति मेरे मन में श्रद्धा नहीं उत्पन्न होती? उनसे किसी तरह पिंड छुड़ाने की पड़ जाती है। आपका संकोच देखकर मैं समझ गया कि आपका यह पेशा नहीं है। आप विद्वान हैं, धर्मात्मा हैं; पर किसी संकट में पड़े हुए हैं। इस तुच्छ भेंट को स्वीकार कीजिए और मुझे आशीर्वाद दीजिए।

7

पंडित जी दवाएँ लेकर घर चले, तो हर्ष, उल्लास और विजय से उनका हृदय उछला पड़ता था। हनुमान जी भी संजीवन-बूटी लाकर इतने प्रसन्न न हुए होंगे। ऐसा सच्चा आनन्द उन्हें कभी प्राप्त न हुआ था। उनके हृदय में इतने पवित्र भावों का संचार कभी न हुआ था।

दिन बहुत थोड़ा रह गया था। सूर्यदेव अवरिल गति से पश्चिम की ओर

दौड़ते चले जाते थे। क्या उन्हें भी किसी रोग को दवा देनी थी? वह बड़े वेग से दौड़ते हुए पर्वत की ओट में छिप गये? पंडित जी और भी फुर्ती से पाँव बढ़ाने लगे, मानो उन्होंने सूर्यदेव को पकड़ लेने की ठानी है।

देखते-देखते अँधेरा छा गया। आकाश में दो-एक तारे दिखाई देने लगे। अभी दस मील की मंजिल बाकी थी। जिस तरह काली घटा को सिर पर मँडराते देखकर गृहिणी दौड़-दौड़ कर सुखावन समेटने लगती है, उस भाँति लीलाधर ने भी दौड़ना शुरू किया। उन्हें अकेले पड़ जाने का भय न था, भय था अँधेरे में राह भूल जाने का। दायें-बायें बस्तियाँ छूटती जाती थीं। पंडित जी को ये गाँव इस समय बहुत ही सुहावने मालूम होते थे। कितने आनन्द से लोग अलाव के सामने बैठ ताप रहे हैं?

सहसा उन्हें एक कुत्ता दिखाई दिया। न-जाने किधर से आकर वह उनके सामने पगडंडी पर चलने लगा। पंडित जी चौंक पड़े; पर एक क्षण में उन्होंने कुत्ते को पहचान लिया। वह बूढ़े चौधरी का कुत्ता मोती था। वह गाँव छोड़कर आज इधर इतनी दूर कैसे आ निकला? क्या वह जानता है? पंडित जी दवा लेकर आ रहे होंगे, कहीं रास्ता भूल जाएँ? कौन जानता है? पंडित जी ने एक बार मोती कहकर पुकारा, तो कुत्ते ने दुम हिलाई; पर रुका नहीं। वह इससे अधिक परिचय देकर समय नष्ट न करना चाहता था। पंडित जी को ज्ञात हुआ कि ईश्वर मेरे साथ है, वही मेरी रक्षा कर रहे हैं? अब उन्हें कुशल से घर पहुँचने का विश्वास हो गया।

दस बजते-बजते पंडित जी घर पहुँच गये।

रोग घातक न था; पर यश पंडित जी को बदा था। एक सप्ताह के बाद तीनों रोगी चंगे हो गये। पंडित जी की कीर्ति दूर-दूर तक फैल गयी। उन्होंने यम-देवता से घोर संग्राम करके इन आदमियों को बचा लिया था। उन्होंने देवताओं पर भी विजय पा ली थी—असम्भव को सम्भव कर दिखाया था। वह साक्षात् भगवान् थे। उनके दर्शनों के लिए लोग दूर-दूर से आने लगे; किन्तु पंडित जी को अपनी कीर्ति से इतना आनन्द न होता था, जितना रोगियों को चलते-फिरते देखकर।

चौधरी ने कहा—महाराज, तुम साक्षात् भगवान् हो। तुम न आ जाते, तो हम न बचते।

पंडित जी बोले—मैंने कुछ नहीं किया। यह सब ईश्वर की दया है।

चौधरी—अब हम तुम्हें कभी न जाने देंगे। जाकर अपने बाल-बच्चों को भी ले आओ।

पंडित जी—हाँ, मैं भी यही सोच रहा हूँ, तुमको छोड़कर अब नहीं जा सकता।

8

मुल्लाओं ने मैदान खाली पाकर आस-पास के देहातों में खूब जोर बाँध रखा था। गाँव के गाँव मुसलमान होते जाते थे। उधर हिन्दू-सभा ने सन्नाटा खींच लिया था। किसी की हिम्मत न पड़ती थी कि इधर आये। लोग दूर बैठे हुए मुसलमानों पर गोला-बारूद चला रहे थे। इस हत्या का बदला कैसे लिया जाय, यही उनके सामने सबसे बड़ी समस्या थी। अधिकारियों के पास बार-बार प्रार्थना-पत्र भेजे जा रहे थे कि इस मामले की छान-बीन की जाय और बार-बार यही जवाब मिलता था कि हत्याकारियों का पता नहीं चलता। उधर पंडित जी के स्मारक के लिए चन्दा भी जमा किया जा रहा था।

मगर इस नयी ज्योति ने मुल्लाओं का रंग फीका कर दिया। वहाँ एक ऐसे देवता का अवतार हुआ था, जो मुर्दों को जिला देता था, जो अपने भक्तों के कल्याण के लिए अपने प्राणों का बलिदान कर सकता था। मुल्लाओं के यहाँ यह सिद्धि कहाँ, यह विभूति कहाँ, यह चमत्कार कहाँ? इस ज्वलन्त उपकार के सामने जन्नत और अखूबत (भातृ-भाव) की कोरी दलीलें कब ठहर सकती थीं? पंडित जी अब वह अपने ब्राह्मणत्व पर घमंड करने वाले पंडित जी न थे। उन्होंने शूद्रों और भीलों का आदर करना सीख लिया था। उन्हें छाती से लगाते हुए अब पंडित जी को घृणा न होती थी। अपना घर अँधेरा पाकर ही ये इस्लामी दीपक की ओर झुके थे। जब अपने घर में सूर्य का प्रकाश हो गया, तो उन्हें दूसरों के यहाँ जाने की क्या ज़रूरत थी। सनातन-धर्म की विजय हो गयी। गाँव-गाँव में मन्दिर बनने लगे और शाम-सबेरे मन्दिरों से शांख और घंटे की ध्वनि सुनाई देने लगी। लोगों के आचरण आप ही आप सुधरने लगे। पंडित जी ने किसी को शुद्ध नहीं किया। उन्हें अब शुद्धि का नाम लेते शर्म आती थी—मैं भला इन्हें क्या शुद्ध करूँगा, पहले अपने को तो शुद्ध कर लूँ। ऐसी निर्मल एवं पवित्र आत्माओं को शुद्धि के ढोंग से अपमानित नहीं कर सकता।

यह मन्त्र था, जो उन्होंने उन चांडालों से सीखा था और इसी बल से वह अपने धर्म की रक्षा करने में सफल हुए थे।

पंडित जी अभी जीवित हैं; पर अब सपरिवार उसी प्रान्त में, उन्हीं भीलों के साथ रहते हैं।

[हिन्दी कहानी। प्रथम प्रकाशन हिन्दी। मासिक पत्रिका, 'माधुरी', फरवरी 1926 में प्रकाशित। 'मानसरोवर' भाग-5 में संकलित। उर्दू रूप 'तालीफ' शीर्षक से उर्दू कहानी संग्रह 'खाके परवाना' में संकलित।]

ईदगाह

रमज़ान के पूरे तीस रोज़ों के बाद आज ईद आयी है। कितना मनोहर, कितना सुहावना प्रभात है। वृक्षों पर कुछ अजीब हरियाली है, खेतों में कुछ अजीब रौनक है, आसमान पर कुछ अजीब लालिमा है। आज का सूर्य देखो, कितना प्यारा, कितना शीतल है, मानो संसार को ईद की बधाई दे रहा है। गाँव में कितनी हलचल है। ईदगाह जाने की तैयारियाँ हो रही हैं। किसी के कुरते में बटन नहीं है। पड़ोस के घर से सुई-धागा लेने दौड़ा जा रहा है। किसी के जूते कड़े हो गये हैं। उनमें तेल डालने के लिए तेली के घर भागा जाता है। जल्दी-जल्दी बैलों को सानी-पानी दे दें। ईदगाह से लौटते-लौटते दोपहर हो जाएगी। तीन कोस का पैदल रास्ता, फिर सैकड़ों आदमियों से मिलना-भेंटना। दोपहर के पहले लौटना असम्भव है। लड़के सबसे ज्यादा प्रसन्न हैं। किसी ने एक रोज़ा रखा है, वह भी दोपहर तक, किसी ने वह भी नहीं; लेकिन ईदगाह जाने की खुशी उनके हिस्से की चीज है। रोज़े बड़े-बूढ़ों के लिए होंगे। उनके लिए तो ईद है। रोज़ ईद का नाम रटते थे। आज वह आ गयी। अब जल्दी पड़ी है कि लोग ईदगाह क्यों नहीं चलते। इन्हें गृहस्थी की चिन्ताओं से क्या प्रयोजन! सेवैयों के लिए दूध और शक्कर घर में है या नहीं, इनकी बला से, ये तो सेवैयाँ खाएँगे। वह क्या जाने कि अब्बाजान क्यों बदहवास चौधरी कायमअली के घर दौड़े जा रहे हैं। उन्हें क्या ख़बर कि चौधरी आज आँखें बदल लें, तो यह सारी ईद मुहर्रम हो जाय। उनकी अपनी जेबों में तो कुबेर का धन भरा हुआ है। बार-बार जेब से अपना ख़जाना निकालकर गिनते हैं और खुश होकर फिर रख लेते हैं। महमूद गिनता है, एक-दो, दस-बारह। उसके पास बारह पैसे हैं। मोहसिन के पास एक, दो, तीन, आठ, नौ, पन्द्रह पैसे हैं। इन्हीं अनगिनती पैसों में अनगिनती चीजें लाएँगे—खिलौने, मिठाइयाँ, बिगुल, गेंद और न जाने क्या-क्या। और सबसे ज्यादा प्रसन्न है हामिद। वह चार-पाँच साल का गरीब-सूरत, दुबला-पतला लड़का, जिसका बाप गत वर्ष हैजे की भेंट हो गया और माँ न जाने क्यों पीली होती-होती एक दिन मर गयी।

किसी को पता न चला, क्या बीमारी है। कहती भी तो कौन सुनने वाला था। दिल पर जो कुछ बीतती थी, वह दिल में ही सहती थी और जब न सहा गया तो संसार से विदा हो गयी। अब हामिद अपनी बूढ़ी दादी अमीना की गोद में सोता है और उतना ही प्रसन्न है। उसके अब्बाजान रुपये कमाने गये हैं। बहुत-सी थैलियाँ लेकर आएँगे। अम्मीजान अल्लाह मियाँ के घर से उसके लिए बड़ी अच्छी-अच्छी चीजें लाने गयी हैं; इसलिए हामिद प्रसन्न है। आशा तो बड़ी चीज है, और फिर बच्चों की आशा! उनकी कल्पना तो राई का पर्वत बना लेती है। हामिद के पाँव में जूते नहीं हैं, सिर पर एक पुरानी-धुरानी टोपी है, जिसका गोट काला पड़ गया है, फिर भी वह प्रसन्न है। जब उसके अब्बाजान थैलियाँ और अम्मीजान नियामतें लेकर आएँगी, तो वह दिल के अरमान निकाल लेगा। तब देखेगा महमूद, मोहसिन, नूरे और सम्मी कहाँ से उतने पैसे निकालेंगे। अभागिन अमीना अपनी कोठरी में बैठी रो रही है। आज ईद का दिन और उसके घर में दाना नहीं! आज आबिद होता तो क्या इसी तरह ईद आती और चली जाती! इस अन्धकार और निराशा में वह डूबी जा रही थी। किसने बुलाया था इस निगोड़ी ईद को। इस घर में उसका काम नहीं है, लेकिन हामिद! उसे किसी के मरने-जीने से क्या मतलब? उसके अन्दर प्रकाश है, बाहर आशा। विपत्ति अपना सारा दल-बल लेकर आये, हामिद की आनन्द-भरी चितवन उसका विध्वन्स कर देगी।

हामिद भीतर जाकर दादी से कहता है—तुम डरना नहीं अम्माँ, मैं सबसे पहले आऊँगा। बिल्कुल न डरना!

अमीना का दिल कचोट रहा है। गाँव के बच्चे अपने-अपने बाप के साथ जा रहे हैं। हामिद के बाप अमीना के सिवा और कौन है? उसे कैसे अकेले मेले जाने दे। उस भीड़-भाड़ में बच्चा कहीं खो जाय तो क्या हो। नहीं; अमीना उसे यों न जाने देगी। नन्ही-सी जान! तीन कोस चलेगा कैसे! पैर में छाले पड़ जाएँगे। जूते भी तो नहीं हैं। वह थोड़ी-थोड़ी दूर पर उसे गोद ले लेगी; लेकिन यहाँ सेवैयाँ कौन पकाएगा? पैसे होते तो लौटते-लौटते सब सामग्री जमा करके चटपट बना लेती। यहाँ तो घंटों चीजें जमा करते लगेंगे। माँगे ही का तो भरोसा ठहरा। उस दिन फहीमन के कपड़े सिए थे। आठ आने पैसे मिले थे। उस अठन्नी को ईमान की तरह बचाती चली आती थी इसी ईद के लिए, लेकिन कल ग्वालन सिर पर सवार हो गयी तो क्या करती। हामिद के लिए कुछ नहीं है, तो दो पैसे का दूध तो चाहिए ही। अब तो कुल दो आने पैसे बच रहे हैं। तीन पैसे हामिद की जेब में, पाँच अमीना के बटवे में। यही तो बिसात है और ईद का त्योहार! अल्लाह ही बेड़ा पार लगावे। धोबन और नाइन और मेहतरानी और

चूड़िहारिन सभी तो आएँगी। सभी को सेवैयाँ चाहिए और थोड़ा किसी की आँखों नहीं लगता। किस-किस से मुँह चुराएगी। और मुँह क्यों चुराए? साल भर का त्योहार है। ज़िन्दगी ख़ैरियत से रहे, उनकी तकदीर भी तो उसी के साथ है। बच्चे को खुदा सलामत रखे, ये दिन भी कट जाएँगे।

गाँव से मेला चला। और बच्चों के साथ हामिद भी जा रहा था। कभी सबके सब दौड़कर आगे निकल जाते। फिर किसी पेड़ के नीचे खड़े होकर साथवालों का इन्तज़ार करते। ये लोग क्यों इतना धीरे-धीरे चल रहे हैं। हामिद के पैरों में तो जैसे पर लग गये हैं। वह कभी थक सकता है! शहर का दामन आ गया। सड़क के दोनों ओर अमीरों के बगीचे हैं। पक्की चारदीवारी बनी हुई है। पेड़ों में आम और लीचियाँ लगी हुई हैं। कभी-कभी कोई लड़का कँकड़ी उठाकर आम पर निशाना लगता है। माली अन्दर से गाली देता हुआ निकलता है। लड़के वहाँ से एक फर्लांग पर हैं। खूब हँस रहे हैं। माली को कैसे उल्लू बनाया है।

बड़ी-बड़ी इमारतें आने लगीं; यह अदालत है, यह कॉलेज है, यह क्लब-घर है। इतने बड़े कॉलेज में कितने लड़के पढ़ते होंगे? सब लड़के नहीं हैं जी! बड़े-बड़े आदमी हैं, सच उनकी बड़ी-बड़ी मूँछे हैं। इतने बड़े हो गये, अभी तक पढ़ने जाते हैं। न जाने कब तक पढ़ेंगे और क्या करेंगे इतना पढ़कर। हामिद के मदरसे में दो-तीन बड़े-बड़े लड़के हैं, बिल्कुल तीन कौड़ी के, रोज़ मार खाते हैं, काम से जी चुरानेवाले। इस जगह भी उसी तरह के लोग होंगे और क्या। क्लब-घर में जादू होता है। सुना है, यहाँ मुरदे की खोपड़ियाँ दौड़ती हैं। और बड़े-बड़े तमाशे होते हैं, पर किसी को अन्दर नहीं जाने देते। और यहाँ शाम को साहब लोग खेलते हैं। बड़े-बड़े आदमी खेलते हैं, मूँछों-दाढ़ीवाले और मेमें खेलती हैं, सच! हमारी अम्माँ को वह दे दो, क्या नाम है, बैट, तो उसे पकड़ ही न सकें। घुमाते ही लुढ़क न जाएँ।

महमूद ने कहा—हमारी अम्मीजान का तो हाथ काँपने लगे, अल्ला कसम।

मोहसिन बोला—अम्मी मनों आटा पीस डालती हैं। जरा-सा बैट पकड़ लेंगी, तो हाथ काँपने लगे। सैकड़ों घड़े पानी रोज़ निकालती हैं। पाँच घड़े तो मेरी भैंस पी जाती है। किसी मेम को एक घड़ा पानी भरना पड़े तो आँखों तले अँधेरा आ जाय।

महमूद—लेकिन दौड़तीं तो नहीं, उछल-कूद तो नहीं सकतीं।

मोहसिन—हाँ, उछल-कूद नहीं सकतीं; लेकिन उस दिन मेरी गाय खुल गयी थी और चौधरी के खेत में जा पड़ी थी, तो अम्माँ इतनी तेज दौड़ीं कि मैं उन्हें न पा सका, सच?

आगे चले। हलवाइयों की दुकानें शुरू हुईं। आज खूब सजी हुई थीं। इतनी मिठाइयाँ कौन खाता है। देखो न, एक-एक दुकान पर मनों होंगी। सुना है, रात को जिन्नात आकर खरीद ले जाते हैं। अब्बा कहते थे कि आधी रात को एक आदमी हर दुकान पर जाता है और जितना माल बचा होता है, वह तुलवा लेता है और सचमुच के रुपये देता है, बिल्कुल ऐसे ही रुपये।

हामिद को यकीन न आया—ऐसे रुपये जिन्नात को कहाँ से मिल जाएँगे?

मोहसिन ने कहा—जिन्नात को रुपये की क्या कमी? जिस खजाने में चाहें, चले जाएँ। लोहे के दरवाजे तक उन्हें नहीं रोक सकते जनाब, आप हैं किस फेर में। हीरे-जवाहरात तक उनके पास रहते हैं, जिससे खुश हो गये, उसे टोकरों जवाहरात दे दिए। अभी यहीं बैठे हैं, पाँच मिनट में कहो कलकत्ता पहुँच जायँ।

हामिद ने फिर पूछा—जिन्नात बहुत बड़े-बड़े होते होंगे?

मोहसिन—एक-एक आसमान के बराबर होता है जी। जमीन पर खड़ा हो जाय तो उसका सिर आसमान से जा लगे, मगर चाहें तो एक लोटे में घुस जाएँ।

हामिद—लोग उन्हें खुश करते होंगे? कोई मुझे वह मन्तर बता दे, तो एक जिन्न को खुश कर लूँ।

मोहसिन—अब यह तो मैं नहीं जानता, लेकिन चौधरी साहब के काबू में बहुत से जिन्नात हैं। कोई चीज चोरी चली जाय, चौधरी साहब उसका पता लगा देंगे और चोर का नाम भी बता देंगे। जुमराती का बछवा उस दिन खो गया था। तीस दिन हैरान हुए, कहीं न मिला। तब झख मारकर चौधरी के पास गये। चौधरी ने तुरन्त बता दिया कि मवेशीखाने में है, और वहीं मिला। जिन्नात आकर उन्हें सारे जहान की ख़बरें दे जाते हैं।

अब उसकी समझ में आ गया कि चौधरी के पास क्यों इतना धन है, और क्यों उनका इतना सम्मान है।

आगे चले। यह पुलिस लाइन है। यहीं सब कानिसटिबल कंवायद करते हैं। रैटन! फाय फो! रात को बेचारे घूम-घूमकर पहरा देते हैं, नहीं चोरियाँ हो जाएँ। मोहसिन ने प्रतिवाद किया—यह कानिसटिबल पहरा देते हैं? तभी तुम बहुत जानते हो। अजी हजरत, यही चोरी कराते हैं। शहर के जितने चोर-डाकू हैं, सब इनसे मिले रहते हैं। रात को ये लोग चोरों से तो कहते हैं, चोरी करो और आप दूसरे मुहल्ले में जाकर 'जागते रहो! जागते रहो!' पुकारते हैं। जभी इन लोगों के पास इतने रुपये आते हैं। मेरे मामूँ एक थाने में कानिसटिबल हैं। बीस रुपया महीना पाते हैं; लेकिन पचास रुपये घर भेजते हैं। अल्ला कसम! मैंने एक बार पूछा था कि मामूँ, आप इतने रुपये कहाँ से पाते हैं? हँसकर कहने लगे—बेटा, अल्लाह देता है। फिर आप ही बोले—लोग चाहें तो एक दिन में

लाखों मार लाएँ। हम तो इतना ही लेते हैं, जिसमें अपनी बदनामी न हो और नौकरी न चली जाय।

हामिद ने पूछा—यह लोग चोरी करवाते हैं तो कोई इन्हें पकड़ता नहीं?

मोहसिन उसकी नादानी पर दया दिखाकर बोला—अरे पागल, इन्हें कौन पकड़ेगा। पकड़नेवाले तो यह खुद हैं; लेकिन अल्लाह इन्हें सजा भी खूब देता है। हराम का माल हराम में जाता है। थोड़े ही दिन हुए, मामूँ के घर में आग लग गयी। सारी लेई-पूँजी जल गयी। एक बरतन तक न बचा। कई दिन पेड़ के नीचे सोए, अल्ला कसम, पेड़ के नीचे। फिर न जाने कहाँ से एक सौ कर्ज लाए तो बरतन-भांडे आये।

हामिद—एक सौ तो पचास से ज्यादा होते हैं?

'कहाँ पचास कहाँ एक सौ। पचास एक थैली-भर होता है। सौ तो दो थैलियों में भी न आवे।'

अब बस्ती घनी होने लगी थी। ईदगाह जानेवालों की टोलियाँ नजर आने लगीं। एक-से-एक भड़कीले वस्त्र पहने हुए। कोई इक्के-ताँगे पर सवार, कोई मोटर पर, सभी इत्र में बसे; सभी के दिलों में उमंग। ग्रामीणों का यह छोटा-सा दल अपनी विपन्नता से बेखबर, सन्तोष और धैर्य में मगन चला जा रहा था। बच्चों के लिए नगर की सभी चीजें अनोखी थीं। जिस चीज की ओर ताकते, ताकते ही रह जाते। और पीछे से बार-बार हॉर्न की आवाज होने पर भी न चेतते। हामिद तो मोटर के नीचे आते-आते बचा।

सहसा ईदगाह नजर आया। ऊपर इमली के घने वृक्षों की छाया। नीचे पक्का फर्श है, जिस पर जाजिम बिछा हुआ है। और रोज़ेदारों की पंक्तियाँ एक के पीछे एक न जाने कहाँ तक चली गयी हैं, पक्के जगत के नीचे तक, जहाँ जाजिम भी नहीं है। नये आनेवाले आकर पीछे की कतार में खड़े हो जाते हैं। आगे जगह नहीं है। यहाँ कोई धन और पद नहीं देखता। इस्लाम की निगाह में सब बराबर हैं। इन ग्रामीणों ने भी वजू किया और पिछली पंक्ति में खड़े हो गये। कितना सुन्दर संचालन है, कितनी सुन्दर व्यवस्था! लाखों सिर एक साथ सिजदे में झुक ज़ाते हैं, फिर सब-के-सब एक साथ खड़े हो जाते हैं, एक साथ झुकते हैं और एक साथ घुटनों के बल बैठ जाते हैं। कई बार यही क्रिया होती है, जैसे बिजली की लाखों बत्तियाँ एक साथ प्रदीप्त हों और एक साथ बुझ जाएँ, और यही क्रम चलता रहा। कितना अपूर्व दृश्य था, जिसकी सामूहिक क्रियाएँ, विस्तार और अनन्तता हृदय को श्रद्धा, गर्व और आत्मानन्द से भर देती थीं, मानो भ्रातृत्व का एक सूत्र इन समस्त आत्माओं को एक लड़ी में पिरोए हुए है।

नमाज़ खत्म हो गयी है। लोग आपस में गले मिल रहे हैं। तब मिठाई और खिलौने की दुकानों पर धावा होता है। ग्रामीणों का यह दल इस विषय में बालकों से कम उत्साही नहीं है। यह देखो, हिंडोला है। एक पैसा देकर चढ़ जाओ। कभी आसमान पर जाते हुए मालूम होंगे, कभी जमीन पर गिरते हुए। यह चर्खी है, लकड़ी के हाथी, घोड़े, ऊँट छड़ों से लटके हुए हैं। एक पैसा देकर बैठ जाओ और पच्चीस चक्करों का मजा लो। महमूद और मोहसिन और नूरे और सम्मी इन घोड़ों और ऊँटों पर बैठते हैं। हामिद दूर खड़ा है। तीन ही पैसे तो उसके पास हैं। अपने कोष का तिहाई जरा-सा चक्कर खाने के लिए नहीं दे सकता।

सब चर्खियों से उतरते हैं। अब खिलौने लेंगे। इधर दुकानों की कतार लगी हुई है। तरह-तरह के खिलौने हैं—सिपाही और गुजरिया, राजा और वकील, भिश्ती और धोबिन और साधू। वाह! कितने सुन्दर खिलौने हैं। अब बोला ही चाहते हैं। महमूद सिपाही लेता है, खाकी वर्दी और लाल पगड़ीवाला, कन्धे पर बन्दूक रखे हुए। मालूम होता है, अभी कवायद किए चला आ रहा है। मोहसिन को भिश्ती पसन्द आया। कमर झुकी है, ऊपर मशक रखे हुए है। मशक का मुँह एक हाथ से पकड़े हुए है। कितना प्रसन्न है। शायद कोई गीत गा रहा है। बस, मशक से पानी उँडेला ही चाहता है। नूरे को वकील से प्रेम है। कैसी विद्वत्ता है उसके मुख पर! काला चोगा, नीचे सफेद अचकन, अचकन के सामने की जेब में घड़ी, सुनहरी जंजीर, एक हाथ में कानून का पोथा लिये हुए। मालूम होता है, अभी किसी अदालत से जिरह या बहस किए चला आ रहा है। यह सब दो-दो पैसे के खिलौने हैं। हामिद के पास कुल तीन पैसे हैं; इतने महँगे खिलौने वह कैसे ले? खिलौना कहीं हाथ से छूट पड़े, तो चूर-चूर हो जाय। जरा पानी पड़े तो सारा रंग धुल जाय। ऐसे खिलौने लेकर वह क्या करेगा; किस काम के!

मोहसिन—मेरा भिश्ती रोज पानी दे जाएगा; साँझ-सबेरे।

महमूद—और मेरा सिपाही घर का पहरा देगा। कोई चोर आवेगा, तो फौरन बन्दूक से फैर कर देगा!

नूरे—और मेरा वकील खूब मुकदमा लड़ेगा।

सम्मी—और मेरी धोबिन रोज कपड़े धोएगी।

हामिद खिलौनों की निन्दा करता है—मिट्टी ही के तो हैं, गिरें तो चकनाचूर हो जाएँ, लेकिन ललचाई हुई आँखों से खिलौनों को देख रहा है और चाहता है कि जरा देर के लिए उन्हें हाथ में ले सकता। उसके हाथ अनायास ही लपकते हैं : लेकिन लड़के इतने त्यागी नहीं होते, विशेषकर जब अभी नया शौक है। हामिद ललचता रह जाता है।

खिलौने के बाद मिठाइयाँ आती हैं। किसी ने रेवड़ियाँ ली हैं, किसी ने

गुलाबजामुन, किसी ने सोहनहलुआ। मजे से खा रहे हैं। हामिद उनकी बिरादरी से पृथक है। अभागे के पास तीन पैसे हैं। क्यों नहीं कुछ लेकर खाता? ललचाई आँखों से सबकी ओर देखता है।

मोहसिन कहता है—हामिद, रेवड़ी ले जा, कितनी खुशबूदार है।

हामिद को सन्देह हुआ, यह केवल क्रूर विनोद है, मोहसिन इतना उदार नहीं है; लेकिन यह जानकर भी वह उसके पास जाता है। मोहसिन दोने से एक रेवड़ी निकालकर हामिद की ओर बढ़ाता है। हामिद हाथ फैलाता है। मोहसिन रेवड़ी अपने मुँह में रख लेता है। महमूद, नूरे और सम्मी खूब तालियाँ बजा-बजाकर हँसते हैं। हामिद खिसिया जाता है।

मोहसिन—अच्छा, अबकी जरूर देंगे हामिद, अल्ला कसम, ले जाव।

हामिद—रखे रहो। क्या मेरे पास पैसे नहीं हैं?

सम्मी—तीन ही पैसे तो हैं। तीन पैसे में क्या-क्या लोगे?

महमूद—हमसे गुलाबजामुन ले जाव हामिद। मोहसिन बदमाश है।

हामिद—मिठाई कौन बड़ी नेमत है। किताब में इसकी कितनी बुराइयाँ लिखी हैं।

मोहसिन—लेकिन दिल में कह रहे होंगे कि मिले तो खा लें। अपने पैसे क्यों नहीं निकालते?

महमूद—हम समझते हैं इसकी चालाकी। जब हमारे सारे पैसे खर्च हो जाएँगे, तो हमें ललचा-ललचाकर खाएगा।

मिठाइयों के बाद कुछ दुकानें लोहे की चीजों की हैं। कुछ गिलट और कुछ नकली गहनों की। लड़कों के लिए यहाँ कोई आकर्षण न था। वह सब आगे बढ़ जाते हैं। हामिद लोहे की दुकान पर रुक जाता है। कई चिमटे रखे हुए थे। उसे खयाल आया, दादी के पास चिमटा नहीं है। तवे से रोटियाँ उतारती है, तो हाथ जल जाता है; अगर वह चिमटा ले जाकर दादी को दे दे, तो वह कितनी प्रसन्न होंगी? फिर उनकी उँगलियाँ कभी न जलेंगी। घर में एक काम की चीज हो जाएगी। खिलौने से क्या फायदा। व्यर्थ में पैसे खराब होते हैं। जरा देर ही तो खुशी होती है। फिर तो खिलौनों को कोई आँख उठा कर नहीं देखता। या तो घर पहुँचते-पहुँचते टूट-फूट बराबर हो जाएँगे, या छोटे बच्चे जो मेले में नहीं आये हैं, ज़िद करके ले लेंगे और तोड़ डालेंगे। चिमटा कितने काम की चीज है। रोटियाँ तवे से उतार लो, चूल्हें में सेंक लो। कोई आग माँगने आवे तो चटपट चूल्हे से आग निकालकर उसे दे दो। अम्माँ बेचारी को कहाँ फुर्सत है कि बाज़ार आयें, और इतने पैसे ही कहाँ मिलते हैं। रोज़ हाथ जला लेती हैं। हामिद के साथी आगे बढ़ गये हैं। सबील पर सब-के-सब शर्बत पी रहे हैं।

देखो, सब कितने लालची हैं। इतनी मिठाइयाँ लीं, मुझे किसी ने एक भी न दी। उस पर कहते हैं, मेरे साथ खेलो। मेरा यह काम करो। अब अगर किसी ने कोई काम करने को कहा, तो पूछूँगा। खाएँ मिठाइयाँ, आप मुँह सड़ेगा, फोड़े-फुन्सियाँ निकलेंगी, आप ही जबान चटोरी हो जाएगी। तब घर के पैसे चुराएँगे और मार खाएँगे। किताब में झूठी बातें थोड़े ही लिखी हैं। मेरी ज़बान क्यों खराब होगी? अम्मा चिमटा देखते ही दौड़कर मेरे हाथ से ले लेंगी और कहेंगी—मेरा बच्चा अम्माँ के लिए चिमटा लाया है! हजारों दुआएँ देंगी। फिर पड़ोस की औरतों को दिखाएँगी। सारे गाँव में चर्चा होने लगेगी, हामिद चिमटा लाया है। कितना अच्छा लड़का है। इन लोगों के खिलौनों पर कौन इन्हें दुआएँ देगा। बड़ों की दुआएँ सीधे अल्लाह के दरबार में पहुँचती हैं, और तुरन्त सुनी जाती हैं। मेरे पास पैसे नहीं हैं। तभी तो मोहसिन और महमूद यों मिजाज दिखाते हैं। मैं भी इनसे मिजाज दिखाऊँगा। खेलें खिलौने और खाएँ मिठाइयाँ। मैं नहीं खेलता खिलौने, किसी का मिजाज क्यों सहूँ। मैं गरीब सही, किसी से कुछ माँगने तो नहीं जाता। आख़िर अब्बाजान कभी-न-कभी आएँगे। अम्माँ भी आएँगी ही। फिर इन लोगों से पूछूँगा कितने खिलौने लोगे? एक-एक को टोकरियों खिलौने दूँ और दिखा दूँ कि दोस्तों के साथ इस तरह सलूक किया जाता है। यह नहीं कि एक पैसे की रेवड़ियाँ लीं तो चिढ़ा-चिढ़ाकर खाने लगे। सब-के-सब खूब हँसेंगे कि हामिद ने चिमटा लिया है। हँसें। मेरी बला से। उसने दुकानदार से पूछा—यह चिमटा कितने का है?

दुकानदार ने उसकी ओर देखा और कोई आदमी साथ न देखकर कहा—यह तुम्हारे काम का नहीं है जी?

''बिकाऊ है कि नहीं?''

''बिकाऊ क्यों नहीं है। और यहाँ क्यों लाद लाये हैं?''

''तो बताते क्यों नहीं, कै पैसे का है?''

''छै पैसे लगेंगे।''

हामिद का दिल बैठ गया।

''ठीक-ठीक बताओ।''

''ठीक-ठीक पाँच पैसे लगेंगे, लेना हो लो, नहीं चलते बनो।''

हामिद ने कलेजा मजबूत करके कहा—तीन पैसे लोगे?

यह कहता हुआ वह आगे बढ़ गया कि दुकानदार की घुड़कियाँ न सुने। लेकिन दुकानदार ने घुड़कियाँ नहीं दीं। बुलाकर चिमटा दे दिया। हामिद ने उसे इस तरह कन्धे पर रखा, मानो बन्दूक है और शान से अकड़ता हुआ संगियों के पास आया। जरा सुनें, सब-के-सब क्या-क्या आलोचनाएँ करते हैं।

मोहसिन ने हँसकर कहा—यह चिमटा क्यों लाया पगले; इसे क्या करेगा? हामिद ने चिमटे को जमीन पर पटककर कहा—जरा अपना भिश्ती जमीन पर गिरा दो। सारी पसलियाँ चूर-चूर हो जाएँ बच्चू की।

महमूद बोला—तो यह चिमटा कोई खिलौना है?

हामिद—खिलौना क्यों नहीं? अभी कन्धे पर रखा, बन्दूक हो गयी। हाथ में लिया, फकीरों का चिमटा हो गया। चाहूँ तो इससे मजीरे का काम ले सकता हूँ। एक चिमटा जमा दूँ तो तुम लोगों के सारे खिलौनों की जान निकल जाय। तुम्हारे खिलौने कितना ही जोर लगावें, वे मेरे चिमटे का बाल भी बाँका नहीं कर सकते। मेरा बहादुर शेर है—चिमटा।

सम्मी ने खँजरी ली थी। प्रभावित होकर बोला—मेरी खँजरी से बदलोगे? दो आने की है।

हामिद ने खँजरी की ओर उपेक्षा से देखा—मेरा चिमटा चाहे तो तुम्हारी खँजरी का पेट फाड़ डाले। बस, एक चमड़े की झिल्ली लगा दी, ढब-ढब बोलने लगी। जरा-सा पानी लग जाय तो खतम हो जाय। मेरा बहादुर चिमटा आग में, पानी में, तूफान में बराबर डटा खड़ा रहेगा।

चिमटे ने सभी को मोहित कर लिया; लेकिन अब पैसे किसके पास धरे हैं! फिर मेले से दूर निकल आये हैं, नौ कब के बज गये, धूप तेज हो रही है। घर पहुँचने की जल्दी हो रही है। बाप से जिद भी करें, तो चिमटा नहीं मिल सकता है। हामिद है बड़ा चालाक। इसीलिए बदमाश ने अपने पैसे बचा रखे थे!

अब बालकों के दो दल हो गये हैं। मोहसिन, महमूद, सम्मी और नूर एक तरफ हैं, हामिद अकेला दूसरी तरफ। शास्त्रार्थ हो रहा है। सम्मी तो विधर्मी हो गया। दूसरे पक्ष से जा मिला; लेकिन मोहसिन, महमूद और नूरे भी, हामिद से एक-एक, दो-दो साल बड़े होने पर भी हामिद के आघातों से आतंकित हो उठे हैं। उसके पास न्याय का बल है और नीति की शक्ति। एक ओर मिट्टी है, दूसरी ओर लोहा, जो इस वक्त अपने को फौलाद कह रहा है। वह अजेय है, घातक है। अगर कोई शेर आ जाय, तो मियाँ भिश्ती के छक्के छूट जाएँ, मियाँ सिपाही मिट्टी की बन्दूक छोड़कर भागें, वकील साहब की नानी मर जाए, चोगे में मुँह छिपाकर जमीन पर लेट जाएँ। मगर यह चिमटा, यह बहादुर, यह रुस्तमे-हिन्द लपककर शेर की गरदन पर सवार हो जाएगा और उसकी आँखें निकाल लेगा।

मोहसिन ने एड़ी-चोटी का जोर लगाकर कहा—अच्छा, पानी तो नहीं भर सकता।

हामिद ने चिमटे को सीधा खड़ा करके कहा—भिश्ती को एक डाँट बताएगा, तो दौड़ा हुआ पानी लाकर उसके द्वार पर छिड़कने लगेगा।

मोहसिन परास्त हो गया; पर महमूद ने कुमक पहुँचाई—अगर बच्चे पकड़े जाएँ तो अदालत में बँधे-बँधे फिरेंगे। तब तो वकील साहब के ही पैरों पड़ेंगे।

हामिद इस प्रबल तर्क का जवाब न दे सका। उसने पूछा—हमें पकड़ने कौन आएगा?

नूरे ने अकड़कर कहा—यह सिपाही बन्दूक वाला।

हामिद ने मुँह चिढ़ाकर कहा—यह बेचारे हम बहादुर रुस्तमे-हिन्द को पकड़ेंगे! अच्छा लाओ, अभी जरा कुश्ती हो जाय। इसकी सूरत देखकर दूर से भागेंगे। पकड़ेंगे क्या बेचारे!

मोहसिन को एक नयी चोट सूझ गयी—तुम्हारे चिमटे का मुँह रोज आग में जलेगा।

उसने समझा था कि हामिद लाजवाब हो जाएगा; लेकिन यह बात न हुई। हामिद ने तुरन्त जवाब दिया—आग में बहादुर ही कूदते हैं जनाब, तुम्हारे यह वकील, सिपाही और भिश्ती लौंडियों की तरह घर में घुस जाएँगे। आग में कूदना वह काम है, जो रुस्तमे-हिन्द ही कर सकता है।

महमूद ने एक जोर लगाया—वकील साहब कुर्सी-मेज पर बैठेंगे, तुम्हारा चिमटा तो बावरचीखाने में जमीन पर पड़ा रहेगा।

इस तर्क ने सम्मी और नूरे को भी सजीव कर दिया। कितने ठिकाने की बात कही है पट्ठे ने। चिमटा बावरचीखाने में पड़े रहने के सिवा और क्या कर सकता है?

हामिद को कोई फड़कता हुआ जवाब न सूझा तो उसने धाँधली शुरू की—मेरा चिमटा बावरचीखाने में नहीं रहेगा। वकील साहब कुरसी पर बैठेंगे तो जाकर उन्हें जमीन पर पटक देगा और उनका कानून उनके पेट में डाल देगा।

बात कुछ बनी नहीं। खासी गाली-गलौच थी; कानून को पेट में डालने वाली बात छा गयी। ऐसी छा गयी थी कि तीनों सूरमा मुँह ताकते रह गये, मानो कोई धेलचा कनकौआ किसी गंडेवाले कनकौए को काट गया हो। कानून मुँह से बाहर निकलनेवाली चीज है। उसको पेट के अन्दर डाल दिया जावे, बेतुकी-सी बात होने पर भी कुछ नयापन रखती है। हामिद ने मैदान मार लिया। उसका चिमटा रुस्तमे-हिन्द है। अब इसमें मोहसिन, महमूद, नूरे, सम्मी किसी को भी आपत्ति नहीं हो सकती।

विजेता को हारनेवालों से जो सत्कार मिलना स्वाभाविक है, वह हामिद को भी मिला। औरों ने तीन-तीन, चार-चार आने पैसे खर्च किए; पर कोई काम की चीज न ले सके। हामिद ने तीन पैसे में रंग जमा लिया। सच ही तो है, खिलौनों का क्या भरोसा? टूट-फूट जाएँगे। हामिद का चिमटा बना रहेगा बरसों!

सन्धि की शर्त तय होने लगी। मोहसिन ने कहा—जरा अपना चिमटा दो, हम भी देखें, तुम हमारा भिश्ती लेकर देखो।

महमूद और नूरे ने भी अपने-अपने खिलौने पेश किए।

हामिद को इन शर्तों के मानने में कोई आपत्ति न थी। चिमटा बारी-बारी से सबके हाथ में गया; और उनके खिलौने बारी-बारी से हामिद के हाथ में आये। कितने खूबसूरत खिलौने हैं!

हामिद ने हारनेवाले के आँसू पोंछे—मैं तुम्हें चिढ़ा रहा था, सच। यह लोहे का चिमटा भला इन खिलौनों की क्या बराबरी करेगा; मालूम होता है, अब बोले, अब बोले।

लेकिन मोहसिन की पार्टी को इस दिलासे से सन्तोष नहीं होता। चिमटे का सिक्का खूब बैठ गया है। चिपका हुआ टिकट अब पानी से नहीं छूट रहा है।

मोहसिन—लेकिन इन खिलौनों के लिए कोई हमें दुआ तो न देगा।

महमूद—दुआ को लिए फिरते हो। उलटे मार न पड़े। अम्माँ जरूर कहेंगी कि मेले में मिट्टी के खिलौने तुम्हें मिले?

हामिद को स्वीकार करना पड़ा कि खिलौनों को देखकर किसी की माँ इतनी खुश न होंगी, जितनी दादी चिमटे को देखकर होंगी। तीन पैसों ही में तो उसे सब कुछ करना था, और उन पैसों के इस उपयोग पर पछतावे की बिल्कुल ज़रूरत न थी। फिर अब तो चिमटा रुस्तमे-हिन्द है और सभी खिलौनों का बादशाह।

रास्ते में महमूद को भूख लगी। उसके बाप ने केले खाने को दिए। महमूद ने केवल हामिद को साझी बनाया। उसके अन्य मित्र मुँह ताकते रह गये। यह उस चिमटे का प्रसाद था।

ग्यारह बजे सारे गाँव में हलचल मच गयी। मेलेवाले आ गये। मोहसिन की छोटी बहन ने दौड़कर भिश्ती उसके हाथ से छीन लिया और मारे खुशी के जो उछली, तो मियाँ भिश्ती नीचे आ रहे और सुरलोक सिधारे। इस पर भाई-बहन में मार-पीट हुई। दोनों ख़ूब रोए। उनकी अम्माँ यह शोर सुनकर बिगड़ीं और दोनों को ऊपर से दो-दो चाँटे और लगाए।

मियाँ नूरे के वकील का अन्त उसकी प्रतिष्ठानुकूल इससे ज्यादा गौरवमय हुआ। वकील जमीन पर या ताक पर तो नहीं बैठ सकता। उसकी मर्यादा का विचार तो रखना ही होगा। दीवार में दो खूटियाँ गाड़ी गयीं। उन पर लकड़ी का एक पटरा रखा गया। पटरे पर कागज का कालीन बिछाया गया। वकील साहब

राजा भोज की भाँति सिंहासन पर विराजे। नूरे ने उन्हें पंखा झलना शुरू किया। अदालतों में खस की टट्टियाँ और बिजली के पंखे रहते हैं। क्या यहाँ मामूली पंखा भी न हो। कानून की गर्मी दिमाग पर चढ़ जाएगी कि नहीं। बाँस का पंखा आया और नूरे हवा करने लगे। मालूम नहीं, पंखे की हवा से या पंखे की चोट से वकील साहब स्वर्गलोक से मृत्युलोक में आ रहे और उनका माटी का चोला माटी में मिल गया। फिर बड़े जोर-शोर से मातम हुआ और वकील साहब की अस्थि घूर पर डाल दी गयी।

अब रहा महमूद का सिपाही। उसे चटपट गाँव का पहरा देने का चार्ज मिल गया; लेकिन पुलिस का सिपाही कोई साधारण व्यक्ति तो था नहीं; जो अपने पैरों चले। वह पालकी पर चलेगा। एक टोकरी आयी, उसमें कुछ लाल रंग के फटे-पुराने चिथड़े बिछाए गये, जिसमें सिपाही साहब आराम से लेटे। नूरे ने यह टोकरी उठाई और अपने द्वार का चक्कर लगाने लगे। उनके दोनों छोटे भाई सिपाही की तरफ से 'छोनेवाले, जागते लहो' पुकारते चलते हैं। मगर रात तो अँधेरी ही होनी चाहिए। महमूद को ठोकर लग जाती है। टोकरी उसके हाथ से छूटकर गिर पड़ती है और मियाँ सिपाही अपनी बन्दूक लिये जमीन पर आ जाते हैं और उनकी एक टाँग में विकार आ जाता है। महमूद को आज ज्ञात हुआ कि वह अच्छा डाक्टर है। उसको ऐसा मरहम मिल गया है, जिससे वह टूटी टाँग को आनन-फानन जोड़ सकता है। केवल गूलर का दूध चाहिए। गूलर का दूध आता है। टाँग जोड़ दी जाती है; लेकिन सिपाही को ज्यों ही खड़ा किया जाता है, टाँग जवाब दे जाती है। शल्यक्रिया असफल हुई, तब उसकी दूसरी टाँग भी तोड़ दी जाती है। अब कम-से-कम एक जगह आराम से बैठ तो सकता है। एक टाँग से तो न चल सकता था न बैठ सकता था। अब वह सिपाही संन्यासी हो गया है। अपनी जगह पर बैठा-बैठा पहरा देता है। कभी-कभी देवता भी बन जाता है। उसके सिर का झालरदार साफा खुरच दिया गया है। अब उसका जितना रूपान्तर चाहो, कर सकते हो। कभी-कभी तो उससे बाट का काम भी लिया जाता है।

अब मियाँ हामिद का हाल सुनिए। अमीना उसकी आवाज़ सुनते ही दौड़ी और उसे गोद में उठाकर प्यार करने लगी। सहसा उसके हाथ में चिमटा देखकर वह चौंकी।

''यह चिमटा कहाँ था?''

''मैंने मोल लिया है।''

''कै पैसे में?''

''तीन पैसे दिए।''

अमीना ने छाती पीट ली। यह कैसा बेसमझ लड़का है कि दोपहर हुआ,

कुछ खाया न पिया। लाया क्या यह चिमटा! सारे मेले में तुझे और कोई चीज न मिली, जो यह लोहे का चिमटा उठा लाया।

हामिद ने अपराधी भाव से कहा—तुम्हारी उँगलियाँ तवे से जल जाती थीं, इसलिए मैंने इसे ले लिया।

बुढ़िया का क्रोध तुरन्त स्नेह में बदल गया, और स्नेह भी वह नहीं, जो प्रगल्भ होता है और अपनी सारी कसक शब्दों में बिखेर देता है। यह मूक स्नेह था, खूब ठोस, रस और स्वाद से भरा हुआ। बच्चे में कितना त्याग, कितना सद्‍भाव और कितना विवेक है! दूसरों को खिलौने लेते और मिठाई खाते देखकर उसका मन कितना ललचाया होगा। इतना जब्त इससे हुआ कैसे? वहाँ भी उसे अपनी बुढ़िया दादी की याद बनी रही। अमीना का मन गद्‍गद हो गया।

और अब एक बड़ी विचित्र बात हुई। हामिद के इस चिमटे से भी विचित्र। बच्चे हामिद ने बूढ़े हामिद का पार्ट खेला था। बुढ़िया अमीना बालिका अमीना बन गयी। वह रोने लगी। दामन फैलाकर हामिद को दुआएँ देती जाती थी और आँसू की बड़ी-बड़ी बूँदें गिरांती जाती थी। हामिद इसका रहस्य क्या समझता!

दिल की रानी

जिन वीर तुर्कों के प्रखर प्रताप से ईसाई दुनिया काँप रही थी, उन्हीं का रक़्त आज कुस्तुन्तुनिया की गलियों में बह रहा है। वही कुस्तुन्तुनिया, जो सौ साल पहले तुर्कों के आतंक से आहत हो रहा था, आज उनके गर्म रक़्त से अपना कलेजा ठंडा कर रहा है। सत्तर हजार तुर्क योद्धाओं की लाशें बास-फरस की लहरों पर तैर रही हैं और तुर्की सेनापति एक लाख सिपाहियों के साथ तैमूरी तेज के सामने अपनी किस्मत का फैसला सुनने के लिए खड़ा है।

तैमूर ने विजय से भरी आँखें उठाईं और सेनापति यज़दानी की ओर देखकर सिंह के समान गरजा—क्या चाहते हो, ज़िन्दगी या मौत?

यज़दानी ने गर्व से सिर उठाकर कहा—इज़्ज़त की ज़िन्दगी मिले तो ज़िन्दगी, वरना मौत।

तैमूर का क्रोध प्रचंड हो उठा। उसने बड़े-बड़े अभिमानियों का सिर नीचा कर दिया था। यह जवाब इस अवसर पर सुनने की उसे ताब न थी। इन एक लाख आदमियों की जान उसकी मुट्ठी में है। उन्हें वह एक क्षण में मसल सकता है। उस पर भी इतना अभिमान! इज़्ज़त की ज़िन्दगी! इसका यही तो अर्थ है कि गरीबों का जीवन अमीरों के भोग-विलास पर बलिदान किया जाय, वही शराब की मज़लिसें, वही अरमीनिया और काफ़ की परियाँ...नहीं, तैमूर ने खलीफा बायज़ीद का घमंड इसलिए नहीं तोड़ा है कि तुर्कों को फिर उस मदान्ध स्वाधीनता में इस्लाम का नाम डुबाने को छोड़ दे। तब उसे इतना रक़्त बहाने की क्या ज़रूरत थी। मानव-रक्त का प्रवाह संगीत का प्रवाह नहीं, रस का प्रवाह नहीं—एक वीभत्स दृश्य है, जिसे देखकर आँखें मुँह फेर लेती हैं, हृदय सिर झुका लेता है। तैमूर कोई हिंसक पशु नहीं है, जो यह दृश्य देखने के लिए अपने जीवन की बाजी लगा दे।

वह अपने शब्दों में धिक्कार भरकर बोला—जिसे तुम इज़्ज़त की ज़िन्दगी क़हते हो, वह गुनाह और जहन्नुम की ज़िन्दगी है।

यज़दानी को तैमूर से दया या क्षमा की आशा न थी। उसकी या उसके योद्धाओं की जान किसी तरह नहीं बच सकती। फिर क्यों दबे और क्यों न जान पर खेलकर तैमूर के प्रति उसके मन में जो घृणा है, उसे प्रकट कर दे। उसने एक बार कातर नेत्रों से उस रूपवान युवक की ओर देखा, जो उसके पीछे खड़ा जैसे अपनी जवानी की लगाम खींच रहा था। सान पर चढ़े हुए, इस्पात के समान अंग-अंग से अतुल क्रोध की चिनगारियाँ निकल रही थीं। यज़दानी ने उसकी सूरत देखी और जैसे अपनी खींची हुई तलवार म्यान में कर ली और खून के घूँट पीकर बोला—जहाँपनाह इस वक्त फतहमंद हैं, लेकिन अपराध क्षमा हो तो कह दूँ कि अपने जीवन के विषय में तुर्कों को तातारियों से उपदेश लेने की ज़रूरत नहीं पड़ी। दुनिया से अलग, तातार के ऊसर मैदानों में न त्याग और व्रत की उपासना की जा सकती है और न मयस्सर होने वाले पदार्थों का बहिष्कार किया जा सकता है; पर जहाँ खुदा ने नेमतों की वर्षा की हो, वहाँ उन नेमतों का भोग न करना नाशुक्री है; अगर तलवार ही सभ्यता की सनद होती, तो गाल कौम रोमनों से कहीं ज्यादा सभ्य होती।

तैमूर जोर से हँसा और उसके सिपाहियों ने तलवारों पर हाथ रख लिये। तैमूर का ठहाका मौत का ठहाका था, या गिरने वाले वज्र का तड़ाका।

''तातारवाले पशु हैं, क्यों?''

''मैं यह नहीं कहता।''

''तुम कहते हो, खुदा ने तुम्हें ऐश करने के लिए पैदा किया है। मैं कहता हूँ, वह कुफ्र है। खुदा ने इन्सान को बन्दगी के लिए पैदा किया है और इसके खिलाफ जो कोई कुछ करता है, वह काफ़िर है, जहन्नुमी है। रसूलेपाक हमारी ज़िन्दगी को पाक करने के लिए आये थे, हमें सच्चा इन्सान बनाने के लिए आये थे; हमें हराम की तालीम देने नहीं। तैमूर दुनिया को इस कुफ्र से पाक कर देने का बीड़ा उठा चुका है। रसूलेपाक के कदमों की कसम; मैं बेरहम नहीं हूँ, जालिम नहीं, खूँख्वार नहीं हूँ; लेकिन कुफ्र की सजा मेरे ईमान में मौत के सिवा कुछ नहीं है।''

उसने तातारी सिपहसालार की तरफ कातिल नजरों से देखा और तत्क्षण एक देव-सा आदमी तलवार सौंतकर यज़दानी के सिर पर आ पहुँचा। तातारी सेना भी तलवारें खींच-खींचकर तुर्की सेना पर टूट पड़ीं और दम-के-दम में कितनी ही लाशें जमीन पर फड़कने लगीं।

2

सहसा वही रूपवान युवक, जो यज़दानी के पीछे खड़ा था, आगे बढ़कर तैमूर के सामने आया और जैसे मौत को अपनी बँधी हुई मुट्ठियों में मसलता हुआ बोला—

ऐ अपने को मुसलमान कहने वाले बादशाह! क्या यही वह इस्लाम है, जिसकी तबलीग़ का तूने बीड़ा उठाया है? इस्लाम की यही तालीम है कि तू उन बहादुरों का इस बेदर्दी से खून बहाए, जिन्होंने इसके सिवा कोई गुनाह नहीं किया कि अपने खलीफा और अपने मुल्क की हिमायत की।

चारों तरफ सन्नाटा छा गया। एक युवक, जिसकी अभी मसें न भीगी थीं, तैमूर जैसे तेजस्वी बादशाह का इतने खुले हुए शब्दों में तिरस्कार करे और उसकी जबान तालू से न खिंचवा ली जाय! सभी स्तम्भित हो रहे थे और तैमूर सम्मोहित-सा बैठा उस युवक की ओर ताक रहा था।

युवक ने तातारी सिपाहियों की तरफ, जिनके चेहरों पर कुतूहलमय प्रोत्साहन झलक रहा था, देखा और बोला—तू इन मुसलमानों को काफ़िर कहता है और समझता है कि तू इन्हें कत्ल करके खुदा और इस्लाम की खिदमत कर रहा है। मैं तुझसे पूछता हूँ, अगर वह लोग जो खुदा के सिवा और किसी के सामने सिजदा नहीं करते, जो रसूलेपाक को अपना रहबर समझते हैं, मुसलमान नहीं हैं तो कौन मुसलमान है? मैं कहता हूँ, हम काफ़िर सही, लेकिन तेरे कैदी तो हैं? क्या इस्लाम जंजीर में बँधे हुए कैदियों के कत्ल की इजाजत देता है? खुदा ने अगर तुझे ताकत दी है, अख्तियार दिया है, तो क्या इसलिए कि तू खुदा के बन्दों का खून बहाए? क्या गुनहगारों को कत्ल करके उन्हें सीधे रास्ते पर ले जाएगा? तूने कितनी बेरहमी से सत्तर हजार बहादुर तुर्कों को धोखा देकर सुरंग से उड़वा दिया; और उनके मासूम बच्चों और निरपराध स्त्रियों को अनाथ कर दिया, तुझे कुछ अनुमान है? क्या यही कारनामे हैं, जिन पर तू अपने को मुसलमान होने का गर्व करता है? क्या इसी कत्ल, खून और जुल्म की सियाही से तू दुनिया में अपना नाम रोशन करेगा? तूने तुर्कों के खून बहते दरिया में अपने घोड़ों के सुम नहीं भिगोए हैं, बल्कि इस्लाम को जड़ से खोदकर फेंक दिया है। यह वीर तुर्कों का ही आत्मोत्सर्ग है, जिसने यूरोप में इस्लाम की तौहीद फैलाई। आज सोफिया के गिरजे में तुझे अल्लाहो अकबर की सदा सुनाई दे रही है, सारा यूरोप इस्लाम का स्वागत करने को तैयार है। क्या ये कारनामे इसी लायक हैं कि उनका यह इनाम मिले? इस ख़याल को दिल से निकाल दे कि तू खूँरेज़ी से इस्लाम की खिदमत कर रहा है। एक दिन तुझे भी परवरदिगार के सामने अपने कर्मों का जवाब देना पड़ेगा और तेरा कोई उज्र न सुना जाएगा; क्योंकि अगर तुझमें अब भी नेक और बद की तमीज बाकी है, तो अपने दिल से पूछ। तूने यह जिहाद खुदा की राह में किया या अपनी हविस के लिए, और मैं जानता हूँ तुझे जो जवाब मिलेगा, वह तेरी गर्दन शर्म से झुका देगा।

खलीफा अभी सिर झुकाए ही था कि यज़दानी ने काँपते हुए शब्दों में अर्ज़ की— जहाँपनाह, यह गुलाम का लड़का है। इसके दिमाग में कुछ फितूर है। हुजूर इसकी गुस्ताखियों को मुआफ करें। मैं उसकी सज़ा झेलने को तैयार हूँ।

तैमूर उस युवक के चेहरे की तरफ स्थिर नेत्रों से देख रहा था। आज जीवन में पहली बार उसे ऐसे निर्भीक शब्दों को सुनने का अवसर मिला। उसके सामने बड़े-बड़े सेनापतियों, मन्त्रियों और बादशाहों की जबान न खुलती थी। वह जो कुछ करता या कहता था, वही कानून था, किसी को उसमें चूँ करने की ताकत न थी। उनकी खुशामदों ने उसकी अहंमन्यता को आसमान पर चढ़ा दिया था। उसे विश्वास हो गया था कि खुदा ने इस्लाम को जगाने और सुधारने के लिए ही उसे दुनिया में भेजा है। उसने पैगम्बरी का दावा तो आज तक नहीं किया था, पर उसके मन में यह भावना दृढ़ हो गयी थी; इसलिए जब युवक ने प्राणों का मोह छोड़ उसकी कीर्ति का पर्दा खोल दिया तो उसकी चेतना जैसे जाग उठी। उसके मन में क्रोध ओर हिंसा की जगह श्रद्धा का उदय हुआ। उसकी आँखों का एक इशारा इस युवक की जिन्दगी का चिराग गुल कर सकता था। उसकी संसार-विजयिनी शक्ति के सामने यह दुधमुँहा बालक मानो अपने नन्हे-नन्हे हाथों से समुद्र के प्रवाह को रोकने के लिए खड़ा हो। कितना हास्यास्पद साहस था; पर उसके साथ ही कितना आत्मविश्वास से भरा हुआ। तैमूर को ऐसा जान पड़ा कि इस निहत्थे बालक के सामने वह कितना निर्बल है। मनुष्य में ऐसे साहस का एक ही स्रोत हो सकता है और वह सत्य पर अटल विश्वास है। उसकी आत्मा दौड़कर उस युवक के दामन में चिमट जाने के लिए अधीर हो गयी; वह दार्शनिक न था, जो सत्य में शंका करता है। वह सरल सैनिक था जो असत्य को भी अपने विश्वास से सत्य बना देता है।

यज़दानी ने उसी स्वर में कहा—जहाँपनाह, इसकी बदजबानी का खयाल न फरमावें।

3

तैमूर ने तुरन्त तख्त से उठकर यज़दानी को गले लगा लिया और बोला—काश, ऐसी गुस्ताखियों और बदजबानियों को सुनने का पहले इत्तिफ़ाक़ होता, तो आज इतने बेगुनाहों का खून मेरी गर्दन पर न होता। मुझे इस जवान में किसी फ़रिश्ते की रूह का जलवा नज़र आता है, जो मुझ जैसे गुमराहों को सच्चा रास्ता दिखाने के लिए भेजी गयी है। मेरे दोस्त, तुम खुशनसीब हो कि ऐसे फ़रिश्ता-सिफ़त बेटे के बाप हो। क्या मैं उसका नाम पूछ सकता हूँ?

यज़दानी पहले आतशपरस्त था, पीछे मुसलमान हो गया था; पर अभी तक कभी-कभी उसके मन में शंकाएँ उठती रहती थीं कि उसने क्यों इस्लाम कबूल किया। जो कैदी फाँसी के तख्ते पर खड़ा सूखा जा रहा था कि एक क्षण में रस्सी उसकी गर्दन में पड़ेगी और वह लटकता रह जाएगा; उसे जैसे किसी फ़रिश्ते ने गोद में ले लिया। वह गद्‌गद कंठ से बोला—उसे हबीब कहते हैं।

तैमूर ने युवक के सामने जाकर उसका हाथ पकड़ लिया और उसे आँखों से लगाता हुआ बोला—मेरे जवान दोस्त, तुम सचमुच खुदा के हबीब हो। मैं वह गुनहगार हूँ, जिसने अपनी जहालत में हमेशा अपने गुनाहों को सबाब समझा, इसलिए कि मुझसे कहा जाता था, तेरी जात बेऐब है। आज मुझे मालूम हुआ कि मेरे हाथों इस्लाम को कितना नुकसान पहुँचा। आज से मैं तुम्हारा ही दामन पकड़ता हूँ। तुम्हीं मेरे खिज्र, तुम्हीं मेरे रहनुमा हो। मुझे यकीन हो गया कि तुम्हारे ही वसीले से मैं खुदा के दरगाह तक पहुँच सकता हूँ।

यह कहते हुए उसने युवक के चेहरे पर नज़र डाली, तो उस पर शर्म की लाली छाई हुई थी। उस कठोरता की जगह मधुर संकोच झलक रहा था।

युवक ने सिर झुकाकर कहा—यह हुजूर की कदरदानी है, वरना मेरी क्या हस्ती है।

तैमूर ने उसे खींचकर अपनी बगल में तख्त पर बैठा दिया और अपने सेनापति को हुक्म दिया, सारे तुर्क कैदी छोड़ दिए जाएँ, उनके हथियार वापस कर दिए जाएँ और जो माल लूटा गया है, वह सिपाहियों में बराबर बाँट दिया जाय।

वजीर तो इधर इस हुक्म की तामील करने लगा, उधर तैमूर हबीब का हाथ पकड़े हुए अपने खेमे में गया और दोनों मेहमानों की दावत का प्रबन्ध करने लगा। और जब भोजन समाप्त हो गया, तो उसने अपने जीवन की सारी कथा रो-रोकर सुनाई, जो आदि से अन्त तक मिश्रित पशुता और बर्बरता के कृत्यों से भरी हुई थी। और उसने यह सब कुछ इस भ्रम में किया कि वह ईश्वरीय आदेश का पालन कर रहा है। वह खुदा को कौन मुँह दिखाएगा? रोते-रोते उसकी हिचकियाँ बँध गयीं।

अन्त में उसने हबीब से कहा—मेरे जवान दोस्त, अब मेरा बेड़ा आप ही पार लगा सकते हैं। आपने मुझे राह दिखाई है तो मंजिल पर पहुँचाइए। मेरी बादशाहत को अब आप ही सँभाल सकते हैं। मुझे अब मालूम हो गया कि मैं उसे तबाही के रास्ते पर लिए जाता था। मैंरी आप से यही इल्तमास (प्रार्थना) है कि आप उसकी वजारत कबूल करें। देखिए, खुदा के लिए इनकार न कीजिएगा, वरना मैं कहीं का न रहूँगा।

यज़दानी ने अर्ज की—हुजूर, इतनी कदरदानी फरमाते हैं, यह आपकी इनायत

है, लेकिन अभी इस लड़के की उम्र ही क्या है। वजारत की खिदमत यह क्या अन्जाम दे सकेगा? अभी तो इसकी तालीम के दिन हैं।

इधर से इनकार होता रहा और उधर तैमूर आग्रह करता रहा। यज़दानी इनकार तो कर रहे थे; पर छाती फूली जाती थी। मूसा आग लेने गये थे, पैगम्बरी मिल गयी। कहाँ मौत के मुँह में जा रहे थे, वजारत मिल गयी। लेकिन यह शंका भी थी कि ऐसे अस्थिर-चित्त आदमी का क्या ठिकाना? आज खुदा हुए, वजारत देने को तैयार हैं, कल नाराज हो गये, तो जान की खैरियत नहीं। उन्हें हबीब की लियाकत पर भरोसा तो था, फिर भी जी डरता था कि विराने देश में न जाने कैसी पड़े, कैसी न पड़े? दरबार वालों में षड्यन्त्र होते ही रहते हैं। हबीब नेक है, समझदार है, अवसर पहचानता है, लेकिन वह तजुर्बा कहाँ से लाएगा, जो उम्र ही से आता है।

उन्होंने इस प्रश्न पर विचार करने के लिए एक दिन की मुहलत माँगी और रुखसत हुए।

4

हबीब यज़दानी का लड़का नहीं, लड़की थी। उसका नाम उम्मतुल हबीब था। जिस वक्त यज़दानी और उसकी पत्नी मुसलमान हुए, तो लड़की की उम्र कुल बारह साल की थी; पर प्रकृति ने उसे बुद्धि और प्रतिभा के साथ विचार-स्वातन्त्र्य भी प्रदान किया था। वह जब तक सत्यासत्य की परीक्षा न कर लेती, कोई बात स्वीकार न करती। माँ-बाप के धर्म-परिवर्तन से उसे अशान्ति तो हुई; पर जब तक इस्लाम का अच्छी तरह अध्ययन न कर ले, वह केवल माँ-बाप को खुश करने के लिए इस्लाम की दीक्षा नहीं ले सकती थी। माँ-बाप भी उस पर किसी तरह का दबाव न डालना चाहते थे। जैसे उन्हें अपने धर्म को बदल देने का अधिकार है, वैसे ही उसे अपने धर्म पर आरूढ़ रहने का भी अधिकार है। लड़की को सन्तोष हुआ; लेकिन उसने इस्लाम और जरतुश्त धर्म—दोनों ही का तुलनात्मक अध्ययन आरम्भ किया, और पूरे दो साल के अन्वेषण और परीक्षण के बाद उसने भी इस्लाम की दीक्षा ले ली। माता-पिता फूले न समाए। लड़की उनके दबाव से मुसलमान नहीं हुई है; बल्कि स्वेच्छा से, स्वाध्याय से और ईमान से। दो साल तक उन्हें जो एक शंका घेरे रहती थी, वह मिट गयी।

यज़दानी के कोई पुत्र न था और उस युग में, जबकि आदमी की तलवार ही सबसे बड़ी अदालत थी, पुत्र का न रहना संसार का सबसे बड़ा दुर्भाग्य था। यज़दानी बेटे का अरमान बेटी से पूरा करने लगा। लड़कों की ही भाँति उसकी

शिक्षा-दीक्षा होने लगी। बालकों के-से कपड़े पहनती, घोड़े पर सवार होती, शस्त्र-विद्या सीखती और अपने बाप के साथ अक्सर खलीफा बायज़ीद के महलों में जाती और राजकुमारों के साथ शिकार खेलने जाती। इसके साथ ही वह दर्शन, काव्य, विज्ञान और अध्यात्म का भी अभ्यास करती थी। यहाँ तक कि सोलहवें वर्ष में वह फ़ौजी विद्यालय में दाखिल हो गयी और दो साल के अन्दर वहाँ की सबसे ऊँची परीक्षा पास करके फ़ौज में नौकर हो गयी। शस्त्र-विद्या और सेना-संचालन-कला में वह इतनी निपुण थी और खलीफा बायज़ीद उसके चरित्र से इतना प्रसन्न था कि पहले ही पहल उसे एकहजारी मनसब मिल गया। ऐसी युवती के चाहने वालों की क्या कमी? उसके साथ के कितने ही अफसर, राज-परिवार के कितने ही युवक उस पर प्राण देते थे; पर कोई उसकी नज़रों में न जँचता था। नित्य ही निकाह के पैगाम आते रहते थे; पर वह हमेशा इनकार कर देती थी। वैवाहिक जीवन ही से उसे अरुचि थी। उसकी स्वाधीन प्रकृति इस बन्धन में न पड़ना चाहती थी। फिर नित्य ही वह देखती थी कि युवतियाँ कितने अरमानों से ब्याह कर लाई जाती हैं और फिर कितने निरादर से महलों में बन्द कर दी जाती हैं। उनका भाग्य पुरुषों की दया के अधीन है। अकसर ऊँचे घराने की महिलाओं से उसको मिलने-जुलने का अवसर मिलता था। उनके मुख से उनकी करुण कथा सुन-सुनकर वह वैवाहिक पराधीनता से और भी घृणा करने लगती थी। और यज़दानी उसकी स्वाधीनता में बिल्कुल बाधा न देता था। लड़की स्वाधीन है। उसकी इच्छा हो विवाह करे या क्वाँरी रहे, वह अपनी आप मुख्तार है। उसके पास पैगाम आते, तो वह साफ जवाब दे देता—मैं इस बारे में कुछ नहीं जानता, इसका फैसला वही करेगी। यद्यपि एक युवती का पुरुष वेष में रहना, युवकों से मिलना-जुलना समाज में आलोचना का विषय था; पर यज़दानी और उसकी स्त्री दोनों ही को उसके सतीत्व पर विश्वास था। हबीब के व्यवहार और आचार में उन्हें कोई ऐसी बात नजर न आती थी, जिससे उन्हें किसी तरह की शंका होती। यौवन की आँधी और लालसाओं के तूफान में भी वह चौबीस वर्ष की वीरबाला अपने हृदय की सम्पत्ति लिये अटल और अजेय खड़ी थी, मानो सभी युवक उसके सगे भाई हैं।

5

कुस्तुनतुनिया में कितनी खुशियाँ मनाई गयीं, हबीब का कितना सम्मान और स्वागत हुआ, तो कितनी बधाइयाँ मिलीं; यह सब लिखने की बात नहीं। शहर तबाह हुआ जाता था। सम्भव था, आज उसके महलों और बाजारों से आग की लपटें निकलती होतीं। राज्य और नगर को उस कल्पनातीत विपत्ति से बचाने वाला

आदमी कितने आदर, प्रेम, श्रद्धा और उल्लास का पात्र होगा, इसकी तो कल्पना भी नहीं की जा सकती। उस पर कितने फूलों और कितने लाल और जवाहर की वर्षा हुई, इसका अनुमान तो कोई कवि ही कर सकता है। और नगर की महिलाएँ हृदय के अक्षय भंडार से असीसें निकाल-निकाल कर उस पर लुटाती थीं और गर्व से फूली हुई उसका मुख निहारकर अपने को धन्य मानती थीं। उसने देवियों का मस्तक ऊँचा कर दिया था।

रात को तैमूर के प्रस्ताव पर विचार होने लगा। सामने गद्देदार कुर्सी पर यज़दानी था—सौम्य, विशाल, तेजस्वी। उसकी दाहिनी तरफ उसकी पत्नी थी, ईरानी लिबास में, आँखों में दया और विश्वास की ज्योति भरे हुए। बायीं तरफ उम्मतुल हबीब थी, जो इस समय रमणी-वेष में मोहिनी बनी हुई थी, ब्रह्मचर्य के तेज से दीप्त।

यज़दानी ने प्रस्ताव का विरोध करते हुए कहा—मैं अपनी तरफ से कुछ नहीं कहना चाहता; लेकिन यदि मुझे सलाह देने का अधिकार है, तो मैं स्पष्ट कहता हूँ कि तुम्हें इस प्रस्ताव को कभी स्वीकार न करना चाहिए। तैमूर से यह बात बहुत दिन तक छिपी नहीं रह सकती कि तुम क्या हो। उस वक्त क्या परिस्थिति होगी, मैं नहीं कह सकता। और यहाँ इस विषय में जो कुछ टीकाएँ होंगी, वह तुम मुझसे ज्यादा जानती हो। यहाँ मैं मौजूद था और कुत्सा को मुँह न खोलने देता था; पर वहाँ पर तुम अकेली रहोगी और कुत्सा को मनमाने आरोप करने का अवसर मिलता रहेगा।

उसकी पत्नी स्वेच्छा को इतना महत्त्व न देना चाहती थी। बोली—मैंने सुना है, तैमूर निगाहों का अच्छा आदमी नहीं है। मैं किसी तरह तुझे न जाने दूँगी। कोई बात हो जाय तो सारी दुनिया हँसे। यों ही हँसनेवाले क्या कम हैं?

इसी तरह स्त्री-पुरुष बड़ी देर तक ऊँच-नीच सुझाते और तरह-तरह की शंकाएँ करते रहे; लेकिन हबीब मौन साधे बैठी हुई थी। यज़दानी ने समझा, हबीब भी उनसे सहमत है। इनकार की सूचना देने के लिए ही था कि हबीब ने पूछा—आप तैमूर से क्या कहेंगे?

"यही, जो यहाँ तय हुआ है।"

"मैंने तो अभी कुछ नहीं कहा।"

"मैंने तो समझा, तुम भी हमसे सहमत हो।"

"जी नहीं, आप उनसे जाकर कह दें, मैं स्वीकार करती हूँ।"

माता ने छाती पर हाथ रखकर कहा—यह क्या ग़ज़ब करती है बेटी, सोच तो दुनिया क्या कहेगी?

यज़दानी भी सिर थामकर बैठ गये, मानो हृदय में गोली लग गयी हो। मुँह से एक शब्द भी न निकला।

हबीब त्योरियों पर बल डालकर बोली—अम्मीजान, मैं आपके हुक्म से जौ-भर भी मुँह नहीं फेरना चाहती। आपको पूरा अख्तियार है, मुझे जाने दें या न जाने दें, लेकिन मुल्क की खिदमत का ऐसा मौका शायद मुझे ज़िन्दगी में फिर न मिले। इस मौके को हाथ से खो देने का अफसोस मुझे उम्र भर रहेगा। मुझे यकीन है कि अमीर तैमूर को मैं अपनी दियानत, बेगरजी और सच्ची वफादारी से इनसान बना सकती हूँ और शायद उसके हाथों खुदा के बन्दों का खून इतनी कसरत से न बहे। वह दिलेर है; मगर बेरहम नहीं। कोई दिलेर आदमी बेरहम नहीं हो सकता। उसने अब तक जो कुछ किया है, मजहब के अन्धे जोश में किया है। आज खुदा ने मुझे यह मौका दिया है कि मैं उसे दिखा दूँ कि मजहब खिदमत का नाम है, लूट और कत्ल का नहीं। अपने बारे में मुझे मुतलक अन्देशा नहीं है। मैं अपनी हिफाजत आप कर सकती हूँ। मुझे दावा है कि अपने फर्ज को नेकनीयती से अदा करके मैं दुश्मनों की जबान भी बन्द कर सकती हूँ और मान लीजिए मुझे नाकामी भी हो, तो क्या सच्चाई और हक के लिए कुर्बान हो जाना जिन्दगी की सबसे शानदार फतह नहीं है? अब तक मैंने जिस उसूल पर जिन्दगी बसर की है, उसने मुझे धोखा नहीं दिया और उसी के फ़ैज़ से आज मुझे यह दर्जा हासिल हुआ है जो बड़ों-बड़ों के लिए ज़िन्दगी का ख्वाब है। ऐसे आजमाए हुए दोस्त मुझे कभी धोखा नहीं दे सकते। तैमूर पर मेरी हकीकत खुल भी जाय, तो क्या खौफ? मेरी तलवार मेरी हिफाजत कर सकती है। शादी पर मेरे खयाल आपको मालूम हैं। अगर मुझे कोई ऐसा आदमी मिलेगा, जिसे मेरी रूह कबूल करती हो, जिसकी ज़ात अपनी हस्ती को खोकर मैं अपनी रूह को ऊँचा उठा सकूँ, तो मैं उसके कदमों पर गिरकर अपने को उसकी नज़र कर दूँगी।

यज़दानी ने खुश होकर बेटी को गले लगा लिया। उसकी स्त्री इतनी जल्द आश्वस्त न हो सकी। वह किसी तरह बेटी को अकेली न छोड़ेगी। उसके साथ वह भी जाएगी।

6

कई महीने गुजर गये। युवक हबीब तैमूर का वजीर है, लेकिन वास्तव में वही बादशाह है। तैमूर उसी की आँखों से देखता है, उसी के कानों से सुनता है और उसी की अक्ल से सोचता है। वह चाहता है, हबीब आठों पहर उसके पास

रहे। उसके सामीप्य में, उसे स्वर्ग का-सा सुख मिलता है। समरकन्द में एक प्राणी भी ऐसा नहीं, जो उससे जलता हो। उसके बरताव ने सभी को मुग्ध कर लिया है, क्योंकि वह इन्साफ से जौ-भर भी कदम नहीं हटाता। जो लोग उसके हाथों चलती हुई न्याय की चक्की में पिस जाते हैं; वे भी उससे सद्‌भाव ही रखते हैं, क्योंकि वह न्याय को ज़रूरत से ज़्यादा कटु नहीं होने देता।

सन्ध्या हो गयी थी। राज्य कर्मचारी जा चुके थे। शमादान में मोम की बत्तियाँ जल रही थीं। अगर की सुगन्ध से सारा दीवान महक रहा था। हबीब भी उठने ही को था कि चोबदार ने खबर दी—हुजूर, जहाँपनाह तशरीफ ला रहे हैं।

हबीब इस ख़बर से कुछ प्रसन्न नहीं हुआ। अन्य मन्त्रियों की भाँति वह तैमूर की सोहबत का भूखा नहीं है। वह हमेशा तैमूर से दूर रहने की चेष्टा करता है। ऐसा शायद ही कभी हुआ हो उसने शाही दस्तरखान पर भोजन किया हो। तैमूर की मजलिसों में भी वह कभी शरीक नहीं होता। उसे जब शान्ति मिलती है, तब एकान्त में अपनी माता के पास बैठकर दिन भर का माजरा उससे कहता है और वह उस पर अपनी पसन्द की मुहर लगा देती है।

उसने द्वार पर जाकर तैमूर का स्वागत किया। तैमूर ने मसनद पर बैठते हुए कहा—मुझे ताज्जुब होता है कि तुम इस जवानी में जाहिदों की-सी जिन्दगी कैसे बसर करते हो हबीब! खुदा ने तुम्हें वह हुस्न दिया है कि हसीन-से-हसीन नाज़नीन भी तुम्हारी माशूक बनकर अपने को खुशनसीब समझेंगी। मालूम नहीं तुम्हें खबर है या नहीं जब तुम अपने मुश्की घोड़े पर सवार होकर निकलते हो, तो समरकन्द की खिड़कियों पर हजारों आँखें तुम्हारी एक झलक देखने के लिए मुन्तजिर बैठी रहती हैं; पर तुम्हें किसी ने किसी की तरफ आँखें उठाते नहीं देखा। मेरा खुदा गवाह है, मैं जितना चाहता हूँ कि तुम्हारे कदमों के नक्शे पर चलूँ; पर दुनिया मेरी गर्दन नहीं छोड़ती। क्यों अपनी पाक़ जिन्दगी का जादू मुझ पर नहीं डालते? मैं चाहता हूँ जैसे तुम दुनिया में रहकर भी दुनिया से अलग रहते हो, वैसे मैं भी रहूँ; लेकिन मेरे पास न वह दिल है, न वह दिमाग। मैं हमेशा अपने आप पर, सारी दुनिया पर दाँत पीसता रहता हूँ। जैसे मुझे हरदम खून की प्यास लगी रहती है, जिसे तुम बुझने नहीं देते, और यह जानते हुए भी कि तुम जो कुछ करते हो, इससे बेहतर कोई दूसरा नहीं कर सकता। मैं अपने गुस्से को काबू में नहीं कर सकता। तुम जिधर से निकलते हो, मुहब्बत और रोशनी फैला देते हो। जिसको तुम्हारा दुश्मन होना चाहिए, वह भी तुम्हारा दोस्त है। मैं जिधर से निकलता हूँ, नफरत और शुबहा फैलाता हुआ निकलता हूँ। जिसे मेरा दोस्त होना चाहिए, वह भी मेरा दुश्मन है। दुनिया में बस यही एक जगह है, जहाँ मुझे आफ़ियत मिलती है। अगर तुम समझते हो, यह ताज और तख़्त मेरे रास्ते

के रोड़े हैं तो खुदा की कसम मैं आज इन पर लात मार दूँ। मैं आज तुम्हारे पास यही दरख्वास्त लेकर आया हूँ कि तुम मुझे वह रास्ता दिखाओ, जिससे मैं सच्ची खुशी पा सकूँ। मैं चाहता हूँ तुम इसी महल में रहो ताकि मैं तुमसे सच्ची जिन्दगी का सबक सीखूँ।

हबीब का हृदय धक् से हो उठा। कहीं अमीर पर उसके नारीत्व का रहस्य खुल तो नहीं गया? उसकी समझ में न आया कि उसे क्या जवाब दे। उसका कोमल हृदय तैमूर की इस करुण आत्मग्लानि पर द्रवित हो गया। जिसके नाम से दुनिया काँपती है, वह उसके सामने एक दयनीय प्रार्थी बना हुआ उससे प्रकाश की भिक्षा माँग रहा है। तैमूर की उस कठोर, विकृत, शुष्क, हिंसात्मक मुद्रा में उसे एक स्निग्ध मधुर ज्योति दिखाई दी, मानो उसका जाग्रत विवेक भीतर से झाँक रहा हो। उसे अपना स्थिर जीवन, जिसमें ऊपर उठने की स्मृति ही न रही थी, इस विफल उद्योग के सामने तुच्छ जान पड़ा।

उसने मुग्ध कंठ से कहा—हुजूर, इस गुलाम की इतनी कद्र करते हैं, यह मेरी खुशनसीबी है। लेकिन मेरा शाही महल में रहना मुनासिब नहीं।

तैमूर ने पूछा—क्यों?

"इसलिए कि जहाँ दौलत ज़्यादा होती है, वहाँ डाके पड़ते हैं और जहाँ कद्र ज्यादा होती है, वहाँ दुश्मन भी ज़्यादा होते हैं।"

"तुम्हारा दुश्मन भी कोई हो सकता है?"

"मैं ख़ुद अपना दुश्मन हो जाऊँगा। आदमी का सबसे बड़ा दुश्मन गरूर है।"

तैमूर को जैसे कोई रत्न मिल गया। उसे अपनी मनःतुष्टि का आभास हुआ। 'आदमी का सबसे बड़ा दुश्मन गरूर है' इस वाक्य को मन-ही-मन दोहराकर उसने कहा—तुम मेरे काबू में कभी न आओगे हबीब। तुम वह परन्द हो, जो आसमान में ही उड़ सकता है। उसे सोने के पिंजरे में भी रखना चाहो तो फड़फड़ाता रहेगा। खैर, खुदा हाफिज!

वह तुरन्त अपने महल की ओर चला, मानो उस रत्न को सुरक्षित स्थान में रख देना चाहता हो। यह वाक्य आज पहली बार उसने न सुना था, पर आज इसमें जो ज्ञान, जो आदेश, जो सद्प्रेरणा उसे मिली, वह कभी न मिली थी।

7

इस्तख़र के इलाके से बगावत की ख़बर आयी है। हबीब को शंका है कि तैमूर वहाँ पहुँचकर कहीं कत्लेआम न कर दे। वह शान्तिमय उपायों से इस विद्रोह

को ठंडा करके तैमूर को दिखाना चाहता है कि सद्भावना में कितनी शक्ति है। तैमूर उसे इस मुहिम पर नहीं भेजना चाहता; लेकिन हबीब के आग्रह के सामने बेबस है। हबीब को जब और कोई युक्ति न सूझी, तो उसने कहा— गुलाम के रहते हुए हुजूर अपनी जान ख़तरे में डालें, यह नहीं हो सकता।

तैमूर मुस्कराया—मेरी जान की तुम्हारी जान के मुकाबले में कोई हकीकत नहीं है हबीब। फिर मैंने तो कभी जान की परवाह न की। मैंने दुनिया में कत्ल और लूट के सिवा और क्या यादगार छोड़ी? मेरे मर जाने पर दुनिया मेरे नाम को रोएगी नहीं, यकीन मानो। मेरे जैसे लुटेरे हमेशा पैदा होंगे; लेकिन खुदा न करे, तुम्हारे दुश्मनों को कुछ हो गया, तो यह सल्तनत ख़ाक में मिल जाएगी, और तब मुझे भी सीने में खंजर चुभा लेने के सिवा और कोई रास्ता नहीं रहेगा। मैं नहीं कह सकता हबीब, तुमसे मैंने कितना पाया। काश, दस-पाँच साल पहले तुम मुझे मिल जाते, तो तैमूर तारीख में इतना रूसियाह न होता। आज अगर ज़रूरत पड़े तो अपने जैसे सौ तैमूरों को तुम्हारे ऊपर निसार कर दूँ। यही समझ लो कि तुम मेरी रूह को अपने साथ लिये जा रहे हो। आज मैं तुमसे कहता हूँ हबीब कि मुझे तुमसे इश्क है, वह इश्क जो मुझे आज तक किसी हसीना से नहीं हुआ। इश्क क्या चीज है, इसे मैं अब जान पाया हूँ। मगर इसमें क्या बुराई है कि मैं भी तुम्हारे साथ चलूँ?

हबीब ने धड़कते हुए हृदय से कहा—अगर मैं आपकी ज़रूरत समझूँगा तो इत्तला दूँगा।

तैमूर ने दाढ़ी पर हाथ रखकर कहा—जैसी तुम्हारी मर्ज़ी, लेकिन रोज़ाना क़ासिद भेजते रहना, वरना शायद मैं बेचैन होकर चला आऊँ।

तैमूर ने कितनी मुहब्बत से हबीब के सफर की तैयारियाँ कीं। तरह-तरह के आराम और तकल्लुफ़ की चीजें उसके लिए जमा कीं। उस कोहिस्तान में यह चीजें कहाँ मिलेंगी। वह ऐसा संलग्न था, मानो माता अपनी लड़की को ससुराल भेज रही हो।

जिस वक्त हबीब फौज के साथ चला; तो सारा समरकन्द उसके साथ था और तैमूर आँखों पर रूमाल रक्खे, अपने तख़्त पर ऐसा सिर झुकाए बैठा था, मानो कोई पक्षी आहत हो गया हो।

8

इस्तख़र अरमनी ईसाइयों का इलाका था। मुसलमानों ने उन्हें परास्त करके वहाँ अपना अधिकार जमा लिया था और ऐसे नियम बना दिए थे, जिनसे ईसाइयों को

पग-पग पर अपनी पराधीनता का स्मरण होता रहता था। पहला नियम जजिए का था, जो हरेक को देना पड़ता था, जिससे मुसलमान मुक्त थे। दूसरा नियम था कि गिरजों में घंटा न बजे। तीसरा नियम मदिरा का था, जिसे मुसलमान हराम समझते थे। ईसाइयों ने इन नियमों का क्रियात्मक विरोध किया और मुसलमान अधिकारियों ने शस्त्र-बल से काम लेना चाहा, तो ईसाइयों ने बगावत कर दी, मुसलमान सूबेदार को कैद कर लिया और किले पर सलीबी झंडा उड़ने लगा।

हबीब को यहाँ आज दूसरा दिन है; पर इस समस्या को कैसे हल करे? उसका उदार हृदय कहता था, ईसाइयों पर इन बन्धनों का कोई अर्थ नहीं, हरेक धर्म का समान रूप से आदर होना चाहिए। लेकिन मुसलमान इन कैदों को उठा देने पर कभी राज़ी न होंगे। और यह लोग मान भी जाएँ तो तैमूर क्यों मानने लगा? उसके धार्मिक विचारों में कुछ उदारता आयी है, फिर भी वह इन कैदों को उठाना कभी मंजूर न करेगा। लेकिन क्या वह इसलिए ईसाइयों को सजा दे कि वे अपनी धार्मिक स्वाधीनता के लिए लड़ रहे हैं। जिसे वह सत्य समझता है, उसकी हत्या कैसे करे? नहीं, उसे सत्य का पालन करना होगा, चाहे इसका नतीज़ा कुछ भी हो। अमीर समझेंगे, मैं ज़रूरत से ज़्यादा बढ़ा जा रहा हूँ। कोई मुजायका नहीं।

दूसरे दिन हबीब ने प्रात:काल डंके की चोट ऐलान कराया—जजिया माफ किया गया, शराब और घंटों पर कोई भेद नहीं है।

मुसलमानों में तहलका पड़ गया। यह कुफ्र है, हरामपरस्ती है। अमीर तैमूर ने जिस इस्लाम को अपने खून से सींचा, उसकी जड़ उन्हीं के वजीर हबीब पाशा के हाथों खुद रही है। पाँसा पलट गया। शाही फौजें मुसलमानों से जा मिलीं। हबीब ने इस्तख़र के किले में पनाह ली। मुसलमानों की ताकत शाही फ़ौज से मिल जाने से बहुत बढ़ गयी थी। उन्होंने किला घेर लिया और यह समझकर कि हबीब ने तैमूर से बगावत की है, तैमूर के पास इसकी सूचना देने और परिस्थिति समझाने के लिए कासिद भेजा।

9

आधी रात गुजर चुकी थी। तैमूर को दो दिनों से इस्तख़र की कोई ख़बर न मिली थी। तरह-तरह की शंकाएँ हो रही थीं। मन में पछतावा हो रहा था कि उसने क्यों हबीब को अकेला जाने दिया। माना कि वह बड़ा नीतिकुशल है; पर बगावत कहीं जोर पकड़ गयी, तो मुट्ठी भर आदमियों से वह क्या कर सकेगा? और बगावत यकीनन जोर पकड़ेगी। वहाँ के ईसाई बला के सरकश हैं। जब उन्हें मालूम होगा

कि तैमूर की तलवार में जंग लग गया और उसे अब महलों की जिन्दगी ज़्यादा पसन्द है, तो उनकी हिम्मतें दूनी हो जाएँगी। हबीब कहीं दुश्मनों में घिर गया, तो बड़ा ग़ज़ब हो जाएगा।

उसने अपने जानू पर हाथ मारा और पहलू बदलकर अपने ऊपर झुँझलाया। वह इतना पस्त-हिम्मत क्यों हो गया? क्या उसका तेज और शौर्य उससे विदा हो गया? जिसका नाम सुनकर दुश्मनों में कम्पन पड़ जाता था, वह आज़ अपना मुँह छिपाकर महलों में बैठा हुआ है। दुनिया की आँखों में इसका एक ही अर्थ हो सकता है कि तैमूर अब मैदान का शेर नहीं, कालीन का शेर हो गया। हबीब फ़रिश्ता है, इनसान की बुराइयों से वाकिफ नहीं। जो रहम और साफदिल और बेगरजी का देवता है, वह क्या जाने इनसान कितना शैतान हो सकता है। अमन के दिनों में तो ये बातें कौम और मुल्क को तरक्की के रास्ते पर ले जाती हैं; पर जंग में, जबकि शैतानी जोश का तूफान उठता है, खूबियों की गुंजाइश नहीं। उस वक़्त तो उसी की जीत होती है, जो इनसानी खून का रंग खेले, खेतों-खलियानों की होली जलाए, जंगलों को बसाए और बस्तियों को वीरान करे! अमन का कानून जंग के कानून से बिल्कुल जुदा है।

सहसा चोबदार ने इत्तख़र से एक कासिद के आने की ख़बर दी। कासिद ने जमीन चूमी और एक किनारे अदब से खड़ा हो गया। तैमूर का रौब ऐसा छा गया कि जो कुछ कहने आया था, वह सब भूल गया।

तैमूर ने त्योरियाँ चढ़ाकर पूछा—क्या ख़बर लाया है? तीन दिन के बाद आया भी तो इतनी रात गये?

कासिद ने फिर जमीन चूमी और बोला—खुदाबन्द, वजीर साहब ने जजिया मुआफ कर दिया।

तैमूर गरज उठा—क्या कहता है; जजिया माफ कर दिया?

"हाँ खुदाबन्द।"

"किसने?"

"वजीर साहब ने।"

"किसके हुक्म से?"

"अपने हुक्म से हुज़ूर।"

"हूँ!"

"और हुज़ूर, शराब का भी हुक्म दे दिया।"

"हूँ!"

"गिरजों में घंटे बजाने का भी हुक्म हो गया है।"

"हूँ!"

"और खुदाबन्द, ईसाइयों से मिलकर मुसलमानों पर हमला कर दिया!"

"तो मैं क्या करूँ?"

"हुज़ूर हमारे मालिक हैं। अगर हमारी कुछ मदद न हुई, तो वहाँ एक मुसलमान भी ज़िन्दा न बचेगा।"

"हबीब पाशा इस वक्त कहाँ है?"

"इस्तख़र के किले में हुज़ूर।"

"और मुसलमान क्या कर रहे हैं?"

"हमने ईसाइयों को किले में घेर लिया है।"

"उन्हीं के साथ हबीब को भी?"

"हाँ हुज़ूर, वह हुज़ूर से बागी हो गये।"

और इसलिए मेरे वफादार इस्लाम के ख़ादिमों ने उन्हें कैद कर रखा है। मुमकिन है मेरे पहुँचते-पहुँचते उन्हें कत्ल भी कर दें। बदजात, दूर हो जा मेरे सामने से। मुसलमान समझते हैं, हबीब मेरा नौकर है और मैं उसका आका हूँ। यह गलत है, झूठ है। बस सल्तनत का मालिक हबीब है, तैमूर उसका अदना गुलाम है। उसके फैसले में तैमूर दस्तन्दाजी नहीं कर सकता। बेशक जजिया मुआफ होना चाहिए। मुझे कोई मजाज नहीं कि दूसरे मजहब वालों से उनके ईमान का तावान लूँ। कोई मजाज नहीं है; अगर मस्ज़िद में अजान होती है तो कलीसा में घंटा क्यों न बजे? घंटे की आवाज में कुफ्र नहीं है। सुनता है बदजात! घंटे की आवाज में कुफ्र नहीं है। काफ़िर वह है, जो दूसरों का हक छीन ले, जो गरीबों को सताए, दगाबाज हो, खुदगर्ज़ हो। काफिर वह नहीं, जो मिट्टी या पत्थर के टुकड़े में खुदा का नूर देखता है; जो नदियों और पहाड़ों में, दरख्तों पर, झाड़ियों में, खुदा का जलवा पाता हो। वह हमसे और तुमसे ज्यादा खुदापरस्त है, जो मस्ज़िद में खुदा को बन्द समझते हैं। तू समझता है, मैं कुफ्र बक रहा हूँ? किसी को काफ़िर समझना ही कुफ्र है। हम सब खुदा के बन्दे हैं, सब। बस जा और उन बागी मुसलमानों से कह दे, अगर फौरन मुहासरा न उठा लिया गया, तो तैमूर कयामत की तरह आ पहुँचेगा।

कासिद हतबुद्धि-सा खड़ा ही था कि बाहर ख़तरे का बिगुल बज उठा और फौजें किसी समर-यात्रा की तैयारी करने लगीं।

तीसरे दिन तैमूर इस्तख़र पहुँचा, तो किले का मुहासरा उठ चुका था। किले की तोपों ने उसका स्वागत किया। हबीब ने समझा तैमूर ईसाइयों को सज़ा देने आ रहा है। ईसाइयों के हाथ-पाँव फूले हुए थे, मगर हबीब मुकाबले के लिए

तैयार था। ईसाइयों के स्वत्व की रक्षा में यदि उसकी जान भी जाय; तो कोई गम नहीं। इस मुआमले पर किसी तरह का समझौता नहीं हो सकता। तैमूर अगर तलवार से काम लेना चाहता है, तो उसका जवाब तलवार से दिया जाएगा।

मगर यह क्या बात है! शाही फौज सफेद झंडा दिखा रही है। तैमूर लड़ने नहीं सुलह करने आया है। उसका स्वागत दूसरी तरह का होगा। ईसाई सरदारों को साथ लिये हबीब किले के बाहर निकला। तैमूर अकेला घोड़े पर सवार चला आ रहा था। हबीब घोड़े से उतरकर आदाब बजा लाया। तैमूर भी घोड़े से उतर पड़ा और हबीब का माथा चूम लिया और बोला—मैं सब कुछ सुन चुका हूँ हबीब! तुमने बहुत अच्छा किया और वही किया जो तुम्हारे सिवा दूसरा नहीं कर सकता था। मुझे जजिया लेने का या ईसाइयों के मजहबी हक छीनने का कोई मजाज न था। मैं आज दरबार करके इन बातों की तसदीक कर दूँगा और तब मैं एक ऐसी तजबीज करूँगा, जो कई दिन से मेरे जेहन में आ रही है, और मुझे उम्मीद है कि तुम उसे मंजूर कर लोगे। मंजूर करना पड़ेगा।

हबीब के चेहरे का रंग उड़ रहा था। कहीं हकीकत खुल तो नहीं गयी? वह क्या तजबीज है; उसके मन में खलबली पड़ गयी।

तैमूर ने मुस्कराकर पूछा—तुम मुझसे लड़ने को तैयार थे?

हबीब ने शरमाते हुए कहा—हक के सामने अमीर तैमूर की भी कोई हकीकत नहीं।

"बेशक, बेशक! तुममें फ़रिश्तों का दिल है, तो शेरों की हिम्मत भी है, लेकिन अफसोस यही है कि तुमने गुमान ही क्यों किया कि तैमूर तुम्हारे फैसले को मन्सूख कर सकता है? यह तुम्हारी ज़ात है, जिसने मुझे बतलाया है कि सल्तनत किसी आदमी की ज़ायदाद नहीं, बल्कि एक ऐसा दरख्त है जिसकी हरेक शाख और पत्ती एक-सी खुराक पाती है।"

दोनों किले में दाखिल हुए। सूरज डूब चुका था। आन-की-आन में दरबार लग गया और उसमें तैमूर ने ईसाइयों के धार्मिक अधिकारों को स्वीकार किया।

चारों तरफ से आवाज आयी—खुदा हमारे शाहंशाह की उम्र दराज करे।

तैमूर ने उसी सिलसिले में कहा—दोस्तों, मैं इस दुआ का हकदार नहीं हूँ। जो चीज मैंने आपसे जबरन छीन ली थी, उसे आपको वापस देकर मैं दुआ का काम नहीं कर रहा हूँ। इससे कहीं ज़्यादा मुनासिब यह है कि आप मुझे लानत दें कि मैंने इतने दिनों तक आपके हकों से आपको महरूम रखा।

चारों तरफ से आवाज आयी—मरहबा! मरहबा!!

"दोस्तों, उन हकों के साथ-साथ मैं आपकी सल्तनत भी आपको वापस

करता हूँ; क्योंकि खुदा की निगाह में सभी इनसान बराबर हैं और किसी कौम या शख्स को दूसरी कौम पर हुकूमत करने का अख्तियार नहीं है। आज से आप अपने बादशाह हैं। मुझे उम्मीद है कि आप भी मुस्लिम आबादी को उसके जायज हकों से महरूम न करेंगे। अगर कभी ऐसा मौका आये कि कोई जाबिर कौम आपकी आजादी छीनने की कोशिश करे, तो तैमूर आपकी मदद करने को हमेशा तैयार रहेगा।''

किले में जश्न खत्म हो चुका है। उमरा और हुक्काम रुखसत हो चुके हैं। दीवाने-खास में सिर्फ तैमूर और हबीब रह गये हैं। हबीब के मुख पर आज स्मित हास्य की वह छटा है, जो सदैव गम्भीरता के नीचे दबी रहती थी। आज उसके कपोलों पर जो लाली, आँखों में जो नशा, अंगों में जो चंचलता है, वह तो और कभी नज़र न आयी थी। वह कई बार तैमूर से शोखियाँ कर चुका है, कई बार हँसी कर चुका है, उसकी युवती चेतना, पद और अधिकार को भूलकर चहकती फिरती है।

सहसा तैमूर ने कहा—हबीब, मैंने आज तक तुम्हारी हरेक बात मानी है। अब मैं तुमसे यह तजबीज करता हूँ, जिसका मैंने जिक्र किया, उसे तुम्हें कबूल करना पड़ेगा।

हबीब ने धड़कते हुए हृदय से सिर झुकाकर कहा—फरमाइए!

''पहले वादा करो कि तुम कबूल करोगे।''

''मैं तो आपका गुलाम हूँ!''

''नहीं, तुम मेरे मालिक हो, मेरी ज़िन्दगी की रोशनी हो। तुमसे मैंने कितना फैज पाया है, उसका अन्दाज नहीं कर सकता। मैंने अब तक सल्तनत को अपनी ज़िन्दगी की सबसे प्यारी चीज समझा था। इसके लिए मैंने सब कुछ किया, जो मुझे न करना चाहिए था। अपनों के खून से भी इन हाथों को दागदार किया, गैरों के खून से भी। मेरा काम अब खत्म हो चुका। मैंने बुनियाद जमा दी, इस पर महल बनाना तुम्हारा काम है। मेरी यही इल्तजा है कि आज से तुम इस बादशाहत के अमीर हो जाओ, मेरी ज़िन्दगी में भी और मेरे मरने के बाद भी।''

हबीब ने आकाश में उड़ते हुए कहा—इतना बड़ा बोझ! मेरे कन्धे इतने मजबूत नहीं हैं।

तैमूर ने दीन आग्रह के स्वर में कहा—नहीं, मेरे प्यारे दोस्त, मेरी यह इल्तजा तुम्हें माननी पड़ेगी।

हबीब की आँखों में हँसी थी, अधरों पर संकोच। उसने आहिस्ता से कहा—मंजूर है।

तैमूर ने प्रफुल्लित स्वर में कहा—खुदा तुम्हें सलामत रखे।

''लेकिन अगर आपको मालूम हो जाय कि हबीब एक कच्ची अक्ल की क्वाँरी बालिका है तो?''

''तो वह मेरी बादशाहत के साथ मेरे दिल की भी रानी हो जाएगी।''

''आपको बिल्कुल ताज्जुब नहीं हुआ?''

''मैं जानता था।''

''कब से?''

''जब तुमने पहली बार अपनी जालिम आँखों से मुझे देखा।''

''मगर आपने छिपाया खूब!!''

''तुम्हीं ने तो सिखाया। शायद मेरे सिवा यहाँ किसी को यह बात मालूम नहीं!''

''आपने कैसे पहचान लिया!''

तैमूर ने मतवाली आँखों से देखकर कहा—यह न बताऊँगा।

यही हबीब तैमूर की 'बेगम हमीदा' के नाम से मशहूर है।

नशा

ईश्वरी एक बड़े जमींदार का लड़का था और मैं एक गरीब क्लर्क था, जिसके पास मेहनत-मजूरी के सिवा और कोई जायदाद न थी। हम दोनों में परस्पर बहसें होती रहती थीं। मैं जमींदारों की बुराई करता, उन्हें हिंसक पशु और खून चूसने वाली जोंक और वृक्षों की चोटी पर फूलनेवाला बंझा कहता। वह जमींदारों का पक्ष लेता; पर स्वभावतः उसका पहलू कुछ कमजोर होता था, क्योंकि उसके पास जमींदारों के अनुकूल कोई दलील न थी। यह कहना कि सभी मनुष्य बराबर नहीं होते, छोटे-बड़े हमेशा होते रहते हैं और होते रहेंगे, लचर दलील थी। किसी मानुषीय या नैतिक नियम से इस व्यवस्था का औचित्य सिद्ध करना कठिन था। मैं इस वाद-विवाद की गर्मा-गर्मी में अक्सर तेज हो जाता और लगने वाली बातें कह जाता; लेकिन ईश्वरी हारकर भी मुस्कराता रहता था। मैंने उसे कभी गर्म होते नहीं देखा। शायद इसका कारण यह था कि वह अपने पक्ष की कमजोरी समझता था। नौकरों से वह सीधे मुँह बात न करता था। अमीरों में जो एक बेदर्दी और उद्दंडता होती है, उसका उसे भी प्रचुर भाग मिला था। नौकर ने बिस्तर लगाने में ज़रा भी देर की, दूध जरूरत से ज्यादा गर्म या ठंडा हुआ, साइकिल अच्छी तरह साफ नहीं हुई, तो वह आपे से बाहर हो जाता। सुस्ती, बदतमीजी उसे ज़रा भी बर्दाश्त न थी, पर दोस्तों से और विशेषकर मुझसे उसका व्यवहार सौहार्द और नम्रता से भरा होता था। शायद उसकी जगह मैं होता, तो मुझमें भी वही कठोरताएँ पैदा हो जातीं, जो उसमें थीं; क्योंकि मेरा लोक-प्रेम सिद्धान्तों पर नहीं, निजी दशाओं पर टिका हुआ था; लेकिन वह मेरी जगह होकर भी शायद अमीर ही रहता, क्योंकि वह प्रकृति से ही विलासी और ऐश्वर्य-प्रिय था।

अबकी दशहरे की छुट्टियों में मैंने निश्चय किया कि घर न जाऊँगा। मेरे पास किराए के लिए रुपये न थे और न मैं घरवालों को तकलीफ देना चाहता था। मैं जानता हूँ वे मुझे जो कुछ देते हैं वह उनकी हैसियत से बहुत ज्यादा है। इसके साथ ही परीक्षा का भी ख़याल था। अभी बहुत-कुछ पढ़ना बाकी था

और घर जाकर कौन पढ़ता है। बोर्डिंग हाउस में भूत की तरह अकेले पड़े रहने को भी जी न चाहता था। लेकिन जब ईश्वरी ने मुझे अपने घर चलने का नेवता दिया, तो मैं बिना आग्रह के राजी हो गया। ईश्वरी के साथ परीक्षा की तैयारी खूब हो जाएगी। वह अमीर होकर भी मेहनती और जहीन है।

उसने इसके साथ ही कहा—लेकिन भाई एक बात का ख़याल रखना। वहाँ अगर जमींदारों की निन्दा की तो मुआमला बिगड़ जाएगा और मेरे घरवालों को बुरा लगेगा। वह लोग तो असामियों पर इसी दावे से शासन करते हैं कि ईश्वर ने असामियों को उनकी सेवा के लिए पैदा किया है। असामी भी यही समझता है। अगर उसे सुझा दिया जाय कि जमींदार और असामी में कोई मौलिक भेद नहीं है, तो जमींदारों का कहीं पता न लगे।

मैंने कहा—तो क्या तुम समझते हो कि मैं वहाँ जाकर कुछ और हो जाऊँगा?

''हाँ मैं तो यही समझता हूँ।''

''तो तुम गलत समझते हो।''

ईश्वरी ने इसका कोई जवाब न दिया। कदाचित् उसने इस मुआमले को मेरे विवेक पर छोड़ दिया और बहुत अच्छा किया। अगर वह अपनी बात पर अड़ता, तो मैं भी जिद पकड़ लेता।

2

सेकेंड क्लास तो क्या मैंने कभी इंटर क्लास में भी सफर न किया था। अबकी सेकेण्ड क्लास में सफर करने का सौभाग्य प्राप्त हुआ। गाड़ी तो नौ बजे रात को आती थी, पर यात्रा के हर्ष में हम शाम को ही स्टेशन जा पहुँचे। कुछ देर इधर-उधर सैर करने के बाद रिफ्रेशमेंट रूम में जाकर हम लोगों ने भोजन किया। मेरी वेश-भूषा और रंग-ढंग से पारखी खानसामों को यह पहचानने में देर न लगी कि मालिक कौन है और पिछलग्गू कौन; लेकिन न जाने मुझे उनकी गुस्ताखी बुरी लग रही थी। पैसे ईश्वरी के जेब से गये। शायद मेरे पिता को जो वेतन मिलता है, उससे ज्यादा इन खानसामों को इनाम-एकराम में मिल जाता हो। एक अठन्नी तो चलते समय ईश्वरी ही ने दी। फिर भी मैं उन सबों से उसी तत्परता और विनय की प्रतीक्षा करता था, जिससे वे ईश्वरी की सेवा कर रहे थे! ईश्वरी के हुक्म पर सब-के-सब क्यों दौड़ते हैं, लेकिन मैं कोई चीज माँगता हूँ तो इतना उत्साह नहीं दिखाते? मुझे भोजन में कुछ स्वाद न मिला। वह भेद मेरे ध्यान को सम्पूर्ण रूप से अपनी ओर खींचे हुए था।

गाड़ी आयी, हम दोनों सवार हुए। खानसामों ने ईश्वरी को सलाम किया। मेरी ओर देखा भी नहीं।

ईश्वरी ने कहा—कितने तमीजदार हैं ये सब। एक हमारे नौकर हैं कि कोई काम करने का ढंग नहीं।

मैंने खट्टे मन से कहा—इसी तरह अगर तुम अपने नौकरों को भी आठ आने रोज़ इनाम दिया करो तो शायद इससे ज्यादा तमीजदार हो जाएँ।

"तो क्या तुम समझते हो, यह सब केवल इनाम के लालच से इतना अदब करते हैं?"

"जी नहीं, कदापि नहीं। तमीज और अदब तो इनके रक्त में मिल गया है!"

गाड़ी चली। डाक थी। प्रयाग से चली तो प्रतापगढ़ जाकर रुकी। एक आदमी ने हमारा क़मरा खोला। मैं तुरन्त चिल्ला उठा—दूसरा दरजा है—सेकेंड क्लास है।

उस मुसाफिर ने डब्बे के अन्दर आकर मेरी ओर एक विचित्र उपेक्षा की दृष्टि से देखकर कहा—जी हाँ, सेवक भी इतना समझता है, और बीचवाले बर्थ पर बैठ गया। मुझे कितनी लज्जा आयी, कह नहीं सकता।

भोर होते-होते हम लोग मुरादाबाद पहुँचे। स्टेशन पर कई आदमी हमारा स्वागत करने के लिए खड़े थे। दो भद्र पुरुष थे। पाँच बेगार। बेगारों ने हमारा लगेज उठाया। दोनों भद्र पुरुष पीछे-पीछे चले। एक मुसलमान था, रियासत अली; दूसरा ब्राह्मण था, रामहरख। दोनों ने मेरी ओर अपरिचित नेत्रों से देखा, मानो कह रहे हैं, तुम कौवे होकर हंस के साथ कैसे?

रियासत अली ने ईश्वरी से पूछा—यह बाबू साहब क्या आपके साथ पढ़ते हैं?

ईश्वरी ने जवाब दिया—हाँ, साथ पढ़ते भी हैं, और साथ रहते भी हैं? यों कहिए कि आप ही की बदौलत मैं इलाहाबाद पड़ा हुआ हूँ, नहीं कब का लखनऊ चला आया होता। अबकी मैं उन्हें घसीट लाया। इनके घर से कई तार आ चुके थे; मगर मैंने इनकारी जवाब दिलवा दिए। आखिरी तार तो अर्जेंट था, जिसकी फीस चार आने प्रति शब्द है; पर यहाँ से भी उसका जवाब इनकारी ही गया।

दोनों सज्जनों ने मेरी ओर चकित नेत्रों से देखा। आतंकित हो जाने की चेष्टा करते हुए जान पड़े।

रियासत अली ने अर्द्ध शंका के स्वर में कहा—लेकिन आप बड़े सादे लिबास में रहते हैं!

ईश्वरी ने शंका निवारण की—महात्मा गाँधी के भक्त हैं साहब! खद्दर के सिवा कुछ पहनते ही नहीं। पुराने सारे कपड़े जला डाले! यों कहो कि राजा हैं।

ढाई लाख सालाना की रियासत है; पर आपकी सूरत देखो तो मालूम होता है, अभी अनाथालय से पकड़कर आये हैं।

रामहरख बोले—अमीरों का ऐसा स्वभाव बहुत कम देखने में आता है। कोई भाँप ही नहीं सकता।

रियासत अली ने समर्थन किया—आपने महाराज चाँगली को देखा होता, तो दाँतों उँगली दबाते। एक गाढ़े की मिर्जई और चमरौधे जूते पहने बाजारों में घूमा करते थे। सुनते हैं, एक बार बेगार में पकड़े गये थे और उन्हीं ने दस लाख से कॉलेज खोल दिया।

मैं मन में कटा जा रहा था; पर न जाने क्या बात थी कि यह सफ़ेद झूठ उस वक्त मुझे हास्यास्पद न जान पड़ा। उसके प्रत्येक वाक्य के साथ मानो मैं उस कल्पित वैभव के समीपतर आता जाता था।

मैं शहसवार नहीं हूँ। हाँ, लड़कपन में कई बार लद्दू घोड़ों पर सवार हुआ हूँ। यहाँ देखा तो दो कलाँ-रास घोड़े हमारे लिए तैयार खड़े थे। मेरी तो जान ही निकल गयी। सवार तो हुआ; पर बोटियाँ काँप रही थीं। मैंने चेहरे पर शिकन न पड़ने दिया। घोड़े को ईश्वरी के पीछे डाल दिया। खैरियत यह हुई कि ईश्वरी ने घोड़े को तेज न किया, वरना शायद मैं हाथ-पाँव तुड़वाकर लौटता। सम्भव है, ईश्वरी ने समझ लिया हो कि वह कितने पानी में है।

3

ईश्वरी का घर क्या था, किला था। इमामबाड़े का-सा फाटक, द्वार पर पहरेदार टहलता हुआ, नौकरों का कोई हिसाब नहीं, एक हाथी बँधा हुआ। ईश्वरी ने अपने पिता, चाचा, ताऊ आदि सबसे मेरा परिचय कराया, और उसी अतिशयोक्ति के साथ। ऐसी हवा बाँधी कि कुछ न पूछिए। नौकर-चाकर ही नहीं, घर के लोग भी मेरा सम्मान करने लगे। देहात के जमींदार, लाखों का मुनाफा, मगर पुलिस कॉन्स्टेबल को भी अफसर समझने वाले। कई महाशय तो मुझे हुज़ूर-हुज़ूर कहने लगे।

जब जरा एकान्त हुआ, तो मैंने ईश्वरी से कहा—तुम बड़े शैतान हो यार, मेरी मिट्टी क्यों पलीद कर रहे हो?

ईश्वरी ने सुदृढ़ मुस्कान के साथ कहा—इन गधों के सामने यही चाल ज़रूरी थी; वरना सीधे मुँह बोलते भी नहीं।

ज़रा देर बाद एक नाई हमारे पाँव दबाने आया। कुँवर लोग स्टेशन से आये हैं, थक गये होंगे। ईश्वरी ने मेरी ओर इशारा करके कहा—पहले कुँवर साहब के पाँव दबा।

मैं चारपाई पर लेटा हुआ था। मेरे जीवन में ऐसा शायद ही कभी हुआ हो कि किसी ने मेरे पाँव दबाए हों। मैं इसे अमीरों के चोंचले, रईसों का गधापन और बड़े आदमियों की मुटमरदी और जाने क्या-क्या कहकर ईश्वरी का परिहास किया करता और आज मैं पोतड़ों का रईस बनने का स्वाँग भर रहा था!

इतने में दस बज गये। पुरानी सभ्यता के लोग थे। नयी रोशनी अभी केवल पहाड़ की चोटी तक पहुँच पाई थी। अन्दर से भोजन का बुलावा आया। हम स्नान करने चले। मैं हमेशा अपनी धोती खुद छाँट लिया करता हूँ; मगर यहाँ मैंने ईश्वरी की ही भाँति अपनी धोती भी छोड़ दी। अपने हाथों अपनी धोती छाँटते शर्म आ रही थी। अन्दर भोजन करने चले। होटल में जूते पहने मेज पर डटते थे। यहाँ पाँव धोना आवश्यक था। कहार पानी लिये खड़ा था। ईश्वरी ने पाँव बढ़ा दिए। कहार ने उसके पाँव धोए। मैंने भी पाँव बढ़ा दिए। कहार ने मेरे पाँव भी धोए। मेरा वह विचार न जाने कहाँ चला गया था।

4

सोचा था, वहाँ देहात तें एकाग्र होकर खूब पढ़ेंगे; पर वहाँ सारा दिन सैर-सपाटे में कट जाता था। कहीं नदी में बजरे पर सैर कर रहे हैं; कहीं मछलियों या चिड़ियों का शिकार खेल रहे हैं, कहीं पहलवानों की कुश्ती देख रहे हैं, कहीं शतरंज पर जमे हैं। ईश्वरी खूब अंडे मँगवाता और कमरे में 'स्टोव' पर आमलेट बनते। नौकरों का एक जत्था हमेशा घेरे रहता। अपने हाथ-पाँव को हिलाने की कोई जरूरत नहीं। केवल एक जबान हिला देना काफी है। नहाने बैठे तो आदमी नहलाने को हाजिर, लेटे तो आदमी पंखा झलने को खड़े। मैं महात्मा गाँधी का कुँअर चेला मशहूर था। भीतर से बाहर तक मेरी धाक थी। नाश्ते में ज़रा भी देर न होने पाए, कहीं कुँअर साहब नाराज़ न हो जाएँ, बिछावन ठीक समय पर लग जाय, कुँवर साहब के सोने का समय आ गया। मैं ईश्वरी से भी ज़्यादा नाजुक दिमाग बन गया था, या बनने पर मजबूर किया गया था। ईश्वरी अपने हाथ से बिस्तर बिछा ले; लेकिन कुँवर मेहमान अपने हाथों से कैसे अपना बिछावन बिछा सकते हैं! उनकी महानता में बट्टा लग जाएगा।

एक दिन सचमुच यही बात हो गयी। ईश्वरी घर में थे। शायद अपनी माता से कुछ बातचीत करने में देर हो गयी। यहाँ दस बज गये। मेरी आँखें नींद से झपक रही थीं; मगर बिस्तर कैसे लगाऊँ? कुँअर जो ठहरा। कोई साढ़े ग्यारह बजे महरा आया। बड़ा मुँहलगा नौकर था। घर के धन्धों में मेरा बिस्तर लगाने की उसे सुधि ही न रही। अब जो याद आयी, तो भागा हुआ आया। मैंने ऐसी डाँट बताई कि उसने भी याद किया होगा।

ईश्वरी मेरी डाँट सुनकर बाहर निकल आया और बोला—तुमने बहुत अच्छा किया। यह सब हरामखोर इसी व्यवहार के योग्य हैं।

इसी तरह ईश्वरी एक दिन एक जगह दावत में गया हुआ था। शाम हो गयी; पर लैम्प न जला। लैम्प मेज पर रखा हुआ था। दियासलाई भी वहीं थी; लेकिन ईश्वरी खुद कभी लैम्प नहीं जलाता। फिर कुँअर साहब कैसे जलाएँ? मैं झुंझला रहा था। समाचार-पत्र आया रखा हुआ था। जी उधर लगा हुआ था; पर लैम्प नदारत। दैवयोग उसी वक्त मुंशी रियासत अली आ निकले। मैं उन्हीं पर उबल पड़ा ऐसी फटकार बताई कि बेचारा उल्लू हो गया—तुम लोगों को इतनी फिक्र भी नहीं कि लैम्प जलवा दो! मालूम नहीं, ऐसे कामचोर आदमियों का यहाँ कैसे गुज़र होता है। मेरे यहाँ घंटे भर निर्वाह न हो। रियासत अली ने काँपते हुए हाथों से लैम्प जला दिया।

वहाँ एक ठाकुर अक्सर आया करता था। कुछ मनचला आदमी था, महात्मा गाँधी का परम भक्त। मुझे महात्माजी का चेला समझकर मेरा लिहाज़ करता था; पर मुझसे कुछ पूछते संकोच करता था। एक दिन मुझे अकेला देखकर आया और हाथ बाँधकर बोला—सरकार तो गाँधी बाबा के चेले हैं न? लोग कहते हैं कि यहाँ सुराज हो जाएगा तो जमींदार न रहेंगे।

मैंने शान जमाई—जमींदारों के रहने की जरूरत ही क्या है? यह लोग गरीबों का खून चूसने के सिवा और क्या करते हैं?

ठाकुर ने फिर पूछा—तो क्या सरकार, सब जमींदारों की जमीन छीन ली जाएगी?

मैंने कहा—बहुत से लोग खुशी से दे देंगे। जो लोग खुशी से न देंगे उनकी जमीन छीननी ही पड़ेगी। हम लोग तो तैयार बैठे हुए हैं। ज्यों ही स्वराज्य हुआ, अपने सारे इलाके असामियों के नाम हिब्बा कर देंगे।

मैं कुरसी पर पाँव लटकाए बैठा था। ठाकुर मेरे पाँव दबाने लगा। फिर बोला—आजकल जमींदार लोग बड़ा जुलुम करते हैं सरकार! हमें भी हुजूर अपने इलाके में थोड़ी-सी जमीन दे दें; तो चलकर वहीं आपकी सेवा में रहें।

मैंने कहा—अभी तो मेरा कोई अख्तियार नहीं है भाई, लेकिन ज्यों ही अख्तियार मिला, मैं सबसे पहले तुम्हें बुलाऊँगा। तुम्हें मोटर-ड्राइवरी सिखाकर अपना ड्राइवर बना लूँगा।

सुना, उस दिन ठाकुर ने खूब भंग पी और अपनी स्त्री को खूब पीटा और गाँव के महाजन से लड़ने पर तैयार हो गया।

5

छुट्टी इस तरह तमाम हुई और हम फिर प्रयाग चले। गाँव के बहुत से लोग हम लोगों को पहुँचाने आये। ठाकुर तो हमारे साथ स्टेशन तक आया। मैंने भी अपना पार्ट खूब सफाई से खेला और अपनी कुबेरोचित विनय और देवत्व की मुहर हरेक हृदय पर लगा दी। जी तो चाहता था, हरेक को अच्छा इनाम दूँ, लेकिन यह सामर्थ्य कहाँ थी? वापसी टिकट था ही, केवल गाड़ी में बैठना था; पर गाड़ी आयी तो ठसाठस भरी हुई। दुर्गा पूजा की छुट्टियाँ भोगकर सभी लोग लौट रहे थे। सेकेंड क्लास में तिल रखने की जगह नहीं। इंटर क्लास की हालत उससे भी बदतर। यह आखिरी गाड़ी थी। किसी तरह रुक न सकते थे। बड़ी मुश्किल से तीसरे दर्जे में जगह मिली। हमारे ऐश्वर्य ने वहाँ अपना रंग जमा लिया; मगर मुझे उसमें बैठना बुरा लग रहा था। आये थे आराम से लेटे-लेटे, जा रहे थे सिकुड़े हुए। पहलू बदलने की भी जगह न थी।

कई आदमी पढ़े-लिखे भी थे। आपस में अंग्रेजी राज्य की तारीफ करते जा रहे थे। एक महाशय बोले—ऐसा न्याय तो किसी राज्य में नहीं देखा। छोटे-बड़े सब बराबर। राजा भी किसी पर अन्याय करे, तो अदालत उसकी भी गर्दन दबा देती है।

दूसरे सज्जन ने समर्थन किया—अरे साहब, आप खुद बादशाह पर दावा कर सकते हैं! अदालत में बादशाह पर डिग्री हो जाती है।

एक आदमी, जिसकी पीठ पर बड़ा-सा गट्ठर बँधा था, कलकत्ते जा रहा था। कहीं गठरी रखने की जगह न मिलती थी। पीठ पर बाँधे हुए था। इससे बेचैन होकर बार-बार द्वार पर खड़ा हो जाता। मैं द्वार के पास ही बैठा हुआ था। उसका बार-बार आकर मेरे मुँह को अपनी गठरी से रगड़ना मुझे बहुत बुरा लग रहा था। एक तो हवा यों ही कम थी, दूसरे उस गँवार का आकर मेरे मुँह पर खड़ा हो जाना मानो मेरा गला दबाना था। मैं कुछ देर जब्त किए बैठा रहा। एकाएक मुझे क्रोध आ गया। मैंने उसे पकड़कर ढकेल दिया और दो तमाचे जोर-जोर से लगाए।

उसने आँखें निकालकर कहा—क्यों मारते हो बाबूजी, हमने भी किराया दिया है।

मैंने उठकर दो-तीन तमाचे और जड़ दिए।

गाड़ी में तूफान आ गया। चारों ओर से मुझ पर बौछार पड़ने लगी।

"अगर इतने नाज़ुक मिजाज हो, तो अव्वल दर्जे में क्यों नहीं बैठे?"

"कोई बड़ा आदमी होगा तो अपने घर का होगा। मुझे इस तरह मारते, तो दिखा देता।"

'क्या कसूर किया था बेचारे ने? गाड़ी में साँस लेने की जगह नहीं, खिड़की पर जरा साँस लेने खड़ा हो गया तो उस पर इतना क्रोध! अमीर होकर क्या आदमी अपनी इनसानियत बिल्कुल खो देता है?'

'यह भी अंग्रेजी राज है, जिसका आप बखान कर रहे थे!'

एक ग्रामीण बोला—दफ़्तरन माँ घुसन तो पावत नहीं, उस पर इत्ता मिजाज!

ईश्वरी ने अंग्रेजी में कहा—What an idiot you are Bir!

और मेरा नशा कुछ-कुछ उतरता हुआ मालूम होता था।

पंच-परमेश्वर

जुम्मन शेख और अलगू चौधरी में गाढ़ी मित्रता थी। साझे में खेती होती थी। कुछ लेन-देन में भी साझा था। एक को दूसरे पर अटल विश्वास था। जुम्मन जब हज करने गये थे, तब अपना घर अलगू को सौंप गये थे, और अलगू जब कभी बाहर जाते, तो जुम्मन पर अपना घर छोड़ देते थे। उनमें न खान-पान का व्यवहार था, न धर्म का नाता; केवल विचार मिलते थे। मित्रता का मूलमन्त्र भी यही है।

इस मित्रता का जन्म उसी समय हुआ, जब दोनों मित्र बालक ही थे; और जुम्मन के पूज्य पिता, जुमराती, उन्हें शिक्षा प्रदान करते थे। अलगू ने गुरु जी की बहुत सेवा की थी, खूब रकाबियाँ माँजी, खूब प्याले धोए। उनका हुक्का एक क्षण के लिए भी विश्राम न लेने पाता था; क्योंकि प्रत्येक चिलम अलगू को आध घंटे तक किताबों से अलग कर देती थी। अलगू के पिता पुराने विचारों के मनुष्य थे। उन्हें शिक्षा की अपेक्षा गुरु की सेवा-शुश्रूषा पर अधिक विश्वास था। वह कहते थे कि विद्या पढ़ने से नहीं आती; जो कुछ होता है, गुरु के आशीर्वाद से। बस, गुरु जी की कृपा-दृष्टि चाहिए। अतएव यदि अलगू पर जुमराती शेख के आशीर्वाद अथवा सत्संग का कुछ फल न हुआ, तो यह मानकर सन्तोष कर लेगा कि विद्योपार्जन में उसने यथाशक्ति कोई बात उठा नहीं रखी, विद्या उसके भाग्य ही में न थी, तो कैसे आती?

मगर जुमराती शेख स्वयं आशीर्वाद के कायल न थे। उन्हें अपने सोटे पर अधिक भरोसा था, और उसी सोटे के प्रताप से आज आस-पास के गाँवों में जुम्मन की पूजा होती थी। उनके लिखे हुए रेहननामे या बैनामे पर कचहरी का मुहर्रिर भी कलम न उठा सकता था। हलक़े का डाकिया, कॉन्स्टेबल और तहसील का चपरासी—सब उनकी कृपा की आकांक्षा रखते थे। अतएव अलगू का मान उनके धन के कारण था, तो जुम्मन शेख अपनी अनमोल विद्या से ही सबके आदरपात्र बने थे।

जुम्मन शेख की एक बूढ़ी खाला (मौसी) थी। उसके पास कुछ थोड़ी-सी मिल्कियत थी; परन्तु उसके निकट सम्बन्धियों में कोई न था। जुम्मन ने लम्बे-चौड़े वादे करके वह मिलकियत अपने नाम लिखवा ली थी। जब तक दानपत्र की रजिस्ट्री न हुई थी, तब तक खालाजान का खूब आदर-सत्कार किया गया। उन्हें खूब स्वादिष्ट पदार्थ खिलाए गये। हलवे-पुलाव की वर्षा-सी की गयी; पर रजिस्ट्री की मोहर ने इन खातिरदारियों पर भी मानो मुहर लगा दी। जुम्मन की पत्नी करीमन रोटियों के साथ कड़वी बातों के कुछ तेज, तीखे सालन भी देने लगी। जुम्मन शेख भी निठुर हो गये। अब बेचारी खालाजान को प्रायः नित्य ही ऐसी बातें सुननी पड़ती थीं।

बुढ़िया न जाने कब तक जिएगी। दो-तीन बीघे ऊसर क्या दे दिया, मानो मोल ले लिया है! बघारी दाल के बिना रोटियाँ नहीं उतरतीं! जितना रुपया इसके पेट में झोंक चुके, उतने से तो अब तक गाँव मोल ले लेते।

कुछ दिन खालाजान ने सुना और सहा; पर जब न सहा गया तब जुम्मन से शिकायत की। जुम्मन ने स्थानीय कर्मचारी—गृहस्वामी—के प्रबन्ध में दखल देना उचित न समझा। कुछ दिन तक और यों ही रो-धोकर काम चलता रहा। अन्त में एक दिन खाला ने जुम्मन से कहा—बेटा! तुम्हारे साथ मेरा निर्वाह न होगा। तुम मुझे रुपये दे दिया करो, मैं अपना पका-खा लूँगी।

जुम्मन ने धृष्टता के साथ उत्तर दिया—रुपये क्या यहाँ फलते हैं?

खाला ने नम्रता से कहा—मुझे कुछ रूखा-सूखा चाहिए भी कि नहीं?

जुम्मन ने गम्भीर स्वर से जवाब दिया—तो कोई यह थोड़े ही समझा था कि तुम मौत से लड़कर आयी हो?

खाला बिगड़ गयीं, उन्होंने पंचायत करने की धमकी दी। जुम्मन हँसे, जिस तरह कोई शिकारी हिरन को जाल की तरफ जाते देख कर मन-ही-मन हँसता है। वह बोले—हाँ, जरूर पंचायत करो। फैसला हो जाय। मुझे भी यह रात-दिन की खटखट पसन्द नहीं।

पंचायत में किसकी जीत होगी, इस विषय में जुम्मन को कुछ भी सन्देह न था। आस-पास के गाँवों में ऐसा कौन था, जो उसके अनुग्रहों का ऋणी न हो; ऐसा कौन था, जो उसको शत्रु बनाने का साहस कर सके? किसमें इतना बल था, जो उसका सामना कर सके? आसमान के फरिश्ते तो पंचायत करने आवेंगे नहीं।

इसके बाद कई दिन तक बूढ़ी खाला हाथ में एक लकड़ी लिये आस-पास के

गाँवों में दौड़ती रहीं। कमर झुक कर कमान हो गयी थी। एक-एक पग चलना दूभर था; मगर बात आ पड़ी थी। उसका निर्णय करना जरूरी था।

बिरला ही कोई भला आदमी होगा, जिसके सामने बुढ़िया ने दुःख के आँसू न बहाए हों। किसी ने तो यों ही ऊपरी मन से हूँ-हाँ करके टाल दिया, और किसी ने इस अन्याय पर जमाने को गालियाँ दीं! कहा—कब्र में पाँव लटके हुए हैं, आज मरे कल दूसरा दिन; पर हवस नहीं मानती। अब तुम्हें क्या चाहिए? रोटी खाओ और अल्लाह का नाम लो। तुम्हें अब खेती-बारी से क्या काम है? कुछ ऐसे सज्जन भी थे, जिन्हें हास्य-रस के रसास्वादन का अच्छा अवसर मिला। झुकी हुई कमर, पोपला मुँह, सन के-से बाल—इतनी सामग्री एकत्र हों, तब हँसी क्यों न आवे? ऐसे न्यायप्रिय, दयालु, दीन-वत्सल पुरुष बहुत कम थे, जिन्होंने उस अबला के दुखड़े को गौर से सुना हो और उसको सान्त्वना दी हो। चारों ओर से घूम-घाम कर बेचारी अलगू चौधरी के पास आयी। लाठी पटक दी और दम ले कर बोली—बेटा, तुम भी दम भर के लिए मेरी पंचायत में चले आना।

अलगू—मुझे बुला कर क्या करोगी? कई गाँव के आदमी तो आवेंगे ही।

खाला—अपनी विपद तो सबके आगे रो आयी। अब आने-न-आने का अख्तियार उनको है।

अलगू—यों आने को आ जाऊँगा; मगर पंचायत में मुँह न खोलूँगा।

खाला—क्यों बेटा?

अलगू—अब इसका क्या जवाब दूँ? अपनी खुशी। जुम्मन मेरा पुराना मित्र है। उससे बिगाड़ नहीं कर सकता।

खाला—बेटा, क्या बिगाड़ के डर से ईमान की बात न कहोगे?

हमारे सोए हुए धर्म-ज्ञान की सारी सम्पत्ति लुट जाय, तो उसे ख़बर नहीं होती, परन्तु ललकार सुन कर वह सचेत हो जाता है। फिर उसे कोई जीत नहीं सकता। अलगू इस सवाल का कोई उत्तर न दे सका, पर उसके हृदय में ये शब्द गूँज रहे थे—क्या बिगाड़ के डर से ईमान की बात न कहोगे?

सन्ध्या समय एक पेड़ के नीचे पंचायत बैठी। शेख जुम्मन ने पहले से ही फर्श बिछा रखा था। उन्होंने पान, इलायची, हुक्के-तम्बाकू आदि का प्रबन्ध भी किया था। हाँ, वह स्वयं अलबत्ता अलगू चौधरी के साथ जरा दूर पर बैठे हुए थे। जब पंचायत में कोई आ जाता था, तब दबे हुए सलाम से उसका स्वागत करते थे। जब सूर्य अस्त हो गया और चिड़ियों की कलरवयुक्त पंचायत पेड़ों पर बैठी, तब यहाँ भी पंचायत शुरू हुई। फर्श की एक-एक अंगुल जमीन भर गयी; पर

अधिकांश दर्शक ही थे। निमन्त्रित महाशयों में से केवल वे ही लोग पधारे थे, जिन्हें जुम्मन से अपनी कुछ कसर निकालनी थी। एक कोने में आग सुलग रही थी। नाई ताबड़तोड़ चिलम भर रहा था। यह निर्णय करना असम्भव था कि सुलगते हुए उपलों से अधिक धुआँ निकलता था या चिलम के दमों से। लड़के इधर-उधर दौड़ रहे थे। कोई आपस में गाली-गलौज करते और कोई रोते थे। चारों तरफ कोलाहल मच रहा था। गाँव के कुत्ते इस जमाव को भोज समझ कर झुंड के झुंड जमा हो गये थे।

पंच लोग बैठ गये, तो बूढ़ी खाला ने उनसे विनती की—

'पंचो, आज तीन साल हुए, मैंने अपनी सारी जायदाद अपने भानजे जुम्मन के नाम लिख दी थी। इसे आप लोग जानते ही होंगे। जुम्मन ने मुझे ता-हयात रोटी-कपड़ा देना कबूल किया। साल भर तो मैंने इसके साथ रो-धोकर काटा। पर अब रात-दिन का रोना नहीं सहा जाता। मुझे न पेट की रोटी मिलती है न तन का कपड़ा। बेकस बेवा हूँ। कचहरी-दरबार नहीं कर सकती। तुम्हारे सिवा और किसको अपना दुःख सुनाऊँ? तुम लोग जो राह निकाल दो, उसी राह पर चलूँ। अगर मुझमें कोई ऐब देखो, तो मेरे मुँह पर थप्पड़ मारो। जुम्मन में बुराई देखो, तो उसे समझाओ, क्यों एक बेकस की आह लेता है! मैं पंचों का हुक्म सिर-माथे पर चढ़ाऊँगी।'

रामधन मिश्र, जिनके कई असामियों को जुम्मन ने अपने गाँव में बसा लिया था, बोले—जुम्मन मियाँ, किसे पंच बदते हो? अभी से इसका निपटारा कर लो। फिर जो कुछ पंच कहेंगे, वही मानना पड़ेगा।

जुम्मन को इस समय सदस्यों में विशेषकर वे ही लोग दीख पड़े, जिनसे किसी-न-किसी कारण उनका वैमनस्य था। जुम्मन बोले—पंचों का हुक्म अल्लाह का हुक्म है। खालाजान जिसे चाहें, उसे बदें। मुझे कोई उज्र नहीं।

खाला ने चिल्ला कर कहा—अरे अल्लाह के बन्दे! पंचों का नाम क्यों नहीं बता देता? कुछ मुझे भी तो मालूम हो।

जुम्मन ने क्रोध से कहा—अब इस वक्त मेरा मुँह न खुलवाओ। तुम्हारी बन पड़ी है, जिसे चाहो, पंच बदो।

खालाजान जुम्मन के आक्षेप को समझ गयीं, वह बोलीं—बेटा, खुदा से डरो, पंच न किसी के दोस्त होते हैं, न किसी के दुश्मन। कैसी बात कहते हो! और तुम्हारा किसी पर विश्वास न हो, तो जाने दो; अलगू चौधरी को तो मानते हो? लो, मैं उन्हीं को सरपंच बदती हूँ।

जुम्मन शेख आनन्द से फूल उठे, परन्तु भावों को छिपा कर बोले—अलगू ही सही, मेरे लिए जैसे रामधन वैसे अलगू।

अलगू इस झमेले में फँसना नहीं चाहते थे। वे कन्नी काटने लगे। बोले— खाला, तुम जानती हो कि मेरी जुम्मन से गाढ़ी दोस्ती है।

खाला ने गम्भीर स्वर में कहा—बेटा, दोस्ती के लिए कोई अपना ईमान नहीं बेचता। पंच के दिल में खुदा बसता है। पंचों के मुँह से जो बात निकलती है, वह खुदा की तरफ से निकलती है।

अलगू चौधरी सरपंच हुए। रामधन मिश्र और जुम्मन के दूसरे विरोधियों ने बुढ़िया को मन में बहुत कोसा।

अलगू चौधरी बोले—शेख जुम्मन! हम और तुम पुराने दोस्त हैं! जब काम पड़ा, तुमने हमारी मदद की है और हम भी जो कुछ बन पड़ा, तुम्हारी सेवा करते रहे हैं; मगर इस समय तुम और बूढ़ी खाला, दोनों हमारी निगाह में बराबर हो। तुमको पंचों से जो कुछ अर्ज करनी हो, करो।

जुम्मन को पूरा विश्वास था कि अब बाजी मेरी है। अलगू यह सब दिखावे की बातें कर रहा है। अतएव शान्त-चित्त हो कर बोले—पंचो, तीन साल हुए खालाजान ने अपनी जायदाद मेरे नाम हिब्बा कर दी थी। मैंने उन्हें ता-हयात खाना-कपड़ा देना कबूल किया था। खुदा गवाह है, आज तक मैंने खालाजान को कोई तकलीफ नहीं दी। मैं उन्हें अपनी माँ के समान समझता हूँ। उनकी खिदमत करना मेरा फर्ज है; मगर औरतों में ज़रा अनबन रहती है, उसमें मेरा क्या बस है? खालाजान मुझसे माहवार खर्च अलग माँगती हैं। जायदाद जितनी है, वह पंचों से छिपी नहीं। उससे इतना मुनाफा नहीं होता है कि माहवार खर्च दे सकूँ। इसके अलावा हिब्बानामे में माहवार खर्च का कोई जिक्र नहीं। नहीं तो मैं भूल कर भी इस झमेले में न पड़ता। बस, मुझे यही कहना है। आइन्दा पंचों का अख्तियार है, जो फैसला चाहें, करें।

अलगू चौधरी को हमेशा कचहरी से काम पड़ता था। अतएव वह पूरा कानूनी आदमी था। उसने जुम्मन से जिरह शुरू की। एक-एक प्रश्न जुम्मन के हृदय पर हथौड़े की चोट की तरह पड़ता था। रामधन मिश्र इन प्रश्नों पर मुग्ध हुए जाते थे। जुम्मन चकित थे कि अलगू को क्या हो गया। अभी यह अलगू मेरे साथ बैठा हुआ कैसी-कैसी बातें कर रहा था! इतनी ही देर में ऐसी कायापलट हो गयी कि मेरी जड़ खोदने पर तुला हुआ है। न मालूम कब की कसर यह निकाल रहा है? क्या इतने दिनों की दोस्ती कुछ भी काम न आवेगी?

जुम्मन शेख तो इसी संकल्प-विकल्प में पड़े हुए थे कि इतने में अलगू ने फैसला सुनाया—

"जुम्मन शेख! पंचों ने इस मामले पर विचार किया। उन्हें यह नीति- संगत मालूम होता है कि खालाजान को माहवार खर्च दिया जाय। हमारा विचार है कि

खाला की जायदाद से इतना मुनाफा अवश्य होता है कि माहवार खर्च दिया जा सके। बस, यही हमारा फैसला है, अगर जुम्मन को खर्च देना मंजूर न हो, तो हिब्बानामा रद्द समझा जाय।''

यह फैसला सुनते ही जुम्मन सन्नाटे में आ गये। जो अपना मित्र हो, वह शत्रु का व्यवहार करे और गले पर छुरी फेरे, इसे समय के हेर-फेर के सिवा और क्या कहें? जिस पर पूरा भरोसा था, उसने समय पड़ने पर धोखा दिया। ऐसे ही अवसरों पर झूठे-सच्चे मित्रों की परीक्षा की जाती है। यही कलियुग की दोस्ती है। अगर लोग ऐसे कपटी-धोखेबाज न होते, तो देश में आपत्तियों का प्रकोप क्यों होता? यह हैजा-प्लेग आदि व्याधियाँ दुष्कर्मों के ही दंड हैं।

मगर रामधन मिश्र और अन्य पंच अलगू चौधरी की इस नीति-परायणता की प्रशंसा जी खोलकर कर रहे थे। वे कहते थे—इसका नाम पंचायत है! दूध का दूध और पानी का पानी कर दिया। दोस्ती, दोस्ती की जगह है, किन्तु धर्म का पालन करना मुख्य है। ऐसे ही सत्यवादियों के बल पर पृथ्वी ठहरी है, नहीं तो वह कब की रसातल को चली जाती ।

इस फैसले ने अलगू और जुम्मन की दोस्ती की जड़ हिला दी। अब वे साथ-साथ बातें करते नहीं दिखाई देते। इतना पुराना मित्रता-रूपी वृक्ष सत्य का एक झोंका भी न सह सका। सचमुच वह बालू की ही जमीन पर खड़ा था।

उनमें अब शिष्टाचार का अधिक व्यवहार होने लगा। एक दूसरे की आवभगत ज़्यादा करने लगा। वे मिलते-जुलते थे, मगर उसी तरह, जैसे तलवार से ढाल मिलती है।

जुम्मन के चित्त में मित्र की कुटिलता आठों पहर खटका करती थी। उसे हर घड़ी यही चिन्ता रहती थी कि किसी तरह बदला लेने का अवसर मिले।

अच्छे कामों की सिद्धि में बड़ी देर लगती है; पर बुरे कामों की सिद्धि में यह बात नहीं होती। जुम्मन को भी बदला लेने का अवसर जल्द ही मिल गया। पिछले साल अलगू चौधरी बटेसर से बैलों की एक बहुत अच्छी गोईं मोल लाए थे। बैल पछाहीं जाति के सुन्दर, बड़े-बड़े सींगोंवाले थे। महीनों तक आस-पास के गाँव के लोग दर्शन करते रहे। दैवयोग से जुम्मन की पंचायत के एक महीने के बाद इस जोड़ी का एक बैल मर गया। जुम्मन ने दोस्तों से कहा—यह दगाबाजी की सजा है। इन्सान सब्र भले ही कर जाय, पर खुदा नेक-बद सब देखता है। अलगू को सन्देह हुआ कि जुम्मन ने बैल को विष दिला दिया है। चौधराइन ने भी जुम्मन पर ही इस दुर्घटना का दोषारोपण किया। उसने कहा—जुम्मन ने कुछ

कर-करा दिया है। चौधराइन और करीमन में इस विषय पर एक दिन खूब ही वाद-विवाद हुआ। दोनों देवियों ने शब्द-बाहुल्य की नदी बहा दी। व्यंग्य, वक्रोक्ति, अन्योक्ति और उपमा आदि अलंकारों में बातें हुईं। जुम्मन ने किसी तरह शान्ति स्थापित की। उन्होंने अपनी पत्नी को डाँट-डपट कर समझा दिया। वह उसे उस रणभूमि से हटा भी ले गये। उधर अलगू चौधरी ने समझाने-बुझाने का काम अपने तर्क-पूर्ण सोंटे से लिया।

अब अकेला बैल किस काम का? उसका जोड़ बहुत ढूँढ़ा गया, पर न मिला। निदान यह सलाह ठहरी कि इसे बेच डालना चाहिए। गाँव में एक समझू साहु थे, वह इक्का-गाड़ी हाँकते थे। गाँव के गुड़-घी लाद कर मंडी ले जाते, मंडी से तेल, नमक भर लाते, और गाँव में बेचते। इस बैल पर उनका मन लहराया। उन्होंने सोचा, यह बैल हाथ लगे तो दिन-भर में बेखटके तीन खेप हों। आजकल तो एक ही खेप में लाले पड़े रहते हैं। बैल देखा, गाड़ी में दौड़ाया, बाल-भौंरी की पहचान कराई, मोल-तोल किया और उसे ला कर द्वार पर बाँध ही दिया। एक महीने में दाम चुकाने का वादा ठहरा। चौधरी को भी गरज थी ही, घाटे की परवा न की।

समझू साहु ने नया बैल पाया, तो लगे उसे रगेदने। वह दिन में तीन-तीन, चार-चार खेपें करने लगे। न चारे की फिक्र थी, न पानी की, बस खेपों से काम था। मंडी ले गये, वहाँ कुछ सूखा भूसा सामने डाल दिया। बेचारा जानवर अभी दम भी न लेने पाया था कि फिर जोत दिया। अलगू चौधरी के घर था तो चैन की बंशी बजती थी। बैलराम छठे-छमाहे कभी बहली में जोते जाते थे। खूब उछलते-कूदते और कोसों तक दौड़ते चले जाते थे। वहाँ बैलराम का रातिब था—साफ पानी, दली हुई अरहर की दाल और भूसे के साथ खली, और यही नहीं, कभी-कभी घी का स्वाद भी चखने को मिल जाता था। शाम-सबेरे एक आदमी खरहरे करता, पोंछता और सहलाता था। कहाँ वह सुख-चैन, कहाँ यह आठों पहर की खपत! महीने भर ही में वह पिस-सा गया। इक्के का जुआ देखते ही उसका लहू सूख जाता था। एक-एक पग चलना दूभर था। हड्डियाँ निकल आयी थीं; पर था वह पानीदार, मार की बरदाश्त न थी।

एक दिन चौथी खेप में साहु जी ने दूना बोझ लादा। दिन-भर का थका जानवर, पैर न उठते थे। पर साहु जी कोड़े फटकारने लगे। बस, फिर क्या था, बैल कलेजा तोड़ कर चला। कुछ दूर दौड़ा और चाहा कि जरा दम ले लूँ; पर साहु जी को जल्द पहुँचने की फिक्र थी; अतएव उन्होंने कई कोड़े बड़ी निर्दयता से फटकारे। बैल ने एक बार फिर जोर लगाया; पर अबकी बार शक्ति ने जवाब

दे दिया। वह धरती पर गिर पड़ा, और ऐसा गिरा कि फिर न उठा। साहु जी ने बहुत पीटा, टाँग पकड़ कर खींचा, नथनों में लकड़ी ठूँस दी; पर कहीं मृतक भी उठ सकता है? तब साहु जी को कुछ शक हुआ। उन्होंने बैल को गौर से देखा, खोल कर अलग किया; और सोचने लगे कि गाड़ी कैसे घर पहुँचे। बहुत चीखे-चिल्लाए; पर देहात का रास्ता बच्चों की आँख की तरह साँझ होते ही बन्द हो जाता है। कोई नजर न आया। आस-पास कोई गाँव भी न था। मारे क्रोध के उन्होंने मरे हुए बैल पर और दुर्रे लगाए और कोसने लगे—अभागे। तुझे मरना ही था, तो घर पहुँच कर मरता! ससुरा बीच रास्ते ही में मर रहा! अब गाड़ी कौन खींचे? इस तरह साहु जी खूब जले-भुने। कई बोरे गुड़ और कई पीपे घी उन्होंने बेचे थे, दो-ढाई सौ रुपये कमर में बँधे थे। इसके सिवा गाड़ी पर कई बोरे नमक के थे; अतएव छोड़ कर जा भी न सकते थे। लाचार बेचारे गाड़ी पर ही लेट गये। वहीं रतजगा करने की ठान ली। चिलम पी, गाया। फिर हुक्का पिया। इस तरह साहु जी आधी रात तक नींद को बहलाते रहे। अपनी जान में तो वह जागते ही रहे; पर पौ फटते ही जो नींद टूटी और कमर पर हाथ रखा, तो थैली गायब! घबरा कर इधर-उधर देखा, तो कई कनस्तर तेल भी नदारद! अफसोस में बेचारे ने सिर पीट लिया और पछाड़ खाने लगा। प्रात:काल रोते-बिलखते घर पहुँचे। सहुआइन ने जब यह बुरी सुनावनी सुनी, तब पहले तो रोई, फिर अलगू चौधरी को गालियाँ देने लगी—निगोड़े ने ऐसा कुलच्छनी बैल दिया कि जन्म भर की कमाई लुट गयी।

इस घटना को हुए कई महीने बीत गये। अलगू जब अपने बैल के दाम माँगते तब साहु और सहुआइन, दोनों ही झल्लाए हुए कुत्ते की तरह चढ़ बैठते और अंड-बंड बकने लगते—वाह! यहाँ तो सारे जन्म की कमाई लुट गयी, सत्यानाश हो गया, इन्हें दामों की पड़ी है। मुर्दा बैल दिया था, उस पर दाम माँगने चले हैं! आँखों में धूल झोंक दी, सत्यानाशी बैल गले बाँध दिया, हमें निरा पोंगा ही समझ लिया है! हम भी बनिए के बच्चे हैं, ऐसे बुद्धू कहीं और होंगे। पहले जा कर किसी गड़हे में मुँह धो आओ, तब दाम लेना। न जी मानता हो, तो हमारा बैल खोल ले जाओ। महीना भर के बदले दो महीना जोत लो। और क्या लोगे?

चौधरी के अशुभचिन्तकों की कमी न थी। ऐसे अवसरों पर वे भी एकत्र हो जाते और साहु जी के बर्राने की पुष्टि करते। परन्तु डेढ़ सौ रुपये से इस तरह हाथ धो लेना आसान न था। एक बार वह भी गरम पड़े। साहु जी बिगड़ कर लाठी ढूँढ़ने घर में चले गये। अब सहुआइन ने मैदान लिया। प्रश्नोत्तर होते-होते

हाथापाई की नौबत आ पहुँची। सहुआइन ने घर में घुस कर किवाड़ बन्द कर लिए। शोरगुल सुन कर गाँव के भलेमानस जमा हो गये। उन्होंने दोनों को समझाया। साहु जी को दिलासा दे कर घर से निकाला। वह परामर्श देने लगे कि इस तरह से काम न चलेगा। पंचायत कर लो। जो कुछ तय हो जाय, उसे स्वीकार कर लो। साहु जी राजी हो गये। अलगू ने भी हामी भर ली।

पंचायत की तैयारियाँ होने लगीं। दोनों पक्षों ने अपने-अपने दल बनाने शुरू किए। इसके बाद तीसरे दिन उसी वृक्ष के नीचे पंचायत बैठी। वही सन्ध्या का समय था। खेतों में कौए पंचायत कर रहे थे। विवादग्रस्त विषय था यह कि मटर की फलियों पर उनका कोई स्वत्व है या नहीं; और जब तक यह प्रश्न हल न हो जाय, तब तक वे रखवाले की पुकार पर अपनी अप्रसन्नता प्रकट करना आवश्यक समझते थे। पेड़ की डालियों पर बैठी शुक-मंडली में यह प्रश्न छिड़ा हुआ था कि मनुष्यों को उन्हें बेमुरौवत कहने का क्या अधिकार है, जब उन्हें स्वयं अपने मित्रों से दगा करने में भी संकोच नहीं होता।

पंचायत बैठ गयी, तो रामधन मिश्र ने कहा—अब देरी क्या है? पंचों का चुनाव हो जाना चाहिए। बोलो चौधरी; किस-किस को पंच बदते हो।

अलगू ने दीन भाव से कहा—समझू साहु ही चुन लें।

समझू खड़े हुए और कड़क कर बोले—मेरी ओर से जुम्मन शेख।

जुम्मन का नाम सुनते ही अलगू चौधरी का कलेजा धक्-धक् करने लगा, मानो किसी ने अचानक थप्पड़ मार दिया हो। रामधन अलगू के मित्र थे। वह बात को ताड़ गये। पूछा—क्यों चौधरी तुम्हें कोई उज्र तो नहीं।

चौधरी ने निराश हो कर कहा—नहीं, मुझे क्या उज्र होगा?

अपने उत्तरदायित्व का ज्ञान बहुधा हमारे संकुचित व्यवहारों का सुधारक होता है। जब हम राह भूल कर भटकने लगते हैं तब यही ज्ञान हमारा विश्वसनीय पथ-प्रदर्शक बन जाता है।

पत्र-सम्पादक अपनी शान्ति कुटी में बैठा हुआ कितनी धृष्टता और स्वतन्त्रता के साथ अपनी प्रबल लेखनी से मंत्रिमंडल पर आक्रमण करता है; परन्तु ऐसे अवसर आते हैं, जब वह स्वयं मंत्रिमंडल में सम्मिलित होता है। मंडल के भवन में पग धरते ही उसकी लेखनी कितनी मर्मज्ञ, कितनी विचारशील, कितनी न्यायपरायण हो जाती है। इसका कारण उत्तरदायित्व का ज्ञान है। नवयुवक युवावस्था में कितना

उद्दंड रहता है। माता-पिता उसकी ओर से कितने चिन्तित रहते हैं! वे उसे कुल-कलंक समझते हैं; परन्तु थोड़े ही समय में परिवार का बोझ सिर पर पड़ते ही वह अव्यवस्थित-चित्त उन्मत्त युवक कितना धैर्यशील, कैसा शान्तचित्त हो जाता है, यह भी उत्तरदायित्व के ज्ञान का फल है।

जुम्मन शेख के मन में भी सरपंच का उच्च स्थान ग्रहण करते ही अपनी जिम्मेदारी का भाव पैदा हुआ। उसने सोचा, मैं इस वक्त न्याय और धर्म के सर्वोच्च आसन पर बैठा हूँ। मेरे मुँह से इस समय जो कुछ निकलेगा, वह देववाणी के सदृश है—और देववाणी में मेरे मनोविकारों का कदापि समावेश न होना चाहिए। मुझे सत्य से जौ भर भी टलना उचित नहीं!

पंचों ने दोनों पक्षों से सवाल-जवाब करने शुरू किए। बहुत देर तक दोनों दल अपने-अपने पक्ष का समर्थन करते रहे। इस विषय में तो सब सहमत थे कि समझू को बैल का मूल्य देना चाहिए। परन्तु दो महाशय इस कारण रियायत करना चाहते थे कि बैल के मर जाने से समझू को हानि हुई। इसके प्रतिकूल दो सभ्य मूल के अतिरिक्त समझू को दंड भी देना चाहते थे, जिससे फिर किसी को पशुओं के साथ ऐसी निर्दयता करने का साहस न हो। अन्त में जुम्मन ने फैसला सुनाया—

"अलगू चौधरी और समझू साहु! पंचों ने तुम्हारे मामले पर अच्छी तरह विचार किया। समझू को उचित है कि बैल का पूरा दाम दें। जिस वक्त उन्होंने बैल लिया, उसे कोई बीमारी न थी। अगर उसी समय दाम दे दिए जाते, तो आज समझू उसे फेर लेने का आग्रह न करते। बैल की मृत्यु केवल इस कारण हुई कि उससे बड़ा कठिन परिश्रम लिया गया और उसके दाने-चारे का कोई अच्छा प्रबन्ध न किया गया।"

रामधन मिश्र बोले—समझू ने बैल को जान-बूझ कर मारा है, अतएव उससे दंड लेना चाहिए।

जुम्मन बोले—यह दूसरा सवाल है! हमको इससे कोई मतलब नहीं!

झगड़ू साहु ने कहा—समझू के साथ कुछ रियायत होनी चाहिए।

जुम्मन बोले—यह अलगू चौधरी की इच्छा पर निर्भर है। यह रियायत करें, तो उनकी भलमनसी।

अलगू चौधरी फूले न समाए। उठ खड़े हुए और जोर से बोले—पंच-परमेश्वर की जय!

इसके साथ ही चारों ओर से प्रतिध्वनि हुई—पंच-परमेश्वर की जय!

प्रत्येक मनुष्य जुम्मन की नीति को सराहता था—इसे कहते हैं न्याय! यह

मनुष्य का काम नहीं, पंच में परमेश्वर वास करते हैं, यह उन्हीं की महिमा है। पंच के सामने खोटे को कौन खरा कह सकता है?

थोड़ी देर बाद जुम्मन अलगू के पास आये और उनके गले लिपट कर बोले— भैया, जब से तुमने मेरी पंचायत की तब से मैं तुम्हारा प्राण-घातक शत्रु बन गया था; पर आज मुझे ज्ञात हुआ कि पंच के पद पर बैठ कर न कोई किसी का दोस्त होता है, न दुश्मन। न्याय के सिवा उसे और कुछ नहीं सूझता। आज मुझे विश्वास हो गया कि पंच की जबान से खुदा बोलता है। अलगू रोने लगे। इस पानी से दोनों के दिलों का मैल धुल गया। मित्रता की मुरझायी हुई लता फिर हरी हो गयी।

हिन्दू मुस्लिम एकता सम्बन्धी विचार

मनुष्यता का अकाल

हिन्दू-मुस्लिम एकता के बारे में इस वक़्त मुसलमान क़ौम के बड़े लोगों ने बार-बार की उत्तेजना के बावजूद जो अच्छी रविश अख़्तियार की है, और जिस सूझ-बूझ और दूरंदेशी का सबूत दिया है उस पर हिन्दुओं को शर्मिन्दा होना चाहिए। अब तक उन्हें यह दावा था कि स्वराज्य के लिए हम जितनी कुर्बानियाँ कर सकते हैं, उतनी मुस्लिम सम्प्रदाय नहीं करता। वह हिन्दुस्तान में रहकर, हिन्दुस्तान का दाना-पानी खाकर अरब और अजम के सपने देखा करता हैं। उसे स्वराज्य की उतनी फ़िक्र नहीं है जितनी पैन-इस्लाम की। एक बार जब मौलाना शौकत अली ने किसी ख़िलाफत के जलसे में कहा था कि अगर मुसलमान को किसी क़ौमी काम के लिए एक रुपया देना मंजूर हो, तो वह चौदह आने ख़िलाफ़त को दे और दो आने कांग्रेस को, इस क़ौल को हिन्दू अख़बारों ने बड़े निष्ठुर ढंग से बहुत ज़्यादा महत्त्व दिया और उसे अपनी बात का प्रमाण के रूप में पेश किया।

इस कौल का तक़ाज़ा तो यह था कि हिन्दू महाशय अपने दिल में लज्जित होते कि एक मुसलमान को जो अपना सब कुछ भारतमाता की नज़र कर चुका हो, इस तरह दोनों में भेद करने की ज़रूरत पड़ी क्योंकि ज़ाहिर है कि अगर हिन्दुओं ने ख़िलाफ़त के मसले को महात्मा गाँधी की व्यापक दृष्टि से देखा होता तो मौलाना साहब को इस बात को कहने का कोई मौका ही न था। मगर सच्चाई यह है कि हिन्दुओं ने कभी ख़िलाफ़त के महत्त्व को ही नहीं समझा और न समझने की कोशिश की, बल्कि उसको सन्देह की दृष्टि से देखते रहे। मगर अब जिसे न्याय की दृष्टि मिली हुई हो, वह चाहे तो देख सकता है कि वही व्यक्ति हिन्दू-मुस्लिम एकता को, जो दूसरे शब्दों में स्वराज्य है, कितना महत्त्वपूर्ण समझता है और उसके लिए कितनी बड़ी कुर्बानियाँ करने के लिए तैयार है। हिन्दू क़ौम कभी अपनी राजनीतिक उदारता के लिए महशहूर नहीं रही और इस मौक़े पर तो उसने जितनी संकीर्णता का परिचय दिया है, उससे मजबूरन इस नतीजे पर पहुँचना पड़ता है कि इस क़ौम का राजनीतिक दीवाला हो गया वर्ना कोई वजह

न थी कि सारी हिन्दू क़ौम सामूहिक रूप से कुछ थोड़े से उन्मादग्रस्त तथाकथित देशभक्तों की प्रेरणा से इस तरह पागल हो जाती। हम कहते हैं कि अगर हिन्दुओं में एक भी किचलू, मुहम्मद अली या शौकत अली होता तो हिन्दू-संगठन और शुद्धि की इतनी गर्मबाज़ारी न होती और इन हंगामों में काफ़ी कमी हो जाती जो इस वैमनस्य के कारण दिखाई पड़ते हैं। मगर अफ़सोस के साथ कहना पड़ता है कि कांग्रेस ने भी समग्र रूप से इन आन्दोलनों से अलग-थलग रहने के बावजूद व्यक्तिगत रूप से उसमें शामिल होने में कुछ भी उठा नहीं रक्खा। इतना ही नहीं, एक भी ज़िम्मेदार कांग्रेस नेता ने एलान करके इन आन्दोलनों के ख़िलाफ़ आवाज़ बुलन्द करने का साहस नहीं किया। पंडित मोतीलाल नेहरू, पं. जवाहरलाल नेहरू, लाला भगवानदास, लाला श्रीप्रकाश इन आदमियों में, जिनसे ज़्यादा नैतिक साहस से काम लेने की आशा की जा सकती थी, मगर इन सभी लोगों ने एक रोज़ अपने विरोध अपनी आशंका को व्यक्त करके दूसरे रोज़ उसका खंडन कर दिया और डंके की चोट पर यह कहा कि शुद्धि और संगठन के बारे में हमने जो ख़याल ज़ाहिर किया था वह ग़लतफ़हमियों पर आधारित था। जब ऐसे-ऐसे लोग दबाव में आ जाएँ तो फिर इन्साफ़ की उम्मीद किससे की जाय। अगर मौलाना मुहम्मद अली शौकत अली की तरह इन सज्जनों ने भी अपनी कौम को इन आन्दोलनों के हानिकर और सांघातिक परिणाम बतलाए होते और उसके खिलाफ़ बाक़ायदा व्यवस्थित ढंग से प्रयत्न करते तो यक़ीनन आज हिन्दू-मुस्लिम सम्बन्ध इतने खिंचे हुए न होते। मगर जो राजनीतिक दूरदर्शिता सदियों से ख़त्म हो चुकी हो उससे और क्या हो सकता है। एक स्त्री ने सारे यूरोप को दाँतो तले उँगली दबाने पर मज़बूर कर दिया। हिन्दुओं में ऐसे व्यक्ति पैदा करने के लिए अभी सदियाँ लगेंगी। आज कौन कौन हिन्दू है जो हिन्दू-मुस्लिम एकता के लिए जी-जान से काम कर रहा हो, जो उसे हिन्दुस्तान की सबसे महत्त्वपूर्ण समस्या समझता हो, जो स्वराज्य के लिए एकता को बुनियादी शर्त समझता हो। क़ौम का यह दर्द, यह टीस, यह तड़प आज हिन्दुओं में कहीं दिखाई नहीं देती। दस-पाँच हज़ार मलकानों को शुद्ध करके लोग फूले नहीं समाते, मानों अपने लक्ष्य पर पहुँच गये, अब स्वराज्य हासिल हो गया! हमें याद नहीं आता कि आज तक किसी हिन्दू ने वैसे पवित्र, ऊँचे, देवी प्रेरणा के भाव व्यक्त किए हों जो इस रामलखन की जोड़ी ने जेल से निकलते ही रो-रोकर भीगी हुई आँखों से निकली हुए दर्द की एक आवाज़ की तरह व्यक्त किए हैं। यह है वह राष्ट्रीय भावना जो राष्ट्रों के बेड़े पार करती है, उनकी नैया किनारे लगाती है। यह क़ौमी मेल-जोल और एक-दूसरे के प्रति सहिष्णुता का चमत्कार है। हमारे पास वह शब्द नहीं हैं जो

उस कृतज्ञता को ज्ञापित कर सके, जो हरएक देशभक्त हिन्दू के दिल में इन आदरणीय व्यक्तियों के लिए उबल रहा है।

हमको यह मानने में कोई संकोच नहीं है कि इन दोनों सम्प्रदायों में कश्मकश और सन्देह और घृणा की जड़ें इतिहास में हैं। मुसलमान विजेता थे, हिन्दू विजित। मुसलमानों की तरफ से हिन्दुओं पर अकसर ज़्यादतियाँ हुईं और यद्यपि हिन्दुओं ने मौक़ा हाथ आ जाने पर उनका जवाब देने में कोई कसर नहीं रखी, लेकिन कुल मिलाकर यह कहना होगा कि मुसलमान बादशाहों ने सख़्त से सख़्त ज़ुल्म किए। हम यही भी मानते हैं कि मौजूदा हालात में अज़ान और कुर्बानी के मौक़ों पर मुसलमानों की तरफ से ज्यादतियाँ होती हैं और दंगों में भी अक्सर मुसलमानों ही का पलड़ा भारी रहता है। ज़्यादातर मुसलमान अब भी 'मेरे दादा सुल्तान थे' के नारे लगाता है और हिन्दुओं पर हावी रहने की कोशिश करता है। तब लीग के मामले में ज़्यादती मुसलमानों ने की और हिन्दुओं की रोज़-ब-रोज घटती हुई संख्या के कारण भी किसी हद तक वही है। मगर इन सारे कारणों और दलीलों और घटनाओं को नज़र के सामने रखते हुए हम यह कहना चाहते हैं कि हिन्दुओं को इससे कहीं ज़्यादा राजनीतिक सहिष्णुता से काम लेने की ज़रूरत है। इतिहास से उत्तराधिकार में मिली हुई अदावतें मुश्किल से मरती हैं, लेकिन मरती हैं, अमर नहीं होतीं। दुनिया के इतिहास में इसकी मिसालें न मिलती हों, ऐसी बात नहीं है, और अगर न भी मिलती हों तो कोई वज़ह नहीं कि हम इसे तावीज़ की तरह अपने गले में लटकाए रहें। हिन्दुओं के त्योहारों और जुलूसों के मौक़े पर अक्सर मुसलमानों की तरफ़ से यह तक़ाजा होता है कि मसजिदों के सामने नमाज़ के मौक़े पर बाजा और शादियाने न बजाए जाएँ। यह बहुत ही स्वाभाविक माँग है। शोरगुल से निश्चय ही उपासना में विघ्न पड़ता है और अगर मुसलमान इस शोरगुल को बन्द करने पर ज़ोर देते हैं तो हिन्दुओं को चाहिए कि वह उनकी दिलजोई करें। यह तो हिन्दुओं का उनके आग्रह के बिना भी, भगवान के प्रति सम्मान की दृष्टि से ही कर्तव्य है न कि जब कोई उन्हें उनक कर्तव्य याद दिलाए तो उससे लड़ने के लिए तैयार हो जाएँ। हिन्दू कहेंगे कि हमारे मन्दिरों के सामने से मुसलमानों के जुलूस भी बाजे बजाते न निकलें। ऊपरी दृष्टि से तो यह बात बिल्कुल न्याय की मालूम होती है, लेकिन व्यवहार में इसका यह परिणाम होना सम्भव है कि शहरों में बाजे क़तई बन्द कर दिए जाएँ क्योंकि मन्दिरों की संख्या इतनी अधिक है कि किन्हीं-किन्हीं शहरों में तो हरएक घर के बाद मन्दिर दिखाई पड़ता है। फिर हिन्दुओं की सन्ध्या-हवन तो एकान्त में होती है। लेकिन देवताओं की पूजा अक्सर घंटे और घड़ियाल के साथ हुआ करती है। तो जब वह उपासना के लिए स्वयं भी मौन आवश्यक नहीं समझते तो किस मुँह से मुसलमानों से

इस चीज़ की माँग कर सकते हैं। तो भी हम यह कह देना उचित समझते हैं कि जब उपासना एक ही परमात्मा की है और केवल उसके बाह्य रूप में भेद है तो हिन्दू लोग क्यों इसकी राह देखें कि जब मुसलमान हमारे धर्म का आदर करेंगे तो हम भी उनके धर्म का आदर करेंगे। अगर धर्म का आदर करना अच्छा है तो हर हालत में अच्छा है। इसके लिए किसी शर्त की ज़रूरत नहीं। अच्छा काम करने वाले को सब अच्छा कहते हैं। दुनियावी मामलों में दबने से आबरू में बट्टा लगता है, दीन-धर्म के मामले में दबने से नहीं। हम यह कल्पना नहीं कर सकते कि हम किसी के धर्म का आदर करें और वह हमारे धर्म का अपमान करे। थोड़ी देर के लिए यह भी सुन लें। अगर मुसलमानों का आम ग़ैर-जिम्मेदार तबक़ा हमारे बाजों को मस्जिदों के सामने बन्द होते देखकर तालियाँ बजाएगा और बड़ी शान के साथ कहेगा 'दब गये' तो इतना सुन लेने में क्या बुराई है। निश्चय ही मुस्लिम लीडरान इस हालत को ज़्यादा अर्से तक कायम न रहने देंगे। यह किसी मज़हब के लिए शान की बात नहीं है कि वह दूसरों की धार्मिक भावना को ठेस पहुँचाए। गौकशी के मामले में हिन्दुओं ने शुरू से अब तक एक अन्यायपूर्ण ढंग अख़्तियार किया हैं। हमको अधिकार है कि जिस जानवर को चाहे पवित्र समझें, लेकिन यह उम्मीद रखना कि दूसरे धर्म को मानने वाले भी उसे वैसा ही पवित्र समझें, ख़ामख़ाह दूसरों से सर टकराना है। गाय सारी दुनिया में खाई जाती है, इसके लिए क्या आप सारी दुनिया को गर्दन मार देने के क़ाबिल समझेंगे? यह किसी खूँखार मज़हब के लिए भी शान की बात नहीं हो सकती कि वह सारी दुनिया से दुश्मनी करना सिखाए, न कि हिन्दू जैस दार्शनिक, व्यापक और सुसंस्कृत के लिए जिसका सबसे पवित्र सिद्धान्त हो 'अहिंसा परमो धर्मः'। अगर हिन्दुओं को अभी यह जानना बाकी है कि इन्सान किसी हैवान से कहीं ज्यादा पवित्र प्राणी है, चाहे वह गोपाल की गाय हो या ईसा का गधा, तो उन्होंने अभी सभ्यता की वर्णमाला भी नहीं समझी। हिन्दुस्तान जैसे कृषि-प्रधान देश के लिए गाय का होना एक वरदान है, मगर आर्थिक दृष्टि के अलावा उसका और कोई महत्त्व नहीं है। लेकिन गोरक्षा के सारे हो-हल्ले के बावजूद हिन्दुओं ने गोरक्षा का ऐसा कोई सामूहिक प्रयत्न नहीं किया जिससे उनके दावे का व्यावहारिक प्रमाण मिल सकता। गौरक्षिणी सभाएँ कायम करके धार्मिक झगड़े पैदा करना गोरक्षा नहीं हैं। इस सूबे में अधिकांश ज़मींदार हिन्दू हैं। उन्होंने गोचर जमीन का कोई इन्तज़ाम किया या जहाँ पहले से इन्तज़ाम था वहाँ उसे खत्म कर नहीं कर दिया? जिस मुल्क में तम्बाकू और चाय और नील और रबर की खेती के लिए काफ़ी ज़मीन हो वहाँ मौज़ों में गोचर का न होना आर्थिक खींचतान की दलील हो सकती है, गोरक्षा की दलील हरगिज़ नहीं हो सकती। जब हम देखते हैं कि

बैलों के लिए चारा मयस्सर नहीं तो गायों के लिए (वह भी जब बुड्ढी, मरियल, कमजोर हो जाएँ) चारा इकट्ठा करने की दिक़्क़त का हाल किसी किसान से पूछिए। वह गायों को भूख से एड़ियाँ रगड़-रगड़कर मरने के बदले उन्हें कसाई के हवाले कर देना ज़्यादा अच्छा समझता है।

रहा तबलीग़ का मसला। इसमें दो रायें नहीं हो सकतीं क्योंकि हर मज़हब को इसका काफ़ी अख़्तियार है बशर्ते कि उद्देश्य सच्चे अर्थों में धर्म का संस्कार और सिद्धान्तों का प्रचार हो। जब उसमें कोई राजनीतिक उद्देश्य छिपा होता है तो वह फ़ौरन एक सियासी मामले की सूरत अख़्तियार कर लेता है। दुर्भाग्य से वर्तमान समय में धर्म विश्वासों के संस्कार का साधन नहीं, राजनीतिक स्वार्थ-सिद्धि का साधन बना लिया गया है। उसकी हैसियत पागलपन की-सी हो गयी है जिसका वसूल है कि सब कुछ अपने लिए और दूसरों के लिए कुछ नहीं। जिस दिन यह आपस की होड़ और दूसरे से आगे बढ़ जाने का ख़याल धर्म से दूर हो जाएगा, उस दिन धर्म-परिवर्तन कर किसी के कान न खड़े होंगे।

ग़रज़ कि जिन कारणों का ऊपर ज़िक्र हुआ उनमें एक भी ऐसा नहीं है जो हिन्दुओं के लिए 'हमारी जान ख़तरे में हैं' की हाँक लगाने को उचित ठहरा सके। इस ख़ास मौक़े पर हिन्दू संगठन की पुकार ने हिन्दू-मुस्लिम एकता को जो ठेस पहुँचाई है, उसका बुरा असर अगर दूर भी होगा तो बहुत दिनों में होगा। हिन्दू और मुसलमान न कभी दूध और चीनी थे, न होंगे और न होने चाहिए। दोनों की अलग-अलग सूरतें बनी रहनी चाहिए और बनी रहेंगी। जरूरत सिर्फ़ इस बात की है कि उनके नेताओं में परस्पर सहिष्णुता और उत्सर्ग की भावना हो। आम तौर पर हमारे नेता वह सज्जन होते हैं जो अपने सम्प्रदाय की मुसीबतों और शिकायतों का हमेशा बहुत सरगर्मी से रोना रोया करते हैं। वह अपने सम्प्रदाय के लोगों की दृष्टि में लोकप्रिय बनने के लिए उसकी भावनाओं को उकसाते रहते हैं और समझौते के मुक़ाबिले में, जो उनके इस विलाप को बन्द कर देगा, झगड़े क़ायम रखना ज़्यादा ज़रूरी समझते हैं। हिन्दुओं में इस वक़्त सहिष्णु नेताओं का अकाल है। हमारा नेता वह होना चाहिए जो गम्भीरता से समस्याओं पर विचार करे। मगर होता यह है कि उसकी जगह शोर मचाने वालों के हिस्से में आ जाती है जो अपनी ज़ोरदार आवाज़ से जनता की गन्दी भावनाओं को उभाड़कर उन पर अपना अधिकार जमा लिया करते हैं। वह कौम को दरगुज़र करना नहीं सिखाता, लड़ना सिखाता है, उसका फ़ायदा इसी में हैं। कोई आदमी ऐसी उल्टी बुद्धि का नहीं हो सकता कि उसे इस नाज़ुक मौक़े पर दोनों सम्प्रदायों की आपसी खींचतान के नतीजे दिखाई दें और अगर है तो हमें उसकी नीयत में सन्देह है। इस सन्देह की पुष्टि इस कारण से और भी होती है कि इस आन्दोलन को शुरू करने वाले

और कार्यकर्ता अधिकतर वह लोग हैं जो राजनीतिक मामलों में हिस्सा लेने से कावा काटते रहते हैं या उसमें हिस्सा लेते भी हैं तो आबरू बचाते हुए। वर्ना हिन्दू संगठन के बनारस में आयोजित जलसे में जमींदारों और राजाओं की इतनी बड़ी संख्या न दिखाई देती। जिधर देखिए राजे-महाराजे और सेठ-महाजन ही नज़र आते थे। उनके पीछे चलने वालों में अधिकतर वह लोग थे जिनका पुश्तैनी पेशा गुलामी है, जिन्हें शुरू से यह शिकायत है कि मुसलमान सरकारी नौकरियाँ हड़प कर जाते हैं और हमारा हाल पूछने वाला कोई नहीं है, जिनके लिए एक मुसलमान सब-इंस्पेक्टर या कुर्क अमीन की नियुक्ति चीन के इंकलाब या तुर्की की फ़तेह से ज़्यादा बड़ी घटना है।

हमारे रईसों ने जन-आन्दोलनों की तरफ़ अब तक जो रवैया अख़्तियार किया है उसने उन्हें एक नापने का आला बना दिया है जिससे हुक्काम के हथकंडों का साफ़-साफ़ पता चलता है। हिन्दू-मुस्लिम एकता हुक्काम की नजरों में काँटे की तरह खटकती थी। इसलिए जब धनी-मानी लोग किसी ऐसे आन्दोलन का उत्साह से स्वागत करें जिससे एकता को नुकसान पहुँचने का यक़ीन हो तो ज़ाहिर है कि उनका उसमें शरीक होना उनके मन की बात नहीं, बल्कि किसी को प्रेरणा से होने वाली बात है। वर्ना हिन्दू लोगों ने सख़्त क़ानून पास करने में गवर्नमेंट का साथ दिया वह हिन्दू संगठन के जलसे में इस ज़ोर-शोर से हरिग़ज शरीक न होते। मगर यहाँ तो यक़ीन था कि हमारी कोशिशें ऊपर वालों की दुनिया में क़ब्र की निगाहों से देखी जा रही हैं। तो फिर क्यों न हाथों से पुण्य लूटें, क़ौम रहे या मिटे, इसकी क्या फ़िक्र। यह एक सच्ची बात है कि हुक्काम ने भी हिन्दू संगठन के आन्दोलन से हमदर्दी दिखलाई। इसलिए रईसों का उसमें ज़ोर-शोर से बड़ी संख्या में शरीक होना ज़रूरी था। उनके योगदान पर खुशी ज़ाहिर करना घटनाओं से अपनी नादानी ज़ाहिर करना है।

इन धार्मिक आवेशों को भड़काने का इल्ज़ाम सबसे ज़्यादा काउंसिलों की माँग करनेवालों की गर्दनों पर है। चाहे वह हिन्दू हों या मुसलमान। कांग्रेस ने लिबरल नेताओं का पर्दाफ़ाश कर दिया था। रईस और ताल्लुक़ेदार भी ज़नता की नज़रों से गिर चुके थे। वह हज़रात जिन्होंने देशभक्ति के अपने तमाम दावों के बावजूद वकालात या सरकारी नौकरी न छोड़ी थी, पब्लिक की निगाहों में अपनी प्रतिष्ठा खो बैठे थे। इस बहुसंख्यक जमात के लिए अपनी खोई हुई आबरू हासिल करने का, अपनी साख जमाने का, अपनी क़ौमेपरस्ती का सबूत देने का, और ऐसे मौक़े पर जब काउंसिलों का चुनाव पास था, इससे बेहतर और कौन मौक़ा हाथ आ सकता था? 'हिन्दू क़ौम ख़तरे में हैं' का नारा मारकर वह लोग हिन्दुओं के हितैषी बनना चाहते थे। मुस्लिम में भी उनकी तादाद कम न थी। धार्मिक पक्षपातों

को भड़काना शुरू किया गया। राय साहब और ख़ान साहब अपने गुप्त स्थानों से निकल पड़े और जनता की दोस्ती का दम भरने लगे। एक तरफ से आवाज़ आयी, हिन्दुओं को ख़िलाफ़त के आन्दोलन से सावधान रहना चाहिए क्योंकि यह उनकी हस्ती को मिटा देगा। दूसरी तरफ़ नारा-ए-तकबीर बुलन्द हुआ, हिन्दू हम पर हावी होते जा रहें है, स्वराज्य से दूर रहना हमारा कर्तव्य है। कहीं किसी म्यूनिसिपैलिटी ने क़ानूनन गौकुशी बन्द की। बावेला मच गया। शोर मचाने वालों की कमी न थी। जेल जाना था, तब शान्तिपूर्वक अपने-अपने कोनों में दुबके बैठे थे। अब जेल का डर नहीं, इज्ज़त बढ़ने की उम्मीद थी। फिर क्यों चुप रहें। सवाल-जवाब शुरू हुआ। रोज़ ब रोज़ लहजा सख्त होता गया। इधर 'लीडर' था तो उधर ढेरों उर्दू अख़बार ऐंग्लो-इंडियन अफ़सरों के निर्देशानुसार मैदान में आ खड़े हुए। युद्ध की घोषणा हो गयी। जो इस हंगामे का ठंडा कर सकते थे वह जेल में थे। उनकी जगह लिबरल हज़रात ने ली। नतीजा जो कुछ हुआ, ज़ाहिर है। वह क़ौम के दोस्त साबित हो गये। सरकार से भी वाहवाही मिली। फूट का बीज बोया गया; काँग्रेस की जड़ खोदने के लिए। उसकी प्रतिष्ठा मिट्टी में मिलाने के लिए। उसे पब्लिक की नज़रों में ज़लील करने के लिए। और चूँकि कांग्रेस का एक हिस्सा खुद ही लिबरल सज्जनों के स्वार्थवाला था, उसने भी इस चिनगारी को भड़काया कि कहीं हम अपना भरम न खो बैठें। काँग्रेस के लीडरों ने भी अपराधियों जैसे मौन से काम लिया। यह है उस खींचतान का भेद जो इस वक्त क़ौम का सबसे नाजुक मसला बना हुआ है। यह सारी आग लगाने की कोशिशें या तो महज़ काउंसिलों में वोट हासिल करने के लिए की गयीं या सरकार को खुश करने के लिए। बस। लेकिन इसका असर लक्ष्य-सिद्धि के बाद बरसों तक क़ायम रहेगा। सितम यह है कि अब भी हिन्दू क़ौम के अलमबरदार एकता के महत्त्व को समझने में असमर्थ हैं। चुनांचे काउंसिलों में जानेवालों की कमी नहीं है। हिन्दू संगठन को ताक़त पहुँचाने वालों की कमी नहीं हैं, ऐतिहासिक विद्वेषों के मुर्दे उखाड़ने वालों की कमी नहीं है— कमी है तो एकता के लिए अपने को समर्पित कर देने वालों की, एकता के लिए मिट जाने वालों की। मुसलमानों में अली बरादरान, मौलाना अबुलकलाम आज़ाद, डाक्टर किचलू एकता के लिए अपने को समर्पित कर चुके हैं। हिन्दुओं में यह क़तार ख़ाली है। कितने शर्म की बात है कि जिस एकता को महात्मा गाँधी ने स्वराज्य की पहली सीढ़ी क़रार दिया हो उसके लिए एक प्रभावशाली हिन्दू बुजुर्ग पूरी तरह तैयार नहीं हैं। अगर यही रफ्तार है तो स्वराज्य मिल चुका, और अगर हलवाई की दुकान पर दादे का फ़ातिहा पढ़ा जाना मुमकिन हो तो हमें स्वराज्य के नाम पर फ़ातिहा पढ़ लेना चाहिए।

जमाना, फरवरी 1924

कर्बला

मित्रवर श्रीयुत रामचन्द्र टंडन ने मेरे 'कर्बला' नामी ड्रामा की आलोचना करते हुए यह शंका प्रकट की है कि इस नाटक में हिन्दू पात्र क्यों लाए गये। उनका कथन है—'हिन्दू पात्रों के समावेश से न हिन्दुओं को प्रसन्नता होगी, न मुसलमानों को तुष्टि, इसलिए हिन्दू पात्र न लाए जाते तो कोई हानि न होती।' यह ड्रामा ऐतिहासिक है, और इतिहास से यह पता चलता है कि कर्बला के संग्राम में कुछ हिन्दू योद्धाओं ने भी हज़रात हुसैन का पक्ष लेकर, प्राणोत्सर्ग किए थे, अत: उन पात्रों का बहिष्कार करना किसी भाँति युक्तिसंगत न होता। रही यह बात कि उनके समावेश से हिन्दू और मुसलमान, दो में से एक को भी प्रसन्नता न होगी, इसके लिए लेखक क्यों कुसूरवार ठहराया जाय? आज हिन्दू और मुसलमान दोनों जातियों में वैमनस्य है, इसलिए सम्भव है कि ऐसे मिश्रित दृश्य रूचिकर न हों, लेकिन ज़रा ग़ौर से देखिए, तो इस दृश्य में ऐसी कोई बात नहीं है, जिस पर किसी हिन्दू या मुसलमान को आपत्ति हो। हिन्दू जाति यदि अपने पुरखों को किसी धर्म-संग्राम में आत्मोत्सर्ग करते हुए देखकर प्रसन्न न हो तो सिवाय इसके और क्या कहा जा सकता है कि हममें वीर-पूजा की भावना भी नहीं रही, जो किसी जाति के अध: पतन का अन्तिम लक्षण है। जब तक हम अर्जुन, प्रताप, शिवाजी आदि वीरों की पूजा और उनकी कीर्ति पर गर्व करते हैं तब तक हमारे पुनरुद्धार की कुछ आशा हो सकती है। जिस दिन हम इतने जातिगौरव-शून्य हो जाएँगे कि अपने पूर्वजों की अमर कीर्ति पर आपत्ति करने लगें, उस दिन हमारे लिए कोई आशा न रहेगी। हम तो उस चित्तवृत्ति की कल्पना करने में भी असमर्थ हैं जो हमारे अतीत गौरव की ओर इतनी उदासीन हो। हमारा तो अनुमान है कि हिन्दू इच्छा न रहने पर भी इस बात से प्रसन्न होंगे और उस पर गर्व करेंगे। हाँ, मुसलमानों की तुष्टि के विषय में हम निश्चयात्मक रूप से कुछ नहीं कह सकते। लेकिन चूँकि मुसलमान लेखकों ने यह अन्वेषण किया है और उन्हीं के आधार पर हमने हिन्दू पात्रों का समावेश किया है, इसलिए इस विषय में शंका करने के लिए कोई स्थान नहीं रह जाता कि मुसलमान तुष्ट होंगे।

यदि मुसलमानों को एक महान् संकट में आर्यों के सहायता करने पर खेद होता तो वह इसका उल्लेख ही क्यों करते। आजकल की समुन्नत जातियाँ भी संकट के अवसर पर दी गयी सहायता या एहसान मानने में अपमान नहीं समझतीं। फिर कोई कारण नहीं कि मुसलमान क्यों आर्यों की प्राणप्रण से दी गयी सहायता का अनादर करें। हाँ, यदि हिन्दू लोग आज उस एहसान के बल पर मुसलमानों के सामने शेखी बघारने लगें तो सम्भव है, मुसलमानों के मन में कृतज्ञता की जगह द्वेष का भाव उत्पन्न हो जाय और वे उस घटना को भूल जाने की चेष्टा करने लगें।

समालोचक महोदय को दूसरी शंका यह हुई है कि यदि आर्यों का अरब में जाकर बसना मान लिया जाय तो यह क्योंकर हो सकता है कि महाभारत काल से हुसैन के समय तक वे लोग अपने धार्मिक आचार-विचार की रक्षा कर सके, कैसे मन्दिर बनवा सके, कैसे रियासत बना सके? अतएव उनकी वेश-भूषा तथा भाषा भी अरबों ही से मिलनी चाहिए थी। अरब जैसी मूर्ति विध्वंसक जाति के बीच में रहकर वे कैसे अपनी जातीयता का पालन कर सके?

हमारे मित्र को मालूम होगा कि महाभारत काल में अरब या ईरान आर्यों के लिए कोई अपरिचित स्थान न थे। परस्पर गमनागमन होता रहता था। उस समय मुसलमान धर्म का जन्म न हुआ था। और अरब जाति मूर्तिपूजा में रत थी। एक नहीं, अनेक देवताओं की पूजा होती थी। बहुत सम्भव है उनकी वेश-भूषा भी आर्यों से मिलती-जुलती रही हो। सिदियन, हूण, कुशान आदि जातियाँ उत्तर-पश्चिम से आकर आर्यों में सम्मिलित हो गयीं। इससे प्रकट होता है कि उस समय उनमें और आर्यों में विशेष सादृश्य था। कम-से-कम यह अनुमान किया जा सकता है कि महाभारत काल में प्रतिमा-पूजा का प्रसार न हुआ था और इसका कोई प्रमाण नहीं कि आर्यों और अरबों में उतनी भिन्नता थी जितनी इस समय है। हुसैन के समय तक मुसलमान धर्म का प्रादुर्भाव हुए पचास वर्ष से अधिक न हुए थे। उस वक़्त तक ईरान भी पूर्णरीति से मुसलमान सेनाओं के सामने परास्त न हुआ था। जब हम जानते हैं कि अश्वत्थामा के अरब निवासी वंशज मूर्तिपूजक थे तो मुसलमानों के उनसे ख़्वामख़्वाह लड़ने का क्या कारण हो सकता था? ऐसी दशा में यदि वे आर्य अपने आचरण का पालन कर सके तो कोई आश्चर्य की बात नहीं। उनका नामकरण हमने नहीं किया। हमने उनके वही नाम लिख दिए हैं, जो हमें इतिहास में मिले। यह इस बात की एक और दलील है कि इतना ज़माना गुज़रने पर भी वे आर्य वीर अपनी वंश परम्परा को भूले न थे। जब हम देखते हैं कि पारसी जाति शताब्दियों से भारतवर्ष में रहने पर भी अपने धर्म और आचरण को निभाती चली जाती रही है तो आर्यों के विषय में ऐसी शंका करना सर्वथा निर्मूल है।

माधुरी, 1 जनवरी, 1925

उर्दू में फ़िरऔनियत

मिस्टर नियाज़ फ़तेहपुरी उर्दू के एक प्रतिष्ठित पत्रकार हैं यानी उनमें इस तरह लिखने की जन्मजात प्रतिभा है कि पढ़ने वाले भड़क जाएँ। इतना ही नहीं, उनमें देश-भक्ति के तमाम दावों के बावजूद हद दर्जे की साम्प्रदायिक भावनाओं और विचारों को प्रकट करने का आश्चर्यजनक साहस भी है। जिस व्यक्ति में यह दोनों तत्त्व एकत्र हो जाएँ उसके सफल पत्रकार होने में सन्देह की गुंजाइश नहीं। उधर सरकार भी खुश, ख़रीदार भी खुश और समझदार लोग हैरत से दाँतों तले उँगली दबाए हुए। इन महाशय ने उर्दू दुनिया में एक लेखन-शैली का आविष्कार किया जिसे उलझी हुई शैली कह सकते हैं और शुरू में 'रक्क़ासा' और 'मुगलिया' और 'क्यूपिड' और इसी तरह के दूसरे मौलवियाना विषयों पर लिखते रहे। आप आजकल इनसाइक्लोपीडिया या दूसरी पत्रिकाओं में गम्भीर लेखों का अनुवाद, उनका हवाला दिए बग़ैर, किया करते हैं और इस ख़याल से उनकी गिनती विद्वानों में की जा सकती है। आप रुढ़ियों को तोड़ने वाले हैं और मौलवियों के सुधार के प्रबल पोषक। समय-समय पर आप अपने स्वतन्त्र चिन्तन को प्रकाशित करने के लिए धार्मिक मान्यताओं और नैतिक समस्याओं पर चोटें किया करते हैं जिससे मित्र-मंडली में अच्छी चहल-पहल हो जाया करती है। शायद इसी वजह से कोई आपकी आपत्तियों का उत्तर देने की ज़रूरत नहीं समझता।

आप पिछले तीन सालों तक हिन्दुस्तानी एकेडमी के एक विशिष्ट सदस्य रहे, मगर नये चुनाव में किसी कारण से न आ सके। यह तो उनके एकेडमी पर गुस्सा होने का कोई कारण नहीं हो सकता क्योंकि ख़ुदा के फ़ज़ल से आप इतने तंगदिल नहीं हैं, मगर शायद आपकी अनुपस्थिति में एकेडमी ने सरासर नियमों का उल्लंघन और साम्प्रदायिक भावना को बल देना शुरू कर दिया है और इसीलिए आपका आज़ाद कलम इधर दो-तीन महीनों से एकेडमी की बख़िया उधेड़ने में लगा हुआ है। हिन्दुस्तानी एकेडमी का जन्म उर्दू-हिन्दी दोनों भाषाओं को सशक्त और उन्नत करने के लिए हुआ और दोनों ही भाषाओं के कुछ विशिष्ट लोग

उसके सदस्य बनाए गये। हिन्दी के विभाग में किसी मुसलमान लेखक को नामज़द नहीं किया गया क्योंकि इस सूबे में हिन्दी का कोई मुसलमान लेखक नहीं है। उर्दू विभाग में दो-एक हिन्दू भी नामज़द कर दिए गये इसलिए कि हज़रत नियाज़ चाहे उनके अस्तित्व से इनकार करें पर उर्दू में हिन्दुओं की एक अच्छी ख़ासी संख्या है। एकेडमी चूँकि एक साहित्यिक संस्था है इसलिए जहाँ उसने तत्त्व चिन्तन, इतिहास, अर्थशास्त्र, राजनीति की ओर ध्यान दिया वहाँ साहित्य की भी उपेक्षा नहीं की और अंग्रेज़ी के एक प्रसिद्ध नाटककार के कुछ नाटकों को दोनों भाषाओं में प्रकाशित करने का निश्चय किया। हिन्दी अनुवाद मुझको सौंपा गया, उर्दू अनुवाद मुंशी दयानरायन साहब निगम एडिटर 'ज़माना' और मुंशी जगत मोहन लाल साहब 'खाँ' को। हज़रत नियाज़ उस वक़्त एकेडमी के मेम्बर थे। मगर तब उन्होंने इन प्रस्तावों के विरोध में ज़बान खोलना किसी वजह से ठीक नहीं समझा। अब आपको यह आपत्ति है कि अँग्रेज़ी नाटकों का अनुवाद क्यों किया गया और क्या इसके लिए मुसलमान लेखक न मिल सकते थे। आपके ख़याल में कोई हिन्दू उर्दू लिख ही नहीं सकता चाहे वह सारी उम्र इसकी साधना करता रहे और मुसलमान ही उर्दू लिखना जानता है। यानी उर्दू लिखने की योग्यता वह माँ के पेट से लेकर आता है! यह दावा इतना ग़लत, पोच, लचर और बेवक़ूफ़ी से भरा हुआ है कि इसके जवाब की ज़रूरत नहीं। मैं तो इतना ही कह सकता हूँ कि जिस ज़बान के साहित्यकार इतने तंग-नज़र, अपने घमंड में फूले हुए हों उसका ख़ुदा ही मालिक है। मुसलमानों पर यह आम एतराज़ है कि उन्होंने हिन्दू शायरों और लिखने वालों का कभी सम्मान नहीं किया। यहाँ तक कि नसीम और सरशार भी उर्दू के बड़े लिखनेवालों के दायरे से बाहर कर दिए गये मगर ऐसी ढिठाई की हिम्मत आज तक किसी ने न की थी। उसका सेहरा मिस्टर नियाज़ के सर हैं। मैं यह मानने को तैयार हूँ कि उर्दू ज़बान पर निसबतन मुसलमानों के एहसान ज़्यादा हैं, लेकिन यह नहीं मान सकता कि हिन्दुओं ने उर्दू में कुछ किया ही नहीं। आज करोड़ों हिन्दू उर्दू पढ़ते हैं, लाखों लिखते हैं, हज़ारों इसी ज़बान में साहित्य-रचना करते हैं चाहे कविता में, चाहे गद्य में, और उर्दू की हस्ती हिन्दुओं के सहयोग से क़ायम है। पंजाब के मुसलमान पंजाबी लिखते और बोलते हैं, बंगाल के मुसलमान बंगाली, सिन्ध के सिन्धी, गुजरात के गुजराती, मद्रास के तमिल। उर्दू बोलने वाले हिन्दू या मुसलमान ज़्यादातर इस सूबे में हैं। कुछ पंजाब और हैदराबाद में। अगर इस बात की छानबीन का कोई सही तरीक़ा हो कि कितने हिन्दू उर्दू बोलते हैं और कितने मुसलमान तो मेरे ख़याल में दोनों की तादाद में बहुत ज़्यादा फ़र्क न नज़र आएगा। यह दूसरी बात है कि हज़रत नियाज़ हिन्दुओं की उर्दू को उर्दू ही न कहें। इसी तरह हिन्दू भी मुसलमानों की

उर्दू को उर्दू न समझें तो उसे दोषी नहीं ठहराया जा सकता। अगर मुसलमान उर्दू में अरबी और फ़ारसी लफ़्ज़ ठूँस-ठूँसकर उसे इस्लामी रंग देना चाहता है तो हिन्दू भी उसमें हिन्दी और भाषा के शब्द दाख़िल करके उसे हिन्दू रंग देने का इच्छुक हो सकता है। उर्दू न मुसलमान की बपौती है न हिन्दू की। उसके लिखने और पढ़ने का हक़ दोनों को हासिल है। हिन्दुओं का उस पर हक़ पहला है क्योंकि वह हिन्दी की एक शाखा है, हिन्दी पानी और मिट्टी से उसकी रचना हुई है, सिर्फ़ कुछ थोड़े अरबी और फ़ारसी शब्दों को दाखिल कर देने से उसकी असलियत नहीं बदल सकती, उसी तरह जैसे पहनावा बदलने से राष्ट्रीयता या जाति नहीं बदल सकती। हज़रत नियाज़ चाहे जितनी ही आँखें लाल-पीली करें। मगर हिन्दू उर्दू पर अपने हक़ से अपना हाथ नहीं खींच सकता। और न वह उसे अपने ढंग पर लिखने ही से बाज आ सकता है उसी तरह जैसे मुसलमान उसे अपने ढंग पर लिखने से बाज नहीं आते। ''हिन्दू उर्दू का ख़ून कर रहे हैं।'' उसी तरह हिन्दू भी कह सकता है—''मुसलमान उर्दू के गले पर कुन्द छुरी फेर रहे हैं।'' बँटवारा इसी तरह हो सकता है कि मुसलमान लिखें, मुसलमान पढ़ने वालों के लिए, हिन्दू लिखेगा हिन्दू पढ़ने वालों के लिए, मगर यह नहीं हो सकता कि हिन्दू उर्दू लिखने-पढ़ने से बिल्कुल किनाराकश हो जाएँ और मुसलमानों की लिखी हुई किताबें पढ़ कर अपना सन्तोष कर लें। वह इस गौण स्थिति को स्वीकार करने के लिए तैयार नहीं हैं और हर आन्दोलन जो उर्दू ज़बान की तरक़्क़ी के लिए अमल में आये उसमें हिन्दू अपनी हैसियत से शरीक होने का हक़ रखते हैं और मुझे यक़ीन है कि हजरत नियाज़ जैसे तंग-नज़र लोगों को छोड़कर ऐसे मुसलमान बहुत कम होंगे जो हिन्दुओं के इस हक़ से इनकार कर सकें। एकेडमी की जिस सब-कमेटी पर उर्दू अनुवादकों का चुनाव करने का दायित्व है उसमें काफ़ी तादाद मुसलमान साहबान की है। अगर वह लोग हिन्दुओं को इस हद तक नालायक नहीं समझते, जितना हज़रत नियाज़ समझते हैं और कुछ हिन्दू लेखकों की पिछली सेवाओं या साहित्यिक रुचि का सम्मान करना उन्हें उचित मालूम होता है तो किसी को शिकायत का मौक़ा न होना चाहिए। मिस्टर निगम ने उर्दू की जो ख़िदमतें की हैं उनसे इनकार करना साहित्य के प्रति ऐसी निर्लज्ज कृतघ्नता है जो हज़रत नियाज़ से ही मुमकिन है। कौन अंदाज़ा कर सकता है कि मिस्टर निगम ने 'ज़माना' के प्रकाशन में कितने नुक़सान उठाए हैं। उस पर खानदानी जायदाद ही नहीं लुटा दी, बल्कि अपनी जिन्दगी भी उसको भेंट कर दी और आज एक तंगदिल अख़बारनवीस को यह कहने की हिम्मत होती है कि पच्चीस साल की इस साहित्यिक सेवा का कुछ मूल्य ही नहीं। हज़रत खाँ उर्दू के सिद्धहस्त कवि हैं। उनकी कविता के शायद हज़रत नियाज़ भी क़द्रदाँ

हों, मगर आपकी क़द्रदानी ज्यादा से ज्यादा ज़बानी जमा-ख़र्च तक जा सकती है। रुपये-पैसे का मौक़ा आते ही वह क़द्रदानी उड़न छू होने लग जाती है। मैं हज़रत नियाज़ को बड़ी ईमानदारी से मशविरा दूँगा कि वह एकेडेमी के सदस्यों का चुनाव भाषा के आधार पर नहीं सम्प्रदाय के आधार पर करवाएँ। उस वक़्त अगर कोई हिन्दू अनधिकार हस्तक्षेप करे तो उसके पीछे लट्ठ लेकर दौड़ें। लेकिन जब तक चुनाव भाषा के आधार पर है, और हिन्दू भी उर्दू लिखते हैं, उस वक़्त तक वह हिन्दुओं को अमली क़द्रदानी के दायरे से बाहर नहीं रख सकते। मगर यह याद रहे कि सम्प्रदाय के आधार पर हद से हद एक तिहाई से ज़्यादा रक़म उर्दू के हाथ नहीं पड़ सकती। इस तिहाई में ऐतिहासिक महत्त्व और आनबान सब कुछ शामिल है।

यहाँ तो हिन्दू लेखकों के साथ यह क़द्रदानी दिखाई जाती है उधर हिन्दुओं को हिन्दी के मुसलमान कवियों से कितना सच्चा प्रेम है! रहीम ओर जायसी आदि की कविता के नये-नये संस्करण प्रकाशित होते रहते हैं। उन्हें इतने ही शौक़ से पढ़ा जाता है जैसे सूर या तुलसी को। पाठ्यक्रम में उसे हिन्दू कवियों के साथ-साथ जगह दी जाती है, हिन्दू या मुसलमान होने का किसी को ख़याल ही नहीं आता। उर्दू के किसी हिन्दू शायर का कलाम किसी मुसलमान ने संग्रह किया हो इसकी मुझे कोई मिसाल नहीं मिलती। हाल में हजरत असग़र ने 'यादगारे नसीम' का संकलन किया है जिसका भुगतान उन्हें करना पड़ रहा है! इस साहित्यिक संकीर्णता और द्वेष की भी कोई सीमा है।

ज़माना, दिसम्बर, 1930

नवयुग

हिन्दू-मुस्लिम वैमनस्य के प्रकोप से नवयुग का आरम्भ हो रहा है, उसी भाँति जैसे नववर्ष का प्रारम्भ होलिका के प्रचंड अग्निकांड से होता है। एक तरफ कांग्रेस की वर्किंग कमेटी प्रयाग में बैठी हुई गोलमेज़ परिषद की शर्तों पर विचार कर रही थी, दूसरी ओर काशी में विद्रोह की आग धधक रही थी। और ठीक उस समय कांग्रेस समझौते की स्वीकृति पर फैसला सुनाने जा रही थी, कानपुर में भीषण हत्या-कांड आरम्भ हो गया। काशी की अपेक्षा कानपुर का दंगा कहीं अधिक भीषण और प्रलयंकारी था। अभी निश्चित रूप से नहीं कहा जा सकता कि इस हत्याकांड से राष्ट्र को कितनी क्षति पहुँची पर इसमें सन्देह नहीं कि हानि इतनी अधिक हुई है जो वर्षों में पूरी न होगी। एक सप्ताह तक कानपुर में अराजकता का पूरा आधिपत्य रहा। सरकार अपनी सम्पूर्ण शक्ति के साथ उसका दमन न कर सकी। बुद्धि यह मानने को तैयार नहीं होती कि जो सरकार राजनीतिक आन्दोलन का दमन करने में इतनी तत्परता से काम ले सकती है, इतनी आसानी से गोलियाँ चलवा सकती है, वह इस अवसर पर इतनी अशक्त हो गयी कि उसकी उपस्थिति में रक्त की नदी बह गयी और वह कुछ न कर सकी! क्या खुफ़िया पुलिस केवल राजनीतिक प्रगति की जाँच करने के लिए ही है? उसे जनता में आन्दोलित होने वाली भावनाओं का पहले से क्यों ज्ञान नहीं होता? क्यों उसके कर्मचारी बारूद पर सोए रहते हैं। और जब तक धमाका नहीं हो जाता उन्हें खबर नहीं होती? सम्भव है सरकार की इस दलील में कुछ सत्य हो कि वह दंगे को दबाने के लिए काफी शक्ति न रखती थी; पर साधारण बुद्धि जिस नतीजे पर पहुँची है वह यह है कि सरकारी कर्मचारियों ने जान-बूझकर केवल यह दिखाने के लिए कि बगैर सरकारी सहायता के तुम लोग कुछ नहीं कर सकते, यहाँ तक कि शान्तिपूर्वक रह भी नहीं सकते और तुम्हें एक दूसरे को फाड़ खाने से बचाने के लिए एक तीसरी बलवान शक्ति का रहना अनिवार्य है, इस हत्याकांड को रोकने की कोशिश नहीं की। उनका यह अभिप्राय पूरा हुआ या नहीं, हम नहीं कह सकते, लेकिन

इतना हम कह सकते हैं कि सरकार का जो कुछ रहा सहा विश्वास था वह भी जनता के दिलों से उठ गया। जन साधारण को ऐसे कांडों को रोकने का एक ही उपाय सूझता है और वह उत्तरदायित्वपूर्ण विधान है। यदि सरकार को भय होता कि ऐसी दुर्घटना उसे जड़ से उखाड़ देगी, उसके विरूद्ध ऐसा वातावरण पैदा हो जाएगा जिसमें उसकी सत्ता ही बाधा में पड़ जाएगी तो वह यों तटस्थ न रहती। एक मास के अन्दर काशी, मिर्ज़ापुर, आगरा आदि स्थानों में जातिगत वैमनस्य का इतना भयंकर रूप धारण कर लेना अगर हमें कोई शिक्षा देता है तो वह यह है कि मुस्लिम भाइयों को अपने साथ न ले चलने में हमने भूल की। यह सत्य है कि हमने उनकी सहायता के लिए सदैव हाथ फैलाए रखा, सदैव उनकी सहानुभूति की याचना करते रहे, लेकिन यह भी मानना पड़ेगा कि बगैर आपस में कोई समझौता किए हुए सत्याग्रह आन्दोलन का सूत्रपात कर देना हमारे मुस्लिम भाईयों को अप्रिय ही नहीं लगा, उसने कुछ सन्देह भी उत्पन्न किया। शायद आन्दोलन की सफलता ने उन्हें और भी भयभीत कर दिया हो। जिस काम में हम शरीक नहीं होते, जिसकी सफलता की हमें कोई आशा नहीं होती, उसे सफल होते देखकर हमें स्वाभाविक रूप से कुछ चिढ़ होती है। मुस्लिम भाईयों में इसी मनोवृत्ति ने अवश्य असन्तोष पैदा किया और यह अनुभव कि हिन्दुओं ने मुसलमानों के एक अंश की सहायता से इतना बड़ा पड़ाव मार लिया, मुसलमानों को अपनी ही दृष्टि में पराभूत कर दिया। इधर राष्ट्रीय आन्दोलन की आशातीत सफलता ने बहुत सम्भव है, हमें अनम्र बना दिया हो, हम यह समझने लगे हों कि मुसलमानों की सहायता के बगैर भी हम बहुत कुछ कर सकते हैं। जो कुछ भी हो यह मानना पड़ेगा कि अभी पंथगत द्वेष की हमारे सामाज में प्रधानता है और जब तक हम इस द्वेष और विरोध को मिटा न लेंगे, हम राजनीतिक क्षेत्र में क़दम नहीं बढ़ा सकते। ऐसे ही दंगे पहले सत्याग्रह आन्दोलन के बाद हुए थे। मगर दोनों में थोड़ा अन्तर है। उस वक़्त के सभी दंगों का कारण धार्मिक था, मस्जिद के सामने बाजा बजाना या कुर्बानी। इस समय जो दंगे हो रहे हैं उनके कारण राजनीतिक हैं। काशी में एक विदेशी कपड़े के व्यापारी की हत्या ने बारूद में आग लगाई। कानपुर में मुसलमानों की दुकानें बन्द करवाने की चेष्टा ने पुआल में चिनगारी का काम किया। पुआल पहले से मौजूद था, केवल चिनगारी की कमी थी। हम खुद काँग्रेस मैन हैं। आज से नहीं, हमेशा से। असहयोग में हमारा विश्वास है, मगर हम यह कहने से बाज़ नहीं रह सकते कि कांग्रेस ने मुसलमानों को अपना सहायक बनाने की ओर उतनी कोशिश नहीं की जितनी करनी चाहिए थी। वह हिन्दू सहायता प्राप्त करके ही सन्तुष्ट रह गयी। भारत में हिन्दू बाईस करोड़ हैं। बाइस करोड़ अगर कोई काम करने का निश्चय कर

लें तो उन्हें कौन रोक सकता है। हिन्दुओं में इसी मनोवृत्ति ने प्रधानता प्राप्त कर ली। मुसलमानों का सहयोग प्राप्त करने की चेष्टा की गयी अवश्य पर बेदिली के साथ। काँग्रेस ने ऐसी सम्भावनाओं की ओर ध्यान नहीं दिया। यह उसी अदूरदर्शिता का परिणाम है। यह ठीक है कि पहले ही काँग्रेस के ज़िम्मेदार आदमियों को जेल में डाल देने से, जिनमें ऐसे मुसलमान नेताओं की संख्या काफ़ी थी, जो मुसलमानों पर असर डाल सकते थे, बहुत ज़िम्मेदारी सरकार के सिर पर आ पड़ती है। लेकिन यह मानते हुए भी ठंडे दिल से विचार करने पर यह स्वीकार करना पड़ेगा कि काँग्रेस प्रोग्राम में वैमनस्य पैदा होने की सम्भावना होते हुए भी उसने मुस्लिम जनता का दिल हाथ में लेने का कोई उल्लेखनीय उद्योग नहीं किया और इस तरह से उसने विपक्षियों को अपना अनर्थकारी प्रोपेगेंडा करने के लिए उपयुक्त क्षेत्र बना दिया। अपनी भूलों को स्वीकार कर लेने में हमें किसी प्रकार का संकोच न होना चाहिए क्योंकि उससे भविष्य के लिए हम सचेत हो जाते हैं। हमें यह देखकर सन्तोष होता है कि इन हत्याकांडों के बाद अब आपस में मेल-जोल की ओर लोगों का ध्यान अधिक हो गया है। यदि हम पहले से ही सचेष्ट हो जाते तो क्यों यह अनर्थ होता। जिस तरह आज लोग गली-गली और मुहल्ले-मुहल्ले चक्कर लगा-लगा कर प्रेम का सन्देश सुनाते फिरते हैं, उसी भाँति यदि पहले भी यह प्रोपेगेंडा किया जाता, तो यह नौबत क्यों आती। हम तो यहाँ तक कहेंगे कि किसी पर दूकान बन्द करने के लिए दबाव डालना और समाज के एक मुख्य अंग का सहयोग प्राप्त किए बिना, पिकेटिंग करना भी वांछनीय न था। घर-घर घूमकर वही काम यदि उतनी सफलता से नहीं तो उतने ख़तरे के बगैर किया जा सकता था। यह कहना कि हमने सदैव विनय और सौजन्य से काम लिया है, सत्य पर परदा डालना है। और ज़िद से ज़िद पैदा होती है। यह वही सब मवाद है जो इतने दिनों भीतर ही भीतर पककर अब इस रूप में प्रकट हुआ है। इस सत्य को स्वीकार कर लेने में ही हमारा उद्धार है। हमें आशा है कि अब हम ज़्यादा संयम, ज़्यादा विचार, ज़्यादा नम्रता से काम लेंगे और हिन्दू-मुस्लिम मैत्री को केवल राजनीतिक आवश्यकता न समझेंगे, बल्कि उसे अपने कर्म का एक तत्त्व बना लेंगे। यदि ऐसा हुआ तो बुराई से भलाई पैदा हो जाएगी। और भविष्य में आने वाली कठिनाइयों पर हम सदैव के लिए विजयी हो जाएँगे।

मार्च, 1931

मिर्जापुर कॉन्फ्रेंस में एक महत्त्वपूर्ण प्रस्ताव

मिर्जापुर ने सबसे महत्त्व की जो बात की, वह थी श्री यूसुफ इमाम के प्रस्ताव को स्वीकार करना। इसका अभिप्राय यह था कि काँग्रेस वालों को किसी साम्प्रदायिक कार्य में भाग नहीं लेना चाहिए। इसका यह आशय कदापि नहीं कि आर्य-समाज या ब्रह्म-समाज या अन्य अगणित पंथों के मानने वाले, कांग्रेस के फार्म पर हस्ताक्षर करते ही अपने-अपने धर्म को तिलांजलि दे दें। इसका आशय यह है कि साम्प्रदायिकता के रूप में जो राजनीतिक पाखंड फैलाया जाता है, उससे काँग्रेस वाले कोई सरोकार न रक्खें। उदाहरण के तौर पर देखिए—आर्य-समाज या ब्रह्म-समाज यदि काँग्रेस के मन्तव्य के विरुद्ध हिन्दू-हितों की रक्षा के लिए एक डेपुटेशन ले जाएँ या कोई प्रस्ताव ही स्वीकृत करें, तो काँग्रेस वालों को उससे पृथक होना पड़ेगा। जहाँ तक शुद्ध धर्म का सम्बन्ध है, काँग्रेस वाले भी अन्य प्राणियों की भाँति स्वाधीन हैं, लेकिन ज्यों ही धर्म राजनीति के क्षेत्र में कदम रक्खे, काँग्रेसवालों को उससे नाता तोड़ लेना चाहिए। काँग्रेस में दुर्भाग्यवश हिन्दू और मुस्लिम मनोवृत्तियों का अभी तक काफी जोर है। हिन्दू सभा के सैकड़ों ही उपासक इस आन्दोलन को इस समय कमज़ोर देखकर काँग्रेस में आ मिले हैं और यहाँ भी वही ज़हरीला असर फैला रहे हैं। अगर काँग्रेस में इस मनोवृत्ति को प्रोत्साहन न मिलता, तो पंथगत द्वेष कभी इतना भीषण रूप न धारण करता। हममें अधिकांश लोग अब भी कहने को तो काँग्रेसमैन हैं, इंकलाब की चीख मारते हैं, झंडे का गीत गला फाड़-फाड़ कर गाते हैं, लेकिन अन्दर देखिए तो राष्ट्रीयता छू नहीं गयी। कानपुर में अगर हिन्दुओं ने अधिक मुसलमानों को मारा, या मुसलमानों ने हिन्दुओं का वध करने में बाजी मारी, तो वे सन्तुष्ट हैं। धर्म के संकीर्ण क्षेत्र के बाहर उनकी निगाह नहीं पहुँचती; वह या तो हिन्दू हैं, या मुसलमान; हिन्दुस्तानीपन का भाव उनसे कोसों दूर है। वे लोग मौके की ताक में हैं, ज्योंही जनता को धर्म की ओर झुकते देखेंगे, तुरन्त काँग्रेस से निकल भागेंगे; क्योंकि उन्हें तो लीडरी चाहिए, चाहे काँग्रेस में मिले या हिन्दूसभा में, या मुस्लिम लीग में। हिन्दू सभा की लीडरी

ज्यादा मूल्यवान है, क्योंकि रुचि भी तो उधर ही है। जब तक इस दूषित मनोवृत्ति का हम अन्त न कर देंगे, जब तक अपना हिन्दू या मुसलमान होना भूल न जाएँगे, जब तक हम अन्य धर्मावलम्बियों के साथ उतना ही प्रेम न करेंगे जितना निज धर्म वालों के साथ करते हैं, सारांश यह कि जब तक हम पन्थजनित संकीर्णता से मुक्त न हो जाएँगें, इस बेड़ी को तोड़कर फेंक न देंगे, देश का उद्धार होना असम्भव है। कोई नहीं कहता कि आप नमाज़ न पढ़ें। नहीं, जो मनुष्य धर्म-भाव शून्य है, वह राष्ट्रीयता के भाव से भी शून्य रहेगा। पाँचों वक्त नमाज़ पढ़िए, तीसों रोज़े रखिए, देवताओं की जितनी पूजा चाहे कीजिए, जितनी सन्ध्या चाहे कीजिए, हवन की सुगन्ध से देश को सुगन्धित कीजिए; मगर धर्म को राजनीति से गड़बड़ न कीजिए क्योंकि धर्म ईश्वर और मनुष्य के सम्बन्ध की वस्तु है। हम तो यहाँ तक कहते हैं कि अगर आपके धर्म में कुछ ऐसी बातें हैं, जो राष्ट्रीयता की परीक्षा में पूरी नहीं उतरतीं, सर्वदेशिक हितों में बाधक होती हैं, तो उन्हें त्याज्य समझिए। काफ़िर और म्लेच्छ का हमारे धर्म से नामोनिशान मिट जाना चाहिए। धर्म इतना उदार हो जाना चाहिए कि यदि हमारा पुत्र या स्त्री किसी दूसरे धर्म के अनुयायी हो जाएँ, तो हमें जरा भी शोक या ताप न हो। इसकी एकता में हमारे उद्धार की शक्ति है। हम इस प्रस्ताव का हृदय से स्वागत करते हैं और आशा करते हैं कि काँग्रेस के साम्प्रदायिक मनोवृत्ति वाले लीडरों के दिल पर उसका असर पड़ेगा।

शिक्षा प्रणाली में एक आवश्यक सुधार

साम्प्रदायिक मनोवृत्ति का सुधार कैसा हो? हमारे विचार में इसका एक साधन हमारे शिक्षा-पाठ्य क्रम में थोड़ी-सी तब्दीली है। अभी तक हिन्दू-मुसलमान एक दूसरे के रीति-नीति, विचार-व्यवहार, साहित्य और दर्शन से कोरे रहते हैं और गत कई वर्षों से यह पृथकता और भी बढ़ती जाती है। अभी बहुत दिन नहीं गुज़रे कि हिन्दू बड़े शौक से उर्दू-फारसी पढ़ते थे। बड़े-बड़े संस्कृत के विद्वान ब्राह्मण भी अपने लड़कों को फारसी-उर्दू पढ़ाया करते थे, पर गत पच्चीस-तीस वर्षों से परिस्थिति बहुत कुछ बदल गयी है। अब हिन्दू फारसी का नाम नहीं लेता और मुसलमानों में तो रहीम और रसखान अब कल्पनातीत हो गये। ज्यों-ज्यों यह पृथकता बढ़ती जाती है, हमारी धार्मिक कूपमंडूकता भी बढ़ती जाती है। इसलिए यह आवश्यक है कि हम एक-दूसरे का साहित्य पढ़ें, विचार समझें, उनके दृष्टिकोण को जानें। इस उद्देश्य को पूरा करने के लिए सबसे सुगम उपाय यह है कि हिन्दी-उर्दू नीचे से ऊँचे तक लाज़मी कर दी जाय। तीसरी कक्षा से बी.ए. तक दोनों भाषाएँ पढ़ायी जाएँ। भाषा के साथ-साथ एक-दूसरे की संस्कृति का परिचय भी छात्रों को हो जाएगा और राष्ट्रीय एकता की जड़ मजबूत होगी। लिपि और शब्द-भेद का झगड़ा भी आसानी से मिट जाएगा। हर एक शिक्षित मनुष्य एक-सी सरलता से हिन्दी-उर्दू दोनों ही लिख-पढ़ सकेगा। फिर आप चाहे अपनी दरख्वास्त जिस लिपि में लिखें, उसे कोई आपत्ति न होगी। 'जबान' की समस्या को हल करने का इसके सिवाय दूसरा उपाय नहीं है। साहित्य का मन पर कुछ न कुछ असर होता ही है, अगर अँग्रेज़ी साहित्य पढ़कर हम स्वाधीनता की दुहाई देते हुए भी अँग्रेज़ी के गुलाम हैं, तो कोई वजह नहीं कि हिन्दी-उर्दू साहित्य का हमारे दिलों पर कोई असर न पड़े। हमें विश्वास है कि इस उपाय से दोनों जातियाँ निकटतर हो जाएँगी। कुछ समय हुआ मौलवी हामिद उल्लाह अफसर ने 'लीडर' में यह प्रस्ताव उपस्थित किया था और अगर 'लीडर' में प्रकाशित पत्रों से जनता की रुचि का कुछ अनुमान किया जा सकता, तो हम कह

सकते हैं कि शिक्षित समुदाय ने इस प्रस्ताव का समर्थन भी किया था। हम नहीं कह सकते, उसका शिक्षा के अधिकारियों पर कुछ असर पड़ा या नहीं, पर हममें से हर एक का कर्तव्य है कि वह इस प्रस्ताव का समर्थन करे और यदि अभी नहीं, तो स्वराज्य काल में शिक्षा-पद्धति में, सबसे पहले यही सुधार किया जाय। कहा जा सकता है कि अँग्रेजी साहित्य पढ़कर तो हमारी अँग्रेजों से मैत्री नहीं हुई, फिर हिन्दी-उर्दू पढ़ते-लिखते पढ़कर हिन्दू-मुसलमान कैसे मित्र हो जाएँगे। पंजाब में हिन्दू विशेष रूप से उर्दू पढ़ते-लिखते हैं, फिर भी मुसलमानों से उनका मेल नहीं, बल्कि वहाँ यह वैमनस्य और भी उग्र रूप धारण किए है। इसके जवाब में कहा जा सकता है कि पंजाब में भी वैमनस्य उसी वक्त से बढ़ा है, जब से भाषा का भेद बढ़ा। जिस दिन लिपि की समस्या हल हो जाएगी उसी दिन वैमनस्य की जड़ कट जाएगी। फिर अभी तक एकतरफी मुआमला है। हिन्दू तो उर्दू पढ़ते हैं, पर मुसलमान हिन्दी नहीं पढ़ते। क्या तुलसी और सूर की मनोहर वाणी का भी असर न होगा? हिन्दू आदर्शों का कुछ आकर्षण न होगा? एक दूसरे की संस्कृति के गुण क्या अपना जादू न डालेंगे? हिन्दू त्याग और बलिदान, मुस्लिम भ्रातृभाव और समता दिलों में कुछ भी जागृति न उत्पन्न करेगी? यों तो लड़ाई भाई-भाई और बाप-बेटे में भी होती है, पर सभी बाप एक ओर और सभी बेटे दूसरी ओर खड़े होकर लट्ठम-लट्ठ नहीं करते। ऐसे व्यक्तिगत झगड़े सामूहिक रूप नहीं धारण करते। भारतवर्ष में जो जातिगत द्वेष है, वह हमारी राजनीतिक पराधीनता के कारण है। उसका पूरा-पूरा दमन तो स्वराज्य से ही होगा, लेकिन जिस बीमारी ने वर्षों तक समाज को खोखला किया है, क्या उसे आप एक-दो खुराकों में दूर कर सकते हैं? साम्प्रदायिक विद्यालय जिस युग के स्मारक हैं, क्या वह युग समाप्त हो गया है? जिस तरह विद्या मूर्खता से श्रेष्ठ है, चाहे विद्वानों में एक-एक शब्द पर लट्ठ ही क्यों न चल जाएँ, उसी भाँति दो जातियों में परस्पर प्रेम पैदा करने का एक साधन एक-दूसरे के साहित्य का पढ़ना है, चाहे इसका अपवाद ही क्यों न नज़र आये।

हमारे नेताओं की बातें

कभी-कभी हमारे विचारशील नेता भी कोई मौलिक उक्ति निकालने की धुन में ऊटपटाँग बकने लगते हैं। मौलाना शौकत अली ने तो दीवाने मुल्ला का रूप धर लिया है। आपने अपने एक व्याख्यान में कहा—'मैं एक लाख गाँधियों से अकेला लड़ने को तैयार हूँ।' एक दूसरे अवसर पर आपने लाख की संख्या को करोड़ तक पहुँचा दिया। हम नहीं समझते, इस तरह के उन्मत्त प्रलाप से मौलाना की मंशा क्या है। यदि वह अपने अलौकिक बाहुबल का प्रदर्शन करना

चाहते हैं तो ऐसे वाक्यों से उनकी दुर्बलता और भी प्रकट होती है। महात्मा गाँधी की शक्ति उनके बाहुबल में नहीं, उनके आत्मबल में है, जिसने भारतीय सरकार तक को हिला दिया है और जो निकट भविष्य में मुस्लिम लीडरी भी उनके हाथों से छीन लेंगे। ज़माने का रुख़ कहे देता है जो लोग राष्ट्रीयता से द्रोह करेंगे उन्हें मुँह की खानी पड़ेगी। वह दिन अब लदा जा रहा है, जब पृथकता और मुस्लिम हितों का सब्ज़बाग़ दिखाकर मुस्लिम जनता को ठगा गया था। अब जनता समझने लगी है कि भारत में हिन्दू और मुसलमान दोनों एक ही नाव पर सवार हैं। डूबेंगे तो दोनों साथ डूबेंगे, पार लगेंगे तो दोनों साथ पार लगेंगे। कानपुर का दंगा, हमें विश्वास है, हिन्दू-मुस्लिम वैमनस्य का अन्तिम उच्छवास था। आज नेशनलिस्ट मुसलमान समस्त भारतवर्ष में संगठित हो रहे हैं और शीघ्र ही दुनिया देखेगी कि पृथकता के उपासकों में सरकार के पिट्ठुओं के सिवा और कोई नहीं है।

अगर मौलाना शौकत अली ने इस प्रलाप से अपने को हास्यास्पद बना लिया है तो सरदार पटेल ने भी गुजरात में एक दूसरे तरह के प्रलाप से अपनी अनम्रता प्रकट की है। आपने एक व्याख्यान में फ़रमाया—भारत में घोर संग्राम छिड़ने वाला है और जिन्हें अपनी जान प्यारी हो, उन्हें भारत से प्रस्थान कर जाना चाहिए। सरदार पटेल को चाहे जान प्यारी न हो, लेकिन और तो सभी मनुष्यों को अपनी जान प्यारी होती है और जिसको जान जितनी प्यारी होती है, वह उस व्यवस्था को लाने में उतने ही उत्साह और त्याग से योग देता है, जिसमें जीवन अधिक सुखी हो। स्वराज्य के लिए हम इसीलिए लड़ रहे हैं कि हमें अपनी जान प्यारी है और हम उसे ऐसी परिस्थिति में देखना चाहते हैं, जहाँ वह स्वच्छन्द रूप से उन्नति कर सकें। जो मर जाना ही अपने लिए शुभ समझता है, वह स्वराज्य में कदापि योग नहीं दे सकता। फिर सरदार साहब को जान प्यारी नहीं है, यह कौन कह सकता है। अभी दो साल पहले वह वकालत करते थे, विलायत कानून पढ़ने गये थे, इसीलिए कि जान प्यारी थी। अगर दो साल से उन्हें विशेष जागृति हो गयी है तो क्या ऐसा नहीं हो सकता कि जिन पर वह आज लांछन लगा रहे हैं कल उन्हें भी यही जागृति प्राप्त हो जाय। जिन परिस्थितियों में आपका अधिकांश जीवन बीता है, उन्हीं परिस्थितियों में और बहुत से लोग आज अपना जीवन काट रहे हैं। अगर आप उनसे पहले चौंक पड़े, तो आपको उन पर कटाक्ष करने का अधिकार नहीं है। आपको चाहिए उन्हें अपने पुरुषार्थ और तप से सचेत करें, उन पर फ़िक़रे चुस्त करके आप उनका दिल दुखाने के सिवा और कुछ नहीं कर सकते। फिर आप यह क्यों समझते हैं कि स्वराज्य का ठीका आपने ही लिया है। जिस तरह आप स्वराज्य के इच्छुक हैं, उसी तरह और लोग भी हैं। शायद

ही कोई ऐसा अधम प्राणी हो, जो स्वराज्य का प्रेमी न हो। आप में ज्यादा शक्ति और साहस है, आप शस्त्र लेकर मैदान में आ जाते हैं, लेकिन क्या जो आदमी अनाज और गोली-बारूद और वर्दी-कपड़े से आपकी सहायता कर रहा है, वह किसी गिनती में ही नहीं? काँग्रेस ने इस संग्राम में करोड़ों खर्च किया होगा। यह रुपये सरदार पटेल के घर से नहीं निकले, यह पब्लिक ने प्रदान किए थे। इस धन के सिवा स्वराज्य का आन्दोलन एक दिन भी न चल सकता। नम्रता योद्धाओं का शृंगार है। डींगें मारना और दूसरों पर आवाजें कसना, उनकी शान के ख़िलाफ़ है।

अप्रैल, 1931

राज-कर्मचारियों का पक्षपातपूर्ण व्यवहार

अनुचित पक्षपात तो सभी के लिए निन्द्य है, लेकिन राज-कर्मचारियों के लिए तो वह सर्वथा अक्षम्य है। अगर कोई हिन्दू अफसर हिन्दुओं का पक्षपात करके मुसलमानों का अहित करता है, तो वह हिन्दुओं के साथ घोर अत्याचार करता है। उसी तरह कोई मुसलमान अफसर पक्षपात की धुन में हिन्दुओं का गला घोंटे, तो वह वह इस्लाम को बदनाम करता है। यह सच है कि ऐसे अफसरों को उनके मत वाले पूजने लगते हैं, उन्हें अपनी जाति का उद्धारक समझते हैं, मगर कर्मचारियों को सदैव मत-मतान्तर से ऊँचा रहना चाहिए। अनुचित पक्षपात करके वह यह सिद्ध कर रहे हैं कि अभी उनमें स्वराज्य की योग्यता नहीं आयी। हमारे विचार में तो जब कभी किसी अफसर को पक्षपात करते देखा जाय, तो समझ लेना चाहिए कि वह भेदनीति का पालन कर रहा है और उसके जाल से हमें बचना चाहिए।

अप्रैल, 1931

स्वार्थांधता की पराकाष्ठा

धर्मनिष्ठा को किस भाँति द्वेष के रूप में बदला जाता है, इसकी एक मिसाल इसी प्रान्त के एक नगर में मिली है। एक मुसलमान गुंडा कुरान शरीफ़ से एक वरक़ फाड़ और उसमें विष्ठा भरकर एक मस्जिद में फेंक रहा था। सौभाग्य से रंगेहाथों ही पकड़ लिया गया और जनता ने उसकी मरम्मत भी खूब की, मगर यह संयोग की बात है कि उसका उद्देश्य पूरा न हुआ। अगर वह अपना काम कर जाता, तो निस्सन्देह हिन्दुओं पर इसका इलजाम आता और सम्भव था, आपस में दंगा भी हो जाता। मुसलमान गुंडे ने क्यों यह नीचता की, इसका कारण सहज ही अनुमान किया जा सकता है। इससे पता चलता है कि धार्मिक आघात पहुँचाकर किस भाँति हिन्दू-मुस्लिम विरोध की आग भड़काई जाती है। यह तो कल्पना ही न की जा सकती थी कि किसी मुसलमान ने यह हरकत की होगी, हिन्दू ही पर शुबहा होता और हिन्दुओं से बदला लेने की चेष्टा की जाती। हम स्वार्थांध होकर इतने नीचे गिर सकते हैं!

अप्रैल, 1931

पृथक और संयुक्त निर्वाचन

मुस्लिम जमाअतों में समझौते की जो बातचीत देहली और भोपाल में चली थी, उसका जनाज़ा शिमला में उठ गया। शिमला क्या समझकर इस बातचीत के लिए चुना गया था, हम नहीं जानते; अगर पिछले अनुभव कुछ सिखा सकते हैं, तो शिमले की आब-हवा ऐसे प्रयत्नों के लिए अनुकूल नहीं कही जा सकती। न डॉक्टर अंसारी दबे न डॉक्टर इक़बाल। बातचीत अनिश्चित समय के लिए बन्द हो गयी। अब मुआमला भारत सरकार और गोलमेज के हाथ में है और उसका जो कुछ फल होगा उसके विषय में भी सफलता के साथ अनुमान किया जा सकता है। हमारे विचार में एकाध मौके ऐसे पैदा हुए जब नेशनलिस्ट मुस्लिमों को दब जाना चाहिए था। मसलन पाँच वर्ष पृथक् निर्वाचन के बाद मुस्लिम जनता से निर्वाचन-विधि के विषय में आदेश लेना कोई ऐसी बात न थी, जिस पर विचार न किया जा सकता, लेकिन नेशनलिस्ट अब अपने को इतना अल्पसंख्यक नहीं समझते कि वह मुस्लिम लीगवालों से दबें। दोनों को अपनी शक्ति का विश्वास है। कम से कम इतना तो सिद्ध ही हो चुका कि मुसलमानों की एक बड़ी जमात पृथक् निर्वाचन को देश के हित के लिए ही नहीं, मुसलमानों के लिए भी हानिकर समझती है। मौलाना ज़फ़रूल मुल्क ने हाल में इस समस्या को हल करने के लिए एक सिद्धान्त सोच निकाला है। जहाँ हिन्दुओं की संख्या बहुत ज्यादा है, वहाँ मुसलमानों को उनकी संख्या के अनुसार वोट दिए जाएँ। इसके उपरान्त उन्हें संयुक्त निर्वाचन में सम्मिलित होने का अधिकार भी दिया जाय। मुसलमानों का जिन सूबों में बहुमत हो, वहाँ हिन्दुओं के साथ यही बर्ताव करना चाहिए। जिन सूबों में दोनों क़ी संख्याओं में थोड़ा ही अन्तर हो, वहाँ भी यही सिद्धान्त लागू हो सकता है। हमें इस विचार में कोई असंगति नहीं दीखती। हिन्दुओं को इस विषय में कदाचित कोई आपत्ति न होगी, लेकिन पहले हमारे मुस्लिम भाई तो निश्चय कर लें।

जून, 1931

गोलमेज-परिषद् में गोलमाल

हमारे मुसलमान भाईयों ने आख़िर वह कर ही डाला, जिसकी हमें शंका थी; पर यह समझकर कि शायद योरोप के नये वातावरण में वह कुछ उदार हो जाएँ, हम उस शंका को बहलाते रहे थे। महात्मा गाँधी जी भी यही समझकर गोलमेज में सम्मिलित हुए थे। अगर उन्हें यह मालूम होता, कि मुस्लिम मेम्बर वहाँ अड़ंगा लगाएँगे, तो वह जाते ही क्यों। हालाँकि अभी तक महात्मा जी निराश नहीं हुए हैं और हमारी ईश्वर से प्रार्थना है, कि उनकी आशावादिता प्रवंचना न निकले, पर हमें सन्देह अवश्य है। मुसलमानों ने बहुत दिन इस देश पर राज्य किया है और अब भी वह कई देशों में स्वराज्य कर रहे हैं, इसलिए उनकी राजनैतिक बुद्धि पर कम-से-कम इतना विश्वास अवश्य था कि इस अवसर पर वह मुल्क का साथ देंगे। मिस्त्र, तुर्की आदि देशों के नेताओं ने मुस्लिम नेताओं से जो अपीलें की थीं, उसने हमारे विश्वास को दृढ़ कर दिया था, पर अब मालूम हुआ कि हमारा विश्वास मिथ्या था। हिन्दू बहुमत में हैं। किसी हिकमत से भी उनकी संख्या घटाई नहीं जा सकती। उधर मुसलमान कोई ऐसी व्यवस्था न मंजूर करेंगे, जिसमें बहुमत से किसी हानि की सम्भावना हो। इसलिए भारत को जन्म-जन्मान्तर तक इसी पराधीनता की दशा में रहना होगा। उनकी रक्षा के लिए भारत पर अँग्रेजों का शासन अनिवार्य है। नहीं हिन्दू मुसलमानों से पुरानी अदावतें निकालेंगे, और भारत में उनका रहना मुश्किल कर देंगे। तो क्या हिन्दू उस वक़्त तक चुपचाप बैठे रहें, जब तक उनका बहुमत घटते-घटते अल्पमत न हो जाय? इसके सिवा और कोई उपाय नहीं सूझता।

गोलमेज के मुस्लिम प्रतिनिधियों को हिन्दुओं पर विश्वास नहीं है। अँग्रेजों पर विश्वास है। जिनसे उनका चोली-दामन का साथ है, जिनके साथ उनका भाईचारा है, उन पर उन्हें विश्वास नहीं है। अँग्रेजों पर उन्हें विश्वास है, जो उन पर शासन करते हैं!

यह हम कैसे कहें कि वे मुसलमान प्रतिनिधि स्वाधीनता के उतने ही इच्छुक

नहीं हैं, जितने हिन्दू हैं। या वह देश का या अपनी जाति का नफ़ा-नुक़सान नहीं समझते, उनमें सभी शिक्षित हैं, विचारशील हैं। देश के दुर्भाग्य के सिवा हम इसे क्या कहें। शायद ईश्वर को यह मंजूर नहीं है कि अभी भारत स्वाधीन हो, शायद अभी भारत ने आज़ादी का वह मूल्य नहीं दिया, जो देना चाहिए। और अभी उसे और बलिदान की ज़रूरत है।

इंग्लैंड में आजकल नया निर्वाचन हो रहा है। उस निर्वाचन में कंजरवेटिव दल के बहुमत पाने की ही सम्भावना है। मिस्टर रेमज़े मेक्डोनेल्ड के पृथक हो जाने से मजूरदल की शक्ति बहुत कुछ क्षीण हो गयी है। आपस में बिखरा हुआ मजूरदल कंज़रवेटिव दल को परास्त कर सकेगा, इसमें सन्देह है। रेमज़े मेकडोनेल्ड का भाग्य भी अब उन्हीं लोगों के हाथों में है, जो अब तक उनके विपक्षी थे और जिनके राजनैतिक विचार मैक्डोनेल्ड के विचारों से उतने ही भिन्न हैं, जितना प्रकाश अन्धकार से। मैक्डोनेल्ड साहब ने अभी जो कुलांट मारी है, इसने सिद्ध कर दिया है कि वह सिद्धान्त के उतने प्रेमी नहीं, जितने समय-प्रवाह के। वह समय की गति देखकर अपने विचारों में उलट-फेर कर सकते हैं, तो क्या अब वह कंजरवेटिव दलवालों को अप्रसन्न करने का नैतिक साहस दिखा सकेंगे? हमें इसमें सन्देह है कि उन्होंने महात्मा गाँधी के यह कहने पर कि प्रतिनिधियों का चुनाव ही इस ढंग पर हुआ है कि आपस में समझौते का होना संदिग्ध था, जो फटकार बाताई उससे उनके मानसिक परिवर्तन का कुछ पता चलता है। महात्माजी ने एक सत्य बात कही थी। हाँ, वह कड़वा सत्य था। यह कौन-सा न्याय है कि जिन मुस्लिम नेताओं ने राष्ट्रीय संग्राम में कोई भाग नहीं लिया, जो बराबर सरकार के भक्त बने रहे, जिनके विषय में यह कोई छिपी हुई बात न थी कि वे हिन्दुओं से विरोध रखते हैं, वह तो दर्जनों की संख्या में भेज दिए गये, और वह मुस्लिम-दल, जिसने स्वाधीनता के लिए बलिदान किए, जो हिन्दुओं पर विश्वास रखता है, जिसकी संख्या, जितनी मुस्लिम लीग के नामलेवों की सी है, जिसकी शाखाएँ भारत के प्रत्येक भाग में हैं, उस दल का एक आदमी भी न भेजा गया? एक आदमी छूत छुड़ाने को भेज भी दिया गया, तो उसे बोलने का अवसर न दिया गया! क्या यह समझने के लिए किसी सूक्ष्म बुद्धि की ज़रूरत है कि नौकरशाही ने यह चुनाव इसी इरादे से किया था कि गोलमेज़ में विघ्न पड़े और कोई बात तय न हो सके! पर महात्माजी ने यह कह दिया, तो सभी भन्ना उठे। सर शफी गरज़ उठे, मैकडोनेल्ड साहब तड़प उठे, यहाँ तक कि अछूतों के प्रतिनिधि कहलाने वाले डॉक्टर अम्बेडकर भी चीख़ पड़े। एक अमेरिकन पत्र के संवाददाता ने तो यहाँ तक लिखा, कि मुस्लिम और अन्य अल्पमतों के नेता महात्मा गाँधी से विरोध भी करते हैं, तो सम्मान के साथ, पर डॉक्टर अम्बेडकर

तो असज्जनता कर बैठते हैं। क्यों न हो! हिन्दुओं से बदला लेने का इससे अच्छा कौन-सा अवसर आवेगा! अँग्रेज़ जाति उनका उद्धार करने पर आमादा हो गयी है। हिन्दुओं से सारी पुरानी कसर आज ही निकाल लो। डॉक्टर साहब तो विद्वान आदमी हैं, क्या वह यह नहीं जानते कि विजेताओं ने हमेशा कमजोरों को दबाया है, यहाँ तक कि वही अँग्रेज जाति जिन्हें वह अपना उद्धारक समझ रहे हैं, अपनी पराधीन जातियों पर किस प्रकार शासन कर रही है? अफ्रीका वालों से अँग्रेज़ों की न्यायपरता की कथा पूछिए, रेडइंडियन से पूछिए, आस्ट्रेलिया के मावरियों से पूछिए, भारत वालों से पूछिए और यह कोई दो-चार हज़ार साल पुरानी बात नहीं है, आज हम जबरदस्ती का ठेंगा अपने सिर पर देख रहे हैं। पुराने जमाने में हिन्दुओं ने भी वही किया, तो उन्होंने वही किया जो परम्परा से होता चला आता है। लेकिन देखना यह है कि, हिन्दू नेता आज अपने अछूत भाइयों के साथ भी वही पुराना व्यवहार कर रहे हैं, या उसमें कुछ परिवर्तन हुआ है। काँग्रेस ने राष्ट्र के स्वत्वों की जो घोषणा की है, उमसें हर एक भारतीय के समान अधिकार रखे हैं। किसी दल, मत या जाति को अयोग्य नहीं ठहराया। किसी को विशेष अधिकार नहीं दिया। वोट का हक हर एक को दिया गया है। राज-पद पर भी सबका समान अधिकार माना गया है। यह कहा जा सकता है कि अछूत भाई अभी ऊँची जातियों से बराबरी नहीं कर सकते, क्योंकि वह शिक्षा और सभ्यता में बहुत पिछड़े हुए हैं, पर क्या यह बात स्वराज्य हो जाने पर नहीं कही जा सकती। उस वक़्त अगर यहाँ की स्वराज्य सरकार इनके साथ अन्याय करती तो उन्हें शिकायत करने का, आन्दोलन करने का मौका था। इस वक़्त तो वह पृथकता का राग अलाप कर हमारे शत्रुओं का साथ दे रहे हैं। हिन्दू अब इतने नादान नहीं हैं, कि वह अपने ही देह के एक अंग को अपंग करके संसार में अपना अस्तित्व बनाए रखने का स्वप्न देख सकें। हज़ारों साल की गुलामी ने अब उन्हें सुझा दिया है, कि अपने कुछ भाईयों को नीच बनाकर उन्होंने अपना ही जीवन संकट में डाल दिया है, और उनका उद्धार अब इसी में है कि उन भाईयों को बराबर के अधिकार दें और उन्हें वास्तव में अपना भाई समझें। लेकिन अगर इस वक्त डॉक्टर साहब ने मुसलमानों, ईसाइयों, ऐंग्लो-इंडियन के साथ विशेष अधिकार पर जोर दिया, तो यह राष्ट्र क्या होगा, लड़ैतियों का अखाड़ा होगा। भारत का उद्धार अब इसी में है कि हम राष्ट्र-धर्म के उपासक बनें, विशेष अधिकारों के लिए न लड़कर, समान अधिकारों के लिए लड़ें। हिन्दू या मुसलमान, अछूत या ईसाई बनकर नहीं, भारतीय बनकर संयुक्त उन्नति की ओर अग्रसर हों, अन्यथा हिन्दू मुसलमान, अछूत और सिक्ख सब रसातल को चले जाएँगे।

अगर सम्प्रदायवादियों ने और उनकी पीठ पर हाथ फेरने वाले साम्राज्यवादी

अँग्रेजों ने समझा है कि राष्ट्रीय भारत गोलमेज़ के गोलमाल से हताश हो जाएगा, तो वह ग़लती पर है। इस पराधीनता ने भारत की आत्मा को जगा दिया है, और वह अब किसी शक्ति के रोके नहीं रुकती। धर्म का सम्बन्ध मनुष्य से और ईश्वर से है। उसके बीच में देश, जाति और राष्ट्र किसी को भी दखल देने का अधिकार नहीं। हम इस विषय में स्वाधीन हैं। हम मस्जिद में जाएँ या मन्दिर में, हिन्दी पढ़ें या उर्दू, धोती बाँधें या पाजामा पहनें, हम स्वाधीन हैं, लेकिन धर्म के नाम पर राष्ट्रों को भिन्न-भिन्न दलों में विभक्त करना, ईश्वर और मनुष्य के सम्बन्धों को राष्ट्रीय मामलों में घसीट लाना, राष्ट्रीय भारत कभी गवारा न करेगा। भारत ने बहुत कुछ तो समझ लिया है और जो कसर है वह भी अब समझता है, कि सम्पूर्ण भारत का हित एक है, उसमें कोई भी विभिन्नता नहीं है। सरकारी नौकरियों के लिए अभी तक शिक्षित समाज के मन में मोह है। वही मोह, वही लोभ इस विभिन्नता का कारण है। लेकिन अगर अभी वह समय नहीं आया तो अब उसके आने में देर नहीं है, जब वास्तविक राष्ट्र शिक्षित समाज की संकीर्ण स्वार्थपरता के विरोध में विद्रोह करेगा। मुट्ठीभर पढ़े-लिखे आदमियों को कोई अधिकार नहीं, कि वह अपने हलुए-माँड़ें के लिए सम्पूर्ण राष्ट्र का जीवन संकटमय बनावें। वह ज़माना आ रहा है, जब भारत के किसान, भारत के दुकानदार, भारत के मजूर, खुद अपना नफ़ा-नुकसान समझेंगे और अपने हितों का शिक्षित समुदाय के पैरों-तले कुचला जाना गवारा न करेंगे। शिक्षितों ने जीवन के पश्चिमी, नक़ली, आडम्बरमय आदर्शों की गुलामी करके भारत को सर्वनाश के गर्त में ढकेल दिया है। भारत का एक सुशिक्षित व्यक्ति आज ज़रूरतों का ऐसा गुलाम हो गया है, कि उसे जीवित रखने के लिए कम-से-कम पचास मजूरों और किसानों को मरना चाहिए। इसी आडम्बरमय जीवन के निर्वाह के लिए तरह-तरह के ढोंग रचे जाते हैं, धर्म की आड़ ली जाती है, संस्कृति का रोना रोया जाता है, विशेष अधिकार का भूत खड़ा किया जाता है, भाषा और लिपि अनेक कल्पित विभिन्नताओं की दुहाई दी जाती है, केवल इसलिए कि शिक्षितों का खटमली जीवन आनन्द से व्यतीत हो। वह बँगलों में रहें, मोटरों पर सैर करें, अँग्रेजों से हाथ मिलावें और योरोप की सैर करें। हाँ, वह समय अब दूर नहीं है, जब भारत इस नक़ली आदर्श से विद्रोह करेगा और पृथकता के मकड़ी के से जाल को छिन्न-भिन्न कर देगा।

अक्टूबर, 1931

हिन्दू-मुस्लिम एकता

हिन्दू में गुबार भरा हुआ है, फिर मेल कैसे हो। मैली चीज़ पर कोई रंग नहीं चढ़ सकता, यहाँ तक, कि जब तक दीवार साफ़ न हो, उस पर सीमेंट का पलस्तर भी नहीं ठहरता। हम गलत इतिहास पढ़-पढ़ कर एक-दूसरे के प्रति तरह-तरह की ग़लतफ़हमियाँ दिल में भरे हुए हैं, और उन्हें किसी तरह दिल से नहीं निकालना चाहते, मानो उन्हीं पर हमारे जीवन का आधार हो। मुसलमानों को अगर यह शिकायत है कि हिन्दू हमसे परहेज़ करते हैं, हमें अछूत समझते हैं, हमारे हाथ का पानी तक नहीं पीना चाहते, तो हिन्दुओं को यह शिकायत है, कि मुसलमानों ने हमारे मन्दिर तोड़े, हमारे तीर्थ-स्थानों को लूटा, हमारे राजाओं की लड़कियाँ अपने महल में डालीं, और जाने क्या-क्या उपद्रव किए। हिन्दू मुसलमानों के आचार और धर्म की हँसी उड़ाते हैं, मुसलमान हिन्दुओं के आचार और धर्म की। विजयी जाति पराजितों पर जो सबसे कठोर आघात करती है, वह है, उनके इतिहास को विषैला बना देना। प्राचीन, हमारे भविष्य का पथ-प्रदर्शक हुआ करता है। प्राचीन को दूषित करके, उसमें द्वेष और भेद और कीना भरकर, भविष्य को भुलाया जा सकता है। वही भारत में हो रहा है। यह बात हमारे अन्दर ठूँस दी गयी है, कि हिन्दू और मुसलमान हमेशा से दो विरोधी दलों में विभाजित रहे हैं हालाँकि ऐसा कहना सत्य का गला घोंटना है। यह बिल्कुल ग़लत है, कि इस्लाम तलवार के बल से फैला। तलवार के बल से कोई धर्म नहीं फैलता, और कुछ दिनों के लिए फैल भी जाय, तो चिरंजीवी नहीं हो सकता। भारत में इस्लाम के फैलने का कारण, ऊँची जाति वाले हिन्दुओं का नीची जातियों पर अत्याचार था। बौद्धों ने ऊँच-नीच का, भेद मिटाकर नीचों के उद्धार का प्रयास किया, और इसमें अच्छी सफलता मिली, लेकिन जब हिन्दू धर्म ने फिर जोर पकड़ा, तो नीची जातियों पर फिर वही पुराना अत्याचार शुरू हुआ, बल्कि जोरों के साथ। ऊँचों ने नीचों से उनके विद्रोह का बदला लेने को ठानी। नीचों ने बौद्ध-काल में अपना आत्मसम्मान पा लिया

था। वह उच्चवर्गीय हिन्दुओं से बराबरी का दावा करने लगे थे। उस बराबरी का मज़ा चखने के बाद, अब उन्हें अपने को नीच समझना दुस्सह हो गया। यह खींच-तान हो ही रही थी कि इस्लाम ने नये सिद्धान्तों के साथ पदार्पण किया। वहाँ ऊँच-नीच का भेद न था। छोटे-बड़े, ऊँच-नीच की कैद न थी। इस्लाम की दीक्षा लेते ही मनुष्य की सारी अशुद्धियाँ, सारी अयोग्यताएँ, मानो धुल जाती थीं। वह मस्जिद में इमाम के पीछे खड़ा होकर नमाज़ पढ़ सकता था, बड़े से बड़े सैयद-ज़ादे के साथ एक दस्तरखान पर बैठकर भोजन कर सकता था। यहाँ तक कि उच्चवर्गीय हिन्दुओं की दृष्टि में भी उसका सम्मान बढ़ जाता था। हिन्दू अछूत से हाथ नहीं मिला सकता, पर मुसलमानों के साथ मिलने-जुलने में उसे कोई बाधा नहीं होती। वहाँ कोई नहीं पूछता, कि अमुक पुरुष कैसा, किस जाति का मुसलमान है। वहाँ तो सभी मुसलमान हैं। इसलिए नीचों ने इस नये धर्म का बड़े हर्ष से स्वागत किया, और गाँव के गाँव मुसलमान हो गये। जहाँ उच्चवर्गीय हिन्दुओं का अत्याचार जितना ही ज्यादा था, वहाँ यह विरोधाग्नि भी उनती ही प्रचंड थी।, और वहीं इस्लाम की तबलीग़ भी खूब हुई। कश्मीर, आसाम, पूर्वी बंगाल आदि इसके उदाहरण हैं। आज भी नीची जातियों में ग़ाज़ी मियाँ और ताजियों की पूजा बड़ी श्रद्धा के साथ की जाती है। उनकी दृष्टि में इस्लाम विजयी शत्रु नहीं, उद्धारक था। यह है इस्लाम के फैलने का इतिहास, और आज भी वर्गीय हिन्दू अपने पुराने संस्कारों को नहीं बदल सके हैं। आज भी छूत-छात और भेद-भाव को मानते आते हैं। आज भी मन्दिरों में, कुओं पर, संस्थाओं में, बड़ी रोक-टोक है। महात्मा गाँधी ने अपने जीवन में सबसे बड़ा जो काम किया है, वह इस भेदभाव पर कुठाराघात है। वर्गीय हिन्दुओं में जो एक सूक्ष्म-सी ऊपरी जागृति नज़र आती है, इसका श्रेय महात्माजी को है।

तो इस्लाम तलवार के बल से नहीं, बल्कि अपने धर्म-तत्त्वों की व्यापकता के बल से फैला। इसलिए फैला कि, उसके यहाँ मनुष्यमात्र के अधिकार समान हैं। अब रही संस्कृति। हमें तो हिन्दू और मुस्लिम संस्कृति में कोई ऐसा मौलिक भेद नहीं नजर आता। अगर मुसलमान पाजामा पहनते हैं, तो पंजाब और सीमा प्रान्त के सारे हिन्दू स्त्री-पुरुष पाजामा पहनते हैं। अचकन में भी मुसलमानी नहीं रही। रहा चौका-चूल्हा। पंजाब में चौके चूल्हे का झगड़ा, हिन्दुओं में भी नहीं है, और शिक्षित समाज तो कहीं भी चौके-चूल्हे का कायल नहीं। मध्यप्रान्त के मुसलमान भी हिन्दुओं की ही भाँति चौके-चूल्हे की नीति का व्यवहार करते हैं। हिन्दू-मुस्लिम भेद के लिए यहाँ भी कोई टिकाव नहीं मिलता। हमारे देवता अलग

हैं, उनके देवता अलग। पुराणों में देवता को चाहे कुछ कहा जाय, हम तो प्रतिमा को ही देवता मानते हैं। शिव और राम, और कृष्ण और विष्णु जैसे हमारे देवता हैं, वैसे ही मुहम्मद, अली और हुसैन आदि मुसलमानों के देवता या पूज्य पुरुष हैं। हमारे देवता जैसे त्याग, आत्मज्ञान, वीरता और संयम के लिए आदरणीय हैं, उसी भाँति मुस्लिम देवता भी हैं। अगर हम श्री रामचन्द्र को स्मरणीय समझ सकते हैं, तो कोई कारण नहीं, कि हुसैन को उतना ही आदरणीय न समझें। हम मन्दिरों में पूजा करने जाते हैं, मुसलमान मसजिदों में, ईसाई गिरिजाघरों में मगर कोई जैनी या आर्य-समाजी मन्दिर में पूजा करने नहीं जाता। क्या इसलिए हम जैनियों या आर्य-समाजियों को अपने से पृथक समझते हैं? सिक्ख भी हमारे मन्दिरों में नहीं जाते। उनके गुरुद्वारे अलग हैं, पर इसलिए हम सिक्खों से लड़ने नहीं जाते। यों तो हिन्दू-हिन्दू में, जाति-जाति में, वर्ग-वर्ग में भेद है और उन भेदों पर हम लड़ने लग जाएँ, तो जीवन नरक-तुल्य हो जाय। तो जब हम इन भेदों को भूल जाते हैं, तो मस्जिद में नमाज़ पढ़ना क्यों आपत्ति की बात समझी जाय। महात्मा गाँधी तो गिरिजा में भी प्रार्थना कर लेते हैं। यहाँ भी हमें हिन्दू-मुस्लिम भेद के लिए कोई आधार नहीं मिलता। तो क्या वह गऊ हत्या में है? या शिखा में? या जनेऊ तो आज कम-से-कम अस्सी फीसदी हिन्दू नहीं पहनते, और शिखा भी अब उतनी व्यापक वस्तु नहीं है। हम किसी हिन्दू को इसलिए अहिन्दू नहीं कह सकते, कि वह शिखाधारी नहीं है। बंगाल में शिखा का प्रचार नहीं। रही गऊ-हत्या। यह तो मालूम ही है कि अरब में गायें नहीं होतीं। वहाँ तो ऊँट और घोड़े ही पाए जाते हैं। भारत खेती का देश है, और यहाँ गाय को जितना महत्त्व दिया जाय उतना थोड़ा है। लेकिन आज क़ौल-क़सम लिया जाय तो शायद ऐसे बहुत कम राजे-महाराजे या विदेश में शिक्षा प्राप्त करने वाले हिन्दू निकलेंगे जो गौमाँस न खा चुके हों। और उनमें से कितने ही आज हमारे नेता हैं, और हम उनके नामों पर जयघोष करते हैं। अछूत जातियाँ भी गौमांस खाती हैं, और आज हम उनके उत्थान के लिए प्रयत्न कर रहे हैं। हमने उनके मन्दिरों में प्रवेश के निमित्त कोई शर्त नहीं लगायी और न लगानी चाहिए। हमें अख्तियार है, हम गऊ की पूजा करें, लेकिन हमें यह अख़्तियार नहीं है, कि हम दूसरों को गऊ-पूजा के लिए बाध्य कर सकें। हम ज़्यादा से ज़्यादा यही कर सकते हैं, कि गौमांस-भक्षियों की न्यायबुद्धि को स्पर्श करें। फिर मुसलमानों में अधिकतर गौमांस वही लोग खाते हैं, जो ग़रीब हैं, और ग़रीब अधिकतर वही लोग हैं, जो किसी ज़माने में हिन्दुओं से तंग आकर मुसलमान हो गये थे। वे हिन्दू-समाज से जले हुए थे और उसे जलाना और चिढ़ाना चाहते थे। वही प्रवृत्ति उनमें अब तक चली

आती है। जो मुसलमान हिन्दुओं के पड़ोस में देहातों में रहते हैं, वे प्रायः गौमांस से उतनी ही घृणा करते हैं जितनी साधारण हिन्दू। इसलिए यदि हम चाहते हैं कि मुसलमान भी गौभक्त हों, तो उसका उपाय यही है कि हमारे और उनके बीच में घनिष्टता हो, परस्पर ऐक्य हो। तभी वे हमारे धार्मिक मनोभावों का आदर करेंगे। बहरहाल इस जाति-द्वेष का कारण गौहत्या नहीं है। और उर्दू-हिन्दी का झगड़ा तो थोड़े-से शिक्षितों तक ही महदूद है। अन्य प्रान्तों के मुसलमान उर्दू के भक्त नहीं और न हिन्दी के विरोधी हैं। वे जिस प्रान्त में रहते हैं, उसी की भाषा का व्यवहार करते हैं। सारांश यह, कि हिन्दू-मुस्लिम वैमनस्य का कोई यथार्थ कारण नहीं नजर आता। फिर भी वैमनस्य है। और इससे इनकार नहीं किया जा सकता। यहाँ तक कि हममें बहुत कम ऐसे महानुभाव हैं, जो इस वैमनस्य के ऊपर उठ सकें। खेद तो यह है, कि हमारे राष्ट्रीय नेता भी इस प्रवृत्ति से खाली नहीं हैं। और यही कारण है, कि हम एकता-एकता चिल्लाने पर भी, उस एकता से उतने ही दूर हैं। ज़रूरत यह है कि, जैसा हम पहले कह चुके हैं, कि ग़लत इतिहास को दिल से निकाल डालें और देश-काल को भली भाँति विचार करके अपनी धारणाएँ स्थिर करें। तब हम देखेंगे कि जिन्हें हम अपना शत्रु समझते थे, उन्होंने वास्तव में दलितों का उद्धार किया है। हमारे जात-पाँत के कठोर बन्धनों को सरल किया है, और हमारी सभ्यता के विकास में सहायक हुए हैं। यह कोई छोटी और महत्त्वहीन बात नहीं है कि 1857 के विद्रोह में हिन्दू-मुसलमान दोनों ही ने जिसे अपना नेता बनाया, वह दिल्ली का शक्तिहीन बादशाह था। हिन्दू-मुसलमान नृपतियों में पहले भी लड़ाईयाँ हुई हैं, पर वह लड़ाईयाँ धार्मिक द्वेष के कारण नहीं, स्पर्धा के कारण थीं, उसी तरह जैसे हिन्दू राजे आपस में लड़ा करते हैं। हिन्दू-मुस्लिम लड़ाइयों में हिन्दू सिपाही मुसलमानों की ओर होते थे, और मुसलमान सिपाही हिन्दुओं की ओर।

प्रोफेसर मुहम्मद हबीब ऑक्सन ने अपने 'मध्यकाल में हिन्दू-मुस्लिम सम्बन्ध' नाम से इस विषय पर एक विद्वतापूर्ण लेख लिखा है, जिसका एक अंश हम नकल करते हैं—

''कहा जाता है, कि हिन्दुओं को घोड़े पर सवार होने, तीर चलाने और जुलूस निकालने तथा स्नान और पूजा-पाठ का निषेध था, पर यह किंवदन्तियाँ मौलिक प्रमाणों के ग़लत मुताला (अध्ययन) से पैदा हुई हैं। उस ज़माने का हिन्दू मज़हब संगठित और शक्तिशाली था। उसके साथ मुसलमान बादशाह इसलिए रवादारी बरतते थे, कि इसके सिवा दूसरी राह न थी।...उनके लिए साम्प्रदायिक संघर्ष का फल तबाही के सिवा और कुछ न होता। यह विचित्र बात है, कि

मध्यकालीन इतिहास के राजनैतिक या ऐतिहासिक साहित्य में हिन्दू-मुस्लिम द्वन्द्व का कोई छोटे से छोटा प्रमाण नहीं मिलता। लेकिन इसका कारण यह नहीं है कि हिन्दू इसके लिए तैयार न थे। नहीं! वह तो अपनी रणप्रियता के लिए बदनाम थे। लेकिन उस काल की किसी लड़ाई में भी हम सेनाओं को साम्प्रदायिक आधार पर लड़ते नहीं पाते। अफ़गानी सिपाहियों का एक दस्ता तराइन की लड़ाई में राय पिथौरा के नीचे लड़ा था। मुसलमानों की एक पैदल सेना ने पानीपत की लड़ाई में मराठों की मदद की थी। असली हिन्दू-मुस्लिम लड़ाई तो वास्तव में कभी हुई ही नहीं।''

नवम्बर, 1931

साम्प्रदायिक मताधिकार की घोषणा

कंजरवेटिव गवर्नमेंट की साम्प्रदायिक मताधिकार विषयक विज्ञप्ति ने हिन्दुओं को बहुत असन्तुष्ट कर दिया है और पंजाब के सिक्ख लोग तो सत्याग्रह करने का विचार कर रहे हैं। ऐसा कोई विख्यात हिन्दू या सिक्ख नेता नहीं है, जिसने अपना रोष न प्रकट किया हो। इसका कारण यही है कि इन महानुभावों ने अपने-अपने हिस्से के विषय में जो आशाएँ बाँध रखी थीं, वह विफल हो गयीं। विफल आशाएँ ही असन्तोष उत्पन्न किया करती हैं। वास्तव में वही हुआ, जिसका एक तरह से हमें विश्वास था। गवर्नमेंट के लिए इसके सिवा और क्या साधन था कि वह अपना अस्तित्व बनाए रखने के लिए किसी एक प्रमुख दल की शरण ले। सिक्ख इतने शक्तिशाली नहीं हैं, हिन्दू इतने लचीले नहीं हैं। ऐसी दशा में मुसलमानों के सिवा और किस पर गवर्नमेंट की निगाह पड़ती।

सरकार की दशा उस हारे हुए योद्धा की-सी है, जो एक खाई से दूसरी खाई में पीछे हटता हुआ अन्त को अन्तिम खाई में पहुँच जाता है। उस खाई के बाद सपाट मैदान है। या तो वह शत्रु को इस खाई में गिरा दे, या स्वयं अपने प्राण दे दे। इस अवस्था में वह विवश होकर अपने टूटे-फूटे शस्त्रों का प्रहार करता है। गवर्नमेंट किसी नीति से हमें हमारे अधिकारों से वंचित नहीं रख सकती थी। अतएव उसने अपना वही टूटा-फूटा शस्त्र निकाल लिया है, जिसका नाम है—डिवाइड एंड रूल।

पर विजयी शत्रु पर शस्त्र का कोई असर न होगा। मद्रास, बम्बई, संयुक्त प्रान्त, सी.पी. और आसाम में मुसलमानों को ज़्यादा मताधिकार मिल जाने से, परिस्थिति में कोई अन्तर नहीं पड़ा। मुसलमासनों का अल्पमत बहुत न बन सका, लेकिन न्याय दृष्टि से देखिए, तो इन दोनों प्रान्तों में बहुमत मुसलमानों ही को मिलना चाहिए। मुसलमान काफी संगठित हैं। यदि उन्हें बहुमत न दिया जाता, तब भी अपनी संख्या के कारण उन्हें बहुमत मिल जाता। पंजाब में सिक्खों और हिन्दुओं को मिलाकर भी मुसलमानों की संख्या अधिक है। अगर मुसलमानों में

इतनी कमजोरी है कि वे जनरल निर्वाचन से डरते हैं, तो वे दया के पात्र हैं। हमारा उन पर रोष करना व्यर्थ के लिए मनो-मालिन्य बढ़ाना है। अन्य प्रान्तों में मुसलमानों को जो वेटेज (अतिरिक्त अधिकार) दिया गया है इससे बहुमत पर कोई असर नहीं पड़ता। पंजाब में हिन्दुओं और सिक्खों को वेटेज देने से मुसलमानों की प्रधानता ग़ायब हो जाती है। ऐसी दशा में हम उनके सिर कोई इलज़ाम नहीं रख सकते।

फिर यह क्यों समझ लिया जाय कि मुसलमानों में बहुमत से हिन्दू या सिक्खों के हितों की हानि होगी। मुसलमानों का भारत पर कई सदियों तक राज रहा है। अगर मुसलमान उस ज़माने में हिन्दुओं को न कुचल सके, तो अब इसकी कोई सम्भावना नहीं रही। मुस्लिम काल में इसकी काफी मिसालें मिलती हैं कि मुसलमानों के साथ हिन्दुओं ने सहयोग किया है। आज भी हिन्दू रियासतों में मुसलमान बड़े-बड़े पदों पर हैं। यह मिथ्या भ्रम है और इसे मन से निकाल डालने ही में देश का कल्याण है।

इस वक्त हमारा कर्तव्य है कि मुसलमानों की सफलता पर उन्हें बधाई दें। मनोमालिन्य और द्वेष बढ़ाने से किसी की भी भलाई नहीं हो सकती। प्रतियोगिता में एक खिलाड़ी के जीतने पर शेष खिलाड़ियों का कर्तव्य यही होता है कि वे खुद हारते हुए भी जीतनेवालों को मुबारकबाद दें और फिर उससे दूसरे मुकाबले में जीतने का उद्योग करते रहें। जीतनेवाला इसलिए क्यों बुरा समझा जाय कि वह जीत गया। इस मनोवृत्ति में सिक्ख या हिन्दू भी वेटेज पाकर मुसलमानों में वही भय पैदा करेंगे, जो इस समय स्वयं उनके अन्दर है। अविश्वास से विश्वास नहीं पैदा हो सकता। हमारी लड़ाई मुसलमान भाईयों से नहीं है, गवर्नमेंट से है। आपस में लड़ने से गवर्नमेंट की जीत होगी। उसकी हार इसी में है कि हम डिवाइड एंड रूल वाली नीति को सफल न होने दें।

साम्प्रदायिक भेद की नीति ही आपत्तिजनक है। गवर्नमेंट भारत को राष्ट्र नहीं समझती। हम अपने व्यवहार से उसे ऐसा समझने का अवसर भी नहीं देते। वह भारत को सम्प्रदायों की दृष्टि से देखती है। अतएव साम्प्रदायिक मताधिकार के लिए हम इतने इच्छुक हों, यह तो गवर्नमेंट की ही दृष्टि का समर्थन है। हमें यह दिखाना है—कि तुम चाहे हमें कितने ही टुकड़ों में बाँटो, हम परवाह नहीं करते। हम एक राष्ट्र हैं। इस भेद-नीति से हमारी राष्ट्रीयता को कुचलना सम्भव नहीं है।

22 अगस्त, 1932

अब हमें क्या करना है

मताधिकार-सम्बन्धी सरकारी घोषणा निकल गयी। सरकार ने यह भी स्पष्ट कह दिया कि अब वह उसमें किसी प्रकार का परिवर्तन करने को तैयार नहीं। हाँ, यदि भारत वाले आपस में कोई समझौता करके इस घोषणा के विरुद्ध कोई बात तय कर लेंगे, तो सरकार को उसको मानने में आपत्ति न होगी, लेकिन इस घोषणा से राष्ट्र के भिन्न-भिन्न दलों और सम्प्रदायों में जो परस्पर विरोधी भावनाएँ पैदा हो रही हैं, उनसे हमें भय हो रहा है कि कहीं इतिहास अपने को फिर न दुहरावे और वही 1926-27 वाली परिस्थिति न उत्पन्न हो जावे। यदि ऐसा हुआ, तो राष्ट्र के लिए अभूतपूर्व संकट का समय होगा। हम मुँह से चाहे कितना ही कहे जाएँ, कि हमें मुसलमानों और अपने दलित भाइयों से कोई शिकायत नहीं है, लेकिन जब हिन्दू और सिक्ख दोनों ही अपनी पूरी शक्ति से इस घोषणा की निन्दा और विरोध करेंगे तो स्वभावतः मुसलमानों और अन्य दलों को जिनके साथ कुछ रिआयत की गयी है, बुरा लगेगा और वे भी अपने नव प्राप्त अधिकार को स्वरक्षित रखने के लिए जी-जान से उद्योग करेंगे। नतीजा यह होगा, कि देश दो भागों में विभक्त हो जाएगा। एक ओर सरकार और मुसलमानों तथा अछूतों का बड़ा हिस्सा होगा, दूसरी ओर हिन्दू और सिक्खों का सम्पूर्ण भाग। इस नये संघर्ष का अन्त क्या होगा, यह तो कोई ज्योतिषी ही जाने, पर देश में जो भीषण परिस्थति उत्पन्न होगी, उसका अनुमान करने के लिए विशेष कल्पना की जरूरत नहीं। कानपुर और बम्बई में हम उसका नमूना देख चुके हैं।

इसलिए इस समय हमें बड़ी दूरदर्शिता और बुद्धिमता से काम लेना पड़ेगा। दुनिया की निगाहें हमारी तरफ लगी हुई हैं। यदि हमने मताधिकारों के लिए आपस में लड़ाई ठान ली, तो मानो हम प्रत्यक्ष रूप से सरकार की इस दलील का समर्थन करेंगे कि भारत में राष्ट्रीयता का भाव नहीं है। जहाँ एक सम्प्रदाय दूसरे सम्प्रदाय से इतना सशंक है, वहाँ राष्ट्रीयता कहाँ। सरकार हमें भिन्न सम्प्रदायों के रूप में देखती है। हम क्यों अपने को उस रूप में देखें। स्वराज्य से हमारा उद्देश्य यही तो है कि

भारत का शासन भारतवासियों के हित की दृष्टि से किया जाय। जब मुसलमानों को कुछ अधिकार अधिक मिल जाते हैं, तो हमें क्यों तुरन्त यह विचार होता है कि हमारे साथ अन्याय हुआ। कारण यही है, कि हम मुँह से चाहे राष्ट्रीयता की दुहाई दें, दिल में हम सभी सम्प्रदायवादी हैं और हरेक बात को सम्प्रदाय की आँखों से देखते हैं। क्या यह सत्य नहीं है, कि जब कोई साम्प्रदायिक दंगा हो जाता है, तो हम तुरन्त यह जानने के लिए उत्सुक हो जाते हैं कि उस दंगे में कितने हिन्दू हताहत हुए और कितने मुसलमान। अगर हिन्दुओं की संख्या अधिक होती है, तो हम कितने उत्तेजित हो जाते हैं! इसके विपरीत अगर मुसलमानों की संख्या अधिक होती, तो हम आराम की साँस लेते हैं। यह मनोवृत्ति राष्ट्रीयता का गला घोंटनेवाली है। हमें इस मनोवृत्ति का मूलोच्छेद करना पड़ेगा, अन्यथा हमारा राष्ट्र मधुर स्वप्न ही रहेगा। जब हम साम्प्रदायिक भावों पर विजय नहीं पा सके, तो हम मुसलमानों से क्यों आशा रखते हैं, कि वे ज्यादा उदार हो जाएँ। यह वही साम्प्रदायिक मनोवृत्ति है, जो इस समय देश के इस सिरे से उस सिरे तक नंगा नाच कर रही है और विदेश में हमें हास्यास्पद बना रही है और मजा यह है, कि अभी किसी के फ़रिश्तों को खबर नहीं कि काउंसिलों को अधिकार मिलेंगे—अभी तो केवल जगहों की संख्या का मामला है!

हम यह क्यों भूल जाते हैं कि व्यावहारिक शासन में साम्प्रदायिक प्रश्न बहुत कम आते हैं। कुरबानी और बाजे के झगड़े, अथवा हिन्दी-उर्दू का मामला ही शासन के मुख्य अंग नहीं हैं। शासन के अस्सी फ़ीसदी काम ऐसे हैं, जिनमें हिन्दू-मुस्लिम सवाल पैदा ही नहीं होता। वह अधिकांश सामाजिक और आर्थिक होते हैं। फिर यह भी मनोवैज्ञानिक सत्य है, कि ज़िम्मेदारी न रहने की दशा में हम जिन बातों का विरोध करते हैं, उन्हीं बातों का, जिम्मेदारी आ जाने पर समर्थन करने लगते हैं। हमें आशा रखनी चाहिए कि मुस्लिम दल ने जिन साम्प्रदायिक माँगों के लिए अब तक जोर दिया है, उनके लिए अब वे आग्रह न करेंगे।

यह हम नहीं कहते, सरकार की घोषणा निर्दोष है। उसका साम्प्रदायिक आधार ही आपत्तिजनक है। उसमें कतर-व्योंत करके हम उसका रूप नहीं बदल सकते। हिन्दुओं और सिक्खों को दस-पाँच जगह और मिल जाने से वह कम आपत्तिजनक न रहेगा, लेकिन उसका सम्प्रदायित्व कैसे मिटेगा? क्या हिन्दू अथवा सिक्ख आन्दोलन से? इससे तो परस्पर द्वेष की आग और भी भड़केगी और राष्ट्र घातक भावनाएँ और भी प्रबल होंगी। इसका केवल एक ही उपाय है—साम्प्रदायिक मनोवृत्ति का शमन। जिस दिन हम इस मनोवृत्ति को त्याग देंगे, उसी दिन मुसलमानों में भी उसका ह्रास हो जाएगा। अब आने वाले बरसों में इसी साम्प्रदायिकता से संग्राम करना है—सहिष्णुता, विश्वास, धैर्य और सेवा के शस्त्रों से। इसी में राष्ट्र का कल्याण है।

29 अगस्त, 1932

हिन्दू सभा की निष्क्रियता

हिन्दू-सभा का अधिवेशन दिल्ली में हुआ अवश्य, पर उसका होना न होना दोनों बराबर। अधिवेशन क्या हुआ, केवल रस्म निभाई गयी। कार्यकर्ताओं ही में उत्साह न था, तो जनता में कहाँ से होता। कुछ इस तरह का तमाशा-सा हुआ जैसे कोई देहातियों के सामने अँग्रेज़ी में बात करे। जनता हिन्दू-सभा को केवल नाम से जानती है। उसका कोई काम उसने नहीं देखा। दो एक बार सभा ने कुछ कर दिखाने का इरादा भी किया, पर सामने खतरा देखकर बैठ रही। ऐसी संस्था के लिए जो केवल काउंसिलों में जगहों के लिए झगड़ती रहे, जनता के हृदय में कोई स्थान नहीं। अब वह किसी संस्था की दृढ़ता और सत्यता की परीक्षा उसके नेताओं के त्याग से करती है। जहाँ त्याग नहीं, वहाँ कुछ नहीं। ऐसी निर्जीव संस्थाओं से वह कोई आशा नहीं रखती और न उसमें सम्मिलित होती है। हाँ, थोड़ा-बहुत चन्दा भले ही दे देगी। देश के सामने इस समय सबसे बड़ा प्रश्न समाज से ऊँच-नीच, छूत-अछूत के भेद को मिटाना है। आज आवेश में कुछ मन्दिर खोल दिए गये, और दो एक जगह भेद-रहित भोज कर दिए गये, इससे यह कदापि न समझना चाहिए कि यह भाव हिन्दू समाज से निकल गया। अभी तो केवल बीज पड़ा है। फल-फूल लगने तक बड़े-बड़े साधन करने पड़ेंगे, गोड़ना, सींचना, जानवरों से बचाना यह सभी क्रियाएँ पड़ी हुई हैं। ज़रा भी बेपरवाई या असावधानी हुई और पौधा सूखा। हिन्दू-सभा ने इस महत्त्वपूर्ण विषय को स्पर्श तक न किया। प्रस्तावों से काम चलता तो अब तक भारतवर्ष स्वर्ग बन चुका होता। प्रस्तावों का मूल्य तब है, जब उसके पीछे क्रिया शक्ति हो। हिन्दू-सभा ने इस शक्ति का कोई परिचय नहीं दिया। हिन्दू जाति के सामने उसने कोई आदेश, कोई प्रोग्राम असली सूरत में नहीं रखा। सम्भव है कि उसके नेताओं के मन में कुछ और हो पर वहाँ तो 'चुप-चुप' की पॉलिसी की दुहाई फिर रही थी। वह ज़माना गया, जब 'चुप-चुप' की नीति से जनता सन्तुष्ट हो जाती थी। अब तो वही संस्था जीवित रह सकती है, तो त्याग और बलिदान की भावना लिए क्षेत्र में आये। जिनमें यह भावना नहीं, उन्हें खामखाह सभाएँ करने की कोई ज़रूरत नहीं। 'शेर गुफतन चे ज़रूर?'

5 अक्टूबर, 1932

मौलाना शौकतअली की गहरी सूझ

मौलाना शौकत अली ने हाल में एक बड़े मारके की बात कही है, जैसा वह अकसर कहा करते हैं। आप फरमाते हैं कि यदि हिन्दू जाति-पाँति का भेद-भाव मिट जाय और नौ अरब का राष्ट्र-ऋण चुका दिया जाय, तो वह पृथक् निर्वाचन से दस्तबरदार हो जाएँगे। इन दोनों बातों का पृथक निर्वाचन से क्या सम्बन्ध है, यह हमारी समझ में नहीं आता। यह तो ऐसा ही है कि यदि हिन्दू मूर्ति-पूजा छोड़ दें और रसूल पर ईमान लावें, तो पृथक् निर्वाचन छोड़ देंगे। जात-पात का भेद, तो ख़ैर एक ऐसा प्रश्न है, जिसे हिन्दू जाति खुद तय कर सकती है, लेकिन यह नौ अरब का ऋण कौन चुकावे! क्या यह भी हिन्दुओं ही को चुकाना चाहिए? ऋण सरकार ने लिया था, सरकार ने ख़र्च किया। सरकार को स्वीकार करना पड़ेगा और कौन-सा भाग भारत की भावी सरकार उसे अदा करेगी। इसका अभी फैसला होना बाक़ी है कि इसका कौन-सा भाग भारत की भावी सरकार को स्वीकार करना पड़ेगा और कौन-सा भाग ब्रिटिश-सरकार को। लेकिन मौलाना साहब का फरमान है कि हिन्दू यह क़र्जा चुका दें। इन दामों तो सम्मिलित निर्वाचन लेना शायद ही हिन्दू-जाति को मंजूर हो। पृथक् निर्वाचन को मुस्लिम भाई चाहे अभी कई साल अपने लिए अक्सीर समझते रहें, लेकिन एक दिन आवेगा, जब वह देखेंगे कि इस पृथकता से उन्हें लाभ नहीं, बहुत हानि हो रही है। अल्पमतवाला समुदाय बहुमत में सम्मिलित रहकर सारे बहुमत को अपनी मुट्ठी में कर सकता है। वह अपना संगठित दबाव डालकर बहुमत को जिस तरफ चाहे घुमा सकता है, नचा सकता है, पृथक हो जाने से अधिक प्रभाव का क्षेत्र बहुत तंग हो जाता है। हिन्दुओं में जैसी फूट और प्रतिद्वंद्विता है, उससे मुस्लिम जाति बहुत बड़ा फ़ायदा उठा सकती थी। हिन्दू कभी इतने संगठित हो सकेंगे कि एकमत होकर मुसलमानों का बहिष्कार कर दें, यह असम्भव है। भिन्न-भिन्न राजनैतिक दल रहेंगे ही। मुसलमान उनके अन्दर रहकर जो कुछ चाहते लेते, जो कुछ चाहते करा सकते। अलग जाकर

उन्होंने यह सुनहरा अवसर खो दिया है और इसके लिए उन्हें पछताना पड़ेगा। अगर यह समझा जाता हो कि हिन्दू अपने स्वार्थ से पृथक निर्वाचन को हटाना चाहते हैं, तो उन पर अन्याय है। हिन्दू जानते हैं कि मुसलमानों से मिलने में उनकी सरासर हानि है। फिर भी वह मिलना चाहते हैं। किसलिए? केवल इसीलिए कि वह भारत को संयुक्त राष्ट्र बनाना चाहते हैं और उस एकता के लिए अपने को मिटा देने पर भी तैयार हैं।

5 अक्टूबर, 1932

मुस्लिम सर्व-दल-सम्मेलन

जिस वक्त यह पंक्तियाँ लिखी जा रही हैं, लखनऊ में वह महत्त्वपूर्ण मुस्लिम सर्व-दल-सम्मेलन हो रहा है, जिसकी सफलता भारत के राष्ट्रीय जीवन में प्रेम की स्फूर्ति डाल देगी। राष्ट्र-विच्छेद की जो क्रिया गोलमेज सभा में शुरू हुई थी और जिसे प्रधानमन्त्री मि. रैमज़े मैकडोनेल्ड के बँटवारे ने पूरा कर दिया था, वह भारत-प्राण गाँधी के तप के वरदान से इस तरह छिन्न-भिन्न हो गयी, जैसे रवि-ज्योति से कुहरे के बादल फट जाते हैं। उसी पावन तप का यह वरदान है कि हिन्दू-समाज की नसों में समाया हुआ भेद-भाव और उसके प्राणों में घुसी हुई अस्पृश्यता अब अन्ध-विश्वास और मूर्खता का आश्रय खोजती फिरती है। यह सत्य है कि जन्म-जन्मान्तरों का कोढ़ एक बार के गंगा स्नान से नहीं मिट सकता लेकिन जिस वेग से परिष्कार की धारा चल रही है, वह बहुत ही आशाजनक है। आज हम हिन्दू धर्म के आचार्यों को राष्ट्रीयता के इस अदम्य प्रवाह में बहते देख रहे हैं, वह अपने सामने सारी विघ्न-बाधाओं को बहाए लिए जाता है। यह उस तप का पहला वरदान था। उसका दूसरा वरदान जो पहले से कहीं व्यापक और युगान्तर उत्पन्न करने वाला है, यही मुस्लिम सम्मेलन है। वह मौलाना शौकतअली, जो गत पाँच-छह साल से हिन्दू जाति के सामने आस्तीनें चढ़ाये खड़े थे, आज उस वरदान के प्रताप से राष्ट्रीयता के उपासक बने नजर आते हैं। वह भी भारत का सर्व-दल-सम्मेलन ही था, जिससे असन्तुष्ट होकर मौलाना विरोधियों के कैम्प में चले गये थे। वह सम्मेलन भी लखनऊ में ही हुआ था। इतने दिनों तक प्रतिकूल वातावरण के अनुभव के बाद हमारा वह मुस्लिम नेता फिर हमारी ओर प्रेम से हाथ बढ़ा रहा है। कई साल पहले का वह मंगलमय दृश्य हमारे सामने आ रहा है, जब महात्मा गाँधी और दोनों अली भाई एक ही प्लेटफार्म पर खड़े नजर आते थे। आज स्वर्गीय मौलाना मुहम्मद अली की आत्मा स्वर्ग पर बैठी हुई बिछुड़े भाईयों के इस मिलन पर खुश हो रही होगी। वह अमर शब्द किसे भूल सकते हैं, जो गोलमेज़ सभा के अवसर पर उनके मुख से निकले थे—

"या तो मैं स्वराज्य लेकर जाऊँगा, या यहीं मेरी कब्र बनेगी।"

इन शब्दों में स्वदेश-प्रेम का कितना ऊँचा आदर्श था और वह प्रतिज्ञा कितनी सच्ची निकली। ऐसी वीर आत्माओं के लिए अधिकार-लोलुप मुस्लिम सम्प्रदायवादियों में क्या आकर्षण हो सकता था। आश्चर्य यही है कि इतने दिनों मौलाना कैसे उनके बीच में रहे। यहाँ हमें भीष्म पितामह का वह कथन याद आता है, जो उन्होंने दुर्योधन के पक्ष में लड़ते समय अपनी सफ़ाई देते हुए कहा था। वीर आत्माएँ कुछ दिनों के लिए चाहे विचलित हो जाएँ, लेकिन उनकी अन्त:प्रेरणा एक न एक दिन अवश्य उन पर काबू पा लेती है और उन्हें पुराने कार्य-क्षेत्र की ओर घसीट लाती है। जमैयतुल उलेमा और मुस्लिम राष्ट्रीय दल तो पहले ही एकता का हामी था, अब मौलाना शौकत अली के सहयोग से ख़िलाफत पार्टी का सहयोग भी मिल गया, जो इन दोनों दलों से ज्यादा प्रभावशाली है। अब केवल मुस्लिम कांफ्रेंस दल इस सम्मेलन से अलग है, जिसके नेता डॉ. सर इक़बाल, डॉ. शफाअत अहमद खाँ आदि हैं। इस दल ने सम्मेलन में शरीक होने से इनकार कर दिया है। वह कहते हैं कि हिन्दुओं की ओर से शुरुआत होना चाहिए। इससे उनका क्या आशय है, यह तो वही जानें। हिन्दुओं ने तो केवल वचनों से ही नहीं, कर्म से सिद्ध कर दिया कि वह राष्ट्रीयता के हितार्थ हरेक समझौते के लिए तैयार हैं। क्या विश्व कवि डॉ. ठाकुर, पं. मदन मोहन मालवीय, डॉक्टर सर तेजबहादुर सप्रू आदि ने बिना किसी आधार के ही बातचीत शुरू की थी? मगर उस दल के इनकार का रहस्य वाइसराय के उस तार में है, जो उन्होंने मौलाना शौकतअली के तार के जवाब में दिया था। उस पैग़ाम में जो सर आग़ खाँ ने मुस्लिम कॉन्फ्रेंस के नेताओं के नाम फ्रांस से भेजा था। इस दल का विश्वास साम्प्रदायिक नीति है। राष्ट्रीयता को वह अभी तक सतर्क आँखों से देखता है और एकता के हरेक आयोजन की उपेक्षा करता है। मौलाना शौकतअली ने लखनऊ पहुँचने पर उस दल के नेताओं को जो खरी-खरी बातें सुनाई हैं, वह उनके स्वभावानुसार ही हैं। वह अपने मनोभाव नीतिज्ञों की भाषा में नहीं व्यक्त करते। उनकी भाषा और भाव दोनों ही उनके डील-डौल की तरह तेज और ललकार से भरे होते हैं—

"मुस्लिम जनता शान्ति चाहती है। वह समझौता करने की इच्छुक है। वह कुछ कर दिखाना चाहती है। इस समय मुसलमानों में तीन दल हैं—एक वह जो, काँग्रेस और हिन्दुओं का मुँह देखता है, दूसरा वह जो शिमला के इशारे पर नाचता है। इन दोनों के बीच मुसलमानों की बहुत बड़ी संख्या उनकी है, जो सम्मान के साथ समझौता चाहते हैं। उनके लिए एकता बड़े महत्त्व की चीज़ है और इस सम्मेलन का यही उद्देश्य है। मैं न काँग्रेसी हूँ, न मुस्लिम राष्ट्रीय दल का

मेम्बर हूँ। मैं तो केवल सेवक हूँ। वे सज्जन भी, जिनका मतभेद है, यह स्वीकार करेंगे कि मैंने और मेरे सहकारियों ने मुस्लिम हितों के लिए मुस्लिम कॉन्फ्रेंस से कहीं अधिक सेवाएँ की हैं। मुस्लिम लीग का तो कहना ही क्या जो मर चुकी है, और सर मुहम्मद याकूब चाहे कितने ही शोबदे करें, उसमें जान नहीं डाल सकते। मैं मुसलमानों को काँग्रेस या शिमला का मुँह ताकते नहीं देख सकता। हम मुसलमानों में सच्चा नागरिक जीवन चाहते हैं, और यह भी चाहते हैं कि हम गवर्नमेंट और हिन्दूजाति, दोनों के साथ न्याय और आदर का व्यवहार करें।''

लेकिन वाइसराय ने कह दिया है कि जब तक मुसलमान एकमत होकर आपस में कुछ निश्चय न करेंगे, वह प्रधानमन्त्री के निर्णय में कोई परिवर्तन नहीं कर सकते।

अब देखना यह है कि दस-पाँच पंक्तियों के न आने से ही कॉन्फ्रेंस का महत्त्व कम हो जाता है, या उसमें हरेक प्रान्त और दल के मुस्लिम प्रतिनिधि इतनी कसरत से आते हैं कि थोड़े से व्यक्तियों के न आने से उसके महत्त्व में कोई कमी नहीं आती। शिया पार्टी संयुक्त निर्वाचन के पक्ष में अपना मत दे चुकी है। राष्ट्रवादी मुसलमान, जमैयतुल उलेमा, ख़िलाफत पार्टी—यदि यह सभी पार्टियाँ एक बात निश्चित कर दें, तो अवश्य ही जनमत का दबाव इतना अधिक हो जाएगा कि थोड़े से व्यक्तियों की उपेक्षा की जा सकेगी। फिर जिस मुस्लिम कॉन्फ्रेंस दल के प्रधान डॉ. सर इक़बाल हैं, उसी के उपप्रधान मौलाना शौकतअली और राजा साहब सलेमपुर हैं, जो इस सम्मेलन के पक्ष में हैं। बात यह है कि मुस्लिम-कॉन्फ्रेंस-दल में पंजाबी मुसलमानों का बहुमत है और पंजाबी मुसलमानों को इस बँटवारे में जो बहुमत प्राप्त हो गया है, उसे वे लोग छोड़ना नहीं चाहते।

समझौते के लिए अब तक कई विधान उपस्थित किए गये हैं, पर हमारी समझ में स्थायी विधान वही है, जिसका आधार प्रत्येक प्रान्त की संख्या पर हो। वेटेज अर्थात् संख्या से अधिक वोट का मिलना बिल्कुल बन्द कर दिया जाय और वोट का अधिकार हरेक बालिग़ मर्द-औरत को दे दिया जाय। इस तरह हरेक प्रान्त में सम्प्रदायों की वोट-संख्या उसकी आबादी के अनुसार ही होगी। इस तरह पंजाब के छप्पन फ़ीसदी मुसलमानों को छप्पन फीसदी मेम्बरियाँ मिल जाएँगी और चूँकि किसी प्रान्त में वेटेज का नियम न रहेगा, पंजाब के हिन्दू या सिक्ख, मुस्लिम बहुमत को स्वीकार करेंगे। बंगाल और पंजाब में मुसलमानों की दो तिहाई संख्या रहती है। अन्य प्रान्तों में केवल एक तिहाई। जब वेटेज के परित्याग से दो तिहाई मुसलमानों का हित हो सकता है, तो

केवल एक तिहाई के हित के लिए दो तिहाई के सिर वेटेज क्यों लाद दिया जाय? हमें आशा है, इन प्रश्नों पर यह सम्मेलन साफ़-साफ़ निर्णय कर सकेगा। तभी वह कोई स्कीम सर्वसम्मति से हिन्दुओं के सामने रख सकेगा। जब तक मुसलमान खुद किसी एक बात पर एकमत नहीं हैं, हिन्दुओं के समाने कोई प्रस्ताव रखना समय का अपव्यय ही है।

नोट—यह लिखा जा चुका था कि ख़बर आयी, लखनऊ में सम्मेलन न होगा, क्योंकि उपस्थित नेताओं ने संयुक्त निवार्चन स्वीकार कर लिया, और हिन्दुओं से बातचीत करने के लिए एक कमेटी बनायी गयी है। सम्मेलन ने मि. जिन्ना की शेष तेरह शर्तें बहुमत से स्वीकार कीं।

—सम्पादक

19 अक्टूर, 1932

राष्ट्रीयता की विजय

लखनऊ के मुस्लिम सम्मेलन ने एकमत से संयुक्त निर्वाचन स्वीकार कर लिया। बहुमत से नहीं, एकमत से। एकता की इच्छा भी उपस्थित नेताओं में इतनी प्रबल थी कि इसका निर्णय करने के लिए सम्मेलन का बाक़ायदा जलसा करने की जरूरत ही न पड़ी। गाँधी के तप में कितनी महान शक्ति है। प्रधानमन्त्री के बँटवारे ने समस्त राष्ट्र में निराशा फैला दी थी। ऐसा मालूम होने लगा था, कि अब दस-बारह बरस साम्प्रदायिकता का राज रहेगा। साम्प्रदायिकता अपने मोरचे से पीछे हटना तो दरकिनार, और आगे क़दम बढ़ाती चली आती थी और अन्त में उसने हिन्दू-समाज के उस क़िले पर छापा मारा, जो आज हज़ारों साल से आँधी और तूफान का सामना करता चला आता है। ऐसा जान पड़ता था, कि पुरानी फ़सलें इस नये युग के शस्त्रों के सामने खड़ी न रह सकेंगी। जब एक जगह दीवार टूट गयी, तो फिर शत्रुओं के घुस आने में क्या देर लगती है। शत्रु ने लक्ष्य भी उसी स्थान पर किया था, जो सबसे कमज़ोर है, लेकिन गाँधी की तपस्या ने पासा पलट दिया और न जाने कितनी दैवी-शक्ति लेकर सामने आ खड़ी हुई। देखते-देखते हवा बदल गयी और आज शत्रुओं से घिरी हुई राष्ट्रीयता अपने मोरचे से निकलकर साम्प्रदायिकता का संहार कर रही है। पूना में उसने पहली विजय पायी, मगर लखनऊ में उसने जो विजय प्राप्त की है, उसमें तो साम्प्रदायिकता के नीचे जैसे सुरंग लगाकर उसे खड़ा ही दिया। हिन्दुओं की ओर से मुसलमानों की जो शंका थी, उसे पूना के समझौते ने निर्मूल सिद्ध कर दिया। मुसलमानों ने देखा हिन्दू एकता के लिए कहाँ तक उत्सर्ग करने पर तैयार हैं। उन्होंने देखा कि हिन्दू जाति राष्ट्रीयता की आड़ में अपना अधिकार और प्रभुत्व बढ़ाने की इच्छुक नहीं है, बल्कि सच्ची लगन और पवित्र संकल्प से उसका आह्वान कर रही है। पूना का समझौता उनकी नेकनीयती और न्यायपरता का ज्वलन्त प्रमाण था, जिसके सुदृढ़ आधार पर ही राष्ट्रीयता निर्मित की जा सकती है। इस प्रमाण ने अविश्वास और सन्देह

को दूर कर दिया, विश्वास उत्पन्न हुआ और आज हम देख रहे हैं कि मौलाना शौकत अली, डॉक्टर जियाउद्दीन, हाफ़िज हिदायत हुसैन, राजा सलेमपुर आदि नेता, जो भेद-भाव के स्तम्भ समझे जाते थे, आज राष्ट्रीयता का स्वागत करने के लिए खड़े हैं। अब हमें ज्ञात हुआ कि मुस्लिम नेता केवल हलके स्वार्थवश, या व्यक्तिगत दुर्भाव के कारण हम से पृथक न थे, बल्कि उनमें राष्ट्रीयता की उतनी ही सच्ची लगन थी, उनकी नीयत भी उतनी ही साफ़ थी, केवल उन्हें हमारी नेकनीयती पर विश्वास न था, केवल वे राष्ट्रीयता को हिन्दुओं के अधिकार प्रेम का परदा समझते थे। अब यह परदा हट गया और दुनिया ने देख लिया कि भारत एक राष्ट्र है, अन्य राष्ट्रों की ही भाँति अनेक भेदों के होते हुए भी एक राष्ट्र है। धर्म और संस्कृति के अलग होने पर भी एक राष्ट्र है। मौलाना शौकतअली ने विजय के उल्लास में एक वक्तव्य में कहा है—'हम पन्द्रह दिनों में भारत को संयुक्त राष्ट्र देखेंगे।' और हमें विश्वास है, उनकी यह पेशगोई सच्ची निकलेगी।

अब तक साम्प्रदायिक मुस्लिम पार्टी का यह दावा था कि राष्ट्रवादी मुसलमान संख्या में बहुत थोड़े हैं, आम मुसलमान उनके साथ नहीं हैं। लखनऊ सम्मेलन ने उस दावे को बातिल सिद्ध कर दिया। ऐसी कोई मुस्लिम संस्था नहीं है, जिसके प्रतिनिधि इस सम्मेलन में न शरीक हुए हों, यहाँ तक कि जिस मुस्लिम कॉन्फ्रेंस को मुसलमानों का सोलह आने प्रतिनिधि कहा जाता है, उसके तीन पिछले सभापति, वर्तमान उपसभापति और मन्त्री तक आये थे। जमैयतुल उलेमा, राष्ट्रीय मुस्लिम दल और अहरार दल का तो कहना ही क्या। यह तो पहले ही से संयुक्त निर्वाचन के समर्थक हैं। इसलिए अब यह कहना कि मुस्लिम बहुमत पृथक निर्वाचन के पक्ष में है, सत्य की आँखों में धूल झोंकना है। फिर भी शिमला-पार्टी या इक़बाल-पार्टी के गिने-गिनाए नेता अपनी खिसियाहट को मिटाने के लिए इस सम्मेलन के प्रतिनिधित्व को स्वीकार नहीं करते। इक़बाल-पार्टी के एक प्रमुख नेता डॉ. शफ़ाअत अहमद खाँ ने फरमाया है—इस सम्मेलन में अधिकांश मुस्लिम संस्थाओं के प्रतिनिधि नहीं शरीक थे। डॉक्टर ने उन संस्थाओं के नाम बताने की कृपा नहीं की, जिनके प्रतिनिधि इस सम्मेलन में न आये हों, वास्तव में ऐसी संस्थाओं का असितत्व उनके कल्पना-जगत से बाहर और कहीं नहीं है। हाँ, यह बहुत सम्भव है, अपनी लाज रखने के लिए इस अवसर पर ऐसी संस्थाएँ खड़ी कर दी जाएँ। ऐसा पहले भी किया गया है और अब भी किया जाएगा, लेकिन इन चालों से भारत के राष्ट्रीय प्रवाह को नहीं रोका जा सकता। इक़बाल-पार्टी को बहुत जल्द मालूम हो जाएगा कि अब उसकी पुश्त पर कोई शक्ति नहीं है। उसकी कलई खुलते ही सरकार भी उससे मुँह

फेर लेगी, यह निश्चित है। इस पार्टी को उस दिन के लिए तैयार रहना चाहिए। मुस्लिम जनता को उन्होंने बहुत सब्ज़-बाग दिखाया हैं, पर वह जनता अब उनके चकमे में न आएगी।

सम्मेलन ने स्वय. मौलाना मुहम्मद अली के सिद्धान्त को हिन्दुओं से समझौते का आधार माना है। इस सिद्धान्त का तत्त्व है कि संयुक्त निर्वाचन में मुसलमानों की जगहें स्वरक्षित कर दी जाएँ और हरेक हिन्दू या मुसलमान उम्मीदवार के लिए दूसरे सम्प्रदाय के कुछ वोट अनिवार्य कर दिए जाएँ। ऐसी दशा में वही हिन्दू मेम्बर प्रतिनिधि चुना जा सकेगा, जिस पर मुसलमानों को भी विश्वास हो। इसी तरह वही मुसलमान उम्मीदवार चुना जाएगा, जो हिन्दुओं का विश्वासपात्र होगा। हिन्दू-द्रोही मुसलमान या मुस्लिम-द्रोही हिन्दुओं के लिए तब व्यवस्थापक सभाओं में एक दूसरे के विरुद्ध ज़हर उगलने का कोई प्रलोभन न रह जाएगा और सच्चे राष्ट्रवादी हिन्दू और मुसलमान मेम्बर ही राष्ट्र के प्रतिनिधि हो सकेंगे। हमें आशा है, आने वाले हिन्दू-मुस्लिम सम्मेलन में इस सिद्धान्त को एकमत से स्वीकार कर लिया जाएगा। आपस के अविश्वास को मिटाने के लिए इससे उत्तम दूसरा उपाय नहीं है। इसी व्यवस्था की सफलता पर अवैध संयुक्त निर्वाचन का दार-मदार है, जो राष्ट्रीयता का ध्येय है।

सम्मेलन ने मि. जिन्ना की चौदह शर्तों में पृथक निर्वाचन के सिवा और तेरह शर्तों को भी हिन्दू-मुस्लिम समझौते का आधार माना है। मि. जिन्ना की वह शर्तें केवल आपस के अविश्वास के कारण पेश की गयी थीं। ज्योंही यह अविश्वास दूर हो गया, उनकी कोई जरूरत न रह जाएगी। सिन्ध को पृथक् सूबा बनाने की माँग का कारण केवल अविश्वास है। लेकिन अब सिन्ध की आमदनी ही इतनी नहीं है कि वह अपना ख़र्च सँभाल सके, तो हमारे विचार में उसको पृथक होने का कोई हक़ नहीं है। दूसरे प्रान्तों की सहायता के भरोसे अलग होना तो वैसा ही है, जैसे एक भाई अपने दूसरे भाइयों से अलग तो हो जाय, पर खाना खाते समय उन्हीं के साथ जा बैठे। नौकरियों के लिए भी जाति या सम्प्रदाय की कैद नीति के विरूद्ध है। यहाँ तो योग्यता ही को प्रधानता मिलनी चाहिए। सरहदी सूबे में मुस्लिम बहुमत ने अभी हाल में योग्यता की शर्त को स्वीकार करके अपनी दूरदर्शिता का परिचय दिया है। कोई वजह नहीं है कि सम्पूर्ण राष्ट्र में यही नीति क्यों न स्वीकार कर ली जाय। फिर इस वक्त जो सरकारी नौकरियों पर लोग इतना टूट रहे हैं, इसका एक मात्र कारण है कि सरकारी पदों का वेतन बहुत बढ़ गया है। उसी लियाक़त का आदमी कोई दूसरा काम करके और इतने रुपये नहीं कमा सकता। जब देश में जिम्मेदार हुकूमत होगी, तो यह लूट न रहेगी, और

लोग दूसरे काम करके उतना ही धन कमा सकेंगे, जितना सरकारी नौकरी में। तब पदों के लिए इतनी छीना-झपटी न होगी। हमें आशा है कि आने वाले हिन्दू-मुस्लिम सम्मेलन में दोनों तरफ से सद्भाव और शुभकामना की स्पिरिट दिखायी जाएगी और किसी बात पर इतना न अड़ा जाएगा कि आपस में रंजिश हो जाय।

ईश्वर से हमारी यही कामना है कि हिन्दू-मुस्लिम समझौता सफल हो और भारत एक राष्ट्र और एकात्मा होकर अपने अभ्युदय के पथ पर अग्रसर हों।

26 अक्टूबर, 1932

स्वर्गीय मौलाना मोहम्मद अली का फ़ॉर्मूला

लखनऊ की कॉन्फ्रेंस तथा वर्तमान हिन्दू-मुस्लिम सन्धि चर्चा में स्व. मौलाना मुहम्मद अली के प्रस्ताव तथा मुस्लिम कॉन्फ्रेंस की तेरह शर्तों का जिक्र बार-बार हुआ है। मौलाना मुहम्मदअली के प्रस्तावों के अनुसार काउंसिलों या एसेम्बली के किसी भी उम्मीदवार के लिए दो आवश्यक शर्तें होंगी—

1. वह दूसरे सम्प्रदाय (मुसलमान के लिए हिन्दू जाति) के कम-से-कम दस फीसदी मत प्राप्त करें।
2. अपने सम्प्रदाय के कम-से-कम चालीस फ़ीसदी मत प्राप्त करें।
3. यदि कोई उम्मीदवार सजातीय निर्वाचकों का चालीस फ़ीसदी मत प्राप्त न कर सके, तो निर्णय बहुमत के अनुसार हो।

मि. जिन्ना की प्रस्तावित मुसलमानों की तेरह माँगे निम्नलिखित हैं—

1. सरकार का भावी शासन फेडरल होना चाहिए।
2. अवशिष्ट अधिकार प्रान्तों को मिलने चाहिए।
3. बलूचिस्तान में सुधारों को चालू किया जाय।
4. सन्धि का विच्छेद।
5. सीमा प्रान्त को समान अधिकार।
6. पंजाब और बंगाल में मुसलमानों का स्थिर बहुमत।
7. फेडरल एसेम्बली में मुसलमानों का एक तिहाई प्रतिनिधित्व।
8. मुस्लिम अल्पसंख्यकों का आबादी के अनुपात से अधिक प्रतिनिधित्व।
9. व्यवस्थापिका सभाओं में कोई एक सम्प्रदाय से सम्बन्ध रखनेवाला ऐसा बिल पेश न हो और प्रस्ताव पास किया जाय, जिसके विरोध में उस समुदाय के तीन चौथाई सदस्य हों।
10. धार्मिक और संस्कृति सम्बन्धी स्वतन्त्रता की रक्षा।
11. प्रान्तीय या संघ सरकार के मन्त्रिमंडल में दो तिहाई मन्त्री मुसलमान हों।

12. सरकारी नौकरियों में योग्यता को देखते हुए मुसलमानों को नौकरियों का कम-से-कम अनुपात नियत कर दिया जाय। और
13. शासन विधान में कोई भी परिवर्तन तब तक न किया जाय, जब तक फेडरेशन को बनाने वाले सब दलों की सहमति न हों।

इन्हीं शर्तों को जनवरी 1929 में आगा खाँ की अध्यक्षता में ऑल इंडिया मुस्लिम कॉन्फ्रेंस ने पास किया था। इन्हीं शर्तों को लखनऊ ने स्वीकृत किया है।

26 अक्टूबर, 1932

एकता सम्मेलन

प्रयाग में एकता-सम्मेलन की तैयारियाँ हो रही हैं। मौलाना शौकतअली प्रयाग आकर महामना मालवीय जी से कुछ और आवश्यक बातचीत करके बम्बई गये हैं और वहाँ से सम्मेलन में शरीक होने के लिए जल्द लौटेंगे, नेताओं के पास बुलावे भेजे जा चुके हैं। कई नेता दूर प्रान्तों से सम्मेलन के लिए, रवाना भी हो चुके हैं। ऐसे अवसर पर महात्मा जी का प्रयाग में मौजूद होना अनिवार्य था। एकता के सबसे बड़े मित्र महात्मा जी हैं। महात्मा जी ही वह व्यक्ति हैं, जिन पर हिन्दू, मुसलमान, सिक्ख, सभी जाति वालों का विश्वास है। इस सम्मेलन में महात्मा जी का होना महत्त्व की बात ही नहीं हैं, अनिवार्य है। यदि यह सम्मेलन महात्मा जी के सभापतित्व में होता, तो इसकी सफलता की सम्भावनाएँ बहुत बढ़ जातीं। यही सोचकर मौलाना शौकत अली ने वाइसराय से महात्मा जी को छोड़ देने की प्रार्थना की थी, लेकिन वाईसराय ने उन्हें वही जवाब दिया, जो पहले सर शिव स्वामी ऐयर को दे चुके हैं, वह इसके सिवा और कुछ नहीं हैं, कि जब तक महात्मा गाँधी आन्दोलन न बन्द कर देंगे, तब तक उन्हें नहीं छोड़ा जा सकता। अतएव हमें महात्मा जी की अनुपस्थिति में सम्मेलन के असफल होने का सन्देह हो रहा है और ऐसे समय पर जबकि देश एकता के लिए जोर मार रहा है, वाइसराय का यह जवाब बहुत निराशाजनक है। जिस समय लार्ड विलिंग्डन कैनाडा के गवर्नर जनरल थे, उन्होंने कैनेडियन क्लब में एक स्पीच देते हुए कहा था—

''यदि हम भारत को अपने मामलों को तय करने का अधिकार प्राप्त करने और भारतवासियों को अपने घर का स्वामी होने में सहायता देने की सच्ची इच्छा प्रकट करें, तो भारत बहुत बरसों तक यह इच्छा करेगा, कि हम वहाँ रहें, लेकिन याद रखना चाहिए, कि पूर्व बड़े वेग से बदल रहा है और भारत ने बराबरी का दरजा हासिल करने का निश्चय कर लिया है।''

जब हम लार्ड विलिंग्डन के श्रीमुख से निकले हुए इन शब्दों पर विचार करते हैं, तो इनके इस इन्कार पर दुःख होता है।

लेकिन एक ओर तो एकता के सफल होने में यह बाधाएँ खड़ी हैं, उधर साम्प्रदायिकता के पक्षपाती पत्रों का पेट फूल रहा है कि कहीं सचमुच दोनों जातियों में मेल न हो जाय। दोनों सम्प्रदायों के लड़ते रहने में ही उनका मान और प्रभाव है। सम्भव है वे सच्चे दिल से एकता में हानियाँ ही हानियाँ देख रहे हों। यह भी सम्भव है कि उनकी शंकाएँ ठीक हों, लेकिन यह तो सभी को मानना पड़ेगा, कि मेल फूट से कहीं मंगलकारी है, और इस अवसर पर जब मेल के आयोजन किए जा रहे हैं, किसी की ज़बान या क़लम से ऐसी कोई बात न निकलनी चाहिए, जो सद्‌भाव की जगह द्वेष और विश्वास की जगह अविश्वास उत्पन्न करे। यहाँ हम सहयोगी उर्दू 'कर्मवीर' के एक सम्पादकीय लेख का यह अंश नकल करके दिखाएँगे कि साम्प्रदायिक मनोवृत्ति को किस तरह उत्तेजित किया जा रहा है—

"यह क्या हो रहा है? हमारी आँखें बेकारी के ज़माने में क्या देख रही हैं? क्या पुराना इतिहास अपने-आप को दोहरा तो नहीं रहा है? क्या पहले लखनऊ-पैक्ट ने हिन्दुस्तान की मिट्टी पलीत नहीं कर रखी, जो अब उस इतिहास को दोबारा दोहराने की ज़रूरत है। कहते हैं मौलाना शौकतअली ने हिन्दू लीडरों से कहा कि लड़-भिड़कर भी देख लिया कि कुछ बनता नज़र नहीं आता, इसलिए हिन्दू-मुस्लिम एकता ही करनी चाहिए। ज़माने का करिश्मा देखो, जो चन्द माह पहले बम्बई-जैसे खूबसूरत नगर को अपने स्वदेशवासियों के रक्त से रंजित देखना चाहते थे और लज्जित न थे, अब इतना उछल रहे हैं।"

सहयोगी यह दिखाने की असफल चेष्टा कर रहा है कि मालवीय जी, सर तेजबहादुर सप्रू, महात्मा गाँधी आदि पथभ्रष्ट हो गये हैं। और केवल वही भारत को सच्चे रास्ते पर ले जा रहा है। दो भाई यदि आपस में लड़ने-भिड़ने और मुकदमेबाजी करने के बाद चेत जाएँ और आपस में समझौता करने का इरादा कर लें, तो क्या गड़े मुरदे उखाड़कर उनमें मेल न होने देना किसी ऊँची मनोवृत्ति का पता देता है? समझौता करते समय हमें पिछली बातों को भुला देना पड़ता है, गुस्से में हमारे मुँह से क्या-क्या अनाप-शनाप बातें निकल गयीं, हमने किस तरह एक दूसरे को नीचा दिखाने की चेष्टा की, यह सारी कटुताएँ विस्मृत कर देनी पड़ती हैं। हम सदिच्छा के साथ, ईश्वर पर भरोसा करके प्रेम का हाथ फैलाते हैं। समझौते की यही एक सूरत है। यदि हम अविश्वास करते रहेंगे, तो दूसरा पक्ष भी हमारे ऊपर अविश्वास करता रहेगा। ऐसी दशा में मेल कहाँ से आएगा।

सहयोगी आगे लिखता है—

"हमारे लिए तो पहले ही सम्प्रदायवादी और राष्ट्रवादी मुसलमानों में कोई

अन्तर न था। केवल आँखों का धोखा था। अब यह धोखा खुलकर सामने आ गया...लखनऊ-सम्मेलन इसी मानी में तो कामयाब कहा जा सकता है कि राष्ट्रीयता का दम भरने वाले मुसलमान भी साम्प्रदायिकता की गन्दी नाली मे बह गये, लेकिन हिन्दुस्तानी दृष्टिकोण से लखनऊ-सम्मेलन असफल ही नहीं रहा, बल्कि उसने साम्प्रदायिकता की जड़ों को और मज़बूत कर दिया है। निस्सन्देह यह सम्मेलन राष्ट्रवादी मुस्लिम दल की मौत थी। उसे लखनऊ ही में दफन कर दिया जाय, तो अच्छा है।''

जब कुछ हिन्दू समाचार-पत्र इस तरह ज़हर उगल रहे हैं, तो एकता सम्मेलन की सफलता के विषय में हमें सन्देह है।

31 अक्टूबर, 1932

आशा का केन्द्र

प्रयाग का एकता-सम्मेलन इस समय हमारी राष्ट्रीय आशा का केन्द्र बना हुआ है। सम्पूर्ण भारत ही नहीं, सम्पूर्ण संसार उसकी तरफ़ आशा तथा भय की निगाहों से देख रहा है। उसके सामने बड़े महत्त्व के प्रश्न हैं—ऐसे प्रश्न, जिन्हें महात्मा गाँधी भी नहीं सुलझा सके, जिन्होंने कितने दिनों से भारत के भाग्य को संकट में डाल रखा है। भारत का भविष्य उन्हीं प्रश्नों के साहसपूर्ण निर्णय पर मुनहसर है। अब देखना है कि हमारे नेता राजनैतिक बुद्धिमत्ता से काम लेकर उसे सुलझाने में सफल होते हैं या संकीर्णता और अविश्वास के अन्धकार में पड़कर पथ-भ्रष्ट हो जाते हैं। जिस उद्देश्य के सामने महात्मा जी को भी हार माननी पड़ी, उसको प्राप्त करना आसान नहीं है। भारत इस परीक्षाग्नि से निकल कर ही अपने लक्ष्य को प्राप्त कर सकता है। इतनी बड़ी जिम्मेदारी की कल्पना ही दिल को कमजोर कर देती है। आपस में अभी तक जो अभिमान समाया हुआ है, उसे देखकर हम कभी-कभी निराश हो जाते हैं। लेकिन यह सोचकर कि राष्ट्र के प्रति जिस जिम्मेदारी को हम जैसे अनाड़ी भी महसूस करते हैं, क्या उसे हमारे नेता उससे कहीं ज्यादा गहराई के साथ न महसूस करते होंगे, हमारी हिम्मत बँध जाती है।

वास्तव में जो कुछ मतभेद है, वह केवल शिक्षित समसुदाय के अधिकार और स्वार्थ का है। राष्ट्र के सामने जो समस्या है, उसका सम्बन्ध हिन्दू, मुसलमान, सिक्ख, ईसाई सभी से है। बेकारी से सभी दुखी हैं। दरिद्रता सभी का गला दबाए हुए है। नित नयी-नयी बीमारियाँ पैदा होती जा रही हैं। उसका वार सभी सम्प्रदायों पर समान रूप से होता है। क़र्ज़ की इल्लत में सभी गिरफ्तार हैं। ऐसी कोई सामाजिक, आर्थिक, या राजनैतिक दुरवस्था नहीं हैं, जिससे राष्ट्र के सभी अंग पीड़ित न हों। दरिद्रता, बीमारी, अशिक्षा, बेकारी, हिन्दू और मुसलमान का विचार नहीं करती। हमारे किसानों के सामने जो बाधाएँ हैं,उनसे हिन्दू और मुसलमान दोनों ही पीड़ित हैं। राष्ट्र का उद्धार इन समस्याओं के हल करने से होगा। कितने मेम्बर हिन्दू हैं, कितने मुसलमान, कितने ईसाई, कितने सिक्ख—किस पद पर

मुसलमान पहुँच गया है, किस पर हिन्दू, किस पर सिक्ख, यह तो बिल्कुल गौण बातें हैं, लेकिन इन्हीं गौण बातों को प्रधान समझा जा रहा है और थोड़े से व्यक्तियों के हित पर राष्ट्र का बलिदान किया जा रहा है। हमें अधिकार की इसलिए ज़रूरत नहीं है कि थोड़े से शिक्षित आदमियों को मोटी-माटी असामियाँ मिलें और वह शान से जीवन व्यतीत करें, बल्कि इसलिए और केवल इसलिए कि हम राष्ट्र को सुखी और सन्तुष्ट कर सकें, शिक्षा का प्रचार कर सकें, कृषकों की हालत सुधार सकें, बेकारी की बला दूर कर सकें। देश में ऐसा वातावरण पैदा कर सकें कि छोटे-से-छोटे आदमी को भी रहने को झोंपड़े और भोजन के लिए रोटी की कमी न रहे, बड़े-से-बड़े आदमी छोटे-से-छोटे आदमी पर भी अत्याचार करके बेदाग़ न बच सकें, सूद के नाम से गरीबों को लूटा न जा सके, अदालतों में न्याय अधिक महँगा और संदिग्ध न हो, पूँजीपति मजूरों का रक्त चूसकर मोटे न हो सकें, ज़मींदार अपने असामियों पर मनमानी न कर सकें, राज कर्मचारी रिश्वत का बाज़ार न गर्म कर सकें, तरह-तरह के नये व्यवसाय खोले जाएँ। हम अधिकार चाहते हैं—राष्ट्र सेवा के लिए। अगर हमारे सामने यह आदर्श है, तो आपस में समझौता होने में कोई रूकावट नहीं हो सकती। अधिकार जहाँ सेवा की जगह हुकूमत और भोग का रूप धारण कर लेता है, वहीं अविश्वास और भ्रम उत्पन्न होता है।

हमें यह न भूलना चाहिए कि यह बीसवीं सदी है। साम्प्रदायिकता बहुत थोड़े दिनों की मेहमान है। भारत के सिवा कदाचित् संसार में उसे और कहीं शरण नहीं मिल सकती, इसीलिए व निराशाजनित शक्ति के साथ इस आधार को पकड़े हुए है। आनेवाला युग आर्थिक संग्राम का युग होगा। हिन्दू कौन है, मुसलमान कौन है, इसे कोई पूछेगा भी नहीं। पूछ उन्हीं की होगी, जिनमें चरित्र है, साहस है, सेवा-भाव है, अध्यवसाय है। इस धँसती हुई जीर्ण दीवार को हम थूनियों से नहीं बचा सकते। उसके दिन पूरे हो चुके। साम्प्रदायिक मनोवृत्ति को हमें इच्छा के बल से दबाना पड़ेगा। धन्य हैं वह आत्माएँ जो समय के अनुकूल चलती हैं। पंडित मदनमोहन मालवीय के नाम से मुसलमान का बच्चा-बच्चा जलता था। मौ. शौकतअली हिन्दू-मात्र के जानी दुश्मन समझते जाते थे, लेकिन आज मालवीय जी हिन्दू मुस्लिम एकता के उपासक हैं और मौलाना साहब इत्तहाद के अलमबरदार। क्या हम हवा का रुख भी नहीं देख सकते? स्व. सर अलीइमाम मुस्लिम लीग के जन्म-दाताओं में थे, जिसने पहले-पहल पृथकता का बीज बोया। उन्हीं सर अलीइमाम ने राष्ट्रीय मुस्लिम सम्मेलन की सदारत की और संयुक्त निर्वाचन का समर्थन किया। मालवीय जी हिन्दू-सभा के जन्मदाता हैं। यही वह

संस्था है, जिससे मुसलमान आतंकित है, पर आज वही मालवीय जी इस एकता-सम्मेलन की आत्मा हैं। केवल इसलिए कि इन महानुभावों ने समय की गति को पहचाना और अन्त में अपनी साम्प्रदायिक मनोवृत्ति पर विजय पाई।

हमारा हमेशा से यह ख़याल रहा है, कि एकता के विषय में पहले हिन्दुओं को हाथ बढ़ाना होगा। वह संख्या में, धन में, शिक्षा में, मुसलमानों से बढ़े हुए हैं। मुसलमान अल्पसंख्यक हैं। उन्हें हिन्दुओं से आशंकित होने के लिए आधार हो सकते हैं। उन्हें यह सुबहा हो सकता है, कि हिन्दू संगठित होकर उनको हानि पहुँचा सकते हैं। हिन्दुओं के लिए ऐसी शंका करने का कोई कारण नहीं है। यदि इस दिशा में भी उन्हें मुसलमानों से दबाए जाने की शंका है, तो यह उनकी बहुत बड़ी दुर्बलता है। इस भय को दिल से निकाल डालना होगा। यह समझना अन्याय है कि कर्तव्य, नीति और विचार पर हिन्दुओं ही का ठीका है और जिन प्रान्तों में हिन्दू कम हैं, वहाँ मुसलमान उन पर जुल्म करेंगे। सीमा प्रान्त में मुसलमानों ने जिस राष्ट्रीय आदर्श का परिचय दिया है, वह ऐसी शंकाओं को शान्त करने के लिए काफ़ी है। अभी हाल में सीमाप्रान्त की व्यवस्थापिका सभा ने, जिसमें अधिकांश साम्प्रदायिक मनोवृत्ति के मुसलमान ही हैं, यह निश्चय किया है, कि राजपद के लिए योग्यता ही एक शर्त है, हिन्दू और मुसलमान की कोई कैद नहीं।

मुसलमान भाईयों से हमारा यही निवेदन है, कि आप तेरह-चौदह शर्तों के गुलाम न बनिए। सिन्ध प्रान्त को अलग करने की माँग न तो दूरदर्शिता है, न नीति-कुशलता। बेशक अलग हो जाने पर वहाँ आपका बहुमत हो जाएगा, लेकिन इसके लिए आपको कितना भारी मूल्य देना पड़ेगा! केवल साम्प्रदायिक भावुकता को प्रसन्न करने के लिए आप प्रान्त पर डेढ़ करोड़ का बोझ लाद रहे हैं। आप उस प्रान्त में से इतना धन केवल टैक्स लगाकर ही निकाल सकते हैं और टैक्स का भार अधिकतर मुसलमानों ही पर पड़ेगा, क्योंकि मुसलमानों की आबादी ज़्यादा है। फिर नये प्रान्त में आपको वह अधिकार अभी न मिल सकेंगे जिन्हें बम्बई प्रान्त के साथ रहकर आप भोग रहे हैं। धनाभाव के कारण शासन का खर्च भी पूरा न कर सकेंगे, तो उन विभागों के लिए धन कहा से आएगा, जिन पर जनता की सुख-शान्ति का दारमदार है। शिक्षा, स्वास्थ्य, सहयोगिता, कृषि-सुधार, आदि विभाग मर मिटेंगे। पंजाब और बंगाल की समस्या को हल करने का एक-मात्र यही उपाय है, कि अन्य प्रान्तों में आप Weightage से दस्तबरदार हो जाएँ। यदि आप उन प्रान्तों में, जहाँ आपकी संख्या कम है, Weightage लेंगे, तो आपको उसी नीति से पंजाब और बंगाल में अल्पसंख्यक

जातियों को ज़ायदाद निर्वाचनाधिकार देने पड़ेंगे। आप उससे किसी दलील से नहीं बच सकते। वेटेज को छोड़ने से आपकी किसी प्रकार की हानि नहीं हो सकती। अल्पमत थोड़ी संख्या से हो, या कुछ बड़ी संख्या से हो, अल्पमत ही रहता है। हाँ, उससे पंजाब और बंगाल की समस्या हल हो जाएगी। वहाँ की अल्पसंख्यक जातियाँ फिर ज़्यादा निर्वाचन माँगने का साहस न कर सकेंगी।

हमारी ईश्वर से यही प्रार्थना है, कि वह हमें सन्मार्ग दिखाए और हम साम्प्रदायिकता से ऊपर उठकर राष्ट्रीयता की ओर अग्रसर हो सकें।

7 नवम्बर, 1932

एकता-सम्मेलन

यद्यपि मौलाना शौकतअली और कई अन्य नेता प्रयाग से चले गये हैं, पर एकता-सम्मेलन बराबर ज़ारी है। बंगाल, पंजाब और सिन्ध यह तीन समस्याएँ लोहे के चने थीं। बंगाल की समस्या तो क़रीब-क़रीब हल हो चुकी है, केवल पंजाब और सिन्ध की समस्याओं का हल होना बाकी है। एक दिन पहले ऐसा भय होता था कि सिन्ध की चट्टान पर सम्मेलन की नाव टकराकर टूट जाएगी, पर सिन्ध के हिन्दुओं ने इस अवसर पर जिस दूरदर्शिता और राष्ट्र-प्रेम का परिचय दिया है, वह प्रशंसातीत है। हिन्दू नेताओं ने सिन्ध का अलग होना स्वीकार कर लिया है, अगर सम्मिलित निर्वाचन मुसलमानों द्वारा स्वीकृत हो जाए और हिन्दुओं के लिए वही रिआयतें दे दी जाएँ, जो मुसलमानों को हिन्दू प्रधान सूबों में प्राप्त हैं। सिन्ध अपना खर्च आप नहीं निकाल सकता। इसका हल यों किया गया है, कि सरकार से सहायता लेकर इस कमी को पूरा किया जाय। सालाना कमी अस्सी लाख की होगी। जब सरकार पचास करोड़ के लगभग सेना पर खर्च करती है, तो उसे सिन्ध के लिए अस्सी लाख की सहायता देने में ऐसी कोई बड़ी अड़चन न पड़ेगी। अब केवल पंजाब का मामला शेष है। हम आशा करते हैं, इस विषय में भी इस दूरदर्शिता से काम लिया जाएगा।

14 नवम्बर, 1932

कराची महिला सम्मेलन : लेडी अब्दुलकादिर का भाषण

यह देखकर चित्त प्रसन्न होता है, कि साम्प्रदायिकता की हवा ने हमारी महिलाओं पर बहुत कम असर किया। प्रयागस्थ एकता-सम्मेलन के नेताओं को कई महिला-संस्थाओं ने साम्प्रदायिकता को मिटा देने का आदेश दिया था। उसी तरह के भाव कराची महिला सम्मेलन में लेडी अब्दुलकादिर ने प्रकट किए हैं। आप बुड्ढों से तो इतनी उदारता की आशा नहीं रखतीं, इनके लिए अब किसी नयी बात को सीखना उतना ही कठिन है, जितना किसी पुरानी बात को भुलाना, लेकिन आनेवाली सन्तान को उस छूत से बचाना होगा, अतएव आपने अपनी बहनों को सलाह दी है, कि अपने बच्चों में राष्ट्रीय भावनाओं ही का संचार करें और किसी तरह के भेद-भाव उनमें न पैदा होने दें। हमें आशा है, हमारी माताएँ और बहनें इस आदेश को उसके सच्चे अर्थ में ग्रहण करेंगी और उनके द्वारा सच्चे भारतीय राष्ट्र का जन्म होगा।

14 नवम्बर, 1932

सिन्ध का समझौता

प्रयाग के एकता-सम्मेलन के विषय में आशा और निराशा बँधती तथा नष्ट होती रहती है। एक ओर सम्मेलन हो रहा है, महामना पंडित मदनमोहन मालवीय, मौलाना अब्दुलकलाम आजाद, शेख अब्दुलमजीद तथा श्री विजयराघवाचारियर रोज पन्द्रह-बीस घंटे तक लगातर परिश्रम कर समझौते का मसविदा तैयार करना चाहते हैं। दूसरी ओर कलकत्ते में मि. चैटर्जी तथा दिल्ली से एसेम्बली के सदस्य मि. वी. दास सम्मेलन सम्बन्धी अपनी असामायिक घोषणाओं से तथा सर मुहम्मद इकबाल और मि. गजनबी ऐसे 'साम्प्रदायिकता की दीवाल पर चढ़कर ऊँचे उठने वाले' राजनीतिज्ञों की प्रार्थनाओं से उसकी विफलता की भी गुंजाइश दीखती है, किन्तु राजनैतिक परिस्थिति इस समय इतनी डाँवाडोल है, तथा उसके सामने समस्याओं की इतनी भरमार है, कि यदि वह इसी प्रकार सम्मेलन करता और असफल होता जावेगा, तो इसका सर्वनाश विशेष दूर नहीं हैं। एसेम्बली में मि. दास की सेवाओं की सराहना करते हुए भी, हमने अपने सामने के सबसे ताजे पत्रों में, सम्मेलन के प्रति उनकी निन्दात्मक तथा इलाहबाद के बाद पुनः दिल्ली में एकता-सम्मेलन करने की सलाह की भर्त्सना किए बिना नहीं रह सकते। यह तो किसी बात को न होने देने का उपाय है। सम्मेलनों में प्रत्येक दल अपने स्वार्थ को उग्रतम रूप में पेश करता है, जितनी माँगे पेश की जाती हैं, उनका अर्थांश भी तो नहीं मिलता। फिर, माँग पेश करते ही नाउम्मीद हो जाना, निरी जल्दबाज़ी है। एकता-सम्मेलन की जो थोड़ी-बहुत रिपोर्टें प्रकाशित हुई हैं तथा हमें स्वयं इस विषय में जो निजी बातें ज्ञात हैं, उनसे यह स्पष्ट है, कि हिन्दुओं ने अपनी ओर से और मुसलमानों ने भी अपनी ओर से अधिक खींचातानी करने में कोई कोर कसर बाकी नहीं रखी, किन्तु इसके लिए किसी की निन्दा करना तब सम्भव था, जब किसी की जिद्द से समझौते की दीवाल चकनाचूर हो जाती, पर अभी तक के समाचारों से यह प्रकट है, कि उभयपक्ष ने अधिक से अधिक सहूलियत से काम लिया है और इसी प्रकार की प्रवृत्ति के परिणामस्वरूप अन्त में सिन्ध

के प्रश्न पर कामचलाऊ समझौता हो ही गया, इसलिए समूचा राष्ट्र इन निस्पृह तथा असीम साहस से परामर्श करने वाले सम्मेलन-सदस्यों के प्रति कृतज्ञता से विनयावनत है, बधाई देता है।

सिन्ध समझौता कामचलाऊ है, यह लिखते भी हमको संकोच नहीं होता। समझौता करने वालों ने ही इसे दस वर्ष के लिए प्रयोगात्मक बताया है तथा आर्थिक कमी को पूरा करने के लिए, निर्वाचन आदि के विषय में विचार करने के लिए, इस माह के अन्त में सिन्ध में ही सम्मेलन कर, निर्णय करने का निश्चय किया गया है, किन्तु इस द्वितीय सम्मेलन में कोई ऐसा प्रश्न विचारार्थ नहीं रखा गया है, जिससे समझौते की मूल बातों पर आघात हो सके। किस प्रकार से खर्च की कमी पूरी की जाय, यह कार्यक्रम तथा योजना बनाने की बात है, पर यह तय कर लेना कि निर्वाचन संयुक्त होगा, निर्वाचकों की योग्यता दोनों धर्मवालों के लिए समान होगी, मन्त्रिमंडल में कम-से-कम एक हिन्दू रहेगा, धर्म तथा समाज की एकता तथा समानता, पहले ही स्वीकार कर ली जावेगी, काउंसिल में सैंतीस प्रतिशत हिन्दू मेम्बर होंगे, एक तिहाई सरकारी नौकरियाँ हिन्दुओं के लिए सुरक्षित रहेंगी तथा साठ प्रतिशत नौकरियों पर नियुक्ति प्रतिस्पर्धा की परीक्षाओं द्वारा होगी, बहुत बड़ी बात है। यहाँ समूची योजना देने की जरूरत नहीं है। इतनी ही बातें बता देने से पाठकों को यह स्पष्टतया मालूम तो जाएगा कि हिन्दू-हितों की रक्षा के लिए इतनी गुंजाइशें काफी हैं। बहुत-सी बातें केवल कोरे कागज से ही, समझौता करने से तय नहीं हो सकतीं। यदि अविश्वास का भूत नहीं मँडराता रहा, तो हरएक को एक दूसरे के काम में खराबी और नीयत में सुबहा मालूम होगा, पर जब दो समुदाय एक ही देश के सुख-दुखः के जिम्मेदार होंगे, जब दोनों का हित उस प्रान्त की समृद्धि तथा प्रगति के साथ जुड़ा रहेगा, तब पारस्परिक विरोध उतना कभी नहीं रह सकता। और इस समय सिन्ध के समझौते में जो अधूरापन मालूम होता है, वह क्रियात्मक रूप में शासन-विधान को काम में लाने से दूर हो जावेगा।

यह अच्छा होता—शायद सरल होता—यदि हमारे पारस्परिक समझौते को प्रशस्त बनाने के लिए सरकार यह ऐलान कर देती कि वह केन्द्रीय शासन में जिम्मेदारी देगी, या कहाँ तक देगी, हमें अधिकार कहाँ तक या किस सीमा तक मिलेगा—यह न मालूम रहने के कारण ही आज इतनी गड़बड़ मची हुई है। एक प्रकार से हम अन्धकार में ही पैंतरे बदल रहें है। इसीलिए, द्वितीय गोलमेज़ के अवसर पर महात्माजी ने साफ़ कहा था कि यदि सरकार हमारा हित चाहती है, तो पहले बतला दे कि वह कहाँ तक हमें अधिकार देगी, पर सरकार की ओर से केवल बुझौवल बुझाई जा रही है। सिन्ध का मसला अभी तक एकता-सम्मेलन

में इसीलिए नहीं तय हो रहा था कि सिन्धी हिन्दू चाहते थे—हमें तभी बम्बई से पृथक किया जावे, जब केन्द्रीय सरकार में जिम्मेदार शासन मिल जावे। मुसलमान किसी प्रकार की शर्त नहीं चाहते थे।

किन्तु, ईश्वर की कृपा से यह बाधा दूर हो गयी और समझौता हो गया। अब, आशा है कि पंजाब तथा बंगाल का भी प्रश्न हल हो जावेगा। इसी के साथ ही, क्या सम्मेलन उड़ीसा की समस्या को भी निपटा देगा? यह प्राय: पूर्णत: न्यायसंगत है कि जब बम्बई से सिन्ध को अलग किया जा रहा है, तो बिहार से उड़ीसा को भी पृथक कर एक प्रान्त बना दिया जाय तथा उसको भी अलग काउंसिल प्राप्त हो जाय। सिन्ध के शासन में खर्च की जितनी कमी है, उतनी उड़ीसा के लिए नहीं। उड़ीसा की जनसंख्या बहुत समय से अपने पृथकत्व की चेष्टा कर रही है तथा अभी तक बिहार के साथ रहने से उसकी उन्नति में बाधा पहुँची है, वह इसी प्रकार दूर हो सकती है।

आशा है, हमारा अलग अंक प्रकाशित होने तक एकता-सम्मेलन पूर्णत: सफल होगा।

21 नवम्बर, 1932

एकता के विरुद्ध सम्प्रदायवादियों का शोरगुल

यह तो मालूम ही था कि एकता-सम्मेलन के निर्णय को, भेद-भाव के आश्रय में पलने वाले लोग पसन्द न करेंगे। उधर तो एकता-सम्मेलन हो रहा था, इधर टोडियों में दौड़-धूप मची हुई थी कि इस तरह जल्द से जल्द उसका विरोध करके खुशनूदी का सेहरा सिर बाँध लिया जाय। लेकिन इस सबसे ज्यादा ख़ेदजनक पृथकतावादी मुसलमानों का वह षड्यन्त्र है, जिसे हमारे राष्ट्रीय मुस्लिम सहयोगी 'हक़ीकत' ने खोला है। सहयोगी लिखता है—

"मालूम हुआ है कि प्रयाग-एकता-सम्मेलन के बाद से दलबन्द मुसलमानों में गहरी साज़िश हो रही है कि सम्मेलन के फैसलों के विरूद्ध मुसलमानों आन्दोलन शुरू किया जाय। इन्हीं महानुभावों की दौड़-धूप और प्रयास से मौलाना शौकतअली को महात्मा जी से यरवदा जेल में मिलने की अनुमति नहीं दी गयी थी। इस काम के लिए तीन चार मुस्लिम समाचार-पत्रों को मिला लिया गया है। मुसलमानों को इस साज़िश से होशियार रहना चाहिए। ये लोग न मुल्क के दोस्त हैं, न अपनी कौम के। केवल स्वार्थ के बन्दे हैं, चाहे राष्ट्र सम्मान को कितना ही बड़ा आघात पहुँच जाय।"

इसके बाद की ख़बर है कि मुस्लिम लीग और मुस्लिम कॉन्फ्रेंस तथा जमैयतुल उलेमा कानपुर के पचास सभासदों ने दिल्ली में जमा होकर प्रयाग के निर्णय का विरोध किया और शेख अब्दुल मजीद तथा अन्य राष्ट्रीय मुसलमानों ने इस सभा में सम्मिलित होना उचित न समझा, क्योंकि यहाँ लोग पहले से प्रयाग का विरोध करने का फैसला कर चुके थे। प्रयाग में हिन्दुओं की शिकायत है कि मुसलमानों के साथ तरफ़दारी की गयी, और वहाँ मुसलमानों का दूसरा दल कह रहा है कि उसकी माँगे पूरी ही नहीं हुईं। देखें लखनऊ के मुस्लिम सर्व दल सम्मेलन में क्या फैसला होता है। एकता के शत्रु तुले बैठे हुए हैं कि एकता का अन्त कर दिया जाय। देखना यह है कि मुस्लिम जनता क्या कहती है। खेद यही है कि ऐसे नाजुक मौके पर मौलाना शौकतअली नहीं है।

28 नवम्बर, 1932

एकता

एकता बड़ा मधुर शब्द है। इसके प्रत्येक अक्षर में वह जादू है, जो कवि की कल्पना अथवा अन्वेषक की बुद्धि से परे हैं। एकता अथवा एकरूपता में कोई अन्तर नहीं है। यह समूची सृष्टि उस परमात्मा की इच्छा के परिणामस्वरूप उत्पन्न हुई है। उसने कल्पना की कि वह अनेक हो जावें और उसकी कल्पना के विकार से यह माया-जाल बना, पर सृष्टि की प्रत्येक रचना में, परमात्मा के साथ साम्य तथा सद्रूपता का अन्तर्निहित आभास रहता है। प्राणी विवेक की शरण लेकर अविवेक से निरन्तर युद्ध करता रहता है। सबके साथ अपनी सत्ता को मिलाने की चेष्टा उसी एक विश्वात्मा में सम्मिलित कर लिए जाने का प्रयास है, जिसने विलग हो जाने से यह भेदभाव प्राप्त हुआ था।

पृथ्वी की धूल से उत्पन्न गर्द हवा से ऊपर उड़ जाती है, पर वह चेष्टा नीचे ही गिरने की करती है। बीज से उत्पन्न फल पुनः पृथ्वी पर गिरकर बीज रूप में हो जाना चाहता है। समुद्र से प्राप्त वर्षा जल से प्रवाहित सरिता पुनः समुद्र के साथ साकार होना चाहता है। सिंह तथा सिंहनी की सन्तान भी, कुछ समय तक अपने भोज्य जीवों के साथ खेलकर उनके साथ अपने साम्य का सुख लूटकर उन्हें खा जाते हैं। पेट तो भरना ही होगा, चाहे वह अपने सम्बन्धी को ही खाकर क्यों न भरे।

तब मनुष्य की एकता के प्रति अनुरक्ति के लिए क्या कहा जावे। आज जो लड़ रहा है, जो झगड़ रहा है, जो आपस में एक टुकड़े लिए कपट-जाल कर दूसरे के सत्यानाश पर तुला हुआ है, वह अपनी इस तृप्ति से सुखी नहीं है। लड़ना किससे और क्यों? झगड़ा किससे और क्यों? जब सब एक हैं, जब सब एक दूसरे के सुख-दुख के जिम्मेदार हैं, जब एक के पैर में काँटा चुभने से दूसरे के जी में कसक पैदा हो जाती है, जब एक की वेदना दूसरे के सुख के स्वर को भंग कर सकती है, तब विरोध किसका? जो बाल-बच्चेवाला है, वह दूसरे के बच्चे के दुःख को कैसे नहीं समझेगा? जिसके घर-द्वार है वह दूसरे

के घर को फूँक कर कब तक सुखी हो सकेगा? असल में जो दुःख है वह हमारी नीयत में नहीं, हमारे अविवेक में है। हमको किसी ने बहका रखा है, कि दूसरे का अपहरण तुम्हारा सुख है, दूसरे का अभाव तुम्हारी विजय! पर इस प्रकार उमंग के दास हो जाने से, कितने दिन, किस प्रकार हम अपना कल्याण कर सकते हैं? असल में हम शान्ति चाहते हैं, सुख चाहते हैं, प्रेम चाहते हैं, पर जब हमारे स्वार्थ को ज़रा भी ठेस लगती है, जब हमारे हित को ज़रा भी आँच लगती है, हम व्याकुल हो उठते हैं और लड़ने लगते हैं, पर यह युग इस प्रकार लड़ने से हमें सर्व-सुखी नहीं कर सकता। योरोप तथा अमेरिका वालों के पास अपना झगड़ा इतना नहीं है। एक प्रकार से वह परम सुखी हैं, पर भरे पेट में शरारत सूझती है और अब वे पराए के झगड़े को अपना बनाकर रात-दिन का कलह पैदा कर लेते हैं, इसलिए एकता का प्रश्न एक दैवी प्रश्न है, और जिसे सुख की चाह हो, यदि वह सर्वस्व प्राप्त करके एकता प्राप्त करने की लालसा करेगा, तो वह उसे कभी प्राप्त न होगी। दैवी वस्तुओं में दैवी वृत्ति चाहिए। यदि हिन्दू मुसलमान से एकता प्राप्त करना चाहता है, तो उसे यह स्मरण रखना चाहिए कि न तो वह मुसलमान से जो चाहता है वह पूरा पा सकता है और न मुसलमान जितने की आशा करता था, वह कभी पूरी होगी।

यदि हम भारतीय वास्तव में एकता प्रेमी हैं, तो हमको इस महान सत्य को ध्यान में रखना होगा। प्रयाग में एकता-सम्मेलन हो गया। मालवीय जी ने अपने जीवन की बाजी लगाकर इसे सफल बना दिया। जिस प्रकार नेहरू रिपोर्ट पंडित मोती लाल नेहरू के जीवन का सबसे बड़ा कार्य था, उसी प्रकार प्रयाग का एकता-सम्मेलन मालवीय जी के जीवन की सबसे बड़ी विजय है। इस सम्मेलन में क्या बातें तय हो गयीं, उन्हें दुहराने की जरूरत नहीं है। जो हुआ, सो हुआ, जहाँ तक हो गया, इस समय की अवस्था को देखते हुए काफ़ी और अच्छा है। शिकायत की गुंजाइशें हैं, और दोनों तरफ से हैं, पर यदि एकता करनी है, तो वह दे-ले कर ही हो सकती है। वह बड़ी महँगी चीज है, तपस्या से प्राप्त होती है। तपस्या के लिए त्याग चाहिए। इसीलिए प्रयाग की इस सफलता को त्याग की ही सफलता समझना चाहिए। ऐसे अवसर पर हिन्दू तथा मुसलमानों की ओर से, स्वयं डॉ. मुंजे ऐसे बड़े नेताओं द्वारा भी, प्रयाग के निर्णय के विरुद्ध प्रचार देखकर हमें बड़ा खेद और आश्चर्य होता है। यदि उन्हें एकता करनी नहीं है तो और ही बात है। यदि करनी है, तो इसका तात्पर्य कि एक महान कार्य के महान प्रसाद को चूर्ण-विचूर्ण किया जावे।

अभी, गोलमेज़ का ताज़ा समाचार है कि मुस्लिम प्रतिनिधियों ने यह निश्चय किया कि वे हिज़ हाइनेस सर आगाखाँ की अधीनता में मिलकर, एक साथ और

एक सम्मति से कार्य करेंगे। तीसरी गोलमेज़ में सरकार ने चुन-चुनकर एकता-विरोधी मुस्लिम प्रतिनिधि बुलाए हैं। भारत से रवाना होने के पहले ये प्रतिनिधि खुले शब्दों में प्रयाग-सम्मेलन की दिल्लगी उड़ाकर गये हैं। अब जब वे देखेंगे कि यहाँ एकता सचमुच हो गयी, तो उनकी आत्मा को कितनी ठेस लगेगी, पर जब वे यह देखेंगे कि उस एकता के समर्थक केवल वही हैं, जो प्रयाग में उस समय मौजूद थे, तो उनको कितना आनन्द प्राप्त होगा? हिन्दू सभा की बैठक के समय हमने देखा था कि उसके सभापति श्री केलकर केवल डॉ. मुंजे के राग में राग मिलाकर अपने व्यक्तित्व को कुछ भी कष्ट न देते थे। वही मि. केलकर इस समय लन्दन में गोलमेजियों में हैं। यदि डॉ. मुंजे की आवाज़ उनके कानों तक पहुँच गयी और उन्होंने अपना मत प्रयाग के निर्णय के विरूद्ध दे दिया, तब एक ओर होंगे उनके खिलाफ़ श्री केलकर, दूसरी ओर होंगे सर मुहम्मद इकबाल। तब तो ख़ूब प्रयाग का निर्णय कार्यान्वित होगा।

यदि सरकार वास्तव में भारत का हित चाहती है, तो उसे तुरन्त प्रयाग के निर्णय को स्वीकार कर लेना चाहिए, जिस प्रकार उसने अपना पूना-पैक्ट को मान लिया था। उस समय पूना-पैक्ट के विरोधी भी थे, पर उसके उनकी परवाह न की थी। इसी प्रकार इस समय भी उसकी नेक नीयती की परीक्षा है, यदि वह परीक्षा में पास हो गयी तो उसने आगामी पचास वर्षों के लिए भारतीय वैभव पर पुनः अधिकार दृढ़ करने का रास्ता पार कर लिया।

हमें तो सबसे पहले अपने भाईयों से विनय करना है। इस समय प्रयाग में जो हो गया, वही ग़नीमत है। एकता के मनोरम स्वरूप को देखने के लिए आइए, हम लोग प्रयाग से प्राप्त देवी 'एकता' के चरणों में सिर झुकाएँ।

28 नवम्बर, 1932

समझौता या हार

प्रयाग के एकता-सम्मेलन में जो कुछ-तय हुआ है उस पर हममें से बहुतों में मतभेद है। मुसलमानों में कुछ संस्थाएँ उसे मुसलमानों की हार बतलाती हैं। उसी तरह हिन्दुओं में जो लोग साम्प्रदायिक मनोवृत्ति के मनुष्य हैं वह इसे हिन्दुओं की शिकस्त कहते हैं। और दोनों ही अपनी-अपनी जगह पर ठीक ही कहते हैं। समझौता वास्तव में हार है, मगर वह हार जिसमें दोनों तरफ की हार होती है। और दोनों तरफ की हार को हम दोनों तरफ की जीत कहें तो किसी का कोई नुकसान नहीं। हार सापेक्षिक है। जहाँ जीत का आनन्द नहीं वहाँ हार का दु:ख कहाँ?

एकता-सम्मेलन के प्रतिनिधि खूब समझते थे कि देश में ऐसे लोगों की कमी नहीं है, जिन्हें उनका कार्यक्रम सन्तुष्ट न कर सकेगा। यह जानते हुए उन्होंने इस सम्मेलन का आयोजन किया था, लेकिन साम्प्रदायिकता पर विजय पाने का उनके पास समझौते के सिवा और क्या साधन था? जो लोग समझौते से असन्तुष्ट हैं, वे भी तो इस गुत्थी के सुलझने की दूसरी विधि नहीं बता सकते। सम्मेलन में ऐसे-ऐसे लोग शामिल थे जिन्होंने राष्ट्रीयता के नाम पर बड़े-बड़े बलिदान किए हैं, बड़े-बड़े कष्ट झेले हैं, बल्कि यों कहना चाहिए कि अपने आपको मिटा दिया है। उन पर आप चाहे जो इल्ज़ाम लगाएँ, साम्प्रदायिकता या भेदभाव का इल्ज़ाम नहीं लगा सकते। ऐसे लोग जब सम्मेलन में एक निश्चिय कर चुके तो आरामकुरसी वाले राजनीतिज्ञों का उन पर आक्षेप करना जले पर नमक छिड़कना है।

भेदभाव राष्ट्र के लिए अहितकर है। हम भी उतना ही समझते हैं जितना ये आलोचक। अगर हम इस भेदभाव को जड़ से मिटा सकते तो कहना ही क्या था। लेकन जब अपनी पूरी शक्ति लगाकर देख लिया कि इस दुश्मन को हम उखाड़ नहीं सकते तो हमारे पास इसके सिवा और क्या साधन था कि इससे समझौता किया जाय।

बहुत दिनों का जीर्ण रोगी बिस्तर पर पड़ा कराह रहा है। अगर वह आशा

करे कि कोई धनवन्तरी आकर छू मन्तर से उसे एक क्षण या एक दिन में चंगा कर देगा और वह पूरी तरह स्वस्थ हो जाएगा तो यह समझ लेना चाहिए कि उस रोगी के जीवन की घड़ियाँ गिनी हुई हैं। अगर उसे स्वास्थ्य लाभ करना है तो उसे एक-एक खुराक दवा खानी पड़ेगी, पूरे पथ्य से रहना पड़ेगा। तब कहीं महीनों में जाकर वह इस काबिल होगा कि चल-फिर सकें। एकता-सम्मेलन का समझौता वही दवा है। वही आपद धर्म है। इसे किसी और रूप में देखना हमारा भ्रम है।

चिकित्सा के दो भेद हैं, एक इलाज बिल-मिस्ल, दूसरा इलाज बिलज़िद। गर्मी को गर्म दवाओं से जीतना पहली रीति है। गर्मी को ठंडी दवाओं से जीतना दूसरी रीति है। एकता सम्मेलन का समझौता वही इलाज़ बिल मिस्ल है। प्रचंड साम्प्रदायिकता को उसने हल्की साम्प्रदायिकता से जीतने की चेष्टा की है। अब तक हमने इलाज़ बिलज़िद का व्यवहार किया था। उसमें हमें सफलता नहीं हुई।

हम यह नहीं कहते कि उपचार से लाभ नहीं होगा। कोई धनवन्तरी निश्चय के साथ नहीं कह सकता कि अमुक दवा से ज़रूर फायदा होगा। हमें इस औषधि के पथ्यापथ्य का विचार करके सेवन करना चाहिए। अगर इससे फायदा हुआ तो वाह-वाह, नहीं दस या पाँच साल के बाद हमें पूरा अधिकार होगा कि किसी दूसरी चिकित्सा की परीक्षा करें।

सम्मिलित निर्वाचन स्वयं एक चीज़ है जिससे बहुत कुछ मनोमालिन्य और गलतफहमियाँ दूर हो जाएँगी। इस निर्वाचन में वही सज्जन उत्तीण होंगे जो हिन्दुओं और मुसलमानों, दोनों ही के विश्वासपात्र होंगे। हिन्दू किसी ऐसे मुसलमान को वोट न देगा जिस पर उसे विश्वास न हो। इसी तरह संयुक्त राष्ट्र का निर्माण होगा। जब दोनों सम्प्रदायों के आदमी एक-दूसरे पर विश्वास करना सीख जाएँगे तो संयुक्त निर्वाचन का व्यवहार होने लगेगा।

हम मानते हैं कि सिन्ध और सरहद के हिन्दू अल्पमत में हैं। तो क्या मद्रास और सी.पी. और संयुक्त प्रदेश के मुसलमान अल्प संख्या में नहीं हैं? आप मुसलमानों को जो संरक्षण हिन्दू प्रधान प्रान्तों में दे रहे हैं, यदि वही संरक्षण आपको मुस्लिम प्रधान प्रान्तों में मिल रहा है तो हम नहीं समझते इसमें हाय-हाय करने की क्या बात है।

फिर, क्या साम्प्रदायिकता उसी को कहते हैं, जो धर्म और प्रचार पर आधारित हो। वह भी तो साम्प्रदायिकता ही है जो राजनैतिक सिद्धान्तों पर आधारित होती है। अगर हिन्दू-मुसलमान एक-दूसरे से लड़ते हैं तो क्या सोशिलिस्ट और डिमोक्रेट एक-दूसरे की पूजा करते हैं? उनकी आपस की लड़ाईयाँ भी उतनी भयंकर, उतनी ही रक्तमय होती हैं। बल्कि उससे कुछ ज़्यादा। यह विभिन्नता तो किसी-न-

किसी रूप में उस समय तक रहेगी जब तक एक नये युग का उदय न होगा, जब सब एक-दूसरे को भाई समझेंगे, स्वार्थ और भेद का अन्त हो जाएगा। वह समय निकट भविष्य में आता नज़र नहीं आता। अभी तो आपके सामने कढ़ाव से निकलकर चूल्हे में ही गिरने की सम्भावना है। वर्तमान साम्प्रदायिकता के बाद उस साम्प्रदायिकता का युग आनेवाला है जो राजनीति प्रधान होगी, जब श्रम और पूजा का भीषण संग्राम छिड़ेगा। इस साम्प्रदायिकता में तो कुछ सहिष्णुता है। वह साम्प्रदायिकता तो सामूहिक स्वार्थ की उपज होगी और यह मानना पड़ेगा कि स्वार्थ धर्म से कम घातक नहीं है।

यह सारी लड़ाई मुट्ठीभर शिक्षित आदमियों की है जो ओहदे और मेम्बरियों के लिए एक-दूसरे को नोच रहे हैं। इस समुदाय से अलग जो राष्ट्र हैं वहाँ न कोई हिन्दू है न मुसलमान। वहाँ सब किसान हैं, या मजदूर जो एक-से दरिद्र, एक-से पिसे हुए, एक-से दलित हैं। आरती और नमाज़, हिन्दी और उर्दू की समस्याएँ वहाँ हैं ही नहीं। अगर दो-चार हिन्दू या मुसलमान ओहदेदार कम या ज़्यादा हो गये तो इससे राष्ट्र पर कोई असर नहीं पड़ता। कोई राजपद्धति साम्प्रदायिक हितों के सामने चल कर इस बीसवीं सदी में सफल नहीं हो सकती। यह शंका करना हिमाकत है कि जिन प्रान्तों में मुस्लिम बहुमत होगा वहाँ बड़े जोरशोर से गऊ हत्या होने लगेगी, या मन्दिर तोड़ दिए जाएँगे, या हिन्दुओं की चोटी रखने की मुमानियत कर दी जाएगी, या उनके जनेऊ तोड़ डाले जाएँगे। या हिन्दू किसानों से ज़्यादा लगान लिया जाएगा, मुस्लिम किसानों से कम, या हिन्दू मजूरों को कम मजदूरी दी जाएगी, मुस्लिम मजूरों को ज़्यादा, या हिन्दुओं के लिए शिक्षा का द्वारा बन्द कर दिया जाएगा। न यही होगा कि मुसलमानों को अस्पताल में दवा मिले, और हिन्दुओं को दुत्कार दिया जाय। आज भी हम देखते हैं कि हिन्दुओं के नौकर मुसलमान हैं, मुसलमानों के नौकर हिन्दू हैं। सिक्खों के राज़ में भी बड़े-बड़े ओहदों पर मुसलमान थे, मुसलमानों के राज बड़े-बड़े ओहदों पर अक्सर हिन्दू। इसलिए जो सज्जन एकता-सम्मेलन को हिन्दुओं की पूरी हार कहते हैं, इसे Abrect surrender कह कर निन्दनीय बताते हैं, उनसे हमारा यही निवेदन है कि अगर आपके पास एकता का सम्मेलन में स्वीकृत प्रस्तावों से कोई बेहतर प्रस्ताव हो तो उसे पेश कीजिए। और अगर नहीं है तो चुपके से बैठिए। जो काम आपसे नहीं हो सकता उसे जब दूसरे अपने ढंग पर करते हैं तो उन्हें बदनाम न कीजिए, व्यर्थ की फिलासोफ़ी न बघारिए। इसे सब स्वीकार करते हैं कि साम्प्रदायिकता को मिटाना है इसकी युक्ति सोचिए। अब तक राष्ट्र के सामने एकता के जितने प्रस्ताव आये, उनमें सबसे ज़्यादा जनमत इसी समझौते को मिला है, और हम अपनी पूरी शक्ति से उसकी रक्षा करेंगे।

5 दिसम्बर, 1932

प्रयाग सम्मेलन

प्रयाग के एकता सम्मेलन में बंगाल के प्रश्न ने बड़ी रुकावट डाल दी है। सिन्ध, पंजाब और संयुक्त निर्वाचन आदि जटिल प्रश्न तो किसी तरह तय हुए, लेकिन बंगाल के हिन्दू अब ज़्यादा दबना नहीं चाहते। बंगाल में मुसलमानों का बहुमत है। मुसलमान अपनी इक्यावन फ़ीसदी जगहें सुरक्षित रखना चाहते हैं। बंगाल में अंग्रेजों और अर्द्धगोरों को उनकी जनसंख्या से कहीं ज़्यादा वोट दे दिए गये हैं। हिन्दू-मुस्लिम समझौते में अंग्रेजों की जगहें घटाकर मुसलमानों तथा हिन्दुओं की जगहें बढ़ा दी गयी थीं, पर अब ऐसा मालूम हुआ है कि अंग्रेज अपनी एक भी जगह नहीं छोड़ना चाहते। इसलिए मुसलमानों की इक्यावन फ़ीसदी पूरी करने के लिए बंगाल के हिन्दुओं को अपने हिस्से से दो जगहें देने का प्रश्न उठा है। बंगाली हिन्दू भी अड़े हुए हैं, पर हमें आशा है कि वह एक ज़रा-सी बात के लिए एकता-सम्मेलन का जीवन संकट में न डालेंगे। और सम्मेलन के शत्रुओं को बगलें बजाने का अवसर न देंगे। अल्पमतवालों के लिए चाहे वे हिन्दू हों या मुसलमान, बहुमत पर विश्वास रखने और उनसे सहयोग करने के सिवा और कोई उपाय नहीं है। इस सहयोग की नीति से, वह बहुमत पर उससे कहीं ज़्यादा प्रभाव डाल सकते हैं, जितना वह अपनी संख्या में दो-एक जगहें बढ़ाकर कर सकते हैं।

दिसम्बर, 1932

मुस्लिम जनता में एकता सम्मेलन का समर्थन

मुस्लिम सम्प्रदायवादियों को एकता से विरोध होना चाहिए था और हो रहा है पर अब मुस्लिम जनता उनके पीछे नहीं चलना चाहती। दिल्ली के कुछ सरकारी वज़ीरों और ख़ान बहादुरों और खान बहादुरी के उम्मीदवारों ने आपस में मिलकर चुपके से इस आशय का एक प्रस्ताव पास कर दिया था कि उन्हें एकता-सम्मेलन के फैसले अस्वीकार हैं, पर उसी दिल्ली के उत्साही मुस्लिम युवकों ने उस जलसे की कार्रवाई पर यह प्रस्ताव स्वीकार किया है—

"प्रयाग एकता-सम्मेलन का फैसला मुसलमानों के लिए प्रधानमन्त्री के नादिरशाही फैसले से कहीं बढ़कर हैं। नामनिहाद मुस्लिम कॉन्फ्रेंस, मुरदा लीग ने जिसके साथ कानपुरी जम्मैयत का दुमछल्ला लगा हुआ है, मुसलमानों के नाम पर एकता का जो विरोध किया है और अपने एक जलसे में जो प्रस्ताव स्वीकार किया है, वह किसी तरह भी मुसलमानों के लिए मान्य नहीं हैं। इन थोड़े से स्वार्थसेवियों की यह नीति मुस्लिम युवकों की दृष्टि में देशद्रोह है।"

राष्ट्र की भावी आशा हमारे युवक ही हैं, और हमारे लिए परम सन्तोष की बात है, कि प्राय: हरएक अवसर पर मुस्लिम युवकों ने साम्प्रदायिकता की उपेक्षा करके राष्ट्रीयता का परिचय दिया है। इस सद्‌भावना की जितनी प्रशंसा की जाय, कम है।

पटना में भी मौलाना शफ़ी दाऊदी ने एक जलसे में एकता सम्मेलन के विरोध में मुस्लिम जनता को संगठित करने की चेष्टा की, पर वहाँ भी उन्हें मुँह की खानी पड़ी और जलसे में बहुमत से सम्मेलन के समर्थन का प्रस्ताव मंजूर हो गया। हमें आशा है अब एकता के विरोधियों को मालूम हो गया, कि मुस्लिम जनता उनके साथ नहीं है। मौलाना शौकतअली ही को वह अपना नेता समझती है और अब उसे इस रास्ते से नहीं हटाया जा सकता। उन्हें अब अपनी तकदीर ठोंक लेनी चाहिए और जिस लीडरी का अब तक वे स्वप्न देख रहे हैं, उसके नाम को रो लेना अब मुनासिब है।

12 दिसम्बर, 1932

मिर्ज़ापुर का दंगा

आज के दो वर्ष पहले, मिर्जापुर के ज़िले के रैया नामक ग्राम में हिन्दू-मुस्लिम दंगा होने के समाचार मिले थे। कहा गया था कि मुसलमान जमींदार के एक बछवा मार देने के कारण बात बढ़ी थी और दंगा हो गया था। जो हो, पुलिस ने लगभग एक सौ आदमियों की चालान कर दी थी और दो वर्ष तक बनारस जिला जेल में वे सड़ते रहे। दौरा जज मि. मेडले की इजलास में मुक़दमा होता रहा और एक अपराधी जेल के भीतर ही मर गया। बहुत से छोड़ दिए गये और सात को फाँसी तथा तेईस को कालेपानी की सज़ा दी गयी। इन अभागों ने इलाहबाद हाईकोर्ट के सामने जो अपील की थी, उसका फ़ैसला 23 जनवरी को सुना दिया गया। यह फैसला कई दृष्टियों से इतना महत्त्वपूर्ण है कि निस्संकोच यह कहना पड़ता है कि इलाहाबाद हाईकोर्ट के इतिहास के बहुत ही महत्त्वपूर्ण फ़ैसलों में इसकी गणना होगी। विद्वान तथा आदरणीय न्यायाधीशों ने सभी अभियुक्तों को निरपराध कहकर छोड़ दिया और न्याय की ज़रा-सी भूल से जो व्यक्ति मृत्यु के द्वार पर पहुँच चुके थे, वे बच गये। हाईकोर्ट के इस फ़ैसले से हमको उसकी निष्पक्षता के प्रति श्रद्धा हो गयी है।

फैसले में कई बातें विचारणीय हैं। आदरणीय न्यायाधीशों ने इस विषय में तीन मुख्य बातों का पता लगाया है--1. सरकारी गवाहों ने शपथ लेकर झूठी गवाही दी है, अत: वे दरोग़हल्फ़ी के अपराधी हैं। 2. पुलिस ने मुक़दमा बनाने की ही चेष्टा की, सत्य की तह में पैठने, तथ्यातथ्य के जाँच की नहीं। 3. जिस न्यायाधीश ने सज़ा दी उसको उदारतापूर्वक मामले की जाँच करनी चाहिए थी क्योंकि दंगों के मामले में बहुत से निरपराध तथा निर्दोष भी अक्सर फँस जाया करते हैं। इन बातों के अतिरिक्त मुकद्दमे में कई रोचक बातों की विचित्रता की ओर आदरणीय न्यायाधीशों ने ध्यान आकृष्ट किया है। एक तो यह कि पुलिस ने जिन लोगों की चालान की तथा जिनके पास लाठियाँ-हथियार पाए गये, उनके मालिकों का, हथियार के असली मालिकों का पता नहीं लगाया। घटना के प्रत्यक्षदर्शियों ने जितने लोगों की शिनाख्त

की तथा उनको दंगे में भाग लेते देखा था उनकी संख्या नब्बे तक है। एक आदमी का नब्बे आदमियों को पहचानना—बलवे के समय—असम्भव है। इसके अलावा यह फेहरिस्त घटना के दो दिन बाद गवाह ने दी थी।

तीसरी बात यह कि बलवे का जो नेता बतलाया जाता है वह 'शुकुल' अभागा सत्तर वर्ष का एक ऐसा बूढ़ा है, जिसके विषय में सिविल सर्जन की रिपोर्ट बड़ी करूण है। अस्तु इस विषय में हम अपनी कोई सम्मति न देकर न्यायाधीश महोदयों द्वारा बतलाई गयी उन तीन बातों की ओर पाठकों का ध्यान आकृष्ट करना चाहते हैं, जिनको यदि हम कभी अपने आप कहते तो कानूनी अड़चन में पड़ जाते, पर अब उनका महत्त्व अधिक हो गया है और हमारा प्रान्तीय सरकार तथा वाइसराय महोदय से और उनकी सरकार से अनुरोध है कि इस पर विशेष ध्यान दिया जावे तथा शीघ्र ही उसी के आधार पर काम हो। न्यायाधीश महोदयों की सलाह है—

1. पुलिसवालों को चाहिए कि सिर्फ़ अपना मुक़द्दमा बनाने के लिए ही प्रमाण इकट्ठा न किया करें, बल्कि सत्यासत्य की पूरी छानबीन किया करें।
2. सरकारी वकीलों को चाहिए कि उनके पास जितने प्रमाण हों, चाहे वे कथित अपराधी के हित के ही क्यों न हों, अदालत के सामने रखें, चाहे उनके रखने से अपराधी छूट भी जावे।
3. मुकद्दमा करने वाले मजिस्ट्रेट को अपराधियों के लिए भी चिन्ताशील होना चाहिए इत्यादि।

आशा है जिनके लिए यह सलाह दी गयी है, वे उसका आदर करेंगे और इस बात को न भूलेंगे कि पुलिस का काम किसी पक्ष को लेकर लड़ना नहीं है। पर उसे निष्पक्ष होकर तथ्यातथ्य का निर्णय करना चाहिए। सरकारी वकील भी शायद अपने आप को एक पक्ष का आदमी समझते हैं, और उनको चिन्ता होती है कि अपराधी छूट जावेगा तो उनकी बदनामी होगी, नौकरी पर आ बनेगी। मुकद्दमा करने वाले मजिस्ट्रेट के लिए हम कुछ नहीं लिखना चाहते। पर यह अवश्य है कि हाईकोर्ट के न्यायाधीश से अपना कर्तव्य जानकर, अब वे और भी दृढ़ता के साथ अपने कर्तव्य का पालन करेंगे।

आदरणीय न्यायाधीशों ने एक और विशेष बात बतलाई है। उनका कहना है, कि भारतीयों की 'शपथ' के प्रति श्रद्धा उठती जा रही है और वे अदालत में झूठी शपथ लेते हैं और यहाँ तक तो कह ही देते हैं कि "अरे सच बोलो, क्या अदालत में हो।" अदालत इस विषय में अत्यधिक कार्य के कारण दरोग़हल्फ़ी के पर्याप्त मुक़द्दमे भी नहीं चला पाती। इस समस्या का न्यायाधीश महोदय कोई ठीक निदान नहीं बतला सकते हैं, पर हम यह जानना चाहते हैं, कि इस प्रकार शपथ को भ्रष्ट करने का दोष क्या किसी तीसरे को नहीं हैं? यदि दंगे के मामले में बहुत से सरकारी

गवाह इसके अपराधी थे तो पुलिस की इसमें कुछ जिम्मेदारी है या नहीं? अदालत को छोड़ यदि इस मुहक़मे के अधिकारी इस ओर ध्यान दें तो कुछ विशेष लाभ हो।

30 जनवरी, 1933

पंजाब के हिन्दू मुसलमानों में समझौता

हमें समाचारों में यह ख़बर पढ़कर बड़ा हर्ष हुआ कि पंजाब के हिन्दू-मुसलमानों में अब समझौते की सूरतें पैदा हो गयी हैं और संयुक्त निर्वाचन के आधार पर समझौते की शर्तें तय हो गयी हैं। हाँ, अभी हर एक जाति की जगहें उसकी जनसंख्या के अनुसार, स्वरक्षित रहेंगी। हम तो जगहों का धार्मिक आधार पर स्वरक्षित किया जाना ठीक नहीं समझते। लेकिन जब हम यह देखते हैं कि अन्य राष्ट्रों में धर्म का विरोध न होने पर भी राजनैतिक दलबन्दियों में किसी तरह की कमी नहीं हुई और आपस में दंगे होते रहते हैं, तो हम समझते हैं धर्म के आधार पर जगहों का स्वरक्षित हो जाना भी क्यों न स्वीकार कर लिया जाय। सन्तोष की बात है कि इस समझौते में सर फ़ज़ले हुसैन का मुख्य हाथ है; इसलिए उसे मुसलमान बड़ी खुशी से मंजूर कर लेंगे। हम तो संयुक्त निर्वाचन का मंजूर हो जाना ही शुभ समझते हैं।

8 मई, 1933

कानपुर-दंगा-रिपोर्ट

डॉ. भगवानदास आजकल वानप्रस्थ-जीवन बिता रहे हैं। उन्होंने अपना समूचा जीवन प्राचीन भारतीय संस्कृति के अध्ययन, वास्तविक भारतीयता के विकास तथा प्राचीन भारतीय पांडित्य का ज्ञान कराने में बिताया है। वे बड़े नर्म विचार के साधु हैं; किन्तु भारतीय नौकरशाही की उच्छृंखलता के कारण वे कांग्रेस में शामिल हो गये और युक्तप्रान्तीय काँग्रेस कमेटी के सभापति भी रह चुके हैं। उन्होंने जेलयात्रा भी की है। इसी प्रकार पं. सुन्दरलाल उन ब्रह्मचारी तथा दृढ़वती पुरुषों में से हैं, जो केवल अध्ययन को अपना सर्वस्व मानते हैं, जो अध्ययन करना ही अपने जीवन का उद्देश्य समझते हैं; किन्तु जिन्होंने यह भी देख लिया कि दासता की दशा में अध्ययन भी स्वतन्त्रतापूर्वक नहीं हो सकता। अतएव वे काँग्रेस के झंडे के नीचे केवल दासता से 'बचने' के लिए चले आये।

डॉ. भगवानदास कानपुर-दंगा-समिति के सभापति तथा पं. सुन्दरलाल मन्त्री थे। इस समिति के विषय में समाचार-पत्रों में काफी लिखा जा चुका है। इसका उद्देश्य भी हमें मालूम है। और यह भी मालूम है कि इसकी छह सौ पन्ने की मोटी रिपोर्ट को युक्त-प्रान्तीय सरकार ने 'अनधिकारपूर्ण-समाचारपत्र' कहकर 'जब्त' कर लिया है। रिपोर्ट में वास्तव में क्या 'खुराफ़ात' है, यह हम नहीं कह सकते। हमने रिपोर्ट का कुछ अंश कानपुर के 'प्रताप' तथा 'वर्तमान' में छपा देखा था। जिस समिति के अध्यक्ष तथा मन्त्री उपर्युक्त व्यक्ति हों, उस समिति की रिपोर्ट वास्तव में बहुत ही सूचनापूर्ण और 'ठंडे मस्तिष्क' की उपज होगी, इसमें हमें सन्देह नहीं था; पर रिपोर्ट का प्रकाशित अंश देखकर हमारा दृढ़ विश्वास हो गया कि वास्तव में यह बड़ी सुन्दर चीज़ है, सरस है, सूचनापूर्ण है, उपदेश-प्रद है!

पर, ऐसी अच्छी वस्तु को हम देख भी न सके और सरकार ने एक अजीब कानून का पुछल्ला लगाकर रिपोर्ट दबा दी! इस विषय में डॉ. भगवानदास की

जो अपील हमारे प्रान्त के भारतीय गवर्नर तथा होम मेम्बर के नाम प्रकाशित हुई है, उसमें हम भी अपने को शामिल करते हैं और ब्रिटिश राज्य, भारत और हिन्दू-मुस्लिम हित के नाते ही उनसे प्रार्थना करते हैं कि तुरन्त रिपोर्ट पर से बन्धन हटा लें, अन्यथा 'नौकरशाही की जड़ता' और भी प्रकट हो जाएगी तथा यह प्रकट हो जाएगा कि सरकार क्या चाहती है?

14 मई, 1933

पाकिस्तान की नयी उपज

डॉ. सर मुहम्मद इक़बाल पच्छिम में मुस्लिम राज्य का स्वप्न देख रहे हैं। अब उनके भी एक उस्ताद निकल आये हैं। वह 'पाकिस्तान' के नाम से एक मुस्लिम साम्राज्य का स्वप्न देख रहे हैं। इस पाकिस्तान में कश्मीर, पंजाब बलूचिस्तान, सीमाप्रान्त और अफ़गानिस्तान आदि सम्मिलित होंगे और वह भारतवर्ष से बिल्कुल पृथक होगा। आविष्कारक महोदय का कथन है कि इन प्रान्तों में तीन करोड़ मुसलमान आबाद हैं, जो हालैंड, स्पेन, बेलजियम आदि देशों से अधिक हैं। उधर ईरान, तुर्किस्तान, इराक़, मिस्र, तुर्की मुस्लिम रियासतें पहले ही से हैं। यह पाकिस्तान सूबा उनके साथ मिल गया, तो एक महान मुस्लिम साम्राज्य का उदय हो जाएगा और इसलाम के इतिहास में जो बात पहले कभी न हुई थी, वह हो जाएगी! बात तो बहुत अच्छी है; पर कुछ कारण ही तो हैं कि अभी तक तुर्की और ईरान में मेल नहीं हो सका। मेल का जिक्र ही क्या, अभी थोड़े दिन पहले वैमनस्य हो गया था। फिर अफ़गानिस्तान क्यों नहीं तुर्की से जा मिलता! और तुर्किस्तान को अफ़गानिस्तान से मिलने में कौन बाधक हो रहा है! अगर धर्म ही राष्ट्रों को मिला दिया करता तो जर्मनी और फ्रांस और इटली आदि राष्ट्र कब के मिल चुके होते। भारत के पत्रों में इस बात पर बड़ी हलचल मच गयी है। हम समझते हैं कि जब तक पाकिस्तान का जन्म होगा, दुनिया का रुख और हो चुका होगा।

14 मई, 1933

तपस्वी और महात्मा

हम भारतीयों की प्राचीन परम्परा के अनुसार तप के बिना कोई महात्मा नहीं होता और महात्मा हुए बिना कोई तपस्वी नहीं होता। एक प्रकार से ये दोनों शब्द पर्यायवाची हैं। इसीलिए जब महात्मा गाँधी को भारतीयों ने 'महात्मा' की उपाधि दी थी, उसी समय तैंतीस करोड़ भारतीयों ने उनकी महत्ता का अनुमान लगा लिया था। अतएव गाँधी जी का अद्‌भुत साहस के साथ इतना बड़ा उपवास निभा ले जाना कोई आश्चर्य की बात नहीं है। इन पंक्तियों के छपने तक उनके उपवास के ग्यारह दिन सकुशल पूरे हो जाएँगे। ईश्वर की कृपा से शेष दिन सकुशल बीत जावेंगे। और तब, नवीन भारत की नव-आशा गाँधी के सम्मुख देश की सबसे पहली समस्या होगी—देश की राजनैतिक प्रतिष्ठा तथा काँग्रेस की महत्ता को प्रतिपादित करना! ईश्वर करे गाँधीजी इस दिशा में अपने उपवास की तरह ही सफल होवें।

इसी अवसर पर हम मौलाना शौकत अली को उनके ऐक्य-स्थापन के प्रयास तथा मालवीय जी इत्यादि कांग्रेसी नेताओं से परामर्श कर सरकार से सुलह कराने के प्रयास के लिए बधाई देते हैं और आशा करते हैं कि मौलाना सफल होंगे और एक दिन ऐसा भी आवेगा जब वे बड़ी सफलतापूर्वक यह कह सकेंगे कि 'यदि मैंने घोर साम्प्रदायिक बनकर जनता का आदर खो दिया था, तो फिर से प्राप्त भी कर लिया था।'

22 मई, 1933

हज़रत मुहम्मद की पुण्य-स्मृति

गत शुक्रवार ता. 7 जुलाई को काशी के टाउनहॉल में इस्लाम धर्म के प्रवर्तक हज़रत मुहम्मद के जन्मोत्सव के उपलक्ष में जो जलसा हुआ, वह एक यादगार जलसा था। काश ऐसे अवसर और सुलभ होते। उपस्थित जनता में हिन्दू और मुसलमान दोनों ही थे। सभापति का असान श्री डॉ. अब्दुलकरीम ने लिया था। बोलने वालों में मौलाना आजाद सुभानी, पंडित सुन्दरलाल जी और काशी के मौलाना अब्दुलखैर साहब थे, पर मुख्य वक्तृता पंडित सुन्दरलाल जी की थी। आपके व्याख्यान में विद्वता के साथ इतनी शिष्टता, इतनी श्रद्धा और इतनी सच्चाई भरी हुई थी कि मुसलमानों का तो कहना ही क्या, हिन्दू जनता भी मुग्ध हो गयी। इतनी सदियों तक एक साथ, पड़ोस में रहने पर भी, हिन्दू और मुसलमान एक दूसरे के धार्मिक सिद्धान्तों और सच्चाई से इतने अपरिचित हैं कि सुन्दरलाल जी के कथन ने बहुतेरे हिन्दुओं को चकित कर दिया होगा। जिस तरह अब तक मुसलमानों ने हिन्दुओं को काफ़िर समझकर उनके विषय में अब और ज्यादा जानने की जरूरत न समझी, उसी भाँति हिन्दुओं ने भी इस्लाम के विषय में कुछ गलत धारणाएँ बना ली हैं, और 'रंगीला रसूल' के ढंग की पुस्तकें पढ़ने से ये गलत धारणाएँ और भी पत्थर की लकीर हो गयी हैं। इन सभी मिथ्या धारणाओं का पंडित जी ने इतने प्रभावोत्पादक शब्दों में निराकरण किया कि बहुतों के हृदय से वे धारणाएँ निकल गयी होंगी। यह आमतौर पर कहा जाता है कि इस्लाम धर्म तलवार के जोर से फैला और यह कि हज़रत मुहम्मद ने अपने सम्प्रदाय को आज्ञा दी है कि काफ़िरों को क़त्ल करना ही स्वर्ग की कुंजी है, पर पंडित जी ने बताया कि यह बातें कितनी गलत और द्वेष पैदा करने वाली हैं। हज़रत मुहम्मद ने कभी किसी पर हमला नहीं किया। उनके जीवन में ऐसी एक मिसाल भी नहीं मिलती, कि उन्होंने प्रचार के लिए या विजय के लिए किसी पर फौजकशी की हो। जब भी कभी उन्होंने तलवार उठाई तो शत्रुओं से अपनी रक्षा करने के लिए और वह भी उस हालत में जब और किसी तरह शत्रु अपने अन्याय से बाज न आया। क़त्ल करने की

जगह उन्होंने सदैव क्षमा की। यह कहा जा सकता है कि क्षमा उनके जीवन का मुख्य तत्त्व था। मक्कावालों के जुल्म से तंग आकर वे मदीना चले गये थे। जब तेरह वर्ष बाद उन्होंने फिर मक्का पर विजय पाई तो सारा मक्का भय से काँप रहा था कि न जाने कितनी बड़ी आफत आने वाली है, पर हज़रत ने सबको क्षमा कर दिया, हालाँकि वे चाहते, तो मक्का में क़त्लेआम करा सकते थे। यहूदियों, ईसाइयों सभी के साथ उनका यही व्यवहार रहा। वे बराबर यही कहा करते थे कि मैं ख़ुदा की तरफ से उसकी दया और प्रेम का पैगाम लेकर आया हूँ, क़त्ल करने नहीं। यही शब्द हज़रत ईसा ने भी कहे थे। मगर ऐसे दया और क्षमा की मूर्ति पर लोगों ने किस बुरी तरह कालिमा पोतने की चेष्टा की है। द्वेष फैलाने वाले यहाँ तक कहते हैं कि हज़रत मुहम्मद बड़े विलासी थे, हालाँकि सत्य यह है कि उनका जीवन सच्ची साधना और तप का जीवन था। उनके जीवन काल में ही इस्लाम ने वैभव कर लिया था और हज़रत जितना भोग-विलास चाहते, कर सकते थे, पर उन्होंने प्रजा के धन को हमेशा अपने परिवार के लिए त्याज्य समझा। वे अपने हाथों अपने कपड़े सीते थे, अपने जूते गाँठते थे और कभी-कभी अभाव के कारण यहाँ तक नौबत आ जाती थी कि आपको पेट में पत्थर बाँध लेना पड़ता था, जिसमें क्षुधा के कारण पेट में दर्द न होने लगे। इसी सम्बन्ध में हज़रत मुहम्मद की ग्यारह स्त्रियों का जिक्र किया जाता है और कहा जाता है कि हज़रत कितने विलासी थे। और भोले-भाले हिन्दू अज्ञान के कारण उन लोगों के भुलावे में आकर, जिनकी रोटियाँ साम्प्रदायिक वैमनस्य पर चलती हैं, इसी महान् अनर्थ को सत्य मान लेते हैं। पच्चीस वर्ष की अवस्था तक हज़रत अविवाहित रहे, हालाँकि उस समय आप व्यापार में कुशल हो चुके थे और किसी सुन्दरी के साथ विवाह कर सकते थे। पच्चीस वर्ष की अवस्था में आपने खुदैजा से विवाह किया, जिनके वह सेवक थे। हज़रत खुदैजा की उम्र उस वक्त पैंतालीस वर्ष की थी और वह विधवा थीं। अगर यह कहा जाय कि हज़रत ने खुदैजा से केवल धन के लोभ से विवाह किया, तो यह सरासर अन्याय है। धन का लोभ केवल धन के लिए नहीं, उससे भोग करने के लिए होता है। यदि हज़रत खुदैजा के धन से हज़रत मुहम्मद को भोग की इच्छा होती, तो वे साल दो साल बाद ही नयी-नयी शादियाँ करने लगते। मगर हज़रत ने पच्चीस वर्ष तक खुदैजा के साथ एक पत्नीव्रत का पूर्णरूप से पालन किया। पचास वर्ष की अवस्था के बाद ही उनकी दूसरी शादियाँ हुईं। ऐसे महात्यागी के विषय में, जिसने पच्चीस वर्ष की अवस्था में पैंतालीस की अधेड़ स्त्री से विवाह किया और पच्चीस वर्ष तक उसके साथ सच्चे पत्नीव्रत का पालन किया, इल्ज़ाम लगाना अन्याय और धार्मिक द्वेष की पराकाष्ठा है। पचास वर्ष की अवस्था के बाद अवश्य हज़रत ने कई शादियाँ

कीं, पर हर एक शादी किसी-न-किसी धार्मिक या सामाजिक या राजनैतिक कर्तव्य के अधीन हुई। उस समय जब दो क़बीलों में झगड़ा हो जाता था, तो सन्धि के समय जीते हुए दल को हारे हुए दल की कन्या से विवाह करके सन्धि की मजबूती का विश्वास दिलाना पड़ता था। जीता हुआ व्यक्ति यदि विवाह से इन्कार करे, तो हारने वाले को उसकी नीयत की सफ़ाई पर विश्वास ही नहीं आता था। एक महिला के विषय में यही बात हुई। जब हारे हुए दल ने अपनी कन्या से विवाह का प्रस्ताव किया, तो हज़रत ने अपने सहाबा में हरेक से उस कन्या के साथ विवाह करने का आग्रह किया, पर जब कन्या के कुरूपा होने के कारण कोई राजी न हुआ, तो मजबूर होकर हज़रत ने उस कन्या को खुद अपना महल बना लिया। क्या यह भोग-लिप्सा है? यह उस ज़माने की एक प्रथा का पालन है, और कुछ नहीं।

जरा उन कठिनाईयों का अनुमान कीजिए, जिनके अन्दर हज़रत को अपने जीवन का महान् उद्देश्य पूरा करना पड़ा। कुरैश अरबों का एक शक्तिशाली क़बीला था, पर अरब में जो सामाजिक बुराइयाँ थीं, वह सब इस कबीले में भी थीं। जहाँ बात-बात पर खून की नदी बह जाती थी, जहाँ लड़कियाँ जन्म के समय ही मार डाली जाती थीं, जहाँ मूर्तियों के सामने मनुष्य तक का बलिदान होता था, जहाँ शराब पानी की तरह पी जाती थी, जहाँ पर हर घर का अलग-अलग देवता था और जब दो खानदानों में लड़ाई होती थी, तो जीतनेवाला दल हारने वाले के देवताओं को भी उठा ले जाता था और उसे तोड़-फोड़ डालता था, हारने वाले दल के लोग गुलाम बनाकर बेच दिए जाते थे और उनकी स्त्रियाँ जीतनेवालों के लूट का माल समझी जाती थीं, ऐसी सामाजिक परिस्थितियों में हज़रत का जन्म हुआ। राजनैतिक दशा यह थी कि अरब के एक तरफ़ ईरान का अधिकार था, दूसरी तरफ़ रूस के ईसाई बादशाह का, और तीसरी तरफ़ हब्श के ईसाई बादशाह का, केवल बीच का भाग स्वाधीन था। और इस स्वाधीन भाग की वही दशा थी, जो हमने ऊपर बयान किया है। ऐसी प्रतिकूल परिस्थतियों में सत्य का प्रचार करना और अन्त को उसी झक्कड़ जाति से एक बलशाली धर्मसंस्था और साम्राज्य का निर्माण करना क्या कोई साधारण काम था? और क्या किसी विलासी, अर्थ-लोलुप मनुष्य द्वारा हो सकता था? महान् काम पुरुषों द्वारा ही होते हैं। छोटे-छोटे व्यक्ति तो छोटे-छोटे काम ही कर सकते हैं।

यह भी ध्यान रखने की बात है कि हज़रत मुहम्मद ने कहीं भी नये धर्म के प्रवर्तन का दावा नहीं किया। उन्होंने बार-बार कहा है कि मैं प्राचीन नबियों के धर्म को ही पुनर्जीवित करने आया हूँ। उन्होंने बार-बार कहा है कि हरेक धर्म का सम्मान करो, क्योंकि सब धर्मों की तह में केवल एक सच्चाई है। किसी

धर्म की उन्होंने निन्दा नहीं की। जब हजरत एक राज्य के अधिकारी हो गये और वह तलवार के जोर से जनता को मुसलमान बना सकते थे, तब भी उन्होंने हरेक धर्म को अपने मतानुसार उपासना करने की स्वाधीनता दे दी थी। यहाँ तक कि मूर्ति-पूजकों पर भी कोई बन्धन न था और हरेक धर्म के पवित्र स्थानों की रक्षा करना मुस्लिम सरकार अपना कर्तव्य समझती थी।

यह है उस ऋषि की जीवन कथा, जिसके नाम पर आज आधी दुनिया सिर झुकाती है। उसके त्याग की कथा अद्‌भुत है। जो एक राज्य का स्वामी था, वह खजूर की चटाई पर सोता था। एक बार उनकी पीठ पर बोरिए का निशान देखकर किसी ने आज्ञा माँगी कि वहाँ एक गद्दा बिछा दिया जाय। हज़रत ने यह कह कर इनकार कर दिया कि मैं आराम करने के लिए नहीं पैदा हुआ हूँ। संचय का यह हाल था कि अन्तिम संस्कार के समय हज़रत की जिरह पौने दो मन जौ पर गिरो रक्खी गयी थी। जिस पुरुष का सारा जीवन इस तरह की तपस्या में गुज़रा हो, और जिसने सामर्थ्य होने पर भी उस तपस्या में अन्तर न पड़ने दिया हो, उसके प्रति हमें श्रद्धा और प्रेम होना चाहिए। कितने खेद की बात है कि ऐसे महापुरुष पर झूठे आक्षेप लगाकर हम द्वेष बढ़ाते हैं।

यह है उस व्याख्यान का सारांश, जो पं. सुन्दरलाल जी ने उस दिन इस इस्लामी प्लेटफ़ॉर्म से दिया। हमारा खयाल है कि ऐसे सम्मेलनों और जलसों से, जिसमें हमारे पूज्यों के विषय में आदर और प्रेम भाव प्रदर्शित किए जाएँ, इससे दोनों जातियों में प्रेम और सहिष्णुता की स्पिरिट पैदा हो सकती है और उसका यही एक मार्ग है। इस वक्त हमारे सामने धर्म के द्वेष को मिटाना सबसे बड़ा काम है।

17 जुलाई, 1933

इस्लाम का विष-वृक्ष

अभी हाल में इस नाम की एक पुस्तक साहित्य-मंडल देहली ने प्रकाशित की है। इसके लेखक हैं, श्री चतुरसेन जी शास्त्री। शास्त्री जी यशस्वी लेखक हैं, उनके शैली में ओज है, आकर्षण है, तेज है, पर दुर्भाग्यवश वह कभी-कभी इन गुणों का दुरुपयोग किया करते हैं। थोड़े से धन और थोड़े से यश के लोभ से ऐसी रचनाएँ कर डालते हैं, जिनसे सनसनी के साथ देश में साम्प्रदायिक द्वेष को उत्तेजित करने की मनोवृत्ति साफ झलकती है। ऐसी जहरीली पुस्तकें बिकती ज्यादा हैं, इसमें कोई सन्देह नहीं। मुसलमानों ने हिन्दुओं पर अत्याचार किए, उसका विशद और एकांगी विस्तार दिखाकर साम्प्रदायिक मनोवृत्ति वाली हिन्दू जनता में मुसलमानों के प्रति द्वेष बढ़ाया जा सकता है। यह ऐसा मुश्किल काम नहीं, लेकिन क्या इस द्वेष को भड़काना एक यशस्वी और जिम्मेदार लेखक की मर्यादा के अनुकूल है? दोष सभी धर्मों में निकाले जा सकते हैं। क्या हिन्दू-धर्म दोषों से खाली है? अपने-अपने समय से प्रभुता पाकर अत्याचार भी सभी जातियों ने किए हैं, लेकिन उन गयी-बीती बातों को कीने की तरह पालना और उनका प्रचार करके जनता में द्वेष फैलाना, राष्ट्र को सर्वनाश की ओर ले जाना है। 'रंगीला रसूल' के ढंग की पुस्तकों से देश का क्या कल्याण हो सकता है? 'इस्लाम का विष-वृक्ष' के पृष्ठ तैंतालीस पर कुरान में लिखी हुई बातों में कहा गया है कि कुरान के अनुसार—

1. खुदा आदमी को बहकाता है।
2. खुदा सबसे बड़ा कपटी है।
3. खुदा ने प्रत्येक शहर में पापियों के सरदार छोड़ रखे हैं, ताकि वे लोगों को बहकाते और धोखा देते रहें।
4. खुदा घात में लगा रहता है।
5. बिहिश्त में शराब पीने को माँस खाने को, तथा सत्तर हूरें और लौंडे मौज करने को मिलेंगे।

इस तरह की लचर, बेबुनियाद, धोखे में डालने वाली बातों के प्रचार का इसके सिवा और क्या उद्देश्य है कि हिन्दुओं में इस्लाम और मुसलमानों के प्रति

घृणा और द्वेष पैदा किया जाय। ऐसी मनोवृत्तिवालों से ईश्वर इस देश की रक्षा करें!

इसके आगे चलकर शास्त्री जी ने इर्विन, एलफ़िस्टन आदि योरोपियन लेखकों की रचनाओं के उद्धरण देकर इस मत का समर्थन करने की चेष्टा की है कि मुहम्मद मनुष्य जाति का भयानक शत्रु था और यह कि कुरान में मूर्खता के सिवा और कुछ नहीं है। योरोप के इतिहासकारों ने इस्लाम को इसलिए कलंकित किया कि वे यूनान और बलक़ान आदि देशों से तुर्कों को निकालना चाहते थे। इस्लाम का प्रभुत्व उनकी आँखों में काँटे की तरह खटकता था। उनके कथन को प्रमाण मानकर, यहाँ नकल करना किसी तरह भी स्तुत्य नहीं कहा जा सकता। हम स्वयं सम्प्रदायों के वकील नहीं हैं। धार्मिक कट्टरता से भूमंडल को जितनी यातनाएँ भोगनी पड़ी हैं, उनसे इतिहास के पोथे भरे पड़े हैं। इस लिहाज से क्या ईसाई, क्या बौद्ध, क्या हिन्दू सभी समान रीति से अपराधी हैं। उनमें से किसी एक धर्म को छाँट लेना और सारी बुराइयाँ उसी में दिखाना, अस्वस्थ पक्षतापूर्ण मन का परिचय देता है। यह पुस्तक इस्लाम का इतिहास है। किसी जाति या धर्म का इतिहास लिखना बुरा नहीं, यदि निष्पक्ष होकर, परे अध्ययन और खोज से, सत्यासत्य पर पूरा विचार कर और उसके साथ सौजन्य का पालन करते हुए लिखा जाय। इस पुस्तक का नाम ही बतला रहा है कि इसकी रचना किस भाव की प्रेरणा से हुई है, और पुस्तक के कव्रर पर जो रंगीन चित्र दिया है, वह तो लेखक के विषैले मनोभाव की नंगी तस्वीर है। यह इस्लाम का विषवृक्ष रूपी मन है। इस पुस्तक में अधिकांश उन्हीं अँग्रेजी इतिहासों से नकल किया गया है, जिनमें मुसलमानों के प्रति काफ़ी द्वेष और ईर्ष्या का भाव भरा हुआ है, जैसे 'बर्नियर' और मनूची आदि। वही बादशाहों के महल के अन्दर की बातें, मीनाबाज़ार के कपोलकल्पित क़िस्से, इस पुस्तक के आधार हैं। न जाने किस प्रमाण से पृष्ठ एक सौ तीन पर लिखा गया है कि मुग़ल बादशाह साँप पालते थे, और जिस सरदार से उन्हें शंका होती थी, उसे साँप से डसवा देते थे, या ज़हरीले कपड़े पहनाकर उसकी जीवन-लीला समाप्त कर देते थे। हम कहते हैं मान लो यह ठीक भी है, तो इससे क्या? उस मध्य-काल की धार्मिक कट्टरता या एकाधिपत्य में क्या नहीं होता था? हिन्दुओं के राजा भी तो विष कन्याएँ रखते थे और उनके द्वारा अपने शत्रुओं को यमराज के घर भेज देते थे। आज उन बातों पर आक्षेप करने का क्या अर्थ है?

श्री चतुरसेन जी हमारे मित्र हैं। वह विद्वान हैं, मनस्वी हैं, उदार हैं, हम उनसे प्रार्थना करते हैं कि ऐसी जटिल और द्रोहभरी रचनाएँ लिखकर, अपनी प्रतिभा को और हिन्दी भाषा को कलंकित न करें और राष्ट्र में जो द्वेष पहले से ही फैला हुआ है, उस बारूद में आग न लगावें।

24 जुलाई, 1933

संयुक्त पार्लियामेंटरी कमेटी के सामने भाई परमानन्द का बयान

भाई परमानन्द ने ज्वाइंट पार्लियामेंटरी कमेटी के सामने जो ज़ोरदार बयान दिया और सरकार की साम्प्रदायिक नीति का जितने स्पष्ट शब्दों में प्रतिवाद किया, उससे किसी भी हिन्दू या मुसलमान राष्ट्रभक्त को असन्तुष्ट न होना चाहिए। जहाँ दो ही मुख्य जातियाँ हैं, वहाँ अगर एक के साथ जरा भी पक्षपात किया जाता है, तो दूसरी जाति को उसकी कसर पूरी करनी पड़ती है। सर जॉन साइमन और फ्रेंचायज़ कमेटी और मि. रामजे मैकडोनेल्ड सभी ने खुले शब्दों में साम्प्रदायिकता की निन्दा की, पर यह सब कुछ होते हुए भी सारी व्यवस्था साम्प्रदायिकता के आधार पर कर डाली गयी। जो लोग अपने लिए पृथक निर्वाचन न चाहते थे, उन्हें भी पृथक निवार्चन का अधिकार दे दिया गया। उस वक्त तो सरकार जैसे साम्प्रदायिकता को खोज-खोजकर पुरस्कृत करने पर तुली हुई थी। नतीजा यह हुआ कि हिन्दुओं का पचहत्तर फ़ीसदी बहुमत बयालीस फ़ीसदी का अल्पमत बना डाला गया। यह राजनीति का सर्वमान्य सिद्धान्त है कि किसी राष्ट्र की व्यवस्था ऐसी न होनी चाहिए कि उसका बहुमत अल्पमत की अवस्था को पहुँच जाय। इसी सिद्धान्त पर पंजाब और बंगाल में हिन्दुओं को अल्प-संख्या में होने पर भी वह रिआयत नहीं दी गयी, जो अन्य प्रान्तों में अल्पसंख्यक मुसलमानों को दी गयी, इसलिए कि उन दोनों प्रान्तों में हिन्दुओं के साथ थोड़ी-सी रिआयत भी मुसलमानों को अल्पमत कर देती थी, पर हिन्दू प्रधान प्रान्तों में मुसलमानों को कुछ अधिक मताधिकार देने पर भी हिन्दू बहुमत में बाधा नहीं पड़ती थी, लेकिन फेडरल एसेम्बली में इस सिद्धान्त का जरा भी सम्मान न किया गया और हिन्दू बहुमत इतने अल्पमत में कर दिया गया कि वह बिल्कुल पंगु हो गया है। मुसलमानों की जनसंख्या का भारतीय औसत 1/5 से कुछ ही अधिक है, पर काँग्रेस ने उन्हें तीस फ़ीसदी जगहें देना स्वीकार कर लिया, हालाँकि वह पृथक निर्वाचन को स्वीकार न करती थी और आज तक वह सम्मिलित निर्वाचन के सिद्धान्त पर जमी हुई है। मुसलमानों के लिए यह बड़ी भारी विजय थी, और जब सरकार

ने देखा, कि काँग्रेस मुसलमानों को तीस फ़ीसदी मताधिकार देकर उनका सहयोग प्राप्त कर लेना चाहती है, तो उसने तीस को बढ़ाकर तैंतीस फीसदी कर दिया। इस तरह इस नीलाम की बोली में मुसलमानों का मूल्य बढ़ता गया। हिन्दुओं ने राष्ट्रीयता के ऊँचे आदर्श पर, एक सम्मिलित और समुन्नत भारत देखने की उत्कट इच्छा से इस फैसले का बिल्कुल विरोध न किया। यहाँ तक कि पंडित जवाहरलाल नेहरू और महात्मा गाँधी ने तो मुसलमानों को सादा चेक दे देने की बात कही थी, लेकिन उस वक्त भी हिन्दू यह न समझते थे, कि वे इतने अल्पमत में रख लिए जाएँगे। शायद कुछ आशा भी बनी हुई थी, कि सरकार काँग्रेस से कुछ समझौता कर लेगी और सम्मिलित निर्वाचन का सिद्धान्त स्वीकार कर लिया जाएगा, या व्यवस्था में कुछ ऐसी शर्तें रख दी जाएँगी कि दस या बीस वर्ष बाद स्वायत्त रीति से पृथक निर्वाचन की जगह सम्मिलित निर्वाचन का बर्ताव होने लगेगा।

लेकिन इसी बीच में राजनीति ने पलटा खाया और असहयोग आन्दोलन फिर जारी हो गया। सफेद कागज़ ने पृथक निर्वाचन को स्थायी मानकर हिन्दुओं को पचहत्तर फ़ीसदी से गिराते-गिराते बयालीस फ़ीसदी तक पहुँचा दिया। और इस अनुपात का व्यवहार धीरे-धीरे राजपदों में प्रवेश करता हुआ म्युनसिपैलिटियों और जिला बोर्डों में भी अपना आसन जमा लेना चाहता है। शायद कोई मुसलमान यह बर्दाश्त न करेगा कि खुले मुकाबले के इम्तहानों में प्रथम श्रेणी के मुसलमानों को पीछे डालकर दूसरे और तीसरे दर्जे के हिन्दुओं को जगहें दी जाएँ, लेकिन वास्तव में यही हो रहा है और आये दिन हिन्दू उम्मीदवारों को अपने हिन्दू होने का तावान देना पड़ रहा है। हमारा खयाल है कि हिन्दुओं के प्रति सरकार की जो वक्र दृष्टि है उससे फायदा उठाकर वैमनस्य को और मजबूत किया जा रहा है। और हमें आशा है, मुस्लिम नेता इस नीति को हिन्दुओं को उनके जायज़ हक से वंचित करने के लिए काम में न लाएँगे।

हम स्वयं साम्प्रदायिकता के समर्थक नहीं हैं। हमारा दृढ़ विश्वास है कि ज्यों-ज्यों हमारा राजनैतिक विकास होगा, साम्प्रदायिकता मिटती जाएगी और आर्थिक समस्याएँ उसका स्थान लेती जाएँगी। तब देश का संगठन राजनैतिक और नागरिक आधारों पर होना निश्चित है। लेकिन इस बीसवीं सदी में भी वंश और जाति-भेद मिटा नहीं है, और किसी दिन भी बरसात में सूखी जमीन से निकल आने वाले मेढ़कों की भाँति गति और ध्वनि प्राप्त कर सकता है। अतएव इस साम्प्रदायिक नीति को छींछड़े खिला-खिलाकर मोटा करने में हम मंगलमय भविष्य का निर्माण नहीं कर रहे हैं। अगर हिन्दू मुसलमानों को असन्तुष्ट रखकर शासन को नहीं चला सकते, तो यह भी मानना पड़ेगा कि मुसलमान भी हिन्दुओं को

अप्रसन्न रखकर और उनके आत्माभिमान को दलित करके शासन नहीं चला सकते। दस-पाँच अच्छी-अच्छी जगहें पा जाने से किसी जाति का उद्धार नहीं हो जाता, लेकिन जब यह जगह एक अंग से छीनकर दूसरे अंग को दे दी जाती है तो इससे सम्पूर्ण जाति में असन्तोष और विद्रोह और ईर्ष्या फैलती है, वह बड़ी भयंकर होती है। दुर्भाग्य से जैसे मुसलमानों की बड़ी संख्या अपना मुसलमान होना नहीं भूल सकती, उसी भाँति हिन्दुओं में भी ऐसे आदमियों की कमी नहीं है जिन्हें अपना हिन्दूपन उतना ही प्यारा है। हिन्दुओं ने अभी तक काँग्रेस के प्रभाव से साम्प्रदायिक नेताओं की बातें नहीं सुनी हैं, लेकिन जब एक साम्प्रदायिक नेता अकाट्य दलीलों और प्रमाणों से हिन्दू जनता को यह दिखाता है कि तुम्हारे स्वार्थों का खून किया जा रहा है, तो राष्ट्रीय विचार वाले भी उसकी बातें सुनने और उन पर विचार करने पर मजबूर हो जाते हैं। हम भाई जी के इन शब्दों को दोहराना चाहते हैं कि 'सरकार ने भारत में साम्प्रदायिकता का बीज बो दिया है और किसी दिन इस वृक्ष का फल और भारत और भारतीय सरकार दोनों ही के लिए घातक होगा।'

4 सितम्बर, 1933

कुरान में धार्मिक ऐक्य का तत्त्व

इन साम्प्रदायिक उन्माद के दिनों में धार्मिक लड़ाइयाँ केवल धर्मग्रन्थों का ठीक-ठीक अर्थ न समझने ही के कारण बहुधा हो जाया करती हैं। और अकसर यह होता है कि हम अपने ही धर्मग्रन्थों के अर्थ का अनर्थ कर डालते हैं। गीता पर पचासों ही टीकाएँ छपी हैं। सब में कुछ न कुछ मतभेद है। इसी तरह कुरान की भी कितनी ही तफ़सीरें मौजूद हैं। सर सैयद अहमद ने जब कुरान की तफ़सीर की, तब मौलवियों के कट्टर समुदाय में बड़ी हलचल मची और सर सैयद को काफ़िर कहा गया। मौलवी और पंडित साम्प्रदायिक वातावरण में रहने के कारण कुछ तंग ख़याल हो जाते हैं, और धर्म के बाह्य लक्षणों और गौण बातों को तात्त्विक प्रश्नों से बढ़ा देते हैं। एक कट्टर पंडित की दृष्टि में ठाकुर जी को प्रातः काल जल चढ़ाना या गंगा स्नान करना किसी बीमार को अस्पताल पहुँचा देने से कहीं अधिक महत्त्व की बात है। इसी तरह मौलवियों की निगाह में भी रोज़ा नमाज़ आदमियों की ख़िदमत से कहीं बढ़कर है। इसका नजीता यह है कि आज सम्प्रदायों में आपस में घोर संग्राम छिड़ा हुआ है जो अकसर दंगों के रूप में प्रकट हो जाता है। हालाँकि वास्तव में धार्मिक तत्त्व सभी धर्मों में एक है। कुरान पर तरह-तरह के आक्षेप किए जाते हैं। कहा जाता है, उसमें गैर मुस्लिमों को क़त्ल करने की तालीम दी गयी है। इसके प्रमाण में आयतें पेश की जाती हैं। मगर जब कोई विद्वान, शुद्ध भाव से साम्प्रदायिकता से ऊँचा उठकर उन्हीं आयतों का विवेचन करता है तो हमें मालूम होता है कि हम कितनी गलती पर थे। इसी तरह की एक तफ़सीर मौलाना अबुल कलाम आज़ाद ने की थी। मौलाना आज़ाद किस कोटि के विद्वान हैं, यह कहने की जरूरत नहीं। समस्त संसार के मुसलमान उनकी विद्वता के कायल हैं और लाखों ही उन्हें अपना पीर मानते हैं। उसी तफ़सीर के एक अंश का अनुवाद हिन्दी में हुआ है, जिसे महामना बाबू राजेन्द्र प्रसाद जी ने अपनी निगरानी में प्रकाशित कराया है। उस अनुवाद को पढ़कर हमारा जो सर्व धर्मों की एकता का पुराना विश्वास था वह पक्का हो गया। उस परिच्छेद

का एक अंश हम यहाँ नकल करते हैं जिससे प्रकट हो जाएगा कि कुरान पर किए आक्षेप कितने भ्रमपूर्ण हैं—

''यह महान तत्त्व (धार्मिक ऐक्य) कुरान के सन्देश की सबसे पहली बुनियाद है। कुरान जो कुछ बतलाना और सिखलाना चाहता है, सब इसी पर अवलम्बित है। अगर इस तत्त्व से नज़र फेर ली जाय तो कुरान के सन्देश का सारा ढाँचा छिन्न-भिन्न हो जाता है, परन्तु संसार के इतिहास की आश्चर्यजनक प्रगति में यह भी एक विचित्र घटना है कि कुरान ने तत्त्व पर जितना अधिक जोर दिया था, उतनी ही संसार की दृष्टि इससे फिरी रही। यहाँ तक कि आज कुरान की कोई भी बात संसार की दृष्टि से इस दर्जे छिपी हुई नहीं है जितना यह महान तत्त्व। यदि कोई व्यक्ति हर प्रकार के बाहरी प्रभाव से अलग होकर कुरान को पढ़े और उसके पृष्ठों में स्थान-स्थान पर इस महान तत्त्व के अकाट्य और स्पष्ट एलान देखे और फिर संसार की ओर दृष्टि डाले, जिसने यह समझ रक्खा है, कि कुरान भी अन्य धार्मिक सम्प्रदायों की तरह एक सम्प्रदाय मात्र है तो वह अवश्य हैरान होकर पुकार उठेगा कि या तो मेरी निगाह मुझको धोखा दे रही है या संसार सदा बिना आँखें खोले ही अपने फैसले दे दिया करता है।''

इस भूमिका के बाद कुरान की वही आयतें और अनुवाद दिए गये हैं जिनसे इस कथन की पुष्टि होती है। पूज्य बाबू भगवानदास जी ने सब धर्मों की एकता सिद्ध कर दी है, पर अज्ञान का ऐसा आतंक छाया हुआ है कि सम्प्रदाय-भक्त-सज्जन इन ग्रन्थों को पढ़ने का कष्ट नहीं उठाते और स्वाध्याय तथा विचार-विनिमय से जो मानसिक विकास होता है उससे वंचित रहते हैं।

नीचे हम केवल एक आयत का तजुर्मा देते हैं जिससे इस शंका का पूर्ण रूप से समाधान हो जाता है कि इस्लाम अन्य मतवालों के क़त्ल की तालीम देता है—

''फिर अगर यह लोग तुमसे इस बारे में झगड़ा करें तो ऐ पैगम्बर तुम उनसे कहो कि मेरी और मेरे अनुयायियों की राह तो ईश्वर के आगे बन्दगी में सिर झुका देना है और हमने सिर झुका दिया है, फिर धर्म-ग्रन्थवालों से और अशिक्षित लोगों से पूछो कि तुम भी परमात्मा के आगे झुकते हो या नहीं! अगर वे झुक गये तो (सारा झगड़ा खत्म हो गया और) उन्होंने राह पा ली। अगर वे मुँह मोड़ें तो फिर जिन लोगों को ईश्वर-भक्ति की ऐसी स्पष्ट बातों से भी इनकार है, उनके साथ वाद-विवाद और कलह करने से क्या लाभ? तुम्हारे जिम्मे जो कुछ है वह यही है कि सत्य का सन्देश पहुँचा दो। बाक़ी सब कुछ परमात्मा पर छोड़ दो। परमात्मा से बन्दों का हाल छिपा नहीं है।''

11 सितम्बर, 1933

भाई परमानन्द जी का भाषण

भाई परमानन्द जी ने हिन्दू-सभा के अधिवेशन में अपने सदारती भाषण में जहाँ और बहुत-सी बातें कहीं, वहाँ जनता से अपील की कि वह राष्ट्रवादी पत्रों का बहिष्कार करे ताकि इन सिरफिरों को होश आ जाय। बड़ी अच्छी और कारगर सलाह है और भाई जी ही के दिमाग से ऐसी सलाह निकल सकती थी। सरकार भी तो यही करती है। वह अख़बारवालों पर कोई मुक़दमा चलाने का सिरदर्द नहीं लेना चाहती। बस सीधा—नुस्खा है—ज़मानत। जिस पत्र से एक बार ज़मानत माँगी गयी, उसके होश-हवाश ठिकाने आ जाते हैं और राष्ट्रीयता की जो थोड़ी-सी गर्मी दिमाग पर चढ़ी होती है, वह ठंडी हो जाती है। भाई जी की सलाह के अनुसार अगर गाहक ऐसे राष्ट्रवादी पत्रों को पढ़ना ही बन्द कर देंगे, तो उनका जीवन ही समाप्त हो जाएगा। फिर देश में जितने पत्र रह जाएँगे वह भाई जी के इशारों पर चलेंगे। तब देखिए कैसी बहार होती है और अखबारों में कैसी-कैसी सनसनीदार खबरें छपती हैं। कुछ ऐसा क्रम हो गया है कि जब राष्ट्रवाद दबता है, तो भेदभाव उठता है और बारी-बारी से दोनों अवस्थाएँ अपना भोग भोगती हैं। 1925 से 27 तक भेदभाव का प्राधान्य रहा और भारत में शायद ही ऐसा कोई नगर या कस्बा बचा होगा, जहाँ हिन्दू-मुस्लिम दंगे न हुए हों। कांग्रेस के कितने ही नेता और स्वयंसेवक हिन्दू-सभा में दाखिल हो गये। 1929 में राष्ट्रवाद फिर उठा। भेदभाव उतने दिनों कोने में दबका पड़ा रहा। अब राष्ट्रवाद का जोर कम हो चला है, तो भेदभाव का उठना लाजिम ही था। हम भाई जी को इलज़ाम नहीं देते, न हम शफाअत अहमद खाँ और मौलाना शफ़ी दाऊदी को ही इलज़ाम देते हैं। राष्ट्रवाद को तो इन दोनों दलों को एक प्लेटफॉर्म पर लाना है। देखिए वह समय कब आता है। अगर वह आदर्श ही रह जाय तो एक ऊँचा आदर्श है, जिसके लिए जिया और मरा जा सकता है। राष्ट्रवाद का भावी प्रोग्राम इसी भेदभाव को मिटाना है। जब तक यह भेदभाव नहीं मिटता, न स्वराज्य होगा, और न डोमिनियन स्टेटस और न कुछ। भाई परमानन्द जी की यह नीति,

कि हिन्दुओं को अंग्रेज़ों से मेल करके मुसलमानों को परास्त करना चाहिए, बच्चों की-सी बात मालूम होती है। जागा हुआ राष्ट्र कभी अपने को गुलामी की दशा में रखना बर्दाश्त नहीं कर सकता। हिन्दुओं को यह बजा शिकायत है कि वोटों के बँटवारे में उनके बहुमत को अल्पमत बना दिया गया। लेकिन इसका इलज़ाम राष्ट्रवादियों पर नहीं, उन्हीं भेदवादियों पर है, जो अपने स्वदेश-बन्धुओं पर विश्वास नहीं कर सकते। जब तक हममें यह हिन्दूपन और मुस्लिमपन रहेगा, तीसरी शक्ति को अपना प्रभुत्व जमाए रखने के लिए किसी बात की ज़रूरत नहीं, इसके सिवा कि कभी हमें खुश कर दे, कभी उसे। जिस दिन यह मनोवृत्ति मिट जाएगी, उसी दिन स्वराज्य आ जाएगा। राष्ट्रवाद चाहे और कोई उपकार न कर सके, देश में खून-खच्चर तो नहीं कराता, कुछ ऐसे लोगों को एकत्र तो करता है जो राष्ट्र को सम्प्रदाय के ऊपर समझते हैं। वही बुनियाद है जिस पर राष्ट्र का भवन खड़ा होगा। जब तक राष्ट्र के भिन्न-भिन्न अंग एक दूसरे के अहित पर अपना हित निर्माण करते रहेंगे, राष्ट्र का पतन होता चला जाएगा। भाई जी का यह ख़याल कि स्वराज्य के लिए मुसलमानों के सहयोग की ज़रूरत नहीं, और हिन्दू केवल अपने बल से उसे प्राप्त कर सकते हैं, गौरवपूर्ण होने पर भी यथार्थ की कसौटी पर पूरा नहीं उतरता। बेशक हिन्दुओं ने मुसलमानों की बादशाही मिटा दी थी? तो क्या मुसलमानों ने हिन्दुओं का राज्य नहीं मिटा दिया था। पुरानी अदावतों को पालते रहना स्वस्थ मनोवृत्ति नहीं है, और उसका परिणाम वही होगा, जो फूट का होता है।

30 अक्टूबर, 1933

हिन्दू सभा की नाराज़ी

पंडित ज़वाहरलाल नेहरू ने काशी में हिन्दू सभा पर जो आक्षेप किए थे, उसने सभा में बड़ी हलचल पैदा कर दी है। भाई परमानन्द जी से लेकर डॉ. हिंगोरानी तक हरेक ने अपने बयान प्रकाशित कराके इस आक्षेप का प्रतिवाद किया है। हमें इससे बहस नहीं। सम्भव है पंडित जी ने गलती की हो और हिन्दू सभा सच्चाई पर हो, पर भाई जी ने पंडितजी के हिन्दू न होने का जो फतवा दिया है उसके खिलाफ आवाज़ उठाना जरूरी है, क्योंकि वह फतवा पंडित जी को ही नहीं पर उस तरह के विचार रखने वाले सभी सज्जनों को हिन्दू दायरे के बाहर कर देता है। क्या हिन्दू आदर्श यही है कि अन्यायी हिन्दू राजाओं की प्रशंसा की जाय और उन्हें अपनी मुस्लिम प्रजा को कुचलने में सहायता दी जाय? हरिजनों को जो अधिकार दिए गये हैं, उनका विरोध किया जाय? जो सरकार हिन्दुओं के साथ अन्याय कर रही है, उसके तलवे सहलाए जाएँ? मुसलमानों की घृणित साम्प्रदायिकता की आँखें बन्द करके नकल की जाय? सूदखोरी से किसानों की रक्षा के लिए जो सरकारी नियम बनाए जाएँ, उनका विरोध किया जाय? अगर हिन्दू होने का यही अर्थ है, तो पंडित जी ही नहीं, उनके साथ बहुत-से लोग हिन्दू दायरे से बाहर हो जाने में अपना कल्याण समझेंगे।

27 नवम्बर, 1933

मुस्लिम लीग का अधिवेशन

अभी भाई परमानन्द ने अजमेर में हिन्दू सभा की ओर से जो कुछ कहा, वही मुस्लिम दृष्टिकोण से मुस्लिम-लीग सभापति श्री हाफ़िज हिदायत हुसैन ने दिल्ली में फ़रमाया। दोनों महानुभाव राष्ट्रीयता के पक्के समर्थक हैं, दोनों ही ब्रिटिश सरकार के क़दमों से चिमटे रहना चाहते हैं, दोनों अपने स्वार्थों की रक्षा के लिए सरकार का मुँह ताकते हैं। दोनों नौकरियों और मेम्बरियों की वेदी पर राष्ट्रीयता को बलि देना चाहते हैं। मगर फ़र्क़ यही है कि जहाँ मुस्लिम लीग अपने उद्देश्यों में सफल होती चली जा रही है, हिन्दू सभा के लिए अन्धकार ही अन्धकार है, क्योंकि मुस्लिम लीग की नीति राजनैतिक सिद्धान्तों के अनुकूल है, हिन्दू सभा की नीति उसके प्रतिकूल। राजसत्ता अल्पसंख्यक समुदाय को प्रोत्साहन देकर बहुसंख्यक समुदाय को दबाए रख सकती है। अगर वही प्रोत्साहन वह बहुमत को भी देने लगे तो बहुमत इतना शक्तिशाली हो जाएगा कि वह अल्पमत के लिए ही नहीं, राजसत्ता के लिए भी भारी हो जाएगा। बहुमत को सहारा देकर कोई भी सरकार समान परिस्थितियों में अपनी जड़ खोदना स्वीकार न करेगी। राजसत्ता का अस्तित्व ही बहुमत को दबाए रखने में है। उसे किसी तरह भी शक्ति संचय नहीं करने दे सकती। मुसलमान अगर शक्तिशाली होकर सिर उठाना भी चाहें, तो सरकार हिन्दुओं की सहायता से उन्हें बहुत जल्द काबू में ला सकती है। हिन्दू बहुमत अगर शक्तिशाली हो जाय तो मुसलमानों की सहायता से भी नहीं दबाया जा सकता। आश्चर्य कि हिन्दू सभा के नेता इतनी मोटी-सी राजनैतिक नीति नहीं समझते। मुसलमानों को थोड़े से अधिकार या वोट ज़्यादा दे देना हिन्दुओं को असन्तुष्ट करके ही रह जाएगा। हिन्दू बहुमत के लिए तो स्वराज्य हो जाएगा, और पूर्ण स्वराज्य। इसलिए हिन्दू सभा की चीख़-पुकार से राजसत्ता अपने निर्दिष्ट मार्ग से हट जाएगी, यह समझना ही राजनैतिक ज्ञान-शून्यता का परिचय देना है। इसका अगर कोई उपाय है तो यही कि देश की राष्ट्रीय मनोवृत्ति को पुष्ट किया जाय, और साम्प्रदायिकता और उसकी पोषक शक्तियों का संयुक्त हिन्दू-मुस्लिम-

राष्ट्रीयता से सामना किया जाय। यह विश्वास करना कि मुसलमानों में राष्ट्रवादियों का बिल्कुल अभाव है, सत्य से मुँह फेरना है। हाँ, ऐसे लोग उनमें कम हैं, पर यह कमी हमेशा न रहेगी। सरकार के पास मुसलमानों को सन्तुष्ट करने के लिए जितने साधन हैं, वह थोड़े दिनों में समाप्त हो जाएँगे। वही शक्तियाँ जो हिन्दू युवकों में काम कर रही हैं, मुसलमानों में भी जोर पकड़ेंगी। कोई जाति सदैव आश्रित बनकर नहीं रह सकती। शिक्षा के साथ उसका स्वाभिमान भी जाग्रत होगा और वह राष्ट्रीयता का महत्त्व समझेगी। इसी शक्ति के संगठित हो जाने पर हमारे भविष्य का दारोमदार है। लेकिन अगर साम्प्रदायिक शक्तियाँ यों ही ज़ोर पकड़े रहीं तो समझ लेना चाहिए कि भारत अनन्त काल तक स्वराज्य का स्वप्न ही देखता रहेगा। यह ख़याल कि हिन्दू जाति अपने ही बल से स्वराज्य प्राप्त कर सकती है, शेखचिल्ली की-सी बात है। शिवाजी और रनजीतसिंह का समय अब नहीं है। आठ करोड़ मुसलमान जिनकी संसार की सबसे बड़ी शक्ति मदद कर रही हो, गीदड़-भभकियों से नहीं परास्त किए जा सकते। हिन्दू सभा की वर्तमान नीति दिन-दिन मुसलमानों में सन्देह और रोष बढ़ाती जाएगी, उनकी साम्प्रदायिक भावनाओं को दृढ़ करती जाएगी, जिसका अर्थ है कि सरकार की शक्ति दिन-दिन बढ़ती जाएगी और भारत एक कदम भी आगे न बढ़ सकेगा। अगर इस नीति से हिन्दू सभा को वह सफलता मिलने की कोई सम्भावना होती तो एक बात थी। मगर सरकार के चरणों पर सिर झुकाकर वह कुछ नहीं पा सकती। एक की पीठ ठोंककर, चार के मुकाबिले में खड़ा किया जा सकता है, चार की पीठ ठोंकना तो एक का कचूमर ही निकाल देगा और तब क्या चारों उस पीठ ठोंकने वाले ही पर न टूट पड़ेंगे।

हाफ़िज जी ने अपने भाषण में वही पुरानी बातें दुहरा दी हैं जो हम लीग के अपने प्लेटफॉर्म से बराबर सुनते आये हैं। वहीं माँगें हैं, वही विशेष व्यवहार का सवाल है, वही हिन्दुओं के अन्याय का रोना है। मुस्लिम जाति के लिए आप ऐसे प्रतिबन्धों का होना लाज़मी समझते हैं, जिनसे ये अपने 'पूर्व इतिहास, अपनी मर्यादा और अपनी संस्कृति' की रक्षा कर सकें। लेकिन इसके साथ ही आपने मुसलमानों को यह भी समझाया कि "प्रतिबन्ध चाहे कितने ही दृढ़ क्यों न हों, उनसे सहायता नहीं मिल सकती, जब तक मुसलमान संगठित होकर अपने पैरों खड़ा होना न सीखेंगे।" मगर हाफ़िज़ जी भी रिजर्व बैंक और अठारह पेंस के अनुपात के प्रश्न पर राष्ट्रीय विचार प्रकट करने से अपने को न रोक सके। यहाँ साम्प्रदायिकता के लिए गुंजाइश ही न थी। सम्भव है भविष्य में ऐसी और भी बातें निकल आएँ।

इधर 'पानइस्लामिज़्म' की काफी चर्चा हुई थी। खबर उड़ी थी कि 'पाकिस्तान'

का नया सूबा या नया राज बनाने की तैयरियाँ हो रही हैं, जिसमें काश्मीर, सिन्ध, पंजाब, सरहद और अफगानिस्तान मिला लिए जाएँगे। इस चर्चा का उद्‌गम कहाँ था, यह कोई नहीं कह सकता। शायद इंगलैंड में इस तरह का हौवा खड़ा किया गया, जो हिन्दू-मुस्लिम विरोध को और सजग कर दे और वह अपने उद्देश्य में सफल भी हुआ। ज्वाइन्ट कमेटी में भी इस पर काफ़ी चहल-पहल रही। हाफ़िज़ जी ने इस विषय में जो कुछ कहा है, उससे आशा है, भयभीत होने वालों को सन्तोष हो जाएगा—

"मैं जानता हूँ कि पंजाब में मुस्लिम-स्वत्वों के विरूद्ध 'पानइस्लामिज़्म' और अफ़गान हमले का हौवा खड़ा किया गया है...पर यह मेरी समझ में, वहम है। राजनैतिक पानइस्लमिज़्म, जिसका अर्थ है कि मुसलमानों का एक संयुक्त राज्य स्थापित किया जाय, कभी उत्पन्न नहीं हुआ। इसका आदर्श यही है कि इस्लाम सभी जातियों और वर्गों के संयोग का आधार है, जो भौगोलिक बाधाओं को स्वीकार नहीं करता। इसका आशय कभी नहीं रहा कि मुसलमान सदा मक्का की ओर मुँह और भारत की ओर पीठ किए रहता है। यह स्पष्ट समझ लेना चाहिए कि भारत के मुसलमानों का स्वार्थ भारत की ही समस्याओं पर केन्द्रित है, भारत के बाहर के प्रश्नों पर नहीं, और मुसलमान उसी तरह भारतीय राष्ट्र का एक अंग है, जैसे कोई अन्य जाति। यह भूत केवल मुसलमानों के प्रति योरोप और अमेरिकावालों में भय द्वारा द्वेष उत्पन्न करने के लिए रचा गया है।"

बात यह है कि हिन्दू सभा और मुस्लिम लीग दोनों में ऐसे लोग भरे हुए हैं, जो या तो सरकारी नौकर या पेंशनर हैं। उनका मस्तिष्क नौकरियों और जगहों के सिवा कुछ सोच ही नहीं सकता। किसान और मज़दूर के लिए उनके पास कुछ नहीं है, कोई निर्माणकारक स्कीम नहीं है, कोई क्रियात्मक उद्धार की नीति नहीं है। उन्हें नौकरी चाहिए, जिसका मतलब यही है कि विदेशी राज्य के साथ मिलकर गरीबों पर शासन करना, उनका सबसे बड़ा आदर्श है। उन जगहों की संख्या भी बराबर बढ़ती रहनी चाहिए, वेतन और तरक्कियाँ भी, बराबर बढ़ती जाएँ, चाहे टैक्स और लगान देने वाले खर्च के बोझ से पिस ही क्यों न जाएँ। हाफ़िज जी ने मुसलमानों की सबसे बड़ी माँग यही नौकरी बतलाई। आप फरमाते हैं—

"नौकरी केवल रोटी का प्रश्न नहीं है, यद्यपि यह प्रश्न भी उपेक्षणीय नहीं है, बल्कि देश और जाति की सेवा और प्रभाव का प्रश्न है। मुसलमानों में बेकारी बढ़ रही है और मैं फौज और पुलिस में विशेषकर उनकी संख्या बढ़ाने पर जोर देता हूँ, जिसकी मुसलमानों में विशेष प्रवृत्ति है।"

फ़ौज में क्या इसलिए कि तरक्कियाँ जल्द मिलती हैं और पुलिस में शायद इसलिए कि वहाँ आमदनी खूब होती है! आगे चलकर हाफ़िज जी फरमाते हैं—

''इसलिए यह परमावश्यक है कि भारतीय, प्रान्तीय और सहायता प्राप्त सभी विभागों के अधीन जगहों पर मुसलमानों को वहाँ की व्यवस्थापक सभाओं में मुस्लिम मेम्बरों की संख्या के अनुपात से जगहें दी जाएँ, और यह अनुपात रिवाज पर न छोड़ा जाय, बल्कि व्यवस्था का अंग बना दिया जाय। फ़ौज और पुलिस में उनकी संख्या अधिक रहनी चाहिए। उसी अनुपात में मुसलमान मिनिस्टरों की नियुक्ति भी कानून में आ जानी चाहिए।''

अगर हिन्दू सभा हाफ़िज जी के सामने यह प्रस्ताव रखे कि मुसलमानों और हिन्दुओं से जितना कर, लगान और टैक्स वसूल हो, उसी अनुपात से हिन्दू और मुस्लिम आदमी नौकर रखे जाएँ तो हाफ़िज जी क्या जवाब देंगे?

4 दिसम्बर, 1933

डॉ. इक़बाल का जवाब पंडित जवाहरलाल को

डॉ. इकाबल ने पंडित नेहरू का जवाब देते हुए फरमाया है कि सर आग़ा खाँ ने महात्मा गाँधी को हिन्दू-मुस्लिम समझौते की जो शर्तें पेश की थीं, उन पर मेल करने को मुस्लिम जाति आज भी तैयार है। अगर 1931 में वे शर्तें भारत की राष्ट्रीयता के अनुकूल न समझी गयीं तो आज वह क्योंकर अनुकूल हो सकती हैं। हमारी साम्प्रदायिक संस्थाएँ हमेशा थोड़े-से-पढ़े लिखे समाज के हित को ही प्रधान समझ कर चलती हैं। किसी भी प्रश्न पर राष्ट्रीय दृष्टिकोण से विचार करना, उनके लिए असह्य होता है। साधारण हिन्दू या मुस्लिम जनता की ओर उनमें से किसी का ध्यान नहीं जाता, जो आर्थिक और भौतिक बाधाओं का समान रूप से शिकार हो रही है। जब तक व्यक्तिगत स्वार्थ हमारा पथ-प्रदर्शक बना रहेगा, और उसको हम साम्प्रदायिकता की आड़ में छिपाए रहेंगे, तब तक मेल होना मुश्किल है। जब तक हम अपने इतिहास और संस्कृति और ऐसे दूसरे ढकोसलों पर राष्ट्र के वास्तविक सिद्धान्तों को होम करते रहेंगे, उस वक्त तक यों संघर्ष होता रहेगा। उसका असली फैसला तभी होगा, जब जनता खुद अपना भला बुरा सोचने के लायक होगी और थोड़े से स्वार्थ-भक्त नेताओं के पीछे आँखें बन्द करके चलना छोड़ देगी। जब तक आरती और नमाज और गऊ-रक्षा और कुरबानी और बाजे के मसलों पर जनता में उत्तेजना फैलाना असम्भव न हो जाएगा, उस वक्त तक यह मेल-जोल का मसला हल न होगा। और जब तक एक तीसरी पार्टी दोनों तरफ के पहलवानों को पुचारा देती रहेगी, तब तक साम्प्रदायिकता अपना काम करती जाएगी। अभी बहुत दिन नहीं गुज़रे कि अफ्रीका में अँग्रेजों और बोअरों में इतना द्वेष था कि दोनों में खून की नदी बह गयी, पर स्वराज्य मिलते ही दोनों एक हो गये। इसी तरह कैनाडा में भी अँग्रेज और फ्रैंच जातियों में खूब लड़ाइयाँ होती रहीं, लेकिन अब स्वराज्य

पा जाने पर उनमें कोई मतभेद नहीं नज़र आता। राष्ट्र-प्रेमियों के सामने इस वक़्त सबसे जरूरी काम यही है कि जनता के दिल से पाखंड, अन्धविश्वास और नुमायशी धार्मिकता के भावों को दूर किया जाय और वह अपने सच्चे और नकली हितैषियों को पहचानना सीखें।

11 दिसम्बर, 1933

साम्प्रदायिक समस्या का राष्ट्रीय समन्वय

पिछले अंक में हमने डॉ. सर मुहम्मद इक़बाल के उस बयान की चर्चा की थी, जिसमें उन्होंने कहा था कि मुसलमान आज भी हिन्दुओं से समझौता करने को तैयार हैं अगर हिन्दू उनकी सारी शर्तें मान लें और उसके साथ ही आपने महात्मा गाँधी की उस सलाह को अमानुषीय कहा था, जो उन्होंने हरिजनों को हिन्दू समाज से पृथक करने के विषय में दी थी और हिन्दू-मुस्लिम समझौता न होने का सारा इलजाम महात्मा गाँधी पर रख दिया था। पंडित जवाहरलाल नेहरू ने उस बयान के जवाब में अपना बयान प्रकाशित कराया है, जिसमें आपने साम्प्रदायिक समस्या के हरेक पहलू पर विचार करने की चेष्टा की है, और यह सिद्ध कर दिया है कि वह विख्यात चौदह प्रश्न, जिनके आधार पर ही मुसलमान हिन्दुओं से समझौता करने को तैयार हैं और वे केवल मुट्ठी-भर शिक्षित मुसलमानों से ही सम्बन्ध रखते हैं। साधारण मुस्लिम जनता को उनसे कोई लाभ नहीं। शिक्षित मुसलमानों में भी ऐसे व्यक्तियों की काफी संख्या है, जो उन चौदह प्रश्नों का समर्थन नहीं करते, अर्थात् सम्मिलित निर्वाचन के समर्थक हैं। ऐसी दशा में किसी मुस्लिम पार्टी को मुस्लिम जाति की ओर से बोलने का अधिकार नहीं है। आज भी मुसलमानों में कई संस्थाएँ हैं जो मुस्लिम प्रतिनिधि बनने का दावा करती हैं, पर उनके दावे केवल ज़बानी हैं, उनमें किसी ने भी मुस्लिम जनता की तरफ़ से बोलने का अधिकार नहीं प्राप्त किया है। मुस्लिम जनता क्या चाहती हैं, इसको जानने का एकमात्र यही उपाय है कि व्यापक निर्वाचन द्वारा मुस्लिम माँगे निर्धारित की जाएँ और तब हिन्दू जाति को वह निर्णय स्वीकार करना पड़ेगा। उसकी किसी सिद्धान्त से भी वह उपेक्षा नहीं कर सकती। सम्भव है मुस्लिम जनता इन चौदह बातों ही को स्वीकार कर ले, क्योंकि जनमत की बागडोर शिक्षित समुदाय के हाथों में रहती है, पर जब सभी दलों और विचारों के नेता मुस्लिम जनता के सामने आ-आकर अपने दृष्टिकोण रखेंगे, उस वक़्त जनता खुद अपने लिए कोई न कोई मार्ग चुन लेगी। तब वह संयुक्त मुस्लिम जाति की माँग होगी और ऐसी कोई

शक्ति नहीं हैं, जो उसका अनादर कर सके, लेकिन ऐसा प्रस्ताव किसी मुस्लिम संस्था की ओर से नहीं किया गया।

बात यह है कि अभी तक काँग्रेस के सिवा और किसी राजनैतिक संस्था ने जनता का सहयोग प्राप्त करने की चेष्टा ही नहीं की। वे अधिकार चाहती हैं, नौकरियाँ चाहती हैं और ऐसे साधन चाहती हैं, जिनसे वे जनता को अपने स्वार्थ का यन्त्र बना सकें। जनसाधारण के हित का उन्हें कभी विचार नहीं आता।

वे जानती हैं कि जनता के सामने जाकर इन्हें जनता के हित के प्रस्ताव करने पड़ेंगे और जनहित का समर्थन करने में बहुत सम्भव है कि वे सरकार के कृपापात्र न बने रह सकें। यही कारण है कि वे जनता के सामने जाते डरते हैं। अगर आज मुस्लिम लीग या मुस्लिम कॉन्फ्रेंस अपने चौदह प्रश्नों को लेकर जनता के सामने जाय, तो कदाचित् वह उन्हें ठुकरा दे। गुजरात या तमिल की मुस्लिम जनता को उर्दू-लिपि से क्या प्रेम हो सकता है, सिन्ध बम्बई में रहे या पंजाब में साधारण जनता को उससे कोई दिलचस्पी नहीं हो सकती। उसे तो उन्हीं प्रश्नों से रुचि होगी, जो उसकी आर्थिक समस्याओं को हल कर सकें, जिनसे वह जीवन-संग्राम में सफल हो सके।

जो लोग अपनी संस्कृति या सभ्यता की रक्षा की दुहाई दिया करते हैं, उन्हें पंडित जवाहरलाल ने बड़े सारगर्भित शब्दों में उत्तर दिया है, जो हम यहाँ नकल करते हैं—

"लेकिन संस्कृति के इस भेद का साम्प्रदायिक समस्या से क्या सम्बन्ध है? भारत में सांस्कृतिक या वंशगत भेद मौजूद हैं, लेकिन इन भेदों का सम्प्रदायों से कोई सम्बन्ध नहीं है। अगर कोई आदमी किसी दूसरे मत में चला जाय, तो इससे उसके वंशगत या जीवगत संस्कार नहीं बदल जाते, न उसका सांस्कृतिक आधार ही बदल जाता है। संस्कृति राष्ट्रीय वस्तु है, धार्मिक नहीं। और नयी परस्थितियाँ अन्तरराष्ट्रीय जाति-विभाग का ही विकास कर रही हैं। पूर्वकाल में भी भिन्न-भिन्न संस्कृतियों का एक-दूसरे पर असर पड़ता था, लेकिन राष्ट्रीय प्रणाली ही प्रधान रहती है। भारत ईरान, चीन आदि प्राचीन देशों में ऐसा हुआ है।

"मुस्लिम संस्कृति क्या है? यह सेमिटिक अरबी संस्कृति है या आर्य-ईरानी-संस्कृति, या दोनों का सम्मिश्रण है? अरब संस्कृति कुछ दिनों के उत्थान के बाद पीछे पड़ गयी, लेकिन उसके उत्थान काल में भी, ईरानी संस्कृति की उस पर छाप पड़ गयी थी। भारत पर उसका बिल्कुल प्रभाव न पड़ा। ईरानी संस्कृति इस्लाम के पहले की है, और यह इतिहास का एक विचारणीय प्रश्न है कि यह ईरानी-संस्कृति हजारों वर्षों से अपना अस्तित्व बनाए हुए हैं। आज भी ईरान अपनी सांस्कृतिक जागृति के लिए पूर्व इस्लाम काल की ओर आँखें उठा रहा है।

निस्सन्देह इस ईरानी संस्कृति की भारत पर छाप पड़ी और भारत ने भी उस पर अपना रंग जमाया, लेकिन फिर भी भारत की प्राचीन संस्कृति भारत में प्रधान रही और बाहरवालों पर उसकी छाप पड़ गयी।

"आज भारत में मुस्लिम और हिन्दू जनता में कोई वंशगत या सांस्कृतिक भेद नाम को भी नहीं है। ऊँचे दरजे के मुट्ठी-भर मुसलमान भी जो अपने को देश से बिल्कुल अलग समझते हैं, भारत के रंग में रँगे हुए हैं और केवल ऊपर ही ऊपर उन पर ईरान का असर पड़ा है। क्या उनमें से कोई भी ईरान या टर्की या मिस्र या अरब में जाकर वहाँ की परिस्थितियों में अधिक प्रसन्न होगा?"

यहाँ पर प्रश्न हो सकता है कि 'संस्कृति' क्या है? हमारे इस ख़याल में संस्कृति के दो रूप हैं, एक बाह्य जगत से सम्बन्ध रखने वाली, दूसरी अन्तर्जगत से। बाह्य संस्कृति का सम्बन्ध भाषा, पहनावा, शिष्टाचार शादी-व्यवहार आदि से है, आन्तरिक सम्बन्ध धार्मिक और आध्यात्मिक विचारों से। इस कसौटी पर मुस्लिम संस्कृति को कसिए तो मालूम होगा कि प्रत्येक प्रान्त में हिन्दू और मुस्लिम जनता की भाषा एक है, पहनावा एक है, शादी-ब्याह की परिपाटी भी एक है। अवध या बुन्देलखण्ड के किसी मुस्लिम या हिन्दू किसान में ऐसा कोई अन्तर न मिलेगा, जो एक को दूसरे से अलग कर सके। और आन्तरिक विभिन्नता तो इससे भी कम है। जीवन के विषय में दोनों का दृष्टिकोण एक है, दोनों धार्मिक हैं, दोनों ही भाग्यवादी हैं, दोनों ही शान्तिप्रिय हैं, दोनों ही सन्तोषी हैं। देहातों के मुसलमान भी जात-पाँत के बन्धनों में उसी तरह बँधे हुए हैं, जैसे हिन्दू। अच्छाइयाँ और बुराईयाँ दोनों ही में समान हैं। फिर समझ में नहीं आता, वह कौन-सी मुस्लिम संस्कृति है, जिसको इतना महत्त्व दिया जाता है। देहातों में तो त्योहार और रीति-रिवाज़ भी एक से हो गये हैं। मुसलमान होली खेलते है और रामलीला देखते हैं, और हिन्दू मुहर्रम में ताजिए रखते है और मनौतियाँ करते हैं। हाँ इधर कुछ दिनों से दोनों ओर से मौलवी और पंडित साम्प्रदायिक मनोवृत्तियों को जगाने की चेष्टा कर रहे हैं। अन्त में जवाहरलाल जी ने अपने बयान में कहा है—

"बहरहाल डॉ. सर मुहम्मद इक़बाल को यह मालूम हो जाना चाहिए कि अगर दोनों जातियों में से कोई भी, चाहे वह बड़ी हो या छोटी हो, साम्राज्यवाद से मेल करना चाहती है तो भारत की राष्ट्रीयता उसका निरन्तर विरोध करती रहेगी।"

18 दिसम्बर, 1933

भाई परमानन्द की सन्देह दृष्टि

भाई परमानन्द को मुसलमानों में कट्टरता और देशद्रोह के सिवा कुछ नज़र ही नहीं आता। जो खुल्लम-खुल्ला पृथकता-प्रेमी हैं, उनका तो आपको भय नहीं, आपको राष्ट्र-प्रेमी मुसलमानों और जमैयतुलउलेमा से विशेष भय है, क्योंकि ये लोग दोस्त बनकर दगा दे रहे हैं। आपके ख़याल में सभी मुसलमानों में मिलीभगत है, दोनों एक ही थैली के चट्टे-बट्टे हैं, केवल हिन्दुओं की आँख में धूल झोंकने के लिए अगल-अलग दल बन गये हैं। इसका जवाब इसके सिवा और क्या है कि जैसे आप दूसरों को देखते हैं, वैसे ही दूसरे भी आपको देखते हैं और ऐसे मुसलमान कम नहीं हैं, जो काँग्रेस को भी हिन्दू सभा का एक शिगूफ़ा समझते हैं।

1 जनवरी, 1934

मुस्लिम छात्रों से

बम्बई मुस्लिम स्टूडेंट्स यूनियन में बम्बई-सरकार के अर्थसचिव सर गुलाम हुसैन हिदायतुल्लाह ने जो भाषण दिया, उसे पढ़कर ऐसा कौन-सा राष्ट्रप्रेमी है, जिसका दिल आनन्द से खिल न उठेगा। इस साम्प्रदायिक हो-हल्ले के युग में वह भाषण व्यापक अन्धकार में एक दीपक के समान है। मुस्लिम-नेताओं में ऐसे सज्जन उँगलियों पर गिने जा सकते हैं, जो देश की समस्याओं पर राष्ट्र की दृष्टि से देखते हों। आपने छात्रों को आत्मनिर्भरता का महत्त्व दर्शाते हुए यह बहुत सत्य कहा है कि ''बात-बात में अपने समुदाय के लिए विशेष रिआयतों की हाँक लगाना अपमानजनक है। हमें अपने पैरों पर खड़ा होना सीखना चाहिए। हमें केवल अपनी योग्यता के बल पर आगे बढ़ना चाहिए, और इसी तरह हम अपने सामुदायिक कलंक को धो सकेंगे।''

आगे चलकर आपने कहा—

''हमारा धर्म हमें ऐक्य की शिक्षा देता है, अपने सम्प्रदाय में नहीं, दूसरों के साथ भी। सच तो यह है कि इन्हीं साम्प्रदायिक भेदों से हमारा पतन हुआ है। हम सब बराबर हानि उठा रहे हैं। हमें अपने ही हितों के विचार से मिल जाना चाहिए। इन भेदों का कारण है अविश्वास और सन्देह। हम दूसरों के दृष्टिकोण से नहीं देखते।''

इसके बाद आपने सहधर्मियों की इस शंका का समाधान किया कि हिन्दू उन पर अधिकार जमाना चाहते हैं। आपने जोर देकर कहा कि यह शंका निस्सार है, ''क्योंकि संख्या के हाथों में शक्ति नहीं होती, बल्कि मस्तिष्क के हाथ में होती है।''

काश मुसलमानों में ऐसे सज्जनों की संख्या इतनी कम न होती।

22 जनवरी, 1934

कश्मीर में फिर दंगा हुआ

पहले दंगे के बाद कश्मीर में नया विधान हुआ और हमारा ख़याल था कि नयी व्यवस्था जनता की शिकायतों को दूर करेगी और वहाँ सुख और शान्ति का राज्य हो जाएगा, लेकिन इधर जो समाचार आ रहे हैं, उनसे मालूम होता है कि जनता इस व्यवस्था से भी सन्तुष्ट नहीं है। जब घरों से स्त्रियों और बालकों के जत्थे निकलते हैं, तो यह मानना पड़ेगा कि जनता को विशेष कष्ट है, नहीं औरतें मैदान में नहीं आतीं। वास्तविक दशा क्या है, और क्यों जनता ने यह आन्दोलन उठाया है, इस पर इन समाचारों से कोई प्रकाश नहीं पड़ता। बस इतना ही मालूम होता है कि जनता ने पुलिस पर हमला किया और पुलिस ने उन पर गोलियाँ चलाईं। गोलियाँ चलाना तो बहुत आसान है, लेकिन सुशासन नहीं है। सुशाशन तो वह है कि जनता सुखी और सन्तुष्ट हो। वह समय अब नहीं रहा कि केवल कागजी सुधारों से जनता को सन्तुष्ट कर दिया जाय। जनता अख़्तियार चाहती है जिससे वह अपनी तकलीफों को दूर कर सके।

12 फरवरी, 1934

सर्वदल सम्मेलन का विरोध

सर्वदल सम्मेलन को हमने पहले भी बेवक़्त की शहनाई समझा था और अब भी ऐसा ही समझते हैं। सफेद कागज का सबसे आपत्तिजनक भाग उसकी साम्प्रदायिकता है। उस पर सर्वदल सम्मेलन के संचालक जबान नहीं खोलना चाहते। अब तो ऐसी और कौन-सी बात रह गयी है, जिस पर भारत की सभी प्रमुख राजनैतिक संस्थाओं ने अपना मत न प्रकट कर दिया हो। सरकार जो व्यवस्था कर रही है वह यह जानकर कर रही है कि इससे भारतवालों को सन्तोष न होगा। उसे मुसलमानों, ज़मींदारों और सरकारी नौकरों के सहयोग से भारत की राजनीतिक प्रगति को रोकना है, और वह ऐसी कोई व्यवस्था स्वीकार नहीं कर सकती जिससे उसकी शक्ति रत्ती-भर भी कम हो। उसने तो इस व्यवस्था को और मजबूत बनाने का प्रयत्न कर लिया है। राजनीति के आचार्यों ने एक स्वर से कह दिया है कि यह व्यवस्था वर्तमान व्यवस्था से भी गयी-गुजरी है। ऐसी दशा में सर्वदल सम्मेलन के प्रस्ताव सरकार पर क्या प्रभाव डाल सकते हैं। सरकार पर दबाव डालने का उसके पास क्या साधन है। इस जमाने में उन्हीं प्रस्तावों की सुनवाई होती है, जिनकी पुश्त पर शक्ति हो। खाली प्रस्तावों से कुछ नहीं होता।

12 फरवरी, 1934

साम्प्रदायिकता और स्वार्थ

इस संघर्ष के युग में हर किसी को गिरोहबन्दी की सूझती है। जो गिरोह बना सकता है, वह जीवन के हरेक विभाग में सफल है, जो नहीं बना सकता, उसकी कहीं पूछ नहीं कहीं मान नहीं। हम अपने स्वार्थ के लिए अपने जात और अपने प्रान्त की दुहाई देते हैं। अगर हम बंगाली हैं, और हमने दवाओं की दुकान खोली है, तो हम हरेक बंगाली से आशा रखते हैं कि वह हमारा ग्राहक हो जाय, हम बंगालियों को देख कर उनसे अपनापन का नाता जोड़ते हैं। और अपने स्वार्थ के लिए प्रान्तीय भावना की शरण लेते हैं। अगर हिन्दू हैं और हमने स्वदेशी कपड़ों की दुकान खोली है, तो हम अपने हिन्दुत्व का शोर मचाते हैं और हिन्दुओं की साम्प्रदायिकता को जगा कर अपना स्वार्थ सिद्ध करते हैं। अगर इसमें सफलता न मिली, तो अपनी जाति विशेष की हाँक लगाते हैं। इस तरह प्रान्तीयता और साम्प्रदायिकता की जड़ भी कितनी ही अन्य बुराईयों की भाँति हमारी आर्थिक परिस्थिति के पोषक रस खींचकर फलती-फूलती रहती है। हम अपने ग्राहकों को विशेष सुविधा देकर अपना ग्राहक नहीं बनाते, सम्भव है उसमें हमारी हानि हो, इसलिए जातीय भेद की पूँछ पकड़ कर वैतरणी के पार पहुँच जाते हैं।

19 फरवरी, 1934

साम्प्रदायिकता का ज़हर महिलाओं में

दिल्ली के रिसाला 'असमत' में एक मुस्लिम महिला लिखती हैं—गत वर्ष की मर्दुमशुमारी बतला रही है कि सात करोड़ मुसलमानों में मुश्किल से साढ़े चार लाख शिक्षित हैं, जिनमें अंग्रेज़ी जानने वाले करीब दो लाख हैं और फ़ारसी, उूर्द आदि जानने वाले ढाई लाख। मुसलमानों के स्कूल और कॉलेज आप उगलियाँ पर गिन सकेंगे, लेकिन हिन्दुओं की असंख्य यूनिवर्सिटियाँ कायम हैं। लगभग सभी सरकारी स्कूलों और कॉलेजों में हिन्दू प्रोफेसर हैं। उनकी शिक्षा अच्छी है, इसलिए सरकारी ओहदों पर हिन्दू भरे हुए हैं। जज, पुलिस कमिश्नर, डिप्टी कलेक्टर, डॉक्टर, इंजीनियर, बैरिस्टर, कोई ऐसा आला पेशा न होगा, जिसमें हिन्दू कसरत से न मौजूद हों।

देवी जी को यह भ्रम कदाचित साम्प्रदायिक पत्रों के पढ़ने से हो गया है। मुसलमान हिन्दुओं से ज्यादा शिक्षित हैं, सरकारी ओहदों पर भी मुसलमान कसरत से हैं, हिन्दुओं से कहीं ज्यादा। पुलिस और माल में तो एक तरह से उन्हीं का साम्राज्य है। आमदनी के सारे विभागों पर उन्हीं का कब्ज़ा है। हाँ, डाकखाना या क्लर्की जैसे रूखे-सूखे विभागों में हिन्दू ज्यादा हैं, इसलिए कि मुसलमानों ने इधर ध्यान ही न दिया, क्योंकि यहाँ सूखा वेतन था और काम आँखफोड़ और गरदन-तोड़। मगर अब इन विभागों में भी यह कमी पूर्ण होती जा रही है।

26 मार्च, 1934

साम्प्रदायिक बँटवारा

साम्प्रदायिक बँटवारे का प्रश्न बड़ा जटिल है, और बार-बार चेष्टा करने पर भी उसे हल नहीं किया जा सका। मुसलमानों को जो कुछ मिल गया है, उसमें वह रत्तीभर भी कम नहीं करना चाहते। अब काँग्रेस क्या करे? अगर वह इस बँटवारे में हाथ लगाती है, तो हिन्दू सभा इस प्रश्न को लेकर स्वयं मैदान में आ जाती है, और हिन्दुओं की साम्प्रदायिक चेतना को भड़काकर स्वराजिस्टों या काँग्रेसी उम्मीदवारों की सफलता में बाधक हो जाती है। इस वक़्त वह चेतना चाहे बलवती न हो, लेकिन चुनाव के समय वह अपने जबड़े और पंजे निकालकर भयानक बन जाएगी। लेकिन काँग्रेस की विजय अपने आदर्श पर जमे रहने में है, चाहे उसकी हार ही क्यों न हो जाय। उसके लिए हरेक भारतीय भारतीय है, वह दाढ़ीवाला है या चोटीवाला, पुराणवाला है या कुरानवाला, इससे उसे कोई प्रयोजन नहीं। अगर वह एक बार इस सिद्धान्त को स्वीकार कर लेगी, तो फिर जात-पाँत के इस दलदल में उसके लिए पाँव रखने का ठिकाना न मिलेगा। ब्राह्मण अपनी जनसंख्या के अनुपात से अपना हिस्सा माँगेंगे, क्षत्रिय अपना, वैश्य अपना, शूद्र अपना। वह किस-किस वर्ग को सन्तुष्ट कर सकेगी? उसके लिए सभी भारतवासी बराबर हैं, चाहे वह किसी सम्प्रदाय के हों। अगर हिन्दू सभा साम्प्रदायिकता के बल पर उसको परास्त कर सकती है, तो कोई मुज़ायक़ा नहीं, उसकी जीत इसी हार में है।

21 मई, 1934

सरकारी नौकरियाँ और साम्प्रदायिकता

भारत सराकर के गृह-विभाग ने सरकारी नौकरियों के बँटवारे के सम्बन्ध में, अभी-अभी जो विज्ञप्ति प्रकाशित की है, उससे उसकी नीयत का ठीक-ठीक पता लग जाता है। साम्प्रदायिकता के नाम पर, मुसलमानों के लिए पच्चीस प्रतिशत स्थान सुरक्षित कर दिए गये हैं। हमारी समझ में तो इसका अर्थ यही है कि सरकार हमारी राष्ट्रीय प्रगति को कुचलने का प्रयत्न कर रही है। वह नहीं चाहती कि हममें जीवन आ जाय। इस प्रकार साम्प्रदायिकता का पोषण करके वह हमारी राष्ट्रीयता को हवा में उड़ा देना चाहती है। सरकार का यह रुख बड़ा भयावह है। राष्ट्र के लिए यह कितना खतरनाक सिद्ध होगा, इसकी कल्पना करते ही महान खेद होता है, लेकिन सरकार को इसकी क्या परवाह है। उसे तो राष्ट्रीयता छिन्न-भिन्न करनी है। प्रत्येक समझदार व्यक्ति ने स्पष्ट शब्दों में नौकरियों के साम्प्रदायिक विभाजन का विरोध किया है। किन्तु सरकार तो अपनी ही मनमानी करती है। हम उसके इस रुख को घातक समझते हैं। इसका यह अर्थ नहीं कि हम मुसलमानों की उन्नति के विरोधी हैं। हमें उनके लिए पच्चीस प्रतिशत स्थानों के सुरक्षित होने पर भी खेद नहीं हैं, खेद है, इस साम्प्रदायिक मनोवृत्ति पर, जिससे राष्ट्रीयता का गला घुट रहा है। नौकरियों के इस प्रकार विभाजन से क्या होगा? साम्प्रदायिक द्वेष की मनोवृत्ति पनपेगी, धर्मान्धता बढ़ेगी, हृदय ईर्ष्यालु होंगे, योग्यता का मूल्य गिर जाएगा। मूल्य रहेगा साम्प्रदायिकता का। उसी का भयानक तांडव दृष्टिगोचर होगा और यह राष्ट्र के लिए कितना घातक हो सकता है, यह किसी भी समझदार व्यक्ति की समझ से बाहर की बात नहीं है। प्रत्येक समझदार व्यक्ति इस दृष्टिकोण का विरोध करेगा और चाहेगा कि नौकरियाँ सम्प्रदाय के नाम पर नहीं, योग्यता के नाम पर दी जाएँ। फिर चाहे उसमें मुसलमानों के हाथ पच्चीस के बजाय पचास प्रतिशत ही क्यों न लग जाएँ, किसी समझदार को इससे दुख न होगा। लेकिन

इस प्रकार साम्प्रदायिक आधार पर नौकरियों का विभाजन किया खतरनाक है। इस प्रकार की नियुक्तियों से न तो हिन्दुओं ही को लाभ हो सकता है, न मुसलमानों को; बल्कि इसमें दोनों के बीच स्थायी मतभेद और विरोध की नींव पड़ेगी। हम तो यही कहेंगे कि भारत सरकार का यह प्रयोग, केवल राष्ट्रीय हित को खतरे में डालने के लिए ही हुआ है। हिन्दू मुसलमानों का एक होना वह पसन्द नहीं करती और इसी कामना से उसने राष्ट्रीय जीवन में इस साम्प्रदायिक विष का इंजेक्शन किया है।

जुलाई, 1934

❑ ❑ ❑

णाणं
पयासयं
वीर नि.सं. 2470
ई.सन् 1944
भारतीय ज्ञानपीठ